Título original: *Ransom*
Traducción: Delia Lavedan
1.ª edición: septiembre, 2016

© Julie Garwood, 1999
© Ediciones B, S. A., 2016
    para el sello B de Bolsillo
    Consell de Cent, 425-427 – 08009 Barcelona (España)
    www.edicionesb.com

Printed in Spain
ISBN: 978-84-9070-287-1
DL B 11128-2016

Impreso por NOVOPRINT
            Energía, 53
            08740 Sant Andreu de la Barca - Barcelona

El rescate

JULIE GARWOOD

Inglaterra, bajo el reinado de Ricardo I

Las desgracias siempre llegan de noche.

La madre de Gillian murió durante las oscuras horas de la noche, luchando por traer al mundo una nueva vida. Su joven y aturdida criada, ansiosa por ser la primera en comunicar la triste noticia, despertó a las dos pequeñas para informarles que su querida madre había muerto. Dos noches más tarde, otra vez fueron arrancadas de su sueño para enterarse de que su hermano recién nacido, Ranulf, así bautizado en honor a su padre, también había fallecido. Su frágil cuerpecito no había sido capaz de soportar el duro esfuerzo de haber nacido con dos meses de antelación.

Gillian temía la oscuridad. Esperó hasta que la criada hubo abandonado su dormitorio para deslizarse boca abajo desde su gran cama hasta el frío suelo de piedra. Descalza, corrió hasta el pasadizo prohibido, un corredor secreto que conducía a la habitación de su hermana, y a los empinados escalones que descendían a los túneles situados debajo de las cocinas. Se escurrió por el costado del arcón que su papá había colocado frente a la angosta puerta, para evitar que por allí fueran y vinieran continuamente sus hijas. Les había advertido hasta la saciedad que se trataba de un pasaje secreto sólo para ser utilizado en las más extremas circunstancias, y ciertamente no para jugar. Ni sus más fieles sirvientes conocían la existencia de los corredores que comunicaban tres de los dormitorios, y estaba decidido a que las cosas siguieran así. También le preocupaba mucho el que sus hijas se pudieran caer por los escalones y romperse sus bonitos cuellos, y solía amenazarlas con una buena tunda en el trasero si alguna vez las pescaba allí. Era peligroso y estaba prohibido.

Pero aquella terrible noche de pérdida y pesar, a Gillian no le importaba la posibilidad de meterse en líos. Estaba asustada, y siempre que se sentía así, corría a su hermana mayor, Christen, en busca de consuelo. Gillian abrió la puerta apenas una rendija, gritó llamando a Christen y aguardó a que viniera por ella. Su hermana se asomó, la aferró de la mano y la atrajo hacia sí. Luego, ambas treparon a la cama de Christen. Las pequeñas se abrazaron bajo las pesadas mantas, llorando, mientras los atormentados lamentos de angustia y desolación de su padre resonaban por los desiertos salones. Oyeron cómo gritaba el nombre de su madre una y otra vez. La muerte había entrado en su pacífico hogar, llenándolo de congoja.

La familia no tuvo el tiempo necesario para recuperarse, porque los monstruos de la noche acechaban para convertirlos en sus víctimas. A altas horas de la madrugada, los infieles invadieron su casa, y la familia de Gillian quedó destruida.

Papá la despertó al entrar a toda prisa en su dormitorio, llevando a Christen en sus brazos. Sus leales soldados, William —el favorito de Gillian, ya que solía darle caramelos de miel cuando su padre no miraba—, Lawrence, Tom y Spencer, iban tras él. Todos mostraban expresiones sombrías. Gillian se incorporó en la cama, frotándose los ojos con el dorso de la mano, mientras su padre pasaba a Christen a los brazos de Lawrence y corría hacia ella. Colocó la vela que llevaba sobre el arcón situado al lado de la cama, y después, sentándose a su lado, le apartó suavemente el cabello que le caía sobre el rostro.

Su padre parecía terriblemente triste, y Gillian supuso que conocía la razón.

—¿Mamá ha vuelto a morirse otra vez, papá? —preguntó, preocupada.

—¡Por el amor de...! No, Gillian —le respondió él, con voz fatigada.

—¿Ha regresado a casa, entonces?

—Ah, mi dulce niña, ya hemos hablado muchas veces de lo mismo. Tu mamá no va a volver nunca más a casa. Los muertos no vuelven. Ahora ella está en el cielo. Trata de entenderlo.

—Sí, papá —respondió en un susurro.

Gillian oyó el débil sonido de gritos que provenían de la planta baja, y entonces se dio cuenta de que su padre llevaba puesta la cota de mallas.

—¿Vas a irte ahora a pelear, por el amor de Dios, papá?

—Sí —contestó él—. Pero antes debo poneros, a tu hermana y a ti, a salvo.

Tomó las ropas que Liese, la criada de Gillian, había dejado preparadas para la mañana siguiente, y vistió apresuradamente a su hija. William se acercó, arrodillándose para ponerle los zapatos.

Su papá nunca la había vestido antes, y ella no sabía qué pensar.

—Papá, debo quitarme el camisón antes de ponerme la ropa, y Liese debe cepillarme el cabello.

—Esta noche no vamos a preocuparnos demasiado por tu cabello.

—Papá, ¿está oscuro afuera? —preguntó, mientras él le pasaba la túnica por la cabeza.

—Sí, Gillian, está oscuro.

—¿Tengo que salir en la oscuridad?

Su padre detectó el miedo en su voz y trató de calmarla.

—Habrá antorchas para iluminar el camino, no estarás sola.

—¿Tú vendrás con Christen y conmigo?

Esta vez le respondió su hermana.

—No, Gillian —le gritó a través de la habitación—. Porque papá tiene que quedarse aquí y pelear, por el amor de Dios —dijo, repitiendo la expresión frecuentemente utilizada por su padre—. ¿No es así, papá?

Lawrence indicó a Christen que se estuviera callada.

—No queremos que nadie se entere de que os marcháis —le explicó en un murmullo—. ¿Puedes ahora estarte callada?

Christen asintió con ansiedad.

—Sí, puedo —respondió también susurrando—. Puedo estarme terriblemente callada cuando tengo que hacerlo, y cuando yo...

Lawrence le tapó la boca con la mano.

—Silencio, mi niña dorada.

William tomó a Gillian en sus brazos, y sacándola de la habitación, la llevó por el corredor hasta la habitación de su padre. Spencer y Tom iban delante, iluminando el corredor con brillantes velas. Sombras gigantescas, que se mantenían a su lado, bailoteaban sobre los muros, y el único sonido que se oía era el de sus recias botas contra el suelo de piedra. Gillian, asustada, rodeó el cuello del soldado con sus brazos, y ocultó la cabeza bajo su barbilla.

—No me gustan las sombras —gimoteó.

—No van a hacerte ningún daño —la tranquilizó él.

—Quiero a mi mamá, William.

—Ya lo sé, oso meloso.

El tonto apodo con el que él siempre la llamaba le hizo sonreír, y de pronto ya no tuvo más miedo. Vio que su papá pasaba corriendo a su lado, para adelantarse y entrar primero en su alcoba, y lo habría llamado, pero William se puso el dedo sobre los labios, recordándole que debía estarse callada.

Tan pronto estuvieron todos dentro de la habitación de su padre, Tom y Spencer corrieron un gran arcón bajo situado contra la pared, para poder abrir la puerta secreta. Los oxidados goznes gimieron y chirriaron como un cerdo hambriento.

Lawrence y William se vieron obligados a dejar las niñas en el suelo para empapar las antorchas con aceite y encenderlas. En cuanto se dieron la vuelta, Christen y Gillian corrieron hacia donde se encontraba su padre, que estaba arrodillado sobre otro arcón a los pies de su cama, revolviendo su contenido. Se pusieron una a cada lado y se alzaron de puntillas, con las manos apoyadas sobre el borde del arcón, para poder atisbar en su interior.

—¿Qué buscas, papá? —preguntó Christen.

—Esto —contestó él, mientras levantaba una refulgente caja adornada con pedrería.

—Es terriblemente bonita, papá —dijo Christen—. ¿Me la dejas?

—¿Y a mí también? —se sumó Gillian.

—No —respondió él—. La caja pertenece al príncipe Juan, y yo debo ocuparme de que vuelva a su poder.

Todavía de rodillas, el padre se volvió hacia Christen y la tomó del brazo, acercándola a él a pesar de sus forcejeos por alejarse.

—¡Me haces daño, papá!

—Lo siento, mi amor —dijo él, aflojando de inmediato el apretón. No quise hacerte daño, pero es necesario que prestes atención a lo que voy a decirte. ¿Puedes hacerlo, Christen?

—Sí, papá, puedo prestar atención.

—Eso está muy bien —aprobó él—. Quiero que lleves esta caja contigo cuando te vayas. Lawrence te protegerá del peligro y te llevará a un sitio seguro muy lejos de aquí. También te ayudará a ocultar este malhadado tesoro hasta que llegue el momento oportuno y yo pueda ir a buscarte, y llevarle la caja al príncipe Juan. No debes hablarle a nadie de este tesoro, Christen.

Gillian rodeó a su padre para ir al lado de Christen.

—¿Puede contármelo a mí, papá?

Su padre no hizo caso de la pregunta, y siguió aguardando la respuesta de Christen.

—No diré nada —prometió ésta.

—Yo tampoco diré nada —dijo también Gillian, al tiempo que asentía con vehemencia para demostrar que hablaba en serio.

Su padre siguió ignorando a su hija pequeña, porque quería que Christen comprendiera la importancia de lo que le estaba diciendo.

—Nadie debe saber que tú tienes la caja, pequeña. Ahora, observa lo que hago —ordenó—. Voy a envolver la caja con esta túnica.

—¿Para que nadie la vea? —preguntó Christen.

—Eso es —susurró él—. Para que nadie la vea.

—¡Pero yo ya la vi, papá! —exclamó Gillian.

—Sé que la has visto —convino su padre. Levantó entonces los ojos hacia Lawrence, al tiempo que decía—: ¡Es tan pequeña...! Estoy pidiéndole demasiado. Santo Dios, ¿cómo puedo dejar que se vayan mis niñas?

Lawrence dio un paso al frente.

—¡Protegeré a Christen con mi propia vida y me aseguraré de que nadie vea la caja!

William también se apresuró a ofrecer su compromiso de lealtad.

—Lady Gillian no sufrirá ningún daño —prometió—. Os doy mi palabra, barón Ranulf. ¡La defenderé con mi vida!

La vehemencia de su voz fue un consuelo para el barón, quien asintió con la cabeza para que ambos soldados supieran que su confianza en ellos era absoluta.

Gillian tiró del codo de su padre para atraer su atención. No quería que la dejara al margen. Cuando su papá envolvió la bonita caja en una de sus túnicas y se la dio a Christen, Gillian juntó sus manos, expectante, porque supuso que, como le había dado un regalo a su hermana, también le daría uno a ella. Aunque Christen era la primogénita y tenía tres años más que Gillian, su padre jamás había mostrado ningún favoritismo.

Le resultaba difícil ser paciente, pero lo intentó. Observó cómo su padre tomaba a Christen en sus brazos, depositaba un beso sobre su frente y la abrazaba con fuerza.

—No te olvides de tu papá —le murmuró—. No te olvides de mí.

Luego, fue hasta Gillian. Ella se arrojó en sus brazos y lo besó sonoramente en la mejilla.

—Papá, ¿no tienes otra bonita caja para mí?

—No, cariño mío. Ahora debes marcharte con William. Dale la mano...

—Pero, papá, yo también quiero tener una caja. ¿No tienes una para que me lleve?

—Esa caja no es un regalo, Gillian.

—Pero, papá...

—Te quiero —la interrumpió, pestañeando para

contener las lágrimas mientras la abrazaba fuertemente contra su cota de mallas—. Que Dios te proteja.

—Me ahogas, papá. ¿Puedo turnarme con Christen para llevar la caja? ¡Por favor, papá!

Hector, el administrador de su padre, irrumpió en la habitación, gritando. Su entrada sobresaltó tanto a Christen, que dejó caer el tesoro. La caja se salió de la túnica que la envolvía y rodó por las piedras del suelo con gran estrépito. A la temblorosa luz de las antorchas, los rubíes, zafiros y esmeraldas que la cubrían cobraron vida, lanzando cegadores destellos como si fueran brillantes estrellas caídas del cielo.

Hector se paró en seco, deslumbrado por la belleza caída ante él.

—¿Qué pasa, Hector? —preguntó el barón.

Aunque venía a traer al barón un mensaje de Bryant, el comandante en jefe de sus fuerzas, Hector parecía haberse olvidado de su misión mientras recogía la caja y se la entregaba a Lawrence. Entonces, recordando el propósito que lo traía, se volvió hacia su señor.

—Milord —dijo— Bryant me ordenó venir hasta aquí para deciros que el joven Alford el Rojo y sus soldados han logrado abrir una brecha en el muro de defensa interior.

—¿Vio al barón Alford? —inquirió bruscamente William—. ¿O sigue ocultándose de nosotros?

Hector se volvió hacia el soldado y lo miró.

—No lo sé —confesó, antes de volver su atención nuevamente hacia el barón—. Bryant también me ordenó deciros que vuestros hombres os están reclamando, milord.

—Iré inmediatamente —anunció el barón, poniéndose de pie. Hizo una seña a Hector, para que saliera de la habitación, y luego fue tras él, deteniéndose un instante en la puerta para contemplar a sus hermosas hijas por última vez. Christen, con sus bucles dorados y sus mejillas de querubín, y la pequeña Gillian, con los brillantes ojos verdes de su madre y su blanco cutis claro, parecían a punto de romper a llorar.

—Iros ahora, y que Dios os guarde —ordenó ásperamente el barón.

Se marchó. Los soldados se apresuraron a meterse en el pasadizo. Tom llevó la delantera para abrir la puerta al final del túnel y asegurarse de que la zona no hubiera sido ocupada por el enemigo. Lawrence tomó a Christen de la mano e inició la marcha por el sombrío corredor con su antorcha llameante en alto. Gillian iba detrás de su hermana, colgada de la mano de William. Cerraba la marcha Spencer, que volvió a colocar el arcón frente a la disimulada entrada del pasadizo antes de cerrar la puerta.

—Papá nunca me dijo que tuviera una puerta secreta —le susurró Gillian a su hermana.

—A mí tampoco —respondió Christen en el mismo tono—. Tal vez se olvidó.

Gillian tiró de la mano de William para atraer su atención.

—Christen y yo también tenemos una puerta secreta, pero está dentro de nuestras alcobas. No se lo podemos contar a nadie porque es un secreto. Papá dice que nos dará una paliza si lo contamos. ¿Tú sabías que era un secreto, William? —El soldado no respondió, pero ella no se dejó amilanar por su silencio—. ¿Sabes adónde conduce nuestro pasaje? Papá dice que al salir de nuestro túnel se pueden ver los peces del estanque. ¿Es allí hacia donde vamos?

—No —contestó William—. Este túnel nos conducirá bajo la bodega. Ya nos estamos acercando a la escalera, y quiero que te estés bien callada.

Gillian echó una preocupada mirada de soslayo a las sombras que la seguían por las paredes. Se acercó a William, y luego miró a su hermana. Christen aferraba la caja enjoyada contra su pecho, pero uno de los bordes de la túnica colgaba bajo su brazo, y Gillian no pudo resistir la tentación de asirlo.

—Puedo turnarme contigo para llevar la caja. Lo dijo papá.

Christen se indignó.

—No, no lo hizo —gritó. Giró el cuerpo hacia Lawrence para que Gillian no pudiera acercarse a la caja, y se quejó al soldado—. Lawrence, Gillian ha dicho una mentira. Papá dijo que yo debía llevar la caja, no ella.

Gillian no flaqueó en su decisión.

—Pero yo puedo llevarla por turnos —volvió a decirle a su hermana, mientras intentaba de nuevo agarrar la punta de la túnica, pero retrocedió cuando creyó oír un ruido a su espalda. Se dio la vuelta para mirar. La escalera estaba oscura como la boca del lobo y no pudo ver nada, pero estaba segura que había monstruos acechando en las sombras, tal vez un fiero dragón esperando el momento de abalanzarse sobre ella. Aterrada, aferró con fuerza la mano del soldado y se apretó contra él.

—No me gusta este lugar —chilló—. Aúpame, William.

En el preciso instante en que el soldado se inclinaba para levantarla con su brazo libre, una de las sombras de la pared saltó sobre ella. Gillian soltó un alarido de terror, se tambaleó y cayó sobre Christen.

—¡No, es mía! —gritó su hermana, al tiempo que giraba para evitar chocar con Gillian, mientras la sombra embestía a William. El golpe le hizo caer de rodillas y se derrumbó sobre Lawrence. Los peldaños estaban resbaladizos debido a la humedad que rezumaban las paredes, y los hombres estaban demasiado cerca de los bordes como para mantener el equilibrio. Cayeron de cabeza en el tenebroso hueco, junto con las niñas. Chispas de las antorchas volaron en todas direcciones, al rodar las teas por los escalones ante ellos.

William trató desesperadamente de proteger a la niña mientras sus cuerpos caían sobre los afilados bordes de los escalones, pero no pudo escudarla por completo, y Gillian se golpeó la barbilla contra un afilado canto.

Aturdida por el golpe, lentamente Gillian se sentó y miró a su alrededor. La sangre empapaba su vestido, y cuando vio que también había sangre en sus manos, se puso a gritar. Su hermana yacía a su lado, boca abajo, sin proferir sonido alguno.

—¡Christen, ayúdame! —sollozó Gillian—. ¡Despierta! No me gusta este sitio. ¡Despierta!

Trabajosamente, William se puso de pie con la niña en sus brazos, y apretándola contra su pecho, corrió por el túnel.

—Calla, niña, calla —le decía una y otra vez, sin parar de correr.

Lawrence fue tras ellos llevando a Christen. La sangre goteaba de la herida que ésta tenía en la frente.

—¡Lawrence, tú y Tom llevad a Christen hasta el arroyo! ¡Spencer y yo nos reuniremos con vosotros allí! —gritó William.

—Ven con nosotros ahora —lo urgió Lawrence, haciéndose oír por encima de los chillidos de Gillian.

—La niña está malherida. Necesita que le cosan la herida —replicó William—. Ve ahora. Te alcanzaremos. Dios nos dará alas —agregó, adelantándose.

—¡Christen! —aulló Gillian—. ¡Christen, no me dejes!

Al acercarse a la puerta, William le cubrió la boca

con la mano y le rogó que se callara. Spencer y él la llevaron hasta la cabaña del curtidor, en los límites del muro defensivo exterior, para que Maude, la esposa del curtidor, pudiera coser la herida. La barbilla de Gillian estaba en carne viva.

Ambos soldados la agarraron mientras Maude se ocupaba de ella. La batalla tronaba peligrosamente cerca, y el ruido se volvió tan ensordecedor que se vieron obligados a gritar para poder oírse.

—Termina con la niña —le ordenó William a la mujer—. Debemos ponerla a salvo antes de que sea demasiado tarde. Date prisa —gritó, mientras salía afuera a montar guardia.

Maude remató la costura con un nudo y luego recortó los hilos sobrantes. Tan rápidamente como pudo, vendó el cuello y la barbilla de Gillian con un grueso vendaje.

Spencer levantó a la niña y salió tras William. El enemigo, con sus flechas incendiarias, había prendido fuego a los techos de paja de varias de las barracas, y bajo esa brillante luz, los tres corrieron hacia la colina donde los aguardaban sus cabalgaduras.

Se encontraban a mitad de la pendiente, cuando desde la cima descendió un tropel de soldados, inundando el lugar. Otro grupo les cerraba el paso por la retaguardia. Huir era imposible, pero los dos valientes se mantuvieron fieles a su deber. Dejaron a Gillian en el suelo, entre los dos, con sus piernas como única protección contra el ataque, se irguieron uno de espaldas al otro, alzaron sus espadas, y lanzaron su último grito de guerra. Los nobles soldados murieron tal como habían vivido, con coraje y honor, protegiendo al inocente.

Uno de los oficiales de Alford reconoció a la niña, y la volvió a llevar al gran salón. Liese, la criada de Gillian, al verla entrar en brazos del soldado, avanzó audazmente de entre el grupo de sirvientes que se apiñaban en un rincón, bajo la mirada vigilante de un guardia enemigo. Le suplicó al soldado que le permitiera ocuparse de la niña. Por suerte, el oficial consideraba a Gillian un estorbo, y se alegró de poder librarse de ella. Le ordenó a Liese que la llevara arriba y volvió a salir para unirse a la lucha.

Gillian parecía estar sumida en una especie de sopor. Liese la apretó contra su cuerpo y subió corriendo la escalera, atravesando la galería rumbo al cuarto de la niña, para alejarse de la masacre. Al asir el tirador de la puerta, sintió que el pánico se adueñaba de ella. Se disponía a abrirla, llorando silenciosamente, cuando un repentino estruendo le hizo pegar un respingo. Se volvió en el preciso instante en que se abrían de golpe las pesadas puertas de roble que daban al gran salón. Por ellas irrumpían soldados que llevaban en alto sus ensangrentadas hachas de guerra y las espadas desenfundadas. Ebrios de poder, se volvieron contra los débiles y los indefensos. Los hombres y mujeres desarmados trataron inútilmente de protegerse con sus manos, en un lastimoso intento de defenderse del ataque del afilado acero enemigo. Fue una masacre innecesaria. Horrorizada, Liese cayó de rodillas, cerró los ojos y se tapó los oídos para no ver ni oír las desesperadas súplicas de misericordia de sus amigos.

Gillian permaneció impasible al lado de Liese, pero al ver que su padre era arrastrado hasta el interior del salón, corrió hacia la baranda de la galería y se arrodilló.

—¡Papá! —susurró. Entonces vio a un hombre ataviado con una capa dorada, que levantaba su espada sobre su padre—. ¡Papá! —gritó.

Esas fueron las últimas palabras que pronunció. A partir de ese momento, Gillian se sumió en un mundo de silencio.

Dos semanas más tarde, el barón Alford el Rojo de Lockmiere, el joven que había tomado el control de la tierra de su padre, la llamó a su presencia para decidir qué hacer con ella, y sin pronunciar palabra, Gillian le hizo saber qué había en su mente y su corazón.

Liese tomó a Gillian de la mano y se dirigió hacia el gran salón para presentarse ante el monstruo que había matado al padre de la pequeña. Alford, que apenas tenía la edad suficiente para ser considerado un hombre, era un malvado ávido de poder, y Liese no era tonta. Sabía que con un simple chasquido de sus dedos o un gesto de la mano podía ordenar la muerte de ambas.

Al entrar al salón Gillian se soltó de la mano de Liese y avanzó sola. Se detuvo al llegar a la larga mesa donde Alford y sus jóvenes compañeros estaban cenando. Con rostro inexpresivo y las manos colgando flaccidamente a los lados, Gillian permaneció inmóvil, observando al barón con mirada vacía.

Éste tenía un muslo de faisán en una mano y un trozo de pan negro en la otra. De la rala barba roja que cubría su barbilla colgaban restos de grasa y carne. Durante varios minutos, mientras devoraba su comida, ignoró la presencia de la niña, pero recién después de haber arrojado los huesos por encima del hombro, se volvió hacia ella.

—¿Cuántos años tienes, Gillian? —Alford esperó un largo minuto antes de insistir—. Te he hecho una pregunta —murmuró, tratando de mantener su levantisco carácter bajo control.

—No debe de tener más de cuatro años —sugirió un compañero.

—Apuesto a que tiene más de cinco —dijo otro—. Es pequeña, pero puede que hasta tenga seis.

Alford alzó la mano, imponiendo silencio, mientras sus ojos seguían clavados en la niña.

—Es una pregunta muy simple. Contéstame, y mientras lo haces, dime qué te parece que debo hacer contigo. El confesor de mi padre dice que no puedes hablar porque el diablo se ha adueñado de tu alma. Quiere que le de permiso para expulsarlo de tu interior, utilizando métodos sumamente desagradables. ¿Te gustaría que te contara exactamente lo que te haría? —preguntó—. No, no creo que te gustara —se respondió a sí mismo, con una sonrisa afectada—. Desde luego, sería necesaria la tortura, ya que es la única forma de expulsar a los demonios, o al menos así me han contado. ¿Te gustaría estar atada a una mesa durante horas mientras mi confesor hace su trabajo? Tengo el poder de ordenar que lo hagan. Ahora, contesta a mi pregunta y date prisa. Dime tu edad —exigió, con un gruñido.

El silencio fue toda la respuesta que obtuvo. Un silencio escalofriante. Alford advirtió que sus amenazas no la conmovían. Se le ocurrió que tal vez fuera demasiado necia para entenderlo. Después de todo, era la hija de su padre, y qué tonto, ingenuo y estúpido había sido éste al creer que Alford era su amigo.

—Quizá no responda porque no sabe cuántos años tiene —sugirió su amigo—. Pasa al asunto importante —lo apremió—. Pregúntale por la caja.

Alford asintió con un gesto.

—Veamos, Gillian —comenzó a decir, en un tono agrio como el vinagre—, tu padre le robó una caja muy valiosa al príncipe Juan, y me propongo recuperarla. La tapa y los lados estaban adornados con bellas piedras preciosas. Si la has visto, deberías recordarla —agregó—. ¿Tú o tu hermana habéis visto este tesoro? ¡Contéstame! —ordenó, con una voz chillona de frustración—. ¿Viste a tu padre esconder esa caja? ¿Lo viste?

Gillian no mostró ninguna señal de haber oído una

sola palabra de lo que le había dicho. Se limitó a seguir mirándolo. El joven barón dejó escapar un suspiro de fastidio y decidió mirarla fijamente hasta intimidarla.

En un instante, la expresión de la niña pasó de la indiferencia al odio. El puro aborrecimiento que brillaba en sus ojos logró amedrentarlo, sintió que se le erizaban los pelos de la nuca y se le ponía la piel de gallina. Era casi un sacrilegio que una niña de tan corta edad demostrara unos sentimientos tan intensos.

Ella le daba miedo. Furioso ante su propia reacción, tan extraña ante una niña que era poco más que un bebé, Alford recurrió una vez más a la crueldad.

—Eres una niña con un aspecto muy enfermizo, con esa piel tan pálida y ese cabello pardusco. La bonita era tu hermana, ¿verdad? Dime, Gillian, ¿estabas celosa de ella? ¿Es por eso que la tiraste por las escaleras? La mujer que te cosió la herida me dijo que Christen y tú rodasteis por las escaleras, y que uno de los soldados que estaban contigo le dijo que tú empujaste a tu hermana. Christen está muerta, sabes, y es culpa tuya. —Se inclinó hacia ella y la apuntó con un dedo largo y huesudo—. Vas a cargar con ese gran pecado por el resto de tu vida, por corta que sea. He decidido enviarte al fin del mundo —anunció imprevistamente—. Al inclemente y frío norte de Inglaterra, donde vivirás junto a los salvajes hasta que llegue el día en que vuelva a necesitarte. Ahora, sal de mi vista. Haces que se me erice la piel.

Temblando de miedo, Liese dio un paso adelante.

—Milord —dijo—, ¿puedo acompañar a la niña al norte para cuidar de ella?

Alford volvió su atención hacia la criada encogida de miedo, que aguardaba cerca de la puerta, y se estremeció visiblemente al contemplar su rostro lleno de cicatrices.

—¿Una bruja para cuidar de otra? —se mofó—. No

me interesa si te vas o te quedas. Haz lo que quieras, pero sácala ahora de aquí para que mis amigos y yo no tengamos que seguir soportando su asquerosa mirada.

Al notar el perceptible temblor de su propia voz, Alford montó en cólera. Tomó un pesado cazo de madera de la mesa y se lo arrojó a la niña. Éste pasó volando junto a su cabeza, a muy pocos centímetros. Gillian no se sobresaltó, ni siquiera parpadeó. Se limitó a permanecer de pie donde estaba, con sus verdes ojos brillando de odio.

¿Acaso estaba mirando dentro de su alma? La sola idea le hizo sentir un escalofrío en la columna.

—¡Fuera! —gritó—. ¡Salid de aquí!

Liese se apresuró a alzar a Gillian, y salió corriendo del salón.

En cuanto se encontraron fuera y a salvo, abrazó a la pequeña contra su pecho.

—Ya terminó todo —susurró —, pronto dejaremos este horrible sitio sin mirar atrás ni una sola vez. Jamás tendrás que volver a ver al asesino de tu padre, y yo no tendré que seguir cuidando a mi esposo Hector. Comenzaremos una nueva vida juntas y, Dios mediante, lograremos hallar algo de paz y de alegría.

Liese estaba decidida a partir antes de que el barón Alford cambiara de parecer. La autorización para dejar Dunhanshire había sido una liberación, ya que le permitía dejar a Hector también. Su esposo había perdido el juicio durante el ataque al castillo y estaba demasiado confuso para ir a ninguna parte. Tras haber presenciado la matanza de la mayoría de los soldados y del personal de la casa, y haber salvado el pellejo por muy poco, su cordura se había quebrado y se había vuelto tan loco como un zorro furioso; se dedicaba a vagar todo el día por las colinas de Dunhanshire, cargando su zurrón con piedras y pedazos de tierra a los que llamaba sus tesoros. Todas las noches se preparaba la cama en el extremo sur de los establos, donde lo dejaban en paz para que se retorciera en sus pesadillas. Sus ojos tenían una mirada vidriosa y lejana, y alternaba constantemente entre murmullos acerca de cómo iba a convertirse en un hombre rico, tan rico como el mismísimo rey Ricardo, y gritos obscenos porque estaba tardando demasiado en lograr su objetivo. Tanto los infieles como su jefe, que reclamaba Dunhanshire para sí en nombre del rey ausente, eran lo bastante supersticiosos como para no atreverse a echar a Hector. Mientras el pobre demente los dejara en paz, lo olvidaban. Incluso se veía a algunos de los soldados más jóvenes caer de rodillas y hacer la señal de la cruz cada vez que Hector pasaba a su lado. Este sagrado ritual servía de talismán contra la posibilidad de contagiarse del delirio del idiota. No osaban matarlo, ya que creían firmemente que los demonios que se habían adueñado de la mente de Hector podían apoderarse de ellos y tomar el control de sus acciones y pensamientos.

Liese sintió que Dios la había dispensado de sus votos matrimoniales. Durante los siete años que habían vivido como marido y mujer, Hector jamás le había demostrado ni una pizca de afecto ni le había dicho una sola palabra amable. Creía que su deber como marido consistía en pegarle para obtener su sumisión y su humildad y así asegurar a su esposa un lugar en el cielo, y asumió su sagrada responsabilidad con un gozoso entusiasmo. Hector había sido un hombre brutal y de mal carácter, que de niño había sido vergonzosamente malcriado por padres complacientes, y daba por sentado que podía obtener todo aquello que se le antojara. Estaba convencido que debía vivir una vida de holganza, y permitió que la codicia dominara todos sus pensamientos. Tres meses antes de que el padre de Gillian fuera asesinado, Hector había sido ascendido al envidiado cargo de administrador general, gracias a su habilidad con los números. Tuvo entonces acceso a la enorme cantidad de dinero procedente de los alquileres de los arrendatarios, y descubrió a cuánto ascendía exactamente la fortuna del barón. La avaricia se apoderó de su corazón, y con ella una amargura ácida como la bilis por no haber sido recompensado con lo que él creía que le correspondía.

Hector era también un cobarde. Durante el ataque, Liese había sido testigo de cómo su esposo había utilizado a Greta, la cocinera y una querida amiga de Liese, como escudo contra las flechas que llovían sobre ellos desde el patio de armas. Cuando Greta murió, Hector había colocado su cuerpo encima del suyo y había simulado estar muerto.

Liese sintió gran vergüenza, y ya no pudo volver a mirar a su esposo sin odio. Sabía que corría el riesgo de perder su propia alma, ya que despreciar a una criatura de Dios como ella despreciaba a Hector seguramente era pecado. Agradecía a Dios que le brindara una segunda oportunidad para redimirse.

Preocupada de que a Hector pudiera ocurrírsele ir tras ellas, el día fijado para su partida Liese llevó a la niña a los establos para despedirse. Llevándola de la mano, entró en la caballeriza donde vivía su esposo. Vió su zurrón, salpicado de sangre y estiércol, colgando de un gancho en un rincón, y frunció la nariz con disgusto. Olía tan mal como el hombre que se paseaba frente a ella.

Cuando lo llamó, él se sobresaltó y luego corrió en busca de su zurrón para esconderlo a sus espaldas. Se agachó hasta casi ponerse de rodillas, mientras movía nerviosamente los ojos de un lado a otro.

—¡Tú, viejo tonto! —murmuró Liese—. Nadie va a robarte tu zurrón. Vengo a decirte que me marcho de

Dunhanshire con lady Gillian y no volveré a verte nunca más, Dios sea loado. ¿Oyes lo que te estoy diciendo? Deja de mascullar y mírame. No quiero que me sigas, ¿entiendes?

Hector soltó una risa sofocada. Gillian se acercó más a Liese, aferrando sus faldas. La mujer se inclinó para tranquilizarla.

—No dejes que te asuste —le susurró—. No permitiré que te haga ningún daño —agregó antes de volver su atención y desagrado nuevamente hacia su esposo.

—Estoy hablando en serio, Hector. No te atrevas a seguirme. No quiero tener que cuidarte nunca más. Por lo que a mí respecta, tú ya estás muerto y enterrado.

Él no pareció prestarle ninguna atención.

—Pronto voy a cobrar mi recompensa... todo va a ser mío... un rescate de rey —alardeó con un sonoro bufido—. Tal como me lo merezco... su reino por el rescate. Todo va a ser mío... todo mío...

Liese hizo que Gillian volviera la cabeza para poder mirarla.

—Recuerda este momento, niña. Esto es lo que la cobardía le hace a un hombre.

Liese no miró atrás. Alford se negó a ordenar a sus soldados que las escoltaran al norte. Le divertía pensar que ambas brujas tuvieran que caminar. Sin embargo, los jóvenes hermanos Hathaway vinieron en su ayuda. Waldo y Henry, arrendatarios del noroeste, les ofrecieron sus caballos de trabajo y su carro para el viaje, y las acompañaron, fuertemente armados, ya que existía la amenaza de merodeadores acechando en los campos, a la espera de la oportunidad de abalanzarse sobre viajeros desprevenidos.

Afortunadamente, el viaje transcurrió sin incidentes, y fueron bienvenidas a la propiedad del solitario barón Morgan Chapman. El barón era tío político de Gillian, y aunque se hallaba en buenos términos con la corona, se le consideraba un forastero y, por lo tanto, muy raramente era invitado a la corte. Por sus venas corría sangre de las Highlands, por lo que lo veían como alguien poco fiable e incluso un poco inferior.

Tenía un aspecto un tanto atemorizador, con su más de un metro con ochenta de alto, su cabello negro muy rizado, y su permanente ceño fruncido. Alford había enviado a Gillian a casa de este pariente lejano como castigo, pero su exilio a los confines de Inglaterra resultó ser su salvación. Aunque el aspecto de su tío fuera aparentemente hosco e inaccesible, bajo esa fachada latía un gran corazón. En realidad era un hombre afable y cariñoso, que con sólo una mirada a su desdichada sobrina, supo inmediatamente que ambos eran almas gemelas. Le dijo a Liese que no pensaba permitir que una niña se entrometiera en su pacífica existencia, pero enseguida se contradijo, dedicando todo su tiempo a cuidar a Gillian. La quiso como un padre, y se impuso la obligación de lograr que volviera a hablar. Morgan deseaba oírla reír, pero le preocupaba el que tal vez sus aspiraciones fueran excesivas.

Liese también se impuso la misión de ayudar a que Gillian se recuperara de la tragedia que se había abatido sobre su familia. Dormía en la misma alcoba que la niña para poder calmarla y tranquilizarla cuando las pesadillas hacían que Gillian se despertara gritando. Pero después de pasar varios meses mimándola y consolándola sin obtener ningún resultado, la criada de la pequeña dama estaba a punto de ceder a la desesperación.

Firmemente guardados dentro de la mente de la niña se hallaban encerrados fragmentos e imágenes sueltas de esa terrorífica noche en la que murió su padre. A su corta edad, le resultaba difícil separar la realidad de la imaginación, pero recordaba con claridad el forcejeo por quedarse con la caja cubierta de pedrería, cuando trataba de quitársela a su hermana para poder tenerla en su mano, y luego cuando rodaban por los escalones de piedra que llevaban a los túneles situados bajo el castillo. La mellada cicatriz de su barbilla probaba que no lo había imaginado. Recordaba los gritos de Christen. También recordaba la sangre. En sus borrosos y confusos recuerdos, tanto Christen como ella estaban cubiertas de sangre. La pesadilla que la atormentaba en las oscuras horas de la noche era siempre la misma. Monstruos sin cara, con rojos ojos llameantes y largas colas como látigos, perseguían a Christen y a ella por un lóbrego corredor, pero en esos pavorosos sueños jamás era ella la que mataba a su hermana. Eran los monstruos.

Una de esas noches, durante una terrible tormenta, finalmente Gillian habló. Liese la despertó para sacarla de su pesadilla, y luego, tal como ya era rutina, la envolvió en una de las sencillas y suaves mantas escocesas de su tío, y la llevó al lado del fuego.

La rolliza mujer acunó a la pequeña en sus brazos, y comenzó a hablarle en voz baja.

—No está bien que te portes así, Gillian. Durante el día no pronuncias palabra, y de noche pasas todo el tiempo aullando como un lobo solitario. ¿Eso pasa porque tienes guardado todo el dolor dentro de ti, y necesitas sacarlo afuera? ¿Es así, pequeño ángel mío? Háblame, pequeña. Cuéntame lo que abruma tu corazón.

Liese no esperaba ninguna respuesta, y estuvo a punto de dejar caer a la niña de cabeza cuando escuchó su tenue susurro.

—¿Qué has dicho? —preguntó, en un tono un poco más seco del que se proponía.

—No quería matar a Christen. No lo hice a propósito.

Liese rompió a llorar.

—¡Oh, Gillian, tú no mataste a Christen! Te lo he dicho más de mil veces. Yo oí lo que te dijo el barón Alford. ¿No recuerdas que apenas te saqué del salón, te dije que estaba mintiendo? ¿Por qué no me crees? El barón Alford estaba siendo cruel contigo.

—Está muerta.

—No, no lo está.

Gillian alzó la mirada hacia Liese para adivinar, por su expresión, si le estaba diciendo o no la verdad. Deseaba y necesitaba creerle con desesperación.

—Christen está viva —insistió Liese con un gesto afirmativo—. Hazme caso. Por terrible que sea la verdad, nunca, jamás te mentiré.

—Recuerdo la sangre.

—¿En tus pesadillas?

Gillian asintió.

—Empujé a Christen por las escaleras. Papá me llevaba de la mano, pero me soltó. Hector también estaba allí.

—Tienes todo mezclado en tu cabecita. Ni tu papá ni Hector estaban allí.

Gillian apoyó la cabeza sobre el hombro de Liese.

—Hector está chiflado.

—Sí, sí lo está —convino Liese.

—¿Tú estabas en el túnel conmigo?

—No, pero sé lo que pasó. Cuando Maude te cosió la herida, uno de los soldados que estaba en el túnel contigo se lo contó. Despertaron a tu hermana y a ti, y os llevaron a la alcoba de tu padre.

—¿William me llevaba en brazos?

—Sí.

—Afuera estaba todo oscuro.

Liese la sintió estremecerse y la abrazó.

—Sí, fue en la mitad de la noche. Alford y sus soldados habían abierto una brecha en el muro de defensa interior.

—Recuerdo la pared abierta en el cuarto de papá.

—El pasadizo secreto llevaba a las escaleras que daban al túnel. Había cuatro soldados con tu padre, cuatro hombres a los que confió vuestro bienestar. Tú los conoces, Gillian. Allí estaban Tom, Spencer, Lawrence y William. Spencer fue quien le contó a Maude lo sucedido. Ellos os condujeron por el pasadizo secreto, portando antorchas para iluminar el camino.

—Se supone que yo no debo hablar de mi puerta secreta.

Liese sonrió.

—Sé que tienes una también en tu cuarto —dijo.

—¿Cómo te enteraste? ¿Te lo dijo Christen?

—No, ella no me lo dijo —replicó la mujer—. Todas las noches, yo te metía en tu cama, pero la mayoría de las mañanas amanecías en la cama de Christen. Me imaginé que habría un pasadizo, porque sé que no te gustan los lugares oscuros y el vestíbulo que debías atravesar delante de tu alcoba era un sitio muy oscuro. Tenías que haber encontrado otro camino.

—¿Vas a pegarme por haber hablado de él?

—¡Oh, cielos, no, Gillian! Yo jamás te pegaría.

—Papá tampoco me pegó nunca, pero siempre decía que lo haría. Estaba bromeando, ¿verdad?

—Sí, así es —respondió Liese.

—¿Papá me llevaba de la mano?

—No, él no fue con vosotras por el pasadizo. No habría sido honorable escapar de la batalla, y tu padre era un hombre honorable. Se quedó junto a sus soldados.

—Yo empujé a Christen por las escaleras, y luego tenía sangre. No lloró. Yo la maté.

Liese soltó un suspiro.

—Sé que eres demasiado pequeña para entenderlo, pero así y todo quiero que lo intentes. Christen se cayó por la escalera, y tú también. Spencer le contó a Maude que le parecía que William había perdido el equilibrio y caído sobre Lawrence. El suelo de piedra estaba resbaladizo, pero William insistía en que alguien lo había empujado.

—Tal vez fui yo quien lo empujó —exclamó Gillian con tono preocupado.

—Eres demasiado pequeña para hacerle perder el equilibrio a un hombre grande. No tienes tanta fuerza.

—Pero quizás...

—No tienes la culpa de nada —insistió Liese—. Es un milagro que ninguna de vosotras haya muerto. Sin embargo, necesitabas que te cosieran la herida, y por eso William y Spencer te llevaron a casa de Maude. William se quedó afuera, montando guardia, hasta que la batalla se acercó demasiado. Maude me contó que estaba desesperado por ponerte a salvo, pero desgraciadamente, cuando ella terminó de coserte la herida, los soldados del barón Alford habían rodeado el patio de armas y ya no había posibilidades de escapar. Fuiste capturada y llevada de regreso al castillo.

—¿Christen también fue capturada?

—No, pudieron sacarla antes de que descubrieran el túnel.

—¿Dónde está Christen ahora?

—No lo sé —reconoció Liesen— Pero tal vez tu tío Morgan pueda decírtelo. Es posible que lo sepa. Mañana debes ir y preguntárselo. Te quiere como a una hija, Gillian, y sé que te ayudará a encontrar a tu hermana. Estoy segura de que ella también te echa de menos.

—Tal vez se haya perdido.

—No, no se ha perdido.

—Pero si se ha perdido, debe estar asustada.

—Niña, no se ha perdido. Está a salvo en alguna parte, fuera del alcance de las garras del barón Alford. ¿Me crees ahora? En lo más hondo de tu corazón, ¿crees que tu hermana está viva?

Gillian asintió. Comenzó a enroscar un mechón del cabello de Liese en su dedo.

—Te creo —musitó, bostezando—. ¿Cuándo va a venir papá para llevarme a casa?

Los ojos de Liese volvieron a llenarse de lágrimas.

—¡Ay, mi amor, tu papá no puede venir por ti! Está muerto. Alford lo mató.

—Puso un cuchillo en la barriga de papá.

—Santo Dios, ¿lo viste hacerlo?

—Papá no gritó.

—¡Oh, pobre ángel mío...!

—Tal vez Maude pueda coserlo, y entonces podría venir a buscarme.

—No, no puede venir a buscarte. Está muerto y los muertos no vuelven a la vida.

Gillian soltó el mechón de Liese y cerró los ojos.

—¿Papá está en el cielo con mamá?

—Claro que sí.

—Yo también quiero ir al cielo.

—No es tu momento para ir. Primero tienes que vivir una larga vida, Gillian, y luego podrás ir al cielo.

Gillian apretó muy fuerte los ojos para no llorar.

—Papá murió de noche.

—Sí, así es.

Transcurrió un largo rato antes de que Gillian volviera a hablar. Era un murmullo casi inaudible.

—Las desgracias siempre llegan de noche.

1

Escocia, catorce años después

El destino de todo el clan MacPherson descansaba en las manos de laird Ramsey Sinclair. Con el reciente nacimiento de Alan Doyle y el plácido pase a mejor vida de Walter Flanders, el número de los MacPherson era exactamente de novecientos veintidós, y la gran mayoría de aquellos orgullosos hombres y mujeres deseaban y necesitaban desesperadamente la protección de Ramsey.

Los MacPherson estaban en una mala situación. Su laird, un hombre ruin de mirada triste llamado Lochlan, había muerto el año anterior, y por propia mano, que Dios se apiade de su alma. Los miembros del clan habían quedado aturdidos y horrorizados ante el acto de cobardía de su laird, y hasta ese momento no habían sido capaces de hablar abiertamente del tema. Ninguno de los más jóvenes había reclamado con éxito el derecho a liderar el clan, aunque, a decir verdad, la mayoría no quería ocupar el lugar de Lochlan porque creía que éste había viciado el cargo al suicidarse. Debía de estar loco, conjeturaban, porque un hombre cuerdo jamás cometería un pecado tal sabiendo que tendría que pasar toda la eternidad en el infierno por haber ofendido a Dios con un insulto de semejante magnitud.

Los dos ancianos que habían asumido el papel de líderes del clan MacPherson, Brisbane Andrews y Otis MacPherson, estaban viejos y cansados después de más de veinte años de luchas contra los clanes ávidos de tierras del este, sur y oeste de sus dominios. La lucha se había recrudecido tras la muerte del laird, ya que los enemigos sabían lo vulnerable que se era sin un liderazgo efectivo. Sin embargo, situaciones desesperadas como ésa exigían soluciones ingeniosas, de manera que Brisbane y Otis, con la aprobación del resto del clan, decidieron abordar a laird Ramsey Sinclair durante el transcurso del festival anual de primavera. El acontecimiento social parecía el momento ideal para presentarle su petición, ya que existía la norma tácita de que, durante su duración, todos los clanes hacían a un lado su animosidad y se unían como una sola familia a lo largo de las dos semanas de competiciones y armonía. Eran unos días en los cuales las viejas amistades se reafirmaban, los rencores se olvidaban, y, más que nada, se concertaban contratos matrimoniales. Los padres de las doncellas casaderas pasaban la mayor parte de su tiempo tratando ansiosamente de proteger a sus retoños de los candidatos indeseables, al mismo tiempo que intentaban encontrar el mejor partido posible. Muchos hombres sentían que era ésta una época absolutamente vigorizante.

Como las tierras de Sinclair lindaban con las de los MacPherson en el extremo sur, Ramsey supuso que los líderes MacPherson deseaban hablarle de una posible alianza, pero resultó que los ancianos querían mucho más que eso. Estaban en pos de una unión, un matrimonio, para ser claros, entre los dos clanes, y estaban incluso dispuestos a renunciar a su nombre y convertirse en Sinclair si el laird les daba su solemne palabra de que todos los MacPherson serían tratados como legítimos Sinclair. Querían un trato igualitario para cada uno de los novecientos veintidós miembros del clan.

La tienda de Ramsey Sinclair tenía el tamaño de una gran cabaña y lo suficientemente espaciosa como para albergar el encuentro. En el centro había una mesa redonda con cuatro sillas y sobre el suelo, varios jergones de paja para dormir. El comandante en jefe de Ramsey, Gideon, y otros dos curtidos guerreros Sinclair, llamados Anthony y Faudron, se hallaban presentes. Michael Sinclair, el hermano menor de Ramsey, aguardaba inquieto entre las sombras la autorización para irse a unir a los festejos. Ya había recibido una severa reprimenda por interrumpir la reunión, y mantenía la cabeza baja, avergonzado.

Brisbane Andrews, un viejo pendenciero de mirada penetrante y áspero vozarrón, se adelantó para explicar por qué los MacPherson buscaban una unión.

—Tenemos soldados jóvenes, pero están mal entrenados, y no pueden defender a nuestras mujeres y niños de nuestros agresores. Necesitamos vuestra fuerza para mantener a raya a los depredadores, y poder vivir una vida pacífica.

Otis MacPherson, una leyenda en las Highlands por sus notables, aunque muy exageradas, proezas de juventud, se sentó en la silla que Ramsey le ofrecía, colocó las manos sobre sus huesudas rodillas, y habló, mientras hacía un gesto de asentimiento hacia Michael.

—Quizá, señor —dijo—, sería mejor que accedierais a la petición de vuestro hermano y le permitierais irse antes de seguir adelante con esta conversación. Los niños suelen repetir secretos sin mala intención, y no me gustaría que nadie se enterara de esta... unión... hasta que vos no la hayáis aceptado o rechazado.

Ramsey estuvo de acuerdo, y se volvió hacia su hermano.

—¿Qué quieres, Michael?

El muchacho se sentía terriblemente tímido ante su hermano mayor, porque habiéndolo visto tan sólo un par de veces en toda su corta vida, apenas si lo conocía. Ramsey, tras sus años de entrenamiento obligatorio para convertirse en un buen guerrero, había estado viviendo en la propiedad de Maitland como emisario, y había regresado al hogar de los Sinclair cuando su padre lo había convocado desde su lecho de muerte. Los hermanos eran prácticamente desconocidos, pero Ramsey, a pesar de no ser muy hábil en el trato con niños, estaba dispuesto a corregir esa situación lo antes posible.

—Quiero ir a pescar con mi nuevo amigo —tartamudeó Michael, con la cabeza aún baja—, si vos estáis de acuerdo, señor.

—Mírame cuando me pidas algo —ordenó Ramsey.

Michael se apresuró a hacer lo que se le decía y repitió su petición, esta vez agregando «por favor».

Ramsey pudo notar el miedo en los ojos de su hermano, y se preguntó cuánto tiempo tardaría el muchacho en acostumbrarse a su presencia. El joven todavía lloraba la muerte de su padre, y Ramsey sabía que Michael se sentía como abandonado. No recordaba a su madre, que había fallecido cuando él apenas tenía un año, pero había estado muy unido a su padre y todavía no se había recuperado de su muerte. Ramsey esperaba que, con tiempo y paciencia, Michael aprendiera a confiar en él e incluso, tal vez, a recordar cómo sonreír.

—No te acerques a la cascada y regresa a la tienda antes del anochecer —le ordenó suavemente.

—Estaré de regreso antes del anochecer —prometió Michael—. ¿Ahora puedo marcharme?

—Sí —respondió Ramsey, mientras observaba exasperado cómo Michael se tropezaba con sus propios pies y se llevaba una silla por delante, en su prisa por reunirse con su amigo.

—Michael —le llamó su hermano cuando llegaba corriendo la puerta—, ¿no te olvidas de algo?

El muchacho pareció confundido hasta que Ramsey le señaló con un gesto a los visitantes. De inmediato, Michael se acercó a los dos hombres y se inclinó ante ellos.

—¿Me otorgáis vuestro permiso para salir? —preguntó.

Otis y Brisbane se lo otorgaron, sonriendo al ver cómo el jovencito desaparecía a toda prisa.

—El muchacho se os parece, señor —comentó Brisbane—. Ciertamente, es vuestro vivo retrato. Os recuerdo muy bien cuando vos mismo erais apenas un mozalbete. Si Dios así lo quiere, Michael también se convertirá en un guerrero. Un líder de hombres.

—Así es —añadió Otis—. Con la adecuada orientación, se convertirá en un gran líder, aunque no he podido evitar advertir que el jovencito teme a su hermano. ¿Por qué, señor?

Ramsey no se ofendió por la pregunta. El anciano no había hecho más que decir la verdad y se había limitado a hacer una observación.

—Para él soy un extraño, pero con el tiempo aprenderá a confiar en mí.

—¿Y confiará en que no lo abandonaréis? —preguntó Otis.

—Sí —respondió Ramsey, dándose cuenta de lo perceptivo que era el anciano.

—Recuerdo cuando vuestro padre decidió volver a casarse —señaló Brisbane—. Yo pensaba que Alisdair tenía demasiados años y demasiadas manías para tomar una nueva esposa. Hacía más de diez años que vuestra madre había muerto, pero él logró sorprenderme, y parecía estar realmente satisfecho. ¿Alguna vez tuvisteis oportunidad de conocer a Glynnes, su segunda esposa?

—Asistí a su boda —respondió Ramsey—. Como ella era mucho más joven que mi padre, él estaba seguro de que moriría primero, y quiso asegurarse de que ella estaría bien protegida.

—¿Y os pidió que vos os hicierais cargo de eso? —preguntó Otis con una sonrisa.

—Soy su hijo —contestó Ramsey—. Habría hecho cualquier cosa que él me hubiera pedido.

Otis se volvió hacia su amigo.

—Laird Sinclair jamás le daría la espalda a nadie que necesite su ayuda.

Ramsey pensó que ya habían perdido demasiado tiempo hablando de asuntos personales y llevó la conversación al tema original.

—Habéis dicho que necesitáis mi protección pero ¿no podéis lograr eso con una simple alianza?

—Vuestros soldados tendrían que patrullar nuestras fronteras día y noche —dijo Otis—. Y con el tiempo se cansarían de esa obligación, pero si vos fuerais el propietario de esas tierras...

—Sí —insistió Brisbane con ansiedad—. Si los Sinclair poseyeran esas tierras, vos las protegeríais a toda costa. Nosotros hemos... —Al ver que Ramsey se acercaba para servir más vino en sus copas vacías, se distra-jo, sorprendido, y perdió el hilo de sus pensamientos—. Vos sois laird... y sin embargo nos servís como si fuerais nuestro lacayo. ¿Acaso no sabéis el poder que poseeis?

Ramsey sonrió ante su desconcierto.

—Sé que sois huéspedes en mi tienda —respondió—, y mis mayores. Es, por lo tanto, mi deber atender a vuestra comodidad.

Los hombres se sintieron honrados por estas palabras.

—Tenéis el mismo corazón que vuestro padre —le elogió Otis—. Me alegra ver que Alisdair vive en su hijo.

El caballero aceptó el cumplido con un gesto y luego, con cortesía, volvió al tema que deseaba discutir.

—Estabais diciendo que yo protegería vuestras tierras a toda costa si fueran mías...

—Así es —convino Otis—. Y nosotros tenemos mucho que ofreceros a cambio de esta unión. Nuestra tierra es rica en recursos. Nuestros lagos están colmados de gordos peces, nuestro suelo es rico para sembrar, y nuestras colinas están llenas de ovejas.

—Y por eso nuestras fronteras son constantemente atacadas por los Campbell, los Hamilton y los Boswell. Todos ellos quieren nuestras tierras, nuestras aguas y nuestras mujeres, pero el resto de nosotros puede irse al mismísimo infierno.

Ramsey no mostró ninguna reacción ante el apasionado discurso. Comenzó a pasearse por la tienda con la cabeza inclinada y las manos unidas a la espalda.

—Con vuestro permiso, señor, ¿puedo hacer algunas preguntas? —inquirió Gideon.

—Como gustes —le dijo Ramsey a su comandante.

Gideon se volvió hacia Otis.

—¿Con cuántos soldados cuentan los MacPherson?

—Unos doscientos —respondió Otis—. Pero, como ha dicho Brisbane, no han sido adecuadamente entrenados.

—Y ya hay cien más en edad de comenzar a adiestrarse —interrumpió Brisbane—. Vos podríais volverlos invencibles, señor. Tan invencibles como los espartanos de laird Brodick Buchanan. Sí, es posible, porque ya tienen la mente y el corazón de guerreros.

—¿Llamaste espartanos a los soldados de Brodick? —preguntó Gideon, sonriendo.

—Así lo hacemos, porque eso es lo que son —replicó Otis—. ¿No has oído como nosotros las historias de los espartanos de la antigüedad de labios de tus padres y tus abuelos?

—Sí —asintió Gideon—. Pero la mayoría de esas historias son exageradas.

—No, la mayoría son ciertas —le contradijo Otis—. Esas historias fueron puestas en el papel por monjes venerables, y se han relatado en innumerables ocasiones. Eran una tribu bárbara —agregó con una mueca—. Pecadoramente orgullosos, pero extremadamente valientes. Se decía que preferían morir antes que perder una discusión. Yo opino que eran un hatajo de fanáticos.

—No nos gustaría que nuestros soldados fueran tan despiadados como los de Buchanan —se apresuró a interrumpir Brisbane.

Ramsey se echó a reír.

—¡Oh, sí, los soldados de Buchanan son despiadados! —Su sonrisa se desvaneció al agregar—: Tened en cuenta lo siguiente, caballeros. Aunque a menudo tenemos desacuerdos, considero a Brodick uno de mis amigos más íntimos. Es como un hermano para mí. No obstante, no me ofenderé por lo que habéis dicho de él, ya que sé que Brodick estaría sumamente complacido de saber que lo consideráis despiadado.

—El hombre gobierna con pasión —dijo Otis.

—Oh, sí que lo hace —reconoció Ramsey—. Pero también es justo hasta la exageración.

—Ambos fuisteis entrenados por Ian Maitland, ¿no es así? —preguntó Brisbane.

—Así es.

—Laird Maitland gobierna su clan con sabiduría.

Ramsey también estuvo de acuerdo con eso.

—A Ian también lo considero mi amigo y hermano —agregó.

—Brodick gobierna con pasión; Ian con sabiduría —dijo Otis, sonriendo—, y vos, laird Ramsey, gobernais con la férrea mano de la justicia. Todos sabemos que sois un hombre compasivo. Demostradnos vuestra clemencia —rogó.

—¿Cómo podéis saber qué clase de laird soy? —preguntó Ramsey—. Me llamáis compasivo, pero sólo hace seis meses que soy laird y todavía no he sido probado.

—Mirad a vuestros comandantes —dijo Brisbane, con un gesto afirmativo—. Gideon, Anthony y Faudron dirigieron y controlaron el clan Sinclair cuando vuestro padre enfermó, y después de su muerte y de convertiros en laird, no hicisteis lo que otros hubieran hecho en vuestro lugar.

—¿Y qué habrían hecho?

—Reemplazar a los comandantes por hombres leales a vos.

—¡Nosotros somos leales a nuestro señor! —exclamó Gideon—. ¿Os atrevéis a sugerir otra cosa?

—No —le tranquilizó Brisbane—. Sólo digo que cualquier otro laird se hubiera mostrado menos... confiado... y se hubiera desembarazado de cualquier posible competidor, eso es todo. Señor, vos mostrasteis compasión al permitirles permanecer en sus importantes cargos.

Ramsey no mostró acuerdo ni desacuerdo ante el juicio del veterano soldado.

—Como acabo de decir, soy laird desde hace muy poco tiempo, y dentro del clan Sinclair hay problemas que debo resolver. No me parece que sea el momento más indicado para...

—No podemos seguir esperando, señor. Los Boswell nos han declarado la guerra, y se dice que se han aliado con los Hamilton. Si eso es así, los MacPherson serán destruidos.

—¿Y vuestros soldados estarían dispuestos a jurar lealtad y obediencia a Ramsey? —preguntó Gideon.

—Sí, sin ninguna duda —afirmó Otis.

—¿Todos? —insistió el comandante de los Sinclair—. ¿No hay ningún disidente?

Otis y Brisbane se miraron antes de que el primero respondiera.

—Sólo unos pocos se oponen a esta unión. Hace cuatro meses, antes de venir a plantearos nuestra propuesta, la sometimos a votación. Todo el mundo, hombres y mujeres, participó.

—¿Dejáis que vuestras mujeres voten? —preguntó Gideon con incredulidad.

Otis mostró una ancha sonrisa.

—Sí, así fue, porque quisimos ser justos y a nuestras mujeres también les afectaría la unión. No se nos habría ocurrido incluirlas si Meggan MacPherson, nieta de nuestro último laird, no hubiera insistido en ello.

—Es una dama que no tiene pelos en la lengua —agregó Brisbane, aunque el brillo en su mirada señaló que no consideraba esto un defecto.

—Si votasteis hace cuatro meses, ¿por qué venís ahora a plantear vuestra demanda a Ramsey? —quiso saber Gideon.

—En realidad, votamos dos veces —explicó Otis—. Hace cuatro meses sometimos el tema a la votación del clan, y después dejamos un tiempo para que todos reconsideraran la cuestión. La primera votación resultó favorable a la unión, pero por un margen muy escaso.

—No quisimos que se dijera que nos apresurábamos

en una cuestión de tanta importancia —agregó Brisbane—. De manera que les dimos tiempo para que tuvieran en cuenta todas las posibles implicaciones. Entonces volvimos a votar.

—Eso es —confirmó Otis—. Muchos de los que al principio estuvieron en contra de la unión, cambiaron de opinión y votaron a favor.

—De otro modo no habríamos esperado tanto para venir a veros, señor, porque nuestra situación se ha vuelto crítica.

—¿Cuál fue el resultado de la segunda votación? —preguntó Ramsey—. ¿Cuántos soldados votaron en contra de la unión?

—Sesenta y dos, que siguen estando en contra de la unión, y todos son jóvenes, muy jóvenes —respondió Otis.

—Permitieron que el orgullo empañara su juicio —opinó Brisbane.

—Están dominados por un rebelde obstinado llamado Proster, pero todos los demás se mostraron de acuerdo con la unión y la mayoría manda.

—¿Y los disidentes acatarán la decisión de la mayoría? —volvió a preguntar Ramsey.

—Sí, aunque a regañadientes —reconoció Otis—. Si se pudiera conseguir el apoyo de Proster, los otros le seguirían. Hay una manera muy simple de ganarse su lealtad... realmente muy simple.

—¿Y ésa sería...?

—Casarse con Meggan MacPherson —exclamó Brisbane—. Y uniros a nosotros mediante un matrimonio.

—Muchos hombres se han casado por menos de lo que os estamos ofreciendo —señaló Otis.

—¿Y si decido no casarme con Meggan?

—Igualmente os suplicaríamos que, de una forma

u otra, accederíais a la unión de nuestros clanes. La boda con una MacPherson sólo fortalecería aun más esa unión. Mi clan... mis hijos... necesitan de vuestra protección. Hace apenas dos semanas, Lucy y David Douglas fueron asesinados, y su único pecado fue aventurarse demasiado cerca de la frontera. Estaban recién casados.

—No podemos seguir perdiendo gente, y si no nos aceptáis, serán eliminados uno a uno. ¿Qué pasará con nuestros hijos? —preguntó Brisbane—. Tenemos niños de la edad de vuestro hermano —añadió en un intento por conmover al caballero.

Ramsey era incapaz de dar la espalda a una llamada de auxilio. Sabía hasta dónde estaban dispuestos a llegar los Boswell en su avidez por apoderarse de nuevas tierras. Ninguno de sus soldados dudaría un instante antes de matar a un niño.

—Los Boswell son chacales —murmuró.

Gideon conocía muy bien a su laird, y se imaginaba cuál sería su respuesta.

—Ramsey, ¿someterás esta cuestión a la opinión del clan, antes de darles a conocer tu decisión a estos hombres? —preguntó.

—No lo haré —afirmó Ramsey—. El tema no está abierto a discusión.

Gideon ocultó su frustración, pero insistió.

—¿Pero reflexionarás sobre ello antes de decidir?

Advirtiendo que su comandante estaba pidiéndole que esperara, y que deseaba tratar el tema con él en privado antes de que tomara una decisión, Ramsey le dirigió un brusco movimiento de cabeza antes de contestar a los MacPherson.

—Caballeros, tendréis mi respuesta dentro de tres horas. ¿Os parece bien?

Otis se puso de pie, asintiendo.

—Con vuestro permiso, señor, volveremos entonces para conocer vuestra respuesta.

Brisbane agarró el brazo de su amigo.

—Has olvidado contarle lo de la competición —susurró de forma audible.

—¿Qué competición? —preguntó Gideon.

Otis se sonrojó notoriamente.

—Nosotros pensamos... para dejar a salvo el orgullo de nuestros soldados... que tal vez accederíais a competir en una serie de justas. No tenemos posibilidades de ganar, pero nos resultaría más fácil renunciar a nuestro nombre y adoptar el de Sinclair si fuéramos incuestionablemente vencidos en un combate de fuerza.

Gideon dio un paso adelante.

—¿Y si ganáis?

—No ganaremos —insistió Otis.

—Pero, ¿y si lo hacéis?

—Entonces los Sinclair renunciarían a su nombre. Seguiríais siendo jefe, Ramsey, pero os convertiríais en un MacPherson, y el hombre que os hubiera ganado sería vuestro primer oficial.

Gideon se sintió indignado, pero Ramsey tuvo la reacción opuesta. La propuesta era tan absurda que le dieron ganas de echarse a reír. Se obligó a mantener una expresión seria.

—Ya tengo un comandante, y estoy muy satisfecho con él —dijo.

—Pero, señor, sólo pensábamos... —comenzó a decir Otis.

Ramsey lo cortó en seco.

—Mi comandante está ante vosotros, caballeros, y lo insultáis gravemente con vuestra propuesta.

—¿Y si sometéis esa propuesta a la opinión de vuestro clan? —sugirió Brisbane—. Las justas acaban de empezar, y todavía quedan dos semanas. Podríais competir al final.

—Pero entonces yo, al igual que vosotros, debería escuchar lo que tienen que decir todos los hombres y todas las mujeres, y como la mayoría no asiste al festival, os aseguro que llevaría meses antes de que todos hubieran votado. Deberíamos esperar hasta el año próximo para competir.

—Pero no podemos esperar tanto —dijo Otis.

—Seré totalmente honesto con vosotros, y os digo que de ninguna manera sometería la cuestión a la opinión del clan. La sugerencia es obscena. El nombre de Sinclair es sagrado. Sin embargo, y ya que decís que lo único que pretendéis es dejar a salvo el orgullo de vuestros soldados, si decido aceptar esta unión, sugiero que compitan por puestos de rango inferior al de comandante. Aquellos soldados MacPherson que demuestren fuerza y coraje contra mis soldados, serán entrenados personalmente por Gideon.

Otis asintió.

—Regresaremos dentro de tres horas para conocer vuestra respuesta —dijo.

—Que Dios os ayude en esta trascendente decisión —añadió Brisbane, mientras salía detrás de su amigo.

Ramsey rió por lo bajo.

—Nos han querido tomar el pelo —señaló—. Otis cree que los soldados MacPherson pueden vencernos, y así podría quedarse con todo. Nuestra protección, y su nombre.

Gideon no se lo estaba tomando a risa.

—Vienen a ti quitándose el sombrero, suplicando, pero luego tienen la audacia de ponerte condiciones. Es un ultraje.

—¿Y tú que opinas, Anthony? —preguntó Ramsey a su segundo oficial.

—Estoy en contra de esta unión —murmuró el soldado de cabello amarillo como la paja—. Cualquier hombre dispuesto a renunciar a su nombre me desagrada.

—Yo siento lo mismo —intervino Faudron, con su rostro de halcón rojo de furia—. Otis y Brisbane son despreciables.

—No, sólo son dos viejos astutos que quieren lo mejor para su clan. Hace tiempo que sabía que vendrían a verme, de modo que he tenido la oportunidad de considerar la cuestión. Dime, Gideon, ¿estás a favor de esta unión?

—Yo sé que tú sí lo estás —replicó el oficial—. Tienes el corazón muy blando, laird. Ése es un defecto que trae problemas. Veo todos los inconvenientes que acarrearía esa unión.

—Yo también —dijo Ramsey—. Pero Otis tiene razón: tienen mucho que ofrecer a cambio. Más importante que eso es su petición de auxilio, Gideon. ¿Puedes tú volverles la espalda?

Su comandante negó con la cabeza.

—No, los Boswell los masacrarían. Sin embargo, me preocupan Proster y los demás disidentes.

—Han tenido tiempo para aceptar esta unión —le recordó Ramsey—. Has oído lo que dijo Otis, votaron por primera vez hace cuatro meses. Además, los vamos a vigilar de cerca.

—Ya has tomado una decisión, ¿verdad?

—Sí, les daré la bienvenida a nuestro clan.

—Habrá problemas con nuestros hombres...

Ramsey le dio una palmada en el hombro.

—Pues entonces los solucionaremos —dijo—. No estés tan preocupado. Ahora, dejemos el asunto a un lado, y unámonos a los festejos. Judith y Ian Maitland están aquí desde ayer por la tarde, y todavía no he podido hablar con ellos. Vamos a buscarlos.

—Antes debes atender a otra cuestión urgente —dijo Gideon.

Ramsey despidió a Anthony y a Faudron, y se quedó con Gideon.

—Por tu sonrisa deduzco que el tema no es grave —dijo.

—Para tu fiel soldado Dunstan Forbes es muy grave. Siéntate para escuchar esto: Dunstan ha solicitado tu permiso para casarse con Bridgid KirkConnell.

De pronto, Ramsey se sintió agotado.

—¿Y con éste cuántos van?

Gideon se echó a reír.

—Incluyéndome a mí, yo cuento un total de siete proposiciones matrimoniales, pero Douglas jura que son ocho.

Ramsey se sentó y estiró sus largas piernas.

—¿Bridgid está enterada de este último candidato?

—Todavía no —respondió Gideon—. Pero me he tomado la libertad de mandarla llamar. Está afuera, esperando, y finalmente conocerás a la causante de este lío. —Tras hacer este comentario, estalló en carcajadas.

Ramsey sacudió la cabeza.

—Sabes, Gideon, todo este tiempo he estado convencido de que cuando te desafié por el cargo de laird, te gané limpiamente.

Gideon se puso serio en forma instantánea.

—Y así fue —aseveró.

—¿Estás seguro de que no me dejaste ganar para no tener que lidiar con Bridgid KirkConnell?

Gideon volvió a reírse.

—Puede ser —dijo—. Reconozco que me gusta estar en su presencia, es una hermosa mujer y una verdadera delicia para los ojos. Tiene un espíritu que pocas mujeres poseen. Es verdaderamente... apasionada... pero, pobre de mí, es terca como una Buchanan. Me alegra de que me haya rechazado, así no tendré que casarme con una mujer tan complicada.

—¿Cómo es posible que, desde que soy laird, haya tenido que comunicar el rechazo de tres proposiciones de esta mujer, y aún no la haya conocido?

—Ella envió, las tres veces, su rechazo desde la casa de su tío, en Carnwath. Recuerdo haberte comentado que le había dado permiso para ir a ayudar a su tía con su nuevo bebé. Ellos también están aquí, en el festival.

—Si me lo dijiste, lo olvidé —dijo Ramsey—. Sin embargo, recuerdo los rechazos. En las tres ocasiones envió el mismo mensaje.

—Tengo la sensación de que hoy pronunciará las mismas palabras, y que el de Dunstan engrosará las filas de los corazones rotos.

—La culpa de toda esta historia la tiene mi padre, fue él quien le prometió al padre de Bridgid que ella podría elegir a su esposo. Para mí es inconcebible que ella decida su futuro por su cuenta.

—No tienes alternativa —dijo Gideon—. Debes honrar la palabra de tu padre. El padre de Bridgid fue un noble guerrero, y se hallaba en su lecho de muerte cuando le arrancó a tu padre esta promesa. Me pregunto si sabría lo obstinada que iba a ser su hija.

Ramsey se puso de pie e indicó a Gideon que hiciera entrar a Bridgid.

—Y deja ya de sonreír —le ordenó—. Este asunto es importante para Dunstan, y así lo trataremos. ¿Quién sabe? Puede decir que sí a su proposición.

—Oh, sí, y esta tarde pueden llover cerdos —dijo

Gideon con voz cansada mientras apartaba la tela que hacía de puerta de la tienda. Titubeó un instante, y luego se volvió hacia su jefe.

—¿Alguna vez perdiste la cabeza por una mujer? —dijo.

La pregunta logró exasperar a Ramsey.

—No, jamás.

—Entonces, en tu lugar, yo me prepararía para lo que vas a ver. Te aseguro que te va a dar vueltas la cabeza.

Un instante después, la predicción de Gideon se hizo realidad cuando Bridgid KirkConnell hizo su entrada en la tienda y prácticamente dejó sin aliento a su laird. Era una joven asombrosamente bella, de cutis blanco, ojos brillantes y largos cabellos color miel, descaradamente rizados, que le formaban un halo alrededor de los hombros. Sus suaves curvas estaban todas donde debían estar, y Ramsey se sorprendió de que sólo hubiera recibido ocho proposiciones.

Bridgid hizo una reverencia, sonrió con enorme dulzura y le saludó.

—Buenos días tengáis, laird Ramsey.

Él respondió con una inclinación.

—De modo que por fin nos conocemos, Bridgid KirkConnell. He tenido que romper el corazón de varios candidatos a vuestra mano sin saber por qué esos buenos hombres se mostraban tan ansiosos por desposar a una mujer tan obstinada. Ahora entiendo por qué mis soldados son tan persistentes.

La sonrisa de Bridgid se desvaneció.

—Pero sí que nos hemos visto con anterioridad.

Él negó con la cabeza.

—Os aseguro que si os hubiera conocido, no lo habría olvidado.

—Pero es verdad, nos conocimos —insistió ella—.

Y recuerdo nuestro encuentro como si hubiera sido ayer. Vos vinisteis a mi casa para asistir a la boda de mi prima. Mientras mis padres estaban en la ceremonia, yo decidí ir a nadar al lago situado más allá de la cañada. Vos me rescatasteis.

Ramsey juntó las manos a la espalda y trató de concentrarse en lo que ella le decía. Gideon no había exagerado: era una mujer extraordinaria.

—¿Y por qué tuve que rescataros?

—Me estaba ahogando.

—¿Acaso no sabías nadar, muchacha? —preguntó Gideon.

—Para mi sorpresa, no.

La joven volvió a sonreír y el corazón de Ramsey se puso a latir descontroladamente. Estaba asombrado de su propia reacción, pero no parecía poder sustraerse al hecho de que fuera tan condenadamente bonita. No era propio de él comportarse de esa forma; ya no era un niño, y ya había estado en otras ocasiones frente a otras mujeres atractivas. Era su sonrisa, decidió. Resultaba realmente hechicera.

Se preguntó si a Gideon le estaría pasando lo mismo que a él y en cuanto pudo reunir la disciplina necesaria para dejar de mirarla con la boca abierta, se volvió hacia su comandante.

—Si no sabías nadar, ¿por qué fuiste al lago? —siguió preguntando Gideon, tratando de encontrarle algún sentido a un acto tan ilógico.

Bridgid se encogió de hombros.

—Nadar no me parecía difícil y estaba segura de poder hacerlo, pero, pobre de mí, estaba equivocada.

—Te comportaste como una joven muy osada —comentó Gideon.

—No, fui una estúpida.

—Erais muy joven —sugirió Ramsey.

—Deben de haberles salido canas a tus padres por tu culpa —dijo Gideon.

—Muchas veces se me ha acusado de algo semejante —reconoció ella, antes de volverse hacia Ramsey—. Entiendo por qué no lo recordáis. Mi aspecto ha cambiado, de aquello hace mucho tiempo. Ya soy una adulta, pero no soy obstinada, señor. Realmente, no lo soy.

—Ya deberíais haberos casado —dijo Ramsey—. Y me parece que estáis siendo tozuda. Todos los hombres que os han propuesto matrimonio son excelentes y dignos soldados.

—Sí, estoy de acuerdo en que son buenos hombres —concedió ella.

Ramsey se le acercó. Ella dio un paso atrás, ya que sabía lo que venía y quería estar cerca de la entrada de la tienda para poder salir de prisa.

Ramsey vio su rápida mirada de soslayo, y pensó que estaba calculando la distancia que la separaba de la libertad. Mantuvo su severa actitud, pero le resultó difícil. El pánico que ella sentía le daba risa. ¿Acaso el matrimonio le parecía algo tan desagradable?

—Ahora hay otro soldado que ha solicitado vuestra mano en matrimonio —dijo—. Se llama Dunstan. ¿Lo conocéis?

Ella negó con la cabeza.

—No, no lo conozco.

—Es un buen hombre, Bridgid y ciertamente os tratará bien.

—¿Por qué? —preguntó ella.

—¿Por qué, qué? —replicó él.

—¿Por qué quiere casarse conmigo? ¿Os dio una razón?

Como Dunstan no había hablado personalmente con él, Ramsey se volvió hacia Gideon.

—¿Te dio alguna razón?

—Porque te quiere —dijo, asintiendo.

Por la vacilación en la voz de Gideon, Ramsey supo que no estaba diciendo toda la verdad.

—Repite sus palabras exactas —le ordenó.

El rostro de Gideon se puso escarlata.

—Seguramente la joven no quiere oír cada palabra, señor.

—Creo que sí —lo contradijo Ramsey—. Y Dunstan espera que hablemos en su nombre.

El comandante frunció el entrecejo para ocultar su turbación.

—Muy bien, entonces. Bridgid KirkConnell, Dunstan jura su amor por ti. Admira tu belleza e idolatra el suelo... sobre el que... flotas... Pongo a Dios por testigo de que ésas fueron sus palabras.

Ramsey sonrió, pero Bridgid no pareció ni remotamente tan complacida. Ofendida por la declaración, trató de ocultar sus sentimientos, sabiendo que su laird no los comprendería. ¿Cómo podía comprenderlos? Era un hombre, y en consecuencia, no podría entender nunca lo que había en su corazón.

—¿Cómo es posible? —preguntó—. Ni siquiera conozco a este hombre, ¿y sin embargo declara su amor por mí?

—Dunstan es un buen hombre —insistió Gideon—. Y me parece que habla en serio.

—Está claramente deslumbrado por vos —agregó Ramsey—. ¿Preferiríais que os diera algo de tiempo para considerar su proposición? Quizá si os sentáis con él y discutís el asunto...

—No —interrumpió Bridgid impetuosamente—.

No quiero sentarme con él y no necesito tiempo para considerar su proposición. Me gustaría daros mi respuesta ahora. Por favor, decidle a Dunstan que le agradezco su proposición, pero...

—¿Pero qué? —preguntó Gideon.

—No voy a comprometerme con él.

Eran las mismas palabras que había utilizado para rechazar a los otros ocho hombres.

—¿Por qué no? —preguntó Ramsey, con evidente irritación.

—No lo amo.

—¿Y qué tiene que ver el amor con una proposición matrimonial? Podríais aprender a amar a ese hombre.

—Amaré al hombre con el que me case, o no me casaré nunca. —Después de realizar su vehemente declaración, dio otro paso atrás.

—¿Cómo puedo razonar con tan absurda convicción? —preguntó Ramsey a Gideon.

—No lo sé —replicó éste—. ¿De dónde habrá sacado esas ideas?

Su grosería al hablar de ella, como si no se hallara presente la enfureció y la hizo sentir frustrada, pero trató de controlarse porque Ramsey era el laird y debía respetar su rango.

—¿No cambiaréis de opinión con respecto a Dunstan? —insistió Ramsey una vez más.

Ella negó con la cabeza.

—No me comprometeré con él —repitió.

—¡Ah, Bridgid, sois una joven muy terca!

Ser criticada por tercera vez hirió su orgullo, y le resultó imposible seguir guardando silencio.

—He estado ante vuestra presencia menos de diez minutos, pero en tan poco rato me habéis llamado obstinada, tozuda y terca. Si ya habéis terminado de insultarme, me gustaría volver a reunirme con mis tíos.

Ramsey quedó atónito ante su estallido de furia. Era la primera mujer que le hablaba en ese tono. Su actitud bordeaba la insolencia, pero no podía reprochárselo porque él había pronunciado esas palabras y eran insultantes.

—No le hables al laird con semejante falta de respeto —ordenó Gideon—. Tu padre se revolvería en su tumba si te oyera hablar así.

Bridgid bajó la cabeza, pero Ramsey pudo ver lágrimas en sus ojos.

—Deja a su padre fuera de esto —dijo a su comandante.

—Pero, señor, al menos debería disculparse.

—¿Por qué? Yo la insulté, aunque no fuera a propósito, y por eso el que se disculpa soy yo.

Bridgid levantó bruscamente la cabeza.

—¿Vos os disculpáis conmigo?

—Sí.

Una radiante sonrisa iluminó el rostro de la joven.

—Pues entonces debo deciros que lamento mostrarme tan terca. —Y con una reverencia, se volvió, y salió corriendo.

Ante esa presurosa salida, Gideon frunció el entrecejo.

—Es una mujer difícil —volvió a señalar—. Compadezco al hombre que se case con ella, deberá librar una permanente batalla.

Ramsey se echó a reír.

—¡Pero vaya estimulante batalla que será!

Gideon se quedó sorprendido ante el comentario.

—¿Y tú estarías interesado en aspirar a...?

Su pregunta quedó interrumpida por un fuerte grito, y Gideon se volvió hacia la entrada de la tienda justo cuando entraba un joven soldado a toda prisa. Se trataba de Alan, el hijo de Emmet MacPherson, y parecía que acabara de ver al fantasma de su padre.

—Señor, venid en seguida. Ha habido un terrible accidente... terrible... en la cascada —tartamudeó, jadeando para recuperar el aliento—. Vuestro hermano... ¡oh, Dios, vuestro hermano pequeño...!

Ramsey había salido corriendo antes de que las siguientes palabras de Alan lo alcanzaran como un mazazo.

—Michael ha muerto.

2

Inglaterra, bajo el reinado del rey Juan

Estaba colgando de un hilo. En su desesperación por esconderse de su enemigo, el niño había enroscado la vieja soga abandonada que había encontrado en un rincón de los establos, alrededor de la piedra dentada, luego la había atado con el triple nudo que le había enseñado a hacer el tío Ennis, y a toda prisa, antes de pensarlo dos veces, se había dejado caer por el borde del cañón con la soga amarrada fuertemente a su brazo izquierdo. Era demasiado tarde cuando recordó que debía haberse atado la soga alrededor de la cintura, y así poder utilizar los pies para sostenerse, de la misma forma en que había visto hacerlo a los curtidos guerreros que bajaban de los acantilados de Huntley hacia su lugar de pesca favorito.

El niño tenía demasiada prisa como para volver a trepar y comenzar todo el procedimiento de nuevo. Las rocas se clavaban en su suave piel como agujas afiladas, y pronto tuvo el pecho y el estómago en carne viva y sangrando. Estaba seguro de que le quedarían cicatrices, lo que haría de él un verdadero guerrero, y si por un lado pensaba que era muy bueno que un niño de su edad consiguiera algo semejante, por el otro habría deseado que no tuviera que ser tan doloroso.

No obstante, estaba resuelto a no llorar, sin importarle lo terrible que fuera el dolor. Pudo ver manchas de brillante sangre roja que iba dejando sobre las rocas a medida que se deslizaba, y eso lo asustó casi tanto como su precaria situación. Si su padre pudiera verlo en ese momento, seguramente le preguntaría si había perdido la razón, e incluso podría llegar a sacudir la cabeza, decepcionado, pero también lo rescataría, y todo volvería a estar bien, y... «oh, papá, ojalá estuvieras ahora aquí». Las lágrimas afluyeron a sus ojos, y supo que iba a olvidar su propia promesa para echarse a llorar como un crío.

Quería irse a casa, sentarse en el regazo de su mamá y que ella le revolviera el cabello, lo abrazara con fuerza y lo mimara. También lo ayudaría a recuperar la razón, fuera lo que fuese esta cosa, y entonces papá no se enfadaría con él.

Pensar en sus padres le provocó tanta nostalgia que comenzó a lloriquear. Agarró la soga con fuerza hasta que los dedos también le empezaron a sangrar y tuvo que aflojar la tensión arriesgándose a caer. Le dolían los brazos, los dedos le palpitaban y el vientre le ardía, pero no pensaba en el dolor, porque el pánico se había adueñado de él y en lo único que podía pensar era en salir de allí antes de que el diablo descubriera su ausencia.

Bajar y meterse en el desfiladero resultaba mucho más difícil que lo que había supuesto, pero siguió adelante, sin atreverse a mirar la abierta boca del abismo que seguramente era tan profunda como el mismo purgatorio. Trató de imaginarse que estaba bajando de uno de los viejos árboles que rodeaban su casa, porque era un trepador bueno y ágil, incluso mejor que su hermano mayor. Eso le había dicho su padre.

Agotado, se detuvo a descansar. Alzó la mirada y quedó sorprendido al ver lo lejos que había llegado, y por un instante se sintió orgulloso de su hazaña. Pero entonces, el hilo que lo sujetaba a la vida comenzó a deshilacharse. Su orgullo se convirtió en terror, y estalló en llanto. Estaba seguro de que nunca volvería a ver a su mamá y a su papá.

Cuando lady Gillian llegó al cañón, su pecho parecía estar en llamas y a duras penas lograba respirar. Había seguido su rastro desde la espesura, corriendo tan velozmente como le permitían sus piernas, y cuando finalmente llegó a los acantilados y escuchó los gritos del niño, cayó de rodillas, temblando de alivio. El niño estaba vivo, gracias a Dios.

Su alegría duró poco, porque cuando tomó la soga que lo sostenía para tirar de ella y llevar al niño a lugar seguro, pudo ver lo deshilachada que estaba, y supo que sólo era cuestión de minutos antes de que se rompiera por completo. Tuvo miedo hasta de tocar la soga. Si se atrevía a tirar de ella, los hilos que quedaban harían fricción contra las rocas y se romperían con más rapidez.

Al tiempo que le ordenaba a gritos que permaneciera completamente inmóvil, se tumbó boca abajo y se obligó a mirar por encima del borde. Las alturas la aterrorizaban, y le acometió un acceso de náuseas al ver el abismo que se abría bajo ella. ¿Cómo iba a sacarlo de allí? Tardaría demasiado en volver sobre sus pasos para conseguir una soga resistente, y las posibilidades de que se topara con alguno de los soldados de Alford eran demasiado grandes como para arriesgarse. Había algunas piedras que sobresalían de la roca, y pensó que un hombre o una mujer con más experiencia sería capaz de bajar por allí.

Pero ella no tenía experiencia... ni agilidad. Mirar hacia abajo le daba vértigo, pero no podía dejarlo allí, y el tiempo se acababa. La soga estaba a punto de romperse, y el niño caería hacia la muerte.

No tenía alternativa, de modo que elevó una frenética oración, rogándole a Dios que le diera coraje. «No mires hacia abajo», se ordenó en silencio, mientras se arrastraba sobre el vientre y se acercaba al borde. «No mires hacia abajo.»

Gillian lanzaba un grito de júbilo cada vez que su pie se apoyaba sobre una de las piedras sobresalientes. «Como si fuera una escalera», trató de pensar. Cuando por fin se encontró a la misma altura que el niño, apoyó la frente contra la fría roca y dio gracias a Dios por haber llegado hasta allí sin desnucarse.

Lentamente, se volvió hacia el niño. No podía tener más de cinco o seis años, y estaba tratando desesperadamente de ser valiente y audaz al mismo tiempo. Llevaba minutos asido de la soga, se aferraba a ella con la mano izquierda mientras cogía una daga, la daga de ella, en la derecha. Tenía los ojos dilatados por el terror, pero ella también pudo ver lágrimas, y, ay, su corazón sufría por él.

Ella era la única esperanza que tenía el niño de sobrevivir, pero éste seguía temiendo confiar en ella. Desafiante, tontamente empecinado, se negaba a hablarle y a mirarla, y cada vez que ella intentaba agarrarlo, él arremetía con la daga, hiriéndole en el brazo en cada embestida. A pesar de eso, no estaba dispuesta a darse por vencida, aunque tuviera que morir en el intento.

—Termina ya con esta tontería y déjame ayudarte —le exigió—. Juro por todos los cielos que tú no tienes ni pizca de seso. ¿Acaso no te das cuenta de que tu cuerda está rompiéndose?

La aspereza de su tono sacudió al niño y pudo liberarse del terror que lo invadía. Se quedó mirando la sangre que goteaba de los dedos de Gillian y de pronto se dio cuenta de lo que le había hecho. De inmediato, soltó la daga.

—Lo siento, señora —gritó en gaélico—. Perdonadme. No debo lastimar a las damas, jamás.

Hablaba tan atropelladamente y tenía un acento tan fuerte, que Gillian apenas pudo comprender lo que le decía.

—¿Me dejarás ayudarte ahora? —Esperaba que él la entendiera, aunque no estaba segura de haber utilizado las palabras correctas, ya que sólo poseía un conocimiento rudimentario del gaélico.

Antes de que él pudiera responderle, volvió a gritarle.

—¡No te menees de esa forma, que se va a romper la cuerda! Déjame agarrarte.

—¡De prisa, señora! —susurró el niño, pero esta vez lo hizo en el idioma de Gillian.

Gillian se acercó poco a poco, para mantener el equilibrio, se aferró con una mano a una muesca que había en la roca situada encima suyo y entonces se estiró para agarrarlo. Acababa de rodearle la cintura con su brazo ensangrentado, y estaba llevándolo hacia el borde del risco, cuando la soga se rompió.

Si el niño no hubiera tenido un pie firmemente apoyado en un saliente de la roca, ambos habrían caído hacia atrás. Gillian lo abrazó contra su cuerpo y dejó escapar un suspiro de alivio.

—Llegasteis justo a tiempo —dijo el niño, mientras se desembarazaba de la soga y la arrojaba al vacío. Quería verla caer hasta el fondo, pero cuando se volvió para hacerlo, ella lo apretó con más fuerza y le ordenó que se quedara quieto.

—Hemos llegado con éxito hasta aquí —dijo en voz tan baja que dudó que él la hubiese oído—. Ahora nos falta lo más difícil.

Él pudo detectar el temblor de su voz.

—¿Tenéis miedo, señora? —preguntó.

—Oh, sí, tengo miedo. Ahora te voy a soltar. Apóyate contra la roca y no te muevas. Voy a comenzar a subir, y...

—Pero nosotros tenemos que bajar, no subir.

—Por favor, no grites —le dijo ella—. No nos va a ser posible bajar hasta abajo. No hay suficientes salientes donde apoyar los pies. ¿No ves que la roca se corta a pico?

—Tal vez si vais y conseguís una buena soga, podríamos...

Ella lo cortó en seco.

—De eso, ni hablar.

Con ambas manos se aferró a la pequeña grieta que encontró encima suyo, y buscó la manera de izarse. Las fuerzas parecían haberla abandonado, y a pesar de su valiente intento, no logró subir.

—¿Sabéis qué, señora?

—¡Sshh! —susurró ella, mientras elevaba otra silenciosa súplica para recuperar las fuerzas y realizaba un nuevo intento.

—Señora, ¿sabéis qué?

—No, ¿qué? —le preguntó Gillian, mientras se apoyaba contra la roca y trataba de que su corazón recuperara el ritmo normal.

—Abajo hay un saliente realmente grande. Lo puedo ver. Podríamos saltar sobre él. Mirad abajo, señora, y podréis verlo con vuestros propios ojos. No está lejos.

—No quiero mirar abajo.

—Pero tenéis que hacerlo si queréis ver dónde está. Entonces tal vez podríamos arrastrarnos...

—¡No! —gritó Gillian, mientras volvía a intentar elevarse hacia el siguiente saliente. Si sólo pudiera lograr esa pequeña hazaña, seguramente encontraría la forma de salir de allí y de izar al niño.

Éste contempló su esfuerzo.

—¿Os faltan fuerzas para trepar?

—Supongo que sí.

—¿Puedo ayudar?

—No, limítate a quedarte inmóvil.

Trató de izarse una vez más, pero resultó un esfuerzo inútil. Sentía tanto pánico que apenas podía respirar. Santo Dios, nunca había sentido tanto miedo en toda su vida.

—Señora...

El niño era implacable y Gillian dejó de pedirle que se quedara quieto.

—¿Qué?

—Tenemos que bajar, no subir.

—Estamos subiendo.

—¿Y entonces por qué no nos movemos?

—Trata de tener paciencia —le ordenó—. No logro encontrar un apoyo adecuado. Dame un minuto y lo volveré a intentar.

—No podéis trepar porque yo os lastimé. Tenéis toda la ropa manchada de sangre. Os herí con la daga. Lo siento mucho, pero estaba asustado.

Se le oía al borde de las lágrimas. Gillian se apresuró a tratar de calmarlo.

—No te mortifiques con eso —le dijo, mientras realizaba un nuevo intento. Lanzando un gruñido de frustración, finalmente se dio por vencida—. Creo que tienes razón. Tendremos que bajar.

Muy lentamente, se dio la vuelta en el angosto saliente, y con la espalda apretada contra la roca, se sentó. El niño la miró, y luego, volviéndose, se dejó caer a su lado.

La rapidez de su movimiento le hizo latir el corazón más de prisa, y lo aferró del brazo.

—¿Podemos saltar ahora? —preguntó el niño con ansiedad.

Realmente, el niño no tenía ni pizca de seso.

—No, no vamos a saltar. Vamos a bajar con todo cuidado. Dame la mano y agárrate con fuerza.

—Pero tenéis la mano llena de sangre.

Gillian se secó rápidamente la mano con su falda, y luego lo tomó de la mano. Juntos, miraron por encima del hombro. Gillian tuvo que mirar para asegurarse de que el saliente tenía el ancho suficiente. Rezó una rápida oración, y a continuación, conteniendo el aliento, saltó.

No estaba a gran distancia, pero no obstante el impacto fue considerable. Al caer sobre el saliente, el niño perdió el equilibrio pero logró sostenerlo. Él se arrojó en sus brazos, aplastándola contra la roca y, ocultando la cabeza en el hombro de Gillian, se echó a temblar violentamente.

—Casi paso de largo.

—Efectivamente —confirmó Gillian—. Pero ya estamos a salvo.

—¿No vamos a seguir bajando?

—No. Nos vamos a quedar aquí.

Pasaron varios minutos acurrucados uno junto al otro sobre el borde saliente de la pared del cañón antes de que el niño pudiera soltarse de ella. Sin embargo, rápidamente se recuperó del reciente peligro, y fue a gatas hasta la parte más ancha del saliente, que estaba oculto por una amplia cornisa.

Con aire de satisfacción, se sentó con las piernas cruzadas y por gestos le indicó que se reuniera con él.

—Estoy bien donde estoy —dijo ella, negando con la cabeza.

—Va a llover y nos vamos a mojar. No os resultará difícil. Tan sólo no miréis abajo.

Como para confirmar su predicción, se oyó el retumbar de un trueno en la distancia.

Muy lentamente Gillian fue hacia él. El corazón le latía como un tambor y tenía tanto miedo que creyó que iba a vomitar. Al parecer, el niño era más valiente que ella.

—¿Por qué no podéis mirar hacia abajo? —preguntó el niño, mientras se arrastraba hasta el borde para atisbar el precipicio.

Se hallaba peligrosamente cerca del borde, y Gillian lo agarró frenéticamente de los tobillos para arrastrarlo hacia dentro.

—¡No hagas eso!

—Pero quiero escupir y ver dónde cae.

—Siéntate a mi lado y quédate quieto. Tengo que pensar qué podemos hacer.

—¿Pero por qué no podéis mirar hacia abajo?

—Porque no puedo.

—Tal vez os hace sentir mal. Tenéis la cara francamente verde. ¿Vais a vomitar?

—No —respondió Gillian con cansancio.

—¿Os da miedo mirar hacia abajo?

Era infatigable.

—¿Por qué me haces tantas preguntas?

El niño se encogió de hombros con gesto exagerado.

—No lo sé. Sólo las hago.

—Y yo no sé por qué me da miedo mirar hacia abajo, pero así es. Ni siquiera me gusta mirar por la ventana de mi cuarto porque está a mucha altura. Me da vértigo.

—¿Todas las damas inglesas son como vos?

—No, no creo que lo sean.

—La mayoría son débiles —afirmó el niño con total autoridad—. Me lo dijo mi tío Ennis.

—Tu tío está equivocado. La mayor parte de las damas inglesas no son débiles. Pueden hacer cualquier cosa que hagan los hombres.

El niño debió pensar que el comentario era muy gracioso, porque se echó a reír con tanta fuerza que se sacudió incontrolablemente. Gillian se preguntó cómo era posible que un niño de tan corta edad fuera tan arrogante.

Él volvió a atraer su atención con otra pregunta.

—¿Cómo os llamáis, señora?

—Gillian.

Esperó que ella le hiciera la misma pregunta, y al ver que no lo hacía, le dio un ligero codazo.

—¿No queréis saber cómo me llamo?

—Ya sé cómo te llamas. Oí a los soldados que hablaban de ti. Eres Michael, y perteneces a un clan liderado por un hombre llamado laird Ramsey. Eres su hermano.

El niño negó vehementemente sacudiendo la cabeza.

—No, Michael no es mi verdadero nombre —dijo. Se acercó más a ella y le tomó la mano—. Estábamos jugando cuando llegaron esos hombres y me apresaron. Me metieron en un saco de harina.

—Debes haber pasado mucho miedo —comentó Gillian—. ¿A qué clase de juego estabais jugando? —Antes de que él pudiera responderle, agregó—. ¿Por qué no me esperaste en los establos? Habría resultado muy fácil huir si hubieras hecho lo que te dije que hicieras. ¿Y por qué me heriste con la daga en el brazo? Sabías que era amiga tuya. Te abrí la puerta, ¿no es así? Si sólo hubieras confiado en mí...

—Se supone que no debo confiar en los ingleses, todo el mundo sabe eso.

—¿Eso te lo dijo tu tío Ennis?

—No, mi tío Brodick —explicó el niño—. Pero yo ya lo sabía.

—¿Confías en mí?

—Tal vez sí —respondió él—. No tuve intención de herirte. ¿Te duele mucho?

Le dolía endemoniadamente, pero no pensaba admitirlo porque notó la ansiedad en su mirada. El pequeño ya tenía suficientes preocupaciones en su cabeza y no pensaba agregarle una más.

—Estaré bien —insistió Gillian—. Sin embargo, creo que debería hacer algo con la sangre.

Mientras él la contemplaba, Gillian rasgó una tira de sus enaguas y se vendó el brazo. El niño se la ató en la muñeca y luego ella volvió a colocarse la ensangrentada manga sobre el vendaje.

—Ya está, lista, como nueva.

—¿Sabes qué?

Gillian dejó escapar un suspiro.

—No, ¿qué?

—Me he hecho daño en los dedos —dijo como si se estuviera jactando de una increíble proeza, y sonreía mientras le extendía la mano para que la viera—. Ahora no puedo hacer nada por nosotros porque me arden los dedos.

—Me lo imagino.

Al niño se le iluminó la cara. Era un hermoso niño, con oscuros rizos y los más encantadores ojos grises que ella había visto nunca. Tenía la nariz y las mejillas cubiertas de pecas.

Se apartó un poco de ella, levantándose la blusa para que pudiera verle el pecho y el estómago.

—Voy a tener cicatrices —anunció.

—No, no creo que te queden —empezó a decir Gillian, pero entonces advirtió su decepción—. Bueno, tal vez te queden algunas. Quieres tenerlas, ¿verdad?

—Sí —afirmó, asintiendo con la cabeza.

—¿Por qué?

—Todos los guerreros tienen cicatrices. Son marcas de coraje.

Lo dijo con una seriedad tal que Gillian no se rió.

—¿Sabes qué es el coraje?

El niño negó con la cabeza.

—No, pero sé que es algo bueno.

—Así es —asintió ella—. Coraje es ser valiente, y eso es algo realmente bueno. Me imagino que esos cortes te arden —agregó, mientras le bajaba la blusa para cubrirle el vientre—. Cuando nos lleven de regreso al castillo, le pediré a alguno de los sirvientes que te ponga ungüento en los dedos y en el estómago, y entonces te sentirás mucho mejor. Algunas de las mujeres mayores aún me recuerdan —añadió—. Nos ayudarán.

—¡Pero no podemos regresar allí! —chilló el niño.

Su cambio de humor la tomó desprevenida.

—Trata de comprender —le dijo—. Estamos atrapados aquí. Este saliente no conduce a ninguna parte.

—Yo podría arrastrarme hasta el final y ver...

—No —lo interrumpió ella—. La roca puede no soportar tu peso. ¿No ves cómo se estrecha cerca de la curva?

—Pero yo podría...

—No puedo permitir que corras ese riesgo.

Al niño se le llenaron los ojos de lágrimas.

—No quiero volver allí. Quiero ir a casa.

Ella asintió, haciéndole un gesto de simpatía.

—Sé que quieres volver a casa y yo quiero ayudarte a hacerlo. Ya encontraré la manera —le prometió—. Te doy mi palabra. —Él no pareció muy convencido. Se recostó contra ella y bostezó.

—¿Sabes lo que dice mi tío Ennis? Si un inglés te da su palabra, te quedarás sin nada.

—Realmente, tengo que conocer a tu tío un día de éstos y aclararle un par de cosas.

El niño soltó un bufido.

—Él no te dirigiría la palabra —dijo—. Al menos, no creo que lo hiciera. ¿Gillian? —dijo, disponiéndose a hacerle otra pregunta—. Sé que debía esperarte en los establos, pero entonces entró ese hombre, me asusté y salí corriendo.

—¿Quieres decir que el barón entró en el establo?

—Ese hombre malo con la barba roja.

—Ése es el barón —confirmó ella—. ¿Te vio?

—No, creo que no. Cuando me escondí entre los árboles, lo vi salir de allí junto a otros dos hombres. Tal vez no vuelvan más.

—Oh, sí que lo harán —le contradijo ella, no quería darle falsas esperanzas al niño—. Si no lo hacen mañana, lo harán pasado mañana.

La arrugada frente del niño le daba un aspecto demasiado juicioso para sus pocos años y logró entristecerla. Los niños pequeños tenían que estar afuera corriendo, riendo y jugando a juegos tontos con sus amigos. Este pequeño había sido arrancado de su familia para ser utilizado como peón en el esquema del barón Alford. Debía sentirse como arrojado al centro de una pesadilla.

—¿Todavía tienes miedo, Gillian?

—No.

—Yo nunca tengo miedo —alardeó él.

—¿No?

—Casi nunca —se corrigió él.

—¿Cuántos años tienes?

—Casi siete.

—¿Casi?

—Los cumpliré muy pronto.

—Eres un muchacho muy valiente.

—Lo sé —afirmó él, con actitud práctica—. ¿Por qué me habrán sacado del festival esos hombres? Era el primero al que iba, y estaba pasándolo muy bien. ¿Fue porque mis amigos y yo estábamos tratando de engañar a nuestras familias?

—No —le aseguró ella—. No fue por esa razón.

—¿Hice algo... malo?

—Oh, no, no hiciste nada malo. Nada de esto es culpa tuya. Te han metido por medio, eso es todo. El barón quiere algo de mí, pero aún no me ha dicho qué es, y tú te has visto envuelto en el asunto.

—Yo sé qué es eso— se ufanó él—. ¿Y sabes qué? El barón se va a ir al infierno, porque mi papá lo va a mandar allí. Echo de menos a mamá y papá —reconoció, acongojado, mientras su voz se quebraba en un sollozo.

—Sí, claro que los extrañas. Deben estar como locos buscándote.

—No, no lo están, porque, ¿sabes qué? Creen que estoy muerto.

—¿Y por qué habrían de pensar tal cosa?

—Oí al barón hablar con sus amigos.

—Entonces, ¿sabes cuáles son los planes del barón? —preguntó ella en tono agudo.

—Quizá lo sé —dijo él—. Los hombres que me atraparon hicieron que pareciese que me había golpeado la cabeza en las rocas, había caído por la cascada y me había ahogado. Apuesto a que mamá no hace más que llorar todo el tiempo.

—¡Esa pobre mujer...!

—Me echa de menos con locura.

—Desde luego que sí. Pero piensa la alegría que tendrá cuando te vuelva a tener en casa. Ahora dime, por favor, ¿qué más pudiste oír de lo que decían el barón y sus amigos? —le preguntó como casualmente, como si la pregunta no tuviera una enorme importancia, para que el niño no se molestara.

—Oí todo lo que decían, porque, ¿sabes qué?, les hice una trampa. El barón no sabía que yo le entendía, porque no hablé, ni siquiera en gaélico, ni delante de él ni de los demás.

—Eso fue increíblemente astuto de tu parte—. Pudo notar que su elogio le había complacido. El niño le sonrió, mientras enlazaba sus dedos con los de ella—. Cuéntame todo lo que oíste, y por favor, tómate el tiempo necesario para no olvidarte de nada.

—Hace mucho tiempo el barón perdió una caja, pero ahora cree que sabe dónde está. Se lo dijo un hombre.

—¿Qué hombre? ¿Dijo cómo se llamaba?

—No, pero ese hombre se estaba muriendo cuando se lo dijo. La caja tenía un nombre gracioso, pero ahora no lo recuerdo.

De pronto, Gillian sintió que el estómago le daba la vuelta. Entendió por qué Alford la había forzado a regresar a Dunhanshire, y cuando comprendió todas las implicaciones, se le llenaron los ojos de lágrimas.

—Arianna —susurró—. La llamó la caja de Arianna, ¿verdad?

—¡Sí! —exclamó él, muy excitado—. ¿Cómo sabes el nombre?

Gillian no le contestó. Su mente ardía con preguntas. Oh, Dios, ¿acaso Alford había encontrado a Christen?

—¿Cómo aprendiste a hablar en gaélico?

—¿Qué? —dijo Gillian desconcertada por el súbito cambio de tema.

Él le repitió la pregunta.

—¿Estás enfadada conmigo por preguntar? —agregó.

Gillian pudo ver con qué ansiedad la miraba.

—No, no estoy enfadada —le aseguró—. Aprendí a hablar en gaélico porque mi hermana Christen vive en las Highlands, y yo...

—¿En qué parte de las Highlands? —la interrumpió él.

—No lo sé con exactitud...

—Pero...

No permitiría que la volviera a interrumpir.

—Cuando descubra dónde está exactamente, iré a verla y quiero poder hablarle en gaélico.

—¿Cómo es posible que ella pertenezca a un clan, viva en las Highlands y tú no?

—Porque a mí me atraparon— respondió ella—. Hace mucho tiempo, cuando era muy pequeña, el barón y sus hombres se apoderaron de Dunhanshire. Mi padre trató de ponernos a salvo a mi hermana y a mí, pero en el caos nos separaron.

—¿Tu hermana está perdida?

—No, no lo está. Uno de los soldados leales a mi padre la llevó al norte, a las Lowlands. Mi tío Morgan se tomó mucho trabajo para averiguar exactamente dónde se encontraba, pero se había evaporado en algún lugar de las Highlands. No estoy segura de dónde está ahora, pero espero que algún día pueda encontrarla.

—¿La echas de menos?

—Sí, la echo de menos. Hace mucho tiempo que no veo a Christen y temo que ni siquiera pueda reconocerla. El tío Morgan me dijo que la familia que se hizo cargo de ella tal vez le haya cambiado el nombre para protegerla.

—¿Del barón?

—Sí —confirmó ella—. Pero ella me recordará.

—¿Y si no es así?

—Lo hará —insistió ella.

Transcurrió todo un largo minuto de silencio antes de que él volviera a hablar.

—¿Sabes qué?

—¿Qué?

—Puedo hablar bien en tu idioma porque mi mamá me enseñó cómo hablar con los ingleses, aunque papá no quería y sólo me habla en gaélico. Ni siquiera me acuerdo de cómo lo hice. Sólo lo aprendí y ya está.

—Eres un niño muy inteligente.

—Eso dice mi mamá. El gaélico es difícil de hablar —siguió diciendo—, porque cada clan tiene su propia manera de decir las cosas, y se tarda mucho tiempo en aprender todas las diferencias. Cuando el tío Brodick me habla, tiene que hacerlo en el gaélico que hablo yo porque de otra forma yo no entendería lo que me dice, pero no importaría mucho que tú entendieras lo que dicen, porque, ¿sabes qué? No te hablarían, a menos que se lo ordenara mi tío.

—¿Por qué no me hablarían?

Él le dirigió una mirada que sugería que ella era una completa estúpida. Era un niño tan adorable que Gillian tuvo que contenerse para no abrazarlo.

—Porque eres inglesa —explicó, exasperado—. Está oscureciendo —señaló con preocupación—. ¿Vas a tener miedo de la oscuridad como lo tuviste de mirar abajo?

—No, no voy a tener miedo.

El niño estaba tratando de que Gillian le rodeara los hombros con el brazo, pero ésta parecía no darse cuenta de la insinuación, de manera que, frustrado, terminó por tomarle la mano y hacerlo por ella.

—Hueles como mi mamá.

—¿Y cómo es ese olor?

—Bueno.

Al decir esto, se le quebró la voz, y Gillian supuso que volvía a sentir añoranza de su hogar.

—Tal vez el barón no nos encuentre —dijo el niño.

—Sus soldados verán la soga atada alrededor de la roca —le recordó suavemente.

—No quiero volver allí.

Estalló en lágrimas. Gillian se inclinó hacia él, le apartó los rizos que le cubrían los ojos y besó su frente.

—Tranquilízate, todo va a salir bien. Te prometo que encontraré la forma de llevarte de vuelta a casa.

—¡Pero no eres más que una mujer! —se lamentó el niño.

Gillian trató de pensar en algo que lo calmara y le diera alguna esperanza. Sus sollozos estaban destrozándole el corazón, y cuando ya estaba por sucumbir a la desesperación, se le ocurrió:

—Sabes lo que es un tutor, ¿no es así?

Él le respondió entre hipos.

—Lo mismo que un protector. —Se sentó y se secó las lágrimas que le cubrían las mejillas con el puño—. Yo tenía un tutor, y después tuve otro. Desde el día en que nací me asignaron un tutor, porque todo niño que nace en nuestro clan tiene que tener uno. Tienen la misión de cuidar del niño, o de la niña, durante toda su vida, para asegurarse de que no le ocurra nada malo. Angus era mi tutor, pero murió.

—Lo siento mucho —dijo Gillian—. Estoy segura de que Angus era un magnífico tutor.

Estaba comenzando a sentirse exhausta y le resultaba difícil mantener la insustancial charla. Le latía el brazo y lo sentía como si se lo hubieran puesto sobre una antorcha encendida. Agotada como estaba tras el largo viaje a Dunhanshire, no cejó en su decisión de mantener al niño ocupado con conversación hasta que lo venciera el sueño.

—Me asignaron un nuevo protector —le contó él—. Papá tuvo que pensarlo durante mucho tiempo porque quería elegir el mejor para mí. Me dijo que quería que mi tutor fuera tan hábil y fiero como el de Graham.

—¿Quién es Graham?

—Mi hermano.

—¿Y a quién eligió tu padre?

—A su amigo —respondió él—. Es un fiero guerrero, un jefe muy importante, y ¿sabes qué?

—¿Qué? —dijo ella, sonriendo.

—Es terriblemente antipático. Eso es lo mejor. Papá dice que será un excelente tutor.

—¿Porque es antipático?

—Y porque es fuerte —explicó él—. Puede partir un árbol en dos sólo con clavarle su furibunda mirada. Eso me dijo el tío Ennis. Él sólo es antipático cuando no tiene más remedio.

—Tu protector no será el tío Ennis, ¿verdad?

—No —le respondió el niño—. Tío Ennis no podría serlo. Es demasiado amable.

Gillian se echó a reír.

—¿Y eso sería impropio de un buen protector?

Podría haber jurado que él consideraba estúpida la pregunta.

—No, tienes que ser antipático con tus enemigos, no amable. Por eso papá eligió al tío Brodick. Es mi nuevo tutor, y jamás es amable. ¿Sabes qué?

Esas dos palabras estaban empezando a volverle loca.

—No, ¿qué?

—Probablemente Brodick esté echando chispas, porque le dijo a papá que no me dejara ir al festival, pero mamá insistió y papá tuvo que ceder.

—¿Tu tío Brodick fue al festival?

—No, nunca va a ninguno, porque siempre hay muchos ingleses. Apuesto a que él no cree que yo haya muerto. Es el nuevo laird de los Buchanan, y todo el mundo sabe lo testarudos que son los Buchanan. Ahora que es mi nuevo tutor, tengo que llamarlo «tío». Quizás él me encuentre antes que mi padre.

—Quizá sí —convino ella, para tranquilizarlo—. ¿Por qué no apoyas la cabeza en mi regazo y cierras los ojos? Descansa un rato.

—No te irás mientras estoy durmiendo, ¿verdad?

—¿Adónde podría irme?

El niño sonrió al darse cuenta de lo tonta que era su preocupación.

—Voy a tener miedo cuando te vayas. Oí al barón que les decía a sus amigos que tenías que ir a buscar a tu hermana. Se va a enfurecer cuando descubra que la perdiste.

—¿Por qué no me lo dijiste antes?

—Lo olvidé.

—¿Qué más dijo? —le imploró—. Necesito saberlo todo.

—Recuerdo que dijo que tu rey también está buscando la caja, pero el barón la va a encontrar primero. No sé por qué, no recuerdo nada más —terminó diciendo, con un gemido—. ¡Quiero que mi papá venga ahora a buscarme!

—No llores, por favor —le suplicó Gillian. Lo abrazó con más fuerza—. Un jovencito que tiene tres protectores debería estar sonriendo, no llorando.

—No tengo tres, sólo tengo uno.

—Oh, sí que tienes tres. El primero es tu padre, el segundo es Brodick y yo soy la tercera. Seré tu protectora hasta que logre llevarte sano y salvo a casa.

—Pero las mujeres no pueden ser protectoras.

—Por supuesto que pueden.

El niño reflexionó sobre la cuestión durante largo rato, y finalmente asintió.

—Muy bien —consintió—. Pero entonces debes darme algo.

—¿Ah, sí?

Él volvió a asentir.

—Un tutor siempre le regala algo importante al niño o a la niña que debe cuidar —explicó—. Debes darme algo tuyo.

—¿Tu tío Brodick te regaló algo importante?

—Sí —respondió él—. Le dio a papá su mejor puñal para que me lo entregara a mí. Tiene su escudo en la empuñadura. Papá le hizo una vaina de cuero, y me permitió llevarlo al festival. Ahora ya no lo tengo.

—¿Qué le ocurrió?

—Uno de los soldados del barón me lo quitó. Lo vi arrojarlo sobre un banco del gran salón.

—Encontraremos la forma de recuperarlo —le prometió Gillian.

—¿Pero tú qué vas a darme? —volvió a preguntar el niño.

Ella levantó una mano.

—¿Ves este anillo que llevo? Lo aprecio más que a nada en el mundo.

En la menguante luz del ocaso resultaba difícil verlo con claridad. El niño le tomó la mano y lo observó con detenimiento.

—Es bonito —comentó.

—Perteneció a mi abuela. Mi tío Morgan me lo regaló para mi último cumpleaños. Lo ensartaré en mi lazo y te lo colgaré del cuello. Llévalo debajo de la blusa para que el barón no lo vea.

—¿Puedo conservarlo para siempre?

—No, no puedes —respondió ella—. Cuando pueda cumplir la promesa que te he hecho, y te haya llevado sano y salvo hasta tu casa, me lo devolverás. Ahora cierra los ojos y trata de dormir. Piensa en lo felices que se pondrán tus padres cuando te vuelvan a ver.

—Mamá va a llorar de lo feliz que se va a sentir, y papá también estará muy contento, pero no va a llorar porque los guerreros nunca lloran. Sin embargo, la alegría no le va a durar mucho tiempo, porque tendré que decirle que lo desobedecí.

—¿Cómo lo desobedeciste?

—Me dijo que no me acercara a la cascada. Dijo que era muy peligroso que los niños jugaran allí porque las rocas eran muy resbaladizas, pero mi amigo y yo igual fuimos, y cuando se lo diga a papá, se va a enfadar conmigo.

—¿Le tienes miedo a tu padre?

El niño se rió por lo bajo.

—Jamás podría tenerle miedo a papá.

—¿Y entonces por qué te preocupas?

—Porque me obligará a salir a dar un paseo con él, por eso, y luego me hará meditar sobre lo que hice, y después me hará decirle qué estuvo mal en todo eso y entonces me castigará.

—¿Qué te hará?

—Tal vez no me deje salir a cabalgar con él por un tiempo... ése sería el peor castigo, porque me gusta mucho cabalgar sobre su regazo. Papá me deja llevar las riendas.

Gillian le acarició la espalda y le sugirió que por el momento no se preocupara por eso.

Él no había terminado de confesar sus pecados.

—Pero eso no es todo lo que tengo que contarle —siguió diciendo—. Tengo que decirle lo que hicimos Michael y yo.

—¿Tu amigo también se llama Michael?

—Mi amigo es Michael —la corrigió él—. Ya te lo dije, estábamos jugando.

—No te preocupes. A tu padre no le importará el juego al que jugabas con tu amigo...

—Pero...

—Duerme —le ordenó.

El niño se quedó quieto y callado durante varios minutos. Gillian creyó que finalmente se había quedado dormido y su mente voló hacia otros asuntos más importantes.

—¿Sabes qué?

Ella soltó un suspiro.

—No, ¿qué?

—Tú me gustas, pero la mayoría de los ingleses no me gustan. El tío Ennis los odia a todos. Eso me dijo. Dice que si uno le da la mano a un inglés, termina sin dedos, pero eso no es cierto, ¿no?

—No, no es verdad.

—¿Lamentas tener que ser inglesa?

—No, sólo lamento que lo sea Alford.

—Es un ignorante. ¿Sabes por qué?

Supo que él no se daría por satisfecho hasta habérselo dicho.

—No, ¿por qué? —preguntó, obediente.

—Porque cree que yo soy Michael.

Gillian dejó de acariciarle la espalda y se quedó inmóvil.

—¿No eres Michael?

El niño se dio vuelta, y luego se sentó de cara a ella.

—No, Michael es mi amigo. Eso es lo que he estado tratando de decirte. El estúpido barón cree que soy el hermano de laird Ramsey, pero no lo soy. Michael es su hermano. Ése es el juego que inventamos. Intercambiamos nuestros tartanes, y apostamos a ver cuánto tiempo tardaban todos en darse cuenta. Cuando oscureciera, yo iba a ir a la tienda de Michael, y él a la mía.

—¡Oh, santo Dios! —susurró Gillian, tan anonadada que quedó casi sin aliento. El inocente niño no tenía la mínima idea de lo que significaba lo que acababa de decirle, y todo lo que lo preocupaba era la reacción de su padre al enterarse del tonto juego que había inventado con su amigo. Era apenas cuestión de tiempo que Alford descubriera la verdad, y cuando lo hiciera, el destino de la criatura quedaría sellado.

Lo aferró de los hombros y lo atrajo hacia ella.

—Escúchame —le dijo en un apremiante susurro—. Jamás debes decirle a nadie lo que acabas de contarme. Promételo.

—Lo prometo.

Sólo quedaban algunos débiles destellos de luz para iluminar las rocas del cañón, y le resultaba difícil verle el rostro con claridad. Se acercó a él aún más, y mirándolo fijamente a los ojos, le preguntó.

—¿Quién eres tú?

—Alec.

Gillian dejó caer las manos sobre su regazo y se apoyó contra la pared de roca.

—Eres Alec —repitió. No podía recobrarse de la sorpresa, pero el niño pareció no advertir su estupefacta reacción.

Alec sonrió.

—¿Lo ves? El barón es muy ignorante, porque atrapó al niño equivocado —dijo.

—Sí, lo veo. Alec, ¿tu amigo vio cómo te atrapaban los hombres de Alford y te sacaban del festival?

El niño se pellizcó el labio inferior con los dedos mientras pensaba en lo sucedido.

—No —respondió—. Michael regresó a su tienda en busca de su arco y sus flechas, porque queríamos dispararles y arrojarlos por la cascada, y en ese momento ellos llegaron y me atraparon. ¿Sabes qué? No creo que fueran soldados del barón, porque llevaban tartanes.

—¿Cuántos eran?

—No sé... tal vez tres.

—Si eran de las Highlands, entonces eran traidores cómplices del barón —murmuró Gillian, mientras se pasaba los dedos por el cabello, con gran agitación—. Vaya embrollo éste.

—¿Pero qué pasará si el barón descubre que no soy Michael? Se va a enfurecer, ¿verdad? Quizás obligue a los traidores a ir a buscar a mi amigo. Espero que no metan a Michael dentro de una bolsa de harina. Da miedo.

—Tenemos que hallar la manera de advertir del peligro a la familia de Michael.

Su mente volaba de una idea a otra, mientras intentaba comprender el retorcido juego que estaba jugando Alford.

—Tal vez haya estado demasiado asustado para contárselo.

—¿Cuántos años tiene Michael?

—No lo sé —respondió Alec—. Puede ser que tenga mi edad. ¿Sabes qué? Tal vez se haya quitado el tartán. Eso es lo que yo haría si estuviera realmente asustado, y Michael tendría miedo de hacer enfadar a su hermano porque prácticamente no lo conoce, ya que hace muy poco que llegó para convertirse en laird. A Michael lo asustaba jugar a hacer ese engaño porque no quería meterse en líos. ¡Es culpa mía! —exclamó, llorando—. ¡Yo lo obligué a hacerlo!

—Quiero que dejes de preocuparte por lo que hiciste mal. Nadie va a culparte de nada. ¿Por qué no apoyas la cabeza sobre mi regazo y te quedas quieto de una vez, para que yo pueda pensar?

Gillian cerró los ojos, para desalentarlo a hacer más preguntas.

Alec no estaba dispuesto a cooperar.

—¿Sabes qué? —Al ver que ella no le respondía, empezó a tirarle de la manga—. ¿Sabes qué?

Gillian se dio por vencida.

—¿Qué?

—Se me mueve un diente. —Para probarle que estaba diciendo la verdad, le tomó una mano y la obligó a tocar uno de sus dientes delanteros con el dedo—. ¿Ves cómo se mueve de atrás para adelante cuando lo tocas? Tal vez mañana se me caiga.

La ansiedad en su voz al contarle esta noticia tan importante le recordó súbitamente lo pequeño que era. Perder un diente, evidentemente, lo conmocionaba.

—Papá me lo iba a sacar, pero después dijo que debía esperar a que se aflojara y se cayera solo.

Bostezando audiblemente, Alec volvió a apoyar la cabeza sobre el regazo de Gillian y esperó pacientemente que ella le siguiera frotando la espalda.

—Iba a pedirle a papá que me sacara el diente durante el festival, porque Michael quería ver cómo lo hacía. Michael es de Ramsey —agregó, por si había olvidado informarle.

—¿Y tú de quién eres, Alec?

Él se irguió, lleno de importancia.

—Yo soy el hijo de Ian Maitland.

3

A Alford le gustaba jugar. Era particularmente aficionado a todos aquellos juegos que implicaban crueldad.

En ese momento lo estaba pasando en grande, aunque, en realidad, el día no había comenzado nada bien. Había regresado a Dunhanshire el domingo al mediodía, congelado y calado hasta los huesos por culpa de un inesperado y torrencial aguacero que lo había pillado desprevenido por el camino, y tal como se sentía, no estaba del mejor humor para enterarse de que lady Gillian había tratado de ayudar al niño a escapar. Antes de que su furia fuese a más —ya había matado al soldado portador de las desagradables noticias—, Gillian y el muchacho fueron localizados y llevados de regreso al castillo. En ese momento se hallaban ante él, a la espera de oír su castigo.

La expectativa del placer que lo aguardaba no hacía sino incrementarlo. Quería que se cocieran en sus propios miedos, y parte del placer de Alford consistía en dejarles imaginar qué clase de tortura tenía pensada para ellos. El niño, el torpe hermano menor de laird Ramsey, era demasiado estúpido para entender nada o para hablar, pero Alford sabía que estaba asustado por la manera en que se apretaba contra Gillian. Ella, por el contrario, estaba resultando decepcionante, y de no haber estado prevenido, habría pensado que estaba tratando deliberadamente de estropearle la diversión. No parecía en absoluto preocupada por su suerte. No pudo detectar en ella la menor señal de temor.

La muy zorra todavía tenía el poder de amedrentarlo, y se insultó en silencio por su propia cobardía y por no poder sostenerle la mirada. «Protégeme de los justos», se dijo para sus adentros. Enfrentarse contra todo un escuadrón de soldados no era ni remotamente tan intimidante como este proyecto de mujer, y a pesar de que no cesaba de recordarse que quien tenía el poder era él, y que podía hacerla matar con una simple orden, Alford no podía evitar sentir que ella le llevaba ventaja. Nunca había olvidado la forma en que lo había mirado cuando la llevaron a su presencia tras la masacre. En aquel entonces, ella no era más que una niña, pero el recuerdo todavía lo hacía estremecer. Alford sabía que ella lo había visto matar a su padre, pero había supuesto que el recuerdo se habría borrado con el tiempo. En ese momento, ya no estaba tan seguro. ¿Qué más recordaría Gillian? ¿Lo habría oído confesarle sus pecados a su padre antes de asesinarlo? La duda le producía escalofríos. El odio de Gillian le aterraba, le debilitaba, le ponía la piel de gallina.

Su mano temblaba al tomar su copa de vino, y trató de ignorar sus temores antes de lanzarse al tema que tenía entre manos. Sabía que no tenía la mente clara, sino entorpecida y enturbiada. No solía embriagarse de esa forma delante de sus amigos. Hacía años que era un bebedor empedernido porque los recuerdos no le permitían descansar. Pero siempre había tenido la precaución de beber a solas. Ese día había hecho una excepción, porque el vino lo ayudaba a calmar su furia. No quería hacer nada que más tarde pudiera lamentar, y aunque había pensado en aguardar hasta el día siguiente para vérselas con la desafiante Gillian, decidió que estaba lo suficientemente lúcido como para terminar de una vez con la cuestión y así poder seguir celebrando con sus compañeros.

Alford contempló a Gillian a través de sus ojos borrosos e inyectados en sangre. Estaba sentado en el centro de una larga mesa, flanqueado por sus sempiternos acompañantes, el barón Hugh de Barlowe y el barón Edwin el Calvo. Raramente iba a algún lado sin ellos, ya que eran su público más devoto. Disfrutaban tanto con sus juegos que a menudo le habían pedido que les dejase participar, y así Alford jamás tuvo que preocuparse por la posibilidad de que lo traicionaran, ya que eran tan culpables como él de sus pasados crímenes.

Gillian y el niño no habían probado bocado desde la mañana anterior y Alford supuso que a esas alturas estarían muertos de hambre, de modo que los obligó a mirar cómo sus amigos y él compartían un banquete digno de un rey, mientras discutían varios posibles castigos. La mesa estaba cargada de faisanes, conejos, pavos y pichones, rodajas de queso amarillo, grandes trozos de áspero pan negro cubiertos de mermelada y miel, y exquisitas tartas de moras. Los sirvientes iban y venían, llevando grandes jarras llenas de vino, y sobre unos trincheros adicionales se apilaban otras delicias, esperando para satisfacer sus voraces apetitos.

Sobre la mesa había comida suficiente para alimentar a todo un ejército. Verlos comer le resultó a Gillian tan desagradable, que pronto perdió el hambre, que antes le había hecho sufrir. No conseguía decidir cuál de los tres hombres era más repugnante. Hugh, con sus enormes orejas y su barbilla prominente, soltaba constantes gruñidos mientras comía, y Edwin, con su triple papada y sus rojos ojillos porcinos, sudaba profusamente mientras se apresuraba a meterse en la boca con la mano enormes pedazos de carne grasienta. Parecía temer que la comida se fuera a acabar antes de que pudiera llenar su descomunal barriga, y cuando se detenía un momento para respirar, el rostro le relucía de oleoso sudor.

Los tres estaban borrachos. Mientras ella aguardaba de pie, ellos habían acabado con seis jarras de vino, y estaban esperando que un sirviente les sirviera de una séptima.

Eran unos auténticos cerdos, pero decidió que Alford era con mucho el peor de todos. De sus labios colgaban pellejos de pichón, y cuando se metió una tarta entera en la boca, por las comisuras le corrieron hilillos de jugo de moras, manchando de negro su roja barba. Demasiado ebrio como para preocuparse por sus modales o su aspecto, atacó otra tarta con avidez.

Alec estaba a la izquierda de Gillian, cerca de la chimenea, contemplando el espectáculo sin pronunciar palabra. De vez en cuando le rozaba la mano con la suya. Por mucho que anhelara consolarlo, no se atrevía ni a mirarlo, ya que Alford no le quitaba los ojos de encima. Si demostraba preocupación o compasión por el niño, Alford lo usaría contra ella.

Gillian había tratado de preparar a Alec, advirtiéndole que todo podría ponerse aún peor antes de terminar, y también le había hecho prometer que no abriría la boca bajo ninguna circunstancia. Mientras Alford siguiera pensando que el niño no entendía lo que se le decía, era probable que siguiera hablando libremente ante él, y tal vez diría algo que explicara el motivo del secuestro.

Cuando ya no pudo seguir viendo comer a esos animales, Gillian se giró hacia la puerta. Sabía que de pequeña debía de haber jugado en esos salones, pero no conservaba ningún recuerdo. Cerca de la escalera había un largo banco apoyado contra la pared, y se preguntó si habría pertenecido a sus padres, o si Alford lo habría traído con sus cosas. Sobre él se hallaban esparcidos varios mapas y rollos de pergamino, pero cerca del borde había una daga. Alec le había dicho que el soldado le había arrebatado la daga y la había arrojado sobre un banco. Aún estaba allí. Pudo distinguir los raros e intrincados diseños de la empuñadura, y se sintió extrañamente confortada. La daga había sido un regalo de Brodick, el tutor de Alec.

Un poderoso eructo de Alford atrajo su atención. Vio cómo se limpiaba la boca con la manga de terciopelo y se recostaba en su silla. Parecía tener dificultades para mantener los ojos abiertos, y cuando se dirigió a ella, su voz era rasposa.

—¿Qué voy a hacer contigo, Gillian? Cada vez que nos hemos encontrado, has ofrecido resistencia. ¿Acaso no ves que busco lo mejor para ti?

Edwin soltó una estridente carcajada. Hugh rió por lo bajo, mientras volvía a tomar su copa de vino.

—Has sido un verdadero fastidio —siguió diciendo Alford—. He sido demasiado complaciente contigo. ¿No te he dejado en paz durante todo este tiempo? Debo reconocer que me ha sorprendido ver en qué hermosa mujer te has convertido. Eras una niña tan poco atractiva, tan carente de encanto, que la transformación es verdaderamente asombrosa. Ahora eres valiosa, querida mía. Podría venderte al mejor postor y ganar una pequeña fortuna. ¿Te asusta esa posibilidad?

—Parece aburrida, no asustada —señaló Edwin.

Alford se encogió de hombros con indiferencia.

—¿Te das cuenta, Gillian, de que hizo falta todo un batallón de soldados para arrancarte del lado de tu santo pariente? Me enteré de que tu tío Morgan ofreció una dura batalla, lo que me parece francamente gracioso, considerando lo viejo y enclenque que es. Sabes, creo que sería un acto de piedad de mi parte poner final a sus desdichas. Estoy seguro de que agradecería una muerte rápida en vez de seguir durando y durando.

—Mi tío no es viejo ni enclenque —replicó Gillian.

Edwin se echó a reír. Gillian controló el impulso de golpearlo. Santo Dios, cómo deseaba ser más fuerte. Detestaba sentirse tan impotente y asustada.

—Deja en paz a mi tío, Alford —le exigió—. Él no puede hacerte ningún daño.

Alford siguió como si no la hubiera oído.

—Se ha convertido en un padre adorable, ¿no es así? Morgan no habría peleado como lo hizo para protegerte si no te amara como un padre. Sí, me desafió para protegerte, maldito sea —agregó, con una mueca de desprecio—. También me disgustó mucho tu propia resistencia. Fue muy desconcertante, la verdad. Yo esperaba que obedecieras mi llamada. Soy tu guardián, después de todo, y deberías venir de inmediato cuando te llamo. Simplemente, no entiendo tu resistencia. No, no la entiendo —dijo, sacudiendo la cabeza antes de proseguir—. Éste es tu hogar, ¿no es así? Pensé que estarías ansiosa por regresar. El rey Juan ha decretado que Dunhanshire seguirá siendo tuyo hasta que te cases. Después, naturalmente, lo controlará tu esposo en tu nombre.

—Tal como debe ser —intervino Hugh.

—¿Todavía no le has reclamado Dunhanshire al rey Juan? —preguntó Gillian, sin poder ocultar la sorpresa.

—No se lo he pedido —murmuró él—. ¿Por qué iba a hacerlo? De todas formas me pertenece, ya que soy tu guardián, y por tanto controlo todo lo que es tuyo.

—¿El rey Juan te nombró mi guardián? —Gillian le hizo esta pregunta sólo para irritarlo, sabía que el rey no le había otorgado tal derecho.

El rostro de Alford se puso púrpura de furia, y la contempló ceñudo, mientras se ajustaba la desarreglada túnica y bebía otro sorbo de vino.

—Eres tan insignificante para nuestro rey, que ha olvidado todo lo que se refiere a ti. Yo me he designado como tu guardián, y eso es lo que cuenta.

—No, no es suficiente.

—Alford es el asesor de más confianza que tiene el rey —declaró Edwin—. ¿Cómo te atreves a hablarle en un tono tan insolente?

—Es insolente, ¿verdad? —coincidió Alford—. Te guste o no, Gillian, soy tu guardián y tu destino está en mis manos. Voy a elegirte esposo personalmente. En cuanto a eso, bien podría casarme contigo yo mismo —agregó, impulsivamente.

Gillian no se permitió mostrar ninguna reacción ante tan repulsiva posibilidad, y siguió mirando fijamente a Alford sin responder a su amenaza.

—Se la has prometido a tu primo —le recordó Hugh a Alford—. He oído que Clifford está haciendo grandes planes.

—Sí, ya sé lo que prometí, ¿pero cuándo me has visto mantener mi palabra? —preguntó Alford con una sonrisa torcida.

Hugh y Edwin se echaron a reír hasta que las lágrimas les corrieron por las mejillas. Finalmente, Alford les ordenó silencio con un gesto.

—Me habéis hecho perder el hilo de lo que estaba diciendo.

—Le estabas explicando a Gillian lo disgustado que estabas ante su resistencia —le recordó Edwin.

—Sí, muy disgustado —afirmó Alford—. Esto no puede seguir así, Gillian. Soy un hombre indulgente, lo cual es un verdadero defecto, en realidad, y no puedo evitar compadecer a los menos afortunados, así que permití que el insultante comportamiento de tu tío no fuera debidamente castigado. También perdonaré tu negativa a obedecer de inmediato mi llamada. —Bebió un largo sorbo de vino antes de seguir—. ¿Y cómo pagas mi benevolencia? Tratando de ayudar a escapar al pequeño salvaje. Como guardián tuyo, no puedo permitir que tu desobediencia quede impune. Es hora de que el niño y tú aprendáis una lección de humildad.

—Si le pegas, Alford, necesitará tiempo para recuperarse antes de que puedas emprender con ella esa búsqueda tan importante —le previno Edwin.

Alford apuró el resto de su copa, y se la extendió a un lacayo para que se la volviera a llenar.

—Lo sé —respondió—. ¿Has notado, Edwin, cómo se ha encariñado el niño con Gillian? Como tonto que es, tal vez crea que ella podrá protegerlo. ¿Le demostramos cuán equivocado está? Hugh, ya que disfrutas tanto con tu trabajo, puedes pegarle al niño.

—No vas a tocar a este niño. —Gillian hizo esta afirmación en voz muy baja, lo que resultó mucho más efectivo que los gritos, y por la desconcertada expresión de Alford, supo que lo había pescado con la guardia baja.

—¿No?

—No.

Alford tamborileó con los dedos sobre la mesa.

—El dolor convencerá al niño de lo inútil que es tratar de escapar. Además, vosotros dos me habéis hecho enfadar, y realmente, no puedo decepcionar a Hugh. —Alford se volvió hacia su amigo—. Trata de no matar al niño. Si Gillian me falla, voy a necesitarlo.

—¡No vas a tocar a este niño! —repitió Gillian, aunque esta vez lo hizo en tono duro y enfático.

—¿Estás dispuesta a ser azotada en su lugar? —preguntó Alford.

—Sí.

Alford se sorprendió ante su inmediata conformidad, y enfureció porque Gillian no mostraba ningún temor. El coraje le era un concepto extraño, y jamás había podido comprender por qué algunos hombres y mujeres exhibían este raro fenómeno, y otros no. Esa virtud siempre le había sido esquiva, y aunque, ciertamente, nunca había sentido la necesidad de mostrarse valeroso, los que sí lo eran lograban sacarlo de quicio. Detestaba encontrar en los demás aquello de lo cual él carecía.

—Haré lo que se me antoje, Gillian, y no podrás detenerme. Bien podría decidir matarte.

—Sí, es verdad —concedió ella, con un encogimiento de hombros—. Podrías matarme, y yo no podría detenerte.

Alford alzó una ceja y la observó con detenimiento. Le resultaba difícil concentrarse, el vino le causaba somnolencia y lo único que deseaba era poder cerrar los ojos algunos minutos. En lugar de eso, bebió otro sorbo.

—Estás tramando algo —dijo—. ¿De qué se trata, Gillian? ¿Qué clase de juego te atreves a jugar?

—Ningún juego —replicó ella—. Mátame, si ése es tu deseo. Estoy segura de que encontrarás alguna explicación satisfactoria que darle a nuestro rey. No obstante, como bien dijiste, no te acordaste de mí durante todos estos años, y de pronto me obligas a volver aquí. Es obvio que quieres algo de mí, y si me matas...

—En efecto —la interrumpió Alford—. Quiero algo de ti. —Se enderezó en la silla, y la miró con aire triunfante antes de proseguir—. Tengo magníficas noticias. Después de muchos años de búsqueda, finalmente he encontrado a tu hermana. Sé dónde se oculta Christen. —Observó detenidamente a Gillian, y quedó sumamente desilusionado al ver que no mostraba ninguna reacción ante la noticia. Haciendo girar la copa entre sus dedos, dijo, sonriendo con afectación—: Incluso sé el nombre del clan que la protege. Se trata de los Mac-Pherson, pero no sé bajo qué nombre se oculta Christen. Una hermana seguramente podrá reconocer a la otra, y por eso quiero que tú vayas y me la traigas.

—¿Por qué no envías a tus soldados a buscarla? —preguntó ella.

—No puedo enviar mis tropas al interior de las Highlands, y es precisamente allí donde ella se esconde. Esos salvajes masacrarían a mis hombres. Desde luego, podría obtener la bendición del rey Juan para esta empresa, y entonces estoy seguro de que me enviaría soldados de refuerzo, pero no quiero involucrarlo en asuntos de familia. Además, te tengo a ti para hacerlo.

—Los soldados no sabrían reconocerla, y es seguro que los salvajes no se lo dirían. Protegen a los suyos a toda costa —intervino Hugh.

—¿Y si me niego a ir? —preguntó Gillian.

—Pues alguien más la traería hasta aquí —fanfarroneó él—. Sólo que sería menos complicado que lo hicieras tú.

—¿Y ese alguien sería capaz de reconocerla?

—El tipo de las Highlands que nos dio esta información conoce el nombre bajo el que se oculta Christen —le recordó Edwin a Alford—. Podrías obligarle a que te lo dijera.

—Por lo que sabemos, el salvaje podría traer a Christen mañana con él. —dijo Hugh—. El mensaje que envió indicaba que había un problema...

—Un problema urgente —agregó Edwin—. Y no es seguro que llegue mañana. Podría hacerlo al día siguiente.

—No dudo que el problema sea urgente —Hugh se

inclinó hacia adelante para poder ver a Alford—. El traidor no habría corrido el riesgo de venir hasta aquí si no fuera por un asunto urgente. Podrían verlo.

Edwin se frotó su triple papada.

—Si azotas al niño, Hugh, el tipo de las Highlands podría disgustarse y reclamar que le devuelvan su oro.

Hugh se echó a reír.

—Quiere ver muerto al niño, viejo tonto. Estabas demasiado borracho todo el tiempo para entender la conversación. Basta decir que se selló un trato entre el tipo de las Highlands y Alford. Como sabes, cada tanto surge un nuevo rumor de que ha sido vista la caja de oro, y cada vez que ha llegado a oídos del rey Juan, envía tropas a rastrear todo el reino. Su deseo de hallar al culpable de la muerte de su Arianna, así como el de recuperar su tesoro, no ha disminuido con los años.

—Algunos dicen que incluso ha aumentado mucho más —remarcó Edwin—. El rey incluso ha enviado tropas a las Lowlands, en busca de información.

Hugh asintió, moviendo la cabeza.

—Y mientras Juan busca su tesoro, Alford busca a Christen, porque cree que ella sabe dónde está escondida esa caja. Se propone demostrar que su padre la robó. A lo largo de todos estos años, Alford también ha hecho averiguaciones en todos los clanes, preguntando por Christen.

—Pero ninguna dio resultado.

—Así es —confirmó Hugh—. Nadie dijo conocerla... hasta que llegó el hombre de las Highlands.

—Pero, ¿y el trato pactado entre este traidor y nuestro Alford?

Hugh miró al barón, esperando que respondiera a la pregunta, pero Alford tenía los ojos cerrados y la cabeza caída sobre el pecho. Parecía estar dormitando.

—Jamás he visto tan ebrio al barón —susurró Hugh a su amigo de forma audible—. Mira cómo se ha quedado dormido.

Edwin se encogió de hombros.

—¿Y el pacto? —insistió.

—El barón accedió a mantener cautivo al niño para atraer hasta aquí a su hermano, laird Ramsey, y que así el tipo de las Highlands pudiera matarlo. El niño no es más que un señuelo, y cuando el juego haya terminado y Ramsey haya sido asesinado...

—El niño ya no servirá para nada.

—Exactamente —confirmó Hugh—. Así que ya ves, que lo golpeemos no le va a preocupar en absoluto al tipo de las Highlands.

—¿Y el barón qué obtiene de este trato?

—El hombre le dio oro y algo más —dijo Hugh—. Dejaré que te lo explique el mismo Alford. Si él quiere que lo sepas, te lo dirá.

Edwin se indignó al quedarse sin respuesta. Le dio un fuerte codazo a Alford. El barón se despertó, sobresaltado, murmurando una blasfemia.

Edwin, entonces, exigió conocer los detalles del pacto. Antes de responder, Alford bebió más vino.

—El traidor me dio información más importante que el oro.

—¿Qué puede ser más importante que eso? —preguntó Edwin.

Alford le sonrió.

—Te dije que me dio el nombre del clan que esconde a Christen, y cuando consiga lo que quiere, me dirá bajo qué nombre se oculta. Así que, ya ves, si Gillian no me resulta útil, el traidor de las Highlands vendrá en mi auxilio.

—¿Por qué no te lo dice ahora? Sería mucho más fácil si supieras...

—No confía en nuestro barón —dijo Hugh, con una risa sofocada—. Primero debe morir ese Ramsey. Entonces jura que nos dirá el nombre.

Gillian no podía creer que los tres hablaran con tanta libertad frente a ella. Estaban demasiado borrachos para mostrarse precavidos, y dudaba de que ninguno recordara una sola palabra de lo dicho a la mañana siguiente.

Edwin y Hugh parecían creer que Alford recibiría una recompensa del rey, y discutían sobre qué debía hacer con ella. Se sentía más que agradecida por su falta de atención, ya que al enterarse de que el hombre de las Highlands llegaría pronto a Dunhanshire, sintió que se abría el suelo bajo sus pies. Presa del pánico, sintió que se le revolvía el estómago, y se tambaleó. Alford no pareció darse cuenta de nada.

Desde luego, ella sabía por qué venía el traidor. Iba a decirle a Alford el error cometido con el niño, y entonces, que Dios se apiadara de Alec. El tiempo se acababa.

Alford bostezó ruidosamente y la miró, bizqueando:

—¡Ah, Gillian, olvidé que estabas ahí! Ahora veamos, ¿de qué estábamos hablando? ¡Oh, sí! —dijo, volviéndose hacia Hugh—. Ya que Gillian se ha ofrecido tan graciosamente a tomar el lugar del niño, puedes darle el gusto. No le toques la cara —le advirtió—. He aprendido por experiencia propia que los huesos de la cara tardan más en curarse, y quiero enviarla a cumplir con mi recado lo antes posible.

—¿Y el niño? —preguntó Hugh.

Alford miró a Gillian con gesto de desprecio.

—Quiero que también le des una buena paliza —respondió.

Gillian atrajo a Alec hacia ella.

—Antes tendrás que matarme, Alford. No voy a permitir que lo toques.

—Pero no quiero matarte, Gillian. Quiero que vayas y me traigas a tu hermana.

Su tono de burla fue deliberado, ya que quería que supiera que se reía de sus patéticos intentos de proteger al niño. ¿Realmente creía que sus deseos tenían alguna importancia para él? ¿Y cómo osaba darle órdenes, diciéndole lo que podía y lo que no podía hacer? Él haría lo que quisiera, por supuesto, pero también le enseñaría una valiosa lección. Gillian se enteraría de una vez por todas de lo insignificante que era.

—Te juro que si haces daño al niño, no te traeré a Christen.

—Sí, sí, lo sé —dijo Alford, aburrido—. Ya me has amenazado con eso antes.

Hugh echó su silla hacia atrás, forcejeando para ponerse de pie. Presa de frenesí, Gillian trató de pensar en algo que pudiera salvarlos.

—En realidad, no quieres tener de vuelta a Christen, ¿verdad?

Alford torció la cabeza hacia ella.

—Por supuesto que quiero tenerla aquí. Tengo grandes planes para ella.

Tratando deliberadamente de distraer su atención y apartarla del niño, Gillian se echó a reír.

—Oh, ya conozco tus grandes planes. Quieres la preciosa caja del rey Juan, y crees que Christen la tiene, ¿no es así? Eso es lo que realmente quieres, y crees que si la obligas a volver aquí, traerá el tesoro con ella. Entonces podrás obtener el premio prometido, así como las tierras de Dunhanshire. ¿No son ésos tus grandes planes?

Alford reaccionó como si le acabaran de arrojar aceite hirviendo en pleno rostro. Aullando de ira, se puso de pie de un salto. Su silla se volcó, estrellándose contra la pared.

—¡Recuerdas la caja! —bramó, mientras saltaba desde detrás de la mesa e iba hacia ella, apartando a Hugh de su camino con un empujón—. ¡Y sabes dónde está escondida!

—Naturalmente que lo sé —mintió Gillian.

Un nuevo alarido aterrador sacudió el salón mientras Alford corría hacia ella.

—¡Dime dónde está! —le exigió—. Christen la tiene en su poder, ¿verdad?... Lo sabía... sabía que la tenía ella... ese chiflado de Hector me dijo que su padre se la había dado. Tu hermana me la robó, y todo este tiempo tú... has sabido... todo el tiempo en que casi perdí el juicio buscándola... sabías... todo el tiempo lo supiste.

En ese momento perdió completamente los estribos y le dio un fuerte puñetazo en la mandíbula, arrojándola al suelo.

Alford estaba totalmente fuera de control. Su bota de cuero se clavó en la tierna piel de Gillian. La pateó salvajemente una y otra vez, decidido a hacerla gritar de agonía, a hacerla lamentar el haber osado ocultarle la verdad. Durante todo ese tiempo ella había sabido que esa caja destruiría la reputación de su padre y le permitiría obtener Dunhanshire y la recompensa del Rey. Todos esos años, la muy perra lo había atormentado con total deliberación.

—¡Le daré la caja al rey... yo solo! —rugió, jadeando tratando de recuperar el aliento—. La recompensa será mía... mía... mía...

Tambaleándose por el golpe en la cara, Gillian estaba demasiado aturdida para ofrecer resistencia. Sin embargo, tuvo la suficiente presencia de ánimo para girar sobre sí misma, y protegerse la cabeza con los brazos. La mayor parte de los golpes los recibió en la espalda y las piernas, pero, irónicamente, no sentía tanto dolor como habría deseado Alford, ya que en su estado cercano a la inconsciencia apenas notaba los golpes de su bota.

Súbitamente, se puso alerta cuando sintió que Alec se arrojaba sobre ella. Histérico, gritaba con toda la fuerza de sus pulmones, mientras ella trataba de alejarlo de Alford. Lo rodeó con sus brazos y lo apretó contra ella, tratando de protegerlo, y luego le tomó la mano y se la estrujó, con la esperanza de que comprendiera que debía permanecer en silencio. La furia de Alford se dirigía directamente contra ella, y le aterraba pensar que la interferencia del niño pudiera atraer su cólera.

Espuma y saliva salían de la boca de Alford mientras rugía obscenidades y mientras seguía pateándola. Pronto quedó agotado, perdió el equilibrio y se tambaleó hacia atrás. A Hugh, la imagen le pareció tan divertida, que no pudo contener la risa. Edwin quería que la diversión continuara, y animaba a Alford con sus gritos para que siguiera. A Gillian le zumbaban los oídos por el ruido ensordecedor, y el cuarto entero giró a su alrededor en una borrosa confusión, pero desesperadamente siguió intentando concentrarse en el aterrado pequeño.

—¡Sshh! —le susurró—. Ahora, calla.

Como si alguien le hubiera tapado la boca con la mano, Alec dejó de gritar en medio de un sollozo. A pocos centímetros de su propio rostro, con los ojos dilatados por el pánico, le hizo un rápido gesto con la cabeza, indicándole que permanecería en silencio. Se sintió tan complacida con él, que logró esbozar una débil sonrisa.

—Trata de controlarte, Alford —le gritó Hugh entre carcajadas. Se secó las lágrimas que le bañaban el rostro antes de agregar—: No podrá ir a ninguna parte si la matas.

Alford, trastabillando, logró apoyarse en la mesa.

—Sí, sí —jadeó—. Debo controlarme.

Se secó el sudor que le cubría la frente, apartó al niño de Gillian, y tiró de ella hasta ponerla de pie. La sangre le corría por la comisura de los labios, y Alford observó complacido su vidriosa mirada, porque supo que le había causado considerable daño.

—Te atreves a hacerme perder los estribos —murmuró—. A la única que debes culpar por el dolor que sientes, es a ti misma. Te daré dos días para que te recuperes, y luego partirás hacia esos lugares dejados de la mano de Dios que llaman Highlands. Tu hermana se oculta en el clan MacPherson. Encuéntrala —le ordenó—, tráemela, a ella y la caja.

Se acercó, vacilante, hacia la mesa, ajustándose la túnica, mientras le gritaba al criado que volviera a llenarle la copa.

—Si me fallas, Gillian, ese hombre que tanto aprecias sufrirá las consecuencias. Tu tío padecerá una penosa agonía, una muerte lenta y dolorosa. Te juro que me suplicará que ponga fin a sus sufrimientos. El niño también morirá —agregó, como si se le acabase de ocurrir—. Pero cuando me traigas a Christen y la caja, te doy mi palabra de que le perdonaré la vida al niño, a pesar de la promesa que hice al traidor de las Highlands.

—Pero, ¿y si trae una y no la otra? —le preguntó Hugh.

Edwin también había pensado en esa posibilidad.

—¿Qué es más importante para ti, barón? ¿Christen o la caja del rey?

—La caja, por supuesto —respondió Alford—. Pero quiero las dos, y si Gillian me trae sólo una, su tío morirá.

Hugh rodeó la mesa con aire jactancioso, hasta plantarse frente a Gillian. La lascivia que ésta pudo detectar en sus ojos la hizo encogerse de miedo.

Hugh mantuvo los ojos clavados en ella, mientras le hablaba a Alford.

—Tú y yo hemos sido amigos mucho tiempo —le recordó al barón—. Y nunca te he pedido nada... hasta ahora. Dame a Gillian.

La petición de Hugh logró sorprender y divertir a Alford.

—¿Llevarías una bruja a tu lecho?

—Es una leona, y yo la voy a domar —alardeó, lamiéndose obscenamente los labios ante su propia fantasía.

—Te cortaría la garganta mientras duermes —le advirtió Edwin.

Hugh soltó un bufido.

—Con Gillian en mi lecho, te aseguro que no dormiría.

Se acercó a ella para acariciarla, pero ella le apartó la mano y dio un paso atrás. Hugh bajó la vista hasta el niño que se aferraba a sus faldas. Rápidamente, Gillian intentó conseguir que volviese la mirada hacia ella y se olvidara del niño.

—Eres un tonto redomado, Hugh —le dijo— ¡y tan debilucho! Casi te tengo lástima.

Sorprendido por el veneno que destilaba su voz, le dio una bofetada con el dorso de la mano.

Ella le contestó con una sonrisa.

—Déjala en paz —ordenó Alford, impaciente, cuando Hugh volvía a alzar la mano, disponiéndose a pegarle una nueva bofetada.

Hugh miró a Gillian por el rabillo del ojo durante algunos instantes.

—Voy a tenerte, perra —susurró. Dio media vuelta y regresó a su lugar en la mesa—. Dámela —le rogó a Alford—. Puedo enseñarle a ser obediente.

—Lo tendré en cuenta —prometió Alford con una sonrisa.

Edwin no estaba dispuesto a ser menos.

—Si le das Gillian a Hugh, entonces debes darme a Christen.

—Ya está prometida —dijo Alford.

—Tú la quieres para ti —lo acusó Edwin.

—Yo no la quiero, pero se la he prometido a otro.

—¿A quién se la prometiste?

Hugh lo interrumpió riendo.

—¿Acaso importa, Edwin? Alford jamás ha mantenido su palabra.

—Nunca —confirmó Alford con una risita—. Pero siempre hay una primera vez.

Edwin también sonrió, ya tranquilo, porque creía tontamente que todavía tenía una posibilidad de conseguir a Christen.

—Si es la mitad de bella de lo que es Gillian, me daré por bien servido.

—¿Cuánto tiempo le darás a Gillian para que traiga a su hermana? —preguntó Hugh.

—Debe regresar antes de que comiencen las fiestas de la cosecha.

—Pero eso no es suficiente —protestó Edwin—. Vaya, le llevará una semana, incluso dos, llegar a su destino, y si tiene algún problema en el camino, o no encuentra a Christen...

Alford levantó la mano, exigiendo silencio.

—Todo ese parloteo preocupándoos por el bien de la zorra me hace dar vueltas la cabeza. Contén tu lengua mientras le explico los detalles a mi pupila. ¿Gillian? Si acaso se te ha ocurrido que vas a encontrar gente en las Highlands que te ayuden a salvar a tu tío, entérate de esto: un contingente completo de mis soldados ha rodeado su casa, y si algún guerrero de las Highlands osa poner un pie dentro de la propiedad, Morgan será ejecutado. Lo tendré de rehén hasta que tú regreses. ¿He sido claro?

—¿Y si ella le cuenta a Ramsey que su hermano no se ahogó, y que lo tienes tú? —preguntó Hugh.

—No se lo dirá —replicó Alford—. Con su silencio, Gillian conserva la vida del niño. Basta de preguntas —añadió—. Ahora quiero hablar de cuestiones más divertidas, tal como en qué gastaré la recompensa del rey cuando le devuelva la caja. Ya he sugerido, y más de una vez, que fue el padre de Gillian y Christen quien robó la caja y mató a Arianna, y cuando el rey descubra que Christen la ha tenido en su poder todo este tiempo, se convencerá.

Con un gesto, indicó a los dos centinelas apostados en la entrada que se acercaran.

—La querida señora aquí presente no puede tenerse en pie. ¿Veis cómo se tambalea? Llevadlos arriba, a ella y al niño. Acomodadla en su antigua habitación. ¿Ves qué considerado soy, Gillian? Voy a permitir que duermas en tu cama.

—¿Y el niño, milord? —preguntó uno de los soldados.

—Ponedlo en el cuarto de al lado —dijo Alford—. Así podrá oírla llorar toda la noche.

Los soldados se apresuraron a cumplir la orden de su amo. Uno tomó a Alec del brazo, y el otro hizo lo mismo con Gillian. Ésta se apartó bruscamente, recuperó el equilibrio, y lenta y dolorosamente se enderezó. Con la cabeza en alto, se apoyó en el borde de la mesa hasta que sus piernas recobraron algo de fuerza, y entonces comenzó a avanzar con pasos precisos y medidos. Cerca de la entrada, trastabilló, y cayó sobre el banco.

El soldado la levantó y la arrastró hasta la escalera.

Gillian cruzó los brazos sobre sus castigadas costillas y se dobló sobre sí misma, mientras Alec se aferraba a sus faldas y empezaban a subir los peldaños. Gillian trastabilló dos veces antes de que sus piernas le fallaran por completo. Con un sonido metálico, el soldado la levantó y la llevó en brazos el resto del trayecto.

El dolor en su espalda se volvió insoportable, y Gillian se desmayó antes de llegar a la puerta. El soldado la dejó sobre la cama, y trató de tomar la mano del niño, pero Alec se negó a marcharse. Mordió, arañó y pateó al soldado que intentaba atraparlo y separarlo de Gillian.

—Déjalo —le sugirió su amigo—. Si los dejamos a los dos en la misma habitación, esta noche sólo tendremos que poner un guardia frente a esa puerta. El niño puede dormir en el suelo.

Ambos hombres abandonaron la habitación, echando el cerrojo tras ellos. Alec trepó a la cama donde yacía Gillian, y se acurrucó a su lado. Aterrorizado al pensar que ella pudiera morir y dejarlo solo, sollozaba incontrolablemente.

Pasó largo rato antes de que finalmente ella despertara. El dolor era tan intenso en todo su cuerpo que los ojos se le llenaron de lágrimas. Esperó a que la habitación dejara de dar vueltas a su alrededor y trató de sentarse, pero el dolor era insoportable, y se desplomó sobre la cama, sintiéndose impotente y vencida.

Alec la llamó en un susurro.

—Ya está, Alec. Ya pasó lo peor. Por favor, no llores.

—Pero tú estás llorando.

—Ya no lloro —le aseguró ella.

—¿Vas a morir? —preguntó Alec con preocupación.

—No —susurró ella.

—¿Te duele mucho?

—Ya me siento mucho mejor —mintió ella—. Está

oscuro aquí, ¿no crees? ¿Por qué no corres la cortina para que entre un poco de luz?

—Ya no queda casi luz —le dijo el niño, al tiempo que saltaba de la cama y corría hacia la ventana para hacer lo que le pedía.

La luz del atardecer entró a raudales en la habitación, Gillian pudo ver las partículas de polvo suspendidas en el aire, pudo oler el rancio olor a moho y se preguntó cuánto tiempo hacía que la habitación estaba cerrada. ¿Acaso habría sido la última en dormir en esa cama? No era probable. A Alford le gustaban las diversiones, y seguramente había tenido multitud de invitados en Dunhanshire desde que la desterró.

Alec trepó a la cama, se acomodó a su lado y le tomó la mano.

—Se está poniendo el sol. Has dormido durante mucho rato, y no podía despertarte. Me asusté —reconoció—. Y, ¿sabes qué?

—No, ¿qué?

—Esto va a ponerse muchísimo peor, porque oí lo que decía el barón. El hombre de las Highlands viene para acá.

—Sí, yo también lo oí—. Gillian apoyó la mano sobre la frente y cerró los ojos. Elevó una silenciosa plegaria, rogándole a Dios que le restituyera pronto las fuerzas porque lo que se avecinaba era grave.

—El hombre de las Highlands llegará mañana o pasado —siguió diciendo Alec, muy agitado—. Si me ve, sabrá que no soy Michael. Y seguramente me delatará.

Mientras trataba penosamente de sentarse, Gillian decidió hablarle con franqueza.

—Estoy segura de que ya sabe que no eres Michael. Probablemente sean ésas las noticias tan urgentes que quiere darle al barón.

Alec frunció el entrecejo con gran concentración, hasta que las pecas de su nariz se fundieron en una sola.

—Tal vez quiera decirle otra cosa —sugirió.

—No lo creo.

—No quiero que me dejes solo.

—No voy a dejarte solo —prometió ella.

—Pero el barón te va a enviar lejos.

—Sí, así es —concedió Gillian—. Pero voy a llevarte conmigo. —Alec pareció no creerle. Gillian le palmeó la mano y se obligó a sonreír—. A nosotros no nos afecta que el hombre de las Highlands venga o no venga, aunque, a decir verdad, me gustaría echarle un buen vistazo.

—¿Porque es un traidor?

—Sí.

—¿Y entonces podrás decirle a mi papá y a Brodick, e incluso a Ramsey, cómo es ese traidor?

Como Alec pareció animarse ante esa idea, Gillian se apresuró a darle la razón.

—Sí, exactamente. Podría decirle a tu padre cómo es ese traidor.

—¿Y a Brodick, e incluso también a Ramsey?

—Sí.

—¿Sabes qué ocurriría entonces? Harían que lamentara amargamente el haber sido traidor.

—Sí, no me cabe duda de que lo harían.

—¿Cómo es eso de que no nos afecta que venga o no venga el hombre de las Highlands?

—No nos afecta porque nos marchamos esta misma noche.

Los ojos de Alec se abrieron grandes como platos.

—¿En la oscuridad?

—En la oscuridad. Ojalá que haya luna para guiarnos.

La ansiedad del niño era casi incontenible, y se puso a saltar sobre la cama.

—¿Pero cómo lo vamos a hacer? Oí cómo el soldado echaba el cerrojo al salir, y supongo que hay un guardia en la puerta. Por eso hablo en voz baja, porque no quiero que me oiga.

—Así y todo, nos marchamos.

—Pero, ¿cómo?

Gillian señaló el otro lado de la habitación.

—Tú y yo vamos a atravesar esa pared.

La sonrisa de Alec se desvaneció como por encanto.

—No creo que podamos hacerlo.

Parecía tan desolado, que Gillian sintió deseos de echarse a reír. Advirtió entonces que, a pesar del dolor, comenzaba a sentirse eufórica porque no iba a dejar al niño en la guarida de Alford. Había sido una verdadera suerte que Alford no los hubiera separado, y se proponía aprovechar al máximo ese error del barón.

No pudo resistirse al deseo de tomar a Alec en sus brazos, y apretarlo con fuerza.

—¡Oh, Alec, no dudes que Dios nos está protegiendo!

Él permitió que le besara la frente y le apartara el cabello de los ojos, antes de escabullirse de su abrazo.

—¿Por qué se te ocurre que Dios nos protege? —Estaba demasiado impaciente como para aguardar su respuesta—. ¿Acaso Dios nos va a ayudar a atravesar la pared?

—Sí —se limitó a responder Gillian.

Alec sacudió la cabeza.

—Me parece que el barón te ha dejado tonta con tanto golpe.

—No, no me ha dejado tonta. Me ha hecho enfadar mucho, mucho, mucho.

—Pero, Gillian, las personas no pueden atravesar las paredes.

—Vamos a abrir una puerta secreta. Ésta era mi alcoba cuando era pequeña —le contó—. La alcoba de mi hermana estaba junto a la mía, y cada vez que me sentía sola o asustada, abría el pasadizo secreto y corría a su dormitorio. Mi padre se enfadaba mucho conmigo por hacer eso.

—¿Por qué?

—Porque el pasadizo debía utilizarse sólo en circunstancias extremas, y no quería que nadie se enterara de su existencia, ni siquiera sus sirvientes más fieles. Mi doncella, Liese, sin embargo, sabía que existía el pasaje, porque me contó que por las mañanas solía encontrar mi cama vacía. Liese se imaginaba que debía de haber una puerta secreta porque sabía el miedo que me daba la oscuridad, y sabía que jamás me habría atrevido a salir al vestíbulo oscuro durante la noche. ¿Ves ese banco apoyado contra la pared? Mi padre lo puso allí para desanimarme a pasar. Sabía que el banco era demasiado pesado para que yo lo pudiera mover sin ayuda, pero Liese me contó que yo me escabullía por debajo para salir al pasadizo.

—¿Desobedeciste a tu papá? —preguntó Alec con los ojos muy abiertos de incredulidad.

—Parece que sí —respondió ella.

Al niño le pareció sumamente gracioso que lo reconociera, y rió hasta que se le llenaron los ojos de lágrimas. Preocupada porque pudiera oírlos el guardia, Gillian le puso un dedo sobre los labios para que guardara silencio.

—Pero si el pasaje conduce a la alcoba de tu hermana, ¿cómo lograremos salir de allí?

—El pasaje también conduce a una escalera que llega hasta los túneles que pasan por debajo del castillo. Si no han sido sellados, nos llevará más allá de los muros.

—Entonces, ¿podemos irnos ahora? ¡Por favor!

Ella negó con la cabeza.

—Debemos esperar hasta que el barón se haya ido a la cama. Ha bebido tanto vino que se quedará dormido en seguida. Además, puede enviar algún sirviente antes de que caiga la noche, y si no nos encuentra aquí, dará la voz de alarma.

Alec deslizó sus dedos en los de Gillian, y los apretó con fuerza, sin dejar de mirar la pared, tratando de descubrir dónde estaba la puerta. Cuando se volvió hacia Gillian, otra vez fruncía el entrecejo.

—¿Y si el barón lo hubiera clausurado?

—Entonces tendremos que encontrar otra manera de escapar.

—Pero, ¿cómo?

Gillian no tenía ni la más remota idea, pero sabía que tenía que sacar a Alec de Dunhanshire antes de que llegara el hombre de las Highlands.

—Podríamos engatusar al guardia para que entrara…

Lleno de excitación, el niño la interrumpió.

—Y podríamos darle un golpe en la cabeza para que se desmayara —completó, demostrando lo que decía con fuertes golpes sobre la cama—. Haré que le salga sangre —le aseguró—. Y si me subo al banco, incluso podría apoderarme de su espada, y entonces, ¿sabes qué? Le cortaría todo, y le haría lanzar aullidos de dolor. Yo soy muy fuerte —terminó alardeando.

Gillian tuvo que resistir el impulso de volver a abrazarlo, y tampoco se atrevió a sonreír, para que el niño no creyera que se reía de él.

—Sí, ya veo lo fuerte que eres —dijo, en cambio.

Alec sonrió complacido con el cumplido, y cuadró los hombros, asintiendo.

¿Acaso todas las fantasías de los niños pequeños

serían tan ávidas de sangre como las de este niño, se preguntó Gillian? Un momento, lloraba y se aferraba a ella, y al siguiente se regocijaba con el proyecto de alguna horrenda venganza. Ella no tenía ninguna experiencia con niños. Alec era el primero con el que tenía trato directo en mucho tiempo, y se sentía totalmente inadecuada, aunque al mismo tiempo sentía también un tremendo deseo de protegerle. Ella era todo lo que separaba al niño del desastre, y para ella eso sólo significaba que Alec todavía se hallaba en peligro.

—¿Te duele?

Gillian pestañeó, sorprendida.

—¿Si me duele qué?

—La cara —respondió Alec, al tiempo que le tocaba la mejilla—. Se está hinchando.

—Sólo me arde un poco, eso es todo.

—¿Cómo te hiciste esa cicatriz debajo de la barbilla?

—Me caí por la escalera. Fue hace mucho tiempo.

Gillian dio una palmada sobre la cama.

—¿Por qué no te tumbas a mi lado y tratas de dormir un poco? —le dijo.

—Pero todavía no es de noche.

—Lo sé, pero vamos a pasarnos toda la noche caminando —le explicó—. Deberías tratar de descansar ahora.

Alec se acercó a ella y puso la cabeza sobre su hombro.

—¿Sabes qué?

—¿Qué?

—Tengo hambre.

—Luego buscaremos algo para comer.

—¿Tendremos que robar comida?

Por el entusiasmo con que pronunció estas palabras, Gillian supuso que esperaba ansiosamente esa posibilidad.

—Robar es pecado.

—Eso es lo que dice mamá.

—Y tiene razón. No vamos a robar nada. Sólo lo vamos a pedir prestado.

—¿Podemos pedir prestados caballos?

—Si tenemos suerte, y encontramos uno robusto, y no hay nadie cerca que nos detenga, entonces sí, lo tomaremos prestado.

—Te pueden colgar por robar un caballo.

—Ésa es la menor de mis preocupaciones —dijo Gillian, mientras cambiaba de posición en la cama. Cada centímetro de su cuerpo le dolía, y no lograba encontrar una posición cómoda. Colocó el brazo vendado al lado del cuerpo. Al hacerlo, sintió un pinchazo, y entonces recordó la sorpresa que le tenía reservada a Alec.

—Tengo algo para ti —dijo—. Cierra los ojos, y no mires.

El niño se puso de rodillas, y cerró los ojos con fuerza.

—¿Qué es?

Gillian levantó la daga. No fue preciso que le indicara que abriera los ojos, porque ya estaba mirando. Al ver su alegría casi le dieron ganas de llorar.

—¡La daga de Brodick! —susurró con admiración—. ¿Cómo hiciste para encontrarla?

—Tú me dijiste dónde estaba —le recordó Gillian—. La tomé del banco al salir del salón. Guárdala en la vaina de cuero para que no te pinches.

Alec estaba tan contento por haber recuperado su tesoro, que le echó los brazos al cuello y le besó la hinchada mejilla.

—¡Te quiero, Gillian!

—Y yo también te quiero, Alec.

—Ahora puedo protegerte porque tengo mi cuchillo.

—¿Vas a ser mi protector, entonces? —le preguntó ella, sonriendo.

—No-o —respondió él entre risitas, alargando la palabra.

—¿Por qué no?

Alec se apartó de ella y le respondió lo que le parecía obvio.

—Porque soy un niño pequeño. Pero, ¿sabes qué?

—No, ¿qué?

—Vamos a encontrarte uno.

—¿Un protector?

Él asintió solemnemente.

—No necesito un protector —le aseguró ella, sacudiendo la cabeza.

—Pero tienes que tener uno. Tal vez podamos pedírselo a Brodick.

—¿El antipático? —bromeó ella.

Alec volvió a asentir.

Gillian se echó a reír en voz baja.

—No creo que…

—Se lo pediremos a Brodick —insistió él, con aire muy serio—. Porque, ¿sabes qué?

—No, ¿qué?

—Lo necesitas.

4

No les gustó el mensaje. Cuatro de los guardias de elite de laird Buchanan rodeaban al joven soldado Mac-Donald, irguiéndose sobre él como vengativas gárgolas, mientras tartamudeaba su importante mensaje temblando de miedo. Tres de los guerreros habían quedado sin palabras ante las noticias. Aaron, Robert y Liam se sentían indignados ante lo que enseguida supusieron que era una trampa tendida por laird MacDonald. Todos los miembros del clan Buchanan sabían que el jefe del mensajero era un astuto y mentiroso hijo de perra, y se negaron a creer una sola palabra de lo que decía. El cuarto guerrero Buchanan, Dylan, tuvo una reacción opuesta. Aunque él también creía que laird MacDonald era un astuto y mentiroso hijo de perra, se sentía divertido e intrigado por el mensaje, y quería conocer todos los detalles.

Aaron, el más hablador del grupo Buchanan, se adelantó hacia el aterrado emisario sacudiendo la cabeza incrédulo, y le exigió que repitiera cada una de las palabras del mensaje.

—Es como ya os dije —insistió el joven soldado Mac-Donald.

—Pues entonces dilo de nuevo —ordenó Aaron, acercándose aún más con toda deliberación para que el hombre se viera obligado a estirar el cuello para atrás si quería mirarlo a los ojos—. Quiero volver a escuchar este estúpido mensaje palabra por palabra.

El soldado MacDonald se sintió como un conejo atrapado. Robert se hallaba a sus espaldas, Dylan en frente, y Aaron y Liam lo presionaban desde ambos lados. Todos los guerreros Buchanan le pasaban al menos dos cabezas de altura, y podían aplastarlo con toda facilidad tan sólo con su propio peso.

El joven se volvió hacia el guerrero que le había hablado, y trató de retroceder un paso para poner algo de distancia entre ambos.

—Hay una joven dama que insiste en que vuestro jefe vaya a verla enseguida. Aguarda en el interior de la iglesia vallada que está cerca del cruce de caminos próximo a la propiedad de Len. Sostiene… que ella es…

La torva mirada que vió en los ojos del guerrero aterrorizó al soldado de tal manera que no pudo continuar. Se volvió hacia Dylan, luego retrocedió intentando alejarse de su llameante mirada, y chocó contra el otro guerrero llamado Robert el Moreno.

—Mi mensaje es para Brodick, y sólo para Brodick —protestó.

—Para ti, es laird Buchanan, mocoso —gruñó Liam.

—Sí… sí… laird Buchanan —se apresuró a rectificar el soldado—. Me he equivocado.

—Oh, sí, lo has hecho —murmuró Robert a sus espaldas.

Dylan se adelantó para interrogar al mensajero. Brodick ya había sido llamado al gran salón, pero aún no había llegado, de modo que el comandante del cuerpo de guardias de elite de los Buchanan decidió hacerse cargo del interrogatorio. Sabía que el soldado MacDonald estaba asustado, así que unió las manos a la espalda para demostrarle que no tenía intención de lastimarlo, y aguardó con impaciencia que el joven recobrara la compostura.

—Continúa con el mensaje —ordenó Dylan,

—La dama… sostiene que es su prometida —barbotó el aterrado joven—. Y exige que vuestro líder la escolte hasta la casa para que pueda establecer su residencia.

Robert dio un codazo al soldado para atraer su atención, pero accidentalmente lo empujó contra Dylan, que permaneció impasible. El soldado se enderezó rápidamente y se volvió hacia el guerrero.

—Yo no miento —insistió—. Sólo repito lo que me ordenaron decir.

—¿Cómo te llamas? —preguntó Robert. Creía que su pregunta era inofensiva, y por lo tanto quedó asombrado al ver la reacción del mensajero. El joven se puso tan pálido como una mujer asustada.

—Henley —exclamó con un suspiro, agradecido por haber sido capaz de recordarlo—. Me llamo Henley.

Dylan llamó su atención dándole unos golpecitos para que se diera la vuelta. Éste se apresuró a obedecer, mareado de girar en medio de esos gigantes. Trató de concentrarse en el comandante Buchanan, pero le resultó difícil, ya que los otros tres seguían presionándolo.

—¿Por qué los MacDonald enviaron a un muchacho para que nos trajera este mensaje? —preguntó Dylan con desprecio.

La nuez de Henley subía y bajaba en su cuello cuando el joven tragaba saliva. No se atrevió a contradecir al comandante sosteniendo que él era un hombre, no un muchacho.

—Mi laird consideró que un joven tendría más probabilidades de sobrevivir al carácter del vuestro. Todos lo hemos visto en batallas, y conocemos su notable fuerza. Muchos sostienen que lo han visto derribar enemigos con un simple tortazo. También hemos oído decir que es... poco prudente... molestarle o enfadarle. A laird MacDonald no le avergüenza admitir que siente un respetuoso temor por vuestro líder.

Dylan no pudo evitar una sonrisa.

—¿Respetuoso temor?

Henley asintió.

—Mi jefe dice también que Brodick...

Liam empujó al mensajero con fuerza, enviándolo contra Robert. Éste no se movió ni un milímetro, pero Henley sintió que acababa de estrellarse contra un muro de piedra. Se volvió hacia Liam, deseando con todo su corazón tener la presencia de ánimo necesaria para sugerir que, si el guerrero quería atraer su atención, simplemente lo llamara por su nombre.

—Para ti, Brodick es laird Buchanan —volvió a recordarle Liam.

—Sí, laird Buchanan —accedió Henley.

—¿Decías...?

Para poder responder, Henley tuvo que volverse hacia la izquierda.

—Mi laird dice que laird Buchanan es un hombre honorable, y que no atacará a un hombre desarmado. No llevo armas.

Henley se vio obligado a volverse hacia la derecha ante la pregunta de Dylan.

—¿Y tu jefe también te dijo que Brodick es razonable?

Henley supo que, si mentía, los guerreros lo notarían.

—No, dijo exactamente lo contrario —reconoció.

Dylan se echó a reír.

—Tu honestidad te protege el pellejo.

En ese momento habló Aaron, lo que obligó a Henley a dar una vuelta completa.

—Aquí no matamos a los mensajeros —apuntó.

—A menos, naturalmente, que no nos guste el mensaje —agregó Robert sonriendo.

Henley volvió a darse vuelta para quedarse de cara al líder.

—Hay más —anunció—. Mucho me temo que el resto sí que le desagradará de verdad a vuestro líder —añadió. Cuanto antes les diera el mensaje, más pronto podría salir de la trampa en la que se encontraba, y con suerte, podría estar camino de regreso a su casa antes de que llegara Brodick.

El laird había sido llamado al salón cuando se encontraba en el campo de entrenamiento, y le había molestado la interrupción, pero al enterarse de que el mensaje era urgente, el corazón le dio un vuelco, con la esperanza de que las noticias fueran de Ian Maitland, diciéndole que habían encontrado a su hijo Alec.

Gawain, otro de sus guardias de confianza, se encargó de desvanecer esas esperanzas al comunicarle que el tartán que llevaba el mensajero pertenecía al clan Mac-Donald.

La decepción le provocó una gran indignación.

—Mañana volveremos a la cascada, y seguiremos buscando. ¿Vas a discutir conmigo esta vez, Gawain? —dijo, volviéndose hacia Gawain.

El soldado negó con la cabeza.

—No, ya sé que es inútil discutir contigo, laird. Hasta que no te convenzas en el fondo de tu corazón de que el niño ha muerto, seguiré buscando tan concienzudamente como tú.

—¿Crees que Alec se ahogó?

El suspiro que soltó Gawain fue de cansancio.

—Lo creo de verdad.

Brodick no pudo culpar a su amigo por su sinceridad. Siguió subiendo la colina, con Gawain a su lado.

—Su padre le había enseñado a nadar —le recordó al soldado.

—Pero si Alec se golpeó la cabeza contra las rocas, tal como lo indica la sangre que vimos, debió estar inconsciente al caer al agua. Por otra parte, incluso a un hombre adulto le habría resultado difícil sobrevivir en esos rápidos.

—Ni Ian ni yo creemos que Alec esté muerto.

—Laird Maitland está llorando a su hijo —dijo Gawain—. A su debido tiempo, aceptará su muerte.

—No —lo contradijo Brodick—. Hasta que no haya un cuerpo que enterrar, ninguno de los dos lo aceptaremos.

—Tú eras su tutor —señaló Gawain—. Quizás ésa es una razón más para que no puedas aceptarlo. Como su nuevo tutor…

—Un tutor que fracasó —lo interrumpió Brodick con aspereza—. Debería haber asistido al festival. Debería haberlo vigilado. Ni siquiera sé si Ian le dio a Alec mi daga, y si el niño sabía… —Sacudió la cabeza, y se obligó a pensar en el presente—. Ve, hazte cargo del entrenamiento. Me reuniré contigo lo antes posible, en cuanto haya oído lo que tiene que decirme el soldado MacDonald.

Una gélida corriente de aire entró en el salón al abrirse de par en par las puertas que daban al patio de armas. Henley oyó el sonido de las botas de Brodick resonando contra el suelo de piedra y cerró los ojos. El pánico amenazó con hacerle perder el sentido, y tuvo que hacer un supremo acto de voluntad y de coraje para permanecer inmóvil y no salir corriendo.

—Más vale que el condenado mensaje sea realmente urgente. ¿Dónde está el soldado MacDonald? —exclamó Brodick irrumpiendo en el salón a grandes zancadas.

Dylan señaló con un gesto a los guardias que rodeaban al joven.

—Retroceded, para que nuestro laird pueda escuchar este mensaje tan importante —les ordenó. Trató de sonar serio, pero supo que no había tenido éxito.

Brodick se puso junto a Dylan de cara al mensajero. Henley sintió que sus temblores se centuplicaban, ya que ambos guerreros eran terriblemente amenazantes. Laird Buchanan era incluso más alto que su comandante. Brodick era un gigante, con una poderosa musculatura en los hombros, brazos y muslos que mostraban su enorme y feroz vigor. Tenía el cutis atezado, y largo cabello rubio. Sus ojos se clavaron en Henley con una mirada tan intensa y penetrante que el joven soldado tuvo la sensación de ser observado por un león que pensaba comérselo.

Sí, se encontraba dentro de la cueva del león, y que el cielo lo ayudara cuando le diera el resto del mensaje.

Antes, Dylan había logrado aterrorizarle, pero en ese momento, de pie junto a su jefe, ya no le parecía tan atemorizador. De aspecto, Dylan era la antítesis de Brodick, ya que era moreno y cetrino como la noche. De tamaño y corpulencia eran iguales, pero los modales de Dylan eran menos intimidantes.

—Quiero escuchar este mensaje tan urgente —ordenó Brodick.

Henley pegó un respingo. Le resultó imposible sostener la mirada del laird, de modo que fijó la mirada en la punta de sus botas mientras repetía palabra por palabra todo lo que había memorizado.

—La dama… os ordena ir en su busca hasta la iglesia de San Tomás, en el cruce de caminos más allá de la propiedad de Len, y la dama… exige… sí, exige… que la escoltéis hasta vuestra casa.

Henley se atrevió a dirigir una rápida mirada a Brodick para ver su reacción, y luego deseó de todo corazón no haber sido tan curioso. El rostro del jefe del clan había hecho que la sangre se le agolpara en las sienes, y Henley temió deshonrar el nombre de MacDonald cayéndose redondo allí mismo.

—¿Quién? —preguntó Brodick suavemente.

—Díselo —le ordenó Dylan.

—Vuestra prometida —barbotó Henley—. La dama es vuestra prometida.

—¿Esta mujer sostiene que es mi prometida?

Henley asintió.

—Es verdad.

—¡Al infierno con eso! ¡No lo es! —replicó Dylan.

—No, sólo digo que ella dice que lo es… Me ordenó repetir sus palabras exactas. Laird Buchanan, ¿mi mensaje no os gusta? —Mientras aguardaba la respuesta, contuvo la respiración. Creía en todos los rumores que corrían sobre Brodick, y estaba convencido de que su destino dependía de la reacción de éste.

—Eso depende de la mujer —dijo Aaron—. ¿Sabes si es atractiva?

Henley no sólo se atrevió a contradecir al guerrero, sino que se permitió mostrar un relámpago de irritación en su expresión y en su voz al responderle.

—No es simplemente cualquier mujer. Es una dama, una verdadera dama.

—¿Y cómo se llama esta verdadera dama? —preguntó Robert.

—Buchanan —respondió Henley—. Se llama a sí misma lady Buchanan. —Aspiró profundamente antes de continuar—. Debe ser la esposa de vuestro laird, porque es sumamente adecuada. Me pareció muy sincera.

—Evidentemente, te ha robado el juicio —comentó

Aaron—. Pero, bueno, eres sólo un muchacho, y los muchachos se impresionan en seguida.

Henley hizo caso omiso de su cinismo, y se concentró en el jefe.

—¿Puedo hablar con total libertad y relataros todo lo sucedido?

Brodick le dio su permiso, pero Dylan puso una condición.

—Siempre y cuando digas la verdad —le advirtió.

—Sí, sólo la verdad —prometió Henley—. Iba camino a mi hogar, en las Lowlands, cuando me alcanzó un hombre que tomé por granjero. Hablaba como un inglés. Me sorprendió, porque es muy extraño que un inglés ande por las Highlands sin que se sepa y sin tener permiso. Pensé que era muy impertinente, pero pronto le perdoné su falta, al enterarme de su noble misión.

—¿Y cuál era esa noble misión? —preguntó Aaron.

—Su hermano y él protegían a la dama.

—¿Solamente dos hombres para proteger semejante tesoro? —se mofó Robert.

Henley decidió ignorar el comentario, y trató de reunir fuerzas para soportar la reacción del laird, al decirle la que consideraba la peor de las noticias.

—Laird Buchanan, vuestra prometida es inglesa.

Liam, el más callado del grupo, soltó un bramido que sorprendió tanto a Henley que le hizo dar un salto. Robert murmuró un soez juramento, Aaron sacudió la cabeza, disgustado, y Dylan no pudo ocultar una mueca de desagrado. Brodick pareció ser el único al que no afectó la noticia. Alzó la mano, reclamando silencio, y con toda calma le ordenó al muchacho que prosiguiera.

—Al principio no supe de la existencia de la dama —explicó Henley—. El inglés me dijo que se llamaba Waldo, y me invitó a compartir su cena. Me explicó que había obtenido el permiso para atravesar la propiedad de Len del viejo laird en persona, y que la familia de su esposa tenía un parentesco lejano con el clan. Me creí su explicación, porque no se me ocurrió ninguna razón por la que me tuviera que mentir, y también porque estaba demasiado cansado y hambriento. Acepté su invitación. Parecía un tipo bastante agradable… para ser inglés. Después de comer, me dijo que tenía una gran curiosidad por los clanes del norte. Conocía a varios, y me pidió que esbozara un mapa sobre la tierra con una vara y le dibujara la localización de ciertos clanes en particular.

—¿En qué clanes en particular estaba interesado? —La voz de Brodick se había vuelto áspera.

—Estaba interesado en los Sinclair y en los Mac-Pherson —respondió Henley—. Pero su mayor interés radicaba en saber dónde estaban las tierras de Maitland, y también las vuestras, laird Buchanan. Sí, se mostró sumamente interesado en los Buchanan. Ahora que lo pienso, me parece raro, pero el granjero pareció quedar desilusionado al ver cuán al norte residían los Maitland. Sin embargo, sonrió cuando le señalé que vuestra propiedad lindaba con la de los Sinclair, y que la propiedad de los Sinclair lindaba, a su vez, con un extremo de la de los Maitland. Debería haberle preguntado por qué se alegraba tanto, pero no lo hice.

—¿Se te ocurrió preguntarle por qué tenía tanto interés en los clanes? —preguntó Dylan.

Henley sintió que el tono utilizado por el guerrero lograba crisparlo.

—Sí, se me ocurrió —contestó—. Waldo me dijo que quería saber quién le daría permiso para atravesar sus tierras y quién no. Yo le respondí que lo mejor que podía hacer era dar la vuelta y regresar a su casa, ya que ninguno de los clanes por los que me había preguntado le permitiría poner un pie en sus tierras.

—¿Cuándo te habló de la mujer? —preguntó entonces Aaron.

Henley se atrevió a corregir al guerrero otra vez.

—Es una dama —le dijo.

Aaron alzó los ojos al cielo.

—Eso es lo que tú dices —replicó—. Todavía tengo que juzgarla por mí mismo.

—Prosigue con tu historia —le ordenó Dylan.

—Después de dibujarle el mapa de los clanes a Waldo, me preguntó si conocía a un guerrero llamado Brodick.

—¡Para ti, es laird!—ladró Liam.

Henley se apresuró a asentir.

—Sólo repito las palabras del granjero —dijo precipitadamente—. Él fue quien llamó Brodick a tu laird. Le respondí que ciertamente sabía de quién se trataba, y también le expliqué que ahora también se lo conoce como laird Buchanan. Me hizo muchas preguntas sobre vos, laird, pero lo que más le interesaba era saber con certeza si erais… honorable. Le dije que erais muy honorable, y fue entonces que me confesó el verdadero motivo que lo había traído a las Highlands. Dijo que estaba escoltando a vuestra prometida.

—¿Fue entonces que se presentaron los soldados de su padre?

—No —respondió Henley—. Con ella viajaban dos hombres, ni uno más ni uno menos, hermanos para más datos, y demasiado viejos para esa misión. Busqué para ver si había otros, pero no había nadie más.

—¿Qué clase de padre es el que envía a su hija con sólo dos viejos para custodiarla? —preguntó Aaron.

—No había otros —insistió Henley—. Sí, eran viejos, de más de cuarenta años, pero han sido capaces de traerla hasta las tierras de Len, y eso significa un buen trayecto por el interior de las Highlands. Los hermanos la protegían con el mayor celo. No me permitieron verla, pero me dijeron que se encontraba en el interior de la iglesia. Me dieron el mensaje que debía transmitiros a vos, laird Buchanan, y luego trataron de que volviera a ponerme en marcha, con la promesa de que vos me daríais una fuerte recompensa. Sin embargo, no espero nada de vos —se apresuró a aclarar—, porque ya he sido recompensado con creces.

—¿Qué recompensa obtuviste? —preguntó Robert.

—Vi a la dama y hablé con ella. No hay recompensa que iguale ese momento.

Liam se burló abiertamente, pero Henley prefirió ignorarlo.

—Ríe si quieres, pero aún no la has visto y no puedes entenderlo.

—Cuéntanos algo de ella —le ordenó Aaron.

—Me llamó a través de la ventana cuando ya me marchaba. Yo había accedido a pedirle permiso a mi laird para venir a veros a vos, aunque, si he de ser sincero, esperaba que laird MacDonald le encargara el recado a algún otro, porque yo no quería venir aquí.

—Al grano —ordenó Dylan.

El comandante sentía curiosidad por la reacción de Brodick, ya que, hasta el momento, no había pronunciado palabra. Parecía estar más bien aburrido ante la noticia de que una inglesa reclamaba ser su prometida.

Antes de proseguir, Henley se aclaró la garganta.

—La dama me llamó, y entonces bajé de un salto de mi caballo y corrí hacia la ventana antes de que Waldo y su hermano pudieran impedírmelo, y porque sentía una gran curiosidad por verla y oír lo que tuviera que decirme.

El mensajero hizo una pausa, mientras rememoraba los vívidos detalles de ese momento tan encantador. En un abrir y cerrar de ojos, toda su actitud cambió, pasando de ser la de un hombre atemorizado a la de otro fascinado, y su voz se hizo dulce al relatar el encuentro.

—La vi con toda claridad, y estuve lo suficientemente cerca de ella como para tocarle la mano.

—¿Y lo hiciste? —preguntó Brodick en un tono suave pero escalofriante.

Henley negó enfáticamente con la cabeza.

—¡No, jamás osaría cometer tal audacia! —insistió—. Vuestra prometida ha sido muy maltratada, laird —añadió—. Tenía magullado un lado del rostro, y su piel estaba de un color azafranado, con moretones color púrpura a lo largo de pómulos y mandíbula. Todavía podía notarse la inflamación, y pude ver otros cardenales en sus manos y en el brazo derecho. El izquierdo estaba vendado desde el codo hasta la muñeca, y la venda estaba manchada de sangre. Quise preguntarle a la dama cómo se había hecho estas heridas, pero las palabras se me atragantaron en la garganta y me resultó imposible hablar. El dolor y la fatiga se reflejaban en sus ojos, unos magníficos ojos verdes del color de nuestras colinas en primavera, y no pude apartar la vista de ella —reconoció, sonrojándose—. En ese momento me pareció estar en presencia de un ángel.

Henley se volvió para dirigirse a Aaron.

—Me preguntaste si era atractiva, pero esa palabra no le hace justicia a la prometida de laird Buchanan. —Con el rostro encarnado como el fuego, añadió—: La dama… es muy hermosa… sí, debe ser un ángel, ya que te aseguro que es pura perfección.

Brodick ocultó la exasperación que le causaba el retrato que el hechizado soldado hacía de la inglesa. Sí, claro, un ángel. Un ángel que mentía descaradamente.

—¿Describiste la perfección de la dama a tu jefe o a algún otro miembro de tu clan? —preguntó Brodick.

—Sí, lo hice —reconoció Henley—. Pero no me recreé en los detalles.

—¿Por qué no? —quiso saber Robert.

Henley se cuidó muy bien de volverse hacia laird Buchanan. Podría ser considerado un insulto, y por la misma razón no miró a Robert a los ojos cuando le respondió.

—Sabía que cualquiera podría reclamarla para sí si se enteraban de la fuerte impresión que me había causado. A mi laird le dije la verdad, o sea, que dos ingleses me habían pedido que le transmitiera un mensaje a tu jefe. Le dije que los hermanos querían comunicarte que era el momento de que fueras a buscar a tu prometida. Mi jefe quedó satisfecho con la explicación, y me permitió venir a veros… pero su comandante quiso más detalles.

—¿Balcher te interrogó? —preguntó Dylan.

—Así es —respondió Henley.

—¿Y qué le dijiste? —preguntó Robert.

—Me preguntó directamente si la dama estaba en las Highlands en ese momento, y no pude, ni jamás lo haría, mentirle. Le respondí que, efectivamente, estaba en las Highlands, pero no fui más específico —admitió—. Le había dado a la dama mi palabra de honor de que sólo os diría a vos, laird Buchanan, su paradero exacto.

—¿Entonces, le mentiste a Balcher? —le preguntó Dylan.

Henley negó con la cabeza.

—No, no lo hice. A mi comandante le dije que la dama se encontraba cerca de la propiedad de Len. No mencioné la iglesia.

—Así que ahora Balcher podría estar en camino para robarle la mujer de Brodick —murmuró Aaron.

—No me hicieron jurar que guardaría silencio, así

que puedo decir, sin lugar a dudas, que Balcher va a rastrear toda la propiedad de Len en busca de la dama. Cualquier habitante de las Highlands sabe cuánto le gusta desafiaros, y si pudiera robaros la prometida…

—¡Osa apoderarse de lo que nos pertenece! —exclamó Liam, indignado ante semejante posibilidad.

—Si alguno de los MacDonald se atreve a tocarla, morirá —afirmó Robert, haciéndose eco del pensamiento de los demás—. ¿No es verdad?

—Sí, así es —coincidió Liam.

—Me parece que no lo comprendéis —dijo Henley—. Si los miembros de mi clan llegan a verla, no se preocuparán por la posible ira de vuestro jefe. Quedarán demasiado atontados como para pensar con claridad.

—¿Acaso estás tú atontado? —preguntó Aaron, dando un fuerte empujón al mensajero.

—La pura verdad es que sí lo estoy.

—Pero, ¿no la tocaste? —preguntó Dylan.

—Acabo de decirle a tu laird que no la toqué, y valoro demasiado mi vida como para mentir a ninguno de vosotros. Además, aunque no fuera la prometida de laird Buchanan, no le faltaría el respeto tratando de tocarla. Es la más delicada de las damas.

—A Balcher no le preocupa demasiado el respeto, ni el honor —murmuró Robert.

Dylan se sentía molesto. Robert, Aaron y Liam parecían haberse erigido en defensores de la dama.

—No hace ni cinco minutos os sentíais indignados por este mensaje —les recordó—. ¿Qué ha provocado este cambio de actitud?

—Los MacDonald —contestó Robert.

—Concretamente, Balcher —completó Aaron.

—La dama le pertenece a Brodick y nadie más va a tocarla —decretó Robert.

Tan absurda se había vuelto la conversación, que Brodick ya no pudo ocultar la sonrisa.

—Yo no la he reclamado —les recordó a sus soldados.

—Pero ella sí lo ha hecho contigo, laird —afirmó Liam.

—¿Y con eso es suficiente? —preguntó Dylan.

Antes de que nadie pudiera responderle, Brodick alzó la mano para imponer silencio.

—Me gustaría hacerle una última pregunta al mensajero, y querría poder oír su respuesta.

—¿Sí, laird Buchanan? —preguntó Henley, volviendo a temblar.

—Has dicho que te llamó para que te acercaras a la ventana y así poder hablar contigo, pero no me has contado qué te dijo.

—Os envió un mensaje adicional.

—¿Una petición? —preguntó Aaron.

Henley pudo sonreír por primera vez.

—No, no era una petición. Era una orden.

—¿Ella me dio una orden a mí? —Brodick estaba estupefacto ante la temeridad de la mujer.

Henley aspiró profundamente, con la esperanza de que no fuera la última vez que respiraba.

—Os ordena daros prisa —barbotó.

5

Gillian comenzaba a abrigar serias dudas acerca de su precipitado plan. Alec y ella llevaban esperando casi veinticuatro horas en la iglesia abandonada, y le parecía tiempo más que suficiente para que laird Buchanan hubiera llegado, si es que pensaba venir.

Se encontraba mal, y sabía que si se sentaba probablemente no tendría la fuerza suficiente para volver a ponerse de pie, de modo que no dejó de pasearse de arriba abajo por la nave principal, mientras reflexionaba sobre las circunstancias en que se encontraban.

—Vamos a tener que marcharnos pronto —le dijo al niño—. No podemos limitarnos a esperar.

Alec, sentado en una silla con las piernas bajo el cuerpo, se quedó contemplándola.

—No tienes buen aspecto, Gillian. ¿Te encuentras mal?

—No —mintió ella—. Sólo cansada.

—Yo tengo hambre.

—Acabas de comer.

—Pero despúes vomité.

—Sí, porque comiste muy deprisa —replicó ella.

Fue hasta el fondo de la iglesia, donde había puesto su saco de tela y el cesto con comida que sus queridos amigos, los Hathaway, habían robado para ella. Miró por la ventana, y vio a Henry paseándose por el claro.

—¿Qué miras? —preguntó Alec.

—A los Hathaway —respondió—. No sé qué habríamos hecho sin ellos. Hace muchos años me ayudaron a llegar hasta la casa de mi tío. Han sido muy valientes. No se lo pensaron dos veces cuando les pedí que me ayudaran otra vez. Debo hallar la forma de agradecérselo —agregó.

Le pasó a Alec una rebanada de queso y un grueso trozo de pan.

—Por favor, esta vez come despacio.

Alec mordió un pedazo de queso.

—El tío Brodick llegará pronto, ¿verdad? —preguntó.

—Recuerda tus modales, Alec. No es correcto hablar con la boca llena.

—¿Sabes qué? —insistió él, ignorando sus palabras.

—No, ¿qué?

—No nos podemos ir, porque el tío Brodick se va a enfadar mucho si llega y no nos encuentra. Tenemos que esperarlo.

Gillian se sentó a su lado.

—Le daremos una hora más, pero eso será todo. ¿Está bien?

Él asintió.

—Detesto esperar.

—Yo también —reconoció ella.

—Gillian, ¿qué piensas hacer si no encuentras a tu hermana?

—La encontraré —afirmó ella—. Debo hacerlo.

—También tienes que encontrar esa caja —le recordó Alec—. Oí que el barón te lo ordenaba.

—No sé. La caja desapareció hace muchos años.

—Pero al barón le dijiste que sabías dónde estaba.

—Mentí —confesó ella—. Fue lo único que se me ocurrió en ese momento para que te dejara en paz. Mi padre le dio la caja a mi hermana para que la guardara. Hubo un accidente...

—Pero, ¿por qué quiere la caja el barón?

—Es sumamente valiosa, y también es la clave de un misterio ocurrido hace mucho tiempo. ¿Te gustaría escuchar la historia?

—¿Es de miedo?

—Un poco. ¿Todavía quieres escucharla?

Él asintió con ansiedad.

—Me encantan las historias de miedo.

—Muy bien, entonces —dijo Gillian con una sonrisa—. Te la contaré. Parece que antes de que Juan se convirtiera en rey...

—Era príncipe.

—Sí, lo era, y estaba locamente enamorado de una joven llamada Arianna. Se decía que era tan hermosa...

—¿Tan hermosa como tú?

La pregunta la tomó desprevenida.

—¿Te parece que soy hermosa?

Alec asintió.

—Gracias, pero Arianna era mucho más bella que ninguna otra mujer del reino. Tenía el cabello dorado, que resplandecía bajo la luz del sol...

—¿Y luego enfermó y murió?

—No, no enfermó, pero sí, murió.

—¿Se puso de pie de golpe y luego se desplomó, como le pasó a Angus?

—No, ella...

—¿Y entonces qué le pasó?

Gillian se echó a reír.

—Acabaré antes con la historia si dejas de interrumpirme. Ahora, veamos, ¿por dónde iba? Oh, sí como te estaba diciendo, el príncipe Juan estaba prendado de esta hermosa mujer...

—¿Qué significa «estar prendado»?

—Significa que estaba embobado con ella. Le gustaba —se apresuró a decir, al ver que el niño se disponía a volver a interrumpirla—. Era su primer amor verdadero, y quería casarse con ella. ¿Oíste hablar alguna vez de la caja de san Columbano?

El niño negó con la cabeza.

—¿Qué es?

—Una caja cubierta de piedras preciosas que pertenece a los escoceses —le explicó ella—. Hace mucho, mucho tiempo, los restos sagrados de san Columbano fueron colocados en esa caja…

—¿Qué son «restos»?

—Fragmentos de huesos —contestó Gillian—. Ahora, como te iba diciendo, los restos fueron colocados dentro de la caja, y los escoceses solían llevarla a la batalla con ellos.

—¿Cómo era posible que quisieran llevar huesos a la batalla?

—Creían que al tener la caja con ellos ganarían al enemigo.

—¿Y era así?

—Supongo que sí —dijo ella—. Todavía es costumbre llevar la caja a la batalla. Pero no la llevan a todas; sólo a algunas —agregó.

—¿Y cómo te enteraste de que existía esa caja?

—Me lo contó mi tío Morgan.

—Apuesto a que quienes la llevan son los de las Lowlands, no los de las Highlands.

—¿Por qué dices eso?

—Porque los de las Highlands no necesitan ninguna caja cuando luchan. Ganan siempre porque son los más fuertes y los más valientes. ¿Sabes qué dice mi tío Ennis?

—No, pero imagino que será algo desagradable.

—Dice que cuando los soldados ingleses ven a más de tres hombres de las Highlands cabalgando hacia ellos, arrojan las espadas y se echan a correr como conejillos asustados.

—No todos los ingleses son como el barón. La mayoría de los ingleses son muy valientes —insistió Gillian.

Alec no estaba interesado en su defensa de los ingleses.

—¿No vas a decirme qué pasó con la bonita dama y el rey Juan? —Después de hacer esa pregunta, se volvió y escupió en el suelo.

Gillian hizo caso omiso de su grosero comportamiento y continuó con la historia.

—Juan se sintió cautivado por la historia de la caja cubierta de pedrerías de los escoceses, y decidió crear una leyenda propia. Le encomendó a su artesano…

—¿Qué significa «encomendar»?

—Le ordenó a su artesano —especificó ella—, que le fabricara una hermosa caja cubierta de piedras preciosas. A Juan siempre le había gustado ser el más inteligente y el más astuto, de manera que le mandó hacerla de manera que él fuera el único que supiera cómo abrirla. Al artesano le llevó cerca de un año completar el diseño y montar la caja, y cuando finalmente estuvo terminada, se dijo que era realmente magnífica. Sin embargo era imposible saber qué era la tapa y qué la base, porque no se veía ninguna cerradura ni ningún cierre. Todo el exterior estaba cubierto por tiras de oro que se entrecruzaban, y tenía zafiros azules como el cielo, y esmeraldas verdes como…

—¿Tus ojos? —aventuró Alec con ansiedad.

—Y también tenía rubíes, brillantes rubíes rojos…

—¿Rojos como la sangre?

—Puede ser —coincidió ella—. Todas las piedras preciosas estaban incrustadas entre los cruces de las tiras de oro. Sólo Juan sabía dónde apretar para abrir la caja.

—Eso no es verdad. También lo sabía el hombre que fabricó la caja.

—Eso es exactamente lo que pensó Juan —dijo Gillian—. De manera que hizo algo terrible, ordenó matar al artesano.

—Y el rey Juan —hizo una pausa para volver a escupir antes de terminar la pregunta—, ¿mató a la bella dama y puso sus huesos en su caja?

—¡Oh, no, la caja era demasiado pequeña! —explicó Gillian—. Además, lo único que quería Juan era un mechón del cabello de Arianna porque estaba seguro de que le traería suerte cuando se enfrentara en batalla. Abrió la caja, puso dentro su daga enjoyada, y luego ordenó a su escudero que llevara la caja hasta la alcoba de lady Arianna, con la orden de que ella colocara un mechón de su cabello de oro dentro de la caja de oro.

—¿Y después qué pasó?

—Lady Arianna recibió la caja abierta y con la daga dentro de manos del escudero. Éste entró en su alcoba, puso la caja sobre la mesa y se marchó. Más tarde le dijo al príncipe que la única persona presente en la habitación era lady Arianna. Ni siquiera estaba la criada de la dama.

—Ya sé qué pasó después: ella robó la caja y la daga, ¿verdad?

Gillian no pudo menos que sonreír ante el entusiasmo del niño.

—No, no robó la caja. Según cuenta la historia, cuando el escudero de Juan salió de la habitación, oyó cómo ella echaba el cerrojo. Más tarde regresó a buscar la caja para llevársela de nuevo al príncipe, pero lady Arianna no respondió a su llamada. Juan fue en persona a la alcoba.

—¿Y ella lo dejó entrar?

—No.

—¿Le dijo que se marchara?

—No —respondió ella—. De dentro no salía el menor sonido. Juan siempre ha sido famoso por su impaciencia. No pasó mucho tiempo antes de que montara en cólera porque la joven no le respondía, de manera que ordenó a sus soldados que echaran la puerta abajo. Juan entró en el cuarto como una exhalación, y así fue él quien la encontró. La pobre lady Arianna yacía en el suelo, en medio de un charco de sangre. Alguien la había apuñalado.

—¿Y entonces Juan metió sus huesos en la caja?

—No, no lo hizo. Recuerda que te dije que la caja era demasiado pequeña para contener sus huesos. Además, ni la caja ni la daga estaban allí. Habían desaparecido.

—¿Y adónde estaban?

—Ah, he ahí el misterio.

—¿Quién mató a la dama?

—Nadie lo sabe. Juan ordenó a sus soldados que buscaran la caja por todo el reino, pero pareció haberse esfumado en el aire. Cree que quien robó la caja es el mismo que mató a su amada. El tío Morgan me contó que de tanto en tanto, una vez cada dos años, más o menos, surgen rumores de que se ha visto en algún lado la caja de Arianna, y Juan redobla sus esfuerzos para encontrarla. La recompensa que ha ofrecido es enorme, pero por ahora nadie la ha reclamado.

—¿Sabes qué?

—¿Sí?

—Esa dama está mejor muerta que casada con el rey Juan —tras hacer este comentario, volvió a darse vuelta y a escupir nuevamente en el suelo.

—¿Por qué estás haciendo eso?

—Debo hacerlo —replicó él—. Cada vez que pronunciamos su nombre, tenemos que escupir. Es para demostrar lo que sentimos.

Gillian se sintió escandalizada y divertida a la vez.

—¿Acaso quieres decirme que todos los habitantes de las Highlands escupen cada vez que alguno pronuncia el nombre del rey Juan?

—Algunos lanzan un juramento, pero mamá no me deja hacerlo.

—Me parece muy bien.

—Brodick lanza juramentos cada vez que tiene que pronunciar el nombre del rey. ¿Le dirías que dejara de hacerlo? —Estalló en risitas.

El sonido demostró ser contagioso, y Gillian le dio golpecitos sobre la nariz.

—Eres el niño más adorable que conozco —susurró—. Pero haces las preguntas más extravagantes.

—¿Pero le dirías a Brodick que no lo hiciera? —insistió Alec.

Gillian elevó los ojos al cielo.

—Si alguna vez pronunciara el nombre del rey Juan en mi presencia, y luego blasfemara… o escupiera —agregó—, desde luego que le ordenaría que dejara de hacerlo.

Alec prorrumpió en carcajadas.

—Lo lamentarás, si tratas de decirle lo que tiene que hacer. No le gustará —dijo—. Ojalá se diera prisa y llegara de una vez.

—Lo mismo digo.

—Tal vez deberías haber enviado la daga junto con el mensaje, tal como pensabas hacer —comentó Alec—. ¿Qué te hizo cambiar de idea?

—Si le enviaba a Brodick la daga que te regaló, se enteraría de que el motivo por el cual quiero verlo tiene que ver contigo, pero después me preocupó pensar que pudiera verla alguna otra persona, y me pareció demasiado peligroso. No sé en quién confiar.

—Pero tu viste al traidor cuando cabalgaba por el camino —le recordó él—. Dijiste que lo pudiste ver desde la cima de la colina, mientras yo dormía.

—Sí, lo vi, pero ¿recuerdas lo que te dije? No se lo vamos a contar a nadie.

—¿Ni siquiera a Brodick?

—No, ni siquiera a Brodick.

—¿Cuánto tiempo más tendremos que esperar?

Ella le palmeó la mano.

—Creo que ya hemos esperado todo lo que podemos. Ya no vendrá a buscarnos, pero no quiero que te preocupes. Ya encontraremos otra manera de regresar a casa.

—Porque lo prometiste, ¿de acuerdo?

—Sí, porque lo prometí. ¿En qué estaba pensando? Fue una idea tonta decirle al soldado MacDonald que era la prometida de Brodick.

—Pero tal vez Brodick necesite una novia. Podría venir por nosotros.

—Debería haberle ofrecido oro.

Alec soltó un bufido.

—A Brodick no le interesa el oro.

—Da lo mismo, porque no tengo —dijo Gillian con una sonrisa.

Los ojos de Alec se abrieron de estupefacción.

—¿Le mentirías al tío Brodick?

—Le mentí al decir que soy su prometida.

—Va a estar muy enfadado cuando llegue aquí, pero no permitiré que te grite.

—Gracias. Ya no estás enfadado conmigo, ¿no?

—Lo estaba —reconoció él—. Pero ya no lo estoy.

—Necesitabas un baño. Estabas sucio.

—Brodick va a pensar que eres bonita, pero ¿sabes qué?

—No, ¿qué?

—No te lo va a decir. ¿Quieres que piense que eres bonita?

—No especialmente —respondió ella, con la mente ocupada en cuestiones más importantes—. Ya no podemos seguir esperando, Alec. Tendremos que seguir nuestro camino solos. Termina tu comida, y luego nos iremos.

—Pero si no quieres que Brodick piense que eres bonita, ¿por qué te pusiste tus elegantes ropas verdes?

Gillian soltó un suspiro. Alec hacía las preguntas más indiscretas. Las cuestiones más intrascendentes parecían tener enorme importancia para él, y no cejaba hasta que ella le daba lo que él consideraba una respuesta adecuada.

—Me puse estas ropas porque mi otro traje está sucio.

Él comió otro trozo de pan mientras reflexionaba sobre su respuesta.

—¿Sabes qué? —dijo luego.

Gillian tuvo que apelar a su paciencia.

—No, ¿qué?

—Vas a tenerle miedo a Brodick.

—¿Por qué dices eso?

—Porque las mujeres siempre le tienen miedo.

—Bueno, pues yo no lo tendré —afirmó Gillian—. Deja ya de hablar, y termina la comida.

En ese momento llamaron a la puerta, y Gillian se puso de pie en el preciso momento en que Waldo, el mayor de los Hathaway, entraba apresuradamente.

—Tenemos problemas, milady —barbotó—. El soldado MacDonald… al que le di el mensaje para…

—¿Henley?

Waldo asintió enfáticamente.

—Debe haberles contado a los otros MacDonald

que estabais aquí, porque hay casi treinta de ellos acercándose por la llanura. Todos llevan los mismos colores que Henley, pero no lo distinguí a él entre ellos.

—No comprendo —dijo Gillian—. No le dije nada a Henley acerca de Alec. ¿Por qué vendrá aquí su clan?

—Me parece que vienen para reclamaros, milady.

Gillian quedó atónita ante la sugerencia y negó con la cabeza.

—Pero no pueden reclamarme.

Waldo pareció cansado y cabizbajo.

—En estos lugares lo hacen todo diferente —le dijo—. Si quieren algo, simplemente lo toman.

Gillian agarró a Alec de la mano y lo obligó a ponerse de pie.

—Nos marchamos. Waldo, busca a tu hermano, y reuníos con nosotros donde están los caballos. ¡Date prisa!

—Pero, milady —protestó Waldo—, no es eso lo único que debo deciros. Hay otro clan en el extremo opuesto de la llanura cabalgando a todo galope hacia los Mac-Donald. No estoy muy seguro de quiénes son, pero me parece que son los Buchanan que mandasteis a buscar. Son nueve.

—Si se trata de Brodick y sus hombres, pues entonces están en una penosa desventaja numérica.

—No, milady, los que me parecen penosos son los MacDonald. Jamás he visto soldados con aspecto semejante al de los Buchanan. Parecen feroces, y por la forma en que los MacDonald están retrocediendo, creo que les temen. Si hoy se derrama sangre, no creo que sea sangre de los Buchanan. ¿Estáis segura de querer poner vuestro destino y el del niño en manos de esos salvajes?

Gillian no supo qué pensar, y sintió que por dentro la atenazaba un pánico tal que creyó que se le detendría el corazón.

—Espero que se trate de Brodick y sus hombres —dijo en un susurro.

Alec estaba forcejeando para librarse de ella y poder salir a observar la lucha, pero Gillian lo retuvo con fuerza y no lo dejó salir.

—Waldo, Henry y tú debéis marcharos antes de que lleguen aquí. Os agradezco todo lo que habéis hecho por Alec y por mí. De prisa, antes de que os vean.

Waldo sacudió la cabeza.

—Mi hermano y yo no nos iremos hasta no estar seguros de vuestro bienestar, milady. Montaremos guardia en la puerta. Antes de poder llegar hasta vos, los soldados tendrán que matarnos.

Gillian no logró disuadirlo de lo que él consideraba su noble misión. En cuanto el buen hombre salió, se volvió hacia Alec.

—Dime qué aspecto tiene Brodick —le ordenó.

—Parece… Brodick —respondió él.

—Pero, exactamente, ¿cuál es su aspecto?

Alec se encogió de hombros.

—Es grande —dijo en voz baja. Luego, sonriendo porque se le había ocurrido algo más, agregó—: Y viejo.

—¿Viejo?

El niño asintió.

—Terriblemente viejo —insistió.

Gillian no le creyó.

—¿De qué color es su cabello?

—Blanco.

—¿Estás seguro?

Alec asintió.

—¿Sabes qué? —dijo.

Gillian sintió que el corazón se le había hundido en el estómago.

—No, ¿qué?

—No oye muy bien.

Tuvo que sentarse.

—¿Por qué no me dijiste que Brodick era un anciano antes de que le enviara el mensaje diciendo que era su prometida? La impresión podría haberlo enviado a la tumba. —Se puso de pie de un salto, y arrastró a Alec con ella—. Nos vamos.

—Pero, ¿y los Buchanan?

—Parece que el otro clan en la llanura no es el de Brodick. Waldo me lo habría dicho si alguno de los guerreros fuera un anciano.

—Quiero ir a mirar. Yo puedo decirte si son los Buchanan.

Waldo abrió la puerta.

—¡Los MacDonald se repliegan, milady, pero el otro clan viene hacia aquí! —gritó.

Gillian tomó a Alec de los hombros y lo obligó a mirarla a los ojos.

—Quiero que te escondas detrás de esa pila de piedra hasta que averigüe quiénes son esos hombres. No quiero que digas ni una sola palabra, Alec. Prométemelo… por favor…

—Pero…

—Promételo.

—Si es Brodick, ¿puedo salir?

—No, hasta que no haya hablado con él y conseguido su promesa de que nos ayudará a ambos.

—Muy bien —accedió el niño—. Te prometo que me quedaré quieto.

Gillian se puso tan contenta de conseguir su colaboración, que no resistió el impulso de darle un beso en la mejilla. De inmediato, él se secó con el dorso de la mano y se retorció cuando lo abrazó.

—Siempre me estás besando —protestó, con una

sonrisa que le indicó a Gillian que en realidad no le molestaba tanto—. Igual que mamá.

—Ya, escóndete —le dijo, mientras lo llevaba hasta el fondo de la iglesia.

Él la tomó del brazo izquierdo, y Gillian reaccionó haciendo una mueca de dolor. Las heridas hechas con el puñal todavía no habían cicatrizado, y por la manera en que le latían, supo que se habían infectado.

Alec vio su sobresalto.

—Necesitas la medicina de mi mamá —susurró—. Te sentirías mejor.

—Seguro que sí —respondió ella—. Ahora, Alec, ni una sola palabra —le previno—. No importa lo que pase, quédate quieto y no hagas ruido. ¿Puedes darme la daga que te regaló Brodick?

—¡Pero es mía!

—Ya sé que es tuya. Sólo quiero pedírtela prestada —le aseguró.

Alec le tendió la daga, pero cuando ella se dio vuelta para irse no pudo contener un susurro.

—Aquí está muy oscuro.

—Estoy aquí contigo, así que no tienes por qué tener miedo.

—Los oigo venir.

—Yo también —respondió Gillian en un susurro.

—Gillian, ¿tienes miedo?

—Sí. Ahora, quédate quieto.

Atravesó la nave central y se detuvo frente al altar para esperar. Momentos después, oyó a Waldo dar la voz de alto. Su orden fue obviamente ignorada, porque un segundo más tarde la puerta se abrió de par en par y en el centro del arco apareció el guerrero más sobrecogedor que hubiera visto en su vida. Se trataba de una figura altísima con largos cabellos rubios, y cutis bronceado. Tan sólo llevaba un simple tartán que no le llegaba siquiera a las rodillas. Una ancha banda de la misma tela, sujeta sobre su hombro izquierdo, le atravesaba el pecho cubierto de cicatrices. En la caña de una de sus botas de piel de ante podía verse una daga típicamente escocesa, pero no llevaba espada.

El hombre ni siquiera había puesto un pie dentro de la iglesia, pero ella ya temblaba de pies a cabeza. Su tamaño impedía la entrada de la luz del sol, aunque a su alrededor refulgían rayos de luz dorada que lo hacían aparecer como etéreo. Gillian, aferrando la daga, la ocultó a su espalda, y tras deslizarla dentro de la manga de su traje, volvió a poner lentamente las manos adelante y las cruzó, en un intento por hacerle creer que se hallaba totalmente a su merced.

El guerrero permaneció inmóvil durante varios segundos, mientras con la mirada buscaba alguna amenaza que pudiera acecharlo desde los rincones, y cuando se convenció de que estaba solo, traspuso la entrada y cerró la puerta tras de sí.

6

Brodick recorrió la nave a grandes zancadas que hicieron temblar las vigas del techo de la pequeña iglesia y provocaron una pequeña lluvia de polvo. Valientemente, Gillian se mantuvo firme.

Cuando estuvo a medio metro de ella, se detuvo, cruzando las manos a la espalda, y la contempló con insolencia, recorriéndola de pies a cabeza con la mirada. Se tomó todo el tiempo que quiso, y después de terminar con su descarada inspección, clavó su mirada en la de ella, y se quedó esperando que hablara.

Gillian había planeado cuidadosamente ese momento, y había ensayado las palabras que le diría. Empezaría por presentarse, porque era lo que pedía la buena educación, y luego le preguntaría su nombre. Él le respondería que se llamaba Brodick, pero ella no le creería hasta que demostrara la autenticidad de su identidad respondiendo a varias preguntas que ella había preparado cuidadosamente; un examen, en realidad, para determinar si podía confiar en él.

Sí, iba a ser muy astuta en su interrogatorio, y en cuanto lograra tranquilizarse, iba a empezar a preguntar. La forma en que él la miraba era inquietante, y comenzaba a tener dificultades para construir un solo pensamiento coherente.

Él era impaciente.

—¿Sois vos la mujer que dice ser mi prometida?

El enfado que detectó en su voz logró que el rostro le ardiera. Sintió que se sonrojaba de mortificación.

—Sí, en efecto.

Brodick quedó asombrado ante su sinceridad.

—¿Por qué?

—Mentí.

—Es evidente.

—Generalmente, no…

—¿Generalmente no, qué? —la interrumpió él, al tiempo que se preguntaba por qué estaría tan nerviosa. Él se había preocupado por mostrar una actitud relajada, con las manos cruzadas a la espalda, y le había dado su espada a Dylan antes de entrar en la iglesia. Seguramente ella había notado que no pensaba causarle ningún daño.

—Generalmente no miento —explicó Gillian, sorprendida al descubrir que podía recordar de qué estaban hablando. Mantener la mirada fija en la barbilla de Brodick la ayudaba, porque los ojos de ese hombre eran demasiado intensos—. No sois un anciano —le espetó, y luego sonrió—. Me dijeron que erais un anciano —susurró—, de cabello blanco.

Y entonces se echó a reír, convenciendo a Brodick de que había perdido el juicio.

—Me parece que es mejor que empiece de nuevo. Soy lady Gillian, y lamento mucho haberos mentido, pero decir que era vuestra prometida fue la única manera que se me ocurrió para obligaros a recorrer tan larga distancia.

—La distancia no ha sido tan larga —dijo él, encogiéndose de hombros.

—¿Oh, no? —preguntó ella, sorprendida—. Pues entonces, ¿por qué tardasteis tanto en llegar? Hace mucho que os esperamos en esta iglesia.

—¿Vos y quién más? —preguntó él con toda calma.

—Yo y… los hermanos Hathaway… los dos guardias de la puerta. Os hemos estado esperando mucho tiempo.

—¿Por qué estabais tan segura de que vendría?

—Por curiosidad —respondió ella—. Y tuve razón, ¿verdad? Por esa razón vinisteis.

La sombra de una sonrisa cruzó fugazmente el rostro de Brodick.

—Así es —confirmó él—. Tenía curiosidad por conocer a la mujer capaz de semejante audacia.

—Sois Brodick.. quiero decir, sois laird Buchanan, ¿verdad?

—Lo soy.

A Gillian se le iluminó el rostro de alivio. Maldición, sí que era bonita. El mensajero no había mentido al describirla, pensó Brodick. En todo caso, se había quedado corto en elogios.

—Pensaba someteros a una prueba para asegurarme de que fuerais Brodick, pero una sola ojeada ha bastado para convencerme. Me dijeron que vuestra mirada podía partir en dos un tronco de árbol, y por vuestra expresión, creo que es posible. Sois intimidante, pero ya sabéis eso, ¿no es así?

Brodick no mostró ninguna reacción a su comentario.

—¿Qué queréis de mí?

—Quiero… no, necesito —se corrigió—, vuestra ayuda. Tengo conmigo un tesoro muy valioso, y necesito ayuda para llevarlo a casa.

—¿Acaso no hay ningún inglés que pueda venir en vuestro auxilio?

—Es muy complicado, laird.

—Comenzad por el principio —sugirió él, sorprendido ante su propio deseo de prolongar este encuentro.

La voz de la muchacha le resultaba sumamente atractiva; era suave, tierna, y a la vez algo ronca y sensual, tal como la misma joven.

Brodick estaba entrenado para ocultar sus pensamientos, de modo que estaba seguro de que ella no tenía la menor idea del efecto que le causaba. El maravilloso aroma que despedía era otra fuente de distracción. Era muy femenino y olía tenuemente a flores, lo que le pareció seductor e incitante a la vez. Tuvo que luchar contra el impulso de acercarse más a ella.

—Esto os explicará todo lo que queréis saber —dijo Gillian, mientras sacaba lentamente la daga y la vaina de su manga, y las exponía ante él.

Brodick reaccionó con la velocidad del rayo. Antes de que ella pudiera siquiera adivinar su intención, le arrancó la daga de la mano, la aferró del brazo herido y la acercó hasta él con violencia, dominándola con su altura.

—¿De dónde sacasteis esto? —le preguntó.

—¡Os lo explicaré! —chilló ella—. Pero, por favor, soltadme. Me estáis haciendo daño.

Las lágrimas en sus ojos confirmaron a Brodick la verdad de sus palabras y la soltó de inmediato. Apartándose ligeramente, volvió a exigirle que se explicara.

—La daga no es mía, me la prestaron —dijo Gillian, y entonces, volviéndose, dijo—: Alec, ya puedes salir.

Nunca había estado Brodick tan cerca de perder la compostura. Cuando el niño Maitland salió corriendo hacia él, sintió que las rodillas no lo sostenían y el corazón se le subía a la garganta. Estaba demasiado sorprendido como para decir una sola palabra mientras Alec se arrojaba a sus brazos. A Brodick le temblaron las manos cuando lo levantó y lo apretó contra su pecho.

El pequeño le echó los brazos al cuello y lo abrazó con fuerza.

—¡Sabía que vendrías! Le dije a Gillian que nos ayudarías.

—¿Estás bien, Alec? —preguntó, con la voz temblorosa por la emoción. Se volvió hacia Gillian, interrogándola con la mirada, pero ella estaba contemplando a Alec con dulce y maternal mirada.

—Respóndele, Alec —indicó Gillian al niño.

Éste se reclinó en los brazos de Brodick, asintiendo.

—Estoy muy bien, tío. La dama me cuidó muy bien. Me dio su comida y aguantó el hambre cuando no alcanzaba para los dos, y ¿sabes qué? No permitió que nadie me hiciera daño, ni siquiera cuando ese hombre quiso hacerlo.

Brodick miró a Gillian mientras Alec seguía parloteando, pero asintió cuando el pequeño hubo terminado con su explicación.

—Me diréis exactamente lo que sucedió —le dijo a Gillian. No era un pedido, sino la afirmación de un hecho.

—Sí —accedió ella—, lo haré.

—Tío, ¿sabes qué?

—No, ¿qué? —dijo Brodick, volviéndose hacia Alec.

—No me ahogué.

Brodick todavía estaba demasiado conmocionado como para reír ante lo ridículo de la declaración.

—Ya lo veo —respondió secamente.

—¿Pero creías que sí me había ahogado? Le dije a Gillian que no te lo creerías, porque eres muy obstinado, pero ¿lo hiciste?

—No, no creí que te hubieras ahogado.

Alec se volvió para mirar a Gillian.

—¡Te lo dije! —se jactó, antes de volver a concentrarse en su tío—. Me metieron en un saco de harina, y me asusté mucho.

—¿Quién te metió en un saco de harina? —preguntó Brodick, tratando de ocultar la furia de su voz para no asustar al niño.

—Los hombres que me atraparon. Pude haber gritado. —Parecía que estaba confesando un terrible pecado—. No fui valiente, tío Brodick, pero ¿sabes qué? Gillian dijo que sí lo fui.

—¿Qué hombres te metieron en un saco?

Su brusquedad preocupó al niño, que bajó la mirada.

—No lo sé. No les vi las caras. —Respondió, acongojado.

—Alec, él no está enfadado contigo. ¿Por qué no vas y recoges tus cosas mientras hablo con tu tío?

Brodick bajó cuidadosamente a Alec, y lo observó correr hacia el fondo de la iglesia.

—¿Me ayudaréis a llevarlo a su casa, junto a sus padres? —preguntó Gillian.

—Me aseguraré de que regrese a su casa.

—Y yo también —insistió ella—. Hice a Alec una promesa, y me propongo cumplirla, pero también debo hablar con su padre. El asunto es extremadamente serio. Además —agregó—, confío en vos, laird Buchanan, pero no confío en nadie más. Hoy habeis venido con otros ocho hombres. ¿Es verdad?

—Así es.

—Me gustaría ver a cada uno de ellos antes de que salga Alec.

—¿Queréis verlos? —preguntó él confundido por su extravagante exigencia—. Son Buchanan —añadió—, y eso es todo lo que necesitáis saber.

Alec se acercó corriendo por la nave de la iglesia precisamente cuando Gillian volvía a hacer su demanda.

—Yo los miraré primero.

—¿Sabes por qué, tío?

—¿Por qué?

—Ella vio al traidor —exclamó Alec, deseando ser el primero en ofrecer una explicación—. Me quedé dormido, pero Gillian pudo verlo bien. Eso me dijo. Hizo que nos escondiéramos un rato muy largo para poder verlo. Es un hombre de las Highlands —creyó necesario agregar.

—¡Oh, Alec, no debías decírselo a nadie!

—Lo olvidé —se excusó el niño—. Pero Brodick no se lo dirá a nadie si le pides que no lo haga.

—El hombre que vi probablemente esté todavía camino de regreso a las Highlands —dijo Gillian—. No sé cuánto tiempo pensaba quedarse en Inglaterra, pero no quiero correr riesgos. Es preferible estar seguros.

—¿Y pretendéis ver a mis hombres para aseguraros de que ninguno de ellos sea el hombre que visteis? —preguntó Brodick, claramente ofendido.

Gillian se sintió de pronto tan cansada que necesitó sentarse, y no se sentía de humor para mostrarse diplomática e idear una respuesta aceptable que aplacara los ánimos del laird.

—Sí, eso es exactamente lo que pretendo.

—Habéis dicho que confiáis en mí.

—Y así es —asintió ella, y agregó—: Pero sólo porque debo confiar en alguien, y vos sois el tutor de Alec, pero no voy a confiar en nadie más. Alec me contó que le pareció que los tres hombres que se lo llevaron del festival eran de las Highlands, pero podría haber más, además del hombre que planeó el secuestro, de manera que, como comprenderéis, Alec todavía está en peligro, y pienso seguir cuidándolo hasta que lo lleve sano y salvo de regreso a su casa.

Antes de que él pudiera responder a su argumento, se oyó un silbido desde el exterior, que atrajo su atención.

—Debemos marcharnos —anunció—. Mis hombres se están impacientando, y es sólo cuestión de tiempo que los MacDonald reúnan más hombres y vuelvan para atacarnos.

—¿Andáis en líos con los MacDonald? —preguntó Alec.

—Pues no lo estábamos —respondió Brodick—. Pero parece que ahora sí.

—¿Por qué? —quiso saber Gillian, desconcertada ante esta semi-explicación—. El soldado MacDonald que conocí era un caballero sumamente agradable, y evidentemente era un hombre de palabra, ya que mantuvo su promesa y os transmitió mi mensaje.

—Sí, Henley —confirmó Brodick, asintiendo—, y efectivamente, me transmitió vuestro mensaje, pero sólo después de habérselo dicho a su laird y de haber despertado la curiosidad de su clan.

—¿Y vinieron hasta aquí para pelear con vos? —preguntó Gillian, tratando de comprender.

Brodick sonrió.

—No, muchacha, vinieron para secuestraros a vos, y como veréis, es un insulto que no puedo permitir.

Gillian quedó estupefacta.

—¿Secuestrarme? —susurró—. ¿Y por qué, en el nombre del cielo, querrían hacer algo semejante?

Brodick sacudió la cabeza para dejarle ver que no estaba dispuesto a explicarse con más detalles.

—Por más ganas que tenga de matar a algún MacDonald, tendré que esperar hasta que os haya llevado a casa de Maitland a Alec y a vos. Partimos en este instante.

Si Gillian no lo hubiera aferrado del brazo, obligándolo a quedarse a su lado, Alec habría salido corriendo.

—Espera aquí hasta que me haya convencido de que es seguro que salgas.

—¡Pero no quiero esperar más!

—Y yo no quiero escuchar más protestas, jovencito. Harás lo que te digo, ¿lo entendiste?

Inmediatamente, Alec alzó los ojos hacia Brodick en busca de ayuda.

—No hago más que decirle que mi papá es laird, y que ella no puede decirme todo el tiempo lo que tengo que hacer, pero no me hace caso. No tiene ningún miedo de papá. Tal vez debas explicarle.

Brodick ocultó su risa.

—¿Qué le explique qué?

—Que me deje hacer lo que quiero.

—La dama quiere lo mejor para ti, Alec.

—¡Pero cuéntale de papá! —rogó el niño.

Brodick cedió.

—Ian Maitland es un poderoso personaje en las Highlands —dijo—. Muchos temen provocar su ira.

Gillian sonrió con gran dulzura.

—¿Ah, sí?

—Y muchos también cuidan lo que le dicen a su hijo.

Alec asentía calurosamente, cuando Gillian bajó la mirada hasta él.

—Tengo más interés en mantenerte con vida que en conseguir la aprobación de tu padre malcriándote y, quizá, dejando que te maten.

—Dejadme ver vuestro brazo —ordenó Brodick.

Gillian parpadeó, sorprendida.

—¿Por qué?

Brodick no aguardó su respuesta, ni esperó que hiciera lo que le ordenaba, sino que le tomó la mano y levantó la manga del vestido hasta más allá del codo. Estaba casi todo cubierto por un grueso vendaje, pero por la inflamación y el color morado de la muñeca pudo ver que la herida se había infectado.

—¿Cómo sucedió esto?

Alec se apretó contra ella.

—¿Vas a delatarme? —le susurró, preocupado.

Brodick fingió no haber escuchado la pregunta del niño. Ya tenía la respuesta que esperaba: de alguna manera, el responsable de la herida de Gillian era Alec, y más tarde, cuando se encontrara a solas con el muchacho, se enteraría de los detalles. Por el momento, dejaría las cosas como estaban.

Gillian y el niño estaban evidentemente exhaustos, y grandes círculos violáceos rodeaban los ojos de ambos. La joven tenía el rostro enrojecido, y a Brodick no le cupo ninguna duda de que tenía fiebre. Sabía que si no se atendía esa herida lo antes posible, tendría problemas serios.

—No importa cómo me lo hice, laird.

—Me llamarás Brodick —le indicó.

—Como gustes —respondió ella, preguntándose por qué razón se habría suavizado su voz y la expresión ceñuda había abandonado su rostro.

Antes de que ella pudiera darse cuenta de lo que él se proponía hacer, la tomó de la barbilla y la obligó a inclinar la cabeza hacia el costado para poder ver las débiles marcas que tenía sobre las mejillas.

—¿Cómo te hiciste esos moratones?

—El hombre, la golpeó con el puño —intervino Alec, agradecido porque la atención de su tío se hubiera alejado del brazo de Gillian. Estaba avergonzado de haberla herido, y esperaba que su tío no se enterara nunca de la verdad—. Y, tío Brodick, ¿sabes qué?

Brodick estaba contemplando a Gillian con expresión preocupada.

—¿Qué?

—También tiene la espalda negra y azul. Al menos, la tenía, y tal vez todavía esté así.

—Alec, quédate quieto y cállate.

—Pero es verdad. Vi los cardenales cuando saliste del lago.

—Se suponía que estabas durmiendo —dijo Gillian, mientras apartaba la mano de Brodick de su rostro—. ¿Puedo ver ahora a tus soldados?

—Sí —accedió él.

Gillian se había propuesto dejar a Alec dentro de la iglesia mientras ella salía a la escalinata para ver a los soldados, pero Brodick tenía otras intenciones. Lanzó un agudo silbido que hizo que Alec prorrumpiera en risitas y se tapara los oídos. La puerta se abrió de par en par, y ocho hombres irrumpieron en el templo. Gillian se fijó en que cada uno de ellos tuvo que agacharse para pasar por debajo del arco de entrada. ¿Es que todos los Buchanan eran gigantes?

En el mismo instante en que se abrió la puerta, Gillian empujó a Alec para ocultarlo detrás de ella, lo que en realidad era muy gracioso, considerando el tamaño y la fortaleza de los guerreros que se acercaban. Brodick la vio defender al niño con su propio cuerpo, y trató de no ofenderse por el insulto que les infligía a sus soldados con esa actitud. Aunque se los considerara despiadados con sus enemigos, los Buchanan jamás habrían alzado la mano contra una mujer o un niño. Todos los habitantes de las Highlands sabían que eran hombres de honor, pero Gillian provenía de Inglaterra y no conocía a la gente del lugar, por lo tanto le perdonó su comportamiento.

Dylan le arrojó la espada a su jefe mientras avanzaba por la nave de la iglesia, y Brodick deslizó el arma dentro de su vaina, sonriendo para sus adentros al ver la expresión deslumbrada en los rostros de sus soldados. Evidentemente, estaban seducidos por la bella dama y no podían quitar los ojos de ella.

Su satisfacción, sin embargo, pronto se trocó en irritación, y descubrió que, después de todo, no le gustaba que contemplaran a Gillian tan abiertamente. Una cosa era mirar, y otra diferente, quedarse con la boca abierta. ¿Es que nunca habían visto una mujer hermosa?

Alec espió desde detrás de Gillian, vio a Dylan, y lo saludó con la mano. El comandante trastabilló y chocó contra Robert, que rápidamente lo empujó de vuelta a su lugar.

Mientras Brodick mantenía la vista fija en ella, Gillian estudió detenidamente a cada uno de los hombres.

—¿Te convences ahora? —le preguntó con tranquilidad cuando ella terminó su escrutinio.

—Sí, estoy convencida.

—¿Es un Maitland el que se esconde detrás de las faldas de una mujer? —preguntó Dylan, que todavía no había recobrado totalmente la compostura—. ¡Por Dios que juraría que el mocoso parece Alec Maitland!

Alec salió corriendo hacia Dylan y rió encantado cuando el soldado lo levantó por encima de su cabeza.

—¡Ella me hizo esconder! Yo no quería, pero me obligó.

—Creíamos que te habías ahogado, muchacho —susurró Liam, con voz tan áspera como el roce de hojas secas.

Dylan bajó a Alec y lo sentó sobre sus hombros. De inmediato, el niño le rodeó el cuello con sus brazos y se inclinó hacia el costado para poder ver a los demás.

—No me ahogué —anunció.

Los ocho soldados rodearon a Alec, aunque varios de ellos siguieron contemplando a Gillian. Brodick dio un paso hacia ella, con actitud posesiva, y demostró su desagrado a Liam y a Robert, los más claramente fascinados, con una fiera mueca, para que se enteraran de que su jefe desaprobaba su conducta.

—¿Las tierras de los Maitland quedan muy lejos de aquí?

—No —respondió Brodick—. Robert, toma su alforja y átala a tu montura —ordenó, mientras tomaba a Gillian de la mano y la llevaba hasta la puerta—. Alec cabalgará contigo, Dylan —añadió, mientras pasaba frente a Robert, a quien murmuró—: ¿Es que nunca has visto una mujer bonita?

—Nunca tan bella como ésta —replicó Robert.

Dylan cambió de posición a Alec, y se adelantó para cortarle el paso a su jefe.

—¿No nos vas a presentar a tu prometida, laird?

—Es lady Gillian —dijo Brodick. A continuación, le presentó los soldados a ella, pero pronunció sus nombres tan deprisa y con tan pronunciado acento, que apenas pudo entender uno o dos.

Hubiera querido hacer una reverencia, pero como Brodick seguía reteniendo su mano, tuvo que conformarse con una inclinación de cabeza.

—Es un placer conoceros —dijo lentamente, hablando en gaélico por primera vez desde que conociera a Brodick, y creyó haberlo hecho aceptablemente, hasta que vio que todos le sonreían. ¿Estaban complacidos por su intento de hablar su idioma, o se reían de ella porque había fracasado lamentablemente? Sus palabras se volvieron más vacilantes por su creciente falta de confianza en sí misma, cuando agregó—: Y me gustaría agradeceros que me ayudéis a llevar a Alec de regreso a su casa.

Gillian se sintió emocionada al verlos asentir a todos.

—¿Sois su prometida? —preguntó Robert, adelantándose.

—No —respondió ella, sonrojándose levemente.

—Pero dijisteis serlo —le recordó Aaron.

—Sí, lo hice —asintió ella, sonriendo—, pero era

una mentira para despertar la curiosidad de vuestro laird y obligarlo a venir aquí.

—Una declaración es una declaración —sostuvo Liam, y los demás estuvieron de acuerdo con él.

—¿Y eso qué significa? —le preguntó Gillian al soldado.

Dylan sonrió al contestarle.

—Significa, muchacha, que sois su prometida.

—¡Pero mentí! —protestó ella, totalmente confundida por el giro de la conversación. Su explicación parecía sencilla de comprender, pero los soldados se conducían de manera muy desconcertante.

—Vos lo dijisteis —dijo otro soldado. Gillian recordó que se llamaba Stephen.

—Ahora no es momento para esta discusión —anunció Brodick.

Fue hacia la salida, llevando a Gillian tras él, y casi no prestó atención a los dos ingleses apostados en los costados de la escalinata. Los caballos estaban atados cerca de la arboleda.

—Cabalgarás conmigo —le avisó Brodick.

—Debo despedirme de mis amigos —dijo Gillian, apartándose.

Antes de que pudiera detenerla, fue corriendo hacia donde se encontraban Waldo y Henry. Los dos hombres inclinaron sus cabezas y sonrieron cuando les habló. Brodick no podía escuchar lo que decía, pero a juzgar por la expresión de los hombres, parecían muy complacidos.

Cuando la vio tomarles las manos, volvió a acercarse a ella.

—Ya hemos perdido demasiado tiempo.

Gillian lo ignoró.

—Laird —dijo, en cambio—, me gustaría que conocieras a Waldo y a Henry Hathaway. Si no fuera por estos valerosos hombres, Alec y yo jamás habríamos llegado hasta aquí.

Brodick no dijo nada, pero saludó a los hermanos con una inclinación de cabeza.

—Waldo, ¿podrás devolver el caballo que tomé prestado? —pidió.

—¡Pero vos robasteis el caballo, milady! —protestó Henry.

—No —lo contradijo Gillian—. Lo tomé prestado sin permiso. Por favor, prometedme también que ambos os ocultaréis hasta que todo esto haya terminado. Si él descubre que me ayudasteis, os matará.

—De acuerdo, milady —dijo Waldo—. Sabemos de lo que es capaz ese desalmado, y nos esconderemos hasta que regreséis. Que Dios os proteja en vuestra búsqueda.

A Gillian se le llenaron los ojos de lágrimas.

—En dos oportunidades habéis acudido en mi ayuda, y me habéis salvado del desastre.

—Hemos recorrido un largo camino juntos —dijo Waldo—. Cuando nos conocimos, erais muy pequeña. Ni siquiera hablabais.

—Recuerdo lo que me contó mi querida Liese. Ese día tan aciago os ofrecisteis a escoltarnos. Y ahora, una vez más habéis venido en mi auxilio. Estaré eternamente en deuda con vosotros, y no sé cómo voy a hacer para compensaros.

—Para nosotros fue un honor ayudaros, milady —tartamudeó Henry.

Brodick, tomándola del brazo, la obligó a apartarse y a soltar la mano del hermano mayor.

—Debemos partir —ordenó, aunque esta vez sonó mucho más apremiante.

—De acuerdo —concedió Gillian.

Se volvió, vió a Alec en brazos de Dylan, y con un

gesto les indicó a los Hathaway que aguardaran. Se soltó de la mano de Brodick, y corrió atravesando el claro.

—Alec, seguramente querrás darle las gracias a Waldo y a Henry por habernos ayudado.

Él negó con la cabeza.

—No, no lo haré —garantizó—. Son ingleses, así que no tengo que agradecerles nada. A los de las Highlands no nos gustan los ingleses —agregó, muy arrogante.

Gillian controló su irritación.

—Dylan, ¿podría concedernos a Alec y a mí un momento a solas?

—Como deseéis, milady.

En cuanto puso a Alec en el suelo, Gillian lo aferró del brazo y lo arrastró hasta los árboles. Allí se inclinó sobre él y le murmuró al oído, mientras el niño no dejaba de forcejear para soltarse.

—¿Qué está haciendo? —le preguntó Dylan a Brodick.

Brodick no pudo evitar la sonrisa.

—Recordándole al niño sus buenos modales —contestó. Volvió a echar una mirada a los hermanos, y soltando un suspiro, agregó—: Y parece que también hay que recordármelos a mí.

Antes de que Dylan pudiera pedirle que le aclarara su extraño comentario, su jefe fue hacia donde estaban Waldo y Henry. Los hermanos, evidentemente, estaban asustados, y ambos retrocedieron ante su avance hasta que les ordenó quedarse donde estaban.

Dylan no pudo escuchar lo que Brodick les decía, pero sí lo vio agacharse y sacar su puñal con empuñadura de piedras preciosas de la caña de su bota y tendérselo a Waldo. El asombro en el rostro del inglés fue idéntico al de Dylan. Vio cómo Waldo trataba de rechazar el obsequio, pero Brodick insistió, y le obligó a aceptarlo.

Mientras aleccionaba a Alec acerca de sus obligaciones, Gillian también pudo observar la escena, y sonrió para sus adentros.

Momentos después, Alec, arrastrando los pies con toda deliberación, atravesó el claro para hablar con los ingleses. Gillian le dio un ligero empujón en la espalda para que apretara el paso.

Alec hundió la barbilla en el pecho, y se detuvo junto a Brodick. Desde allí se dirigió a Waldo y a Henry.

—Os agradezco que cuidarais de mí —dijo.

—¿Y qué más? —lo urgió Gillian.

—Y porque no teníais por qué hacerlo, pero lo hicisteis igual.

Exasperada, Gillian acabó por él.

—Lo que quiere decir Alec es que lamenta haber sido una molestia para vosotros, Waldo y Henry. También sabe que los dos arriesgasteis la vida por él. ¿No es así, Alec?

El niño asintió, y luego, tomado de la mano de Gillian, observó cómo se marchaban los dos hombres.

—¿Lo dije bien?

—Sí, estuviste muy bien.

Dylan alzó a Alec y lo colocó sobre la silla de su caballo. Luego, se volvó hacia Brodick.

—¿Te ha dicho qué sucedió, y cómo fue que Alec y ella han acabado juntos? —preguntó.

Brodick saltó sobre su semental antes de responder.

—No, todavía no me ha dicho nada, pero lo hará. Ten paciencia, Dylan. En este momento lo más importante es alejarla, a ella y al niño, de los MacDonald. Una vez que sepa que están a salvo, y que no tenga que seguir mirando por encima del hombro, le pediré explicaciones. Dile a Liam que tome la delantera —ordenó—. Antes de dirigirnos hacia el norte, vamos a pasar por la casa de Kevin Drummond. Robert cerrará la marcha para cubrir la retaguardia.

—La casa de Drummond queda a varias horas de aquí y nos aleja de nuestro camino —dijo Dylan—. Ya habrá caído la noche antes de que lleguemos allí.

—Sé muy bien dónde vive —replicó Brodick—. Pero la esposa de Kevin es famosa por sus habilidades curativas, y el brazo de Gillian necesita atención.

Gillian se hallaba en el medio del claro, temblando de frío, mientras esperaba pacientemente que los dos hombres terminaran de hablar de ella. Suponía que ella era el tema de conversación, porque la miraban con el entrecejo fruncido mientras conversaban entre ellos. El sol del verano le daba de lleno en la cara, pero a cada minuto que pasaba se sentía más y más aterida, y le dolía cada músculo de su cuerpo. Sabía que no se trataba sólo de fatiga, y no era momento oportuno para caer enferma. Necesitaba cada minuto de cada día antes del festival de otoño para buscar a su hermana. ¡Oh, todo parecía tan improbable! No debería haberle mentido a Alford, diciéndole que su hermana tenía la caja del rey Juan. ¿Cómo iba a encontrar la caja cuando todos los soldados del reino la había buscado durante los últimos quince años? ¿Podía ser que Christen aún la tuviera? Alford parecía creer que sí, y Gillian le había reforzado esa creencia porque en aquel momento Alec se encontraba en un grave peligro. En lo profundo de su corazón, sabía que la caja estaba irremediablemente perdida, se sentía como metida en un pantano en el que se hundía a toda velocidad.

Tenía un esbozo de plan. Una vez llegados a casa de Alec, le rogaría a su padre que la ayudara a llegar a las tierras de los MacPherson, donde decían que vivía Christen. «¿Y después, qué?», pensó. Su mente hervía con preguntas sin respuesta, y rezó para poder hallar las respuestas en cuanto se sintiera mejor.

Frotándose los brazos para aliviar el frío, se obligó a pensar en el presente. Brodick se acercaba sobre su caballo. No obligó al semental a disminuir el paso al llegar a su altura. Se inclinó sobre la montura, y con muy poco esfuerzo, le rodeó la cintura con el brazo y la sentó delante suyo.

Gillian se cubrió las rodillas con las faldas, y trató de sentarse muy erguida para que su espalda no se apoyase contra el pecho de Brodick, pero éste la apretó contra sí.

En verdad, Gillian se sintió agradecida por su calor, y el masculino aroma que despedía su cuerpo le resultó atractivo. Olía como los espacios abiertos, como el aire libre. Deseó poder cerrar los ojos y descansar al menos unos minutos, y tal vez incluso pretender que la pesadilla que estaba viviendo ya había terminado. Sin embargo, no se atrevió a entregarse a tan absurda fantasía, porque debía seguir vigilando a Alec.

Se volvió hacia Brodick y alzó la mirada. «Era realmente muy guapo», pensó, olvidando al momento lo que pensaba decirle. Había oído hablar de los guerreros vikingos que siglos atrás habían merodeado por Inglaterra, y pensó que sin duda Brodick descendía de ellos, pues era monumental, tal como se decía que eran los vikingos. Su estructura ósea estaba bien definida, desde los altos pómulos hasta la cuadrada mandíbula. Sí, era apuesto y seguramente había destrozado el corazón de más de una mujer. Ese pensamiento la llevó a otro, Alec le había contado que Brodick no estaba casado, pero ¿tendría el laird algún amor que esperara ansiosamente su regreso?

—¿Pasa algo malo, muchacha?

—¿Podría Alec cabalgar con nosotros? Podríamos hacerle un sitio.

—No.

Gillian aguardó todo un minuto a que le explicara por qué se había negado, pero se dio cuenta de que eso era todo lo que iba a decirle. Su actitud era distante, pero ella procuró no tomarlo como algo personal. Su tío Morgan a menudo le había dicho que los habitantes de las Highlands eran una raza diferente, y «bailaban su propia y extraña música», y por lo tanto supuso que Brodick no intentaba mostrarse especialmente grosero. Su brusquedad era, simplemente, parte de su manera de ser.

Se recostó contra él y trató de relajarse, pero a cada momento miraba hacia atrás para cerciorarse de que Alec se encontraba bien.

—Ya casi llegamos —le anunció Brodick—. Vas a quedarte con el cuello torcido si sigues mirando continuamente hacia atrás. Alec está bien —le aseguró—. Dylan no permitirá que le ocurra nada malo. —Diciendo esto, le tomó la cabeza y la puso sobre su propio hombro—. Ahora, descansa —ordenó.

Y eso fue precisamente lo que Gillian hizo.

7

Al llegar a su destino, Brodick sacudió suavemente a Gillian para despertarla.

Ella consiguió emerger de su sopor y se frotó el cuello dolorido. Le costó cierto esfuerzo, pero finalmente fue capaz de enfocar la mirada, y por un breve instante, pensó que seguía soñando. ¿Dónde estaba? ¿Qué era ese lugar? La rodeaban colinas de un verde exuberante. Por la ladera corría un angosto arroyuelo y en el medio de la verde llanura, se alzaba una casa de piedra con techo de paja. El jardín que la rodeaba estaba lleno de flores silvestres de todos los colores, cuyo aroma flotaba a su alrededor. El cristalino arroyo que fluía al oeste de la casa estaba flanqueado por abedules, y al este, se extendía una extensa pradera cubierta de un tupido manto de césped. Un rebaño de ovejas, listas para esquilar, se apretujaban en el extremo más lejano del campo, balando al unísono cual viejas chismosas, mientras que un majestuoso perro pastor las vigilaba, sentado sobre sus cuartos traseros. De la chimenea de la casa surgían volutas de humo que se perdían en un cielo sin nubes. Una leve brisa acarició las mejillas de Gillian. Esto era el paraíso.

Se oyó un grito que la arrancó de su contemplación. En la entrada de la casa había un hombre, alto y de rostro delgado, que sonreía llamando a los soldados que se acercaban. Mientras Gillian los observaba desaparecer dentro de la casa, recordó todo lo sucedido en los días anteriores.

Dylan, con Alec sobre sus hombros, se inclinaba para atravesar la puerta. Brodick ya había desmontado, pero estaba esperando a Gillian. Cuando finalmente ella se volvió, él la ayudó a bajar tomándola entre sus brazos. Por un instante sus ojos se encontraron, y Gillian observó detenidamente el rostro del hombre que apenas conocía y al que, sin embargo, le había confiado su vida. Sus penetrantes ojos le hicieron pensar que él conocía todos sus secretos. Trató de liberarse de pensamientos tan absurdos. Era sólo un hombre, nada más... y necesitaba una buena afeitada. Una dorada barba comenzaba a brotarle sobre sus mejillas y su mandíbula, y de pronto la acometió el loco impulso de averiguar qué se sentía al pasar los dedos por esa cara.

—¿Por qué me miras de esa forma? —le preguntó a Brodick.

—Por la misma razón por la que tú me miras a mí, muchacha —replicó él.

Por el centelleo de sus ojos, Gillian tuvo la sensación de que tenía al diablo dentro, y francamente, no se sentía con ganas de liarse con flirteos. Ni siquiera estaba segura de que supiera cómo se hacía.

Le apartó las manos que todavía le rodeaban la cintura y se alejó de él.

—¿Por qué nos hemos detenido aquí? —preguntó—. ¿Y quién es el hombre que vi en la entrada? Alec no debería haber entrado hasta...

Él la cortó en seco.

—Es la última vez que te digo que Alec está a salvo con Dylan. Se sentiría muy ofendido si supiera que no confías en él.

—Pero es que no confío —dijo ella en voz baja para que los demás no la oyeran—. No lo conozco.

—A mí tampoco —señaló él—. Pero has decidido

confiar en mí, y por lo tanto tendrás que creer que lo que te digo es verdad. Mis soldados protegerán a Alec con sus propias vidas. —La aspereza de su voz le indicó que con esas palabras daba por terminado el tema.

—Estoy demasiado cansada para discutir.

—Pues no lo hagas. Es inútil discutir con un Buchanan —agregó Brodick—. No tienes posibilidad alguna de ganar, muchacha. Nosotros, los Buchanan, no perdemos nunca.

Gillian supuso que debía de estar bromeando, pero no estaba completamente segura, de modo que no se rió. O bien Brodick tenía un extraño sentido del humor o era descaradamente arrogante.

—Vamos. Estamos perdiendo el tiempo —dijo él, mientras la tomaba del brazo y comenzaba a subir el sendero de piedras.

—¿Vamos a pasar la noche aquí?

Brodick no se dignó a darse vuelta para responderle.

—No, nos marcharemos en cuanto Annie se ocupe de tu brazo.

—No quiero ser una molestia.

—Se sentirá honrada de atenderte.

—¿Por qué?

—Cree que eres mi prometida —explicó él.

—¿Por qué cree tal cosa? Sólo dije esa mentira a un soldado de los MacDonald.

Brodick se echó a reír.

—Las noticias corren con rapidez, y es de dominio público que los MacDonald no saben guardar secretos.

—Oh, por Dios, te he metido en un buen lío, ¿no es así?

—No, no es así —respondió él.

Al llegar a la puerta, Brodick dio un paso atrás para permitirle entrar primero. Gillian se le acercó.

—¿Confías en esta gente? —preguntó en voz baja.

Brodick se encogió de hombros.

—Tanto como confío en cualquiera que no sea un Buchanan —contestó—. La hermana de Kevin Drummond está casada con uno de mis soldados, de modo que lo consideramos una especie de pariente lejano. Todo lo que digas delante de ellos será confidencial.

Dylan la presentó a la pareja. Annie Drummond, de pie junto a la chimenea, la saludó con una reverencia. Tenía aproximadamente su misma edad, y resultaba evidente su avanzado embarazo. Kevin Drummond también le hizo una reverencia, y le dio la bienvenida a su hogar. Ambos, pensó Gillian, parecían muy nerviosos.

La casa era pequeña y olía a pan recién horneado. Una mesa rectangular, en el centro de la habitación, ocupaba la mayor parte del espacio, y por el número de sillas, seis en total, Gillian supuso que los Drummond acostumbraban a recibir visitas. Era un verdadero hogar, cálido, confortable y acogedor, la clase de sitio con el que Gillian fantaseaba cada vez que se atrevía a soñar con enamorarse y fundar una familia. Vaya idea tonta, se dijo. En ese momento su vida estaba llena de preocupaciones que no dejaban resquicio para ilusiones semejantes.

—Es un privilegio teneros en nuestra casa —le dijo Kevin, a pesar de que sus ojos, según pudo advertir Gillian, miraban directamente a Brodick.

Después de saludar formalmente al laird, Annie invitó a Gillian a sentarse junto a la mesa para examinarle la herida. Ella, a su vez, acercó una silla al otro lado, y aguardó a que Gillian se pusiera cómoda. Luego cubrió la mesa con un mantel limpio, mientras Gillian se levantaba la manga y comenzaba a retirarse el vendaje.

—Le agradeceré cualquier medicina —dijo ésta—. No es una herida grave, pero creo que se ha inflamado un poco. —Gillian no creía que su brazo estuviera tan mal, pero Annie empalideció al verlo.

—¡Ah, muchacha, debe dolerle muchísimo!

Brodick y sus hombres se acercaron para ver la herida. Alec corrió hacia Gillian y se apretó contra ella. Parecía asustado.

—En el nombre de Dios, ¿cómo sucedió esto? —preguntó Dylan.

—Me corté yo sola.

—Hay que abrirla y drenarla —susurró Annie—. laird, vais a tener que quedaros con nosotros al menos un par de días mientras atiendo esto. Es una dama —explicó—, y por eso debo utilizar el método lento para curarla.

—No, no me puedo quedar tanto tiempo —protestó Gillian.

—¿Y si se tratara de un hombre? ¿Qué harías? —preguntó Brodick.

Annie pensó que él le había hecho la pregunta por mera curiosidad.

—Le abriría —le respondió—, y drenaría la infección, pero después lavaría la herida con fuego de madre, y aunque esa pócima ha demostrado curar prácticamente cualquier cosa siempre que la he utilizado, provoca un dolor insoportable.

—He visto gritar a curtidos guerreros durante el tratamiento de Annie con su fuego de madre —apuntó Kevin.

Brodick aguardó que Gillian decidiera qué método prefería utilizar.

Gillian creía que los Drummond habían exagerado al explicar el tratamiento, pero en realidad el hecho carecía de importancia. No podía darse el lujo de perder más tiempo sólo por evitar un poco de dolor. Brodick pareció leerle los pensamientos.

—¿Esos guerreros que has tratado con tu pócima, se quedaron unos días o se marcharon en seguida? —preguntó.

—Oh, se marcharon en seguida, en cuanto les unté bálsamo curativo sobre sus heridas —respondió Annie.

—Los que pudieron ponerse de pie, se marcharon —corrigió Kevin.

Brodick vió el casi imperceptible gesto de asentimiento de Gillian.

—Usarás con Gillian el tratamiento que aplicas a los guerreros, y ella no emitirá ni un sonido mientras trabajas. Es una Buchanan —agregó, como si eso último lo explicara todo.

—¿No proferiré ni un sonido, laird? —preguntó Gillian, con un deje de ironía en la voz ante su exasperante arrogancia.

—No, no lo harás —replicó él con toda seriedad.

Gillian sintió el repentino impulso de comenzar a gritar como una condenada incluso antes de que Annie la tocara, sólo para irritar al presuntuoso Brodick, pero no cedió a él por temor a que la bondadosa mujer y el pequeño Alec se preocuparan. Sin embargo, cuando se encontrara a solas con Brodick iba a recordarle que ella no era una Buchanan, y bien podría agregar que daba gracias a Dios por eso, ya que los Buchanan eran unos creídos. Había visto cómo, cuando Brodick anunció que ella no iba a proferir sonido alguno, todos sus hombres habían hecho gestos de asentimiento.

Oh, sí, ciertamente ardía en deseos de echarse a gritar.

Cuando Brodick le ordenó el tratamiento que debía aplicar, Annie se puso blanca como la leche. Reclinándose contra su marido, le susurró algo al oído. Habló demasiado rápido como para que Gillian pudiera entender más que algunas palabras sueltas, pero fueron suficientes para adivinar que Annie pedía a Kevin permiso para suministrarle algún narcótico.

Kevin habló con Brodick, mientras Annie se afanaba por la casa recogiendo lo que necesitaba para la cura. Antes de que Brodick pudiera responder, Gillian se anticipó.

—No quiero que me droguen —dijo—. Agradezco vuestra preocupación, pero insisto en permanecer lúcida para poder continuar nuestro viaje.

Brodick hizo un gesto de aprobación, pero Gillian no supo si estaba accediendo a la petición de Kevin, o a su negativa.

—Hablo en serio —insistió—. No quiero que me droguen.

En ese momento, Alec distrajo su atención tirándole de la manga. Al inclinarse para atenderlo, por el rabillo del ojo vio que Annie echaba unos polvos pardos en una copa y les agregaba vino.

—¿Qué pasa, Alec? —preguntó al niño.

—¿Vas a delatarme? —susurró él.

—¿Por los cortes en mi brazo? —Alec, al hacer un gesto de asentimiento con la cabeza, le dio un golpe en la barbilla—. No, no voy a delatarte, y quiero que dejes de preocuparte por eso.

—Muy bien —accedió él—. Tengo hambre.

—Dentro de un rato te conseguiré algo de comer —le prometió.

—Con vuestro permiso, laird, me gustaría brindar con vos y con vuestra prometida —anunció Kevin, mientras colocaba sobre la mesa una bandeja con copas.

—Oh, pero yo no… —comenzó a protestar Gillian.

—Tienes mi permiso —le interrumpió Brodick.

Ella lo miró frunciendo el entrecejo, desconcertada porque no había corregido el error de Kevin, pero decidió esperar hasta más tarde.

Kevin puso la copa delante de Gillian. A continuación, distribuyó el resto de las copas a buena distancia de la de ella, para evitar que el vino que contenía la droga se mezclara con los otros. Lo del brindis era un truco ingenioso, y aunque sabía que las intenciones de Kevin eran buenas, no por ello dejó de sentirse dolida al ver que ignoraba sus deseos. Una vez que se hubiera hecho el brindis tendría que beber ese vino, pues lo contrario sería una ofensa. Eso le dejaba una única alternativa.

—¿Puedo llamar a los otros soldados para que compartan el brindis con nosotros? —preguntó Kevin.

Como toda respuesta, Brodick fue en persona hasta la puerta y lanzó un silbido. El sonido resonó por toda la casa. Menos de un minuto después el resto de sus hombres hacía fila para tomar una de las copas. Gillian colaboró dándole una a cada uno.

Cuando todos estuvieron con su copa en la mano, Kevin dio un paso al frente y alzó la suya.

—Por una feliz y larga vida llena de amor y alegría, y por hijos e hijas saludables.

—Salud, salud —brindó Aaron.

Todos aguardaron a que Gillian hubiera bebido un sorbo antes de dar cuenta de su vino. Brodick hizo una seña afirmativa a Annie, tomó una de las sillas y se sentó a horcajadas, frente a Gillian. Con un ademán, le indicó que pusiera el brazo sobre la mesa y colocó su mano sobre la de ella.

Gillian no tuvo necesidad de preguntarle por qué la agarraba: se estaba asegurando de que no se escaparía durante el tratamiento de Annie.

Dylan, rodeando la mesa, se acercó y le puso una mano sobre el hombro.

—Robert, lleva al niño fuera —ordenó.

Alec se aferró a Gillian, lleno de ansiedad.

—Quiero quedarme contigo —susurró, nervioso.

—Pues entonces pídeselo a Dylan —le indicó ella—. Y tal vez reconsidere su orden, pero muéstrate cortés cuando lo hagas, Alec.

El niño miró al soldado, vacilante, estirando el cuello todo lo que pudo.

—¿Puedo quedarme… por favor?

—¿Milady? —preguntó Dylan.

—Me alegraría su compañía.

—Entonces puedes quedarte un momento, Alec, pero no debes estorbar. ¿Me prometes que no lo harás?

—Lo prometo —asintió Alec, y luego se apoyó contra Gillian.

Annie, de pie a su lado, la miró fijamente. Estaba lista para comenzar, pero seguía esperando.

—¿No siente un poco de sueño, milady? —preguntó.

—No mucho —respondió Gillian.

Annie miró al laird.

—Tal vez debamos esperar unos minutos —sugirió.

Gillian levantó la mirada hacia los hombres que la rodeaban y notó que el esposo de Annie no hacía más que bostezar, pero en ese momento comenzó a bostezar también Robert, y no supo cuál de los dos se estaba quedando dormido. Entonces, Kevin empezó a tambalearse.

—Annie, ¿podrías decirle, por favor, a tu esposo que se siente?

Kevin escuchó su recomendación, y pestañeando furiosamente, trató de encontrarle una explicación.

—¿Por qué debería sentarme, muchacha?

—Para que no tengas que recorrer tanto trecho cuando caigas al suelo.

Nadie entendió su comentario hasta que de pronto Kevin cayó hacia delante. Afortunadamente, uno de los soldados de Brodick se encontraba cerca y pudo sostenerlo antes de que se golpeara la cabeza contra el borde de la mesa.

—Ah, muchacha, cambiaste las copas, ¿verdad? —dijo el soldado.

—Drogó a Kevin —comentó otro, con una sonrisa.

Gillian sintió que el rostro le ardía, y fijó la mirada en el mantel, mientras trataba de imaginar una disculpa adecuada que ofrecerle a la esposa de Kevin.

Azorada ante el ardid de Gillian, Annie sólo pudo mirar al laird. Brodick sacudió la cabeza, como si estuviera decepcionado, pero sus ojos y su voz reflejaban su agrado.

—Parece que Kevin se drogó solo —dijo—. Acuéstalo en la cama, Aaron, y terminemos con esto. Annie, debemos seguir viaje.

La mujer asintió, y con mano temblorosa apoyó el cuchillo sobre el brazo de Gillian. Brodick le aferró con fuerza la muñeca antes de que sintiera el primer corte sobre su lacerada piel. Al principio, Gillian quiso demostrarle que creía que exageraba, pero cuando Annie empezó a escarbar en sus heridas, se alegró de que la sujetara. La necesidad de retirar el brazo era instintiva, pero el apretón de Brodick no le permitió hacer ningún movimiento.

La cura no le resultó tan terrible como había imaginado. El brazo le había palpitado continuamente por la infección; en cuanto Annie le abrió las heridas, el alivio fue instantáneo.

Alec le apretó el brazo derecho, y se colgó de ella.

—¿Te duele mucho? —murmuró, asustado.

—No —respondió ella en voz baja.

Al ver lo tranquila que se mantenía, la tensión de Alec se aflojó.

—¿Te dolió mucho cuando ese hombre te pegó en la cara? —preguntó, con curiosidad.

—Cállate, Alec.

—Pero, ¿te dolió? —insistió él.

Gillian soltó un suspiro.

—No —respondió.

Annie le estaba limpiado las heridas con paños limpios, pero se detuvo al escuchar la pregunta de Alec.

—¿Alguien la atacó, milady? —La afable mujer parecía tan horrorizada que Gillian sintió necesidad de tranquilizarla.

—No fue nada, en serio —sostuvo—. Por favor, no te preocupes.

—El hombre… ¿quién era? —preguntó Annie.

Un tenso silencio cayó sobre la habitación, mientras todos aguardaban su respuesta. Gillian negó con un gesto.

—No tiene importancia —insistió.

—Oh, pero sí que la tiene —dijo Dylan, ante un coro de murmullos de asentimiento.

—¡Era un inglés! —soltó Alec.

Con un gesto que indicaba que creía lo que decía el niño, Annie tomó otro trapo limpio y acabó de limpiar las heridas. Gillian hizo una mueca de incomodidad, sin advertir que estaba apretando la mano de Brodick.

—Sabía que tenía que ser un inglés —gruñó Annie—. No conozco ningún hombre de las Highlands capaz de levantarle la mano a una mujer. No, no existe.

Varios de los soldados murmuraron su acuerdo. Desesperada por cambiar de tema, Gillian apeló al primer pensamiento que se le pasó por la cabeza.

—Hoy hace un día espléndido, ¿verdad? Brilla el sol, y sopla una suave brisa…

—El hombre estaba borracho, terriblemente borracho —la interrumpió Alec.

—Alec, nadie tiene ganas de oír los detalles…

—Ah, pero sí que queremos oírlos —la contradijo Brodick con una suave voz cansada que trataba de ocultar lo que realmente sentía. Había intentado tener paciencia, pero ya no podía ocultar su urgencia por conocer toda la historia. ¿Qué clase de hombre sería capaz de maltratar así a una dama tan adorable y a un niño pequeño? Alec ya le había esbozado un sombrío cuadro del horror al que había sobrevivido, y le había permitido vislumbrar el coraje que Gillian había demostrado. Sí, quería conocer todos los detalles, y decidió que conocería toda la historia antes del anochecer.

—Estaba borracho, ¿no es así, Gillian? —insistió el niño.

Ella no respondió, pero no por eso Alec desistió. Como ella no le había prohibido hablar de la paliza, decidió contar todo lo que sabía.

—Tío Brodick, ¿sabes qué?

—No, ¿qué?

—Ese hombre la golpeó con el puño y la arrojó al suelo, y después ¿sabes qué hizo? La pateó y la pateó y la pateó. Yo me asusté mucho, y traté de detenerlo, pero él siguió.

—¿Cómo trataste de detenerlo? —preguntó Dylan.

Alec alzó los hombros.

—No lo sé —admitió—. Creo que grité.

—Annie, ¿terminaste? —preguntó Gillian.

—Me falta poco —respondió la mujer.

—Y luego, ¿sabes qué? Me arrojé encima de Gillian, pero ella me apartó, y después, ¿sabes qué hizo? Giró hasta cubrirme con su cuerpo y me tapó la cabeza con las manos para que nadie pudiera patearme.

—¿Y después qué pasó, Alec? —preguntó Liam.

—Me tocó la espalda y me dijo que no gritara porque todo iba a salir bien. No dejó que nadie me lastimara —agregó—. No recibí ni una sola patada.

Gillian deseó poder taparle la boca con la mano. Los

hombres parecían espantados por lo que el niño les decía, pero sus miradas estaban fijas en ella. Se sintió turbada y avergonzada por lo que había sucedido.

—¿Fue un solo inglés el que lastimó a lady Gillian? —preguntó Robert—. ¿O había otros?

—Otro hombre también le pegó —dijo Alec.

—Alec, me gustaría que no… —empezó a decir Gillian.

—Pero te pegó, ¿no lo recuerdas? El hombre te pateó, y después el otro te pegó. ¿Cómo es posible que no lo recuerdes?

Gillian inclinó la cabeza.

—Lo recuerdo, Alec. Es sólo que no quiero hablar de eso.

El niño se volvió hacia Brodick.

—¿Sabes qué hizo después de que le pegara? Le sonrió, para enfurecerlo.

Annie juntó todos los lienzos que había utilizado y los dejó dentro de un tazón. A continuación, colocó una gruesa toalla debajo del brazo de Gillian.

—Laird, he terminado de limpiar la infección.

Brodick asintió.

—El niño tiene hambre —dijo—. Agradecería que le dieras un pedazo de tu pan, si no es demasiada molestia.

—Tal vez puedas untarle un poco de miel —sugirió Alec.

—Por supuesto que con miel —dijo Annie con una sonrisa.

—Debes comerlo afuera —ordenó Brodick—. Robert irá contigo para que no cometas ninguna diablura.

—Pero, tío Brodick, quiero quedarme con Gillian. Ella me necesita, y se sentirá muy sola sin mí.

—Yo le haré compañía —prometió Brodick—. ¿Robert?

El soldado se adelantó. Alec lo vio acercarse, y se apretó contra Gillian.

—Te llamaré si te necesito —le susurró ella, inclinándose hacia él.

Tuvo que prometérselo por la memoria de su madre antes de que el niño se convenciera de que no desaparecería si la dejaba sola por unos minutos. Después de eso, Alec tomó el pan que le ofrecía Annie y corrió hacia la puerta, olvidando en su prisa dar las debidas gracias.

—Más tarde recordará sus modales y entonces te lo agradecerá —dijo Gillian—. Le agradezco la paciencia que muestra con él. Es sólo un niño, y ha pasado por momentos muy difíciles.

—Pero vos lo ayudasteis a salir de ellos indemne —comentó Dylan a sus espaldas, y una vez más le puso las manos sobre los hombros. Gillian no supo si con eso le brindaba su elogio, o se aseguraba de que no tratara de escapar.

Momentos después, reapareció Annie, llevando una fuente rectangular llena de un pestilente brebaje que había calentado sobre el fuego. La sostuvo por el mango de hierro, que había envuelto con un grueso trapo, y probó la temperatura del líquido con la punta de los dedos.

—No está demasiado caliente, milady, pero os va a doler bastante. Si sentís necesidad de gritar…

—No emitirá sonido alguno —repitió Brodick en tono firme, que no admitía discusión.

El arrogante guerrero pareció haber establecido un hecho incuestionable, y ella no pudo evitar sentirse molesta por sus dictatoriales modales. Ella debía ser quien decidiera si iba a mostrarse valiente, o no. ¿Qué le hacía pensar que la decisión era suya?

Annie, sin dejar de titubear, parecía asustada e insegura. Gillian levantó los ojos hacia ella.

—¿Por qué se llama «fuego de madre» su tratamiento? —preguntó.

Formuló la pregunta menos de un segundo antes de que Brodick le hiciera un gesto a la mujer, indicándole que procediera, y Annie vertió el líquido sobre las heridas abiertas de Gillian. El dolor fue inmediato, terrible, abrumador. Le pareció como si su brazo hubiese sido despellejado, y luego sumergido en lejía hirviente. Sentía llamas en la piel que la consumían hasta el hueso. El estómago le dio la vuelta y se le nubló la vista. Si Dylan y Brodick no la hubieran sostenido con tanta fuerza, habría caído de la silla. ¡Por Dios Santo, la agonía parecía no tener fin! Tras el primer espasmo de lacerante dolor, comenzó a latirle toda la piel, y sintió que le habían metido ascuas ardientes en las heridas del brazo. Arqueando la espalda que apoyaba contra Dylan, aspiró varias veces con rápidos jadeos, cerró los ojos para retener las lágrimas que intentaban salir, apretó las mandíbulas para no lanzar alaridos y se aferró a la mano de Brodick con todas sus fuerzas.

Si él le hubiera demostrado un ápice de compasión, habría roto en llanto y se habría puesto a sollozar como un bebé, pero cuando lo miró y pudo ver su expresión tranquila y desapasionada, fue capaz de recobrar el control de sí.

Al notar que estaba recostada contra Dylan, se obligó a sentarse derecha en su silla. Pero no podía dejar de apretar la mano de Brodick, aunque Dios bien sabía que no quería hacerlo. En el preciso instante en que creyó no poder soportar un segundo más, la tortura comenzó a ceder.

—Ya pasó lo peor, muchacha —dijo Annie en voz baja, en un tono que sugería que también ella estaba a punto de echarse a llorar—. Ahora voy a poneros un poco de bálsamo calmante sobre la piel, y os colocaré una venda limpia. ¿Va pasando el dolor?

Gillian lo intentó, pero le resultó imposible pronunciar palabra en ese momento, de modo que asintió con un rígido gesto. Clavó la mirada más allá de los hombros de Brodick, se concentró en una astilla de madera que sobresalía de la pared más lejana y rezó para no desmayarse.

Annie trabajó con rapidez, y en pocos minutos el brazo de Gillian quedó cubierto con una espesa capa de ungüento. Después de eso, se lo vendó desde el codo hasta la muñeca. Fue un proceso delicado, y Gillian no quiso soltar la mano de Brodick. En ese momento, en el que el dolor ya le resultaba soportable, se dio cuenta de que él le estaba acariciando la palma de la mano con su pulgar. Su expresión no había cambiado, pero la leve caricia tuvo un poderoso efecto. Gillian tuvo la sensación de que él la había tomado en sus brazos y la sostenía tiernamente.

Después de que Annie atara los extremos de la venda en su muñeca, Gillian aspiró profundamente un par de veces para serenarse, y por fin pudo retirar su mano de la de Brodick.

—Bueno, ya está —murmuró Annie—. Mañana ya os sentiréis bien. Por favor, tratad de que la herida no se humedezca durante un par de días.

Gillian asintió otra vez. Su voz sonó ronca cuando le agradeció a la mujer la asistencia que le había brindado.

—Si me disculpáis un momento… —dijo, mientras se ponía de pie lentamente. Dylan la tomó del codo y la ayudó. Ella se tambaleó y cayó contra él, se enderezó con lentitud, y luego inclinó la cabeza ante Annie antes de salir de la casa. Los soldados se inclinaron a su vez cuando pasó frente a ellos.

Gillian tuvo la seguridad de que la observaban desde la puerta, de modo que no cedió al impulso de correr hasta el refugio de la arboleda. Alec se encontraba jugueteando, feliz, descalzo en el arroyo, mientras Robert lo vigilaba. Por suerte, el niño no la vio cuando pasó corriendo en la dirección opuesta, ni la escuchó cuando se le escapó el primer sollozo.

Al verla irse, Liam hizo un gesto de preocupación, y miró a Annie.

—¿Todavía queda algo de ese fuego de madre? —preguntó.

—Sí, algunas gotas.

Liam fue hacia la mesa, se quitó la camisa y se hizo un pequeño corte en la muñeca. Todos sus amigos se dieron cuenta de lo que pensaba hacer y a ninguno le sorprendió. Liam era el más escéptico del grupo y también el más curioso.

Deseoso de saber qué se sentía exactamente al recibir el líquido directamente sobre una herida abierta, colocó el brazo sobre el mantel que Annie había dejado sobre la mesa.

—Vierte un poco sobre este rasguño. Me gustaría saber qué se siente —ordenó.

Si Annie pensó que era una petición estúpida, tuvo la suficiente lucidez como para no mostrarlo. La mujer tenía la sensación de haberse metido en una cueva habitada por una familia de osos. Esos hombres eran los guerreros más feroces de todas las Highlands. De una susceptibilidad extrema y rápidos en reaccionar, eran violentos enemigos. Al mismo tiempo, resultaban los mejores aliados. Annie se consideraba afortunada por su parentesco con los Buchanan, porque eso implicaba que ni su esposo ni ella serían jamás acosados por otros clanes más civilizados.

Se adelantó para hacer lo que le ordenaban.

—Tu herida es insignificante comparada con la de milady —comentó—. El ardor que sentirás no será tan terrible.

Tras hacer ese comentario, inclinó la marmita que contenía el líquido y lo volcó sobre el corte. Liam no mostró ninguna reacción. Una vez saciada su curiosidad, hizo a Annie un gesto de asentimiento, y volviéndose, salió de la casa a grandes zancadas. Brodick y los demás fueron tras él. Lo rodearon, y esperaron a que les contara su experiencia. Cuando Liam finalmente habló, Aaron no pudo menos que sonreír, porque su voz sonaba como el croar de una rana sumergida en el agua.

—Duele como mil demonios —dijo roncamente—. No sé cómo hizo esa muchacha para soportarlo.

Robert se reunió con ellos, llevando a Alec sobre el hombro como si se tratara de un saco de harina. El niño chilló de placer, hasta que advirtió que Gillian no se encontraba entre ellos. Una expresión de terror le cubrió el rostro, y se dejó caer hasta el suelo, donde comenzó a llamar a Gillian a todo pulmón. Robert le cubrió la boca con la mano para obligarlo a callar.

—Está detrás de los árboles, Alec. Enseguida estará de regreso. Tranquilízate.

El niño corrió hacia donde se encontraba su tío Brodick, mientras grandes lágrimas corrían por sus mejillas. Brodick lo alzó en sus brazos y le palmeó la espalda con rudeza.

—Olvidé qué pequeño eres, muchachito —dijo con cierta brusquedad—. Gillian no te ha abandonado.

Avergonzado por su ataque de pánico, Alec ocultó el rostro en el hueco del cuello de Brodick.

—Creí que se había ido —reconoció.

—Desde que la conociste, ¿te ha abandonado alguna vez?

—No... pero a veces... me asusto —dijo en voz baja—. Antes no me asustaba, pero ahora sí.

—Está bien —dijo Brodick, y suspirando, agregó—.

Ya estás a salvo. No voy a permitir que te ocurra nada malo.

—Eso es lo que dijo Gillian —recordó el niño—. Ella no va a permitir que nadie me haga daño, nunca. —Alzó la cabeza, y miró a Brodick directamente a los ojos—. A ella también tienes que cuidarla porque no es más que una frágil mujer.

Brodick se echó a reír.

—No he notado nada frágil en ella.

—Pero es frágil. Llora a veces, cuando cree que estoy dormido. Le dije que te necesitaba. No quiero que nadie la lastime nunca más.

—No permitiré que nadie lo haga —le aseguró Brodick—. Ahora, deja de preocuparte y ve con Robert a buscar su caballo. Partiremos en cuanto Gillian regrese de su paseo.

Gillian no regresó al claro hasta después de otros diez minutos, y por sus ojos enrojecidos resultó evidente que había estado llorando. Brodick, de pie junto a su semental, aguardó a que se despidiera de Annie y le diera las gracias, y cuando finalmente Gillian se acercó a él, la subió a la montura y luego montó detrás de ella. Gillian estaba tan agotada tras la dura prueba, que cayó exánime contra su cuerpo.

De improviso, Brodick sintió la abrumadora necesidad de protegerla y consolarla. Trató de mostrarse gentil cuando la acomodaba sobre su regazo, y luego la rodeó con sus brazos, acercándola a sí. En cuestión de minutos, Gillian se quedó profundamente dormida. Apretando los talones, indicó al caballo que avanzara, y con toda suavidad acomodó a Gillian en el hueco de su brazo. Los largos rizos de la joven caían sobre sus muslos. Tenía el rostro más angelical que había visto nunca, y le acarició levemente la mejilla con el dorso de la mano. Finalmente, cedió al deseo que lo había acosado desde el mismo instante en que posara sus ojos en ella: inclinándose sobre su rostro, besó sus tiernos labios, sonriendo cuando Gillian arrugó la nariz y soltó un suspiro.

Una voz en su interior le ordenaba ser razonable. Ella era inglesa, y él no podía soportar nada ni nadie que fuera inglés. Había aprendido la lección en su única incursión en ese odioso país, cuando era joven y tonto. Había querido encontrar una esposa tan conveniente como Judith, la esposa de Ian Maitland, pero la búsqueda había sido inútil, Ian había tenido la suerte de hallar el único tesoro que Inglaterra tenía para ofrecer.

O al menos eso creía Brodick hasta conocer a Gillian. Ya no estaba tan seguro.

—Eres una chica valiente —susurró. Y con un gesto de asentimiento—: Te lo concedo.

Pero nada más.

8

Lo primero era Alec. Impaciente como se sentía Brodick por obtener algunas respuestas, decidió esperar hasta que el niño hubiera comido, antes de interrogar a Gillian. Era tarde, mucho después de que se hubiera puesto el sol, y la luna ya resplandecía en el cielo. La joven y el niño estaban cansados. Acamparon en un angosto claro ubicado al pie de Carnith Ridge, rodeado de enormes pinos por tres de sus lados. El cuarto descendía hasta las riberas cubiertas de hierba del lago Beech, un diáfano espejo de agua cuyo lecho de piedra estaba poblado por numerosas truchas moteadas.

Aaron colocó un tartán en el suelo, junto al fuego que Liam había encendido al ver que Gillian estaba temblando. Ella se lo agradeció con una sonrisa que hizo sonrojar al curtido soldado como a un jovenzuelo.

Gillian se sentó sobre uno de los extremos del tartán, con las piernas debajo del cuerpo, mientras Alec se tumbaba a su lado como un indolente patricio romano. Brodick pensó que su ángel parecía que viniera de la guerra. Gillian tenía la piel grisácea, los labios apretados y los ojos inflamados por la fiebre, pero no pronunció una sola palabra de queja. Rechazó la comida que Robert le ofreció, aunque se aseguró de que Alec llenara su estómago aparentemente insaciable. El niño habría querido devorar ávidamente todo lo que le daban, pero Gillian le fue sirviendo pequeñas porciones cada vez. En voz baja, le recordaba que debía comer lentamente para no volver a vomitar, y demostró un aguante sorprendente al prestar atención a su interminable cháchara sin perder la paciencia.

El pequeño mantuvo su buen humor hasta que ella le sugirió que debía bañarse. Tropezando con sus propios pies, corrió hacia su tío.

—¡No necesito bañarme! —gritó.

Gillian fue la única que no se sorprendió ante el estallido del niño.

—Después te sentirás mejor —le prometió.

Alec negó enfáticamente con la cabeza.

—¡No, no es verdad! —chilló—. No puedes obligarme.

—Alec, no debes hablarle a la dama en ese tono —ordenó Brodick—. Y deja ya de esconderte detrás de mí. Un Maitland no se achica.

Por la expresión desconcertada del niño, Brodick supuso que no conocía el significado de «achicarse», pero debió adivinarlo porque de inmediato dio un paso al frente y se irguió junto a su tío. Con el hombro se apretaba contra el muslo de Brodick.

—No quiero darme un baño —murmuró.

—¿Por qué no?

—Me obliga a usar su jabón —dijo, señalando a Gillian—, y entonces yo...

—¿Tú, qué?

—Voy a oler como una chica.

—Lo dudo mucho, Alec.

—Me metí en muchos líos para conseguir ese jabón —intervino Gillian.

—Lo robaste.

—No, Alec, lo tomé prestado —le corrigió ella, antes de mirar a Brodick—. El jabón tiene pétalos de rosa, y Alec parece pensar que porque yo lo uso…

—… me hace oler como una chica —completó Alec, mientras retrocedía y la observaba cautelosamente por el rabillo del ojo.

Desde atrás apareció Robert, rodeó a Alec con el brazo, lo levantó y lo llevó al lago. Liam le pidió a Gillian el jabón y fue tras ellos.

Ésta oyó a Robert asegurarle a Alec que aunque probablemente olieran a rosas después del baño, eso no iba a convertirlos en mujercitas.

Un minuto más tarde, Alec estaba riendo, y al parecer la crisis había sido superada. Decidió ponerse de pie y estirar las piernas, y había logrado ponerse de rodillas cuando Aaron y Stephen se acercaron apresuradamente a ofrecerle su ayuda. Sin preguntarle, cada uno la tomó de un codo y entre ambos la levantaron.

—Gracias, caballeros.

—Podéis llamarme Stephen —dijo el soldado moreno.

—Dudo que os acordéis de todos nuestros nombres —señaló Aaron.

—Recuerdo el de la mayoría de vosotros. El que llevó a Alec al lago es Robert, el que fue con él es Liam y sé que tú eres Aaron, pero todavía no conozco los otros nombres.

—Yo soy Fingal —anunció un pelirrojo, dando un paso al frente.

—Y yo, Ossian —dijo otro, también acercándose. Era un hombre alto y tan corpulento que el cuello le desaparecía entre los anchos hombros.

De pronto, Gillian tuvo la sensación de estar encerrada tras una pared masculina de dos metros de altura. Los hombres la contemplaban desde arriba como si la consideraran una curiosidad caída del cielo. ¿Acaso nunca habían visto antes a una inglesa? ¿Y por qué estaban actuando de manera tan peculiar? Ya había pasado todo un día en su compañía, y era tiempo que superaran su curiosidad.

Se movió hacia la izquierda para poder ver por entre dos de los soldados, y divisó a Brodick, apoyado contra un árbol, con los brazos cruzados sobre el pecho. También él la observaba, pero, al contrario que sus soldados, no sonreía. Gillian inclinó casi imperceptiblemente la cabeza, señalando a los hombres que la rodeaban hasta casi asfixiarla, esperando que Brodick comprendiera su sutil indirecta y les ordenara apartarse. Sin embargo, no pareció mostrarse dispuesto a acudir en su auxilio.

—No comisteis demasiado, milady —dijo Ossian—. ¿Os sentís mal?

—Me siento muy bien, gracias —replicó ella.

—No tenéis por qué mostraros valiente ante nosotros —señaló Stephen.

—Pero, señor...

—Por favor, llamadme Stephen... —Antes de que ella pudiera asentir, añadió—: Lo digo en serio. No tenéis por qué mostraros valiente ante nosotros.

Otro soldado se unió al grupo. Iba a resultar el más fácil de recordar, porque tenía una cicatriz que le cruzaba el lado izquierdo del rostro, y los más bellos ojos castaños que hubiera visto.

—Me llamo Keith —le informó—. Y siempre podréis hablar libremente ante nosotros. Somos la guardia de vuestro laird.

—¡Pero no es mi laird! —protestó ella.

Dylan intervino en la conversación, a tiempo para oír su protesta. Se dio cuenta de que ninguno de los hombres la contradecía, pero todos sonreían como idiotas.

—Milady, Annie Drummond le dio a Liam un poco de polvo medicinal. Debéis tomar la mitad esta noche, mezclado con agua, y el resto mañana a la noche.

Liam, que había regresado del lago, le ofreció un cazo lleno de un líquido.

—Yo lo probé, milady —dijo—. Es amargo, así que será mejor que lo bebáis de golpe. También huele mal.

Gillian lo miró fijamente a los ojos.

—¿Estás pensando en drogarme, Liam? — le preguntó, suspicaz.

Éste se echó a reír.

—No, milady, aprendimos la lección del pobre Kevin Drummond. La poción os aliviará la fiebre.

Gillian decidió creerle, y bebió el líquido lo más rápido que pudo. La necesidad de vomitar fue irresistible, pero aspirando varias veces profundamente, logró superarla.

—El remedio es peor que la enfermedad —comentó, con el rostro pálido como harina.

—¿Os duele el brazo? —preguntó Stephen.

—No —respondió ella—. Si me disculpáis, caballeros, me gustaría ir a sentarme en esa roca junto a vuestro laird, para poder hablar con él.

Fingal y Ossian se hicieron a un lado para que pudiera pasar, al tiempo que Keith recogía el tartán que habían tendido en el suelo y se apresuraba a extenderlo sobre la roca para que se sentara sobre él.

Ella le agradeció su atención, y tomó asiento.

—¿Hay algo más que podamos hacer por vos, milady? —preguntó Fingal.

—No, gracias —replicó ella—. Habéis sido muy amables conmigo —añadió.

—No tenéis que darnos las gracias por cumplir con nuestra obligación, milady —le dijo Ossian.

—Por favor, llámame Gillian.

El soldado pareció escandalizarse por la sugerencia.

—No puedo, milady.

—No, no puede —confirmó Brodick, acercándose a su lado—. Dejadnos solos —ordenó a sus hombres.

Uno a uno, todos saludaron a Gillian con una reverencia antes de dirigirse al lago. Ella los observó hasta que desaparecieron de su vista, mientras trataba de poner en orden sus pensamientos porque sabía que había llegado el momento de dar una explicación detallada de lo sucedido. Por Dios, el solo hecho de revivir el pasado ya le resultaba agotador.

Cuadrando los hombros, juntó las manos sobre su regazo y esperó a que Brodick le comenzara a preguntar. Dylan permaneció a su lado, con los brazos cruzados sobre el pecho.

—¿Cómo fue que Alec y tú os encontrasteis? —preguntó Brodick.

—No sé muy bien por dónde empezar.

—Por el principio —indicó él.

Gillian asintió.

—La obsesión comenzó hace mucho tiempo —dijo.

—¿Obsesión? —repitió Dylan.

—Déjala explicarse sin interrumpirla —ordenó Brodick—. Después ya le preguntaremos lo que queremos.

—Tengo una hermana —contó Gillian—. Se llama Christen, y cuando éramos pequeñas, nuestro hogar fue invadido y nuestro padre, asesinado.

Se había levantado viento, silbaba entre los pinos con un sonido sobrenatural y melancólico. Gillian, apretándose las manos, describió la fatídica noche con todos sus detalles, aunque a decir verdad no estaba segura de recordar fielmente lo sucedido, o si Liese le había relatado exactamente los hechos ocurridos. La historia del tesoro de Arianna y la obsesión del rey por encontrar al hombre que había matado a su amada intrigó a Brodick, pero no la interrumpió. Se limitó a hacerle un gesto afirmativo cuando la vio titubear, instándola a continuar.

—Si el barón encuentra el tesoro antes de que lo haga otro, recibirá una importante recompensa. Le anima la más pura codicia —explicó—. Sin embargo, no creo que sepa con seguridad que mi padre le dio la caja a Christen, pues de otra manera habría intensificado su búsqueda.

Brodick interrumpió su concentración al levantar el tartán y colocárselo sobre los hombros.

—Estás temblando —dijo con voz ronca.

Sorprendida por su consideración, se lo agradeció, tartamudeando.

—Continúa —ordenó él con un encogimiento de hombros, desestimando su agradecimiento como innecesario.

—El barón se ha enterado que Christen se oculta en las Highlands.

—¿Y de dónde obtuvo esa información?

—De un hombre de las Highlands que se le acercó con una propuesta. Recuerda —se apresuró a añadir—, que a lo largo de los años el barón ha realizado averiguaciones en todos los clanes, pero no consiguió información concreta hasta hace aproximadamente un mes, cuando llegó ese hombre de las Highlands. Le dijo al barón que sabía dónde estaba Christen, y que estaba en condiciones de proporcionarle esa información a cambio de otra cosa.

—¿Y qué quería este hombre de las Highlands? —preguntó Brodick.

—Quería que secuestraran al hermano de laird Ramsey en el festival, para de esa forma atraer a Ramsey y matarlo. Quería que los dos murieran.

Dylan no pudo seguir callado.

—Pero al que secuestraron fue el niño Maitland.

—Sí, secuestraron al niño equivocado.

Allí comenzó el interrogatorio exhaustivo, una pregunta tras otra hasta que Gillian sintió que la cabeza estaba a punto de estallarle. Desde el lago, llegaba el sonido de las risas de Alec. Los soldados lo mantenían ocupado, lo sabía, para que no estorbara mientras Brodick la interrogaba.

—¿Dónde encajas tú en este rompecabezas, Gillian? —preguntó éste.

—Me dijeron que buscara a mi hermana y al tesoro, y llevara a ambos a presencia del barón antes de que comience nuestro festival de otoño.

—¿Y si no lo consigues?

—Matarán a mi tío Morgan. —Su voz se quebró en un sollozo que la tomó completamente por sorpresa. La fatiga la volvía sentimental, pensó, y se obligó a tranquilizarse—. Es el hombre más bueno del mundo. Me recibió en su casa y me crió como a una hija. Le quiero mucho, y deseo protegerlo a toda costa.

—¿El barón no está emparentado contigo?

—No, no lo está. ¿Acabais ya con las preguntas? Me gustaría preparar a Alec para que se vaya a dormir. Es tarde.

—Ya casi he terminado —replicó él—. Dime el nombre del hombre de las Highlands que hizo el pacto con el barón.

—No puedo darte su nombre, porque no lo sé.

—¿Estás diciéndome la verdad? Seguramente el barón o alguno de sus secuaces pronunció su nombre —dijo Brodick, con frustración en su voz ante el repentino silencio.

—¿Por qué iba a mentir? ¿Para proteger a un traidor?

—Pero lo viste, ¿no es así? —la presionó Brodick—. Alec me dijo que viste al hombre desde la colina.

—Así es.

—¿Y le reconoceríais si lo volvierais a ver? —preguntó Dylan.

—Sí —respondió Gillian—. Alec y yo estábamos escondidos en una loma, justo encima de un sendero. Lo vi claramente cuando cabalgaba hacia mí —siguió diciendo—. Alec dijo que eran dos… o tal vez tres… los que lo secuestraron durante el festival. —Tan exhausta que apenas podía mantener la cabeza erguida, susurró—: Sabes por qué el hombre de las Highlands regresó a Dunhanshire, ¿verdad?

—Para informar al barón que había raptado al niño equivocado —respondió Brodick—. En ese caso, Alec habría sido asesinado, ¿verdad?

—En efecto.

—Milady, ¿por qué os pegó? ¿Os dijo por qué, el canalla? —preguntó Dylan.

—El hombre que le pega a una mujer es un cobarde, Dylan, y los cobardes no necesitan razones que justifiquen sus actos —dijo Brodick en un tono lleno de furia.

Gillian se arrebujó en el tartán.

—Nuestro primer intento de fuga fracasó, y el barón quiso castigarnos, a Alec y a mí.

—El niño contó que lo cubristeis con vuestro propio cuerpo —dijo Dylan—. Fue un acto de gran valentía, milady.

Gillian no estuvo de acuerdo.

—No fue valentía. Estaba aterrorizada al pensar que podrían matarlo. No creo haber estado tan asustada en toda mi vida. Acababa de enterarme de que el hombre de las Highlands iba a llegar, y yo sabía por qué venía, y el pánico me impulsó a tratar de alejarlo de allí antes de…

—Se detuvo de pronto, y tuvo que respirar profundamente—. ¡Tantas cosas podrían haber salido mal! Podrían habernos separado, o haber escondido a Alec, y cada vez que pienso en todo lo que podría haber ocurrido, vuelvo a sentir pánico. ¿Valentía? No lo creo.

Brodick y Dylan cruzaron sus miradas antes de que Brodick hablara.

—¿Quién fue el que te golpeó? ¿Fue el barón, o alguno de sus soldados?

—¿Por qué lo quieres saber?

—Respóndeme.

—El barón.

—Alec dijo que otro de los hombres también te golpeó. ¿Es verdad? —La voz de Brodick sonó baja y escalofriantemente amenazante.

—No recuerdo.

—¡Sí, lo recuerdas! —barbotó él—. ¡Dímelo!

Apabullada por su tono, Gillian se puso rígida.

—De hecho, uno de sus amigos me golpeó. No comprendo, sin embargo, por qué crees que necesitas saberlo. Todo ha terminado ya.

—No, muchacha —la corrigió él con suavidad—. Acaba de empezar.

9

Bajo el aguerrido exterior del guerrero latía el corazón de un verdadero caballero. Este descubrimiento le resultó sorprendente y gracioso a la vez, ya que aunque, evidentemente, Brodick trataba de mostrarse amable, pronto se hizo evidente que no tenía la menor idea de cómo se hacía. Cuando finalmente acabó su interrogatorio, Gillian se apresuró a ponerse de pie antes de que cambiara de idea. Se volvió para marcharse, pero se le enredaron los pies en el tartán, y en lugar de irse, cayó en sus brazos. Él la agarró por los hombros para enderezarla, lo que fue un gesto muy considerado, desde luego, pero no se detuvo allí. Una vez que la tuvo en sus brazos, decidió conservarla allí. Como si tuviera todo el derecho del mundo, la rodeó con sus brazos y la apretó contra él. Gillian trató de apartarlo con toda la delicadeza posible, pero no funcionó, de modo que levantó los ojos para mirarlo y pedirle que la soltara. Él lo estaba esperando, y el impacto de esos penetrantes ojos oscuros, llenos de compasión y de ternura, hizo que su corazón se acelerara y le temblaran las rodillas.

¿Acaso tenía él alguna idea del efecto que le causaba? El calor de su piel despertó en ella el deseo de que la acurrucara junto a su pecho. Ese calor la abrigaba más que diez mantas apiladas sobre su cuerpo. Y también su voz, ronca y espesa, le resultaba maravillosamente sensual.

Hasta su forma de caminar, con tan inconsciente arrogancia, como si se creyera el dueño del mundo, con un suave movimiento de caderas y esos musculosos muslos…

Gillian se obligó a reprimir tan inapropiados pensamientos. No debía prestar atención a cosas semejantes. Era verdad, sin embargo, que jamás había conocido un hombre como él, ni jamás había tenido esa clase de reacción. Lo único que quería era apoyar la cabeza sobre su hombro por unos minutos, y cerrar los ojos. Cuando estaba con él, no se sentía tan vulnerable e insegura de sí misma. Brodick parecía la clase de hombre que no le tenía miedo a nada. ¿Se creería invencible? ¿Y al creérselo, hacía que fuera realidad? ¿De dónde provendrían su altivez y su confianza? se preguntó Gillian. ¡Ay, cómo le habría gustado que le prestara un poco de cada!

El agotamiento la estaba venciendo. Gillian lo miró, sonriendo. Aunque sólo hacía un día que lo conocía, se sentía como si hubiera estado a su lado durante años. Caminaron juntos hacia el lago, apoyándose el uno en el otro, como si fueran viejos amigos, cómodos con el silencio y la cercanía que compartían, pero también como si fueran amantes, pensó ella, que estuvieran casi sin aliento ante la expectativa de lo que vendría a continuación.

Sí, el efecto que le causaba era muy extraño. Le hacía sentir que ya no estaba sola. ¿La ayudaría a terminar con los monstruos? No, decidió de inmediato. No podía, ni debía, involucrarlo en sus propias luchas. Comprendía su responsabilidad. Debía luchar sola contra el dragón, y si fracasaba…

—¿Tienes frío, Gillian?

—No.

—Estás temblando.

—Estaba pensando en mi tío. Me preocupa.

—¿Merece tu preocupación?

—¡Oh, sí, claro que sí!

Brodick se acercó a su oído:

—¿Esta noche, puedes hacer algo por tu tío?

—No —respondió ella, tratando de ignorar la caricia de su cálida respiración sobre su piel sensibilizada.

—Entonces deja de pensar en ello. Tu preocupación no lo va a ayudar.

—Eso es más fácil de decir que de hacer.

—Puede ser —concedió él.

En ese momento pasó Alec corriendo a su lado, arrastrando un palo. El niño estaba descalzo, llevaba medio cuerpo desnudo, y resultaba evidente que estaba pasándolo en grande. Sus carcajadas resonaban entre los árboles.

—Está demasiado excitado para dormir.

—Va a dormir profundamente —la contradijo él.

No la soltó hasta que llegaron a la orilla del lago.

—¿Puedes arreglártelas sola, o necesitas ayuda? —le preguntó entonces.

—Puedo arreglármelas, gracias.

—No te mojes el brazo —le recordó él, mientras emprendía el regreso al campamento.

—¡Espera!

—¿Sí? —dijo Brodick, dándose la vuelta.

—Tú...

De pronto, Gillian se detuvo. Preguntándose por qué había vacilado, Brodick dio un paso hacia ella. Gillian agachó la cabeza y juntó las manos como si estuviera rezando. En ese momento él la vio terriblemente vulnerable... y dulce.

—¿Sí? —volvió a decir.

—Tú me haces sentir segura. Te lo agradezco mucho.

Brodick no supo qué responder. Finalmente, se las arregló para efectuar un rápido movimiento de cabeza, y se alejó.

Aunque estaba segura de que lo había confundido, se alegraba de haber dicho lo que sentía. Sabía que debería haberse mostrado más elocuente, pero ya era demasiado tarde para arreglarlo.

Todavía le dolía el brazo, aunque mucho menos de lo que le había dolido antes de la cura, y esperaba que la fiebre remitiera pronto. Por la mañana, estaría como nueva, o estaría muerta, y en ese momento era incapaz de decidir qué sería lo mejor. El cansancio se abatía sobre ella como un peso insoportable. Tal vez un baño la hiciera sentir mejor, pensó. El agua no era demasiado profunda cerca de la orilla, el lecho de piedra parecía bastante liso, y ella, desde luego, tendría cuidado de no mojarse el brazo.

Cuando trató de quitarse la túnica, se le enredó en la cabeza, y entonces, al tirar de ella, se golpeó el brazo. El dolor que sintió fue la gota que colmó el vaso, y rompiendo en llanto, se sintió desfallecer.

Pero antes de caer al suelo, notó que un par de fuertes brazos la levantaban en vilo. No pudo ver de quién se trataba, porque la túnica le tapaba la cara, pero supo que era Brodick quien había venido en su rescate.

—¿Quieres ponerte o quitarte esto? —le preguntó él con voz ronca.

Ella asintió. No era una respuesta adecuada, de modo que él tomó la decisión por ella y le sacó la túnica por encima de la cabeza. Arrojándola sobre la hierba, Brodick le tomó la barbilla, vio sus lágrimas y la envolvió con sus brazos.

—Puedes llorar todo lo que quieras. Aquí no hay nadie que pueda molestarte.

Gillian se secó las lágrimas con el borde del tartán.

—Estás tú —susurró, en tono lastimero.

La barbilla de Brodick se apoyó sobre su cabeza, y no la soltó hasta que ella logró serenarse. Luego le permitió apartarse.

—¿Ya estás mejor? —dijo.

—Sí, gracias.

Gillian no pudo creer lo que hizo a continuación. Sin pensarlo, se puso de puntillas, le rodeó el cuello con sus brazos, y le besó en la boca. Sus labios rozaron los de él apenas segundos, pero fue un beso, y cuando recobró la cordura, y se atrevió a apartarse y mirarle a los ojos, vio en su rostro la más curiosa de las expresiones.

Brodick supo que ella lamentaba su espontaneidad, pero al mirarla a sus brillantes ojos verdes, supo también, con una certeza que lo impresionó hasta lo más hondo, que esta mujer había cambiado su vida de manera irrevocable.

Azorada ante su propia temeridad, Gillian retrocedió con lentitud.

—No sé qué me ha pasado —susurró.

—Cuando todo esto termine…

—¿Sí, Brodick?

Él se limitó a sacudir la cabeza, incapaz por el momento de pronunciar otra palabra más, y después se volvió bruscamente.

¿Qué había estado a punto de decir? Gillian deseó poder ir tras él y exigirle una explicación, pero inmediatamente cambió de idea. Cuando Brodick quisiera decirle lo que pensaba, se lo diría. Además, ella estaba prácticamente segura de saber de qué se trataba. Pronto regresaría a Inglaterra, y por lo tanto era ridículo encariñarse.

¿Por qué le había besado? ¿Es que había perdido el juicio, o era simplemente estúpida? En ese momento, lo último que necesitaba era una complicación como ésa; no con todos los problemas que tenía. Pensó en acercarse a él y explicarle que realmente no había tenido intención de besarlo, simplemente, había sucedido, y que era una mera acción espontánea surgida de la bondad que mostrara hacia ella y por curiosidad. Quizá pudiera hacer como si no hubiese sucedido, pensó mientras se pasaba los dedos por los labios y dejaba escapar una largo suspiro de arrepentimiento.

Decidió que un baño estaba fuera de cuestión, en su estado probablemente terminaría ahogándose. Se lavó lo mejor que pudo, y luego tardó en vestirse, mientras reunía el coraje suficiente para regresar al campamento y enfrentarse con Brodick.

Todos los Buchanan estaban sentados en el extremo más lejano del claro, charlando, hasta que la vieron acercarse. El súbito silencio que se produjo logró intimidarla, y no se atrevió a mirar a Brodick por temor a ruborizarse y hacer que los soldados se preguntaran el porqué. Mantuvo la cabeza gacha mientras se preparaba la cama en el otro extremo del claro, pero pudo sentir todas las miradas clavadas en ella. Alec estaba dibujando círculos en la tierra con su palo.

—¿Estás listo para acostarte, Alec? —lo llamó.

—Voy a dormir con los hombres, ¿de acuerdo?

—Sí —accedió ella—. Buenas noches, entonces.

Se acostó de lado, de cara a los árboles, dando la espalda a los soldados, totalmente convencida de que no tendría un minuto de descanso con un público que observaba cada uno de sus movimientos, pero el cansancio la venció y pocos minutos después estaba profundamente dormida.

Para no perturbar su sueño, los hombres hablaban entre murmullos. Brodick no podía dejar de mirarla y de preocuparse por cuestiones tontas, tales como si tenía suficientes mantas. Se había levantado un fuerte viento, y nubarrones cargados de lluvia corrían velozmente por el cielo, tapando la luz de la luna. En la distancia se oyó el retumbar del trueno, y la atmósfera se volvió densa y bochornosa.

Cuanto más oscura se volvía la noche, más agitado se mostraba Alec. Robert apagó el fuego, y el campamento quedó negro como la boca del lobo. Tomando su manta, el niño se puso de pie, tambaleándose.

—¡Voy a dormir con Gillian! —exclamó.

—¿Por qué? —le preguntó Brodick, preguntándose si el niño estaría dispuesto a admitir que la oscuridad le daba miedo.

—Porque ella se asusta de noche. —Sin esperar su permiso, arrastró la manta a través del claro y la colocó al lado de Gillian. Puso su palo a una distancia prudencial, bostezó y se acurrucó contra la espalda de la joven.

Brodick lo contempló luchar para mantener los ojos abiertos y lo oyó susurrar.

—Tío...

—¿Qué te ocurre, Alec?

—No te irás... ¿verdad?

—No, no me iré. Ahora, duérmete.

En algún momento de la noche, Gillian fue arrancada de su sueño por un terrible alarido semejante al aullido de un animal sufriente. Ella sabía demasiado bien el origen del sonido: Alec padecía otra de sus pesadillas. Rápidamente, se dio la vuelta para el otro lado y tomó al niño en sus brazos para calmarlo.

—Sshh —le susurró, mientras le acariciaba la frente—. Ya está bien. Estás a salvo.

Los gritos fueron transformándose en lloriqueos, y el terror del niño fue cediendo. Gillian siguió acariciandolo hasta que sintió que se relajaba y oyó su regular respiración.

Una hora más tarde, se repitió el alarido que helaba la sangre en las venas, y ella volvió a realizar todo el ritual por segunda vez. En las horas previas al amanecer, volvió a despertarse, pero por motivos totalmente diferentes. Yacía de espaldas, con el brazo izquierdo extendido. Lo sentía inmovilizado y le palpitaba dolorosamente. Volvió la cabeza, y vio que Alec estaba usando su vendaje como almohada. Muy lentamente, para no despertarlo, logró sacar el brazo de debajo de la cabeza del niño. Cuando bajaba la mano hacia un lado, advirtió que tenía algo apoyado sobre el estómago. Era otra mano, pesada y que no le pertenecía. Estupefacta, la miró parpadeando varias veces, mientras trataba de despejarse, y luego siguió con la mirada el recorrido desde la mano por el musculoso brazo, hasta llegar al ancho hombro. Pegó un respingo, ¡por Dios, estaba durmiendo con Brodick! Despacio, logró sentarse, y echó una mirada a su alrededor. Descubrió que se hallaba en el centro de un círculo formado por los soldados de Brodick. No llegó a comprender cómo habían llegado hasta allí, o cómo había terminado por dormir en los brazos de Brodick. Trató de pensar en ello, pero tenía tanto sueño que no logró mantener los ojos abiertos el tiempo suficiente para aclarar nada, de modo que volvió a acostarse, apoyó la cabeza sobre el hombro de Brodick, la mano sobre su pecho y se quedó dormida.

Por primera vez en mucho, mucho tiempo, se sintió protegida, y sus pesadillas la dejaron en paz.

10

Brodick la despertó una hora después del amanecer. La pobre muchacha parecía agotada, y Brodick lamentó tener que despertarla después de tan pocas horas de descanso, pero se les acababa el tiempo, y todavía tenían que atravesar el hostil territorio que tenían por delante.

—Debemos ponernos en marcha, Gillian.

—Estaré lista en un minuto —le prometió ella, mientras corría hacia el lago con su bolsa bajo el brazo. Se aseó rápidamente, cepilló su cabello, y revolvió su bolso en busca de una cinta. Al estar vendada, su mano izquierda le resultaba prácticamente inútil, y no pudo trenzarse el cabello. Después de tratar infructuosamente de recogérselo en un moño con la cinta, desistió del intento.

Cuando regresó al campamento, todos estaban aguardándola. Liam tomó su bolsa, y se la pasó a Robert.

—Debéis comer, milady —dijo Liam, mientras le ponía en la mano lo que parecía un triángulo de masa frita.

—No tengo hambre, Liam, pero te agradezco...

Él no apartó la comida.

—Debéis comer, milady —insistió.

Gillian no quería parecer desagradecida, de modo que se obligó a tragar el insulso bocado.

—Liam, ¿serías tan amable de atarme el cabello con esta cinta? Parece que no puedo... —Su voz se fue apagando al ver la expresión escandalizada del soldado—. ¿No sería correcto? —preguntó.

—No, milady, no lo sería. El único hombre autorizado a tocaros el cabello es vuestro laird.

Su laird. ¿Cómo podía discutir una idea tan absurda? Los Buchanan, ya lo había aprendido, eran un clan muy obstinado, y cuando se les metía una idea en la cabeza, nadie lograba quitársela.

También eran hombres buenos y honorables que en ese momento los estaban protegiendo, y nada que pudieran hacer le haría perder la paciencia.

—De acuerdo, entonces —concedió.

Brodick se acercaba hacia ella, montado en su caballo. Gillian corrió hacia él, y solicitó su ayuda. También él pareció sorprendido, pero aceptó tomar la cinta. Gillian se dio vuelta, pasó su masa de cabello sobre los hombros y la levantó con la mano. Brodick se la apartó, tiró de su cabello como si estuviera acicalando la cola de su caballo, y ató burdamente la cinta en un apretado nudo.

El hombre tenía la delicadeza de un toro. Gillian tuvo la sensación de que le había tirado del cabello a propósito, a modo de venganza por haberle pedido que llevara a cabo una tarea típicamente femenina, pero ocultó su sonrisa y le dio las gracias profusamente.

—¿Llegaremos a las tierras de laird Ramsey Sinclair antes del anochecer?

—No —le respondió él con brusquedad. La tomó de la cintura y la subió a su caballo. Después, subió tras ella, y tomó las riendas—. Vamos a la finca de Maitland.

Gillian se dio vuelta tan violentamente que le golpeó la barbilla.

—Tenemos que ir a ver a Ramsey y advertirle del peligro que corren su hermano y él antes de llevar a Alec a su casa.

—No.

—Sí.

Brodick quedó atónito al comprobar que tenía el coraje de contradecirlo. Jamás ninguna mujer había osado discutir con él, y no sabía muy bien qué hacer. ¿Acaso ella no se daba cuenta de su rango?

—Eres inglesa —le explicó—. Y por lo tanto voy a tener ciertas consideraciones especiales contigo. Me doy cuenta de que no comprendes que no debes discutir conmigo, y por eso te lo voy a explicar: no discutas conmigo.

—¿Y eso es todo? Respondió Gillian incrédula—. ¿«No discutas conmigo» es tu única explicación para explicar que no debo discutir contigo?

—¿Estás tratando de hacerme enfadar?

—No, desde luego que no.

Suponiendo que ella ya comprendía que él no iba a perder un tiempo precioso comentando sus decisiones con ella, se volvió y llamó a Dylan, pero Gillian volvió a llamar su atención poniéndole la mano en el pecho. Su voz era baja, pero insistente.

—Debo advertir a laird Sinclair.

Brodick inclinó ligeramente la cabeza, mientras la observaba.

—¿Lo conoces? —le preguntó con suavidad—. ¿Has visto a Ramsey alguna vez?

Gillian no alcanzó a comprender por qué se había puesto de pronto tan tenso e irritable. El comportamiento de Brodick era sumamente desconcertante, pero Gillian decidió no decir nada porque tenía más interés en tratar de que se mostrara razonable.

—No, no lo conozco, pero sé mucho sobre él.

Brodick alzó una ceja.

—Dime lo que sabes.

Haciendo caso omiso de su tono rudo, ella respondió:

—Se que gobierna el clan Sinclair, y que es el nuevo laird. ¿Me equivoco?

—No, no te equivocas.

Los dedos de Gillian avanzaban por su pecho, y su contacto le resultaba sumamente turbador. Brodick se preguntó si ella no se daba cuenta de lo que estaba haciendo, o si se trataba de un ardid deliberado para ganarse su colaboración. ¿Creería esta mujer que una palabra amable y una suave caricia bastarían para hacerle cambiar de opinión? Realmente, era gracioso. Cualquiera que lo conociera sabía que una vez que había tomado una decisión, nadie lograba hacerle cambiar de parecer.

—Y me he hecho algunas ideas sobre él —siguió diciendo ella—. Un hombre no se convierte en laird a menos que sea un avezado guerrero. Imagino que... es... tan fuerte como tú.

Él sintió que su tensión se aflojaba.

—Casi —concedió con soberbia.

Gillian no sonrió, pero el impulso fue casi irresistible.

—Sé también que Ramsey tiene un hermano menor como Alec. Se trata de un niño, y por lo tanto tu obligación y la mía es protegerlo. Todo niño debería ser protegido de cualquier daño y Michael no es la excepción.

Su argumento era contundente. Brodick había pensado en llevarlos a Alec y a ella primero a lo de Maitland, donde estarían a buen resguardo, y luego ir solo a ver a Ramsey para advertirle. En ese momento reconsideró su decisión.

—Tu principal preocupación es el niño, ¿verdad?

—Así es —replicó ella.

—Enviaré a Dylan y a otros dos hombres a advertir a Ramsey, pero el resto de nosotros iremos a casa de Maitland. ¿Te parece bien?

—Sí, gracias.

Brodick le tomó la mano para evitar que siguiera acariciándolo.

—En el futuro, no vas a discutir conmigo —dijo.

No era una petición sino una afirmación, y Gillian decidió hacerle creer que consentía.

—Como quieras.

Tras recibir las instrucciones pertinentes, Dylan partió con Ossian y Fingal rumbo a las tierras de los Sinclair. Alec montó con Robert, y Liam tomó la delantera. Al mediodía, cuando hicieron un alto para que los caballos descansaran, Keith y Stephen se alejaron. Los soldados volvieron a reunirse con el grupo una hora más tarde, presumiendo y llevando una brava yegua tordilla.

Gillian se encariñó del animal inmediatamente. Le complacía que hubieran tomado prestada la yegua, hasta que descubrió que no tenían la menor intención de devolverla. Horrorizada, se negó a montarla a menos que le prometieran que, en cuanto llegaran a casa de Maitland, la devolverían a su propietario, pero los soldados eran tan testarudos como su laird, y no accedieron a hacer nada semejante. Keith trató de cambiar de tema, en tanto que Stephen intentaba convencerla de que el dueño se sentiría honrado de que un Buchanan hubiera elegido robarle la yegua.

—¿Queréis que ofendamos al pobre hombre? —preguntó Stephen.

—No, desde luego que no, pero…

—Lo humillaríamos —aseguró Keith.

—Si ambos creéis que voy a creerme…

—¡Momento de partir! —Brodick dio la orden al tiempo que la subía sobre la yegua. Su mano descansó sobre el muslo de Gillian—. Sabes cabalgar, ¿verdad?

Gillian trató de retirarle la mano, pero él se limitó a

apretarla con más fuerza, mientras esperaba pacientemente que le respondiera.

Gillian decidió proporcionarle una dosis de su propia arrogancia.

—Mejor que vos, laird.

Brodick sacudió la cabeza e intentó ignorar la dulce sonrisa que le dedicó, junto a su jactancia.

—No me gustan las mujeres arrogantes.

—Pues entonces no te voy a gustar en absoluto —replicó ella alegremente—. Soy terriblemente arrogante. No tienes más que preguntarle a mi tío Morgan. Siempre dice que es mi peor defecto.

—No, la arrogancia no es tu peor defecto.

Antes de que ella pudiera darse cuenta de lo que se proponía, Brodick la tomó de la nuca con la mano y la atrajo violentamente hacia sí. Su movimiento había sido tan veloz que no le dio tiempo siquiera a pestañear, y todavía le sonreía cuando la boca de él se apoyó posesivamente sobre la suya.

La besó hasta dejarla sin aliento. El calor de su boca contra la suya le provocó una oleada de excitación que le recorrió todo el cuerpo. El beso fue apasionado, pero mejoró aún más. La lengua de Brodick lamió la de ella, y el placer fue tan intenso que no le cupo duda alguna de que debía ser pecado, pero no le importó. Lo único que deseaba era devolverle el beso con la misma pasión con que él la besaba a ella.

Quería estar más cerca de él, echarle los brazos al cuello, apretarlo contra su cuerpo y no soltarlo nunca más. Eso fue exactamente lo que trató de hacer, y cuando él terminó de besarla estuvo a punto de caerse al suelo. Por suerte, él parecía no estar tan trastornado como ella —en realidad, el beso no parecía haberlo afectado en absoluto—, y pudo sostenerla antes de que cayera al suelo.

Gillian pudo oír a Alec haciendo ruidos de disgusto en medio de sus risitas, pero no se volvió a mirar a ninguno de los soldados, consciente de que su rostro ardía de vergüenza.

—No debes besarme nunca más, Brodick —susurró roncamente.

Brodick se echó a reír mientras subía de un salto a su caballo y se adelantaba para abrir la marcha. Gillian espoleó a su yegua para que marchara al trote, y lo alcanzó.

—Lo digo en serio —murmuró.

Brodick hizo como si no la hubiera oído, y Gillian decidió dejar las cosas como estaban.

Ese día cabalgaron continuamente, efectuando una sola parada para que los caballos descansaran y Alec estirara las piernas. Gillian se mantuvo detrás de Brodick, mientras atravesaban tierras accidentadas e indómitas, aunque de sobrecogedora belleza.

Cuando se detuvieron para pasar la noche, Gillian fue hasta el arroyuelo que corría cerca del claro elegido y se lavó, sin dejar de pensar en el comentario que él había hecho, y cuanto más pensaba en ello, más curiosidad sentía. Le había dicho que la arrogancia no era su peor defecto, por tanto debía pensar que aún había algo peor.

Se moría de ganas de pedirle una explicación, pero estaba también firmemente resuelta a no hacerlo, y aunque era sumamente frustrante, fue capaz de controlar su curiosidad durante un rato. Alec y ella estaban tan exhaustos por la larga jornada de viaje, que después de cenar se fueron directamente a dormir. Ambos durmieron tan profundamente que si Alec tuvo alguna pesadilla, Gillian no lo recordaba. Se despertó poco antes del amanecer, y volvió a encontrarse otra vez acurrucada en los brazos de Brodick. Contenta, cerró los ojos y volvió a quedarse dormida.

Para que Alec pudiera recuperar algunas horas de sueño, al día siguiente levantaron campamento ya bien avanzada la mañana. Alec estaba más relajado, pero seguía insistiendo en no perderla de vista. Gillian tuvo que ordenarle que se quedara con Keith cuando necesitó un momento de intimidad, y apenas regresó, el niño corrió hacia ella y se colgó de su mano.

El pobre niño se mostró sumamente aliviado al verla otra vez.

—No voy a desaparecer, Alec.

—El tío Brodick dice que ya estamos cerca de mi casa.

—¿Este valle te resulta conocido?

—No —reconoció Alec. Tomándole la mano, la llamó en un susurro—. ¡Gillian!

—¿Sí? —respondió ella, inclinándose hacia él y preguntándose que nueva cosa le preocupaba.

—¿Puedo cabalgar contigo?

—¿No te gusta cabalgar con Robert?

—No me deja hablar, ni siquiera cuando no hay ningún peligro.

—Puedes venir conmigo.

—Pero tienes que pedirle permiso al tío Brodick.

—Lo haré —prometió ella—. Termina de comer, y enseguida iré a preguntárselo.

Brodick regresaba del bosque con expresión preocupada cuando ella se le acercó.

—Brodick, ¿a qué distancia estamos de la casa de Alec?

—Un par de horas de viaje.

—¿Te parece bien que Alec venga conmigo un rato?

—Tiene que ir con Robert.

—Pero Robert no le habla.

—Mis soldados tienen la mente ocupada en cosas más importantes— señaló Brodick, exasperado.

—El niño no comprende esas cosas.

Con un suspiro, él cedió.

—Muy bien. Puede ir contigo, ya estamos en terreno seguro.

Se dirigió hacia su caballo, y de repente se detuvo.

—¿Todos los niños de su edad hablan tanto como él? —preguntó.

—No lo sé. Alec es el primer niño con el que tengo trato.

—Eres buena con él —comentó él con brusquedad—. Tienes un buen corazón, Gillian.

Ella lo contempló mientras se alejaba. El sol parecía estar siguiéndolo. Haces de luz refulgían sobre su cabeza y sus hombros al atravesar el estrecho valle, y en el dorado resplandor, el bronceado guerrero parecía haber sido esculpido por Dios conforme a la imagen del arcángel Miguel, para que también él pudiera luchar contra los demonios que asolaban el mundo. Fue en ese preciso instante que tuvo conciencia de su presencia como nunca antes la había tenido. Estaba reaccionando como mujer, y sintió que le consumía una añoranza tan intensa que los ojos se le llenaron de lágrimas. De pronto, le vino a la mente la encantadora casita de Annie y Kevin Drummond. En su fantasía, el que estaba de pie en la puerta no era Kevin, sino Brodick, y estaba haciéndole señas para que se acercara.

Soñar con los ojos abiertos era peligroso, porque le hacía anhelar cosas que jamás tendría.

—Milady, ¿ocurre algo malo? —preguntó Liam.

Ante el sonido de su voz, Gillian tuvo un sobresalto.

—No, no ocurre nada malo.

Antes de que siguiera preguntándole, Gillian se recogió las faldas y corrió hacia su yegua. Con sólo su mano izquierda, no podía subirse correctamente, y después de intentarlo dos o tres veces sin éxito, se dio por vencida y llamó a Brodick para que la ayudara.

Él se acercó montado en su caballo, se inclinó y la subió a la yegua de un solo movimiento. Robert alzó a Alec, lo sentó en su regazo, y fue a buscar su caballo.

—Brodick —llamó ella en voz baja para que los demás no pudieran oírla.

—¿Sí?

—Me dijiste que la arrogancia no era mi peor defecto. ¿Acaso pensabas en otro peor que ése?

Brodick se preguntó cuánto tiempo le habría costado a Gillian reunir el coraje para hacerle esa pregunta, y tuvo que hacer un gran esfuerzo para no echarse a reír.

—Tienes muchos defectos —señaló. Podría haber jurado que vio encenderse una chispa de ira en sus ojos color esmeralda, al tiempo que la joven cuadraba los hombros. La muchacha tenía mucho carácter, y a Brodick ése le parecía un defecto sumamente agradable—. Pero tenías uno que hacía que, en comparación, los demás parecieran insignificantes.

—¿Tenía? —repitió ella—. ¿Ya no lo tengo?

—No, ya no lo tienes.

—Dime, por favor —musitó al borde de la exasperación—, cuál era ese terrible defecto.

Brodick la miró sonriendo.

—Eras inglesa.

11

Gillian tuvo la sensación de haber entrado en otro mundo. Incluso los crepúsculos parecían diferentes en las Highlands. El cielo se había transformado en una brillante tela cubierta por anchas pinceladas de oro salpicadas de motas anaranjadas. El centro del sol era de un ardiente escarlata, distinto a cualquier color que Gillian hubiera visto, y supo que al día siguiente, la gama de colores sería igualmente magnífica.

—Gillian, ¿sabes qué? Ya casi estamos en casa.

—Debemos estar cerca —convino ella—. Hemos subido hasta casi la cima de la montaña.

Alec bostezó audiblemente.

—Cuéntame otra vez la historia de cómo asustaste a tu tío Morgan y lo hiciste gritar —rogó el niño.

—Te he contado esa historia como mínimo cinco veces.

—Pero quiero volver a oírla ¡Por favor!

—Cierra los ojos y descansa, y te volveré a contar la historia.

Alec se acurrucó contra su pecho, y bostezó otra vez.

—Ya estoy listo.

—Cuando era pequeña...

—No hablaste durante todo un año.

El pequeño, evidentemente, había memorizado la historia.

—Sí, efectivamente. No hablé durante un año entero.

Brodick obligó a su caballo a que aminorara la marcha, y aguardó hasta que Gillian estuvo a su altura. Había oído lo que le estaba diciendo a Alec, y sentía curiosidad por conocer el resto de la historia.

—Y fuiste a vivir con tu tío Morgan, ¿recuerdas?

—Sí, recuerdo —respondió Gillian con una sonrisa.

—Pero debes decirlo.

—Cierta noche, tuve una terrible pesadilla…

—¿Como las pesadillas que a veces tengo yo?

—Sí —asintió ella—. Mi criada, Liese, me despertó para que dejara de gritar, y tal como solía hacerlo me tomó en sus brazos, y me acurrucó en su regazo, meciéndome para que me tranquilizara.

—Y entonces casi te deja caer de cabeza al suelo porque finalmente le hablaste.

—En efecto, Alec.

—Y el hombre malo que te había dicho que habías matado a tu hermana mintió, porque Liese te dijo que no la habías matado. Era un hombre malo, pero ¿sabes qué?

—No, ¿qué?

—El tío Brodick hará que lamente haber sido malo.

Turbada, porque sabía que Brodick estaba prestando atención a lo que el niño decía, se apresuró a seguir con la historia.

—Me alegró mucho enterarme de que Christen estaba viva, pero entonces me preocupó que pudiera estar perdida. Liese me dijo que no debía inquietarme por mi hermana porque estaba segura de que mi tío Morgan me ayudaría a encontrarla. Me dijo que todo lo que tenía que hacer era pedírselo. Suponía que yo iba a esperar hasta la mañana siguiente, pero la sorprendí al saltar de su regazo y correr hasta la alcoba de mi tío.

—Porque era en medio de la noche, ¿verdad?

—Verdad —asintió Gillian.

Alec comenzó a reírse tontamente, porque sabía lo que venía a continuación, y a duras penas conseguía contenerse. Sus hombros se sacudían, mientras se tapaba la boca con la mano y aguardaba lleno de ansiedad, con los ojos brillantes.

—Liese trató de detenerme, pero no fue lo suficientemente rápida, y no pudo seguirme hasta el interior de la habitación de mi tío. Corrí hasta su lecho, subí a la tarima, y lo sacudí para que se despertara. Estaba profundamente dormido, incluso roncaba, y por más que le di golpecitos con el dedo y lo llamé, no logré que abriera los ojos.

La historia atrajo la atención de Brodick, pero no estaba seguro si lo que lo divertía tanto era la forma en que Gillian la relataba o la reacción de Alec. El niño prácticamente no podía quedarse quieto en el regazo de Gillian.

—Y después, ¿qué hiciste? —preguntó Alec.

—Sabes muy bien qué hice. Te he contado tantas veces esta historia que la conoces mejor que yo.

—Pero cuéntamelo.

—Le grité al pobre hombre y le pegué un buen susto.

Alec estalló en ruidosas carcajadas.

—Y gritó, ¿verdad?

—¡Oh, Dios mío, sí que gritó!

—Y después gritaste tú, ¿verdad?

Gillian se echó a reír.

—Sí, lo hice. Mi pobre tío estaba tan sobresaltado que se levantó de golpe y tomó su espada, pero se enredó con las mantas, cayó de la cama y rodó debajo de la tarima. Y ése es el final de la historia.

—Pero tienes que contarme cómo lo seguiste por todas partes, hablando y hablando sin parar todo el día.

—Lo acabas de decir tú —dijo ella—. Mi tío me contó que durante el año en que no hablé, no dejó de rezar una sola noche para que algún día yo pudiera llamarlo por su nombre…

—¿Pero que cuando comenzaste a hablar y no parabas, comenzó a rezar pidiendo un poco de paz y tranquilidad?

—Así es —respondió ella—. Sabes, Alec, cuando llegues a casa va a haber un gran alboroto, y dudo mucho de que puedas irte a dormir temprano. ¿Por qué no cierras los ojos y descansas?

Bostezando, el niño le rodeó la cintura con los brazos.

—Gillian… —susurró.

—¿Sí?

—Te quiero.

—Y yo te quiero a ti, oso meloso.

El pequeño estaba claramente exhausto, y en pocos minutos se quedó dormido. Todo quedó sumido en silencio mientras siguieron trepando la escarpada falda de la montaña. De vez en cuando, Brodick se volvía y la miraba con una expresión de desconcierto, como si estuviera tratando de adivinar algo.

Se levantó viento, un ululante y frío viento que parecía meterse dentro de los huesos. Notó que Alec temblaba, y lo envolvió con el tartán.

El peso del niño sobre su brazo izquierdo pronto le resultó intolerable, y finalmente decidió pedirle ayuda a Brodick. Alec estaba tan agotado que no despertó cuando pasó a los brazos de su tío. La ternura en los ojos de Brodick, mientras acomodaba con cuidado la cabeza del niño contra su pecho, le recordó a su tío Morgan y a la forma en que solía acunarla en su regazo mientras le contaba cuentos a la hora de dormir, y de improviso sintió tanta nostalgia y tanto miedo que quiso echarse a llorar.

Brodick la pilló contemplándolo.

—Alec tendrá dolor de oídos si no le cubres la cabeza —murmuró Gillian para disimular su turbación.

Brodick acomodó el tartán sobre la cabeza del niño, pero mantuvo su mirada fija en Gillian.

—¿Qué te preocupa tanto, muchacha?

—Nada —mintió ella—. Estaba pensando…

—¿Pensando en qué? —la incitó él.

Se había acercado tanto que con su pierna rozaba la de ella. Gillian simuló no advertirlo.

—Respóndeme —exigió Brodick.

Gillian soltó un suspiro.

—Estaba pensando que cuando te cases y tengas hijos, serás muy buen padre.

—¿Qué te hace pensar que no tengo hijos ya?

Gillian abrió los ojos como platos.

—¡Pero no estás casado!

Brodick se echó a reír.

—Un hombre no necesita estar casado para tener hijos.

—Entiendo —replicó ella, haciendo lo posible por sonar experimentada—. No soy tan ignorante.

—Pero eres totalmente inocente, ¿no es así?

—Eso, señor, no es asunto de vuestra incumbencia.

Sintió que sus mejillas se habían puesto de un rojo furioso de la vergüenza. Era un placer para los ojos, pensó él, y una segura tentación.

—¿Y es así? —preguntó ella en un murmullo.

—¿Si es así qué?

—¿Tienes hijos?

—No.

—Entonces te estabas burlando de mí.

Gillian pareció esperar una respuesta a esta afirmación, de modo que él asintió con un rápido gesto antes de espolear su caballo y volver a la cabeza de la marcha.

Pocos minutos después, se oyó el retumbar de un trueno, y la tierra comenzó a temblar. Stephen, Aaron, Liam y Robert se acercaron y formaron un círculo a su alrededor.

—Proteged a Alec y a vuestro laird —ordenó Gillian.

—Milady, ya estamos en tierras de Maitland. No hay peligro alguno —explicó Stephen.

—¿Y entonces por qué me rodeáis los cuatro?

Robert le respondió con una sonrisa.

—Sólo estamos avisando a los Maitland.

—¿Avisándoles de qué, Robert?

El soldado no quiso explicar nada. En ese instante, a través de la arboleda, irrumpieron los soldados de Maitland, rodeándoles inmediatamente. El estrépito sobresaltó a la yegua de Gillian. Antes de que pudiera calmarla, Liam tomó las riendas y obligó al animal a agachar la cabeza.

Estaban rodeados de guerreros, y su cercanía se volvió opresiva. Eran al menos cuarenta, y cada uno de ellos parecía implacable.

Uno de los soldados se adelantó y condujo su caballo hasta donde se encontraba Brodick para hablar con él. Su aspecto le resultó vagamente familiar.

—¿Ese hombre está enfadado con tu laird? —preguntó.

—No, milady —le respondió él—. Se llama Winslow, y siempre tiene el ceño adusto.

—Winslow es el comandante en jefe de Ian Maitland —le explicó Stephen—. También es hermano de Brodick.

Eso explicaba por qué le resultaba familiar, y en ese momento pudo ver el parecido en los penetrantes y azules ojos del hermano. Winslow incluso fruncía el entrecejo como Brodick, pensó, y en ese momento el comandante de los Maitland se volvió hacia ella, entrecerró los ojos, y le comentó algo a su hermano.

Sin prisa, Stephen obligó a su caballo a acercarse a Gillian, y Liam hizo lo propio desde el otro costado.

—Winslow quiere saber quién sois, milady —le susurró Robert desde atrás.

Gillian vio cómo Brodick se encogía de hombros, como si para él ella fuera tan insignificante que no lograra recordar su nombre.

Y así debería ser, pensó Gillian. Ella no era importante para él, era simplemente un medio para lograr un fin. Durante un breve período, Brodick y ella habían compartido el mismo objetivo de llevar a un niño inocente de regreso a su hogar. Pero en ese momento se encontraban en tierras de los Maitland, y pronto ese objetivo estaría cumplido. Alec se quedaría con sus padres, Brodick volvería, sin duda, a su casa, y ella comenzaría la búsqueda de su hermana. Su mente comprendía que el tiempo pasado juntos había concluido, pero su corazón sufría por ello. Era lógico que Brodick regresara a sus obligaciones como laird de los Buchanan... y estaba bien. ¿Por qué, entonces, se sentía tan sola? Gillian no lo necesitaba, ni necesitaba a ningún otro hombre... salvo a su tío, desde luego. Tío Morgan era toda su familia, y cuando su búsqueda hubiera terminado, si llegaba a tener éxito, volvería con él.

Pero jamás olvidaría a Brodick... ni al espontáneo beso que para él nada había significado y para ella lo había sido todo.

Winslow atrajo su atención cuando al mirarla otra

vez, frunció el entrecejo con evidente descontento. Lo oyó pronunciar la palabra «inglesa», y supuso que estaba molesto porque Brodick hubiera llevado a una forastera a las tierras Maitland.

La respuesta de Brodick fue severa, aunque debido a la velocidad con la que habló, Gillian no pudo comprender una sola palabra. Fuera lo que fuese lo que dijo, pareció calmar a su hermano, porque éste se echó hacia atrás y asintió con desgana. En ese momento, Brodick apartó la manta que cubría el rostro de Alec. Winslow quedó tan estupefacto, que dejó escapar un grito. Alec se despertó de inmediato, se quitó la manta de un manotazo, y se enderezó, sonriendo al ver acercarse a los soldados Maitland.

Todos los hombres comenzaron a gritar y dar vítores, armando un jaleo tal que a Gillian le zumbaron los oídos.

Alec estaba encantado de atraer tanta atención. Saludó alegremente a los soldados con la mano, y luego, volviéndose en el regazo de Brodick, fijó su mirada en Gillian. El júbilo de Alec era maravilloso, y Gillian supo que jamás olvidaría ese fantástico momento. «Gracias, Dios mío» —oró— «por permitir que este niño vuelva a su casa.»

La radiante expresión de Gillian dejó a Brodick sin aliento, y cuando ella lo miró, sonriendo, logró que se sintiera invencible. ¿Cómo era posible que una mujer le provocara un impacto tal en tan breve tiempo? Tenía la sensación de que todo su mundo había cambiado para siempre, y no sabía si eso le acababa de gustar. Gillian era una alteración…

—Ian volverá enseguida de los campos de entrenamiento —informó Winslow, interrumpiendo los pensamientos de su hermano.

—Deberías prepararlo —dijo Brodick—. Con toda seguridad, va a tener una conmoción al ver a su hijo regresar de la muerte.

Winslow se echó a reír.

—Una alegre conmoción —señaló, antes de marcharse.

Los soldados Maitland empezaron a atosigar a Gillian, situación que de inmediato trataron de contener los Buchanan, y si Brodick no hubiera intervenido para poner punto final a la situación, Gillian tenía la plena seguridad de que todo habría terminado en pelea. Se intercambiaron palabras ásperas y se dieron fuertes empellones, pero no hubo daños mayores.

Brodick condujo la caravana hasta la última de las empinadas colinas. Al abrigo de la montaña se agrupaban cabañas de todas formas y tamaños, algunas austeras y sin adornos, otras con puertas de brillantes colores. Al pasar frente a ellas, del interior de las cabañas surgieron hombres y mujeres que se sumaron a la procesión. Por su aspecto parecían estar presenciando un milagro, y muchos de ellos, según pudo observar Gillian, se persignaban, inclinando sus cabezas en actitud de oración. Otros se frotaban los ojos para contener las lágrimas de júbilo.

El hogar de los Maitland se hallaba situado sobre una ancha meseta. La gris estructura de piedra tenía un aspecto realmente amenazante, con el doble portón de la entrada cubierto por una enorme bandera negra. También las ventanas estaban cubiertas.

Brodick desmontó llevando a Alec en sus brazos, con un gesto le indicó a Robert que ayudara a Gillian, y apoyó al niño en el suelo. El niño corrió hacia Gillian, le tomó la mano y la arrastró por la escalinata de entrada.

En total silencio, la muchedumbre avanzó tras ellos. Brodick tomó la otra mano de Gillian, dándole un leve apretón al notar lo incómoda que la ponía la multitud de curiosos que la miraban con la boca abierta. El guerrero se detuvo en la entrada, dio un paso adelante, y desgarró la negra bandera que tapaba la puerta. Los vítores inundaron el aire. Brodick abrió las puertas de par en par y se apartó para que Gillian pudiera entrar primero, pero ella negó con la cabeza y se acercó a él para que pudiera oírla por encima del griterío.

—La llegada a casa de Alec debería ser algo íntimo. Yo prefiero esperar aquí.

Brodick la miró con una sonrisa.

—Y yo prefiero que entres conmigo —replicó, mientras suavemente la obligaba a avanzar delante de él. Gillian decidió que esperaría en la puerta hasta que Alec tuviera algunos minutos de soledad con sus padres, y ningún argumento ni empujón le haría cambiar de opinión.

El salón de entrada estaba iluminado con un solo candil titilante colocado sobre un banco bajo, próximo a la escalera que llevaba al piso superior. A su izquierda, tres escalones conducían al salón principal. En la chimenea ardía un buen fuego, y una larga mesa de madera atravesaba la habitación. En uno de sus extremos se hallaba una dama, que cosía a la luz de dos velas. Tenía la cabeza inclinada sobre su labor, y aunque Gillian no pudo verle la cara, no le cupo ninguna duda de que se hallaba en presencia de la madre de Alec. La mujer no levantó la vista, aunque sin dudas había oído abrirse la puerta. Parecía totalmente insensible al alboroto de la multitud.

Gillian escuchó la voz de laird Maitland antes de verlo.

—En el nombre de Dios, ¿quién está haciendo todo ese barullo? —preguntó Ian.

La voz provino del pasillo que conducía hacia la parte trasera de la casa. El padre de Alec entró al gran salón directamente desde la despensa, divisó a Brodick y exigió saber por qué todo el mundo estaba gritando.

Alec había comenzado a subir la escalera, rumbo a la alcoba de sus padres, pero al oír la voz de su padre, se volvió y se echó a correr. Atravesó corriendo el suelo de piedra, bajó saltando los tres escalones del gran salón y abrió los brazos.

—¡Mamá! ¡Papá!… ¡Estoy en casa! —exclamó.

12

La impresión estuvo a punto de acabar con sus padres. Por primera vez en su vida, Ian Maitland quedó completamente atontado. Como si se acabara de golpear la cabeza contra una pared, retrocedió tambaleando, sacudiendo la cabeza con incredulidad. Sus oscuros ojos se empañaron.

—¿Alec? —musitó ásperamente. Y luego, otra vez, rugiendo—. ¡Alec!

Judith Maitland se puso de pie de un salto y dejó escapar un grito de alegría, mientras su olvidado cesto de labores caía al suelo, desparramando todo su contenido. Se llevó la mano al corazón. Vacilante, dio un paso hacia su hijo y cayó desvanecida. Desgraciadamente, Brodick se hallaba demasiado lejos de ella como para sostenerla antes de que se golpeara contra el suelo, y su esposo aún se encontraba demasiado conmocionado como para hacer algo más que contemplarla caer.

Alec por poco hizo caer a su padre al arrojarse contra él y abrazarle las piernas. Ian trató de sacudirse el estupor que lo paralizaba. Temblando, el imponente guerrero cayó de rodillas, e inclinando la cabeza, con sus ojos cerrados, rodeó a su hijo con sus fuertes brazos.

El niño apoyó la cabeza sobre el hombro de su padre y miró preocupado a su madre.

—Papá ¿no deberías levantar a mamá? —preguntó.

Ian se puso de pie, pero no pudo soltar a su hijo, de modo que pidió a Brodick que hiciera algo con su esposa.

Brodick, agachándose, deslizó la mano por debajo de los hombros de Judith, y con toda delicadeza la levantó en sus brazos. La mujer tenía el rostro blanco, y por mucho que hicieran no iba a recobrar el sentido hasta que estuviera lista.

—Le has dado a tu madre toda una sorpresa, Alec —comentó Brodick—. Ella ya te consideraba muerto y enterrado.

Ian negó con la cabeza.

—No, todavía abrigaba esperanzas en lo profundo de su corazón.

Judith abrió los ojos y se encontró en los brazos de Brodick.

—¿Por qué …?

—¡Mamá, estás despierta!

Lentamente, Brodick bajó a Judith, pero siguió sosteniéndola de la cintura por si acaso volvía a desvanecerse. Súbitamente abrumada por la marea de emociones que amenazaba con desbordarla, Judith comenzó a sollozar incontrolablemente. Ian fue a su lado y la sostuvo, mientras Alec los contemplaba con preocupación.

—No deberías llorar, mamá. No estoy muerto. Estoy en casa. Papá, dile que no llore.

Ian se echó a reír.

—Está feliz por tu regreso. Dale un minuto, y te lo dirá ella misma.

Judith acarició el rostro de Alec con mano temblorosa.

—Recé tanto para que tú…

Brodick retrocedió con prudencia. Quería dejarles a los Maitland algunos minutos a solas, y también quería encontrar a Gillian. Pensaba que estaba junto a él al entrar en el gran salón, pero en ese momento se dio cuenta de que se había quedado atrás. La encontró sentada sobre un banco, cerca de las escaleras. Tenía las manos juntas sobre el regazo y los ojos bajos.

—¿Qué estás haciendo? —preguntó con gesto adusto.

—Estoy esperando que los Maitland terminen con su reencuentro. Me pareció que observarlos sería actuar como una intrusa. Tienen que tener unos minutos a solas.

Brodick se sentó junto a ella, ocupando todo el espacio que quedaba libre en el banco. Gillian se descubrió apretándose contra él. En otra ocasión lo había comparado con un oso, y en ese momento la imagen le parecía totalmente válida.

Él le tomó la mano, y con cuidado le levantó la manga del vestido.

—Esta noche, antes de acostarte, tendrás que quitarte esta venda.

—Lo haré.

Él no le soltó la mano y ella tampoco la retiró.

—Brodick —dijo.

—¿Sí?

Gillian lo miró a los ojos durante un largo minuto antes de volver a hablar.

—Quiero agradecerte tu ayuda. Sin ti, Alec nunca habría podido regresar con sus padres.

Brodick estuvo en desacuerdo.

—Yo no lo traje a casa, Gillian. Tú lo hiciste. Yo me limité a ayudar —añadió—. Pero si no lo hubiera hecho, tú hubieses encontrado la forma de traerlo.

En ese momento Ian lo llamó, pero ella le retuvo la mano para que la volviera a mirar.

—¿Sí?

—Después de hablar con los padres de Alec… ¿vas a volver a tu casa?

Brodick se puso de pie, y la obligó a alzarse. Los separaban apenas centímetros, con la cabeza de él inclinada hacia ella, con el rostro de ella vuelto hacia él, cual amantes a punto de besarse. Maldición, sí que lo acometió su súbito deseo de besarla. Un prolongado, cálido beso que luego llevaría a otro, y otro más…

La manera en que él la miraba le causó escalofríos a Gillian.

—¿Volverás? —insistió.

—¿Qué me estás preguntando? —demandó él con impaciencia.

Sorprendida por la aspereza de su voz, Gillian dio un paso atrás, y se golpeó contra el banco en la cara interna de sus rodillas.

—Después de hablar con los Maitland, ¿volverás a tu casa? —Contemplándose las manos, agregó—: Eres un laird, después de todo. Tienes muchas obligaciones importantes.

—Sí, hay mucho para hacer —asintió él.

—Sí —dijo Gillian, tratando que su voz no dejara ver su decepción—. Debo agradecerte, Brodick, todo lo que has hecho por Alec y por mí, pero tu obligación ha concluido; ya se encuentra a salvo en su hogar. No sé qué… habría hecho… sin ti. —Supo que estaba divagando, pero parecía no poder detenerse—. Por supuesto, debes volver a tu casa. Sólo pensé que…

—¿Sí?

Gillian se encogió de hombros con gesto delicado.

—Pensé que tal vez querrías volver a ver a tu buen amigo Ramsey Sinclair.

Él le levantó la barbilla con el pulgar.

—Lo veré antes de irme de aquí. Tendría que llegar dentro de poco.

—¿Qué te hace suponer…?

Él no le dejó terminar la pregunta.

—Envié a Dylan para que lo pusiera en anteceden-tes, ¿recuerdas?

—Sí, pero…

—Ramsey querrá hablar contigo lo antes posible. Vendrá aquí —predijo de nuevo.

—¿Pero después te irás a tu casa?

—Como te acabo de decir, tengo mucho que hacer.

—¿No puedes darme una respuesta simple? —excla-mó Gillian, frustrada.

Ian gritó, llamando a Brodick.

—Ven conmigo, Gillian. Ian querrá conocerte. Ya ha tenido tiempo suficiente para reponerse de su sorpresa.

—¿Y su esposa?

—A ella le llevará más de una semana reponerse de la impresión. Dudo que permita que Alec se aleje de su vista durante ese tiempo.

Gillian trató de quitarse el polvo que le cubría el ves-tido.

—Parezco un mamarracho.

—Sí, lo pareces.

Gillian se recogió la falda para bajar los escalones, pero Brodick la detuvo, sosteniéndole el brazo. Le habló en voz baja.

—Me pediste que te diera una respuesta directa. Aho-ra me pregunto por qué no me formulas una pregunta di-recta.

—Por todos los cielos, ¿y qué quieres decir con eso? ¿Qué crees que debería preguntarte?

—Lo que quieras saber.

—Eres un hombre exasperante.

—Ya me lo han dicho —replicó él—. Y también im-paciente —añadió—. Pero en este caso, estoy dispuesto a esperar.

—¡Allí está, mamá! ¡Ésa es Gillian! —El grito de Alec resonó por todo el salón.

Apartándose de Brodick, Gillian le sonrió al niño que se le acercó corriendo. Alec le tomó la mano y comenzó a tirar de ella.

—No tengas miedo de papá. Muchas mujeres le tienen miedo, pero quizá tú no, porque no eres como las demás —dijo.

No estaba tan segura como lo estaba Alec. Ian Maitland era una figura imponente, un hombre alto y musculoso, con penetrantes ojos grises. Su oscuro cabello tendía a rizarse, lo que parecía suavizar su feroz expresión. De no haber sido tan impresionante, podría haber pensado que era casi tan apuesto como Brodick.

La sonrisa de Judith Maitland ayudó a mitigar el amenazante aspecto de su marido. Era una bella mujer, pero lo que realmente cautivaba era el color de sus ojos. Tenía los ojos del color de las violetas. Era una mujer pequeña y menuda, pero tenía un porte tan majestuoso que Gillian se sintió en presencia de una verdadera reina.

En cuanto Brodick hubo realizado las presentaciones pertinentes, Judith se apresuró a tomar la mano de Gillian. Su voz tembló.

—Encontraste a nuestro hijo, y lo trajiste de regreso a casa. No sé cómo podremos pagártelo.

Gillian echó una rápida mirada a Brodick. Evidentemente, los Maitland creían que su hijo se había perdido, y ¿cómo iba a explicarles lo que realmente había sucedido?

—Ven y siéntate —la invitó Judith—. Debes de tener hambre y sed tras un viaje tan largo. Alec me ha dicho que vienes desde Inglaterra —señaló, mientras llevaba a Gillian hasta una silla cerca del extremo de la mesa.

—Sí, vine desde Inglaterra.

—Yo también soy inglesa —le dijo Judith.

—No, Judith —la corrigió su esposo—. Eras inglesa.

Judith sonrió.

—Aquí los hombres cambian la historia según les conviene.

—Eres una Maitland —insistió él—. Y eso es todo lo que cuenta. Brodick, sírvete vino y siéntate. Quiero oír todos los detalles de lo ocurrido antes de abrir las puertas a los familiares y amigos. Alec, ven y siéntate con tu padre. —La orden fue dada con una gran ternura.

El pequeño rodeó corriendo la mesa y acercó un taburete a la silla de su padre. Gillian pudo ver que la mano de Ian temblaba al tocar el hombro de su hijo. Alec le sonrió y se sentó a su lado, pero de inmediato volvió a ponerse de pie, aguardando que primero se sentaran las damas presentes.

Winslow, el comandante de los Maitland, entró en el salón y saludó a su laird y a su esposa.

—Ramsey Sinclair acaba de cruzar nuestras fronteras, y estará aquí en menos de una hora —anunció.

—¿Ya se ha enterado de nuestra buena fortuna? —preguntó Ian.

—Envié a Dylan a por él —explicó Brodick, antes de volverse hacia su hermano.

—Gillian, me gustaría que conocieras a mi hermano. Winslow, ésta es lady Gillian.

Winslow la saludó con una reverencia.

—Lady Gillian, ¿procedéis de Inglaterra? —preguntó, frunciendo el entrecejo.

—Sí, procedo de Inglaterra. Ésa es la verdad, y ni puedo ni quiero modificarla, sir. ¿Os disgusta?

Winslow la sorprendió al dirigirle una fugaz sonrisa.

—Depende, milady.

—¿Depende de qué?

—De mi hermano. —Sin más explicaciones, cambió de tema al volverse hacia Brodick—. ¿Verás a mi esposa y a los niños antes de marcharte? Se sentirán defraudados si no lo haces.

—Desde luego que los iré a ver.

—Tráelos aquí, Winslow —ordenó Ian—. Esta noche debemos celebrar. Los niños se quedarán levantados hasta tarde.

—Winslow, ¿pudisteis ver si Michael, el hermano de Ramsey, viene con él? —preguntó Gillian.

Si al soldado la pregunta le pareció extraña, no lo manifestó.

—No lo sé, milady, pero pronto lo averiguaremos. —Volvió a inclinarse, y abandonó el salón.

Judith se encargó personalmente de buscar un cántaro con agua para ofrecerles a sus huéspedes.

—Papá, ¿dónde está Graham? —preguntó Alec.

—Tu hermano está con tu tío Patrick, pero pronto volverá a casa. Se va a alegrar mucho de verte.

—¿Por qué? ¿Me ha echado de menos? —preguntó el niño con ansiedad.

—Todos te hemos echado de menos, Alec —le respondió Ian sonriendo.

—Mamá fue la que más me extrañó. Todavía está temblando por la sorpresa que le he dado. Mírala, papá. Ni siquiera puede servir el agua. ¿Va a ponerse a llorar de nuevo?

Ian se echó a reír.

—Es probable —respondió—. A tu madre… y a mí —agregó—, nos va a costar mucho reponernos de esta maravillosa sorpresa.

Alec no había exagerado al describir la condición de Judith. Ya había derramado una buena cantidad de agua sobre la mesa, y hasta el momento no había podido verter ni una sola gota dentro de las copas. Las manos le temblaban violentamente, y cada vez que miraba a su hijo, sus ojos se volvían a llenar de lágrimas.

Ian le cubrió la mano con la suya.

—Siéntate, mi amor —le sugirió suavemente.

Judith acercó su silla a su marido, se derrumbó en ella y se recostó contra él. Ian le sirvió agua a Gillian, pero cuando ésta estaba a punto de tomar la copa que le ofrecían, advirtió lo sucias que tenía las manos y las ocultó entre sus faldas.

Ian rodeó a su esposa con el brazo y la estrechó contra sí. No obstante, su mirada no se apartó de Gillian.

—Comienza por el principio, y dime cómo y cuándo encontraste a mi hijo. Quiero escuchar todos los detalles —le ordenó. Hizo una pausa para darle una palmadita afectuosa a Alec antes de añadir—: Es un milagro que un niño de cinco años logre sobrevivir a una caída en la cascada.

—¿Alec sólo tiene cinco años? —preguntó Gillian.

—Pero voy a tener siete.

—Tu hermano tiene siete —le recordó Ian.

—Pero yo también voy a tener siete.

Alec se bajó rápidamente del taburete y rodeó la mesa para ir corriendo al lado de Gillian. Sin pedir permiso, trepó a su falda, la obligó a rodearlo con sus brazos y le sonrió.

—Alec y tú os habéis hecho muy amigos —señaló Judith con una sonrisa.

—Ian, tal vez prefieras esperar hasta que Alec se haya ido a la cama para escuchar los detalles —sugirió Brodick.

—Pero me voy a quedar levantado hasta tarde porque papá dijo que tenemos que celebrar —interpuso Alec—. ¿No dijiste eso, papá?

—Así es —asintió su padre.

—¿Sabes qué, Gillian? —preguntó Alec en lo que pretendió ser un susurro.

Ella se inclinó para escucharlo.

—No, ¿qué?

—Cuando me voy a acostar, mamá se sienta a mi lado hasta que me quedo dormido y mi hermano duerme conmigo, en el mismo cuarto, así que tal vez no tenga malos sueños y no me asuste.

—Quizás esta noche no sueñes nada.

—Pero tendrás que conseguirte alguien con quien dormir, porque te asustarás y yo no estaré allí para consolarte.

—Estaré bien —le aseguró ella.

Alec no quedó convencido.

—¿Pero y si te da miedo? Tienes que tener al lado a alguien que te despierte. Tal vez puedas pedirle a Brodick que vuelva a dormir contigo, como lo hizo antes.

Gillian le cubrió la boca con la mano para obligarlo a callar, y sintió que se ruborizaba. Sabía que Brodick la estaba mirando, pero no se atrevió a devolverle la mirada.

Judith se echó a reír.

—Alec, cariño, estás avergonzando a Gillian.

—Mamá, ¿sabes cómo me llama Gillian?

—No, ¿cómo?

—Oso meloso — respondió el niño riendo.

La mirada de Ian fue de Gillian a Brodick.

—El padre Laggan está de regreso —comentó—. Y con él hay otro más, un joven cura llamado Stevens.

—¿Por qué me dices eso? —preguntó Brodick.

—Sólo quería que supieras que hay dos sacerdotes disponibles —explicó Ian, echando una mirada significativa a Gillian.

—¡Yo no dormí con Brodick! —explotó ella—. ¡No necesito ningún sacerdote!

—Oh, sí que lo hiciste.

—Alec, no es de buena educación contradecir a tus mayores.

—Pero, mamá…

—Sshh, cariño.

Gillian clavó la mirada en Brodick, expectante. Él podía aclarar este horrible malentendido con toda facilidad, con sólo dar una somera explicación. Pero él no se mostró inclinado a hacerlo. Le guiñó un ojo.

—No sabía que una cara podía ponerse tan encarnada —comentó.

—Explica, por favor —exigió ella.

—¿Explicar qué? —preguntó él, fingiendo inocencia.

Gillian se volvió hacia Judith.

—Estábamos acampando… y no fue tal como parece… yo me quedé dormida, y cuando desperté… todos estaban allí…

—¿Todos? —repitió Ian.

—Sus soldados.

—¿También dormiste con sus soldados?

Gillian no comprendió que Ian bromeaba con ella.

—¡No! Es decir… nosotros… dormimos. Eso es todo lo que sucedió, laird.

—Deja ya de atormentarla —le ordenó Judith a su marido—. ¿Es que no puedes ver qué embarazoso es esto para ella? Gillian no entiende el humor de las Highlands. ¿Qué le pasó a tu brazo? —preguntó entonces a Gillian, tratando de cambiar el tema hacia otro menos delicado—. Vi el vendaje, y me preguntaba…

Alec interrumpió a su madre, saltando de la falda de Gillian.

—Gillian, tenemos que salir a dar un paseo —dijo.

—¿Ahora? —preguntó Ian.

—Sí, papá, ahora.

—Alec, quiero hablar con Gillian y con Brodick. Estoy ansioso por saber cómo te encontraron.

—Pero, papá, tengo que decirte lo que hice, y entonces te vas a enfadar conmigo. Tenemos que dar un paseo para que pueda pensar en ello.

—Ven aquí, hijo mío —ordenó su padre, preocupado por la ansiedad que vió en los ojos de su hijo.

El pequeño fue hasta donde se hallaba su padre con la cabeza gacha y arrastrando los pies. Ian le apoyó las manos sobre los hombros y se inclinó hacia él.

Alec rompió en llanto.

—Me asusté mucho, papá, y le corté el brazo a Gillian, y se le hinchó, y entonces Annie tuvo que curárselo, y es culpa mía porque lastimé a una dama y no debo lastimar a las damas, pero estaba muy asustado. No me gustaban los ingleses y quería volver a casa —Alec arrojó los brazos al cuello de su padre, y se puso a llorar en serio.

—A Alec le preocupaba mucho decepcionaros, laird —explicó Gillian—. Él no entendió que yo estaba tratando de ayudarlo. Se había descolgado por el desfiladero con una cuerda, pero estaba gastada y empezó a deshilacharse, y él… —Miró a Brodick en busca de ayuda. La tarea de explicarlo todo de pronto le resultó abrumadora, y se sintió tan cansada que no supo por dónde empezar.

—Mi hijo no es demasiado coherente —dijo Ian—. ¿Dice que estaba en Inglaterra?

Gillian se preparó para lo que iba a venir, y habló con voz queda.

—Dice la verdad. Alec estaba en Inglaterra.

—Te lo dije, papá.

Ian asintió con un gesto, pero mantuvo la atención fija en Gillian.

—¿Cómo llegó mi hijo a Inglaterra?

—Alec no fue a la cascada. Lo raptaron en el festival, y lo hicieron prisionero en un castillo de Inglaterra. Allí es donde lo encontré.

La expresión del rostro de Ian cambió totalmente. Pasó a Alec sobre la falda de Judith y se puso de pie. Para no asustar a su hijo, trató de mantener un tono mesurado de voz, aunque lo que deseaba era aullar.

—¿Quién lo raptó?

Gillian sintió un instante de franco pavor cuando Ian se irguió sobre ella, echando chispas por los ojos como si hubiera ya decidido que Gillian era la única responsable del peligro que había corrido su hijo.

—Fue un error —musitó Gillian.

—¡Maldición si lo fue! —rugió Ian.

Alec abrió los ojos como platos.

—¿Estás enfadado, papá?

Su padre aspiró con fuerza.

—Sí —declaró.

—No está enfadado contigo, Alec —dijo Gillian.

—Ya lo sabe.

—No le hables a Gillian en ese tono —Brodick, que hasta ese momento había permanecido en silencio, parecía tan enfadado como Ian al dar esa orden—. En esto, es tan inocente como lo es tu hijo. Siéntate, y te diré lo que sé. Entiendo tu ansiedad por conocer todos los detalles, pero no debes levantarle la voz a Gillian. No lo voy a permitir.

Gillian pudo ver que Ian estaba a punto de explotar, y se apresuró a dar explicaciones antes de que los dos lairds se pelearan de verdad.

—Cuando dije que había sido un error…

—¿Sí? —dijo Ian.

—El hombre que raptó a Alec creyó que estaba se-

cuestrando a Michael, el hermano de Ramsey. Secuestraron al niño equivocado.

—¡Por el amor de…! —Ian estaba tan furioso que no
pudo continuar.

—Siéntate, esposo —sugirió Judith—. Escucha lo
que Gillian tiene que decirnos.

Ian apartó de un manotazo una de las sillas y estuvo
a punto de volcarla. Se sentó, se recostó contra el respaldo y miró fijamente a Gillian durante un largo rato.

—Comienza a hablar.

—Es una larga historia, laird, y Ramsey debe de estar al llegar, ¿Verdad? Si pudierais esperar…

Ian apretó las mandíbulas y negó con la cabeza.

—Papá, ¿sabes qué? —El niño sonrió a su padre, e
Ian se inclinó para darle una palmadita en la cabeza.

—No, ¿qué, Alec?

—Tratamos de escaparnos dos veces, pero la primera vez nos pescaron y nos arrastraron de vuelta a la pri-
sión. Fue culpa mía, porque no esperé como se supone
que debía esperar.

Ian pestañeó varias veces, tratando de desentrañar la
confusa explicación de su hijo.

—¿Qué ocurrió la primera vez que escapaste?

—Bajé por el desfiladero, eso es lo que hice —alardeó el niño—. Pero no conseguí una buena soga.

—Estaba muy raída —intervino Gillian.

—¿Mi hijo se deslizó por un desfiladero con una
cuerda raída? —bramó Ian—. ¿Y dónde estabas tú mientras Alec bajaba?

—Papá, ella me dijo que la esperara, pero no lo hice,
y no íbamos a meternos en el cañón, pero pensé que eso
sería más rápido. Pero me sostuve, ¿no, Gillian?

—Sí, lo hiciste.

—Debería haber esperado en el establo.

—Pero no lo hiciste —señaló su madre.

—No, y pensé que Gillian iba a vomitar, porque se puso verde cuando miró por el borde y me vio. Me dijo que se indispone cuando tiene que mirar hacia abajo, y que a veces también se marea.

—Tenías miedo de… —comenzó a decir Judith.

Su marido la interrumpió.

—¿Pero igualmente te deslizaste por el desfiladero para rescatar a Alec?

—No tenía alternativa.

—Tenía que rescatarme, papá —explicó Alec—. Y llegó justo a tiempo, porque la cuerda se rompió por la mitad justamente después de que Gillian me agarrara. Me dijo que estaba terriblemente asustada, pero no vomitó.

El niño parecía un tanto decepcionado por esa circunstancia. Ninguno de sus padres sonrió, ya que ambos pensaban en lo cerca que habían estado de perder a su hijo.

También se estaban dando cuenta de que Gillian lo había salvado.

—Me obligaré a ser paciente y a esperar que llegue Ramsey para escuchar tu relato —anunció Ian a Gillian—. Pero al menos dame los nombres de los bastardos que raptaron a mi hijo —exigió—. ¡Por Dios, quiero saber quiénes son, y lo quiero saber ya, ahora mismo!

—Te advertí que no usaras ese tono para dirigirte a Gillian. Ahora te lo ordeno, Ian. No quiero que la hagas sentir mal.

Judith Maitland no lograba decidir quién se había quedado más atónito ante el estallido de ira de Brodick. Ian parecía no poder salir de su asombro y Gillian parecía sumida en la incredulidad.

Ian se repuso rápidamente. Se inclinó hacia delante, y siseando con furia.

—¿Te atreves a darme órdenes? —dijo.

Brodick también se inclinó hacia él.

—Eso es exactamente lo que yo…

Gillian, trató de evitar el peligro de la creciente hostilidad.

—¡Si me grita, no me hace sentir mal! —exclamó.

Se preguntó si Brodick se daría cuenta de que el que estaba casi gritándole era él. Buscó la mirada de Judith en busca de ayuda, pero fue Alec el que, sin darse cuenta, desvió la atención de su padre.

—¡Papá, no le grites a Gillian! —exclamó el niño, mientras daba la vuelta a la mesa y trepaba al regazo de Gillian—. Ella jamás me gritó, ni siquiera cuando el hombre le pegó. Bien que lo engañó, papá.

—¿Alguien le pegó a la muchacha? —preguntó Ian.

Alec asintió.

—Gillian hizo que le pegara a ella para que no me pegara a mí.

El pequeño recordó de pronto el anillo que le había dado Gillian, y se pasó la cinta por su cabeza.

—Gillian dijo que iba a ser mi protectora, igual que el tío Brodick, y me dijo que podía conservar el anillo hasta que llegara a casa. Me prometió que no permitiría que nadie me lastimara, y lo cumplió. Ya no necesito el anillo para recordar que estoy a salvo, pero sin embargo quiero quedarme con él.

—No puedes, Alec —dijo Gillian con suavidad.

Con desgana, Alec le entregó el anillo.

—Tío Brodick dijo que me podía quedar con la daga para siempre.

Gillian se echó a reír.

—Aún así, no voy a dejar que te quedes con el anillo de mi abuela.

Judith apoyó la mano sobre la de su esposo.

—¿Te das cuenta de que, si no fuera por esta querida joven, nuestro hijo estaría muerto?

—Por supuesto, me doy cuenta...

—Entonces, te sugiero que en lugar de gritarle y tratarla como si la consideraras responsable de las acciones de otros, le des las gracias. Pienso hincarme de rodillas y dar gracias a Dios por ponerla en el camino de Alec. Fue su ángel guardián.

El emotivo discurso avergonzó a Gillian, que sacudió la cabeza, protestando. Judith se enjugó los ojos con un pañuelo de hilo blanco, y se puso de pie.

—Gillian —comenzó Ian en tono vacilante—, te agradezco el haber protegido a mi hijo, y ciertamente que no tuve ninguna intención de sugerir que tuvieras nada que ver con su secuestro. Si te di esa impresión, te pido disculpas. Por difícil que me resulte, esperaré que Ramsey se reúna con nosotros para enterarme de lo ocurrido.

Judith resplandecía de satisfacción.

—Creo que es la primera vez que te oigo pedir disculpas. Es una ocasión muy especial. Y ya que estás con ánimo tan tolerante, me atrevo a sugerir que Ramsey y tú esperéis hasta el final de los festejos para escuchar lo que Gillian tiene para decir. Esta noche celebramos el regreso a casa de Alec, y pronto llegarán nuestros familiares y amigos. —No esperó que su esposo diera su consentimiento—. Gillian querrá refrescarse.

—A Gillian le encantan los baños, mamá —dijo Alec—. A mí también me obligó a lavarme. Yo no quería, pero igual me obligó.

Judith rió.

—Te cuidó muy bien, Alec —dijo, mientras tomaba a Gillian del brazo—. ¿Qué te parecería ahora un buen baño?

—Me encantaría.

—Te buscaré ropas limpias y haré que laven ésas cuanto antes —prometió—. El tartán de Maitland te quedará bien y te abrigará —añadió—. Aunque los días ya son cálidos, por la noche refresca mucho.

Enterarse de que Gillian usaría el tartán de los Maitland no le acabó de gustar a Brodick. No pensó cómo podían ser interpretadas sus palabras.

—Ella usará el tartán Buchanan para esta celebración —anunció.

Ian se cruzó de brazos y se reclinó en su silla.

—¿Por qué quieres que use tus colores? ¿Acaso estás…? —preguntó.

Brodick lo cortó en seco.

—A mis hombres… les molestaría. Con toda seguridad, se rebelarían si la vieran usar tus colores, Ian. Se han encariñado con la muchacha, y se han vuelto muy posesivos y protectores. Mientras esté en las Highlands, usará nuestros colores. No quiero que los soldados Buchanan se sientan ofendidos.

Ian esbozó una sonrisa.

—¿Te preocupa que tus soldados se sientan molestos? ¿Es eso lo que has dicho? ¡Por el amor de Dios, son guerreros, no…! —Iba a decir «mujeres», pero cambió rápidamente de idea cuando vio la mirada que le dirigió su esposa. Con una sonrisa, lo sustituyó por «niños».

Judith no pudo sino reír al ver que su marido procuraba mostrarse diplomático. Se dirigió hacia las escaleras, pero en el trayecto Gillian se detuvo para hablar con Brodick.

—Brodick, prometiste a tu hermano Winslow que irías a ver a su mujer y a sus hijos.

—Recuerdo lo que prometí.

—Entonces, ¿estarás aquí cuando regrese?

Se exasperó al ver que no tenía el coraje de formularle una pregunta directa.

—Sí —respondió.

Gillian asintió en silencio, apresurándose para alcanzar a Judith. Trató de ocultar el alivio que le producía saber que Brodick se quedaría un rato más, y luego se enfadó consigo misma por permitirse esos sentimientos. Se estaba comportando como una tonta, porque se dejaba depender de él, y no tenía derecho a apoyarse en ese hombre. No, no podía pedirle nada más.

Intentó apartarlo de sus pensamientos durante la siguiente hora, mientras se bañaba y se lavaba el cabello. Judith le trajo un traje color amarillo claro para que se pusiera. Le quedaba un poco ajustado en el busto y el escote mostraba más de lo que debía el nacimiento de sus pechos, pero aún así Judith lo consideró apropiado. Brodick le había enviado uno de los tartanes Buchanan, y Judith le enseñó cómo se colocaba alrededor de la cintura. Luego le pasó uno de los extremos por encima del hombro izquierdo y lo metió dentro del cinturón.

—Me llevó mucho tiempo aprender a hacer esto. Lo que más me costó fue lograr que los pliegues se mantuvieran derechos. La única manera de hacerlo bien, es con práctica.

—El tartán es muy importante para la gente de las Highlands, ¿verdad?

—¡Oh, sí! —asintió Judith—. Ellos… quiero decir, nosotros… somos gente muy imaginativa. El tartán siempre debe cubrir el corazón —agregó—. Llevamos nuestros colores con gran orgullo. —Dio un paso atrás para inspeccionar el resultado—. Estás encantadora —anunció—. Ahora ve, siéntate junto al fuego y déjame cepillarte el cabello. Ya parece estar casi seco. ¿Te molestaría que te hiciera algunas preguntas? —Se echó a reír—. Soy terrible, lo reconozco. Obligué a mi esposo a esperar y ahora la impaciente soy yo.

—No tengo problemas en responder tus preguntas. ¿Qué quieres saber?

—¿Cómo fue que te encontraste con Alec? ¿A ti también te habían hecho prisionera?

—Sí, en efecto.

—Pero, ¿por qué? Eres inglesa, y seguramente podías acudir a tu rey en busca de ayuda.

—Mi rey es amigo de los hombres responsables de lo sucedido a Alec y a mí, y de alguna manera, Juan es el responsable de todo.

Mientras Judith le cepillaba el cabello, Gillian le contó todo lo relacionado con el tesoro de Arianna. Judith quedó cautivada por la historia, y cuando Gillian le habló de la muerte de su padre, la sensible dama pareció genuinamente apenada.

—El príncipe Juan se enamoró de Arianna, y aunque parece algo muy romántico, la verdad es que cuando tuvo ese capricho, estaba casado. Fue trágico que asesinaran a Arianna, pero lo cierto es que no tengo ninguna simpatía por mi rey. Traicionó los votos que le hiciera a su esposa.

—Ya se ha casado dos veces, ¿verdad? Y tengo entendido que su primera esposa aún vive.

—Sí, vive —confirmó Gillian—. A Juan se le concedió una anulación del matrimonio con Hadwisa tras muchos años de casados. No tuvieron hijos —agregó—. Eran primos segundos. El arzobispo de Canterbury había prohibido la boda, pero Juan obtuvo una dispensa de Roma.

—Si el primer matrimonio de Juan fue reconocido por la Iglesia, ¿cómo pudo, entonces, casarse por segunda vez?

—El arzobispo de Burdeos y los obispos de Poitiers y de Saintes declararon que el primer matrimonio no era válido.

—¿Con qué argumentos?

—Consanguinidad —respondió Gillian.

—Porque como primos segundos eran parientes cercanos, ¿verdad?

—En efecto —confirmó Gillian—. Inmediatamente después, Juan se casó con Isabella, lo que le trajo un sinnúmero de problemas porque ella ya había sido prometida a otro hombre. Isabella tenía apenas doce años cuando se casaron.

—Juan se apodera de lo que quiere, ¿no es así? —comentó Judith.

—Sí, así es —coincidió Gillian.

Judith sacudió la cabeza, pesarosa.

—Inglaterra ha cambiado mucho desde los tiempos en que yo vivía allí.

—El culpable de los peores cambios es el rey Juan. Ha expropiado las posesiones de muchos nobles poderosos, y corren rumores de insurrección. Peor aún, ha enajenado los bienes de la Iglesia, y el Papa ha tomado represalias poniendo a todos los ingleses bajo una interdicción.

Judith soltó una exclamación sofocada.

—¿Juan ha sido excomulgado?

—Todavía no, pero creo que el papa Inocencio se verá obligado a excomulgarlo si Juan no se doblega, y pronto, a la decisión del pontífice. La raíz del problema es el cargo de arzobispo de Canterbury. Juan quería que se nombrara al obispo de Norwhich, John de Grey, pero los jóvenes monjes de Canterbury ya habían elegido a Reginald y lo habían enviado a Roma para que fuera confirmado por el Papa.

—¿Y el Papa confirmó a Reginald, entonces?

Gillian negó con la cabeza.

—No, puso a su propio candidato, Stephen Langton. Juan se indignó de tal forma que le prohibió a Langton regresar a Inglaterra, y asumió el control del monasterio de Canterbury, entonces fue cuando el pontífice puso bajo interdicción a todo el pueblo inglés. No se pueden celebrar oficios religiosos. Las iglesias están cerradas y los curas deben negarse a bendecir matrimonios. No pueden administrar ninguno de los sacramentos, salvo aquéllos de extrema necesidad. Corren tiempos sombríos en Inglaterra, y mucho me temo que no harán más que agravarse.

—He oído decir que Juan se deja llevar por sus accesos de ira.

—Es bien conocido por su ferocidad.

—No me extraña que no hayas acudido a él en busca de ayuda.

—No, no pude —dijo Gillian.

—¿Tienes familia que se ocupe de ti?

—Mi tío Morgan está prisionero —murmuró Gillian—. Y se me ha asignado… una tarea… para cumplir antes de la cosecha de otoño. Si fracaso, mi tío será ejecutado.

—¡Oh, Gillian, vaya si has pasado lo tuyo!

—Necesito la ayuda de tu esposo.

—Él te ayudará en todo lo que pueda —le prometió Judith, en nombre de Ian.

—El hombre que mantiene cautivo a mi tío es consejero del rey, y Juan le hará caso a él, no a mí. Pensé en solicitar ayuda a uno de los nobles más poderosos, pero todos se hallan enzarzados en luchas internas, y no sé en quién podría confiar. Inglaterra —concluyó—, es un caos, y me preocupa el futuro.

—No voy a seguir acosándote con más preguntas —anunció Judith—. Tendrás que contarles todo a Ramsey y a mi esposo.

—Gracias por tu paciencia —replicó Gillian.

En ese momento golpearon a la puerta, pero antes de que Judith pudiera responder, Alec entró corriendo en la habitación. Al ver a Gillian, se paró en seco.

Ella, sonriendo, se puso de pie.

—¿Sucede algo malo, Alec? —le preguntó.

—Estás… hermosa —logró decir él.

Judith estuvo de acuerdo. Al secarse, el largo cabello de Gillian caía sobre sus hombros en una cascada de rizos que enmarcaban perfectamente sus delicadas facciones. Era una atractiva mujer que esa noche iba a provocar un verdadero revuelo, predijo Judith.

—Mamá, papá te ordena bajar en este mismo instante. Dice: «¿no puedes oír la música?». Ya ha llegado todo el mundo y están todos listos para empezar a comer. Gillian, tú también debes bajar. Eso dijo el tío Brodick.

—Judith, ve tú adelante —dijo Gillian—. Tengo todo el vendaje húmedo, y de todas maneras, pienso que me lo tengo que quitar.

Judith le ofreció su ayuda, pero Gillian insistió en que fuera a reunirse con su esposo. Una vez que se encontró sola, se sentó, y con toda lentitud se quitó el vendaje, temerosa de lo que fuera a encontrar debajo. La herida era más impresionante de lo que esperaba, pero por suerte ya no supuraba y la inflamación parecía haber desaparecido. Tenía la piel arrugada, en carne viva y con un aspecto horrible. Se recordó que ser vanidosa era pecado y que no debía preocuparse por las cicatrices. Además, siempre podía cubrirse el brazo con la manga de su traje, y nunca lo vería nadie más que ella misma. La herida todavía estaba muy sensible al tacto, y al lavarla con agua y jabón no pudo evitar una mueca de dolor. Cuando terminó de cumplir con las indicaciones dadas por Annie Drummond, el brazo le latía.

Se secó dando suaves golpecitos, se bajó la manga

hasta la muñeca e hizo a un lado el insignificante tema de su herida. Había cosas mucho más importantes de las que preocuparse. Su pensamiento regresó a su tío Morgan. ¿Lo tratarían bien? Si habían permitido que su servidumbre se quedara con él, Gillian sabía que estaría bien, pero si Alford lo había trasladado...

Hundió el rostro entre sus manos. «Por favor, Señor, cuida de él. No permitas que tenga frío o que se enferme. Y, por favor, no dejes que se preocupe por mí.»

El sonido de risas interrumpió sus súplicas; con un suspiro, se puso de pie y de mala gana, bajó a reunirse con los Maitland.

13

Tal y como Judith había predicho, Gillian causó un gran revuelo.

Una verdadera multitud se había reunido para celebrar el regreso de Alec, y el ambiente era festivo y ruidoso. El salón estaba brillantemente iluminado con numerosas velas. En uno de los ángulos, un joven tañía un laúd, mientras los criados se abrían camino en medio del gentío llevando bandejas de plata repletas de bebidas. En otro de los extremos se asaba un cochinillo, vigilado por una anciana con un atizador en una mano y una cuchara de madera en la otra. Esta última la utilizaba para alejar del cochinillo a los hombres que pretendían robar trozos de la carne antes de que estuviera lista para ser servida.

La alegre música y el clima festivo rodearon a Gillian apenas traspuso la entrada del gran salón. Comenzó a descender los escalones, e inmediatamente cesó la música. El músico levantó su mirada, y las voces se acallaron una a una, al tiempo que mujeres y hombres volvían sus rostros hacia ella.

Brodick se hallaba respondiendo a las interminables preguntas que le formulaba Ian cuando su mirada tropezó con la imagen de Gillian, que descendía lentamente los peldaños. De inmediato perdió el hilo de sus pensamientos. También olvidó sus modales, ya que, en la mitad de una frase, volvió la espalda a su hermano y a su amigo, y fue hacia la escalera.

Si bien Brodick ya había tomado buena nota de su silueta, las suaves curvas del cuerpo de Gillian le resultaron más evidentes en ese momento. No le gustó mucho el corte de su traje, porque le pareció que mostraba demasiado de su figura, y consideró seriamente la posibilidad de conseguir otro tartán Buchanan y colocárselo alrededor del cuello para que colgara sobre su pecho y ocultara sus femeninos encantos de los ojos de los espectadores.

Maldición, pero estaba adorable.

Gillian percibió el ceñudo gesto de Brodick, y tuvo el súbito impulso de dar media vuelta y regresar arriba. Pero ya estaba a mitad de camino, y no estaba dispuesta a mostrarse cobarde retrocediendo de esa manera. Los ojos clavados en ella la mortificaban, el silencio era sobrecogedor. Varios de los hombres, se dio cuenta, parecían aturdidos; otros, atontados. Sólo los soldados de Brodick, los leales Robert, Stephen, Liam, Keith y Aaron, le sonreían, así que decidió mirarlos a ellos e ignorar al resto de los presentes, y al mismo Brodick, mientras seguía avanzando.

Brodick, sin embargo, no estaba dispuesto a ser ignorado. La esperó al final de la escalinata, y cuando llegó hasta donde él estaba, le tendió la mano. Vacilante, Gillian le tendió la suya y alzó los ojos hacia él. Turbada al comprobar que todavía la miraba con expresión furibunda, le sonrió con la mayor dulzura.

—Si no dejas de mirarme con esa cara, te juro que te voy a dar una buena patada. Así tendrás una buena razón para mostrarte furioso —le susurró.

Brodick quedó tan estupefacto ante su infantil amenaza que se echó a reír.

—¿Piensas que podrías lastimarme?

—Sin ninguna duda.

Él volvió a reír con una maravillosa carcajada parecida al trueno, ¡cómo le brillaban los ojos de pura malicia! De pronto, Gillian sintió que dominaba mucho mejor la situación y recuperó cierta dosis de confianza en sí misma. El resto de la gente prácticamente dejó de importarle. Además, ya no podían seguir escudriñándola, ya que los hombres de Brodick la rodearon por los cuatro lados, tal como era su peculiar costumbre.

—Laird, no deberías permitir que los Maitland observaran de esa manera a milady. Es incorrecto.

—¿Y cómo quieres que lo impida? —preguntó Brodick.

—Nos alegraría mucho ocuparnos de eso —se ofreció Liam, con un dejo de ansiedad en su voz.

—Sí, haremos que tengan que olvidarse de sus lujuriosos pensamientos —murmuró Stephen.

Aaron le dio un codazo en las costillas.

—No uses la palabra «lujuria» delante de milady —le reprochó.

Gracias a Dios, se reinició la música y los invitados reanudaron sus festejos.

Mientras respondía a una pregunta que le formulara Liam, Brodick no soltó su mano, y como no la miraba, Gillian fingió estar prestando atención a lo que decía para poder mirarlo. Era tan escandalosamente apuesto que se preguntó si tendría conciencia de cómo afectaba a las mujeres.

Esa noche también parecía peligroso, con sus largos cabellos sobre los hombros y su barba de un día. Era evidente que se había aseado, porque su cabello aún no estaba del todo seco, y tenía puesta una camisa blanca que, o bien la llevaba entre sus pertenencias, o bien le había prestado Ian. Su piel parecía aún más bronceada en contraste con la tela blanca, y llevaba el tartán Buchanan atado con un nudo sobre uno de sus anchos hombros.

Vio que ella lo estaba mirando. El brillo de sus ojos la dejó sin aliento, y sintió el súbito impulso de hundirse entre sus brazos y borrar con sus besos ese gesto malhumorado de su rostro. En lugar de eso, soltó un suspiro y dio gracias a Dios porque él no pudiera leer sus pensamientos.

—Sugiero que llevemos afuera a los soldados de Maitland, y les digamos un par de cosas, laird —ofreció Robert.

—Un puño es más convincente que las palabras, Robert —dijo Liam—. ¿Qué podríamos decirles que los convenciera?

Gillian no había prestado demasiada atención a los gruñidos de los hombres, hasta que escuchó la palabra «puño».

—Esta noche no habrá ninguna pelea —ordenó—. Esto es una celebración, no una riña.

—Pero, milady, una buena pelea siempre es motivo de celebración —protestó Stephen.

—¿Estás tratando de decirme que vosotros disfrutáis peleando?

Los soldados se miraron unos a otros, evidentemente perplejos ante su pregunta. El habitualmente huraño Robert incluso esbozó una sonrisa.

—Efectivamente, es lo que hacemos —respondió Liam.

Gillian esperó que Brodick pusiera punto final a tan indignante conversación, pero éste no pronunció palabra. Cuando ella le apretó la mano, se limitó a retribuirle el apretón.

—No me interesa si lo disfrutáis o no —comenzó a

decir Gillian—, laird Maitland se disgustará mucho si causáis problemas precisamente esta noche.

—Pero, milady, sus soldados no hacen más que miraros. No lo podemos permitir.

—Sí podéis.

—Es una actitud insolente —explicó Stephen.

—Si alguien me está mirando, es por culpa mía.

—Sí, es culpa tuya —dijo Brodick, rompiendo finalmente su silencio—. Esta noche estás condenadamente hermosa.

Gillian no logró decidir si se sentía halagada o irritada.

—Sólo tú puedes hacer que un cumplido suene como una crítica.

—Era una crítica —le respondió él—. Simplemente, no puedes tener el aspecto que tienes y pretender que los demás te ignoren. Es culpa exclusivamente tuya que los demás te estén mirando de esa forma.

Gillian apartó su mano con violencia.

—¿Y exactamente qué debo hacer para cambiar mi aspecto?

—Es vuestro cabello, milady —explicó Aaron—. Tal vez podríais atarlo, por esta noche, y cubrirlo con un manto.

—No haré nada semejante.

—También es el vestido que tiene puesto —decidió Liam—. Milady... ¿no podríais buscar algo menos... ajustado... para poneros esta noche?

Gillian, bajando los ojos, se contempló, y luego volvió a levantar los ojos.

—¿Te parece que me vendría bien un saco de harina, Liam? —preguntó.

El recio soldado pareció estar considerando seriamente tal posibilidad. Gillian puso los ojos en blanco, fastidiada.

—Esos soldados que pueden haber estado contemplándome tal vez estaban perplejos al verme usar el tartán de Buchanan. No debería habérmelo puesto.

—¿Por qué no, milady? —preguntó Robert—. Nos gusta verla con nuestro tartán.

—Sólo un Buchanan debería usar el tartán —replicó ella—. Y no debería proclamarme algo que no soy. Si me disculpáis, volveré arriba y me pondré mis propias ropas, por viejas que estén.

—No, no lo harás —dijo Brodick. Tomándola de la mano, la arrastró tras él. Su intención era llevarla hasta donde los aguardaban Judith e Ian, para que pudieran presentarla a quienes creyeran conveniente, pero los soldados de Maitland continuaron fastidiando, con sus ansiosos requerimientos para conocer a Gillian. Uno de ellos en particular, con la constitución de un toro, se mostraba un poco demasiado entusiasmado y persistente para el gusto de Brodick, que se vio obligado a golpear al hombre para hacerlo caer de rodillas y así sacarlo del paso.

Gillian quedó horrorizada por su comportamiento.

—¡Eres el laird del clan Buchanan! —le recordó entre susurros.

—Sé quién soy —exclamó él.

Si él no pensaba preocuparse de que pudieran oírle, pues entonces ella tampoco se preocuparía.

—¡Entonces actúa como tal! —exclamó a su vez.

Brodick se echó a reír.

—Es lo que hago. En realidad, precisamente estoy defendiendo nuestra reputación y nuestras tradiciones.

—Tus soldados y tú os estáis comportando como matones.

—Es muy atento de tu parte haber notado eso.

Gillian abandonó el intento de entrar en razones con

él. Codazo tras codazo, finalmente llegaron hasta donde los aguardaban Judith e Ian. El laird de los Maitland se inclinó ante ella antes de volver su atención, y su evidente descontento, hacia Brodick.

—Controla a tus soldados —le ordenó—. O lo haré yo.

Brodick sonrió. Gillian dio media vuelta para ver qué estaban haciendo los hombres de Buchanan, y se sintió realmente afligida al ver que estaban buscando pelea con los Maitland.

No tenía ningún derecho a dar órdenes a los soldados de Brodick, pero aún así se sintió un poco responsable de sus actos. En el breve tiempo que hacía desde que los conociera, había llegado a encariñarse auténticamente con todos ellos, y no deseaba que se pusieran a Ian en contra, aunque a decir verdad, los cinco tunantes pare-cían disfrutar de la situación. Parecía que las peleas les resultaban tan atractivas como los dulces a un niño.

—Os ruego que me disculpéis un momento, laird Maitland. Me gustaría hablar con los soldados de Brodick.

Hizo una reverencia a sus anfitriones, ignorando a Brodick por completo porque iba a cumplir con obligaciones que le competían a él, y luego fue hacia los soldados, que se hallaban a punto de iniciar una trifulca con un numeroso grupo de soldados Maitland.

Habló en un tono de voz lo suficientemente alto como para que también pudieran oírla los soldados Maitland.

—Me agradaría mucho que esta noche os comportarais como verdaderos caballeros.

Los Buchanan la observaron con desaliento, pero se apresuraron a asentir. Les sonrió, y se volvió hacia los Maitland.

—Vuestro laird ha dispuesto que esta noche no peleará ninguno de sus soldados. Me doy cuenta de la desilusión que eso os causa, pero, como sabéis, los Buchanan son hombres honorables y ya no os seguirán provocando.

—Si no pueden pelear con nosotros, ¿para qué molestarnos? —dijo Liam—. Vuestro laird nos ha quitado toda la diversión.

Uno de los soldados Maitland lo palmeó en el hombro.

—¿Qué opinas, entonces, de abrir un barril de cerveza? Os mostraremos cómo Eric es capaz de beberse una jarra llena sin respirar ni una vez. Apuesto a que ninguno de vosotros es capaz de superar esa proeza.

Aaron no estuvo de acuerdo con él, y tras saludar a lady Gillian con una inclinación, los Buchanan fueron tras los Maitland hacia la despensa, en busca de la cerveza.

La competición, evidentemente, había comenzado.

—Niños, todos ellos —murmuró Gillian, mientras se recogía las faldas y regresaba con los Maitland.

Judith la apartó de los hombres para presentarle a su mejor amiga, una bonita dama pelirroja con el rostro lleno de pecas que ostentaba dos sonoros nombres: Frances Catherine.

Su esposo Patrick es hermano de Ian —le explicó Judith—. Y Frances Catherine y yo somos amigas desde hace muchos años.

La sonrisa que le dedicó Frances Catherine hizo que Gillian se sintiera cómoda en cuestión de segundos.

—Judith y yo hemos estado hablando de ti —reconoció la pelirroja—. Has cautivado a Brodick, lo que no es poca cosa, Gillian. No le gustan demasiado los ingleses —agregó, suavizando la verdad.

—¿Te contó que hace mucho tiempo Ramsey y él fueron a Inglaterra en busca de esposas? —preguntó Judith.

Gillian abrió mucho los ojos, mientras miraba a Brodick.

—No, no me lo contó. ¿Cuándo fue a Inglaterra con sus amigos?

—Hace al menos seis o siete años.

—Más bien ocho —la corrigió Frances Catherine.

—¿Y qué sucedió?

—Ambos estaban enamorados de Judith —respondió Frances Catherine.

—No, no es así —protestó Judith.

—Sí, lo estaban —insistió Frances Catherine—. Pero, naturalmente, Judith estaba casada con Ian, de modo que fueron a Inglaterra a buscar novias como ella.

Gillian sonrió.

—Eran muy jóvenes entonces, ¿verdad?

—Y llenos de tontas expectativas —agregó Frances Catherine—. Ninguna de las mujeres que conocieron le llegaba ni siquiera a los talones a Judith…

—Oh, por el amor de Dios, Frances Catherine. No es necesario que me hagas parecer una santa. No estaban buscando mujeres como yo. Eran inquietos, y no habían encontrado una compañera por estos lares. Pronto recuperaron la cordura y regresaron a casa. Ambos le juraron a Ian que se casarían con muchachas de las Highlands.

—Y eso fue todo —remató Frances Catherine.

—Hasta que apareciste tú —señaló Judith con una sonrisa.

—Brodick ha sido muy bondadoso conmigo —dijo Gillian—. Pero eso es todo. Es un hombre muy gentil —añadió, tartamudeando.

—No, no lo es —la contradijo Frances Catherine.

Judith se echó a reír.

—¿Sientes algo por este hombre tan gentil, Gillian? —preguntó.

—No deberías hacerle esa pregunta —la reprendió Frances Catherine—. Pero dime, ¿sientes algo por él, Gillian?

—Por supuesto que me interesa. Vino en mi auxilio, y me ayudó a traer a Alec de vuelta a casa. Estaré toda la vida en deuda con él. Sin embargo —se apresuró a agregar cuando vio que las dos mujeres se aprestaban a interrumpirla—, debo regresar a Inglaterra en cuanto termine con la obligación que me retiene aquí. No puedo distraerme con... sueños imposibles.

—Hay complicaciones que desconoces, Frances Catherine —explicó Judith.

—El amor tiene complicaciones —replicó su amiga—. Respóndeme a una última pregunta, Gillian, y te prometo que te dejaré en paz: ¿le has entregado tu corazón a Brodick?

Gillian no tuvo oportunidad de responder esa pregunta, porque en ese momento se acercó el esposo de Frances Catherine y las interrumpió. Patrick Maitland se parecía a su hermano en el color de la tez y del cabello, pero era mucho más corpulento. Sin embargo, se mostraba tan protector con su esposa como Ian, y Gillian pensó que a ambos hermanos les importaba que los demás vieran lo que sentían por sus esposas. Su amor era evidente, cálido, envidiable.

Frances Catherine le presentó a Patrick, y después señaló con orgullo a sus seis hijos: dos mellizas parecidas a su madre y cuatro guapos varones. El bebé no podía tener más de un año, y no hacía más que removerse en los brazos de su padre, tratando de escapar. Cuando el bebé sonrió, quedaron a la vista dos pequeños dientes brillantes.

Alec tiró de su mano para atraer su atención, y le presentó a su hermano Graham. El primogénito de los Maitland era sumamente tímido. No pudo alzar los ojos hacia Gillian, pero se inclinó formalmente en una profunda reverencia y luego corrió a reunirse con sus amigos.

—Llamamos Graham a nuestro hijo en memoria de un valiente soldado que entrenó a mi marido —explicó Judith—. Graham murió hace ya ocho años, pero todavía lloramos su muerte. Era un hombre maravilloso, y para mí fue como un padre. Ah, allí está Helen, haciéndonos señas para que nos acerquemos. La comida debe estar lista. Ven, Gillian. Brodick y tú os sentaréis al lado de Ian y yo. Frances Catherine, trae a tu esposo y únete a nosotros.

Cayó la noche, y se trajeron más velas al gigantesco salón. Todas las mujeres se ofrecieron a ayudar llevando fuentes de comida. Aunque Gillian también se ofreció, no se le permitió levantar un solo dedo. Estaba muy sorprendida de comprobar que semejante festín hubiera podido prepararse con tanta rapidez. Había pichones de paloma y faisán, salmón, panes blancos y negros de crujiente corteza, tortas azucaradas y tartas de manzana, y para bajar todo, relucientes jarras de vino y de cerveza, y agua helada traída de un arroyo de montaña. También había leche de cabra, y Gillian bebió una copa llena del cremoso líquido.

Durante la comida, Alec pasó de mano en mano de todos los soldados. Estaba demasiado excitado para comer, y hablaba a tal velocidad que tartamudeaba.

—Mi hijo tiene ojeras alrededor de los ojos —señaló Ian—. Y tú también, Gillian. Ambos os tendréis que acostar temprano.

—Los dos padecen de pesadillas —Brodick hizo el comentario en voz tan baja que sólo Ian pudo escucharlo—. ¿Dónde dormirá Gillian esta noche?

—En el antiguo cuarto de Graham —contestó Ian—. No debes preocuparte por ella. Judith y yo nos aseguraremos de que no se la moleste.

La música volvió a sonar, y Patrick se puso de pie de inmediato. Dejó al bebé sobre la falda de Judith, e hizo que su esposa se levantara del asiento. El rostro de Frances Catherine estaba sonrojado por la excitación mientras iba tras su esposo hacia el centro del salón. Pronto se les sumaron otras parejas. Bailaron con el acompañamiento de los hombres, que golpeaban el suelo con sus pies y hacían palmas siguiendo el ritmo de la tonada.

Varios soldados jóvenes y audaces se acercaron a Gillian para pedirle un baile, pero bastó una torva mirada de Brodick para que desistieran.

La furia de Brodick crecía minuto a minuto. Por todo lo más sagrado, ¿es que no podían ver que ella llevaba su tartán? ¿no la podían dejar en paz por una maldita noche? La muchacha estaba claramente exhausta. Incluso Ian había advertido los círculos oscuros que rodeaban sus ojos. Brodick sacudió la cabeza, disgustado. ¿Qué rayos tendría que hacer para que Gillian pudiera tener un minuto de paz y de silencio?

¿Y qué derecho tenía él para mostrarse tan posesivo? Ella no le pertenecía. Simplemente, habían unido sus fuerzas por el bien de Alec.

—¡Demonios! —murmuró.

—¿Perdón? —Gillian le frotó inadvertidamente el brazo con el suyo al inclinarse hacia él—. ¿Has dicho algo, Brodick?

Él no le respondió.

—Ha dicho «demonios» —le informó alegremente Ian—. ¿No era eso, Judith?

—Oh, sí, por cierto —replicó ella, con ojos brillantes de malicia, mientras acunaba a su sobrino—. Ha dicho «demonios».

—Pero, ¿por qué? —preguntó Gillian—. ¿Qué le pasa?

Ian rió.

—Tú —contestó—. Tú eres lo que le pasa.

Brodick frunció el entrecejo.

—Ian, termina con eso.

—Milady ¿puedo bailar con vos?

A su lado estaba Alec, dándole golpecitos entre los hombros para atraer su atención. Cuando ella se volvió, sonriéndole, él le hizo una profunda inclinación. Estaba adorable, y Gillian tuvo que resistir el impulso de tomarlo en sus brazos y apretarlo contra su pecho.

Mientras Brodick le explicaba al niño con gran paciencia que Gillian estaba demasiado cansada para bailar, ésta se puso de pie, hizo una reverencia como si hubiera sido honrada con una invitación del mismísimo rey de Escocia y le tendió la mano a Alec.

El niño pensaba que el baile consistía en andar en círculos hasta quedar mareado. Brodick se fue hasta una de las esquinas del salón, y se apoyó contra una columna con los brazos cruzados sobre el pecho, observándolos. Tomó nota del brillo rojizo que lanzaban sus oscuros rizos al ser iluminados por el resplandor de las llamas de la chimenea situada a sus espaldas, y también advirtió su sonrisa. Estaba teñida de una dulce alegría.

Entonces se dio cuenta de que no era el único hombre que la miraba. En cuanto terminó la danza, los soldados, cual buitres, se abalanzaron sobre ella. La rodearon al menos ocho hombres, reclamando su atención.

Todos querían bailar con ella, pero Gillian declinó sus ofrecimientos con toda cortesía. Encontró a Brodick en medio del gentío, y sin pensar dos veces en lo que hacía, fue hacia él y se puso a su lado. Ninguno de los dos miró al otro ni le habló, pero cuando se acercó más a él, él se acercó a ella, hasta que sus cuerpos se tocaron.

Brodick miraba por encima de las cabezas.

—¿Extrañas Inglaterra? — le preguntó.

—Extraño a mi tío Morgan.

—¿Pero extrañas también Inglaterra?

—Es mi hogar.

Transcurrieron varios minutos en silencio, mientras contemplaban a los que bailaban.

—Háblame de tu casa —le pidió ella.

—No te gustaría.

—¿Por qué no?

Brodick se encogió de hombros.

—Los Buchanan no somos como los Maitland.

—¿Y eso qué significa?

—Somos… más rudos. Nos llaman los espartanos, y en cierto sentido creo que tal vez lo seamos. Tú eres demasiado delicada para nuestro estilo de vida.

—Hay otras mujeres viviendo en las tierras de Buchanan, ¿no es así?

—Sí, naturalmente.

—No sé muy bien a qué te referías al decir que soy delicada, pero tengo la sensación de que no es un halago. Sin embargo, no me voy a ofender. Además, apuesto a que las mujeres Buchanan no son muy diferentes a mí. Si yo soy delicada, pues entonces ellas también lo son.

Él bajó los ojos hacia ella, sonriendo.

—Te comerían para la cena.

—¿Qué quieres decir con eso?

—Se te rompería el corazón en cuestión de segundos.

Gillian se echó a reír, y varias cabezas se volvieron al oír el cristalino sonido.

—Háblame de estas mujeres —pidió ella—. Has despertado mi curiosidad.

—No hay mucho que decir —replicó él—. Son fuertes —agregó—. Y saben cuidarse solas. Pueden protegerse de los ataques, y pueden matar con la misma facilidad y rapidez que cualquier hombre —Lanzándole otra mirada, terminó diciendo—: Son guerreras, y en verdad no son delicadas.

—¿Estás criticándolas, o elogiándolas? —quiso saber Gillian.

—Elogiándolas, por supuesto.

Gillian se puso directamente frente a él.

—¿Por qué me has hablado de las mujeres de tu clan?

—Tú preguntaste.

Gillian sacudió la cabeza.

—El que comenzó esta conversación fuiste tú. Ahora, termínala.

Brodick soltó un suspiro.

—Sólo quería que supieras que jamás funcionaría.

—¿Qué jamás funcionaría?

—Tú y yo.

Gillian no trató de fingir que estaba indignada ante su imprudencia, ni ofendida por su arrogancia.

—Eres muy directo, ¿verdad?

—No quiero que te hagas falsas ilusiones.

Brodick supo que con ese último comentario le había hecho perder los estribos. Los ojos de Gillian se habían vuelto del color de un mar turbulento, pero no estaba dispuesto a retirar sus palabras ni a suavizar la verdad.

Él vivía en la realidad, no con fantasías, y sin embargo la sola idea de alejarse de ella se volvía cada vez más inaceptable. ¿Qué demonios le ocurría? ¿Y qué estaba ocurriéndole a su disciplina? En ese momento sintió que lo había abandonado; aunque lo intentó, no pudo quitar los ojos de ella. Se concentró en su boca, recordando claramente cómo se habían apoyado esos labios suaves sobre los suyos. Maldición, quería volver a besarla.

Entrecerró los ojos, y pareció a punto de comenzar a gruñir.

—Probablemente te sientas muy noble por haberme dicho que nunca podrías amarme…

Le sorprendió su interpretación.

—¡Yo no dije que no podría amarte! —replicó Brodick con voz ronca.

—Sí que lo has hecho —lo contradijo ella. Me acabas de decir que una vida compartida está fuera de cuestión.

—Está fuera de cuestión. Serías muy desdichada.

Gillian cerró los ojos y rezó pidiendo paciencia. Estaba molesta, pero no quería que él lo advirtiera.

—Aclaremos este asunto. Podrías amarme, pero jamás podrías vivir conmigo. Es esto ¿no?

—Más o menos —concedió él.

—Como te has sentido obligado a aclarar tu posición, yo haré lo mismo. Si padezco la desgracia de enamorarme de un espartano arrogante, tozudo y obstinado como tú; aunque, debo decir, que eso es tan improbable como poder volar; no podría casarme contigo. De manera que ya ves, importa un comino el que tú creas que una vida compartida está fuera de cuestión.

—¿Por qué?

—¿Por qué, qué?

—¿Por qué no puedes casarte conmigo?

Gillian pestañeó un par de veces. Ese hombre la estaba volviendo loca.

—Debo regresar a Inglaterra…

—¿Así el canalla que te dio una paliza que casi te mata tendrá una nueva oportunidad de matarte?

—Debo proteger a mi tío Morgan a toda costa.

A Brodick no le gustó escuchar eso. Apretó las mandíbulas, flexionó los músculos y su frustración resultó palpable.

—Y cuando encuentres a tu hermana, ¿también le pedirás a ella que renuncie a su vida?

—No, no lo haré —contestó Gillian en un susurro—. Si puedo encontrar el tesoro de Arianna… será suficiente para satisfacer al captor de mi tío.

—Me llama la atención que, en todo el tiempo que llevamos juntos, jamás hayas pronunciado su nombre.

—No hemos estado juntos tanto tiempo.

—¿Por qué no pronuncias su nombre? ¿No quieres que yo me entere de quién es, Gillian?

Ella se negó a responder.

—Me gustaría sentarme. ¿Me disculpas, por favor?

—En otras palabras, no quieres hablar del tema.

Ella comenzó a asentir, pero luego cambió de idea.

—En realidad, sí que tengo algo más que contarte.

—Pues entonces, dilo —le ordenó él al verla vacilar.

—Jamás podría amar a ningún hombre que me ve tantos defectos.

Gillian trató de alejarse. Pero Brodick la tomó de los hombros y la atrajo hacia él.

—Ah, Gillian, no tienes defectos. —Inclinó levemente la cabeza hacia ella—. Eres… sólo… tan… dulce.

La rodeó con sus brazos y la apretó contra su cuerpo. Le rozó los labios con los suyos. El mero roce de los suaves labios de Gillian era tan embriagador que lo que sucedió a continuación era, seguramente, inevitable, y estaba destinado a ocurrir.

Brodick se dejó vencer.

Con su boca cubrió la de Gillian, en un gesto de posesión absoluta. En ese gesto se encubría su propia necesidad, así como el deseo de transmitirle a ella sus sentimientos. Sabía que a ella él le importaba, pero necesitaba, y quería, mucho más que eso. La música, la gente y el ruido fueron totalmente olvidados en ese momento suspendido en el tiempo durante el cual Brodick la besó interminablemente. Sintió el temblor de Gillian cuando su lengua se introdujo en la boca de ella con evidente autoridad, y apretó el abrazo en torno a su cintura, pensando que no quería soltarla nunca más. Entonces sintió los brazos de Gillian ciñéndose alrededor de su cuello, y el cuerpo de la muchacha apoyándose contra el suyo hasta que los muslos de ambos quedaron presionados. Ella respondió a su beso con idéntico y sincero fervor, y con una entrega tal que lo hizo temblar de puro deseo.

Brodick estaba considerando seriamente la posibilidad de cargársela al hombro y buscar la cama más cercana cuando alguien gritó y le hizo recuperar la cordura. Terminó el beso tan bruscamente que Gillian aún lo rodeaba con sus brazos cuando se alejó de ella.

Tardó varios minutos en darse cuenta de dónde estaba y qué había pasado, y cuando finalmente se le aclararon las ideas, Gillian se sintió horrorizada ante su vergonzoso comportamiento. ¡Santo Dios, había al menos sesenta extraños observándolos! ¿Qué diría su tío Morgan acerca de su pecaminosa exhibición de lujuria?

Estaba tan confusa que no sabía qué hacer. Quería decirle a Brodick que no volviera a besarla nunca más, aunque al mismo tiempo quería exactamente lo contrario, y lo quería en ese momento. ¿Qué le pasaba? Ya ni siquiera reconocía sus propios pensamientos. Estaba enfadada y furiosa.

—¡Nunca más vuelvas a besarme de esa forma! —le ordenó, con voz temblorosa por la emoción.

—¡Oh, sí que lo haré!

Su voz era alegre, y Gillian no estaba dispuesta a quedarse allí, discutiendo con él. Volviéndose, trató de alejarse.

Él la tomó de la mano y la hizo retroceder.

—Gillian…

—¿Sí? —replicó ella, negándose a mirarlo a los ojos.

—Ramsey está aquí.

—¿Está aquí? —repitió Gillian, alzando bruscamente la cabeza.

Brodick asintió.

—Cuando lo conozcas, recuerda mi beso. En realidad, lo recordarás por el resto de la noche.

No era una esperanza de Brodick; era una orden, y Gillian no supo qué le resultaba más ofensivo, si su arrogancia o su autoritarismo.

—¿Ah, sí? —preguntó en tono desafiante.

—Sí —confirmó él sonriendo.

Decidida a tener la última palabra, dio un paso hacia él para que nadie pudiera oírla.

—Nunca te amaré — murmuró.

Él también dio un paso hacia ella, sin duda tratando de intimidarla, supuso ella, y luego, se inclinó sobre su oído.

—Ya me amas —dijo.

14

Todas las jóvenes casaderas del clan Maitland se pusieron de pie, ansiosas, en el mismo instante en que laird Ramsey y su séquito Sinclair hicieron su entrada en el salón. Un suspiro colectivo brotó de las bocas de todas las muchachas, que se comportaban como una bandada de pájaros, yendo tras Ramsey a medida que éste avanzaba por el gran salón al encuentro de Ian.

Brodick observó atentamente la reacción de Gillian ante el Adonis. Al contrario del resto de las mujeres, no saltó de su silla para ir detrás del laird. En lugar de eso, pareció intrigada, y luego aliviada, al divisar al hermano pequeño de Ramsey, Michael, que lo seguía. En realidad, lo que verdaderamente parecía interesar a Gillian era quién había en el séquito. Con una expresión de preocupación dibujada en el rostro, observó con cuidado a cada uno de los hombres que entraban en el salón. Cuando finalmente se relajó en su silla, Brodick se dio cuenta de que había estado esperando ver si el traidor se encontraba en el grupo.

Dylan entró el último. Fue inmediatamente hasta donde lo esperaba su laird para informarle.

—¿Dónde está lady Gillian? No la veo bailando con los demás —preguntó.

Con un gesto, Brodick señaló un rincón de la estancia. Dylan se volvió, la vio allí y sonrió.

—Tiene puesto nuestro tartán —señaló con orgullo—. ¿No es la más bonita de todas?

—Sí, lo es —coincidió Brodick.

—Laird, esto es una celebración, y no obstante advierto que milady está sola. ¿Y eso, por qué? ¿Los Maitland han decidido ignorarla? ¿Acaso el clan la considera una extraña? ¿No le ha dicho Ian a su gente que ella es la única razón de que tengan algo que celebrar? Por Dios, ¿no se dan cuenta de que Alec estaría muerto si no fuera por su coraje y su fuerza?

A cada pregunta, Dylan se indignaba cada vez más, hasta que el rostro se le puso encarnado de ira. La posibilidad de que lady Gillian fuera dejada de lado, evidentemente, lo enfurecía.

—¿Crees que permitiría que alguien ignorara a Gillian? Busca a tus soldados, y te enterarás del motivo por el que está sola. No dejan que nadie se le acerque.

Dylan echó una mirada alrededor del salón, y pareció relajarse. Su cólera pronto se transformó en satisfacción. Robert y Liam se habían instalado cerca de la chimenea, para poder interceptar fácilmente a cualquier tonto soldado que se mostrara ansioso por acercarse a Gillian. Con igual determinación, Stephen, Keith y Aaron habían tomado posiciones al otro lado para poder bloquear el acceso a su señora tanto desde la entrada como desde el extremo sur del salón.

Brodick cambió de tema.

—¿Cómo tomó Ramsey la noticia de que el que buscaban era Michael?

—No se lo dije.

—¿Por qué no?

—Había muchas personas extrañas en el lugar, incluyendo a los bastardos MacPherson —explicó—. Sin saber en quién confiar...

—No debías confiar en ninguno de ellos —confirmó Brodick.

—Es verdad —coincidió Dylan—. De manera que me limité a decirle que Ian y tú queríais reuniros con él lo antes posible. También le insistí en que Michael viniera con nosotros. Cuando finalmente pude estar a solas con él, le conté que habían hallado a Alec.

—Supongo que Ian le está contando la verdad en este instante —señaló Brodick, al ver a los dos lairds inmersos en una animada charla. El enfado ensombrecía las facciones de Ian, y puntualizaba el relato de lo sucedido a su hijo con amplios ademanes, pero Ramsey no mostraba ninguna reacción ante las asombrosas noticias. Se mantenía inmóvil, con las manos caídas a los costados y el aspecto de quien está escuchando un comentario sobre el tiempo.

—Ramsey parece estar tomando muy bien las noticias —comentó Dylan,

Brodick no estuvo de acuerdo.

—No, no es así. Está furioso. ¿No ves cómo aprieta los puños? Ramsey puede disimular sus sentimientos mejor que Ian y que yo.

—Laird Maitland te está llamando —le indicó Dylan.

De inmediato, Brodick fue a reunirse con sus amigos. Demostró su afecto por Ramsey dándole fuertes palmadas en el hombro y un poderoso codazo en el costado. Ramsey le devolvió atenciones dándole un empujón.

—¡Me alegro de volver a verte, viejo amigo! —dijo Ramsey.

—Corre un rumor por las Highlands sobre ti, Ramsey, pero me niego a creerlo. Se dice que has tomado a los alicaídos MacPherson bajo tu protección, pero sé que un chisme tan despreciable no puede ser cierto.

—Sabes muy bien que los MacPherson se han unido

a mi clan. Querían ser Sinclair —añadió—. Pero no son débiles, Brodick, sino tan sólo mal entrenados. No tuvieron la suerte de contar con un líder como Ian que los entrenara como lo hizo contigo y conmigo.

—Es verdad —concedió Brodick—. Ian, ¿ya se lo has dicho?

—Le dije que Alec fue raptado por error, y que el blanco era Michael.

—¿Dónde está la mujer que trajo a Alec de regreso? —preguntó Ramsey—. Me gustaría hablar con ella.

—A mí también —se sumó Ian—. La fiesta ha terminado.

Ian hizo un gesto a los presentes, y en cuestión de minutos, la muchedumbre se dispersó. Ramsey le dio las buenas noches a su hermano, y preguntó si quería quedarse un tiempo con los Maitland.

Michael se mostró excitado ante tal perspectiva.

—Alec me dijo que su papá nos llevaría a pescar y que no permitirá que nos ahoguemos —anunció.

—Espero que no —replicó Ramsey—. Mientras estés aquí, recuerda tus modales y obedece a lady Maitland.

Michael salió corriendo hacia las escaleras, junto a Alec y a su hermano Graham, en el momento en que Winslow volvía al salón. El comandante Maitland fue directamente hacia donde se encontraba Gillian, quien acababa de despedirse de Frances Catherine.

—Mi esposa quedó muy desilusionada porque no os la presenté. Si mañana dispusierais de un poco de tiempo…

—Me encantaría conocer a tu esposa antes de marcharme.

—¿Marcharos? —repitió él, confundido—. ¿Adónde os iríais?

—A las tierras de Sinclair, con Ramsey.

—¿Brodick permitiría algo así? —preguntó Winslow con incredulidad.

—No le he pedido autorización, Winslow.

—Mi hermano jamás os permitiría ir a ningún lado con Ramsey —anunció Winslow.

—¿Y por qué no?

—Mi esposa se llama Isabelle.

El brusco cambio de tema había sido deliberado, naturalmente. Winslow quería terminar con la discusión. Su actitud le recordó a Gillian la de su hermano, ya que Brodick era igual de brusco.

E igualmente autoritario, decidió, cuando Winslow le dijo que su esposa le gustaría. No había expresado una expectativa, sino que había hecho una afirmación: le había ordenado que le gustara Isabelle.

—Estoy segura de que tu esposa me gustará mucho, y espero con ansiedad el momento de conocerla.

Winslow asintió, aprobando.

—Los lairds os están esperando —dijo luego.

Soltando un profundo suspiro, Gillian enderezó los hombros, e hizo un gesto afirmativo.

El salón estaba aún muy iluminado con las velas encendidas y el rugiente fuego de la chimenea. El imponente trío, reunido en un extremo de la enorme mesa de roble, aguardaba a que se reuniera con ellos. Ian estaba sentado en la cabecera, con Ramsey a su izquierda y Brodick a su derecha. En cuanto los lairds la vieron acercarse, se pusieron de pie. Gillian apartó una silla del extremo opuesto, y se sentó. Dylan y Winslow ocuparon sus lugares detrás de sus lairds.

—Me gustaría saber exactamente qué le ocurrió a mi hijo —dijo Ian.

Brodick arrastró su silla hasta el extremo de la mesa donde se encontraba sentada Gillian, se sentó a su lado, cruzó los brazos sobre el pecho y lanzó a sus amigos una mirada glacial, indicando que era capaz de matarlos si osaban decir una palabra por su cambio de lugar en la mesa.

Ramsey mantuvo bien ocultos sus pensamientos, pero Ian no tuvo reparos en exhibir su satisfacción. Dylan incluso asintió con un gesto, como demostrando su aprobación, y luego, a su vez, fue hasta donde se había sentado su laird para situarse a su espalda.

Al contemplar a Brodick, Ian pareció divertido, y de pronto Gillian pensó que el laird Maitland era un hombre bondadoso. Al conocerlo, había considerado que era intimidante y hosco, pero ya no pensaba lo mismo. Tal vez lo que le había hecho cambiar de opinión fuera el afecto que les demostraba a su esposa y a sus hijos.

Ramsey, por el contrario, era más difícil de juzgar. Parecía mucho más relajado que Brodick, lo que no dejaba de resultar sorprendente, en vista de que acababa de enterarse que alguien quería raptar a su hermano. ¿Qué sería capaz de hacer al conocer el resto de la historia?

—Debería haber pensado en decirle a Dylan que te sugiriera traer a tu comandante —le dijo Brodick a Ramsey.

—Le contaré a Gideon todo lo que deba saber cuando regrese a casa —dijo Ramsey.

—Mi comandante, Winslow, y el de Brodick, Dylan, están aquí por una razón bien concreta, Gillian —explicó Ian.

Ella cruzó las manos sobre la mesa.

—¿Qué razón concreta, laird?

El brazo de Brodick rozó el suyo cuando éste se inclinó hacia adelante.

—Venganza —dijo.

Brodick pronunció la palabra en un tono de voz que

le provocó escalofríos. Aguardó más explicaciones, mientras su cabeza ardía de preguntas, pero Brodick no dijo nada más.

—¿Qué clase de venganza? ¿Quieres decir guerra?

En lugar de responder, Brodick se volvió hacia Ian.

—Vamos, terminemos de una vez. Ella está cansada —dijo.

—Gillian, ¿por qué no comienzas por el principio? Te prometo no interrumpir —dijo Ian—. Terminaremos pronto con esto, y podrás retirarte a descansar.

Gillian había esperado en parte que Ramsey vociferara, la acusara y la culpara relacionándola con la traición de otros ingleses. Afortunadamente, se había equivocado, y pudo relajarse, recostándose contra Brodick.

—No estoy demasiado cansada, gracias —insistió—. Pero os agradezco vuestra preocupación. Voy a comenzar por el verdadero principio, o sea, por la noche en que mi padre nos despertó a mi hermana y a mí, tratando de ponernos a salvo.

Durante la hora siguiente, Gillian relató su historia a los tres hombres. No le tembló la voz, ni titubeó una sola vez en su narración de los hechos. Se limitó a decirles todo lo ocurrido en un orden cronológico preciso. Trató de no omitir nada de importancia, y cuando terminó de hablar, sintió la garganta seca y ardiente.

Los hombres no la interrumpieron, y en el silencio que siguió a sus palabras, el único sonido que pudo oírse fue el de los leños crepitando en el hogar. Sin duda se había notado la ronquera de su voz, ya que Brodick le sirvió una copa de agua. Gillian se lo agradeció, y la bebió hasta el final.

Ian y Ramsey se mantuvieron sorprendentemente serenos, teniendo en cuenta lo que acababan de escuchar. Se turnaron para formularle preguntas, y durante la hora que siguió Gillian fue sometida a un intenso interrogatorio.

—Tu enemigo pensó en utilizar a tu hermano para atraerte a ti, Ramsey, y de esa manera poder matarte —dijo Brodick—. ¿Quién te odia tanto que pueda ser capaz de llegar a tal extremo?

—¡Maldito si lo sé! —murmuró Ramsey.

—Ramsey, ¿conoces a Christen? —preguntó Gillian—. ¿Has oído hablar de la familia que puede haberla recogido y criado como propia?

Ramsey negó con la cabeza.

—Aún no conozco a todos los miembros de mi clan —respondió—. He estado lejos de mi hogar durante muchos años, Gillian, y cuando regresé a las tierras de los Sinclair y me convertí en laird, sólo conocía a un puñado de los partidarios de mi padre.

—Pero Christen no es una Sinclair —le recordó Gillian.

—Sí, ya me has dicho que es una MacPherson, pero desgraciadamente tampoco he tenido tiempo de conocerlos a todos —reconoció—. Honestamente, no sé qué podríamos hacer para encontrarla.

—Entonces, ¿me ayudarás?

Ramsey pareció sorprendido por su pregunta.

—Desde luego que te voy a ayudar.

—Los más ancianos deben saber algo de Christen —dijo Brodick, y con este comentario consiguió atraer la atención de todos los presentes.

Ian asintió.

—Tienes razón. Los ancianos lo recordarán. Conocen a todas las familias y están enterados de todos los chismes. ¿Cuántos años tenía Christen cuando llegó aquí?

—Seis o siete años —respondió Gillian.

—Si una familia adopta como propia a una niña… —empezó a decir Ramsey, pero Ian lo interrumpió.

—Gillian nos acaba de decir que esa familia vivió cerca de la frontera durante varios años antes de trasladarse al norte para reunirse con sus familiares.

—Aún así, debería haberse corrido la voz de que no se trataba de su propia hija —insistió Brodick.

—Haré las averiguaciones pertinentes —prometió Ramsey.

—Encontrarla no será tan difícil como supones —dijo Ian—. Brodick tiene razón en lo referente a los ancianos. Cuando Graham y Gelfrid aún vivían, estaban enterados de todo lo que pasaba.

—Sí, en efecto —coincidió Ramsey antes de volverse hacia Gillian—. Dime, ¿qué harás cuando la encuentres? ¿Le pedirás que regrese a Inglaterra contigo?

—No —respondió ella, inclinando la cabeza—. Pero espero que se acuerde del tesoro de Arianna, e incluso que sepa dónde está escondido.

—Era muy pequeña cuando recibió la caja —dijo Ian—. ¿Esperas acaso que tenga tan buena memoria? Dudo que recuerde nada.

—Incluso tal vez ni se acuerde de ti —dijo Brodick.

Gillian se negó a aceptar esa posibilidad.

—Christen es mi hermana. Me reconocerá —afirmó.

—Nos dijiste que Christen tenía un año más que tú —dijo Ramsey.

—Casi tres años más —lo corrigió Gillian.

—Entonces, ¿cómo recuerdas los detalles tan vívidamente? ¡Por Dios, no eras más que un bebé!

—Liese, mi querida amiga, que en paz descanse, me ayudó a conservar los recuerdos. Constantemente me hablaba de aquella noche, y de lo que los sobrevivientes le habían contado. Liese no quería que yo olvidara porque sabía que algún día podría querer…

Al ver que se interrumpía, Brodick le dio un suave codazo.

—¿Qué podrías querer?

—Justicia.

—¿Y cómo esperas llevar a cabo esa tarea? —preguntó Ramsey.

—Aún no lo sé, pero de algo estoy segura, no permitiré que el nombre de mi padre sea difamado. El hombre que mantiene en cautiverio a mi tío Morgan cree poder probar que mi padre mató a Arianna y robó la caja. Me propongo demostrar que no lo hizo. Mi padre debe descansar en paz en su tumba —afirmó, con la voz trémula de emoción—. Tengo un principio de plan —dijo a continuación—. Al monstruo lo guía la codicia —dijo, en referencia al barón Alford, aunque deliberadamente omitió su nombre—. Y le gustan los juegos. Se cree muy astuto, pero quizá pueda encontrar la forma de que eso se vuelva en su contra. Por lo menos, espero lograrlo.

Fatigada por haberse visto obligada a revivir el pasado, bebió un nuevo sorbo de agua, y pensó en poner fin a la discusión.

—Creo no haber olvidado nada —dijo—. He tratado de contaros todo.

Estaba a punto de solicitar que se la excusara, pero Ian la obligó a cambiar de idea con un comentario.

—No todo, en realidad —dijo con suavidad.

Gillian se recostó contra el respaldo de su silla y apoyó las manos sobre su falda.

—¿Qué no os he dicho? —preguntó, fingiendo inocencia.

Brodick le cubrió las manos con las suyas.

—Saben que viste al hombre de las Highlands que selló ese pacto con el demonio inglés —dijo.

—¿Se lo dijiste?

—Alec se lo contó a su padre, y éste se lo dijo a Ramsey —explicó Brodick—. Pero que te quede claro, Gillian: si el niño no lo hubiera dicho, lo habría hecho yo.

—¿Por qué le pediste a Alec que no nos dijera nada acerca del traidor? —preguntó Ramsey.

Gillian aspiró profundamente.

—Me preocupaba pensar que pudierais retenerme aquí hasta que identificara al hombre que os traicionó.

Ian y Ramsey cruzaron rápidas miradas, e instintivamente Gillian supo que esos eran exactamente sus planes. Se proponían retenerla en las Highlands. Quiso que lo reconocieran.

—¿Es lo que pensáis hacer?

Ambos lairds ignoraron la pregunta.

—¿Qué aspecto tenía? —preguntó Ramsey.

—Era un hombre corpulento, con largo cabello oscuro y firme mandíbula. No tenía un aspecto desagradable —reconoció.

—Acabas de describir a la mayoría de los hombres de las Highlands, Gillian. ¿No tenía alguna marca particular que nos ayudara a identificarlo?

—¿Os referís a cicatrices?

—Cualquier cosa.

—No, lo siento, la verdad es que no tenía nada fuera de lo común.

—Sólo esperaba… algo que facilitara las cosas —dijo Ramsey, y a continuación se inclinó hacia ella para hacerle más preguntas. Gillian estaba sorprendida por el dominio de sí mismo que mostraba el laird Sinclair. Su voz era tranquila y controlada, aunque ella sabía bien lo afectado y furioso que debía sentirse por lo que había oído hasta el momento. No dejaba que sus emociones salieran a la superficie, y Gillian pensó que su control era admirable.

En ese momento, apareció Alec, que bajaba corriendo las escaleras.

—Papá, ¿puedo molestarte un momento? —le preguntó.

La sonrisa de su padre era todo el permiso que el niño necesitaba. Descalzo, atravesó corriendo el salón.

—Alec, ¿qué haces todavía levantado?

—Olvidé darte el beso de buenas noches, papá.

Ian abrazó a Alec, le prometió pasar a verlo por su habitación antes de ir a acostarse y lo envió de regreso arriba.

Gillian lo observó tomarse su tiempo para atravesar el salón, en un obvio intento por retrasar el momento de irse a la cama. Los niños odian irse a dormir, pero a los mayores les encanta, y en ese momento ella se sintió una verdadera anciana.

—¿Más preguntas? —preguntó con cansancio.

—Sólo una —respondió Ramsey.

—Sí, sólo una —coincidió Ian—. Queremos sus nombres, Gillian, los nombres de los tres.

Gillian miró a los lairds.

—¿Y cuando sepáis quiénes son, qué pensáis hacer? —preguntó.

—Deja que nosotros nos preocupemos por eso —dijo Ian—. No es necesario que lo sepas.

Ella no se mostró de acuerdo con eso.

—Oh, pero sí creo que es necesario que lo sepa. Decídmelo —insistió.

—¿Qué demonios crees que vamos a hacer? —le preguntó Brodick en voz baja y amenazante.

Su ira sólo consiguió irritarla.

—¡No te atrevas a hablarme en ese tono, Brodick! —le amenazó.

Brodick quedó atónito ante su estallido, y no supo

cómo reaccionar. De encontrarse a solas, probablemente la habría sentado sobre su regazo y la habría besado, por el puro gusto de hacerlo, pero no estaban solos, había un público que miraba y esperaba, y no quiso ponerla en apuros. Anhelaba besarla, no obstante, y darse cuenta de ello no hizo sino irritarlo. ¿Qué había pasado con su disciplina? Cuando estaba cerca de Gillian, parecía perder el control de sus propios pensamientos.

—Demonios —murmuró.

—Y tampoco jures en mi presencia —susurró Gillian.

Él la tomó del brazo, y se inclinó para hablarle al oído.

—Me gusta ver que tienes el coraje de hacerme frente —le susurró.

¿Alguna vez llegaría a comprenderlo? se preguntó Gillian.

—Pues entonces voy hacerte delirar de placer, laird.

—No —la contradijo él—. Vas a responderme varias preguntas. Queremos los nombres de los ingleses.

Nadie había reparado en el hecho de que Alec todavía rondaba por el salón. Al oír la aspereza en el tono de su padre, se había dado vuelta para mirar y escuchar, y luego, lentamente, se deslizó hasta el lugar donde conversaban los adultos. Le preocupaba que su padre pudiera enfadarse con Gillian, y si eso resultaba ser efectivamente así, decidió que sería su protector. Si eso tampoco funcionaba, entonces iría en busca de su mamá.

Brodick se había reclinado contra el respaldo de su silla, y aguardaba pacientemente que Gillian cumpliera con lo requerido por los lairds.

—Sí —respondió imprevistamente Gillian—. Me alegrará poder daros sus nombres, en cuanto me prometáis que no haréis nada hasta después del festival de otoño.

—Necesitamos sus nombres ahora, Gillian —insistió Ramsey, haciendo caso omiso de su requerimiento.

—Primero necesito vuestra promesa, Ramsey. No permitiré que pongáis en peligro a mi tío Morgan.

—Ya está en peligro —señaló Ian.

—Sí, pero todavía está vivo, y me propongo que siga así.

—¿Cómo puedes estar tan segura de que aún vive? —preguntó Ramsey.

—Si lo mataran, yo no tendría motivos para regresar a Inglaterra. El monstruo lo sabe. No le daré nada hasta ver a mi tío —explicó—. No le hará daño.

Ian suspiró.

—Nos estás poniendo a todos en una situación muy difícil —dijo, tratando de ser diplomático—. Has traído de regreso a mi hijo, y por eso te estaré eternamente agradecido. Sé cuánto significa tu tío para ti, y te prometo que haré todo lo que esté a mi alcance para liberarlo, pero Gillian, quiero el nombre del hombre que encerró a mi hijo como si se tratara de un animal, el hombre que te pegó hasta estar a punto de matarte...

—¡Papá, no te enfades con Gillian! —Alec gritó su súplica mientras corría hacia su padre. El niño tenía los ojos llenos de lágrimas—. Ella no hizo nada malo. Yo sé cómo se llama ese hombre.

Ian alzó a Alec sobre su regazo, y trató de tranquilizarlo.

—No estoy enfadado —le aseguró—. Y también sé que Gillian no hizo nada malo.

—Alec, ¿oíste todos los nombres? —le preguntó Brodick.

El pequeño se apoyó contra el pecho de su padre, y asintió lentamente.

—Sí —dijo—. Oí todos sus nombres, pero no recuerdo los de los otros dos... sólo el del hombre que le pegó a Gillian.

—Ése es el nombre que más me interesa —dijo Brodick con engañosa suavidad—. ¿Quién es, Alec?

—Alec, por favor —rogó Gillian.

—Dímelo, Alec. ¿Quién es?

—Barón —susurró Alec—. Se llama Barón.

15

Los gritos comenzaron en mitad de la noche. Judith Maitland se despertó sobresaltada, se dio cuenta de que lo que estaba oyendo eran los alaridos de Alec, capaces de helar la sangre en las venas, y arrojó a un lado las mantas, pero antes de que pudiera levantarse, Ian ya había llegado al cuarto de los niños.

Graham y Michael estaban sentados en sus camas, con los ojos dilatados por el pánico. Alec se resistió al abrazo de su padre, lanzando puntapiés y arañándolo. El niño estaba atrapado en su pesadilla, y ninguna caricia ni sacudida coseguía arrancarlo de ella. Los atormentados gritos de su hijo le resultaban insoportables, pero Ian no sabía qué hacer para que cesaran.

Judith se sentó al lado de su hijo, lo tomó en sus brazos y lo meció. Tras varios minutos, el niño comenzó a calmarse. Su madre sintió cómo su cuerpecito se relajaba, y Alec siguió durmiendo plácidamente.

—¡Santo Dios! ¿Qué clase de infierno debió atravesar mi hijo? —murmuró Ian.

Las lágrimas bañaron el rostro de Judith. Sacudió la cabeza, presa de una pena tan abrumadora que le impedía hablar. Ian tomó a Alec de su regazo, lo besó en la frente y volvió a acostarlo en su cama. Judith lo tapó con las mantas.

En las siguientes horas, dos veces más fueron despertados por los gritos de su hijo, y en ambas ocasiones corrieron a su lado. Judith quiso llevarlo con ellos a su cama, y Ian le prometió que si Alec volvía a gritar, lo llevaría.

A Judith y a Ian les costó bastante volver a dormirse, pero cuando finalmente lo lograron, su sueño no fue interrumpido de nuevo. Ambos durmieron hasta tarde, y no despertaron hasta pasado el amanecer, cuando su hijo mayor, Graham, entró corriendo a su alcoba. Fue hasta donde dormía su padre y le tocó el hombro.

—Papá, Alec se ha ido —susurró.

Ian no se dejó llevar por el pánico. Pensando que su hijo se habría levantado temprano y estaría en algún lugar de la casa, le indicó a Graham con un gesto que no hiciera ruido para no molestar a su madre. Se levantó, y tras asearse y vestirse, salió al vestíbulo, donde lo aguardaban Graham y Michael.

—Probablemente esté abajo —dijo Ian en un susurro, cerrando la puerta tras él.

—Él no iría solo abajo, papá —exclamó Graham.

—Deja de preocuparte —le ordenó su padre—. Alec no ha desaparecido.

—Pero ya lo hizo otra vez, papá —insistió Graham, con un desasosiego que crecía minuto a minuto.

—Vosotros dos, id abajo, buscad a Helen y desayunad. Dejad que yo me preocupe por Alec.

Ninguno de los dos muchachos se movió. Michael tenía la cabeza gacha, pero Graham miró a su padre directamente a los ojos.

—Abajo está todo oscuro —dijo.

—Y a ti no te gusta la oscuridad —dijo Ian, tratando de no sonar irritado.

—A mí tampoco —reconoció Michael, con la vista aún clavada en el suelo.

En ese momento se abrió la puerta principal, y entraron Brodick y Ramsey. Habían dormido al aire libre, bajo las estrellas, porque así lo preferían. No les gustaba sentirse encerrados entre cuatro paredes, y estaban habituados a dormirse arrullados por la fragancia de los pinos y el viento soplando entre las ramas. A decir verdad, la única ocasión en la que les gustaba estar en una cama era cuando la compartían con alguna mujer, pero nunca pasaban toda la noche con ninguna de ellas.

Michael, al ver a su hermano, fue corriendo hacia él.

—¡Ramsey, Alec se ha ido!

—¿Qué quieres decir con que se ha ido?

—No está en su cama.

Ian bajó las escaleras saltando varios escalones. Entró en el gran salón, y descorrió los cortinajes que cubrían los ventanales. La luz inundó la habitación.

—Está por aquí, en algún sitio —dijo, tratando de no alarmarse.

—Si hubiera salido, los guardias lo habrían visto —dijo Ramsey—. ¿Dónde demonios está?

Ramsey estaba obviamente preocupado, pero Brodick, por el contrario, no mostraba ninguna inquietud.

—Está con Gillian —anunció.

Ramsey e Ian se volvieron al unísono para clavar la mirada en su amigo.

—¿Por qué iba a estar con Gillian? —preguntó Ian, mientras volvía corriendo hacia las escaleras.

—Se siente seguro con ella.

Ian giró sobre sus talones.

—¿Y no se siente seguro con su madre y su padre?

Brodick comenzó a subir la escalera tras él.

—Por supuesto que sí, pero sabe que Gillian le permitirá meterse en su cama. Está durmiendo con ella, y tú no vas a entrar en su alcoba a menos que yo entre contigo.

—¡Por el amor de…! —Ian no terminó la frase. Atravesó el vestíbulo a grandes zancadas y abrió la puerta de la alcoba de Gillian sin molestarse en golpear previamente. La habitación estaba a oscuras. Brodick pasó frente a él y fue hacia las ventanas. Apartó la cortina, la ató con un cordel sujeto a la pared y se dio la vuelta.

Tal como Brodick había predicho Alec, efectivamente, estaba en la cama. Se había acurrucado contra Gillian y su cabeza reposaba sobre el hombro de la joven. Gillian dormía de espaldas, abrazando con el brazo derecho al pequeño como si tratara de protegerlo aun durante el sueño. El otro brazo estaba estirado sobre la cama, con la palma hacia arriba, y bajo la luz que entraba por la ventana, las cicatrices y las zonas que tenía en carne viva resultaban una visión sobrecogedora.

Ramsey permaneció en la entrada, y aunque habitualmente era un hombre de tacto, recuperó los modales que, en algún tiempo pasado, se le habían contagiado de Brodick.

—¿Qué diablos le sucedió en el brazo? ¡Está hecho un asco!

Afortunadamente, realizó ese comentario en voz baja, y no despertó a Gillian ni a Alec.

Brodick volvió a correr la cortina para que el sol no los molestara, y dándole un codazo a Ian, le indicó que se marcharan.

Ian no se movió.

—Un ángel protege a otro —murmuró. Se volvió y salió al vestíbulo—. Haremos lo que ella nos pide —le dijo a Ramsey.

—¿Vamos a esperar para vengarnos? —preguntó éste, molesto con tal posibilidad.

—Sí, vamos a esperar.

Brodick se había entretenido dentro de la alcoba. Al

ver su tartán doblado sobre una silla lo recogió, y cubrió a Gillian y a Alec con los colores de los Buchanan. Al salir, mientras cerraba la puerta con cuidado, volvió a mirarla, y sintió que lo invadía una extraña satisfacción. De improviso, le acometió la certeza de que jamás la dejaría irse de su lado.

Le gustara o no, iba a ser suya.

Gillian despertó una hora después del amanecer, sintiéndose totalmente descansada. Se lavó y se vistió con sus propias ropas. Los sirvientes debían de haberlas lavado y secado frente al fuego durante la noche, ya que estaban secas y sin manchas.

La túnica que usaba sobre su vestido amarillo claro era de un intenso verde esmeralda, del cual su tío había dicho con frecuencia que realzaba el color de sus ojos. Tras atarse el bordado cinturón alrededor de la cintura de modo que cayera graciosamente sobre sus caderas, se cepilló el cabello, dio varios pellizcos a sus mejillas para que tomaran color y se dirigió a la planta baja.

Desayunó con Judith y los niños. Graham le rogó a su madre que le permitiera llevar a Michael y a Alec al campo de entrenamiento para ver cómo se ejercitaban los soldados, y en cuanto Judith les concedió su autorización, tomaron las espadas de madera con las que practicarían y salieron corriendo.

—Ahora podemos hablar —dijo Judith—. ¿Has dormido bien? Te levantaste temprano. Estaba segura de que te quedarías en la cama al menos hasta el mediodía. Debes estar agotada.

—Dormí muy bien —replicó Gillian—. Y quería levantarme temprano. Hoy debo partir.

—¿Ya nos abandonas, tan pronto?

—Sí.

—¿Adónde piensas ir?

—Voy a acompañar a Ramsey hasta las tierras de los Sinclair.

Judith abrió mucho los ojos.

—¿Lo sabe Brodick?

—Todavía no. ¿Sabes dónde está?

—En los establos, con Ian y Ramsey. ¿Te molestaría que fuese contigo? Realmente, me gustaría ver la cara de Brodick cuando le digas que piensas irte con Ramsey.

—¿Por qué habría de poner ninguna pega? Sabe que tengo que encontrar a mi hermana, y también sabe que es una MacPherson, de modo que sin duda entenderá que debo ir hasta las tierras de los Sinclair a buscarla.

—Con Ramsey.

—¿Por qué pareces tan escéptica? ¿Sabes que anoche Winslow reaccionó exactamente igual que tú cuando le mencioné que hoy me iría con Ramsey? También me preguntó si Brodick lo sabía. Fue muy extraño.

—Veo que voy a tener que explicártelo.

—Sí, por favor —dijo Gillian.

—Ramsey, Ian y Brodick son como hermanos —comenzó Judith—. Y son totalmente leales uno a otro. Pero seguramente te habrás dado cuenta, en el tiempo que has pasado con Brodick, de lo posesivo que es. Todos los Buchanan lo son —agregó, reafirmando con un gesto.

—¿Qué tratas de decirme?

Judith soltó un suspiro.

—Cuando Ian y yo estábamos recién casados, a mi esposo no le gustaba que Ramsey anduviera cerca de mí.

—¿Por qué? ¿Acaso no confiaba en él?

—Oh, sí que confiaba, como confía Brodick, pero las mujeres, sabes, tienden a perder la cabeza por Ramsey. Debes reconocer que es más guapo que el demonio.

—Sí, pero también lo son Ian y Brodick.

—Ian se sentía algo… inseguro… pero después de un tiempo se tranquilizó, porque supo, sin lugar a dudas, que mi corazón le pertenecía. Brodick no sabe eso de ti, comprendes, y por lo tanto le va a costar aceptar que viajes a solas con Ramsey.

—No le costará tanto —le aseguró Gillian.

Judith se echó a reír.

—Crees conocerlo muy bien, ¿no es así?

—Sí, en efecto.

—Existe también una cierta rivalidad entre Brodick y Ramsey. Incluso podría haber sido motivo de ruptura, pero no llegó a ese extremo. Como te dije anoche, hace más o menos ocho años fueron juntos a Inglaterra en busca de esposas. Lo que no te conté es que Brodick encontró una mujer que podía ser adecuada.

—¿Y qué pasó? —la acicateó Gillian, al ver que su amiga titubeaba.

—Esta mujer se entregó a Brodick.

—¿Se comprometieron?

Judith negó con la cabeza.

—No, pero igualmente se entregó a él, ¿me entiendes?

—¿Quieres decir que lo llevó a su lecho?

Sus voces se habían convertido en susurros, y ambas estaban ruborizadas.

—Conociendo a Brodick como lo conozco, diría más bien que él la llevó al suyo, pero ella debe haber dado su consentimiento, pues de otra manera él jamás habría osado tocarla.

—¿Y esto te lo contó él?

Gillian estaba azorada. Al verla, Judith se echó a reír.

—¡Por Dios, no, él no me lo contó! —le respondió—. Me lo dijo Ian, pero me costó mis buenos seis meses de continuo acoso a mi marido para conseguir que me lo explicara. Debes prometerme que jamás les dirás a ninguno de los hombres que te he contado esta historia.

—Te lo prometo —se apresuró a asegurarle Gillian, ansiosa por escuchar el final de la historia—. ¿Qué pasó con esa mujer? Brodick es un hombre honorable, y jamás tomaría a una inocente…

—Pero ella no era ninguna inocente —murmuró Judith—. Ya había estado con otros hombres.

—¡Oh, Dios mío! —exclamó Gillian, pensando que era una verdadera lástima que la mujer fuera inglesa.

—Y uno de esos hombres resultó ser Ramsey.

—¡No!

—¡Sshh! —la hizo callar Judith—. No quiero que nos oigan los sirvientes.

—¿Ambos hombres la llevaron a sus lechos?

—En efecto, pero durante un tiempo ninguno de los dos supo que ella jugaba a dos bandos.

Gillian se quedó con la boca abierta.

—No es de extrañar que a Brodick le desagraden tanto los ingleses. ¿Qué ocurrió cuando ambos se enteraron de la verdad?

—Ninguno de los dos quiso quedarse con ella, desde luego. Regresaron a casa, y juraron casarse con una de los suyos, o no casarse.

—¿Brodick la amaba?

—Lo dudo mucho —replicó Judith—. Si la hubiera amado, se habría puesto furioso con Ramsey, pero tal como fue todo, apenas si se molestó.

—¿Y Ramsey?

—Se lo tomó con calma. Las mujeres se le arrojan a los brazos —agregó—. Y por ese motivo Brodick se enfadará cuando le digas que piensas irte con él.

—Me dijiste que confiaba en Ramsey.

—Eres tú de quien no se fiará —le dijo francamente Judith—. Como ya te dije, las mujeres suelen perder la cabeza por Ramsey.

—Y a él le preocupará que yo… ¡oh, por todos los cielos! —exclamó Gillian, para después agregar, riendo—: Estás equivocada, Judith.

»A Brodick no le importará lo que yo haga.

—¿Vamos a averiguarlo? —la invitó Judith, poniéndose de pie.

Las dos mujeres descendieron juntas por la falda de la colina. Era fácil distinguir a los tres lairds, juntos detrás de los establos como altos árboles en medio del campo, mientras observaban a los soldados que se entrenaban con sus espadas.

Los tres se volvieron cuando las dos damas llegaron hasta ellos. Gillian pudo ver que Ian no podía quitarle los ojos de encima a su esposa. Evidentemente, el amor no había disminuido a lo largo de los años que llevaban casados.

—Gillian tiene algo que decirte —anunció Judith.

—Laird… —empezó Gillian.

—Ian —la corrigió él.

Con un rápido gesto afirmativo, Gillian volvió a empezar.

—Ian, ante todo quiero agradecerte tu gentileza y tu hospitalidad.

—Soy yo quien debe agradecerte a ti el haberme traído a mi hijo a casa.

—Quiere irse con Ramsey, y yo creo que debe hacerlo —señaló Judith con cierto énfasis, para que su esposo supiera que ella apoyaba el proyecto—. Quiere partir hoy mismo.

—¿Es verdad, Gillian? —preguntó Ian, lanzando una mirada a Brodick.

—Ramsey, ¿tenías pensado marcharte hoy?

—En efecto —respondió éste, y Gillian notó que también miraba a Brodick.

—Sé lo importante que es para todos vosotros encontrar al hombre que traicionó a Ramsey.

Ian la interrumpió.

—Que nos traicionó a todos, muchacha.

—Sí —Gillian se apresuró a asentir para poder explicar su decisión antes de perder el impulso. Decirles a esos gigantes qué era lo que debían hacer requería de coraje, especialmente si se estaba tan cerca de ellos. Gillian quería soltar el discurso que había ensayado con Judith en el trayecto por la ladera de la colina lo más rápidamente posible—. Tengo tiempo hasta el festival de otoño para hacer lo que he venido a hacer, lo que significa que no tengo demasiado tiempo. Con la ayuda de Dios, encontraré a mi hermana, y como es una MacPherson, y ahora los MacPherson son parte del clan Sinclair, voy a marcharme con Ramsey para comenzar mi búsqueda. Espero que todos colaboréis conmigo.

Después de pronunciar su discurso, se cruzó de brazos y trató de parecer segura.

—Veo que ya has tomado una decisión —comentó secamente Ian—. Suponíamos que querrías ir a las tierras de Ramsey.

—Has hecho que me preocupara sin ningún motivo —le cuchicheó Gillian a Judith.

—Ya veremos —respondió Judith.

—Ramsey, ¿y tú qué dices? ¿Te llevarás hoy a Gillian contigo? —preguntó Ian.

—Podemos partir inmediatamente, si así lo desea lady Gillian.

—¿Y tú, Brodick? —preguntó Judith—. ¿Qué opinas de la idea de Gillian de marcharse con Ramsey?

Gillian no le dio tiempo a responder.

—Brodick viene conmigo —anunció intempestivamente.

—¿Es así? —preguntó él en voz baja.

De pronto, el corazón de Gillian empezó a latir a toda prisa, y se quedó casi sin aliento. Se dio cuenta de que se hallaba al borde del pánico, y todo por el miedo a que Brodick pudiera abandonarla. ¿Cuándo y cómo se había permitido apegarse tanto a Brodick, y en tan poco tiempo? Sabía que no debía involucrarlo en sus problemas, y sin embargo la sola idea de verlo alejándose de ella, sabiendo que jamás lo volvería a ver, le resultaba simplemente intolerable.

—Los Buchanan son enemigos de los MacPherson —le informó Judith en voz baja—. Me parece que tal vez le estés pidiendo demasiado a Brodick.

—Todavía no me ha pedido nada —dijo Brodick.

—Judith, los Buchanan no son enemigos de los MacPherson —corrigió Ian a su esposa—. Simplemente, no se llevan bien. No les gusta nadie que les parezca débil.

—Nadie puede ser tan fuerte como lo eres tú, Brodick. Tú deberías defender a los débiles, no despreciarlos —dijo Gillian.

Los tres lairds sonrieron al intercambiar miradas, y a Gillian se le ocurrió que su actitud les resultaba divertida. Evidentemente, la consideraban una ingenua.

—¿Acaso no es así? —insistió, desafiante.

—No, no es así —le contestó Brodick—. Los débiles no sobreviven en las Highlands.

Ian y Ramsey asintieron, aprobando con gestos afirmativos.

—Los MacPherson son parásitos —siguió diciendo Brodick, en este caso dirigiéndose a Ramsey—. Exprimirán hasta la última gota de fuerza de los Sinclair, incluyéndote a ti. Les gusta que alguien cuide de ellos —añadió—. Y ten por seguro que no tienen ningún interés en ser fuertes. Una vez que te hayan usado y destruido, sencillamente se dirigirán hacia otro laird sensible, y le rogarán que se haga cargo de ellos.

—Haces que la compasión parezca un pecado —dijo Gillian.

—En este caso, lo es —contestó él.

—Hace muy poco tiempo que Ramsey es laird, pero ya se ha ganado una reputación de hombre sensible y compasivo —señaló Ian—. Ése es el motivo por el cual los MacPherson acudieron a él.

—Yo tampoco tolero a un hombre en buenas condiciones que elige intencionadamente una actitud pasiva e indolente, y deja que sean otros los que se ocupen de él y su familia. No obstante, creo que ambos estáis equivocados con respecto a los MacPherson. Sus soldados están mal entrenados, y eso es todo. No son débiles, son ineptos —argumentó Ramsey.

La discusión siguió pero un movimiento hacia el este atrajo la atención de Gillian. Cerca de la primera línea de árboles, había cuatro jóvenes damas observando a los lairds. Las cuatro estaban ocupadas embelleciéndose. Una joven pelirroja no dejaba de pellizcarse las mejillas, tanto las otras se arreglaban el cabello y alisaban sus faldas. Las cuatro lanzaban risitas. Su actitud despreocupada provocó la sonrisa de Gillian. Supuso que las mujeres querían ofrecer el mejor aspecto posible cuando hablaran con laird Maitland, pero cortésmente aguardaban a que éste terminara con la conversación que estaba manteniendo.

—Ésa es, exactamente, nuestra preocupación, Ramsey —dijo Ian—. Tú entrenarás a los MacPherson, y luego se volverán contra ti.

—Por suerte, Ian y yo no permitiremos que te destruyan —dijo Brodick—. Si tú no te cuidas la espalda, nosotros lo haremos.

—Sé lo que hago —le anunció Ramsey con autoridad—. Y vosotros dos os mantendréis alejados de mis asuntos.

—¿Crees que el traidor que vio Gillian era un Mac-Pherson? ¿Podría ser que alguno de ellos fuera nuestro hombre? —preguntó Judith.

—Se nos ha pasado por la cabeza, sí —contestó Ian.

Judith volvió la mirada hacia Brodick.

—Si este hombre se entera de que Gillian lo ha visto… si sabe que puede identificarlo, ¿no tratará de impedirlo? Alec nos contó que los hombres que lo secuestraron eran tres, así que sabemos que este traidor no actúa solo.

—Pero no sabe que lo vi —dijo Gillian—. De modo que estoy a salvo.

—¿Quién más sabe, además de vosotros tres, que Gillian lo vio? —preguntó Judith a su esposo.

—Se lo dije a mi hermano Patrick, y mientras yo permanezca ausente, él cuidará de ti, de nuestros hijos y del hermano de Ramsey. También se les dijo a Dylan y a Winslow, y Ramsey piensa comunicárselo a Gideon, su comandante. —Volviéndose hacia Ramsey, agregó—: Patrick no permitirá que Michael se aparte de su vista hasta que todo esto haya terminado.

—Mi hermano no podría quedar en mejores manos —replicó Ramsey.

—¿Por qué se lo dijisteis a Winslow? —preguntó Judith con suavidad.

—¡Pero seguro que confías en el hermano de Brodick! —exclamó Gillian, tartamudeando—. No es posible que creas que pueda traicionar la confianza de su laird.

—A Winslow le confiaría mi propia vida —respondió Judith—. No es por eso que he hecho esa pregunta a mi esposo, sino que, como sabes, Winslow es el comandante de nuestras tropas —explicó—. Y sé que Ian ha tenido una buena razón para decírselo. Quiero saber cuál es.

Ian pareció sentirse incómodo. Echó una mirada a Gillian, y luego volvió los ojos hacia su esposa.

—Era preciso que Winslow estuviera enterado, para que pudiera prepararse.

Judith no se mostró conforme con la respuesta.

—¿Preparar qué?

—Preparar nuestras tropas.

Gillian se puso rígida.

—¿Para la guerra? —preguntó.

—Sí.

—¿Os vais a Inglaterra?

—Sí.

—¿Cuándo?

—Cuando nos digas los nombres de esos ingleses —respondió Brodick.

Gillian dio un paso hacia él.

—¿Entonces también Dylan va a preparar a tus soldados?

—Mis soldados siempre están preparados —contestó Brodick, sonriendo—. Simplemente, se cuidará de los detalles.

—Pero, ¿por qué?

—¿Cómo puedes hacerme semejante pregunta? Ian es mi aliado y mi amigo, y Alec es mi ahijado. Mi obligación es la venganza en nombre del niño.

—Pero también tienes otra razón, ¿verdad? —preguntó Ramsey.

Brodick, prevenido, asintió con lentitud.

—Sí, hay otra razón.

—¿Y cuál es esa otra razón? —preguntó Judith esta vez.

Brodick hizo un gesto negativo, dando a entender que no pensaba explicarlo. Gillian se volvió hacia Ramsey.

—¿Y tu comandante? ¿También va a preparar las tropas?

—Así es.

Con incredulidad, Gillian se dirigió a la única persona que creía todavía cuerda.

—Judith, no pueden estar pensando en invadir Inglaterra.

—Piensan que pueden hacerlo —respondió ésta.

—Vamos en busca de tres hombres, no de toda la nación —comentó secamente Ian.

—Pero se trata de tres barones muy poderosos —dijo Gillian—. Si entran en Inglaterra guerreros armados, puedo aseguraros que el rey Juan se va a enterar. Os arriesgáis a una guerra con toda Inglaterra, la queráis o no.

—Ah, muchacha, no comprendes —le dijo Brodick—. Tu rey ni se va a enterar que estamos allí. Nadie va a vernos.

—¿Crees que podréis volveros invisibles?

—Vamos, Gillian, no es necesario que seas sarcástica —dijo Ramsey, dedicándole una espléndida sonrisa que Gillian habría hallado encantadora si el tema no hubiera sido tan delicado.

—¡Desde luego que el rey Juan se enterará de que estáis allí! —estalló, frustrada—. Dime, Brodick, ¿cuándo planean exactamente llevar a cabo esta invasión que nadie verá?

—Ian ya te ha respondido esa pregunta —contestó él—. Partiremos en cuanto nos digas los nombres de esos cerdos ingleses.

—Entiendo —dijo ella—. Ahora que comprendo

vuestros planes, jamás os diré sus nombres. Ya encontraré la manera de vérmelas con ellos. De una forma u otra, se hará justicia.

Ian frunció el entrecejo.

—Gillian, ¿qué piensas hacer? Eres una mujer...

Brodick salió en su defensa.

—Es fuerte y decidida, y muy astuta. Sinceramente, creo que puede hallar una manera de vencer a esos canallas.

—Gracias.

—No es un cumplido —le aclaró él—. Me limito a afirmar un hecho. Sin embargo, no puedo permitir que nos arrebates nuestros derechos, Gillian. En esto, nosotros tenemos tanto en juego como tú.

—La venganza no es mi motivo principal —explicó ella—. Pero sí es el vuestro, ¿verdad?

Brodick se encogió de hombros. Gillian se volvió hacia Ramsey con la esperanza de poner fin a la discusión.

—Puedo estar lista para partir en cuestión de minutos.

Él asintió.

—¿Vienes con nosotros, Brodick? —le preguntó Ramsey.

—Llegó el momento de que me lo pidas directamente, muchacha.

—Brodick, creo recordar que cuando Annie Drummond estaba a punto de verter aquel bendito fuego de madre sobre mi brazo, le dijiste que yo no emitiría sonido alguno.

—Y no lo hiciste, ¿no es así?

—No, no lo hice —confirmó ella—. Pero tú no me preguntaste nada. Simplemente, me lo ordenaste. No hago más que seguir tu ejemplo.

—¡Por el amor de Dios! —murmuró él, colmada su paciencia—. Si quieres que vaya con vosotros, pídemelo. Hazlo ahora, Gillian, o me voy.

—¿Me abandonarías? —susurró ella, horrorizada de que pudiera amenazarla con algo semejante.

Él pareció tener ganas de estrangularla.

—Pídemelo —volvió a exigir.

—No quiero que pienses que te necesito...

—Me necesitas.

Gillian dio un paso atrás. Él la siguió. Soltando un suspiro, ella volvió a intentarlo.

—Es sólo que he llegado a conocerte muy bien, y confío en ti.

—Ya sé que confías en mí.

—¿Por qué me lo estás poniendo tan difícil?

—Soy un hombre difícil.

—Sí, lo es —coincidió Ramsey.

Los demás, evidentemente, habían oído todo lo que ella había dicho.

—¿Vendrás conmigo? —preguntó, sintiéndose como una tonta.

—Sí.

—Gracias.

Brodick la tomó de la barbilla, y la obligó a mirarle.

—Me quedaré contigo hasta que regreses a casa. Te doy mi palabra —prometió—. Ahora, puedes dejar de preocuparte.

Ajeno a los testigos que presenciaban la escena, se inclinó hacia ella y la besó. Fue apenas un tierno roce de su boca contra la de ella, y terminó en un abrir y cerrar de ojos, pero logró que el corazón de Gillian batiera con fuerza.

Un estallido de carcajadas la sobresaltó, y se dio la vuelta hacia el sitio de donde provenía el sonido. Abrió los ojos de sorpresa, ya que al menos había doce mujeres observándoles desde la arboleda.

—Laird Maitland, hay unas cuantas damas que aguardan para hablar con vos —dijo entonces.

Judith se echó a reír.

—No están aguardando para hablar con mi esposo. Él ya está ocupado.

—¿Ocupado?

—Casado —explicó Judith.

—Durante el tiempo en que Gillian permanezca en las Highlands, es mi responsabilidad —afirmó Ian—. Es gracias a ella que mi hijo está vivo —añadió—. Por lo tanto, actuaré como su protector.

—Yo también siento una enorme responsabilidad por Gillian —dijo Ramsey—. También gracias a ella mi hermano estará a salvo, y sé que ahora me encuentro con una insurrección entre manos.

Ian pasó su mirada a Brodick.

—No permitiré que mancillen su reputación —le dijo.

—¿A qué te refieres? —preguntó Brodick.

—La gente va a murmurar —dijo Judith—. No quiero que nadie lastime los sentimientos de Gillian.

—¿Y qué pueden decir? —preguntó Gillian.

Judith evitó con toda deliberación darle una respuesta directa, para no turbar a su nueva amiga.

—Algunas personas pueden ser crueles. No los Maitland, desde luego, pero hay otros que pueden decir cosas terribles.

—Lo que Judith trata de decirte es que correrán rumores de que eres la amante de Brodick.

—Ian, ¿es necesario que seas tan bruto?

—Es preciso que comprenda exactamente lo que queremos decirle.

—¿Ya corren esos rumores? —preguntó Gillian.

Por toda respuesta, Ian se encogió de hombros.

—Esa no es una respuesta satisfactoria —dijo Brodick—. En este momento, ¿está en peligro su reputación?

Parecía indignado ante tal posibilidad. Gillian se cuadró de hombros.

—No me preocupa la maledicencia —replicó—. Debo reconocer que no había pensado en... es decir, con todo lo que tengo en la cabeza, no me detuve a considerar... —Se obligó a dejar de titubear, y aunque podía sentir que su rostro ardía de mortificación, su voz era firme—. La gente que pierde su tiempo chismorreando es mezquina y estúpida. Por lo que a mí respecta, pueden llamarme ramera si les place. Yo sé muy bien lo que alberga mi corazón, y sólo tengo que responder ante Dios.

—En cambio a mí me preocupa, maldito si me preocupa —respondió Brodick en tono airado—. Y no voy a permitir que nadie te calumnie.

—¿Cómo te propones detenerlos, Brodick? —preguntó Ramsey.

—Sí —coincidió Ian—, dinos qué piensas hacer.

Para Brodick sólo había una solución posible. Soltó un prolongado suspiro.

—Casarme con ella, supongo —respondió.

El anuncio dejó a Gillian sin aliento, y estuvo a punto de caer.

—Supones mal —dijo.

Todos, incluso Judith, ignoraron su protesta.

—A mí me parece lógico —comentó Ian.

—Sí, a mí también —acordó Ramsey—. Brodick se ha venido comportando de manera muy posesiva con Gillian. Anoche no permitió que me acercara a ella sino cuando él estaba a su lado.

—Sabe muy bien que las mujeres tienden a perder la cabeza cuando están cerca de ti —apuntó Ian—. Y también hay lo de ese desgraciado incidente de Inglaterra, cuando Brodick y tú fuisteis a buscar esposas. Es posible que siga molesto por eso.

—No estoy molesto —anunció Brodick.

Sus amigos parecieron no oírle, Ramsey se encogió de hombros.

—Eso pasó hace ocho años —comentó—. Además, Brodick no habría sido feliz con una mujer capaz de interesarse por otros hombres con tanta facilidad.

—Y por eso ninguno de los dos la trajo a casa.

—Ninguno de los dos la quería. Carecía de principios morales.

—Esa calificación es demasiado indulgente —dijo Ian con una risita ahogada.

Brodick parecía tener ganas de matar a Ian y a Ramsey, pero éstos no hacían ningún caso de su fiero aspecto.

—En esta historia hay más de lo que decís, ¿verdad? —dijo Judith.

Nadie le respondió. Ian le guiñó un ojo, y Judith decidió que ya encontraría la forma de enterarse de todo.

—Anoche, Gillian tenía puesto tu tartán, Brodick —le recordó Ramsey.

—Él insistió en que usara sus colores —dijo Ian—. No es raro que la gente haga especulaciones acerca de la situación de Gillian.

—Oí decir que durante los festejos de anoche, la besaste delante de todo el clan Maitland.

Brodick se encogió de hombros.

—No todo el clan, sólo algunos de sus miembros.

—Querías que todos se enteraran… —empezó a decir Ian.

Brodick lo interrumpió.

—Tienes toda la maldita razón, sí que quería.

—¿Quería que todos se enteraran de qué? —preguntó Judith, lanzándole una mirada preocupada a Gillian.

—Que Gillian le pertenece —explicó Ian.

—Por eso la besó delante de todo el mundo —completó Ramsey.

La pobre Gillian pareció haber recibido un golpe en la cabeza. Judith sintió lástima de ella, porque sabía bien que no comprendía las bruscas maneras de los hombres de las Highlands.

—Estoy segura de que no fue más que un beso amistoso, de la clase que un primo le daría a otro a guisa de saludo.

Gillian asintió frenéticamente.

—Al diablo si lo fue —Brodick contradijo en un murmullo.

Con un leve suspiro, Judith se dio por vencida. Si algo había aprendido a lo largo de los años compartidos con Ian, era que ningún hombre de las Highlands sabía ser sutil. Si deseaban que se hiciera algo, lo hacían ellos mismos, y si alguno de ellos quería a una mujer, la tomaba. Era así de simple. Respetaban a las mujeres, desde luego, y precisamente por esa razón generalmente se casaban con ellas antes de llevarlas a sus lechos, pero una vez que habían asumido un compromiso, lo mantenían hasta la muerte. En esta ocasión era obvio que Brodick quería a Gillian, y ningún argumento sería capaz de convencerlo de lo contrario. La tomaría, y sus dos leales amigos, con sus irritantes bromas, no hacían sino darle a entender que aprobaban la unión y harían todo lo que pudieran para ayudar.

Ninguno de ellos, no obstante, había tomado en cuenta los sentimientos de Gillian. Judith le palmeó la mano, para demostrarle su simpatía. Gillian parecía absolutamente aturdida.

—Brodick.

—¿Sí, Judith?

—¿Amas a Gillian?

Un denso silencio siguió a la pregunta. Si las miradas fueran capaces de matar, Ian se habría quedado sin esposa, pensó Judith. Era evidente que a Brodick no le agradaba que lo acosaran con preguntas tan personales. Judith, sin embargo, no se echó atrás; ante todo, tenía en cuenta los intereses de Gillian.

—¿La amas? —insistió.

—Cariño, no deberías hacer semejante pregunta —le dijo Ian.

—Yo creo que sí —contraatacó ella.— Alguien tiene que preocuparse por Gillian.

—Nosotros lo hacemos —protestó Ramsey.

—Y Brodick, evidentemente, la quiere —se sumó Ian.

—Quererla no es suficiente —afirmó Judith—. ¿Habéis olvidado que es inglesa?

—Era inglesa —exclamaron Ian y Ramsey al unísono.

Judith no ocultó su exasperación.

—¿Pero acaso Brodick y tú no habéis jurado casaros solamente con una mujer de las Highlands? —le preguntó a Ramsey.

—Sí, así fue —respondió Ian—. Después de aquel desdichado incidente de Inglaterra…

—¿Podrías dejar de llamarlo «desdichado incidente»? —pidió Brodick.

—Sí, hicimos esa promesa —reconoció Ramsey—. Pero, obviamente, Brodick ha cambiado de idea.

—Estoy pensando en su reputación —dijo éste.

—Pues entonces limítate a mantenerte alejado de ella —sugirió Judith.

—Ésa no es una solución aceptable —dijo Brodick.

—¿Por qué? —insistió Judith.

—Porque Brodick no quiere mantenerse alejado de ella —dijo Ramsey—. Eso debería resultarte evidente, Judith.

Judith decidió probar en otra dirección.

—Brodick, ¿has informado a Gillian cómo sería su vida con los Buchanan?

Él se encogió de hombros.

—Acabo de decidir casarme con ella —reconoció.

—Me dijo que me sentiría desgraciada. —La voz de Gillian era apenas un ronco susurro. Todavía no se había recuperado de la ultrajante osadía de Brodick al decidir su futuro, pero la incredulidad iba transformándose rápidamente en furia, y en cuestión de segundos temblaba de ira. No dejó de repetirse a sí misma que en cualquier momento todos se echarían a reír y le dirían que no había sido más que una broma.

—Sí, sería desgraciada —confirmó Brodick.

Ramsey prorrumpió en carcajadas.

—Le dijiste la verdad, entonces. No envidio a nadie, hombre o mujer, que trate de adaptarse al estilo de vida de esos salvajes que se llaman Buchanan.

—¡No seré desgraciada! —exclamó Gillian—. ¿Y sabéis por qué?

Los hombres actuaron como si no hubieran oído su pregunta. Ian se detuvo en su primera afirmación.

—¿Lo veis? Ya tiene una perspectiva optimista. Es un buen comienzo.

—Caballeros, ¿podríais dejar de bromear? —pidió Gillian. Había logrado recuperar el control, y estaba resuelta a poner fin a esa discusión.

—No creo que estén bromeando —dijo Judith. Se acercó a Gillian, y le murmuró—: Si no lo has descubierto todavía, tal vez deba explicarte que…

Agitada, Gillian se pasó los dedos por el cabello.

—¿Explicarme qué?

—Nunca bromean. Creo que Brodick habla en serio cuando dice que se casará contigo.

16

—Brodick, me gustaría hablar a solas contigo. —Sus secas palabras no admitían discusión, y ni siquiera intentó disimular su enojo. Quería que él supiese que estaba furiosa.

—Ahora no, Gillian —replicó Brodick con impaciencia, al parecer no muy afectado por su exhibición de malhumor—. Ramsey, partiremos dentro de diez minutos. ¿Crees que podrás estar listo para entonces?

—Por supuesto —contestó el aludido, y después de saludar con una inclinación a Gillian y a Judith, comenzó a subir por la colina.

Ian rodeó los hombros de su esposa con su brazo, y se volvió hacia el oeste.

—Antes de volver a mis obligaciones, voy a pasar a buscar a los niños. Han ido a la casa de Patrick y Frances Catherine.

A Judith no le quedaban muchas alternativas, puesto que su esposo ya la arrastraba con él.

—Les prometiste que los llevarías de pesca —le recordó.

—No, Alec lo prometió en mi nombre.

—Pero, ¿los llevarás?

—Desde luego que sí —respondió él, riendo—. Y no dejaré que se ahoguen —agregó, repitiendo la promesa que Michael le hiciera a su hermano.

Brodick continuaba de pie junto a Gillian, pero no le prestaba atención. Estaba totalmente concentrado en encontrar a Dylan en el prado al pie de la colina, donde se entrenaban alrededor de un centenar de soldados Maitland.

Gillian observó al grupo de mujeres, que se recogieron las faldas y subieron corriendo la colina. La mayoría reía tontamente, como niñitas.

—¿Qué están haciendo?

Brodick echó una mirada a las mujeres.

—Persiguiendo a Ramsey —respondió en tono práctico y realista, y siguió escudriñando el campo.

—¿Por qué?

—¿Por qué, qué? —preguntó él, sin dejar de buscar.

Gillian soltó un suspiro.

—¿Por qué lo persiguen las mujeres?

La pregunta lo desconcertó, ya que lo que debía resultar obvio para Gillian, evidentemente no lo era en absoluto.

Se encogió de hombros.

—Es lo que siempre hacen —dijo.

—¿Todas las mujeres lo persiguen? —preguntó Gillian, todavía sin comprender.

Por fin, Brodick le dedicó su atención.

—Sí, así es —dijo con lentitud.

—Pero, ¿por qué?

—¿No lo sabes?

—Si lo supiera no te lo preguntaría, Brodick —replicó ella, completamente confundida.

—Lo encuentran... apuesto —dijo Brodick, sin encontrar una palabra mejor—. Al menos, eso es lo que me han dicho.

—Es muy amable y educado, pero no puedo imaginarme persiguiéndolo sólo porque sea atractivo.

—A las mujeres no les interesa su conducta o su carácter. Les agrada mirarlo.

Gillian sacudió la cabeza.

—Ya sé lo que tratas de hacer. Estás tratando de hacerme reír para que olvide tus arrogantes pretensiones.

—Te juro que te estoy diciendo la verdad. A las mujeres les gusta mirar a Ramsey, y por eso lo persiguen.
¿Tú no crees que es apuesto?

—Hasta ahora, no se me había ocurrido pensar en
eso, pero supongo que lo es —contestó Gillian—. Sí, claro que lo es —confirmó con un poco más de convicción
para que Brodick no pensara que despreciaba a su amigo—. Ian también es muy apuesto. Me sorprende que las
mujeres no te persigan a ti. Después de todo, tú eres mucho más…

Se detuvo a tiempo. Por todos los cielos, había estado a punto de decirle lo atractivo que era. Su ruda
masculinidad rozaba lo pecaminoso. El mero hecho de
estar cerca de él le provocaba pensamientos y deseos muy
poco adecuados en una dama, pensamientos más propios
de una ramera. Pero ellas eran lascivas; Gillian no. Al
menos, no lo era hasta que Brodick entró en su vida y la
puso patas para arriba.

Oh, no estaba dispuesta a permitir que él se enterara de cuánto la afectaba. Lo último que ella deseaba era
fomentar su soberbia. Brodick ya tenía de sobra para toda su vida.

—¿Soy mucho más qué? —preguntó él.

Gillian sacudió la cabeza, tratando de no prestar atención a su penetrante mirada.

—Ya sé por qué las mujeres no te persiguen —dijo—.
Las asustas.

Brodick se echó a reír.

—Me alegra saberlo.

—Y siempre tienes el entrecejo fruncido.

—Ah, allí está Dylan.

Sin dignarse siquiera a despedirse, Brodick se alejó a grandes zancadas. Gillian no pudo creer su falta de cortesía, ni se había molestado en mirar hacia atrás. Simplemente, se había ido.

—Oh, no, no lo harás —murmuró—. No me vas a dejar aquí plantada. —Refunfuñando para sus adentros, se recogió las faldas y bajó corriendo la colina.

—¡Brodick, insisto en hablar contigo, y no me importa si quieres o no escucharme! —exclamó, pero como él ya se hallaba lejos de ella, dudó que hubiera oído ni una sola palabra.

Gillian no se había propuesto apresurar el paso, pero la ladera de la colina era mucho más escarpada de lo que había supuesto, y antes de que pudiera darse cuenta, se encontró corriendo, aparentemente sin poder detenerse.

El impulso la lanzó en medio de una lucha a espada.

—Os ruego me disculpéis —balbuceó, al chocar contra uno de los soldados.

El hombre no la oyó, pero evidentemente sintió el golpe en su espalda. Creyendo que otro de los soldados lo atacaba por la espalda, dio media vuelta, levantó la espada, y ya se disponía a dejarla caer, describiendo una amplio arco, sobre su atacante, cuando descubrió a quién estaba a punto de golpear.

El grito de sobresalto que soltó perforó la copa de los árboles. Gillian retrocedió de un salto, y chocó contra otro soldado. Se volvió rápidamente hacia él.

—Lo siento mucho —murmuró.

Entonces fue ese otro soldado quien gritó. Mortificada por el tumulto que estaba provocando, y sin saber hacia dónde dirigirse, Gillian dio vueltas en círculos y luego se detuvo en el medio del simulacro de batalla, rodeada por un numeroso grupo de jadeantes soldados que luchaban como si sus vidas dependieran de ello. Ninguno parecía darse cuenta de que sólo estaban entrenándose.

En medio del caos, Gillian perdió de vista a Brodick.

—Por favor, disculpadme por interrumpiros —se excusó, mientras amablemente trataba de abrirse paso entre el gentío.

Brodick soltó un bramido que logró detenerle el corazón. Entonces, todos comenzaron a gritar. Con un suspiro de resignación, supo que la razón era ella.

La lucha había cesado, y Gillian se encontró en el centro de un círculo de guerreros estupefactos que la contemplaban como si acabara de caer del cielo.

—Lo siento, caballeros. No tenía intención de interrumpir vuestro entrenamiento. Realmente, estoy… oh, allí está Brodick. Por favor, dejadme pasar.

Los hombres parecían demasiado atónitos como para moverse. La rugiente orden de Brodick, sin embargo, los traspasó, y en cuestión de segundos abrieron un ancho corredor para que pasara Gillian. En uno de los extremos la aguardaba Brodick, de pie con las piernas separadas, las manos sobre las caderas, y un gesto malhumorado en el rostro.

Gillian pensó que tal vez sería una buena idea irse hacia el otro lado, pero cuando miró hacia allí, vio que ese extremo lo cerraban Dylan y Winslow. Éste último la miraba como si tuviera intención de matarla. Dylan, en cambio, sólo parecía estar atónito.

Sintiendo que estaba atrapada, Gillian decidió que debía superar su turbación y cuadrando los hombros, caminó lentamente hacia el hombre a quien consideraba el único responsable de verse convertida en una tonta delante de sus hombres.

—Por el amor de Dios, Gillian, ¿en qué estabas pensando? Podrían haberte matado.

Un sordo gruñido de asentimiento brotó de la multitud. Gillian sintió que el rostro le ardía de vergüenza, pero se obligó a volverse y mirar de frente al disgustado público. Unió las manos como si estuviera rezando.

—Lo siento —repitió—. Comencé a bajar la colina, y antes de que pudiera impedirlo, me encontré corriendo. Os ruego que me disculpéis, caballeros, por interrumpiros y causaros preocupación.

La sinceridad de su voz y sus sentidas disculpas calmaron y complacieron a los hombres. Varios de ellos incluso se inclinaron ante ella, en tanto los demás asentían con la cabeza para demostrarle que perdonaban su falta.

Gillian empezó a sentirse mejor, pero en cuanto se volvió hacia Brodick, ese sentimiento se evaporó. Su furia podría llegar a derretir el sol.

—Quería hablar contigo —dijo Gillian.

Brodick cargó hacia ella, con la testuz baja como un toro. Al llegar al lugar donde ella estaba, no aminoró el paso. Se limitó a tomarla de la mano, y siguió andando al mismo ritmo. Gillian no tuvo alternativa. O bien podía caminar junto a él; en realidad correr, ya que las zancadas de Brodick eran mucho más largas y veloces que las suyas, o bien él la arrastraría como una muñeca de trapo.

—Suéltame, o camina más despacio —exigió, mientras trataba de mantener el paso.

Brodick aminoró la marcha.

—Te juro por Dios que pones a prueba la paciencia de un santo.

—Tú no eres ningún santo, Brodick, no importa lo que te pueda haber dicho tu madre.

El toro, increíblemente, sonrió.

—¡Ah, pero me gustas, Gillian, vaya si me gustas!

Ella no estaba de humor para cumplidos, especialmente los prodigados en un tono de tanto asombro.

—Pues entonces voy a hacerte…

—¿Delirar de placer? —preguntó él recordando sus palabras de la noche anterior.

—Sí, delirarás de placer, ¿y sabes por qué?

—No —replicó él con sequedad—, pero tú me lo vas a decir, ¿no es así?

Había puesto un tono resignado, pero Gillian se negó a tomarlo como un insulto.

—Te libero de tu obligación.

—¿Qué quieres decir?

—Ya no tienes que preocuparte más por mi reputación. Si a mí no me preocupa, ¿por qué habría de preocuparte a ti?

—Entiendo.

—No tienes que casarte conmigo.

—¿Ah, no?

De pronto, Brodick cambió de rumbo, para dirigirse hacia la arboleda donde anteriormente se habían congregado las admiradoras de Ramsey.

—¿Adónde me arrastras ahora?

—Necesitamos unos momentos a solas.

Gillian no discutió, ni le señaló el hecho de que la que le había pedido un poco de intimidad antes de que salieran a buscar a Dylan, era ella. Cuando antes le explicara su posición, mejor, pensó, antes de que alguien los volviera a interrumpir o de que él volviera a escaparse.

—Sé por qué me lo ofreciste.

—¿Qué te ofrecí? —preguntó él, mirándola de soslayo.

—¿Puedes prestarme atención, por favor? Sólo estabas mostrándote galante cuando sugeriste que me casara contigo.

—¿Sugerir? —se mofó él—. Gillian, yo no suelo hacer sugerencias. Yo doy órdenes. ¿Puedes ver la diferencia?

Gillian se negó a perder tiempo tratando de apaciguarlo.

—Éste no es momento para diplomacia —dijo—. Tengo que hacerte comprender que no tienes por qué ser tan noble. Es todo culpa mía, realmente lo es. Ahora me doy cuenta. No debería haberte pedido que vinieras conmigo hasta las tierras de Ramsey. Te acorralé, y fue un error por mi parte.

—Nadie jamás ha logrado acorralarme nunca —replicó él, sumamente ofendido por su comentario—. Hice lo que quería hacer, y lo que pensé que era necesario.

—No eres responsable de mí.

La llevó hasta un sitio aislado dentro del bosque, mientras ella no dejaba de hablarle y preguntarle por qué había hecho lo que había hecho. Brodick advirtió que Gillian parecía haber pensado profundamente sobre todo el asunto. Lo había entendido todo mal, por supuesto, pero él decidió esperar hasta que ella terminara de explicarle sus propios motivos antes de aclararle las cosas.

Cuando llegaron a un claro en la arboleda, le soltó la mano, se apoyó contra un grueso tronco de árbol, cruzó los brazos sobre el pecho y aguardó a que Gillian terminara de sermonearlo.

Trató de concentrarse en lo que ella decía, pero se distrajo. ¡Gillian era tan deliciosa, con esas mejillas arreboladas y los castaños rizos cayéndole sobre los hombros! Sabía que ella no tenía la menor idea de lo hermosa que era, que no le preocupaban las apariencias, y Brodick pensó que era un cambio refrescante con respecto a otras mujeres que había conocido. Los ojos de Gillian se habían vuelto de un profundo verde esmeralda. Era evidente que en su interior bullía la pasión, y lo acometió un súbito y abrumador deseo de tomarla en sus brazos y no soltarla jamás.

—¿Comprendes ahora?

¿De qué diablos estaría hablando?

—¿Comprender qué? —le preguntó, dándose cuenta de que no había escuchado una sola palabra de lo que le había dicho.

—¿No me has prestado atención? —exclamó Gillian, llena de frustración.

—No.

Gillian dejó caer los hombros.

—Brodick, no me voy a casar contigo. —Enfatizó sus palabras sacudiendo negativamente la cabeza—. No te permitiré comportarte con nobleza.

—Gillian.

—¿Sí?

—¿Te gusta estar conmigo?

Ella simuló no comprender, porque le pareció más seguro que permitirle obligarla a reconocer todos esos sentimientos que trataba desesperadamente de ocultar.

—¿Te refieres a… ahora?

—Sabes exactamente lo que quiero decir.

—Brodick…

—Respóndeme.

Ella inclinó la cabeza.

—Sí, me gusta… mucho… estar contigo —admitió—. Pero eso no tiene importancia —se apresuró a añadir—. Hace muy poco que nos conocemos, y tú tienes que irte a tu casa. Estoy segura de que tienes muchas obligaciones. Después de todo, eres el laird de los Buchanan.

—¡Sé muy bien quién diablos soy! —replicó él con brusquedad.

Ella contraatacó, con una dosis de su propia medicina.

—¡No te atrevas a hablarme en ese tono! ¡No lo voy a tolerar!

Cuando él, de repente, sonrió, Gillian sintió que estaba a punto de estallar.

—¿Te parece divertido?

—Te encuentro absolutamente refrescante.

Gillian sintió que tenía dificultades para respirar.

—¿Ah, sí?

—Sí, así es. No son muchas las mujeres que se atreverían a hablarme como lo has hecho tú. La verdad es que eres la primera —agregó, un tanto avergonzado—. No debería permitirte tanta insolencia.

—No creo haber sido insolente, y generalmente no suelo censurar a los demás, pero me haces perder los estribos.

—Eso es muy bueno.

Exasperada, Gillian dio un paso hacia él, y sacudió la cabeza.

—Me gustaría que dejaras de tratar de confundirme cambiando siempre de tema. Me lo estás poniendo muy difícil. Simplemente, estoy tratando de…

—¿Liberarme?

—Sí —dijo Gillian, al tiempo que soltaba un suspiro.

Brodick se acercó a ella, pero Gillian retrocedió, alzando la mano para detenerlo.

—No lo hagas.

—¿Qué no haga qué?

—Besarme. Eso era lo que ibas a hacer, ¿verdad?

Él volvió a apoyarse en el árbol.

—¿Quieres que lo haga?

Gillian se pasó los dedos por el cabello, sumamente agitada.

—Sí… quiero decir, no. ¡Oh, deja ya de hacerme preguntas! —exclamó—. Me confundes. No puedo casarme contigo. Tengo que encontrar a mi hermana y esa maldita caja, y luego regresar a Inglaterra. Si me casara contigo, al final te quedarías solo.

—¿Tan poca fe tienes en mí? ¿No crees que pueda protegerte?

Gillian no vaciló.

—Desde luego que tengo fe en ti. Sé que puedes protegerme, pero esta guerra no es la tuya. Es mía, y no te meteré en ella. Si te sucediera algo, no lo podría soportar.

A Brodick lo asaltó una súbita idea, que lo sacudió hasta lo más profundo.

—¿Hay algún hombre esperándote en Inglaterra?

Por primera vez desde que se habían enzarzado en tan acalorada discusión, se lo oyó inseguro de sí. Su vulnerabilidad resultaba atractiva. Aunque Gillian supo que tenía la posibilidad de terminar con la discusión de una vez y para siempre, se sintió obligada a decirle la verdad.

—No, no hay otro hombre. Voy a casa, a buscar al tío Morgan… pero no hay ningún otro.

—¿Acaso tu tío te ha elegido un esposo?

—No.

Brodick inclinó la cabeza, como observándola.

—Él me encontraría aceptable —dijo serenamente.

Gillian no se lo discutió.

—Sí, en efecto.

—¿Le complacería enterarse de que te casaste con un laird?

La protección de Brodick volvía a estar en su sitio, y cualquier inseguridad que pudiera haber detectado en él se había esfumado por completo. Volvía a tener frente a sí al arrogante guerrero, presumido y orgulloso.

—A mi tío le complacería saber que has alcanzado un rango de semejante importancia dentro de tu clan, pero no es por eso que te consideraría aceptable.

—¿Y entonces, por qué? —preguntó él con curiosidad.

—Porque podría ver fácilmente más allá de tu arisco exterior. Eres acalorado y apasionado a la hora de defender tus convicciones, y también extremadamente leal para con aquellos que amas. Eres un hombre honorable, Brodick, y no podrías engañar a mi tío. Él sabría lo que hay en tu corazón.

—¿Y tú, Gillian? ¿Sabes tú lo que hay en mi corazón?

Su voz era apenas un suave susurro, y un estremecimiento de deseo la recorrió de la cabeza a los pies. Bajo los rayos del sol que se filtraban por las copas de los árboles, el cuerpo de Brodick había adquirido un resplandor iridiscente. Le resplandecían la piel y los largos cabellos dorados. La contemplación de ese hombre la dejó con la boca seca y un vacío en el estómago. Sus fantasías cubrieron de rubor su rostro, y cuando advirtió que tenía los ojos clavados en su boca, se obligó a bajar la vista hasta el suelo hasta que pudiera dominar sus locos pensamientos. Hasta conocer a Brodick, jamás había considerado seriamente la posibilidad de estar con ningún hombre, y gracias a él supo que iba a tener que pasar un buen rato en el confesionario, contándole al cura cuán depravada se había vuelto.

—¿Has estado con muchas mujeres? —No podía creer que hubiera tenido la audacia de formularle una pregunta tan íntima, y deseó haber podido retirar esas palabras—. No me respondas —rectificó—. No debería haberte preguntado.

—Puedes preguntarme lo que quieras —dijo él—. Y, sí, he estado con otras mujeres —agregó en un tono práctico y realista—. ¿Te gustaría que calculara cuántas?

—No, gracias —respondió ella. Sin dejar de mirar el suelo, preguntó—: ¿Te espera alguna en particular?

— 314 —

—Me imagino que hay varias esperándome.

La mirada de Gillian voló hacia la de él.

—No puedes casarte con varias mujeres, Brodick. Sólo con una.

Tenía las mejillas encendidas. Brodick tuvo que hacer un considerable esfuerzo para no echarse a reír.

—Siempre hay mujeres esperándome y deseando compartir mi lecho —explicó—. Ninguna de ellas intenta casarse conmigo.

Gillian decidió que odiaba a cada una de esas mujeres. El ataque de celos que sufrió en ese momento carecía de sentido, pero logró hacerla sentir desolada. No iba a casarse con él, pero a pesar de eso detestaba la imagen de Brodick compartiendo su lecho con otra mujer.

Incapaz de ocultar su furia, ésta le impregnaba la voz.

—¿Y todas esas mujeres van a seguir compartiendo tu lecho después de que te cases? —preguntó.

—No había pensado en ello —reconoció él.

—Pues entonces, piénsalo —replicó ella.

Gillian se dio cuenta de que él sabía exactamente lo que pasaba por su cabeza cuando la miró sonriendo. Oh, sí, él sabía que a ella no le gustaba oír hablar de otras mujeres, y estaba disfrutando enormemente con su reacción. De pronto quiso patearlo y besarlo, todo al mismo tiempo.

En lugar de eso, optó por conservar la compostura.

—A tu esposa no le gustaría que llevaras a otras mujeres a tu lecho.

—Gillian, cuando nos casemos, te tendré a ti y a ninguna otra más. Nos seremos fieles el uno al otro, en las buenas y en las malas. No debes preocuparte por cosas tan insignificantes. Sólo te quiero a ti. ¿Tu tío Morgan se dará cuenta de que voy a cuidar de ti?

—Él sabe que yo me sé cuidar sola. No soy ninguna

floja. Mi tío me enseñó a defenderme. ¿Se te ocurrió que yo era débil porque Alec te dijo que me pegaron?

—No —respondió él—. Tú demostraste fortaleza, no debilidad. Protegiste al muchacho del peligro al volver la furia del canalla contra ti misma. Además —agregó, presumido—, jamás me casaría con una mujer débil.

La calidez de su voz y su elogio por poco se convirtieron en su ruina. ¡Oh, cómo anhelaba arrojarse en sus brazos y abrazarse a él! No sabía cómo protegerse, y ya empezaba a lamentar su pérdida. Supo que cuando regresara a Inglaterra, jamás volvería a ser la misma.

—Dime que me amas —le pidió él.

—Te amo —confesó Gillian—. Pero no me alegra. No sé bien cómo sucedió… tan rápidamente… no tuve tiempo de protegerme de ti, y no tenía ninguna intención de enamorarme. —Sacudió la cabeza, como si intentara ordenar sus pensamientos—. Sin embargo, no tiene demasiada importancia, porque no me casaré contigo.

Brodick sintió que su cuerpo se relajaba. Aunque suponía que ella lo amaba, sus palabras le dieron la seguridad que necesitaba. La tensión lo abandonó, y de pronto se sintió renovado. Ella lograba hacerlo sentir limpio, nuevo, indestructible.

—Voy a a tenerte, Gillian.

Desconcertada por la vehemencia de su voz, Gillian negó con la cabeza.

—No.

—Sí —la contradijo él, en tono firme y decidido—. Entérate de esto: ningún hombre va a tocarte. Tú me perteneces.

—¿Cuándo tomaste esa decisión?

—Al decirme que me amas. Yo ya lo sabía, pero parece que necesitaba oírtelo decir.

Ella rompió a llorar.

—¿Por qué no tratas de comprender? Yo jamás podré tener una casa como la de Annie Drummond. Ni ahora, ni nunca. Estás metiéndome ideas tontas en la cabeza, y quiero que dejes de hacerlo. Es cruel hacerme desear aquello que nunca podré tener. ¡No! —agregó, prácticamente a gritos—. ¡No quiero soñar! Es peligroso.

—¿Quieres una casa como la de Annie Drummond? —preguntó él, sorprendido por el extravagante deseo—. ¿Por qué?

—Oh, no importa. No lo comprenderías.

—Entonces explícamelo para que lo entienda.

—Es lo que la casa de Annie representa —explicó ella, vacilante—. Ella tiene su casa, y un esposo que la ama, y su vida es… idílica.

—No puedes saber cómo es su vida, a menos que te pongas en su piel —dijo él.

—Deja de intentar mostrarte lógico —exigió ella—. Simplemente, estoy tratando de que comprendas que nunca podré sentirme como Annie. Tengo que volver a Inglaterra.

Súbitamente, Brodick se puso rígido. La verdad lo golpeó con fuerza. Finalmente, adivinó la verdadera razón de que Gillian se negara a casarse con él, y se dio cuenta de que, incluso en ese momento, ella intentaba protegerlo.

—Crees que regresarás a Inglaterra para morir, ¿verdad, Gillian? Eso es lo que me estás diciendo.

Ella apartó la mirada.

—Existe esa posibilidad —dijo, y volvió a estallar en llanto.

—No me gusta verte llorar. Deja de hacerlo, ahora mismo.

Gillian pestañeó, incrédula. Sólo Brodick podía dar

una orden tan ridícula. ¿Acaso creía que lloraba a propósito, para molestarlo?

—Eres el hombre más difícil que conozco, y no me casaré contigo.

Él se movió con una velocidad tal que no le dio tiempo a reaccionar. En dos zancadas estuvo a su lado.

—Ya te has comprometido conmigo al reconocer que me amabas. Nada más tiene importancia. Me importa un comino lo complicado que pueda ser todo. Ahora eres mía. ¿Crees sinceramente que voy a dejarte ir?

Repitiéndose que debía mantenerse fuerte y no ceder ante Brodick, Gillian negó con la cabeza y luchó para liberarse. Empujó con las manos apoyadas sobre el pecho de Brodick, empujó con todas sus fuerzas, tratando desesperadamente de poner distancia entre ellos. Cuando estaba cerca, todo lo que quería era sumergirse en su calor y olvidar al resto del mundo. Quería que el tiempo se detuviera… y eso era imposible.

Sus forcejeos fueron inútiles. No logró moverlo ni un centímetro. La fuerza de Brodick era muy superior a la suya, y al cabo de un instante cesó de revolverse en sus brazos, e inclinó la cabeza.

—¿Qué vamos a hacer? —susurró, otra vez al borde de las lágrimas.

Gillian no reparó en lo revelador de su propia pregunta. No había preguntado qué iba a hacer ella, sino qué iban a hacer ambos. Satisfecho por el momento, simplemente al tenerla en sus brazos, Brodick se inclinó, la besó en los cabellos y cerró los ojos para aspirar su aroma. No se parecía a las mujeres Buchanan, y se dio cuenta de que ella le inspiraba cierto temor reverente. Gillian tenía la piel tersa y suave tal como imaginaba él que sería el tacto de una nube, y su sonrisa lograba fascinarlo. Era hermosa como la de un bebé, e igual de pura. En ella no había atisbo de astucia o malicia. No, no se parecía a otras mujeres. Recordó que cuando la conoció, la había juzgado como casi dolorosamente remilgada y correcta, y frágil, demasiado frágil para el estilo de vida que él llevaba. Sin embargo, en poco tiempo había notado el acerado temple oculto en su interior. Gillian era valiente y honorable, y ésas no eran sino dos de los cientos de razones por las que no pensaba dejarla nunca.

—Te prometeré algo —anunció con voz ronca—. Y entonces dejarás de preocuparte.

—¿Cuál es esa promesa?

—Si vuelves a Inglaterra, iré contigo.

—¿Si vuelvo?

—Eso todavía no ha sido decidido.

—¿Qué estás diciendo? No comprendo. Esa decisión la tengo que tomar yo.

Brodick no discutió, y su silencio logró preocuparla. Una vez más, trató de que le explicara sus palabras, pero él se negó con terquedad.

—Cuando regrese, lo haré sola. Debes quedarte aquí. Si te pasara algo, no podría soportarlo.

La voz le tembló por la emoción, y el temor que detectó en su voz sorprendió y agradó a Brodick. Jamás había tenido a nadie que se preocupara tanto por él. Su única familia era su hermano, Winslow, pero la de ellos era una relación distante, tensa. Se amaban como se aman los hermanos, pero nunca se demostraban su afecto.

—Tendrás que confiar en mi capacidad para protegerte —le ordenó.

—No sabes con qué deberás enfrentarte. No son hombres comunes. Cuentan con el apoyo y la amistad del rey, y seguramente también con la del diablo.

—Ninguno de ellos tiene sangre de las Highlands, y eso los hace vulnerables.

—¿Podrás hablar en serio alguna vez? —le exigió ella—. Un hombre de las Highlands sangra igual que un inglés.

—Tendrás que tener fe en mí. Te lo ordeno.

Gillian renunció a discutir con él, con la sensación de que podría ser más fácil convencer a un muro de piedra que a Brodick.

—Tengo fe en ti, y trataré de no preocuparme, pero eso es todo lo que te prometo. Puedes darme todas las órdenes que se te ocurran, que no cambiarán lo que siento.

—Todo hombre tiene su punto débil —le explicó él con paciencia—. Descubriré el de ellos, te lo prometo.

—¿Todo hombre?

—Sí —afirmó él con convicción.

La mano de Brodick se deslizó hasta su nuca. Enredando sus rizos entre los dedos, le hizo echar la cabeza hacia atrás. Con su cara pegada a la de ella, la miró a los ojos, haciéndole sentir su cálido y dulce aliento sobre el rostro.

—¿Y cuál es tu punto débil, Brodick?

—Tú.

17

Brodick bajó la cabeza y la besó, acallando cualquier posible protesta. No fue una tierna caricia de sus labios contra los de ella, sino un beso profundo y exigente que borró cualquier duda acerca de lo mucho que él la deseaba. Su lengua se introdujo en la boca dulce y cálida de ella para acariciarla, y en cuestión de segundos Gillian se encontró devolviéndole el beso con la misma intensidad. Tímidamente al principio, con la punta de su lengua rozó la de él, pero cuando sintió que él la apretaba con más fuerza y gruñía sordamente, se volvió más audaz. La pasión de Brodick la abrumaba, pero no sintió miedo porque confió en que él sabría cuándo detenerse. Por el momento, no obstante, no parecía tener la intención de hacer nada semejante, ¡y por Dios!, qué mágicas sensaciones provocaba su boca en todo su cuerpo. Un abismo anhelante en su interior clamaba por más, y cuando la boca de Brodick se adueñó de la suya una y otra vez, en lo único que pudo pensar fue en que quería estar aun más cerca de él.

Sus manos le acariciaron la espalda y luego las extendió mientras la alzaban apretándola contra sus muslos, de modo que quedaran íntimamente unidos el uno al otro. Con sus senos, Gillian se frotó contra su pecho, y sintió que los muslos de él eran como acero. Brodick le hacía arder de deseo por él, y Gillian sintió que era incapaz de recuperar el aliento mientras le devolvía los besos con frenesí.

—Brodick, quiero...

Él volvió a besarla, casi salvajemente, y de pronto la separó de él y la dejó deslizarse lentamente hasta el suelo. Mantuvo la cabeza oculta en el hueco del cuello de Gillian, aspirando varias veces con fuerza mientras trataba de recobrar el control de sí mismo.

Ella, sin embargo, no quería dejarlo ir, y cuando él comenzó a mordisquearle el lóbulo de la oreja, mientras lamía suavemente su sensible piel, sintió que la recorría una convulsión de puro placer.

—No, no... —balbuceó, y notó que se le quebraba la voz, al tiempo que temblaba como una hoja.

Él recorrió el cuello de la joven con sus labios.

—¿No, qué? —dijo.

Gillian echó la cabeza hacia atrás para facilitarle el acceso, y soltó un profundo suspiro.

—No te detengas —contestó.

Brodick la apartó suavemente, y la habría soltado si ella no se hubiese tambaleado. Con una pícara mirada de masculina satisfacción, se sintió orgullosamente complacido de haberla excitado y confundido en tan poco tiempo. La pasión de Gillian igualaba a la suya, y supo que una vez pudiera librarse de su timidez, se mostraría tan desinhibida y ardiente en su noche de bodas como él pensaba serlo. Mejor sería que se casaran pronto porque no creía poder esperar mucho tiempo más, y ciertamente no deseaba deshonrarla haciéndola suya antes de que sus votos matrimoniales hubieran sido bendecidos. Pero ella se lo estaba poniendo difícil. El sólo mirarla despertaba en él un ardiente deseo. Esos increíbles ojos verdes lograban hacer estragos. Su cabello era una masa de rizos cayendo sobre sus hombros, y tenía la boca rosada e inflamada por sus besos.

Esperar que entrara en razones y accediera a casarse con él estaba fuera de cuestión. Para cuando se decidiera, tendrían al menos dos niños.

El mundo volvió a entrometerse entre los dos, obligándolos a volver a la realidad. Ramsey gritó llamando a Brodick, y con un largo suspiro de pesar, Brodick se apartó de Gillian.

—Ve y prepara tus cosas. Llegó el momento de partir —Se volvió, dirigiéndose hacia el campo.

Gillian corrió tras él.

—Gracias por entender.

—¿Entender qué?

—Que no puedo casarme contigo.

Brodick siguió caminando, y hasta Gillian llegó el eco de su risa.

Cuando Gillian regresó a casa de los Maitland, Helen, el ama de llaves, ya había preparado todas sus cosas, y al darle las gracias, Gillian recordó una promesa que había hecho. Por suerte, Helen pudo ayudarla, y le mostró un atajo para llegar a su destino desde la puerta trasera de la residencia.

Pasaron diez minutos, y luego diez más, y Brodick, ya impaciente por naturaleza, iba enfadándose cada vez más mientras esperaba a Gillian en el patio de armas.

Ramsey y Winslow aguardaban a su lado, y cada dos segundos uno u otro echaba miradas a la puerta de entrada.

—¿Qué demonios la está retrasando? —murmuró Brodick.

—Tal vez esté esperando a Ian y a Judith. Ahí vienen. Seguramente Gillian quiere despedirse de ellos.

Ramsey fue el primero en ver a Gillian que se acercaba a ellos desde el lado opuesto de la colina.

—Allí viene.

—No se olvidó —dijo Winslow, sonriendo.

Su esposa Isabelle caminaba junto a Gillian, y los dos niños de Winslow correteaban tras ellas. Andrew, el más pequeño, que pronto cumpliría cinco años, se acercó y tomó a Gillian de la mano. Winslow la observó hablarle al niño y sonreírle. Lo que le dijo hizo que el niño estallara en carcajadas. Isabelle se esforzaba por no reír también.

—¿De qué no se olvidó? —le preguntó Brodick a su hermano.

—Le dije que Isabelle estaba molesta conmigo porque no se la había presentado. No lo olvidó.

De pronto, Winslow supo por qué su familia se divertía tanto con Gillian.

—No creo que Isabelle entienda una palabra de lo que dice. El gaélico de tu mujer necesita mejorar.

Brodick asintió.

—Tiene una mente rápida. Aprenderá pronto.

—¿Vas a quedarte con ella?

—Sí.

—¿Ella lo sabe?

—Todavía no.

Ramsey, que estaba oyendo la conversación, rió de buena gana.

—Supongo que has tenido en cuenta todas las circunstancias, Brodick.

—Lo he hecho.

—No le será fácil vivir con… —empezó a decir Ramsey.

Brodick terminó la frase por él.

—Vivir con el clan Buchanan. Lo sé, y me preocupa su adaptación.

Ramsey le sonrió.

—No es eso lo que quería decir. No le será fácil vivir contigo. Se dice que es difícil aguantarte.

Brodick no se sintió ofendido.

—Gillian conoce bien mis defectos.

—¿Y aún así quiere estar contigo? —preguntó Winslow.

—En realidad, se ha negado a casarse conmigo.

Conociendo a Brodick como lo conocían, tanto Ramsey como Winslow volvieron a reír.

—Así que, ¿cuándo es la boda? —preguntó Ramsey.

18

Se suponía que el amor no llegaba de repente.

Gillian pasó la mayor parte del camino hasta las tierras de Ramsey pensando en Brodick y preguntándose cómo era posible que hubiera cautivado su corazón tan completamente y en tan poco tiempo. Prácticamente le había hecho perder la cordura. Gillian tenía plena conciencia de los defectos de Brodick, pero aún así lo amaba, y ¿cómo era eso posible? Se suponía que el amor era algo que iba creciendo con el tiempo. Un lento descubrimiento que ocurría tras meses y meses de cortejo, y a veces darse cuenta de que uno estaba enamorado requería años. El amor, ciertamente, no lo fulminaba a uno como un rayo.

Tal vez fuera lujuria, y si lo era, entonces, ¿cómo iba a poder hablar de tal atrocidad en el confesionario sin morir de vergüenza? ¿Era lujuria? Brodick era muy apuesto, y era necesario estar muerta para no notarlo. Sin embargo, Ian y Ramsey también eran apuestos, y su corazón no se desbocaba cuando alguno de los dos estaba cerca de ella. Brodick, sin embargo, ejercía sobre ella un efecto hipnótico. Lo único que tenía que hacer era mirarla para dejarla sin aliento.

En ese momento no le prestaba la más mínima atención. Ramsey y él cabalgaban muy por delante de los soldados y de Gillian, y Brodick no miró para atrás ni una sola vez para ver cómo le iba. Gillian pasó un buen rato contemplando sus anchos hombros, mientras trataba de pensar qué hacer para recobrar el sentido común.

No quería recordar los motivos que la llevaban a las tierras de Ramsey, pero la realidad terminó por imponerse. ¿Y si su hermana no estaba allí? ¿Y si se había casado, marchándose lejos de los MacPherson? O peor aún, ¿y si no se acordaba de ella? Christen no había tenido a Liese para ayudarla a mantener vivo el recuerdo, ¿y si había olvidado todo lo ocurrido?

Sumida en sus pensamientos, no advirtió que Brodick y Ramsey se habían detenido. Dylan se acercó a ella y tomó las riendas de su cabalgadura, haciéndola detenerse a su vez. Los soldados y ella aguardaron a buena distancia de sus lairds, y estaba a punto de preguntarle al comandante por qué no seguían camino, cuando vio que se acercaba un jinete por el oeste, subiendo la pendiente de la colina. El desconocido dio un amplio rodeo, galopó hasta donde se encontraban Brodick y Ramsey y se detuvo a su lado.

Pacientemente, Gillian esperó para enterarse de lo que ocurría, mientras observaba lo que parecía ser una discusión entre Brodick y el desconocido. Sin embargo, no podía ser una discusión demasiado importante. Aunque Brodick tenía el entrecejo fruncido, y el desconocido sacudía repetidamente la cabeza, pudo ver que Ramsey estaba sonriendo.

—Dylan, ¿quién es ese hombre que mueve la cabeza y habla con tu laird? —preguntó.

—El padre Laggan. Es quien atiende las necesidades espirituales de los Sinclair, los Maitland y varios otros clanes.

—¿También se ocupa de los Buchanan?

—Cuando no tiene más remedio, lo hace.

—No comprendo. ¿No le gustan los Buchanan?

Dylan soltó una risita.

—Nosotros no le gustamos a nadie, milady. Nos sentimos muy orgullosos de eso. La mayoría de los clanes no se meten con nosotros, como tampoco lo hace el clero, incluyendo al padre Laggan.

—¿Y por qué no gustáis a nadie?

—Nos tienen miedo —explicó jovialmente el comandante Buchanan—. El padre Laggan cree que somos unos salvajes.

—¿Y cómo sabes eso?

—Por el mismo padre Laggan. Así es como nos llama.

—Estoy segura de que no piensa nada por el estilo. No sois salvajes. Sois un poco... intensos... eso es todo. El cura parece no darse por vencido. ¿Ves como niega con la cabeza?

—Pero Brodick va a ganar igualmente —predijo Dylan—. Siempre lo hace.

Como si supiera que hablaban de él, Brodick de pronto giró en su montura y la miró fijamente, mientras el sacerdote seguía discutiendo. Obviamente molesto, Laggan ahora agitaba las manos con vehemencia.

Entonces Brodick, sin dejar de mirarla, le guiñó un ojo. Gillian no supo qué pensar de su actitud. No era propio de Brodick flirtear con ella delante de los demás, y el gesto, mínimo e inocente, llenó de calor su corazón.

—¿Sabes por qué discuten? —le preguntó a Dylan.

—Sí, claro —respondió él.

En ese momento, el padre Laggan también giró en su silla para mirarla. Tenía el cabello sorprendentemente blanco, y su atezada piel parecía cuero. Fruncía los labios en un gesto de descontento, y por esa razón Gillian no le sonrió ni lo saludó con la mano. Se limitó a inclinar la cabeza, en un silencioso saludo.

En cuanto el cura volvió a mirar a Brodick, Gillian se dirigió a Dylan.

—Dime de qué están discutiendo.

—De vos, milady.

—¿Cómo dices?

—Creo que vos sois el tema de discusión, milady.

—Seguramente no es así —protestó ella—. El sacerdote ni siquiera me conoce.

—Ian se lo ha enviado a Brodick, y me parece que ahora Laggan está actuando como vuestro guardián. Quiere asegurarse de que nadie os fuerza a hacer nada que no queráis hacer.

—Pero yo quiero ir a las tierras de Ramsey —insistió Gillian—. Ian debe haberle explicado mi situación al padre.

Dylan deseó fervientemente que Gillian no le pidiera más explicaciones sobre el papel del sacerdote. En su opinión, cuanto menos supiera Gillian, sería mejor.

Brodick le hizo señas para que se acercara, mientras el sacerdote, todavía con gesto malhumorado, movió su caballo a un lado para dejarle espacio suficiente. Ramsey la flanqueó por un costado, y Brodick por el otro. Mientras Ramsey realizaba las presentaciones de rigor, Gillian sonrió al sacerdote, pero la sonrisa se esfumó en cuanto advirtió dónde se encontraba. Había creído que Brodick había hecho un alto en la cima de una suave pendiente, pero en ese momento, al acercarse a pocos metros de esa cima, pudo ver un profundo abismo en frente suyo. Tiró de las riendas con tanta fuerza que el caballo se encabritó, pero la rápida intervención de Brodick evitó que fuera arrojada de la silla.

Él le quitó las riendas de las manos.

—Gillian, ¿qué te ha pasado?

Ella se obligó a mirarlo fijamente, a él y nada más que a él.

—No me gusta mirar desde las alturas —susurró—. Me da vértigo.

Viendo el pánico en sus ojos, Brodick hizo retroceder varios metros a los dos caballos. Ramsey hizo otro tanto.

—¿Ya estás mejor?

Gillian exhaló un largo suspiro, sintiendo que se relajaba.

—Sí, mucho mejor, gracias —murmuró, antes de volverse hacia el padre Laggan.

—Ramsey, tendrás que ayudarme con esto —dijo Brodick en voz baja.

—Haré todo lo que pueda —prometió su amigo en el mismo tono quedo.

Curiosa, Gillian lo miró.

—¿Querrías que también yo te ayudara? —dijo.

Brodick no pudo menos que sonreír.

—Tu ayuda es, definitivamente, necesaria.

—Entonces dime, por favor, en qué necesitas que te ayude, y lo haré con el mayor placer.

Brodick echó una breve mirada a Ramsey.

—El cura está esperando para hablar contigo. ¿Acaso quieres que piense que eres una maleducada? —se apresuró a decir éste.

La posibilidad de que involuntariamente pudiera haberle faltado el respeto a un hombre de Dios la hizo sonrojar.

—No, desde luego que no —dijo apresuradamente—. Buenos días tenga usted, padre. Es un placer conocerlo.

—Buenos días —replicó él, con una cortesía que ya se había esfumado cuando agregó—: Ahora, tengo algunas preguntas importantes que formularte para satisfacer a la Iglesia.

—¿Quiere satisfacer a la Iglesia? —repitió Gillian, desconcertada por sus bruscos modales y su extraña exigencia. Seguramente, no le había oído bien.

—En efecto —respondió él con vehemencia. Tras una

pausa para dedicarle a Brodick lo que sólo podía ser interpretado como una mirada extremadamente hostil, agregó—: No vamos a movernos ni un milímetro hasta que no tenga la plena seguridad de que nadie te ha presionado.

—Padre, es sumamente importante que vaya a...

Antes de que pudiera terminar su explicación, Ramsey la interrumpió.

—¿Gillian no tuvo que descender por un desfiladero para rescatar a Alec Maitland? Ian me contó que su hijo había quedado atrapado en un saliente de la garganta.

—La tienes frente a ti, Ramsey. Pregúntale a ella —sugirió Brodick.

Gillian no les estaba prestando ninguna atención.

—Padre, ¿por qué necesita preguntar...?

—¿Lo hiciste, Gillian?

Una vez más, Ramsey la había interrumpido, y de no haber dado por sentado que eso era imposible, habría pensado que lo hacía a propósito, pero, claro, eso era ridículo. Al contrario de Brodick, Ramsey jamás sería deliberadamente impertinente. En todo caso, su exceso de tacto era casi un defecto.

—¿Si hice qué? —preguntó distraída, mientras seguía mirando al cura. ¿Por qué razón, en nombre del cielo, tenía que satisfacer a la Iglesia antes de reemprender viaje hacia las tierras de Ramsey?

Repitiendo su pregunta, Ramsey le exigió que lo mirara al responderle. Como se mostraba muy insistente, Gillian se disculpó al sacerdote y se volvió hacia él.

—Sí, Ramsey, bajé por la garganta del desfiladero para rescatar a Alec.

Antes de que pudiera hacerle otra pregunta, Gillian volvió a prestarle total atención al sacerdote.

—Padre, ¿está diciéndome que no puedo seguir viaje hasta satisfacer a la Iglesia? ¿Lo he oído bien?

—Sí, milady, eso es exactamente lo que dije. Nadie va a moverse de este sitio hasta que no me considere completamente satisfecho. Hablo en serio, laird —añadió, asestándole otra penetrante mirada a Brodick.

—Recibirá la satisfacción que espera, padre —le aseguró Brodick.

—No comprendo… —empezó a decir Gillian.

—Me aseguraré de que comprenda —exclamó el sacerdote—. Los Buchanan son expertos en trampas y engaños. Harán lo que sea necesario para conseguir lo que quieren, y como ni tus padres ni tu confesor están aquí para protegerte, considero mi deber actuar como tu guardián y tu director espiritual. ¿Comprendes ahora?

Gillian no comprendía absolutamente nada. Empezó a sacudir negativamente la cabeza, y pensó en preguntarle al padre por qué creía que necesitaba que alguien velara por ella. ¿Acaso no se daba cuenta de que allí estaba Brodick para cumplir esa función?

—Padre, le pedí a Brodick…

El cura quedó tan alelado que no la dejó terminar.

—¿Tú le pediste a Brodick? Entonces, ¿no fuiste obligada?

Gillian empezaba a creer que el padre Laggan estaba un poco mal de la cabeza. Una vez más, trató pacientemente de explicarse.

—Si alguien ha ejercido alguna clase de presión, he sido yo. Si yo no se lo hubiera pedido, Brodick habría regresado a su casa…

El mismo Brodick fue quien la interrumpió esta vez.

—Ella tiene capacidad de decisión propia, padre. Ni la forcé ni la obligué a nada. ¿No es así, Gillian?

—Sí, así es —confirmó ella—. Pero, padre, sigo sin comprender por qué cree necesario actuar como mi protector. ¿No ve que estoy en buenas manos?

El padre Laggan pareció a punto de echarse a llorar.

—Querida niña, ni te imaginas en qué te estás metiendo —exclamó, estupefacto ante su serena aceptación—. Respóndeme lo siguiente —exigió—. ¿Alguna vez estuviste en las tierras de Buchanan?

—No, no he…

El cura alzó las manos con gesto de desesperación.

—¡Ahí lo tenéis! —exclamó triunfalmente, casi gritando.

—Lo que hasta ahora he visto de las Highlands es muy bello —dijo Gillian—. Y supongo que las tierras de Brodick son igualmente encantadoras.

—Pero no has conocido a ninguno de los salvajes que se llaman a sí mismos Buchanan, ¿verdad, muchacha? —preguntó el sacerdote con voz chillona.

Era más que evidente que el padre Laggan estaba terriblemente irritado, y Gillian trató de tranquilizarlo.

—No, no he conocido a muchos de sus seguidores, pero estoy segura de que son personas muy agradables, no salvajes.

—¡Santo Dios de las alturas, cree que son agradables! ¿La has oído, Ramsey? ¿La has oído?

Ramsey tuvo que hacer un esfuerzo para no soltar una carcajada.

—La he oído, padre —respondió—, pero me atrevo a recordarle lo que ha dicho Brodick. Gillian toma sus propias decisiones. Yo creo que encontrará muy agradables a los seguidores de Brodick.

—¿Cómo es posible que ella…?

—Encuentra muy agradable a laird Buchanan. No estaría a su lado si no fuera así. Brodick puede ser realmente… encantador… si se lo propone. —La risa ahogada que acompañó las últimas palabras se transformó en una estruendosa carcajada.

El cura se volvió hacia Brodick.

—No es posible que esté enterada de lo que reservas para ella.

—¿Está sugiriendo que no voy a cuidarla como corresponde, o que alguno de los de mi clan va a maltratarla?

El padre Laggan advirtió que se había extralimitado, y se apresuró a intentar reparar el daño.

—No, no —exclamó alzando las manos—, sólo sugería... la muchacha parece ser una joven tan gentil... y no imagino cómo hará para vivir en un ambiente tan duro.

Gillian no acababa de comprender qué había provocado esta conversación tan peculiar, ni por qué el padre Laggan se mostraba tan obviamente angustiado. Miró a Brodick, con la esperanza de que le explicara qué estaba pasando, pero él la ignoró, mientras hablaba con el cura en gaélico a toda velocidad. Su acento era muy fuerte, su hostilidad innegable, y a Gillian le horrorizó que pudiera hablarle a un clérigo con tanta furia.

Lo que Brodick le estaba diciendo era lo mucho que Gillian significaba para él, y que estaba dispuesto a morir antes de permitir que nadie le hiciera daño. Sabía que Gillian no entendía una sola palabra de lo que decía, pero sí lo hacía el padre Laggan, y por el momento, era todo lo que importaba.

Por lo tanto, le hizo gracia la confusión de Gillian.

—¡No debes hablarle al padre con esa grosería! —exclamó ella—. A Dios no le agradará. —Volviéndose al cura, agregó—: No quiso ser insolente.

—No es necesario que te disculpes en mi nombre —dijo Brodick.

—Me preocupo por tu alma —replicó ella.

—¿Te preocupa su alma? —repitió el cura.

—Alguien tiene que preocuparse por ella —respondió Gillian—. No va a ir al cielo si no se le ayuda. Seguramente, ya se habrá dado cuenta de ello, padre, ya que lo conoce hace más tiempo que yo.

—Gillian, ya basta de esta tonta cháchara —ordenó Brodick.

Ella prefirió ignorarlo.

—Pero también tiene un buen corazón, padre. Es sólo que no quiere que nadie lo sepa.

El sacerdote se permitió una sonrisa.

—¿Has podido vislumbrar la bondad en su interior?

—Sí —respondió ella suavemente—. La he visto.

El sacerdote la miró entrecerrando los ojos.

—¿Fuiste criada en un hogar pacífico?

—Sí, lo fui. El hogar de mi tío era un lugar pacífico.

—Y aún así, estás dispuesta… —El padre Laggan sacudió la cabeza—. Como ya he dicho, no sé cómo harás para sobrevivir en un lugar tan duro.

—Padre, Brodick y yo nos dirigimos a las tierras de Ramsey —dijo Gillian, tratando de aclarar su confusión.

—Pero no te vas a quedar allí eternamente —replicó él con frustración—. Alguna vez tienes que ir a casa.

—Sí, desde luego. Debo regresar a…

—Gillian, ¿cómo lo lograste? —preguntó Ramsey.

Confundida, Gillian se volvió hacia él.

—¿Lograr qué, Ramsey?

—Si te da miedo, ¿cómo lograste bajar por el desfiladero para rescatar a Alec?

—¿Quieres hablar de eso ahora?

—Sí.

—Pero estaba explicándole al padre Laggan que debo…

—Responde la pregunta de Ramsey, Gillian —le ordenó Brodick.

En ese exacto instante, Gillian renunció a tratar de controlar la conversación.

—¿Cómo me las arreglé para rescatar a Alec? Fue sencillo: cerré los ojos.

—Debe de haberte resultado muy difícil. Hace pocos minutos vi cómo el rostro se te ponía de color gris al acercarte al borde.

—No tuve alternativa, y no tenía demasiado tiempo. La cuerda que sostenía a Alec se estaba rompiendo.

—Bueno, muchacha, si puedes prestarme atención un instante, me gustaría hacerte algunas preguntas —insistió el padre Laggan.

—Por supuesto que tenías otra alternativa. Hacer algo que te causa tanto terror requiere de una gran valentía —dijo Ramsey al mismo tiempo.

—Gillian hizo lo que tenía que hacer. Por supuesto que es valiente —dijo Brodick.

Ella no estuvo de acuerdo.

—No, no fui nada valiente. Tenía tanto miedo que no dejaba de temblar. Y grité —creyó oportuno agregar.

—Gillian, no discutas conmigo. He dicho que eres valiente, y debes aceptar que sé de lo que estoy hablando.

A Gillian no le gustó que la contradijera.

—Brodick, el único infalible es el Papa. Tú no lo eres. Por lo tanto, no es posible que sepas…

—Realmente, me gustaría seguir —los urgió el sacerdote—. Veamos, muchacha, necesito saber lo siguiente: ¿estás en buenos términos con la Iglesia?

—¿Cómo dice?

—Quiere saber si estás en buenos términos con la Iglesia —repitió Brodick.

Gillian pasó la mirada de uno a otro.

—Creo estarlo.

—¿Y cuándo fue tu última confesión? —preguntó Laggan.

Gillian titubeó antes de responder.

—Contéstale —le ordenó Brodick.

Ella sintió que perdía los estribos.

—Te he pedido que no me hables en ese tono —le reprendió en un susurro—. No me gusta.

El padre Laggan oyó sus palabras. Se quedó con la boca abierta y los ojos se le salieron de las órbitas.

—¿Te atreves a criticar al laird Buchanan? —tartamudeó.

Avergonzada porque el sacerdote la había oído trató de justificar su actitud.

—El que se atrevió hablarme con brusquedad fue él, padre. Usted lo oyó, ¿verdad? ¿Acaso no debo defenderme?

—Sí, desde luego que debes hacerlo, pero, muchacha, la mayoría de las mujeres no se hubieran atrevido. Temerían las represalias.

Gillian desechó la idea.

—Brodick jamás haría daño a ninguna mujer.

El padre Laggan la sorprendió echándose a reír.

—He oído decir que para cada hombre existe una mujer, a pesar de lo terco y bárbaro que pueda ser él, y ahora debo reconocer que, efectivamente, es así.

—¿Podemos seguir? —preguntó Brodick.

—Sí, claro —accedió el padre Laggan—. Lady Gillian, volveré a preguntar: ¿cuándo os confesasteis por última vez?

—Hace mucho tiempo —respondió ella, enrojeciendo.

A Laggan no le gustó lo que oía.

—¿Y por qué no has celebrado ese sagrado sacramento?

—¿Debo responder esa pregunta antes de seguir camino a casa de Ramsey?

—Así es —respondió el nombrado.

—El padre está aguardando tu respuesta —le recordó Brodick.

Comenzó a dolerle la cabeza. Parecía ser la única que encontraba raro el interrogatorio del sacerdote, pero en cuanto estuviera a solas con Brodick, iba a exigir una explicación. Por el momento, decidió satisfacer a todos.

—No me he confesado porque Inglaterra ha sido puesta bajo la interdicción papal, y a los sacerdotes no se les permite administrar los sacramentos, salvo en casos muy extremos. Sin duda, habrá oído mencionar el... disgusto... de nuestro pontífice con el rey Juan. Ambos están enzarzados en una lucha sobre quién será el próximo arzobispo de Canterbury.

El padre Laggan asintió.

—La interdicción. Sí, desde luego. ¿En qué estaba yo pensando? Olvidé que venías de Inglaterra. Ahora, veamos: ¿te gustaría que ahora oyera tu confesión?

—¿Ahora?

No había tenido intención de gritar la pregunta, pero se había quedado tan sorprendida por la sugerencia de que hiciera un recuento de sus pecados frente a Brodick y a Ramsey, y sin nada que la separara discretamente del padre Laggan, que no pudo controlar su reacción.

—No ha hecho nada que requiera que la perdonen —le aseguró Brodick a Laggan.

—¿Cómo lo sabes? —le preguntó Gillian, nerviosa.

Brodick se echó a reír.

—Lo sé.

Ella lo miró de reojo.

—He pecado —dijo, gimiendo para sus adentros porque se oyó confesarlo en tono de jactancia.

—No, no lo has hecho.

Que la contradijera era lo último que estaba dispuesta a tolerar.

—Sí que lo he hecho —insistió—. Gracias a ti, he tenido pensamientos impuros, y todos han sido contigo, ¿lo entiendes? He pecado en abundancia.

Sólo después de pronunciar estas palabras se dio cuenta de lo que acababa de admitir

—Mis pecados son por tu culpa, Brodick, y si tengo que ir al purgatorio, pues entonces por Dios que irás conmigo. Ramsey, si no dejas ahora mismo de reírte, te juro que te arrojaré por el acantilado.

—¿Lo amas, muchacha? —preguntó el cura.

—No, en absoluto —respondió ella con vehemencia.

—No es un requisito ineludible —señaló el padre Laggan.

—¡Espero que no! —exclamó Gillian.

—Pero te haría la vida más fácil —volvió a comentar él.

—Gillian, debes decirle la verdad —exigió Brodick.

—He dicho la verdad. No amo a Ramsey, y si no deja de reírse de mí, muy pronto los Sinclair estarán buscando un nuevo laird.

—No me refiero a Ramsey —gritó Laggan para ser oído por encima de las risas de Ramsey—. Te estoy preguntando si amas a Brodick.

—¿Le dijiste al padre que yo te amo? ¿Y qué más le dijiste?

Según la opinión de Brodick, la pregunta no merecía ninguna respuesta. Tranquilamente, le pidió que volviera a decirle que lo amaba.

—Brodick, ahora no es momento…

—Es el momento perfecto.

Gillian no estuvo de acuerdo.

—Lo que te dije fue algo privado.

—¿Me amas?

Reacia a admitir la verdad frente a un público pendiente de cada una de sus palabras, ella inclinó la cabeza.

—No quiero discutir cuestiones sentimentales ahora.

Brodick no iba a dejar que lo desafiase, de modo que la tomó de la barbilla y volvió a preguntar.

—¿Me amas? —Y le apretó la mano para obligarla a responder.

—Sabes que sí —dijo Gillian en voz baja.

Con expresión solemne, Brodick tomó la banda de su tartán que caía por detrás de su hombro, y envolvió sus manos unidas con uno de sus extremos.

Finalmente Gillian comprendió qué estaba ocurriendo. Presa del pánico, trató de liberar la mano, pero Brodick no la soltó, y tras unos segundos de forcejeos, desistió de lograrlo.

Su corazón le pertenecía a él.

—Pronuncia las palabras —ordenó Brodick, mirándola a los ojos.

Gillian, tercamente, se mantuvo callada. Él, tercamente, insistió.

—Quiero las palabras, Gillian. No me lo niegues.

Gillian pudo sentir todos los ojos fijos en ella, y sabía bien lo implacable que podía llegar a ser Brodick. Seguiría hostigándola hasta conseguir lo que quería. Además, a ella le resultaba imposible negarle que lo amaba, y si lo que él necesitaba era volver a escuchar las palabras, pues entonces las pronunciaría.

Con un suspiro, reconoció que había perdido la batalla, aunque la victoria era suya.

—Te amo —dijo, en el más quedo de los susurros.

—¿Ahora, y para siempre?

Gillian permaneció un instante en silencio, y luego hizo a un lado sus miedos y tomó una decisión.

—Sí.

—Y voy a honrarte y protegerte, Gillian —dijo Brodick. Apoyó la mano sobre la nuca de la joven, y la acercó hasta él con un enérgico movimiento. Por el rabillo del ojo, Gillian vio que el padre Laggan levantaba la mano y hacía la señal de la cruz.

Fue incapaz de resistirse cuando Brodick inclinó la cabeza para besarla. ¡Su caricia era tan ostensiblemente posesiva! Ella le acarició la mejilla, y por un instante olvidó a los espectadores y los vítores que proferían. Cuando finalmente Brodick la soltó, tuvo que sostenerse de la montura para no caer del caballo. Trató de componer su aspecto, mientras Brodick volvía a colocarse la banda del tartán por encima del hombro y la ajustaba con el cinturón.

Gillian siguió esperando que Brodick le dijera algo, pero él parecía dispuesto a permanecer en silencio, de modo que se giró hacia el padre Laggan.

—Que el Señor sea contigo —dijo el cura.

Ramsey, sonriendo con actitud culpable, palmeó los hombros de Brodick.

—Esta noche tenemos que celebrar.

—¿Celebrar qué, Ramsey? —preguntó Gillian con toda inocencia.

—Has satisfecho a la Iglesia.

—¿Podemos seguir viaje, entonces?

—Sí.

Antes de que pudiera hacerle más preguntas, Ramsey se apresuró a dirigirse al sacerdote.

—Padre, ¿cenará con nosotros esta noche?

—Prometí al laird MacHugh que hoy pasaría por su casa, pero si salgo con tiempo para que no me sorprenda la noche en mitad del camino, aceptaré con gusto vuestra hospitalidad. La verdad es que estos viejos huesos míos se han acostumbrado a pasar la noche en un lecho caliente. Un lecho caliente y vacío —añadió, echando una mirada a Brodick.

—Pues un lecho vacío será lo que le espera esta noche, padre —prometió Brodick con una sonrisa.

El padre Laggan dirigió a Gillian una mirada de compasión.

—Todavía hay tiempo… —exclamó— no es extraño que una muchacha cambie de opinión antes de que sea demasiado tarde. Lady Gillian, si reflexionáis antes de que caiga la noche, o recuperáis la cordura y advertís la tontería…

—Lo hecho, hecho está, padre. Dejémoslo así —dijo Ramsey.

Laggan dejó caer los hombros.

—Os lo advierto, laird Buchanan, voy a seguir cuidando de ella.

Ramsey se echó a reír.

—¿Quiere decir que violará su propio juramento, y regresará a las tierras de los Buchanan? Creo recordar que le dijo a Ian Maitland que los Buchanan eran todos unos salvajes paganos y que jamás volvería a poner un pie en sus tierras.

—Me acuerdo muy bien de lo que dije —barbotó el sacerdote—. Y ciertamente, no he olvidado el desdichado episodio. No obstante, está muy claro en qué consiste mi obligación. Voy a cuidar de lady Gillian, y si compruebo que es desgraciada o se pone enferma, tendrá que responder ante mí, laird. Será mejor que cuide bien de ella. Espero que advierta que tiene aquí un verdadero tesoro.

Tras pronunciar su apasionado discurso, Laggan tomó las riendas de su caballo, y lo condujo a través del grupo de soldados.

—Que el Señor sea con vosotros —dijo mientras se alejaba.

Gillian lo observó marcharse, pero Brodick reclamó su atención con un pequeño tirón de pelo. Suavemente, le acomodó los rizos sobre los hombros.

—Te trataré bien —prometió fervientemente.

—Me aseguraré de que así sea —respondió ella—. ¿Nos vamos?

Con un gesto, Brodick indicó a Dylan que se adelantara, y se volvió para hablar con Ramsey. Gillian vio que el comandante se dirigía directamente hacia el precipicio. Gillian miró horrorizada y aguijoneó al caballo para marchar en dirección contraria. En un segundo se alejó de Brodick y se encontró a mitad de la pendiente sur de la colina.

—¿Dónde diablos va? —le preguntó Brodick a Ramsey, mientras lanzaba su caballo al galope. Alcanzó a Gillian, tomó las riendas de su caballo y trató de obligarla a dar la vuelta. Ella se resistió, tratando de apartar su mano y forzando al caballo a seguir adelante.

—Te equivocaste de rumbo.

—¿El rumbo correcto es a través del precipicio? —preguntó ella, al borde de la histeria.

—Vamos, Gillian, no es...

—No lo haré.

—Si tan sólo me permitieras explicarte... —comenzó a decir con paciencia.

Más tarde, Brodick juraría que jamás había vista a nadie moverse con la rapidez con la que entonces se movió Gillian. Al ver que le resultaba imposible que Brodick soltara las riendas, bajó de su montura y se alejó caminando a toda velocidad antes de que él consiguiera encontrar una buena razón para persuadirla de que convenía tomar el atajo.

Brodick la alcanzó de nuevo.

—¿Qué piensas que estás haciendo?

—¿Qué te parece que hago? Camino. Tengo necesidad de estirar las piernas.

—Dame la mano.

—No.

—Eso no es un precipicio —dijo él.

—Voy a tomar el camino más largo.

—De acuerdo —concedió él.

Gillian se paró en seco.

—¿Lo dices en serio? ¿No vas a obligarme?

—Por supuesto que no te voy a obligar. Tomaremos el camino más largo.

Brodick lanzó un agudo silbido, y levantó la mano. Inmediatamente, Dylan se volvió y miró para atrás.

Gillian sabía que debía estar humillando a Brodick con su negativa a bajar una estúpida colina. Todos los soldados tenían los ojos clavados en ella, pero por suerte se quedaron donde estaban y por lo tanto no pudieron oír lo que ella decía.

—No quiero avergonzarte delante de tus amigos y tus soldados, pero te juro que si me obligas a bajar por esa pendiente, me caeré.

—¿Aterrada como estás, tu única preocupación es la posibilidad de avergonzarme? Ah, Gillian tú jamás podrías avergonzarme. Daremos un rodeo.

—¿Cuánto tiempo nos retrasará? —preguntó ella, con una mezcla de ansiedad y de alivio.

—Depende de la velocidad con que cabalguemos.

—¿Cuánto tiempo? —insistió Gillian.

—Un día —reconoció él, mientras volvía a tomarla de la mano.

—¿Tanto tiempo? ¿Aunque nos demos prisa?

—Tanto tiempo —confirmó él—. Dame la mano.

—Puedo cabalgar.

—Preferiría que cabalgaras conmigo.

Gillian dio un paso atrás.

—Brodick...

—¿Sí, muchacha?

—Tengo que bajar ese acantilado, ¿verdad?

—Tú no tienes que hacer nada que no quieras hacer.

Gillian aspiró profundamente, levantó los hombros y entonces sí lo aferró de la mano. En lugar de subirla a la grupa de su caballo, Brodick cambió de idea y la acomodó delante suyo.

Pudo sentirla temblar, y sólo pensó en consolarla. Rodeándola con sus brazos, la abrazó con fuerza.

—Este miedo tuyo...

—Es muy irracional, ¿verdad?

—¿Sabes cuál es su causa? ¿Te pasó algo para que te volvieras tan cauta?

—¿Cobarde, quieres decir?

Tomándola de la barbilla, la obligó a mirarlo a los ojos.

—Que no vuelva a oírte decir eso de ti misma. No eres ninguna cobarde, ¿lo entiendes?

—Sí —concedió ella.

—Dilo —le ordenó Brodick.

—No soy cobarde. Ya puedes dejar de apretarme —dijo Gillian.

Aguardó a que aflojara su apretón.

—He cambiado de idea. Bajaremos por el acantilado. Pero seremos los últimos —se apresuró a decir, con la esperanza de reunir coraje mientras aguardaban su turno.

—¿Estás segura?

—Sí —insistió Gillian, aunque en un tono tan bajo que dudó de que él la hubiera oído—. Y montaré mi propio caballo— agregó, con más fuerza—. No quiero que tus hombres piensen que soy débil.

—Jamás pensarían nada semejante —dijo él, mientras espoleaba a su caballo rumbo a la colina.

No se detuvo en la cima, ni aminoró el paso de su caballo al comenzar el descenso por el angosto y retorcido desfiladero que conducía hacia las tierras de Ramsey. Gillian hundió la cara en el tartán de Brodick, le rodeó la cintura con sus brazos y le pidió que esperara hasta que todos los otros hubieran pasado.

Él le dijo que no.

Todavía podían detenerse antes de llegar al punto más escarpado del desfiladero, y Gillian se propuso obligarlo a hacerlo. Necesitaba tiempo para reunir coraje. ¿Por qué no podía entenderlo ese cabeza de mula?

—Quiero ser la última.

—A mí me gusta ser el primero.

—Vamos a esperar —exigió Gillian con voz chillona. El pánico comenzaba a cerrarle la garganta, y en lo único que pudo pensar fue en caer por un interminable abismo tenebroso y no detenerse nunca. El impulso de gritar amenazaba con volverse irrefrenable, y estaba a punto de vomitar, o de desmayarse.

—Brodick… no puedo…

—Cuéntame esos pensamientos impuros que has tenido conmigo.

—¿Qué?

Pacientemente, Brodick le repitió la pregunta. Su semental tropezó, y por la oscura boca del barranco se despeñaron varias piedras con gran estrépito, pero Brodick se limitó a cambiar de posición en la montura para ayudar al caballo a recobrar el paso, y siguió adelante.

Gillian, oyendo el ruido, ya se volvía hacia él, pero éste trató de distraerla.

—En esos pensamientos impuros, ¿teníamos la ropa puesta? —preguntó.

Gillian sintió que el rubor le teñía la cara.

—¿La ropa? —repitió.

—En tus fantasías conmigo…

—No eran fantasías.

—Claro que lo eran —la contradijo él alegremente—. Le dijiste a Laggan que tenías sueños impuros.

—Pensamientos impuros —lo corrigió ella.

—Y también le dijiste que esos… pensamientos… se referían a mí. ¿No es cierto?

—¡Oh, quédate quieto!

—¿Y? ¿La teníamos, o no la teníamos? —preguntó él riendo.

Gillian dejó caer los hombros.

—¿Si teníamos qué?

—La ropa puesta.

—¡Naturalmente que teníamos la ropa puesta! —exclamó ella, claramente nerviosa.

—Entonces no deben haber sido pensamientos impuros muy interesantes.

—¿Puedes dejar de hablar de eso?

—¿Por qué?

—Porque no está bien, por eso.

—Creo que tengo derecho a saber. Tú dijiste que los pensamientos impuros eran sobre mí, ¿no es así?

—Sí.

—¿Y bien? Quiero saber qué hacía yo.

Gillian cerró los ojos.

—Estabas besándome.

—¿Y eso es todo? ¿Nada más?

—¿Qué esperabas oír?

—Muchísimo más —dijo él—. ¿Dónde te besaba?

—En los labios —respondió ella—. Ahora, si puedes acabar con…

—¿Y en ningún otro lado? —preguntó Brodick, decepcionado—. ¿Quieres que te cuente mis fantasías contigo?

Gillian abrió muy grandes los ojos.

—¿Tuviste… pensamientos… sobre mí?

—Por supuesto, pero son mucho más interesantes que los tuyos.

—¿Oh, sí?

—¿Quieres que te cuente?

—No.

Brodick se echó a reír, ignorando la negativa.

—En mis fantasías, no llevabas nada encima. No, no es exactamente así. Sí llevabas algo.

Sabía que no debía preguntar, pero así y todo no pudo evitar hacerlo.

—¿Qué llevaba?

Él se inclinó y le susurró al oído.

—A mí.

Ella se echó hacia atrás, y lo empujó apoyando las manos sobre su pecho.

—¡Oh, por Dios! —gritó—. Vamos a ir a parar al purgatorio si seguimos con esta pecaminosa conversación. ¿Cómo puedes saber qué aspecto tengo sin la ropa puesta?

—Una suposición aproximada —respondió él—. Eres perfecta, dicho sea de paso.

—No, no lo soy.

—Tienes la piel satinada y tersa, y en mis fantasías, cuando estoy tendido entre tus suaves…

Gillian le tapó la boca con la mano, para obligarlo a callar. A Brodick le brillaban los ojos de pura malicia. Era indignante, y tal vez por eso mismo se sentía atraída hacia él. De alguna manera, Brodick había logrado liberarse de todo prejuicio. No le importaba lo que pudieran pensar de él, y tampoco quería impresionar a nadie.

Gillian deseó poder ser igual de libre.

—Estar contigo es una… experiencia… liberadora —susurró.

—Eso no ha estado tan mal, ¿verdad, milady?

Ante el sonido de la voz de Dylan, Gillian pegó un respingo.

—¿Cómo dices? —preguntó, mientras quitaba lentamente la mano de la boca de Brodick. Él la retuvo un instante para depositar un beso en la palma. Con un súbito ataque de timidez, Gillian retiró la mano antes de que Dylan pudiera verlos.

—El descenso por el barranco no ha sido tan malo, ¿no os parece? —comentó Dylan.

Gillian alzó la mirada hacia las rocas, sacudió la cabeza y rompió a reír.

—No, no ha sido tan malo, después de todo.

Minutos después, volvía a montar en su propio caballo. Decidida a tomar la delantera, obligó al caballo a un rápido trote, hasta adelantar a Brodick y a Ramsey.

—¡Me embaucaste! —le gritó a Brodick al pasar.

—Sí, lo hice —reconoció él—. ¿Estás enfadada conmigo?

Ella volvió a reír.

—Yo no me enfado. Yo me desquito.

Sin saberlo, Gillian acababa de recitar el credo de los Buchanan.

19

La casa de Ramsey Sinclair era majestuosa. Se alzaba sobre una meseta situada en el centro de un magnífico valle, flanqueado por escarpados precipicios por uno de sus lados y onduladas colinas por el otro. Un brillante manto de hierba, salpicado aquí y allá con los primeros brotes de brezo de la primavera, cubría el suelo hasta donde alcanzaba la vista, y el aroma del brezo y de los árboles impregnaba la brisa de la tarde, junto con el olor del humo que salía por las chimeneas de las cabañas de techo de paja. El enorme castillo de piedra del laird se erguía, protector, sobre las casas que moteaban el paisaje a sus pies, y todo el conjunto estaba rodeado por un vallado de piedra y madera que garantizaba la seguridad del clan.

Se abrieron los pesados portones girando sobre goznes de hierro, y Ramsey entró con sus huéspedes en su propiedad. A su alrededor resonaron los vítores con los que los soldados daban la bienvenida a su laird, mientras un grupo de jovencitas se acercaba corriendo para saludarle.

Al instante, Gillian se vio rodeada por la celosa guardia de Brodick. Aaron se situó frente a ella, Dylan y Robert lo hicieron a los lados, y Liam colocó su caballo detrás de ella.

A pesar de que prácticamente le resultaba imposible

ver lo que pasaba, con los anchos hombros de los guardias impidiéndole la visión, trató igualmente de mirar a cada uno de los rostros que conformaban la muchedumbre. Aunque hubiera sido maravilloso, e incluso milagroso, que pudiera encontrar inmediatamente a Christen, Gillian sabía que no iba a ser fácil. Sin embargo, cada vez que divisaba una cabellera rubia, su corazón daba un salto de esperanza.

Brodick y Ramsey habían desmontado y estaban rodeados por los soldados. Gillian se armó de paciencia, esperando que Brodick se acordara de ella.

—¿Lo veis, milady? —preguntó Dylan en voz baja.

—¿A quién?

—Al traidor —susurró.

—No, lo siento. No estaba buscando... —dijo, mientras volvía a buscar entre la multitud—. Todavía no —murmuró para sus adentros—. ¡Aquí hay tanta gente...!

—La mayoría de los hombres de Ramsey no está aquí —explicó Dylan—. Seguramente están entrenándose en los campos de detrás del castillo. Sí, seguro que están allí, pues de lo contrario Gideon se habría acercado a saludar a su laird.

Mientras Gillian seguía escudriñando entre el gentío, unos pocos soldados MacPherson vestidos con el tartán de su clan, osados y curiosos, se acercaron para verla mejor. Uno de ellos, joven y algo tonto, incluso se atrevió a acercarse demasiado.

Robert el Moreno llevó su caballo hasta él, obligando al hombre a hacerse a un lado, so pena de ser aplastado.

—¡Deja ya de mirar a la dama! —le ordenó en un tono que destilaba veneno.

El corpulento soldado echó una mirada a sus amigos,

y luego se volvió hacia Robert con un insolente gesto de desprecio en el rostro.

—¿O qué? —lo desafió.

Robert no se dejó impresionar por su bravuconada. Antes de que el soldado pudiera adivinar su intención, se inclinó, lo aferró de la garganta y lo alzó en vilo.

—O te romperé todos los huesos del cuerpo.

El soldado MacPherson era un hombre de gran tamaño, pero Robert lo había levantado como si no pesara más que una pluma. La asombrosa demostración de fuerza dejó estupefacta a Gillian. Como también sus malos modales.

—Robert, por favor baja al muchacho.

—Como gustéis, milady —gruñó Robert.

En el momento en que enviaba al soldado volando al suelo, Brodick regresaba donde estaban sus hombres. El joven aterrizó en medio de sus amigos. Sacudiendo la cabeza, Brodick se abrió paso a través de la gente y se detuvo frente al aturdido MacPherson, que yacía boca abajo contra el suelo.

—¿Robert?

—No me gustaba la forma en que miraba a milady, laird.

El soldado trató de levantarse, pero Brodick se lo impidió plantándole la bota sobre el pecho.

—¿Y cómo la miraba?

—Con insolencia —respondió Robert.

—Es muy bella —dijo el soldado, desafiante—. Si quiero mirarla, lo voy a hacer.

Brodick miró hacia abajo, y aplicó más presión con el pie sobre el pecho del joven.

—Sí, es muy bella —coincidió complacido—. Pero no me gusta que la miren otros hombres. —Aumentando aún más la presión hasta que el rostro del soldado se volvió de color morado y comenzó a jadear en busca de aire, Brodick agregó, en tono decididamente amenazante—: No me gusta nada.

A su lado apareció Ramsey.

—Déjalo ponerse de pie —ordenó.

Brodick dio un paso atrás, y contempló cómo el soldado se levantaba del suelo. En ese momento, Ramsey embistió contra él, empujándolo con tanta fuerza que el pobre hombre volvió a aterrizar en el suelo, esta vez sobre su espalda.

—¡Vas a disculparte con laird Buchanan, ahora mismo! —bramó.

—¿Buchanan? —balbuceó el soldado—. ¿Es laird Buchanan? No sabía…

Ramsey dio otro paso hacia él. El soldado tropezó con sus propios pies al retroceder.

—Os ruego que me disculpéis, laird Buchanan —tartamudeó—. Jamás volveré a poner los ojos sobre vuestra mujer. Lo juro por la cabeza de mi padre.

Ramsey no quedó satisfecho. Había visto que el soldado y sus amigos seguían usando el tartán de los Mac-Pherson.

—Os pondréis mis colores, o ahora mismo os echaré de mis tierras.

Gillian se quedó mirando a Ramsey, completamente asombrada. Hasta ese momento lo había considerado un hombre amable y de buenos modales. Judith Maitland le había contado que siempre que Ian quería concertar una alianza, enviaba a Ramsey a actuar como su emisario para ultimar los detalles por sus cualidades como diplomático. En ese momento, ciertamente, no se estaba comportando como un diplomático. En realidad, su carácter nada tenía que envidiarle al de Brodick. Avergonzada por ser la causa del altercado, miró fijamente a

Robert reprochándole su actitud y provocar semejante incidente, pero el soldado se defendió.

—Estaba siendo insolente, milady —dijo.

—A mí no me lo pareció —replicó ella.

—Pero a mí sí, milady.

Sus mandíbulas apretadas y desafiantes mostraban a las claras que creía tener toda la razón, y Gillian decidió no seguir discutiendo con él.

—Allí viene Gideon —dijo Aaron—. Deberías hablar con él, Dylan. Se comenta que se considera tu igual.

Un numeroso grupo de soldados bajaba las colinas por ambos lados del castillo, y Gillian no pudo verles los rostros porque estaban a contraluz.

—Gideon es el comandante de Ramsey —comentó Robert—. ¿No es, por tanto, igual que Dylan?

—Nadie es igual a mí —afirmó Dylan mientras se daba la vuelta en su montura—. Pero complaceré a Gideon rebajándome a hablar con él. Si me disculpáis, milady... —dijo Dylan mientras tomaba las riendas para conducir a su caballo hasta donde se encontraban los soldados.

—Desde luego —respondió ella—. Me gustaría desmontar, Robert. ¿Te molestaría apartar tu caballo para que tenga sitio?

—Debéis esperar a vuestro laird —respondió él.

—Sí, debéis hacerlo —coincidió Liam mientras se disponía a ocupar el lugar que había dejado vacante Dylan—. Milady, nos facilitaríais las cosas si usarais nuestro tartán.

—¿Facilitaros qué?

—El hacerles saber que estáis...

Se detuvo. Gillian insistió:

—¿Qué yo estoy qué?

—Con nosotros —dijo Robert.

Se libró de dar más explicaciones porque Ramsey le hizo señas de que se apartara para ponerse al lado de Gillian.

La ayudó a desmontar.

—No juzgues mal a mi clan sólo por unos muchachos revoltosos —le pidió.

—Ya tiene los pies sobre el suelo —dijo Brodick a sus espaldas—. Puedes irte.

Ramsey le ignoró, y siguió sosteniendo a Gillian.

—Entra. Ya es casi mediodía, y debes de tener hambre.

Brodick apartó la mano de Ramsey de un golpe, y le indicó a Gillian que se acercara a él. Molesta por su actitud, ella permaneció firme donde estaba, y lo obligó a ir hacia ella.

—No tengo hambre —le dijo a Ramsey.

—Esta noche tendremos una gran fiesta —prometió éste—. Pero antes de eso, tendrás que echar un vistazo a cada uno de los soldados que en este momento están dentro de la propiedad. Si el hombre que viste no se encuentra entre ellos, pues entonces iremos a buscar a los demás. Llevará tiempo, Gillian —le advirtió—. Ahora que los Sinclair y los MacPherson se han unido, hay mucho territorio que recorrer.

—¿Qué pasa con tu hermana? —preguntó Brodick.

—Me gustaría conocer también a todas las mujeres —dijo Gillian, deslizando su mano en la de Brodick—. Comprendo la importancia de que te señale al hombre que te traicionó, y haré todo lo que pueda para encontrarlo, pero te ruego que hagas lo mismo por mí. Debo encontrar a Christen.

Ramsey asintió.

—Nos dijiste que la habían recogido los MacPherson, y tal como sugirió Ian, los ancianos deben haber oído hablar de ella.

—¿Y entonces por qué nadie dio ninguna información? El rey Juan envió emisarios a todos los clanes, y nadie respondió.

Ramsey sonrió.

—¿Y por qué habrían de hacerlo?

—No comprendo.

—No nos gusta el rey Juan —explicó Brodick en forma franca y directa.

—No, no nos gusta —acordó Ramsey.

Siguieron subiendo los peldaños de piedra que conducían a los anchos portones de madera del castillo, mientras la muchedumbre se hacía a un lado para abrirles paso. Gillian pudo ver a dos ancianos aguardando en la entrada. Uno de ellos era alto y flaco como un cayado, y el otro tenía la mitad de su estatura pero era redondo como una luna llena. Ambos se adelantaron y saludaron a Ramsey con una inclinación.

Después de presentárselos, Ramsey se volvió hacia Gillian.

—Espero que Brisbane y Otis puedan ayudarte a encontrar a Christen. Ambos son MacPherson.

Ramsey dio a los hombres todos los detalles necesarios acerca de la hermana de Gillian.

—Con vuestra memoria, estoy seguro de que podréis recordar a una familia que recogiera a una niña. Debía de tener alrededor de seis años.

—Pero si la familia llegó hasta nosotros proveniente de las Lowlands con la niña, ¿cómo podíamos saber que no era realmente suya? —dijo Brisbane.

—Seguro que lo sabríais. Sabéis todo lo que pasa por aquí. Debéis haber oído los rumores.

—Quizá podríamos ayudar a la dama —dijo Otis—. Pero me pregunto por qué la ayudas tú, laird. ¿Acaso significa más para ti algo más que lo debido?

—Significa mucho para mí —dijo Ramsey, en tono cortante.

—Pero es inglesa —agregó Brisbane, señalando lo que era obvio—. Eso es lo que preocupa a Otis.

—Sé que es inglesa —dijo Ramsey—. Lady Gillian es la mujer de Brodick, y Brodick es mi amigo.

El anuncio alegró a ambos. Otis mostró un gran alivio.

—Entonces, tú no…

—No —lo cortó Ramsey—. Su corazón pertenece a Brodick.

Brisbane se volvió hacia Brodick.

—A pesar de ser inglesa… ¿igualmente la reclamas?

—En efecto.

Gillian se estaba hartando del giro que había tomado la conversación.

—Me siento muy feliz de ser inglesa —dijo.

Otis le dirigió una mirada de compasión.

—Ah, muchacha, no es posible que te alegre ser inglesa, pero es muy valiente de tu parte el simular que sí. Ven conmigo —agregó, apartando a Ramsey con un gesto para tomarla del brazo—, y hablaremos de tu hermana.

Brisbane no estaba dispuesto a que se lo dejara de lado.

—Mi memoria es mucho mejor de la tuya, Otis —dijo mientras tomaba a Gillian del otro brazo, apartando bruscamente a Brodick de un codazo—. Demos un paseo por el lago y pensemos juntos. Recuerdo una familia en particular. Tienen una hija aproximadamente de tu edad, y vinieron de las Lowlands.

Como los dos hombres la tomaban de los brazos, Gillian no pudo hacer nada. Echó a Brodick una mirada, vió su gesto de asentimiento y luego dedicó toda su atención a sus dos escoltas.

Ramsey y Brodick la observaron alejarse.

—¿Estará bien? —preguntó Brodick, que ya le hacía señas a Robert y a Liam para que fueran tras ella.

—Por supuesto que estará bien —replicó Ramsey—. Deja que tus hombres aflojen su vigilancia.

—Muy bien —concedió Brodick, que se apresuró a cancelar la orden dada a sus soldados. Siguió a Ramsey hasta el interior del castillo, donde se había congregado toda una multitud que deseaba hablar con su laird.

—¿Crees que Otis y Brisbane podrán ayudarla? —preguntó Brodick.

—La pregunta no es si pueden ayudarla, sino más bien si quieren hacerlo —Ramsey sirvió una copa de vino, se la alargó a su amigo y se sirvió otra para él—. Probablemente tengan una idea bastante aproximada de dónde se encuentra Christen —siguió diciendo—. Pero antes de decírselo a Gillian, se lo dirán a la familia. Si Christen quiere ver a su hermana, concertarán el encuentro. Si no…

—Tú les ordenaste que colaboraran.

—En efecto —asintió Ramsey—. Pero será difícil. Los ancianos suelen ser tercos.

—¿Tratarán de protegerla porque es una MacPherson?

—Así es.

—¿Y por qué creerían que tienen que protegerla de su propia hermana?

—Su hermana inglesa —aclaró Ramsey—. Deja de preocuparte, Brodick. Si Christen está aquí, la encontraremos. Ah, allí está Gideon, con Dylan. Permíteme ocuparme de las cuestiones más urgentes, y luego también nosotros pensaremos y decidiremos nuestro plan de acción.

La hora siguiente pasó con gran rapidez, mientras

Ramsey atendía los asuntos de su clan y escuchaba el informe que le daba Gideon de los problemas surgidos durante su ausencia. No le sorprendió enterarse de que la mayoría los habían provocado los soldados MacPherson. Ramsey tuvo que apelar a toda su paciencia para escuchar la larga lista de incidentes ocurridos en los campos de entrenamiento.

Cuando el comandante Sinclair terminó de exponer todas sus quejas, su rostro estaba encarnado de furia.

—Me has ordenado que sea tolerante —le recordó Gideon a su laird—. Pero te lo digo: es peligroso permitir estas insubordinaciones. El líder de este grupo de inadaptados se está volviendo cada día más poderoso. Cuando doy una orden, la mayoría de los MacPherson lo mira primero a él, y cuando él la aprueba con un gesto, cumplen mi orden. ¡Es inaceptable! —agregó con voz temblorosa de ira.

Ramsey permaneció serenamente de pie, frente al fuego, mientras observaba a su comandante pasearse nerviosamente por el salón. Brodick, apoyado contra la mesa, también escuchaba la perorata contra MacPherson. Dylan estaba su lado.

Cuando Ramsey consideró que había oído lo suficiente, levantó la mano reclamando silencio.

—¿Y qué quieres que haga yo, Gideon? —preguntó en voz baja.

El comandante giró sobre sus talones para mirar a su laird.

—¡Echar al canalla!

—¿Tiene nombre ese canalla? —preguntó Dylan.

—Proster —le contestó Gideon.

—¿Y quieres que lo eche? —preguntó Ramsey.

—Preferiría que me dejaras matarlo, laird, pero me doy por satisfecho con que lo eches de aquí.

—¿Y sus seguidores? ¿Qué querrías que hiciera con ellos?

—¿La verdad?

—Naturalmente.

Gideon soltó un suspiro.

—Me gustaría que los echaras a todos. Sabes bien que siempre estuve en contra de la fusión de ambos clanes, laird, y recuerdo haberte advertido que no iba a funcionar.

—¿Y crees que tu predicción se ha cumplido?

—Así es.

—Tú sabías que iba a haber problemas, Gideon. Tu obligación consiste en hallar la manera de solucionarlos, no en echar a los inadaptados —agregó en tono cortante—. Busca a Proster, y envíamelo aquí —ordenó entonces—. Voy a ajustarle las cuentas, a él y a sus secuaces.

Gideon pareció sentirse aliviado, y asintió con ansiedad.

—Celebro tu intervención, laird, porque te aseguro que estos revoltosos me han puesto entre la espada y la pared. Yo no tengo tu paciencia.

«Nadie tenía la paciencia de Ramsey», pensó Brodick. Evidentemente, Gideon no conocía bien a su laird, ya que si lo hubiera conocido sabría que bajo la fina capa de urbanidad y diplomacia latía el corazón de un salvaje guerrero con un temperamento aún peor que el suyo. A diferencia de Brodick, Ramsey tardaba en estallar, pero cuando llegaba a su límite o había, a su juicio, aguantado demasiado, su reacción era explosiva y temible. Podía ser mucho más brutal que Brodick, y tal vez ésa fuera una de las razones por las que se habían hecho tan amigos. Confiaban el uno en el otro. Sí, Brodick confiaba y admiraba a Ramsey tanto como confiaba y admiraba al hombre que los había entrenado para líderes, Ian Maitland.

Ése sí que era un líder despiadado. Ian en muy raras ocasiones demostraba clemencia, y era bien conocido por su impaciencia, razón por la cual había confiado tantas veces en Ramsey para que hablara en su nombre en las reuniones del Consejo. En situaciones en las que Ian habría matado a cualquiera que le llevara la contraria, Ramsey utilizaba la persuasión, y tan sólo cuando nada más funcionaba, apelaba, como Ian y como Brodick, a la fuerza bruta.

En cuanto Gideon hubo ventilado todas sus quejas, su disposición cambió radicalmente.

—Hay una cuestión más que tienes que atender antes de poder descansar —anunció con una sonrisa.

Ramsey alzó una ceja.

—¿Y esta cuestión te divierte?

—¡Oh, sí!

—Déjame adivinar —dijo, suspirando—. ¿Es algo que tiene que ver con Bridgid KirkConnell?

Gideon se echó a reír.

—Eres muy perspicaz, laird, ya que sí, efectivamente, tiene que ver con Bridgid. Han vuelto a pedir su mano.

—¿De quién se trata esta vez? —preguntó Ramsey, con la resignación pintada en el rostro.

—El soldado se llama Matthias —dijo Gideon—. Es un MacPherson, y debo advertirte que si Bridgid accede a casarse con él después de haber rechazado a tantos de nuestros mejores soldados Sinclair, se armará un buen jaleo.

Esta vez le tocó reír a Ramsey.

—Si algo puede decirse de Bridgid, es que es previsible. Sabemos que no va a aceptar casarse con Matthias, de modo que no es preciso que te preocupes por las consecuencias. Hazla entrar, y le haré la pregunta personalmente. Me gustaría que Brodick la conociera.

—¿Por qué? —preguntó el aludido.

—Es... intrigante —explicó Ramsey.

—Con tu permiso, laird, su madre ha solicitado verte primero. Desea hablarte antes de que convoques a Bridgid.

—¿Está esperando?

—No —respondió Gideon—. Enviaré a alguien a buscarla.

—Cuando terminemos —dijo Ramsey—. Quiero que ordenes a los hombres que se congreguen todos en el patio de armas al atardecer. Todos deben asistir —insistió.

—Y sin excusas —completó Brodick.

Gideon asintió de inmediato.

—Como quieras —dijo. Miró fijamente a Ramsey varios minutos antes de preguntarle—: ¿Tienes pensado realizar algún anuncio? ¿Debo felicitarte?

—No —se limitó a responder Ramsey.

Brodick sintió curiosidad ante el comentario de Gideon.

—¿Felicitarte por qué? —preguntó.

—Los ancianos me han pedido que considere la posibilidad de casarme con Meggan MacPherson. Todavía no tengo decidido lo que voy a hacer. La verdad es que no he tenido tiempo de pensar en ello. Debo admitir que me haría la vida más fácil, con los dos clanes unidos por un matrimonio.

—Vas a destrozar un montón de corazones —Dylan no pudo evitar señalar—. Hay unas cuantas damas que están detrás de ti, pero ya veo que ninguna ha tenido el coraje de acercarse a ti para hablar contigo.

—Lo normal es que lo persigan —dijo Gideon—. Hoy, no obstante, se han mostrado muy tímidas. Creo que sé la razón por la que se han mantenido alejadas.

—¿Y cuál es? —preguntó Brodick.

Gideon decidió mostrarse directo.

—Tú, laird. Estabas junto a Ramsey, y por eso las damas no se acercaron. Aunque están fascinadas con su laird, es mayor el miedo que te tienen a ti.

Dylan dibujó una sonrisa.

—Es bueno enterarse de que todavía provocas desmayos entre las mujeres, Brodick.

—No tenemos tiempo para bromas —murmuró Ramsey, claramente incómodo por la charla acerca de la conducta de las jóvenes. Brodick sabía que a Ramsey no le gustaba que se hicieran bromas sobre su aspecto, y en su calidad de amigo, Brodick utilizaba esa información en su beneficio. Siempre que podía burlarse de Ramsey, lo hacía.

—Para ti debe ser un infierno haber sido maldecido con ese fresco rostro de muchachito —dijo lentamente—. La agonía de encontrar cada noche a una mujer diferente en tu lecho debe dejarte agotado. No sé de dónde sacas la resistencia para sobrellevar esta pesada carga.

Los músculos de la mandíbula de Ramsey se tensaron, lo que complació a Brodick.

—Los dos sabemos que tú has tenido tantas mujeres en tu lecho como yo —exclamó Ramsey—. Pero lo que dije lo dije en serio. Tenemos cosas más importantes que discutir.

Cansado, se dirigió hacia la mesa, empujando deliberadamente a Brodick cuando éste trató de bloquearle el paso y seguir riéndose a su costa. Indicó con un gesto a Dylan y a Gideon que tomaran asiento, y Ramsey se sentó a la cabecera. Tomó una jarra de agua fresca, se sirvió de ella y le pidió al joven escudero que aguardaba en la puerta que les llevara un poco de pan caliente y queso para entretener al hambre hasta que la cena estuviera lista.

En cuanto el muchacho abandonó la habitación,

Ramsey sugirió a Brodick que pusiera a Gideon al corriente de todo lo sucedido, y de sus planes futuros.

—Nuestros comandantes tendrán que aunar sus esfuerzos para atacar —dijo—. Ian quiere que Winslow, Dylan y tú escojais a los soldados que vendrán con nosotros a Inglaterra.

—¿Vamos a atacar Inglaterra? —preguntó Dylan, atónito.

—No —respondió Brodick—. Aunque la idea me resulta atractiva.

Reclinándose sobre el respaldo de su silla, le contó a Gideon todo lo que había pasado y la manera en que Gillian había rescatado a Alec Maitland. A Gideon no le resultó fácil digerir toda esa información. Cuando Brodick terminó su relato, el soldado sacudía la cabeza.

—¡Por Dios, es un milagro que Alec haya sobrevivido! —murmuró.

—Su milagro fue Gillian —señaló Brodick—. De no haber sido por ella, Alec estaría muerto.

—Y nadie se habría enterado de que teníamos un traidor entre nosotros —agregó Ramsey.

—¿Quién sería capaz de hacer algo semejante? —se preguntó Gideon. Entonces golpeó la mesa con el puño, mientras arriesgaba una respuesta—: Tiene que ser un MacPherson, porque son los únicos que saldrían ganando con esto. Hay muchos de ellos que se alegrarían de tu muerte, laird, y todos están bajo el dominio de Proster. Aunque apenas es poco más que un muchacho, se ha ganado su lealtad. Son rebeldes, pura y simplemente.

—Yo no estoy tan convencido como tú, y antes de actuar quiero estar bien seguro —dijo Ramsey.

Alzó la mano ordenando silencio al ver entrar al escudero con la bandeja de pan y queso. Después de poner la comida sobre la mesa, Ramsey le ordenó esperar en las cocinas, y reanudó la conversación.

—Debemos ayudar a Gillian a encontrar a su hermana. Le he dado mi palabra de honor.

—¿Seguro que se trata de una MacPherson? —preguntó Gideon frotándose la mandíbula y meditando sobre la cuestión.

—Sí —respondió Ramsey—. Se llama Christen, y tiene unos pocos años más que Gillian.

—La familia seguramente le cambió el nombre para protegerla —comentó Brodick.

—Aún así, espero que Brisbane y Otis sepan quién es. No se les escapa nada.

—Yo también podría ayudar —dijo Gideon—. Mi padre también tiene muy buena memoria, y conoce a la mayoría de los MacPherson. Los odia, pero es correcto con ellos —añadió—. Su hermana se casó con un Mac-Pherson. Ella ya ha muerto, pero en vida su marido la maltrató mucho, y mi padre no lo olvida. A pesar de eso, te ayudará, laird, si puede hacerlo. Si una familia adoptara un niño, es muy probable que mi padre lo supiera. Ahora que se siente mejor detesta estar encerrado, y este asunto lo distraerá. Con tu permiso, laird, iré a verlo lo antes posible.

—El padre de Gideon se rompió una pierna en una mala caída —explicó Ramsey a Brodick y a Dylan—. Me alegra saber que se le está soldando. En un momento dado creímos que no iba a curarse, y Gideon fue a su casa para estar a su lado.

—Si no pudiera volver a caminar, preferiría morir —comentó Gideon—. Pero hay esperanza. Si no me necesitas por un par de días, podría partir ahora mismo. Estaría ya a mitad de camino antes de que cayera la noche.

—Sí —accedió Ramsey—. Cuanto antes hables con

tu padre, mejor. Brisbane y Otis tardarán varios días en hacer lo que deben hacer con los MacPherson, y podrías estar de regreso con la información antes de que esos viejos se decidan a decirnos la verdad.

—Christen podría aparecer por decisión propia —sugirió Dylan.

Gideon comenzó a ponerse de pie, pero cambió de idea.

—Laird —dijo—, dijiste que iríamos a Inglaterra, pero ¿adónde, exactamente, nos dirigiremos?

—No lo sabemos… todavía —reconoció Ramsey—. Gillian no nos ha dado los nombres de los ingleses que retuvieron a Alec y pactaron con el traidor.

—¿Por qué no te lo ha dicho, laird? —Gideon preguntó perplejo.

El que le contestó fue Brodick.

—Se le ha metido en la cabeza que si nos dice quiénes son esos hombres nosotros atacaremos, dejando a su tío en una situación vulnerable. También la preocupa que la obliguemos a permanecer aquí.

—Pero eso es exactamente lo que vas a hacer, ¿no es así? —dijo Ramsey—. Seguramente, no le permitirás regresar a Inglaterra.

—Es complicado —reconoció Brodick—. Gillian es muy cabezota.

—Que es precisamente la razón de que te sintieras atraído por ella —señaló Ramsey.

Brodick sacudió la cabeza.

—¿Cómo puedo exigirle que confíe en mí mientras en lo más hondo de mi corazón sé que voy a traicionar esa confianza? Demonios, no sé qué hacer. No me gusta la idea de faltar a la palabra que le di, pero no puedo aceptar la idea de que se vea envuelta en un peligro así.

—Vas a tener que solucionar esto con ella, y pronto, Brodick. Necesitamos los nombres —dijo Ramsey.

Gideon se puso de pie, y se inclinó ante su laird.

—Con tu permiso, me marcho.

—Dale a tu padre mis mejores deseos de una pronta y total recuperación.

—Así lo haré —prometió Gideon. Rumbo a la puerta, se detuvo para agregar—: Laird, con todo esto he olvidado preguntar...

—¿Sí?

—¿Todavía quieres que los hombres se reúnan en el patio de armas al atardecer? Haré que Anthony les dé la orden —se apresuró a añadir—. Pero si no vas a anunciar tu decisión de casarte con Meggan MacPherson, ¿puedo preguntarte por qué quieres dirigirte a tus hombres? Tal vez debería quedarme.

Ramsey se dio cuenta de que no le habían contado un detalle importante.

—Contamos con ventaja para encontrar al traidor —dijo—. Gillian lo vio mientras se escapaban.

—¿Ella lo vio? —preguntó Gideon, estupefacto.

—Sí, vio a ese canalla —confirmó Dylan—. Por su relato acerca del lugar por el que cabalgaba, diría que estuvo lo suficientemente cerca de él como para poder escupirle en la cara, pero el muy tonto nunca se enteró de que ella estaba allí.

—Y por eso quiero a todos los hombres reunidos en el patio de armas. Gillian les mirará a todos y a cada uno, y si el hombre se encuentra allí, lo identificará —dijo Ramsey.

Gideon sacudió la cabeza.

—¿Y es seguro que lo reconocerá?

—Así es —afirmó Ramsey.

—Entonces hay que protegerla a toda costa. Si este hombre se entera de que ella puede identificarlo, con toda seguridad que tratará de impedir que...

—Ella va a estar protegida —anunció Dylan—. Nosotros, los Buchanan, no vamos a permitir que le ocurra nada. Ahora nos pertenece.

Gideon parpadeó un par de veces.

—¿Lady Gillian pertenece a los Buchanan? —le preguntó a Ramsey, confundido por el alarde de Dylan.

Su laird asintió.

—Sí, así es. Sólo que ella todavía no lo sabe.

20

La reunión de Ramsey con Leah, la madre de Bridgid KirkConnell, le dejó un amargo sabor de boca. La primera impresión de Ramsey, al verla entrar en el gran salón, había sido positiva. A pesar de estar en la madurez, Leah era aún una mujer muy atractiva. Sí, el tiempo se había mostrado benévolo con ella. Después de escuchar lo que había venido a decirle, la opinión de Ramsey había cambiado de manera drástica, y cuando abandonó el gran salón, su sola presencia ya bastaba para enfermarle.

Había ido con Brodick hasta el lago para lavarse y cambiarse de ropa, pero después de oír la petición de Leah, Ramsey sintió la súbita necesidad de volver a lavarse. La perfidia de Leah ofendía toda maternidad.

Brodick regresó al salón pocos minutos después del encuentro, con el entrecejo fruncido, tal como era su costumbre habitual, porque Gillian todavía estaba hablando con Brisbane y con Otis. Estaba ansioso por enterarse de las novedades que pudieran haberle dado. También deseaba tenerla a su lado, y reconocerlo no hizo más que acentuar su gesto malhumorado, porque incluso él se daba cuenta de que estaba actuando como un jovenzuelo embobado.

Encontró a Ramsey desplomado sobre una silla, con la cabeza inclinada como si estuviera rezando.

Entonces su amigo levantó la vista y Brodick pudo ver su expresión de amargura.

—¿Qué te pasa? —le preguntó—. Tienes el aspecto de haber tragado lejía.

—Así me siento —reconoció Ramsey—. Acabo de tener una reunión con la madre de Bridgid KirkConnell, Leah.

—Imagino que la reunión no fue del todo bien.

—Esa mujer es mala —murmuró Ramsey—. ¿Cómo voy a hacer, en el nombre de Dios, para decirle a Bridgid que su propia madre...?

—¿Qué?

Ramsey soltó un suspiro.

—Leah está celosa de su hija —explicó, sacudiendo la cabeza ante un pecado de esa magnitud.

—¿Te lo dijo ella, con esas palabras?

—No, pero ésa parece ser la raíz de todos sus problemas. Leah se ha vuelto a casar, y no le gusta la forma en que su nuevo esposo mira a Bridgid. Cree que éste siente lujuria por Bridgid, y quiere que ella se vaya de la casa.

—Puede ser que esté pensando en protegerla —sugirió Brodick.

Ramsey volvió a negar con la cabeza.

—No, el bienestar de su hija es la última de sus preocupaciones. No hizo más que hablar sobre lo vieja que parecía al lado de Bridgid.

—¡Por el amor de Dios! —murmuró Brodick—. ¿Por qué tienes que vértelas con asuntos tan mezquinos?

—Igual que tú, yo también debo velar por mi clan, y Bridgid forma parte de mi familia. Quédate y podrás conocerla —lo invitó—. Así podrás comprender por qué me asquea tanto la actitud de su madre.

—¿Sabe Bridgid que su madre quiere que abandone su hogar?

—No lo sé —respondió Ramsey—. Leah la envió a la casa de su hermana durante una temporada, con la excusa de que podía ayudarla con su nuevo hijo.

—Entonces tal vez pueda volver a la casa de su tía.

—Sólo fue una solución temporaria —explicó Ramsey—. La tía tiene cinco hijos y vive en una casa muy pequeña. Sencillamente, no hay lugar para Bridgid.

—Entonces, la única salida es el matrimonio.

—Ése es el problema —dijo Ramsey, y a grandes rasgos le explicó la promesa hecha al padre de Bridgid.

—¿Acaso me estás diciendo que Bridgid puede decidir con quién va a casarse?

—A menos que yo quebrante esa promesa.

—Te conozco bien —dijo Brodick—, y no serás capaz de tal cosa.

—Bien, ¿y cuál es, entonces, la solución a este problema? —preguntó Ramsey—. ¿Se te ocurre algo?

Brodick pensó un instante.

—Ian podría encontrar algún lugar para ella —dijo luego.

—Ella pertenece a este lugar. Éste es su hogar —adujo Ramsey—. Pensaría que se la destierra.

—Terminaría adaptándose.

—No voy a lastimar sus delicados sentimientos. Ella no ha hecho nada malo.

Brodick se quedó contemplándolo varios minutos.

—Te importa mucho esta mujer, ¿verdad? —preguntó.

—Desde luego. Es parte de mi clan.

Brodick sonrió.

—¿Y entonces por qué no te casas con ella?

Ramsey se puso de pie y comenzó a pasearse frente al fuego.

—Porque pertenece al clan Sinclair —explicó—.

Conozco mi deber. Si me propongo que esta unión entre los Sinclair y los MacPherson funcione, debo casarme con Meggan MacPherson. Es lo lógico, ¿no te parece? Y con ese convenio obtengo lo que quiero. Las tierras de los MacPherson son una dote que no puedo despreciar.

—Siempre has sido un hombre práctico —comentó Brodick.

—Igual que tú —replicó Ramsey—, hasta que Gillian entró en tu vida.

Brodick asintió con un gesto.

—No la vi venir.

Como Brodick parecía disgustado consigo mismo, Ramsey se echó a reír.

—¿Cuándo, exactamente, supiste…?

Brodick se encogió de hombros para ocultar su desagrado.

—Cuando Annie derramó fuego líquido sobre las heridas abiertas de Gillian. Yo le sostuve la mano para que no se moviera durante el atroz tratamiento. No emitió un solo sonido.

—Ah, de modo que lo que te cautivó de ella fue su entereza.

—No, fue la manera en que me miró —admitió riendo—. Por Dios te digo que parecía querer matarme por obligarla a padecer semejante indignidad. ¿Cómo podía no enamorarme como un loco de una mujer tan fuerte y tan testaruda?

Anthony puso fin a la conversación al anunciar que Bridgid KirkConnell esperaba para hablar con su laird.

Instantes después, Bridgid hacía su entrada en el salón. La sola visión de su sonrisa bastó para levantarle el ánimo a Ramsey, aunque no dejó de sorprenderle que aún tuviera ganas de sonreír.

—Buenos días, laird —saludó, mientras se acercaba y le hacía una reverencia—. Y buenos días a vos, laird Buchanan.

Bridgid llegó a mirar a Brodick a los ojos al saludarlo, había escuchado todos los rumores que corrían sobre él, y por lo tanto, se mostraba cautelosa.

Brodick pudo advertir que la asustaba, pero le impresionó que a pesar de ello, igualmente se acercara y le hiciera una reverencia.

—¿No es un día espléndido? —dijo, en un esfuerzo por evitar el tema sobre el cual quería hablar Ramsey.

—¿Y qué tiene de espléndido? —preguntó éste.

—Oh, todo, laird. Brilla el sol, y hay una cálida brisa. Es un día muy bonito.

—Bridgid, acabo de hablar con tu madre…

Ella bajó los ojos y juntó las manos en la espalda.

—¿Oh, sí?

—Sí.

—¿Y os ha convencido de romper la sagrada promesa que le hicisteis a mi padre?

Bridgid utilizó la palabra «sagrada» con total deliberación, Ramsey lo sabía bien, para que se sintiera culpable si hacía algo por el estilo.

—No, no me ha convencido de que rompa la promesa que le hice a tu padre.

Bridgid volvió a sonreír.

—Gracias, laird, pero ya he abusado excesivamente de vuestro tiempo. Con vuestro permiso, me marcho —agregó.

Ya había atravesado medio salón cuando Ramsey la detuvo.

—No te he dado mi permiso, Bridgid. Vuelve aquí. Tengo que hablarte de una cuestión importante.

Brodick pudo oír su suspiro cuando se dio vuelta.

Evidentemente, sabía cuál era esa cuestión, y había tenido esperanzas de evitarla.

Se tomó su tiempo para volver junto a su laird. Al llegar, se quedó inmóvil frente a él, mirándolo directamente a los ojos, y esperando que hablara.

—He recibido otra petición de mano para ti.

—Que yo declino graciosamente.

—Ni siquiera sabes cómo se llama el hombre que quiere casarse contigo. Todavía no puedes declinar nada.

—Lo siento —dijo ella, aunque no se la oía para nada contrita—. ¿Y quién es ese hombre?

—Se llama Matthias —dijo Ramsey—. Es un Mac-Pherson, y debo reconocer que no sé mucho más sobre él. Sin embargo, estoy seguro de que si lo aceptas, te tratará con gentileza.

Aguardó todo un minuto a que ella le respondiera, pero Bridgid mantuvo un obstinado silencio.

—¿Y bien? ¿Qué dices?

—¿Puedo declinar ahora?

—¡Por el amor de…! ¿Conoces a este hombre?

—Sí, lo he visto, laird.

—¿No puedes encontrar nada aceptable en él?

—Oh, estoy segura de que tiene muchas cualidades maravillosas.

—¿Y entonces?

—No lo quiero.

—¿Por qué no?

—Laird, ¿habéis advertido que estáis gritándome?

Brodick tosió para disimular la risa. Ramsey lo fulminó con la mirada antes de volverse hacia Bridgid. La vio acomodarse un mechón rebelde de cabello con gesto delicado y femenino, y por un instante perdió el hilo de sus pensamientos.

—Pones a prueba mi paciencia.

—Os pido disculpas, laird. No tengo intención de poner a prueba vuestra paciencia. ¿Me daréis ahora vuestro permiso para marcharme? He oído decir que hay aquí una dama de Inglaterra, y tengo que conocerla.

—¿Por qué tienes que hacerlo? —preguntó Brodick.

Ante el ladrido de la voz de Brodick, Bridgid pegó un respingo, pero pronto se recobró de la impresión.

—Porque nunca he estado en Inglaterra —explicó—. Y tengo miles de preguntas que hacerle. Tengo curiosidad por saber cómo es la vida en Inglaterra, y ella es la única que puede decírmelo. No puedo imaginar la vida en otro lugar que no sea aquí, y me pregunto si ella siente lo mismo con respecto a su hogar en Inglaterra. Ya he decidido que me va a caer bien —agregó.

—Sí, te gustará.

—Tienes mucho en común con lady Gillian —señaló Ramsey—. Ambas sois mujeres muy tercas.

—¿A ella también la obligan a casarse? —preguntó Bridgid, incapaz de ocultar su irritación.

Ramsey dio un paso hacia ella.

—Nadie está obligándote a contraer matrimonio, Bridgid.

—Entonces, ¿puedo marcharme ahora?

—No, no puedes —exclamó Ramsey—. Con respecto a este Matthias...

Bridgid apoyó las manos en las caderas, con gesto de impaciencia.

—¿Volvemos a lo mismo? —preguntó.

—Bridgid, te advierto que no toleraré ninguna insolencia.

Inmediatamente, la joven se disculpó.

—Lo siento. Sé que he sido insolente, pero ya he declinado su ofrecimiento.

Ramsey se negó a darse por vencido.

—¿Te das cuenta de todos los ofrecimientos que has rechazado?

—Sí, me doy cuenta.

—Has destrozado muchos corazones.

—Lo dudo, laird. Ninguno de esos hombres me conoce lo suficiente como para quedar con el corazón destrozado. Si estuviera en mis manos impedir que siguieran realizando proposiciones matrimoniales, lo haría. Me resulta muy incómodo tener que pasar por esto una y otra vez. La verdad es que comienzo a temer...

—¿Temer, qué? —la urgió Ramsey al ver que se interrumpía.

El rostro de Bridgid se volvió color púrpura de turbación.

—No tiene importancia —dijo.

—Puedes hablar con toda libertad. Ahora, dime: ¿qué te causa temor?

—Veros —barbotó Bridgid—. Las únicas oportunidades en que habláis conmigo es cuando queréis informarme de una proposición matrimonial. Bien sé lo desagradable que os resulta esta situación. Seguramente no desearéis perder vuestro valioso tiempo con cuestiones tan insignificantes.

—Tú no eres insignificante.

—Pero soy difícil, ¿verdad?

—Sí, lo eres.

—¿Hemos acabado?

—No. Bridgid, ¿quieres casarte?

—Por supuesto que quiero. Quiero tener hijos —respondió, con tono enfervorizado—. Muchos hijos, para amarlos como debe amar toda madre.

—¿Y entonces por qué has rechazado tantos ofrecimientos? Si quieres tener hijos...

Ella no lo dejó terminar.

—Amo a otro hombre.

El anuncio tomó a Ramsey por sorpresa.

—¿Ah, sí?

—Sí.

—¿Quién es ese hombre?

Ella negó con la cabeza.

—No puedo decir su nombre.

—Pues cásate con él —dijo Ramsey con impaciencia.

Bridgid soltó un suspiro.

—No me lo ha pedido.

—¿Él sabe lo que sientes?

—No. Es un hombre muy estúpido.

Brodick se echó a reír, no pudo evitarlo.

—¿Y sin embargo lo amas?

Bridgid sonrió.

—Sí —respondió—. No quiero amarlo, pero lo amo, con todo mi corazón. Debo ser tan estúpida como él. Es la única explicación que puedo encontrar. Las cosas del corazón son muy complicadas, y no soy tan lista como para entenderlas. —Volviéndose hacia Ramsey, agregó—: No me casaré con Matthias. No lo haré con ningún hombre que no ame.

Su propia reacción confundió a Ramsey. Cuando ella admitió que amaba a otro hombre y que, por lo tanto, no aceptaría a Matthias, se sorprendió, pero ese sentimiento pronto fue reemplazado por lo que sólo podía definir como irritación. Aunque no sabía por qué, la idea de Bridgid enamorada de otro hombre no le gustó nada. Su reacción carecía de lógica. Allí estaba él, tratando de convencerla de que se casara con Matthias, ¿y qué habría ocurrido si ella hubiera accedido? ¿Habría sentido la misma desilusión? «No», pensó, «porque, en realidad, ella jamás habría accedido.»

Trató de alejar esos confusos pensamientos.

—Dime quién es ese hombre y hablaré con él en tu nombre —dijo.

—Os agradezco la sugerencia, pero el hombre que amo debe decidir sin interferencias externas.

—No estaba haciendo ninguna sugerencia. Te daba una orden; dime su nombre.

Dio otro paso hacia ella, pero Bridgid se mantuvo en su lugar. No le resultó fácil. Ramsey era un hombre tan corpulento que su cercanía resultaba abrumadora, y Bridgid tuvo que recordarse que él era su laird, y por tanto, su deber era protegerla, no causarle daño. Ella era un miembro leal de su propia familia, y le gustara o no, tenía que velar por sus intereses. Por otra parte, ella conocía su generosidad y gentileza. Podía causarle un temor que la dejaba sin aliento, pero jamás levantaría la mano contra ella.

Decidió distraer su atención, con la esperanza de que no notara que no había respondido a su pregunta.

—Laird, ¿dónde está Michael? Hoy no lo he visto, y hace tiempo le prometí que iríamos juntos a subir a los árboles.

—¿Subir a los árboles?

—Todo niño debería saber cómo trepar a un árbol.

—¿Y crees que tú podrías enseñarle cómo se hace? Bridgid asintió lentamente.

—Está en casa de los Maitland —dijo Ramsey—. Alec y él se han vuelto buenos amigos, pero cuando vuelva a casa, no le enseñarás a subir a los árboles. No es propio de una dama, Bridgid.

—Supongo que tenéis razón —concedió ella a regañadientes.

Una vez más, Ramsey le pidió el nombre del hombre que había declarado amar.

Su artimaña para hacerlo olvidar la pregunta no había funcionado.

—No quiero deciros su nombre, laird —dijo, molesta.

—Eso es más que evidente —replicó él—. Pero así y todo me lo dirás.

—No, no lo haré.

Ramsey no pudo creer que tenía la audacia de desafiarlo.

—No me voy a dar por vencido —le advirtió—. Dime su nombre.

Ramsey se mostraba implacable como un perro persiguiendo a un gato, y Bridgid se reprochaba haberle dicho la verdad.

—Contáis con una injusta ventaja —protestó.

—¿Cómo es eso?

—Sois el laird —respondió ella—. Podéis hablar con total libertad, en tanto yo…

Él no la dejó terminar.

—Has hablado con total libertad desde el mismo instante en que entraste en esta habitación. Ahora, responde mi pregunta.

Su tono de voz era decididamente incisivo, y Bridgid se sobresaltó. No sabía cómo iba a hacer para salir del atolladero en que se había metido.

—A menos que me ordenéis que…

—Ya te he ordenado que me digas su nombre —le recordó él.

Su brusquedad le causó una gran turbación. Agachó la cabeza para que no pudiera verle la cara.

—Lo siento, no puedo daros su nombre —dijo.

Ramsey se dio por vencido, y por el momento, decidió dejar el tema. Estaba disgustado consigo mismo. No era propio de él perder los estribos con una mujer. Lo que pasaba era que esa mujer en particular agotaba su paciencia.

—¿Es pecado desafiaros, laird? —preguntó Bridgid.

La pregunta lo hizo titubear.

—No, desde luego que no —dijo finalmente.

—¡Eso es bueno! —dijo ella sonriendo.

Ramsey no intentó ocultar su irritación.

—Sabes condenadamente bien que no lo es.

Ella ignoró su comentario.

—Ya os he robado demasiado tiempo. Con vuestro permiso, me marcho —dijo Bridgid.

Hizo una reverencia e iba a salir de la habitación, cuando Ramsey la retuvo.

—Si no vas a casarte con Matthias, hay otro tema que me gustaría discutir contigo —dijo él.

—¿Oh, sí?

—Sí.

Bridgid aguardó, expectante, pero Ramsey parecía incapaz de hallar las palabras justas. ¿Cómo iba a lastimarla diciéndole que su madre no la quería? No podía hacerlo.

—Parece que he olvidado…

Brodick acudió en su ayuda.

—¿Michael? —sugirió.

—¿Michael? —repitió Ramsey, mirando a su amigo sin comprender.

Brodick asintió.

—¿No estabas diciéndome que ibas a pedirle a Bridgid que te ayudara con tu hermano, porque es todavía un niño? ¿No lo recuerdas?

Entonces Ramsey captó la idea.

—Sí, eso era. Ahora lo recuerdo. Michael está con los Maitland.

—Sí, laird, ya me dijisteis que estaba visitando a su amigo.

—Claro, claro —dijo él, sintiéndose como un idiota—. Pero cuando vuelva a casa…

—¿Sí?

Ramsey dirigió una angustiada mirada a Brodick, en busca de auxilio.

—Ramsey no tiene tiempo para dedicarle a su hermano, y también cree que Michael necesita la influencia de una mujer.

—Sí, eso es —asintió Ramsey. Estaban inventando una historia sobre la marcha, pero Bridgid no pareció darse cuenta.

—Me alegraría mucho poder ayudaros con Michael.

—Entonces, todo arreglado.

—¿Qué está arreglado? ¿Qué queréis que haga, exactamente?

—Mudarte aquí —explicó él—. Arriba hay tres cuartos vacíos. Elige uno y trae tus cosas lo antes posible. Tendrás que dejar tu casa, naturalmente, y sé que será difícil para tu madre y para ti —agregó, orgulloso de no haberse atragantado al decir esa mentira.

—¿Queréis que viva aquí? Laird. No sería correcto. La gente murmuraría.

—Pues entonces duerme con los sirvientes en las habitaciones situadas detrás del castillo.

Ella se quedó contemplándolo durante varios minutos sin pronunciar palabra, y luego asintió lentamente. La tristeza que Ramsey pudo ver en sus ojos le partió el alma, y entonces se dio cuenta de que Bridgid había comprendido todo.

Cuadrando los hombros, la joven aspiró profundamente.

—Me alegrará mucho ayudaros con Michael, ¿pero no debería esperar hasta su regreso antes de traer mis cosas? —dijo.

—No, quiero que te instales lo antes posible.

—Entonces, con vuestro permiso, iré a buscarlas.

Ramsey se lo otorgó, y la miró alejarse. Su orgulloso porte logró impresionarlo, sobre todo después de ver las lágrimas que inundaban sus ojos antes de que le diera la espalda.

Al llegar a la puerta, Bridgid se detuvo, y lo llamó:

—¿Laird?

—¿Sí?

—No juzguéis a mi madre con tanta dureza. No puede evitar sentir lo que siente. Está recién casada, y desea estar con su esposo. Yo estoy en el medio. Además, ya es hora de que me vaya de casa.

—¿Crees que ésa es la razón por la que te he pedido que vivieras aquí? ¿Porqué tu madre desea intimidad?

—¿Y acaso no es así? —preguntó ella—. ¿Qué otra razón podría haber?

«Lujuria y celos», pensó Ramsey, pero no iba a decirle la vergonzosa verdad de que su padrastro la deseaba y su propia madre estaba celosa de la belleza de su hija.

—Ya te he explicado mis razones. Me ayudarás con Michael, y eso es todo.

—Sois un buen hombre, laird —dijo ella—. Pero…

—¿Pero qué?

Bridgid sonrió fugazmente.

—Realmente, no mentís muy bien.

21

Nunca nada resultaba fácil. Tras una larga y tediosa conversación con Brisbane y Otis, a Gillian le dolía la cabeza a consecuencia de todas sus respuestas evasivas. Eran hombres amables y gentiles, pero terriblemente testarudos. Aunque ninguno de los dos lo reconociera ante ella, le resultó evidente que, a pesar de saber dónde se encontraba Christen, no iban a decírselo hasta después de hablar con ella y obtener su autorización. Gillian apeló a toda su paciencia, y finalmente fue recompensada, accidentalmente, a Otis se le escapó que Christen vivía efectivamente en tierras de los MacPherson. A Gillian el corazón le dio un salto de puro júbilo, y comenzó a presionar, implacable, aunque sin ningún resultado.

Tan segura se sentía Gillian de que Christen vendría en su busca en cuanto se enterara de que su hermana estaba allí, que accedió a esperar hasta que los hombres hablaran con ella. Les rogó que lo hicieran lo antes posible, explicándoles que se le acababa el tiempo y debía regresar a Inglaterra en seguida. No les dijo por qué.

Los hombres se marcharon, dejándola nerviosa y frustrada, y decidió dar un paseo por el sendero de piedras que zigzagueaba entre todas las construcciones que formaban parte de la heredad de Ramsey, para poder estar a solas unos instantes. Al llegar a la cima de la colina encontró un sitio a la sombra de un árbol, y se sentó a descansar. Acomodó sus faldas sobre la hierba, cerró los ojos y dejó la mente en blanco, ofreciendo el rostro a la caricia de la suave brisa. Cuando volvió a abrir los ojos, echó una atenta mirada a su alrededor. La heredad de Ramsey era bellísima… y llena de paz. A sus pies, los miembros del clan se dedicaban a su rutina cotidiana. Los soldados afilaban sus armas, otros hombres se inclinaban sobre sus herramientas, labrando la tierra y preparándola para la próxima cosecha. Las mujeres charlaban a la puerta de sus casas, mientras molían el grano para amasar el pan y mientras los niños saltaban a su alrededor, jugando a un ruidoso pasatiempo con una piedra y un palo.

Durante un breve instante, ella también se sintió inundada por la paz; contagiada de la tranquilidad de la escena. Pero su mente no le dio tregua. Bullía con todas las preguntas que quería hacerle a Christen cuando la volviera a ver. Rezó por que su hermana se acordara de ella, y porque sus recuerdos fueran de afecto. Liese había mantenido vivo en ella el recuerdo de Christen con divertidas historias sobre su niñez compartida. Se las había contado una y otra vez, para que Gillian no olvidara a su hermana. Christen no había tenido a nadie que la ayudara a recordar, pero Gillian esperaba que, al ser mayor que ella, no hubiera olvidado.

El súbito grito de una mujer la arrancó de sus cavilaciones, y Gillian se volvió a tiempo de ver a una joven rubia que venía corriendo por el sendero. Arrugas de preocupación le surcaban la frente, y Gillian vio en seguida la razón; pisándole los talones venía un hombre de aspecto bestial, con una fiera determinación brillando en su mirada. Al verlo desde más cerca, pudo comprobar que se trataba más bien de un muchacho, y no de un hombre adulto.

—¡Te he dicho que me dejaras en paz, Stewart, y lo digo en serio! Si no dejas de fastidiarme, yo...

Al ver a Gillian, se interrumpió. Le sonrió y se acercó rápidamente, olvidando por el momento a su indeseable pretendiente. Stewart también se detuvo, y se dispuso a escuchar su conversación.

—Buenos días, milady.

—Buenos días —respondió Gillian.

—Me llamo Bridgid —dijo la joven, inclinándose ante ella—. No os pongáis de pie —agregó—. Sois la dama que ha venido de Inglaterra, ¿verdad?

—Así es. Me llamo Gillian.

—Os he estado buscando por todas partes —dijo la joven—. Esperaba que, si no estabais demasiado ocupada, me dedicarais algunos minutos para contestarme algunas preguntas sobre Inglaterra. Siento una gran curiosidad por saber sobre la vida allí.

Gillian se sintió sorprendida y halagada.

—Me complacerá mucho contestar tus preguntas, aunque debo confesarte que eres la primera persona de aquí que muestra algo de interés por mi país. ¿Te gusta Inglaterra?

—No sé si me gusta o no —respondió la muchacha, riendo—. He oído historias terribles sobre los ingleses, pero estoy decidida a descubrir si son verdaderas. Los hombres de estos lugares tienden a exagerar.

—Aun sin haber oído esas historias, puedo asegurarte que son falsas. Los ingleses son buenas personas, y me enorgullece ser una de ellas.

—Es muy noble de parte vuestra defender así a vuestros compatriotas.

—No soy noble, tan sólo honesta. Cuéntame algunas de esas historias, y te convenceré de que son falsas.

—Si esas historias resultan ser exageraciones, probablemente entonces cambie de parecer y quiera conocer algún día Inglaterra, aunque no creo que mi laird me autorice. ¿Vuestro país es tan bello como el mío?

—¡Oh, sí! —replicó Gillian—. Es… diferente, pero es hermoso.

Otro soldado se había acercado a Stewart, y también se había quedado mirando a Gillian y a Bridgid. Al igual que Stewart, era apenas un muchacho, alto y desgarbado, con manchas en el rostro. Gillian pensó que era muy descortés de su parte escuchar su conversación tan ostensiblemente, y de buena gana los hubiera echado, pero como Bridgid parecía ignorarlos, decidió hacer lo mismo.

—Mi madre me contó que los maridos ingleses deben pegarles a sus esposas todos los sábados por la noche, para que al llegar a la misa del domingo ellas hayan cumplido con su penitencia —dijo Bridgid.

La mentira le causó tanta gracia a Gillian que se echó a reír.

—¡No es verdad! Los maridos ingleses son bondadosos y considerados, y jamás harían daño a sus esposas. Al menos, no lo haría la mayoría de ellos —precisó—. No son diferentes a los hombres que viven aquí. Sostienen los mismos valores, y quieren lo mismo para sus familias.

—Ya sospechaba yo que era una historia inventada —comentó Bridgid—. Y apuesto a que la historia que me contaron sobre el Papa también es falsa.

—¿Qué te contaron?

—Que el Santo Padre había decretado la interdicción sobre Inglaterra.

Gillian sintió que se le caían los hombros.

—En realidad, eso es verdad. El Papa tiene un desacuerdo con el rey Juan. Pronto se arreglará.

—Eso no es lo que oí —dijo Bridgid.

—¿Y qué has oído?

—Que primero excomulgará a Juan.

Gillian se hizo la señal de la cruz, tan atroz le resultaba la predicción de Bridgid.

—Sinceramente, espero que no —murmuró—. Mi rey ya tiene suficientes problemas entre manos con la rebelión de los barones.

—Vuestro rey se busca sus propios problemas.

—Pero es mi rey —le recordó amablemente a Bridgid—. Y mi deber es mostrarle mi lealtad.

Bridgid reflexionó un instante sobre el tema, y finalmente asintió.

—Sí, yo también debo serle leal a mi laird, a menos que él cometa actos que traicionen esa lealtad. ¿Puedo sentarme con vos? Acabo de llevar todas mis cosas al castillo, y estoy cansada. Además, tengo cientos de preguntas para haceros, y os prometo que ninguna está relacionada con vuestro rey, ya que me doy cuenta de que el tema os incomoda.

—Sí, por favor, siéntate —dijo Gillian, y pudo ver entonces a Stewart que corría hacia Bridgid, con el otro joven siguiéndole los pasos—. Oh, allí vienen los bribones.

Cuando Gillian se puso de pie, Stewart se acercó y tomó a Bridgid de la cintura. Ella soltó un chillido y trató de liberarse de su brazo.

—¡Suéltame, Stewart!

—Ya la has oído —ordenó Gillian, decidida a ayudarla—. ¡Aléjate de ella!

Stewart la miró sonriente.

—Éste es un asunto entre Bridgid y yo. Sólo quiero un beso, y luego la soltaré. Tal vez te robe un beso también a ti. En mi opinión, eres tan bonita como Bridgid.

—¿Puedes apartarte de mí? Hueles como un perro mojado —murmuró Bridgid.

El otro joven se acercó presuroso.

—Ya has atrapado a una de las mujeres. Yo atraparé a la otra —alardeó—. Y le robaré un beso.

En ese instante, Stewart soltó un aullido de dolor y soltó a Bridgid, dando un salto hacia atrás. Se miró el brazo, y gritó:

—¡Me has mordido! ¡Tú, pequeña…! —gritó.

Con las manos en las caderas. Bridgid se volvió para enfrentar a su agresor.

—¿Pequeña qué? —lo desafió.

—Perra —masculló Stewart.

Estupefacta ante el insulto, Gillian se llevó la mano a la garganta, sofocada, pero Bridgid no pareció impresionada.

—Si no fueras un jovenzuelo tan estúpido, te denunciaría de inmediato ante nuestro laird, Stewart. Ahora vete y déjame en paz. Eres un pesado —dijo, sacudiendo la cabeza.

—Y tú eres una mujer fácil.

—¡No soy nada semejante! —replicó ella.

—Oh, sí que lo eres. Te vi llevando tus cosas al castillo. Tu madre te ha echado de su casa, ¿verdad? Y no estás casada, lo que te convierte en una mujer fácil. No soy ningún jovenzuelo —siguió diciendo, con el entrecejo fruncido—. Y voy a demostrártelo. Conseguiré el beso, con tu permiso o sin él.

—Entonces yo también lo conseguiré —se jactó el otro soldado, aunque Gillian advirtió que tragaba con dificultad y miraba permanentemente por encima del hombro, para asegurarse de que nadie lo oyera.

—Ese joven se llama Donal —dijo Bridgid—. Es tan joven e ignorante como Stewart —Acercándose mucho a Gillian, susurró—: ¿Tenéis miedo? Si es así, llamaré pidiendo ayuda.

—No tengo miedo. Sin embargo, estoy muy enfadada. Estos jóvenes necesitan aprender modales.

Bridgid le sonrió.

—¿Qué opináis de arrojarlos por la colina?

El plan era muy arriesgado y divertido, y Gillian era lo suficientemente osada como para intentarlo. Siguió los pasos de Bridgid y ambas retrocedieron lentamente hasta encontrarse cerca de la pendiente.

Donal y Stewart, sonriendo como idiotas, fueron acercándose. Bridgid los alentó haciéndole señas con el dedo.

—Haz lo mismo que hago yo —le susurró a Gillian, tuteándola, y entonces le ordenó a Stewart darse vuelta y cerrar los ojos, con la promesa de recompensarlo.

Excitados como cachorros ante un hueso con carne, los muchachos se dieron vuelta.

—No miréis —les ordenó Bridgid—. Cerrad los ojos con fuerza.

—¿Estáis listos? —preguntó Gillian a Donal.

El joven asentía vigorosamente cuando recibió un fuerte empujón en la espalda. Al mismo tiempo, Bridgid le dio otro empujón a Stewart. Donal salió volando, pero Stewart demostró ser mucho más ágil. Lanzando un grito de victoria, dio un paso atrás para evitar caer por la cuesta, y se volvió para ver cómo caía su amigo colina abajo. Bridgid y Gillian aprovecharon su distracción. Alzándose las faldas, le dieron sendas patadas en el trasero y lograron que rodara junto a Donal.

Desgraciadamente, durante el proceso Bridgid perdió el equilibrio. Antes de poder recuperarlo, rodaba ella también por la ladera de la colina. Sus carcajadas podían oírse resonando por la arboleda. Gillian, ansiosa por ayudarla, fue tras ella, se enredó con sus propias faldas, y terminó cayendo sobre Bridgid.

Quedaron cubiertas de hierba, tierra y hojas, pero a ninguna de las dos pareció importarle. Estaban muertas de risa, y armaron un alboroto tal que los soldados que entrenaban en los campos de más abajo hicieron un alto para mirarlas. Las jóvenes procuraron recobrar el control, pero cuando lograron sentarse y vieron a Donal y a Stewart que se escapaban corriendo, les hizo tanta gracia que volvieron a estallar en histéricas carcajadas.

—Te dije que eran estúpidos —respondió Bridgid, secándose las lágrimas que le corrían por la cara.

—Oh, sí —replicó Gillian, que se puso de pie tambaleando. En ese momento sintió que su blusa se desgarraba, y al bajar la vista vio que la manga izquierda caía, rota, sobre su cintura, lo que volvió a provocarle risas incontrolables.

—¿Tengo un aspecto tan terrible como el que tienes tú? —preguntó Bridgid?

—Tienes más hojas que pelos en la cabeza.

—¡Basta! —rogó Bridgid—. Ya no puedo reír más. Me ha dado una puntada en el costado.

Gillian le tendió la mano para que Bridgid pudiera ponerse de pie. Su nueva amiga era varios centímetros más alta que ella, y para poder mirarla a los ojos tuvo que levantar la cabeza.

—¡Estás cojeando! —advirtió Bridgid, mientras descendían juntas por la colina—. ¿Te has hecho daño?

Gillian volvió a reír.

—He perdido mi zapato.

Bridgid lo encontró, y se lo dio. Precisamente en el momento en que Gillian se inclinaba para ponérselo, Bridgid la tomó del brazo.

—¡Por Dios, no mires! —le susurró.

—¿Que no mire adónde? —preguntó Gillian, bizqueando al mirar a los soldados contra el resplandor del sol.

—Uno de los soldados Buchanan nos está mirando. Oh, cielos, creo que es el comandante. Está en la cima de la colina. No lo mires —murmuró cuando Gillian se dio vuelta—. ¿Crees que ha visto lo que hicimos?

Gillian se apartó de Bridgid, y se volvió para mirar.

—Es Dylan —dijo—. Ven, te lo presentaré. Es un hombre muy agradable.

Bridgid se echó atrás.

—No quiero conocerlo. Es un Buchanan.

—Sí, en efecto.

—Pues bueno, entonces no puede ser agradable. Ninguno de ellos lo es —agregó, con un gesto afirmativo—. Pero eres inglesa, así que no puedes saber...

—¿Saber qué?

—Que son... despiadados.

—¿Ah, sí?

—Te digo la verdad —insistió Bridgid—. Todo el mundo sabe que son brutales. ¿Cómo podrían no serlo? Siguen el ejemplo de su líder, y laird Brodick Buchanan es el hombre más aterrador sobre la faz de la tierra. Sé de lo que te hablo —siguió diciendo—. Podría contarte muchas historias que harían que tu cabello se volviera gris de la noche a la mañana. Vaya, he conocido mujeres que han estallado en llanto sólo porque laird Buchanan miró en su dirección.

Gillian se echó a reír.

—¡Eso es absurdo!

—Es verdad —volvió a insistir Bridgid—. Yo estaba en el salón, hablando con mi laird, y él se encontraba allí.

—¿Y te hizo llorar?

—No, desde luego que no. No soy blanda, como muchas de las mujeres de por aquí. Pero te digo una cosa: no pude mirarlo a los ojos.

—Te aseguro que no es tan violento.

Bridgid le dio unas palmaditas en la mano, y le dirigió una mirada indicando que pensaba que era terriblemente cándida. Después, volvió a levantar los ojos hacia la cima de la colina.

—¡Oh, Dios mío, no se va! Creo que nos está esperando.

Gillian la tomó del brazo y la llevó con ella, olvidando por un momento que todavía sostenía el zapato con la otra mano.

—Te aseguro que Dylan te gustará.

Bridgid soltó un bufido.

—Lo dudo mucho. Gillian, escúchame. Ya que vas a ser mi amiga, te aconsejo que te mantengas alejada de los Buchanan, especialmente de su laird. No va a hacerte daño, pero te hará morir de miedo.

—Yo no me asusto con facilidad.

—Yo tampoco —dijo Bridgid—. No lo comprendes. Acepta mi consejo, y manténte alejada de él.

—Eso va a ser difícil.

—¿Por qué?

—Estoy prometida a él.

Bridgid se tambaleó, y habría caído si Gillian no la hubiera sostenido con fuerza del brazo. Bridgid aspiró, haciendo esfuerzos para recobrar el aliento, y a continuación estalló en carcajadas.

—Por un segundo creí que hablabas en serio. ¿Acaso todos los ingleses tienen un sentido del humor tan pícaro como el tuyo?

—Es la verdad —insistió Gillian—. Y te lo voy a demostrar.

—¿Cómo?

—Se lo preguntaré a Dylan, el comandante de Brodick. Él te lo confirmará.

—Estás loca.

—¿Quieres enterarte de algo decididamente impresionante?

—Sí, desde luego.

—Amo a Brodick.

Bridgid abrió los ojos grandes como platos.

—¡Amas a laird Buchanan! ¿Estás segura de que no lo confundes con otra persona? Todas las mujeres están enamoradas de Ramsey. Nadie ama a Brodick —explicó con tono de autoridad.

—Yo no amo a Ramsey. Me cae bien —replicó Gillian—. Pero Brodick…

Bridgid la interrumpió.

—Tú no sabes en qué…

—¿Me estoy metiendo? —completó Gillian al ver que Bridgid no terminaba la frase—. Qué extraño, ésas fueron las mismas palabras del padre Laggan. Sin embargo, sé muy bien lo que estoy haciendo. Si logro llevar a cabo una… misión… en Inglaterra, y puedo volver aquí, me casaré con Brodick.

Bridgid siguió riendo. Se negaba a creer que Gillian hablara en serio, tan extravagante le resultaba la sola idea de que ninguna mujer pudiera comprometerse voluntariamente con semejante hombre.

Discutieron durante toda la subida de la colina. Bridgid quería dar un rodeo para evitar a Dylan, pero Gillian no se lo permitió. La obligó a ir frente al comandante.

Dylan ofrecía un aspecto vagamente aterrador, supuso Gillian, allí de pie con las piernas separadas y los brazos cruzados sobre el pecho. Se erguía frente a ellas, y parecía estar enfadado, pero Gillian sabía que no se trataba más que de una pose.

—Buenos días, Dylan —saludó—. Me gustaría que conocieras a mi amiga Bridgid. Bridgid, este impresionante soldado es Dylan, el comandante de todos los soldados Buchanan.

Bridgid se puso pálida e inclinó la cabeza.

—Es un placer conoceros, señor —dijo.

Dylan no respondió, pero inclinó ligeramente la cabeza. A Gillian, su arrogancia se le antojó deliciosa.

—Lady Gillian, ¿qué os ha pasado?

—¿No viste a esos hombres…?

Bridgid le dio un codazo. El gesto ceñudo de Dylan se hizo más intenso.

—¿Qué hombres?

Gillian se volvió hacia Bridgid. Su amiga respondió apresuradamente.

—Esos hombres del campo. Los vimos.

—¿Tú no los viste? —preguntó Gillian.

—¿Si no vi qué, milady?

—A los hombres… los hombres que están en el campo de entrenamiento —tartamudeó Gillian, tratando de mantener una expresión seria.

—Por supuesto que los vi —replicó él, obviamente exasperado—. Ahora también los veo. Os estoy preguntando…

—¡Pero eso es lo que estábamos haciendo! —explicó Bridgid.

—Sí, sí —confirmó enfáticamente Gillian. Una hoja seca cayó de su cabello frente a su propio rostro, y no pudo evitar una risita—. Estábamos mirando a los soldados.

—No vais a decirme qué pasó, ¿verdad?

Un hoyuelo apareció entonces en su mejilla, y Dylan trató de no reparar en lo atractivo que era. Ella era la mujer de su laird, y él no debía pensar en otra cosa que en protegerla. Pero no dejaba de ser motivo de orgullo el hecho de que Brodick se las hubiera ingeniado para cautivar a una mujer tan hermosa.

—No, no te lo voy a decir.

—Pero se lo diréis a Brodick, ¿verdad?

—No, no creo que lo haga.

—Apuesto a que sí.

—A las damas no nos gustan las apuestas —replicó ella, cambiando de tema—. Dylan, tengo que pedirte una cosa.

—Haré lo que me pidáis, milady —dijo él, en tono nuevamente formal.

—Le dije a Bridgid que estaba prometida a Brodick, pero no me cree. ¿Podrías confirmárselo? ¿Por qué pareces tan sorprendido?

—Así que creéis que estáis comprometida con...

—Brodick —completó ella, preocupada por la expresión divertida que Dylan trataba en vano de ocultar.

—¡Sabía que te lo habías inventado! —exclamó Bridgid, volviendo a darle un codazo—. Tiene un sentido del humor muy pícaro —le dijo a Dylan.

—No he inventado nada. Dylan, díselo, por favor.

—Por lo que yo sé, vos no estáis comprometida con laird Buchanan.

—¿No lo estoy? —susurró Gillian.

—No, no lo estáis —confirmó él.

A Gillian se le puso el rostro escarlata.

—Pero yo creí... el cura estaba allí... lo vi bendecir...

Se dio cuenta de que se estaba comportando como una tonta.

—Entonces estaba equivocada —tartamudeó—. Te agradecería que no se lo mencionaras a Brodick —se apresuró a añadir—. No quiero que piense que soy una... idiota. Fue un malentendido, y te agradezco que me lo hayas aclarado.

—Pero, milady...

Ella levantó la mano.

—Verdaderamente, no quiero seguir hablando de esto.

—Como gusteis.

A Gillian le resultó difícil superar su turbación, pero trató de fingir que no se había sentido completamente humillada frente al comandante. Recordó que tenía la manga rota, colgando sobre el codo. La levantó y la sostuvo contra su hombro, y soltó un suspiro.

—Brodick quiere hablar con vos —dijo Dylan, recordando finalmente por qué había ido a buscar a Gillian.

Al darse cuenta de que todavía tenía el zapato en la mano, se sostuvo del brazo de Dylan para volver a ponérselo.

—¿Dónde está?

—En el patio de armas, con Ramsey.

—Bridgid y yo vamos al lago. Realmente, me gustaría ponerme ropas limpias antes de verlo.

—A Brodick no le gusta esperar, y me encantaría que os viera en vuestra actual condición —reconoció Dylan con una sonrisa.

—Muy bien —accedió ella.

Bridgid permaneció en silencio hasta que Dylan, después de saludarla con una inclinación, se hubo marchado.

—Considérate afortunada —dijo luego.

—Me siento como una verdadera tonta. Realmente, pensé que Brodick y yo estábamos prometidos. Él me pidió que me casara con él, de verdad. No, eso no es cierto. Me dijo que me iba a casar con él.

—No es posible que esto te haga sentir mal.

Gillian se encogió de hombros.

—No sé qué pensar, ni qué sentir —dijo—. Ven. No

debemos hacer esperar a Brodick. No tiene paciencia.

Bridgid atravesó junto a ella el sendero ondulado.

—No sé si debo sentir por ti admiración, o pena.

—¿Por qué?

—Porque pareces desilusionada.

—Estoy avergonzada.

—Oh, ya conozco la sensación. Hoy mismo fui absolutamente humillada. ¿Oíste lo que dijo Stewart? Mi madre me echó de su casa… Yo creía que también era la mía. Pero ella me sacó de ese error. Si Stewart ya lo sabe, entonces lo sabe todo el mundo. ¿Y sabes qué es lo peor de todo?

—¿Qué?

—Lo sabe mi laird. Me ha hecho llevar mis cosas al castillo, con la excusa de que necesitaba ayuda para cuidar a su hermano Michael, pero ésa no es la verdadera razón. Fue por mi madre. Ella le pidió que hiciera algo conmigo.

—¿Qué hiciera algo?

—Esas fueron las palabreas que me gritó mientras recogía mis cosas. Está enfadada conmigo porque me negué a casarme.

Bridgid le explicó los detalles, y cuando terminó de hacerlo, Gillian había olvidado por completo todo lo referente a su propia humillación.

—Tu madre cometió un error al obligarte a dejar tu casa.

—Quiere que yo pase a ser problema de Ramsey —dijo Bridgid—. Mi madre está recién casada, y yo soy una hija difícil.

Caminaron a lo largo del sendero, haciendo que las flores que lo bordeaban soltaran todo su aroma con el roce de sus faldas, y compartiendo confidencias en voz baja, tan cómodas una junto a la otra como si fueran viejas amigas. Ninguna de las dos quería darse prisa. Bridgid anhelaba abrir su corazón a alguien que no la juzgara con dureza, y Gillian deseaba olvidar por un rato sus propios problemas.

—Así que ya lo ves, no puedo culpar a mi madre. Estoy cansada de hablar de mis problemas. Cuéntame algo de ti. ¿De verdad amas a Brodick?

—Sí, lo amo.

—¿Hace mucho que lo conoces?

—En realidad, no. Lo conozco desde hace muy poco tiempo.

—¡Pues ésta es la explicación! —exclamó Bridgid—. Cuando lo conozcas bien, te darás cuenta de que sólo era un capricho.

Gillian negó con la cabeza.

—No elegí enamorarme de él. Simplemente sucedió, pero lo amo con todo mi corazón.

Bridgid soltó un suspiro.

—Yo también estoy enamorada —confesó.

Gillian la miró atentamente.

—No parece hacerte muy feliz.

—No lo soy. En realidad me siento muy desgraciada. No quiero amarlo.

—¿Por qué?

—Porque él no me ama.

—¿Estás segura?

—Es muy estúpido.

Gillian se echó a reír.

—¡Y sin embargo lo amas!

—Así es.

—¿Quién es él?

—Un Sinclair.

—¿Sabe lo que sientes por él?

—No.

—¿Piensas decirle que lo amas?

—He pensado mucho en el asunto, y también he intentado que… reparara en mí. Esperaba que fuera más perceptivo, pero hasta ahora no se ha dado cuenta.

—Creo que deberías decírselo. ¿Qué puedes perder?

—El respeto por mí misma, mi dignidad, mi orgullo, mi…

—Bueno, no tiene importancia.

—Sé que tienes razón. Debería decírselo. Si sigo esperando, llegaré a ser una anciana antes de que llegue a darse cuenta de que soy lo mejor que pudo haberle pasado. Nadie lo amará como yo lo amo. Conozco todos sus defectos, que son muchos, te aseguro, pero igualmente lo amo.

—¿Cuándo?

—¿Cuándo, qué?

—¿Cuándo se lo dirás?

—Oh, no lo haré.

—Pero acabas de decir…

—Que debería decírselo. Sin embargo, no lo haré. ¿Y si no me ama? Incluso es posible que ni siquiera le guste. Pensándolo bien, creo que no le gusto. No hace más que decirme lo difícil y terca que soy.

—Entonces se ha fijado en ti, ¿no es así?

—Sí, pero sólo me ve como una molestia. Aquí los hombres cortejan a las mujeres. ¿En Inglaterra es al revés?

—No, es igual que aquí.

—Entonces él debería cortejarme, ¿verdad? No, no le diré lo que siento. ¿Cuándo te dijo Brodick que te amaba?

En ese momento tres soldados se acercaron por el sendero, y Gillian aguardó hasta que estuvieran lo suficientemente lejos como para no oírla.

—Todavía no me ha dicho que me ama —respondió—, y para ser completamente sincera, no estoy segura de que me ame. Sí sé que siente algo por mí, no obstante.

—¿Y a pesar de eso tú le dijiste que lo amabas?

—Así es.

Bridgid estaba profundamente impresionada.

—Eres mucho más valiente que yo. Sólo pensar en que me pueda rechazar me resulta doloroso, pero tú tuviste el coraje de decirle a Brodick lo que sentías, aunque él no hubiera hecho lo mismo.

—En realidad, fue él quien me dijo que yo lo amaba.

Bridgid se echó a reír.

—Típico de los hombres. Todos son muy arrogantes, como sabrás.

—Sí, la mayoría —coincidió Gillian—. Pero Brodick acertó, y cuando me presionó para que admitiera que lo amaba, lo hice. No pude mentirle.

—Y te dijo que iba a casarse contigo. Es terriblemente romántico, pero también es un poco... impresionante.

—¿Por qué?

—Porque es un Buchanan. ¿Puedo hacerte una pregunta personal... realmente muy personal? No tienes por qué responderme si no lo deseas —se apresuró a añadir.

Gillian advirtió la vacilación en la voz de Bridgid.

—¿Qué quieres saber?

—¿Brodick te ha besado?

—Sí, lo ha hecho.

—¿Y cómo fue?

Gillian sintió que le ardía el rostro.

—Fue muy placentero —susurró. Mirando a Bridgid, sonrió y le dijo—: Ese hombre logra estremecerme con sólo mirarme.

Bridgid dejó escapar un anhelante suspiro.

—Yo he besado solamente una vez en mi vida, y no

me estremecí. Me pregunto qué sentiría si me besara el hombre que amo.

—Se te aflojarán las rodillas, el corazón se pondrá a latir locamente y te quedarás sin aliento. ¿Y sabes qué más?

—¿Qué?

—No querrás que el beso se termine nunca.

Ambas suspiraron al unísono, y luego se rieron de su propia conducta. Bridgid retomó el tema.

—Jamás he podido entender cómo es posible que Ramsey y Brodick sean tan amigos. No se parecen en nada.

—Oh, yo creo que tienen mucho en común.

—No, no es así. Ramsey es generoso hasta el exceso, y amable y considerado...

—También Brodick —insistió Gillian—. Sólo muestra su lado gruñón, pero también es generoso, amable y considerado. ¡Ah, allí viene el hombre de mis sueños! —agregó riendo.

Brodick y Ramsey cruzaban el patio de armas cuando vieron a Gillian y a Bridgid que iban hacia ellos. Los guerreros se detuvieron bruscamente.

—No es posible que tengamos tan mal aspecto —señaló Gillian mientras se arreglaba el cabello sobre los hombros.

—Oh, sí que lo tenemos —replicó Bridgid. Se volvió a Gillian, y trató de ayudarla a sostenerse la manga rasgada sobre el hombro, pero la tela volvió a caerse inmediatamente sobre el codo.

—¿Qué diablos os ha sucedido a vosotras dos? —preguntó Brodick, bramando como un león.

Ante el sonido de su voz, Bridgid hizo una mueca.

—Bridgid, explícate —exigió Ramsey.

Gillian se volvió hacia su amiga, y le propuso en voz baja:

—¿Qué opinas de arrojarlos también a ellos colina abajo?

Bridgid se mordió el labio inferior para contener la risa, mientras seguía a Gillian por el patio de armas.

—Te hice una pregunta. ¿Qué te ha pasado, Gillian? —repitió Brodick.

Gillian se detuvo a cierta distancia de los hombres, abandonando el intento de recobrar la compostura, y juntó las manos. Bridgid se puso a su lado.

—¿Qué os hace pensar que nos ocurrió algo? —preguntó con aire de inocencia.

Observando el aspecto que ofrecían, Ramsey consideró que la pregunta era ridícula.

A Brodick, no obstante, no le hizo ninguna gracia. Dio un paso hacia Gillian.

—Tienes el vestido desgarrado —dijo—, el rostro manchado de tierra, y tu cabello está lleno de hierba y hojas. —La mancha que ostentaba Gillian en el costado de la nariz estaba distrayéndolo. Le tomó la barbilla, y con el pulgar se la limpió. El brillo en los ojos de Gillian hizo que quedara prendado de su mirada, y no pudo soltarla. En un tono mucho más suave, volvió a pedirle que le contara lo ocurrido—. Dylan me dijo que habías mencionado algo con respecto a unos hombres que estaban en la colina. ¿Quiénes eran y qué hicieron?

—No había ningún hombre con Bridgid ni conmigo.

—Gillian…

—Con nosotras no había ningún hombre.

Antes de que pudiera seguir preguntándole, ella le apoyó las manos sobre el pecho, se puso en puntas de pie, y le susurró al oído.

—Estaba divirtiéndome un rato, y eso es todo. Sin embargo, te he echado de menos. ¿Tú me extrañaste?

—Soy un hombre ocupado —replicó él con voz ronca, tratando de ignorar su maravillosa fragancia. Sentía el calor de sus manos sobre el pecho, y entonces se dio cuenta de lo mucho que le gustaba su informal y abierta demostración de afecto. Desde muy joven había aprendido a ocultar sus sentimientos, hasta el punto que la introversión se había convertido en su segunda naturaleza. Gillian era exactamente lo contrario. Todo lo que tenía que hacer era mirarla a la cara para saber sin lugar a dudas lo que pensaba y lo que sentía. En ella no había suspicacia ni simulación. Era refrescantemente sincera, voluntariosa, y, aparentemente, no sentía miedo. También era irresistible. Él ni siquiera había tenido tiempo de protegerse, en un abrir y cerrar de ojos, Gillian había conquistado su corazón.

Ella trató de retroceder, pero Brodick le cubrió las manos con las suyas.

—¿Te parece que podrás dedicarme un momento a solas? —preguntó ella.

—¿Para qué?

La voz de Gillian volvió a convertirse en un susurro, y su dulce aliento le cosquilleó en el oído.

—Me gustaría arrojarme desvergonzadamente en tus brazos y besarte con toda pasión hasta que te diera vueltas la cabeza.

Lo besó en la mejilla, y se apartó de él, aparentemente muy satisfecha de sí misma.

—¿Crees que podrás hacer todo lo que me acabas de decir?

—Sí.

—¿Hacer qué? —preguntó Ramsey.

Brodick sonrió.

—Cree que puede...

—¡Brodick! —exclamó Gillian con voz sofocada.

—¿Sí?

—¡Lo que te dije era algo privado!

Ramsey abandonó el tema.

—Gillian, todos los Sinclair se reunirán aquí al atardecer.

A ella le costó concentrarse. La forma en que Brodick estaba mirándola hacía que el estómago le diera saltos. El efecto que provocaba en ella era, ciertamente, pecaminoso.

—Lo siento. ¿Qué me decías?

—Todos se reunirán aquí al atardecer —repitió Ramsey pacientemente.

—¿Hombres y mujeres?

—Sí.

—Bien.

—Tal vez entonces puedas ver a tu hermana —dijo Bridgid.

—Así es —confirmó Ramsey, sonriendo ante el entusiasmo de la joven. Volviéndose hacia Gillian, le preguntó—: ¿Otis y Brisbane te dijeron que estaba aquí?

—No exactamente —reconoció ella—. A uno de ellos se le escapó que sabía de quién se trataba, sin embargo, y cuando lo presioné, dijo que si la muchacha era, efectivamente, Christen, entonces vive en tierras de los MacPherson. No sé cuán lejos quedan de aquí.

—No muy lejos —dijo Ramsey.

—Si me disculpáis, me gustaría ir al lago con Bridgid, y lavarnos. Debo hacer algo con mi aspecto antes del atardecer.

—Todavía no —dijo Brodick, mientras tomaba a Gillian de la mano, prácticamente la arrastraba, y se dirigía hacia el castillo. Ella se vio obligada a correr para mantenerse a su altura.

—¿Qué estás haciendo? —le preguntó.

Él no le respondió. Abriendo la puerta de par en par,

de un tirón la obligó a entrar. Cuando la puerta se cerró tras ellos, entraron en el vestíbulo, que estaba oscuro y olía a cerrado. Gillian apenas podía verlo cuando él la apoyó contra la puerta, puso las manos sobre su cabeza, y se apretó contra ella. Gillian pudo sentir el calor y la fuerza que emanaban de él, aunque cuando la tocó se mostró increíblemente delicado.

—Aquí tienes tu minuto, Gillian. ¿Vas a desperdiciarlo, o vas a demostrarme que no alardeabas?

Súbitamente insegura, Gillian luchó contra su timidez, y lentamente le rodeó el cuello con sus brazos, hundiendo los dedos en el cabello de Brodick para atraerlo hacia sí. Su boca rozó la de él. Con los dientes apresó su labio inferior, y tiró suavemente. Oyó su respiración, y supo que su osadía le había complacido. Abrazándolo con fuerza, echó la cabeza hacia atrás, abrió la boca y lo besó con atrevido entusiasmo.

A Brodick se le aflojaron las rodillas.

Acostumbrado a ser el que tomaba la iniciativa, no podía permitir que Gillian le ganara de mano. Con un ronco gruñido la levantó en vilo, mientras la besaba una y otra vez, su lengua enredada con la de Gillian, a punto de perder por completo el control cuando la escuchó emitir un gemido de placer. Le acarició la espalda, y la levantó un poco más hasta que estuvo apoyada contra su ingle.

Ambos jadeaban en busca de aire cuando Gillian terminó de besarlo. Siguió aferrada a él, con el rostro hundido en su cuello, llenando de besos el hueco de su garganta.

—No te apartes de mí —susurró, sabiendo que si lo hacía, ella moriría. El beso la había dejado sin fuerzas, y sin embargo en lo único en que podía pensar era en volver a besarlo. Se sentía absolutamente desenfrenada, y no le importaba en absoluto.

—Jamás —respondió él—. Jamás te dejaré ir.

Lentamente, la bajó hasta que sus pies volvieron a tocar el suelo, pero no dejó de abrazarla, mientras le besaba el cuello. El suspiro que dejó escapar Gillian estaba lleno de deseo.

Reacia a separarse de él, apoyó la cabeza sobre el hombro de Brodick y cerró los ojos. Su mano descansaba sobre el corazón de Brodick, y pudo sentir sus vertiginosos latidos.

—No te he provocado palpitaciones, ¿verdad?

—Sí —reconoció él—. Eres una seductora, Gillian. No puedes besarme así, y pretender que puedes marcharte tan tranquila.

—¿Y qué querrías que hiciera?

¡Señor, vaya si era inocente!

—Ya te lo explicaré esta noche —le prometió.

Brodick le apartó gentilmente los brazos, y le recordó que tenía que ir al lago con Bridgid.

Ya se había vuelto hacia la puerta cuando Brodick la detuvo.

—Dylan me contó que le había parecido que algunos de los soldados Sinclair estaban molestándote.

—Con nosotras dos no había ningún hombre —volvió a decir ella—. Pero si los hubiera habido, y me hubieran molestado, yo me hubiera encargado de ellos sola.

—No, no lo hubieras hecho —insistió él—. Tú me dirías quiénes eran, y yo me encargaría de ellos.

—¿Y qué les harías?

Brodick no tuvo que pensar mucho su respuesta.

—Si algún hombre se atreviera a tocarte, lo mataría.

Las chispas de furia que vio en sus ojos y el gesto decidido de su mandíbula apretada, la convencieron de que hablaba en serio. De pronto le pareció muy peligroso.

—No puedes matar…

Él no la dejó terminar.

—Es el estilo Buchanan —dijo con vehemencia—. Tú me perteneces, y no permitiré que ningún otro hombre te ponga las manos encima. Y ya basta de esto. Hay algo que quiero decirte, y éste es tan buen momento como cualquiera.

Gillian aguardó un instante a que él siguiera adelante, antes de insistir.

—¿Y bien?

—Por aquí nosotros hacemos las cosas de forma diferente.

—¿Nosotros?

—Los Buchanan —especificó—. Cuando queremos algo, lo tomamos.

—Eso no parece correcto.

—No tiene importancia que parezca o no correcto. Así es como lo hacemos.

—Pero sí que importa. Puedes meterte en problemas con la Iglesia si tomas algo que no te pertenece.

—La Iglesia no me preocupa.

—Debería hacerlo.

Apretando los dientes, Brodick le advirtió.

—No discutas conmigo.

—No estoy discutiendo. Simplemente, señalo un hecho. No es necesario que te pongas de mal humor.

Él la tomó de los hombros y la acercó hasta él.

—Voy a empezar de nuevo. Voy a explicártelo, y quiero que sigas atentamente lo que digo.

—¿Me estás insultando?

—No, querida. Sólo escúchame.

Gillian quedó tan sorprendida por la muestra de afecto que se le nublaron los ojos.

—Muy bien —susurró—. Voy a prestar atención. ¿Qué quieres explicarme?

—Tú me dijiste que me amabas. Lo admitiste, ¿no es así? No puedes retirar tus palabras.

En ese momento expuso su vulnerabilidad, y Gillian trató inmediatamente de tranquilizarlo.

—No quiero retirar mis palabras. Te amo.

Brodick aflojó su abrazo.

—Esta noche…

—¿Sí?

—Yo… o sea, nosotros… ay, demonios.

—Brodick, por todos los cielos, ¿qué te pasa?

—Tú —murmuró él—. Tú eres lo que me pasa.

Ella le apartó las manos.

—Tu humor cambia según el viento. Ahora, si me disculpas, tengo que hacer cosas más importantes que estar aquí plantada, escuchándote gruñirme. —Dio media vuelta, abrió la puerta con las dos manos y salió de la habitación.

Él se dio por vencido. Sabía que había hecho una chapuza, pero confiaba en que esa noche todo terminara por salir bien. Gillian era una mujer astuta. Seguramente, cuando él hubiera terminado de quitarle las ropas y la hubiera llevado hasta su lecho, ya se habría dado cuenta de todo. Si no era así, tendría que explicárselo.

En ese momento entró Ramsey, vio a Brodick y enseguida adivinó lo que había pasado.

—Todavía no se lo has dicho, ¿verdad?

—No, pero Dios sabe que lo intenté.

—Es bastante simple, Brodick.

—No, no lo es.

—¿Y qué te parece: «Gillian, estás casada»? ¿Te parece muy complicado?

—Te digo que lo intenté, maldito sea. Si crees que es fácil, díselo tú.

Ramsey se echó a reír.

—Por Dios, tienes miedo de decírselo, ¿verdad?

—Por supuesto que no.

—Sí, tienes miedo. ¿Qué crees que puede hacer?

Brodick renunció a seguir con sus bravatas.

—Sí, tengo miedo. Se echará a correr. Le entrará pánico, y luego tratará de huir. Maldición, yo la engañé, y no debería haberlo hecho.

—También engañaste a un sacerdote.

—Sí, bueno… Me preocupa más Gillian. No debería haberla engañado. Estuvo mal.

—Pero lo harías otra vez, ¿no es así?

Encogiéndose de hombros, Brodick reconoció que, efectivamente, volvería a hacerlo.

—Sí. No logro imaginar la vida sin ella, y si te ríes de mí por admitir semejante debilidad, te juro que te romperé la cara de un puñetazo.

Ramsey le dio una palmada en el hombro.

—Ten coraje —dijo.

—¿Y qué diablos quieres decirme con eso?

—Gillian puede sentir pánico cuando se entere de que está casada contigo. Demonios, cualquier mujer sentiría lo mismo.

—Ramsey, no me estás ayudando.

—Pero no se escapará, Brodick.

—Se lo diré en la cena. Sí —agregó asintiendo con firmeza—. Se lo diré entonces.

Al abrir la puerta de par en par para irse, Brodick estuvo a punto de arrancarla de sus goznes.

22

La excitación ante la posibilidad de reunirse finalmente con su hermana era más intensa de lo que Gillian
podía soportar.

Mientras se vestía para reunirse con el clan de Ramsey, le temblaban las manos, y sentía que su estómago se
retorcía.

Se puso un traje color dorado con bordados en el extremo de la falda y de los puños. Una criada la ayudó a
colocarse el tartán Buchanan alrededor de la cintura y,
uno de los extremos, sobre el hombro. La tela quedó
ajustada con un cinturón de cuero trenzado.

Una vez vestida, Gillian aún no se sentía lista para
bajar, así que se quedó en la alcoba que Ramsey le había
asignado al final del pasillo, paseándose ansiosa frente
a la chimenea y ensayando lo que iba a decir cuando sa-
ludara a Christen.

Bridgid subió a buscarla. Abrió la puerta, miró en
el interior de la habitación, vió a Gillian iluminada por el
fuego del hogar, y de pronto se detuvo.

—¡Oh, Gillian, estás hermosa! Ese color te sienta de
maravilla.

—Gracias, pero empalidezco a tu lado.

Bridgid soltó una alegre risa.

—¡Vaya par que somos! ¡Elogiándonos la una a la
otra como niñas tontas!

—Lo digo de corazón. Estás radiante, y seguramente esta noche el hombre que amas reparará en ti.

Bridgid lanzó un bufido.

—Pronostico que seguirá mirando a través de mí como lo ha hecho hasta ahora. Siempre lo hace. Ya estoy acostumbrada —agregó, afirmando con un gesto—. ¿Estás lista para bajar?

—Sí —respondió Gillian mientras dejaba el cepillo sobre la cómoda. Trató de controlar el temblor de sus manos, y se obligó a inspirar profundamente—. Estoy tan excitada ante la perspectiva de volver a ver a mi hermana que no puedo dejar de temblar.

—¿Crees que podréis encontraros esta misma noche?

—Sí. Y he estado practicando lo que voy a decirle. Quiero que nuestro reencuentro sea perfecto, y quiero caerle bien. ¿No es una preocupación tonta? Por supuesto que le voy a caer bien. Soy su hermana, por todos los cielos.

—Vamos —dijo entonces Bridgid—. No debemos hacer esperar a laird Ramsey. Dicho sea de paso, Brodick está con él, y también Brisbane y Otis. Te advierto que ninguno de ellos parece muy feliz. Algo pasa, pero nadie me ha dicho qué es. Sin embargo, apuesto a que tiene que ver con los MacPherson. Ese hombre, Proster, siempre está causando problemas. Anthony y Faudron se quejan continuamente de él y de sus secuaces.

—¿Quiénes son Anthony y Faudron? —preguntó Gillian, mientras se pellizcaba las mejillas para darles color, y seguía a Bridgid fuera de la habitación.

—Son los amigos más íntimos de Gideon, y Gideon es...

—El comandante de Ramsey.

—Así es —dijo Bridgid—. Es raro ver a uno sin el

otro, y siempre que Gideon está fuera de la propiedad, Anthony se hace cargo de su puesto.

Cuando llegaron al último escalón, se abrió la puerta y entró corriendo un soldado. Era alto, delgado y tenía profundas arrugas en la frente.

—Ése es Anthony —susurró Bridgid—. Te lo presentaré después de que hayas hablado con Ramsey. No deberías hacerlo esperar.

Los hombres aguardaban en el extremo más lejano del salón. Ramsey y Brodick estaban juntos, cuchicheando en voz baja, en tanto Brisbane y Otis estaban sentados a la mesa, observando a los lairds. Los ancianos tenían el aspecto de quien ha perdido a su mejor amigo. Otis fue el que primero la vio llegar, y se puso de pie, después de haber avisado a su amigo con un codazo.

La sonrisa de Gillian se esfumó cuando vio la expresión de Brodick. Se le veía furioso, y después de haber saludado a Ramsey con una inclinación, Gillian juntó sus manos y esperó a descubrir qué pasaba.

La misión de destrozarle el corazón recayó sobre los hombros de Brodick, que decidió hablarle inmediatamente para terminar lo antes posible.

—Tu hermana se ha negado a encontrarse contigo —dijo.

Gillian no pudo creer lo que acababa de oír. Lo obligó a repetirle las noticias.

—¿Y por qué se niega a verme?

Brodick dirigió la mirada a Brisbane, en busca de una respuesta. El viejo arrastró su silla sobre el suelo al apartarla de la mesa, y fue hacia ella con expresión sombría, explicó:

—Ella ha sido una MacPherson prácticamente desde que tiene memoria, y no siente ninguna lealtad hacia Inglaterra.

—¿Y su familia? —preguntó Gillian—. ¿Ella no siente ninguna lealtad hacia el tío Morgan o hacia mí?

—Su familia está aquí —dijo Brisbane— Tiene un padre y una madre, y…

Ella lo interrumpió.

—Su madre y su padre están enterrados en Inglaterra.

Los hombros de Brisbane parecieron caer más que de costumbre.

—Y también tiene un esposo —se apresuró a añadir—. Está… satisfecha.

—¿Satisfecha? ¿Está satisfecha? —repitió Gillian casi gritando. Mentalmente vio la imagen de su tío Morgan, y se puso a temblar de furia. La vida de un hombre bueno y gentil estaba en peligro, y a Gillian no le importaba lo satisfecha que pudiera sentirse Christen.

Dio un paso hacia Brisbane, pero Brodick la detuvo rodeándole la cintura con su brazo y acercándola a él.

—Tratad de comprender, lady Gillian —rogó Brisbane.

—No tengo tiempo de comprender —replicó ella—. Debo hablar con mi hermana lo antes posible.

—¿Fue ella la que te dijo que no vería a Gillian, o fue su esposo quien habló en su nombre? —preguntó Brodick.

La pregunta sorprendió a Brisbane, y la rumió durante varios minutos.

—Fue su esposo el que me explicó todo —reconoció—. Ella no abrió la boca, pero estaba allí, y escuchó cada palabra que se pronunció. Si no hubiera estado de acuerdo, podía haber protestado.

—¿Sabe que lo único que quiero es hablar con ella? ¿Qué no le exigiré nada?

—Sí, le dije que lo único que queríais era volver a

verla, pero no creo que ni ella ni su esposo me hayan creído. Recordad, milady, que en el pasado se hicieron muchas averiguaciones acerca de su paradero. Teme que la obliguéis a regresar a Inglaterra o que les digáis a otras personas dónde se encuentra.

Gillian se llevó la mano a la frente.

—Yo no haría nada semejante.

Se apoyó en Brodick y trató de pensar. ¿Cómo podía hacer para que su hermana no sintiera temor? ¿Y cómo era posible que Christen creyera que su propia hermana podía traicionarla?

—¡Ramsey! —llamó Brodick—. ¿Qué demonios piensas hacer con esto?

—Le daré un día para que cambie de actitud.

—¿Y si no lo hace?

—Entonces hablaré con ella en nombre de Gillian. Si sigue negándose, le ordenaré que se presente aquí. Si me veo obligado a arrastrarla, lo haré. Preferiría, sin embargo, que tomara esa decisión por sí misma.

—A su esposo no le va a gustar —interpuso Brisbane.

—Me importa un comino que le guste o no —dijo Ramsey.

—Es un MacPherson muy orgulloso —se adelantó Otis, deseoso de intervenir en la acalorada discusión.

—¡Pues ahora es un Sinclair! —exclamó Ramsey—. Me juró su lealtad, ¿no?

—Como lo hicieron todos los MacPherson —dijo Brisbane.

—Todos los soldados MacPherson os son leales, laird —dijo Otis—. Pero ya que habéis traído el tema a colación, debo deciros que todo el clan siente que se les trata como parias, especialmente los soldados. Vuestro comandante, Gideon, y sus segundos Anthony y Faudron, se burlan continuamente de ellos, y ridiculizan todos los esfuerzos que hacen. Los MacPherson todavía no han sido entrenados debidamente, y os digo que si no se hace algo con rapidez, puede producirse una insurrección.

Ramsey no respondió inmediatamente a tan ferviente exposición, pero Brodick pudo notar que estaba furioso.

—¿Estás sugiriendo que Ramsey debería mimarlos o tener consideraciones especiales con los soldados MacPherson? —preguntó Brodick.

Otis negó con la cabeza.

—Sólo sugiero que se les dé una oportunidad justa para que demuestren su fuerza.

—Mañana me haré cargo personalmente del entrenamiento, y cuando Gideon regrese, discutiré el tema con él —anunció Ramsey—. ¿Eso te deja satisfecho?

Otis mostró un enorme alivio.

—Sí, muchas gracias.

Brisbane trató de mostrarse tan conciliador como Ramsey.

—Con vuestro permiso, laird, me gustaría volver a hablar con la hermana de lady Gillian mañana mismo. Insistiré en que lady Gillian ha jurado que lo único que desea es hablar con su hermana. —Mientras hacía este comentario, no dejó de mirar fijamente a Gillian.

—Sí, en efecto, eso es todo lo que quiero —le aseguró ella.

Después de que Ramsey hubo accedido, Brodick intervino.

—Brisbane, cuando hables con ella, asegúrate de que su esposo no esté en la habitación. Bien podría ser que tomara la decisión por ella.

—¿Por qué piensas eso? —preguntó Gillian.

—Es lo que haría yo.

—Pero, ¿por qué? —insistió ella.

—El esposo de tu hermana tal vez quiera protegerla.

Brisbane se frotó la mandíbula.

—Ahora que pienso en esa reunión, debo deciros que me parece que eso es exactamente lo que sucedió. No creo que ella haya tenido nada que ver con la decisión.

Lo que decían era lógico, y Gillian sintió que se relajaba. Se aferró a la idea de que era el esposo de Gillian quien se negaba a verla, y no su hermana. No lo culpaba, ya que como había sugerido Brodick, sólo trataba de proteger a su esposa. Pero creía de todo corazón que si podía pasar apenas unos pocos minutos a solas con su hermana, podría conseguir que dejara de lado todos sus temores.

—Tendrás que tener un poco más de paciencia —dijo Brodick.

—No tengo tiempo para la paciencia —replicó ella.

Él la besó en la frente.

—No quiero que esta noche te preocupes por eso —susurró—. Apártalo de tu mente. Esta noche tiene que ser una noche de júbilo.

—¿Por qué? ¿Qué pasa esta noche?

Gillian tenía el rostro vuelto hacia él, y sencillamente, Brodick no pudo resistir la tentación. Besó sus dulces labios. Como no estaban solos, no profundizó el beso, pero de todas formas estuvo a punto de matarlo, y cuando do se apartó de ella su frustración era evidente. No estaba acostumbrado a controlarse, y aunque sólo tenía que esperar unas pocas horas más para hacerla suya, se sentía tenso por la espera.

Y preocupado. A decir verdad, no estaba seguro de cómo iba a reaccionar Gillian al descubrir que estaba casada, y la incertidumbre lo hacía sentir tan nervioso como una fiera enjaulada.

Tragó saliva e inspiró con fuerza.

—Gillian, tengo algo que decirte. —Carraspeó, aclarándose la garganta, y continuó—: Quiero que sepas que...

—¿Sí?

—Mira... maldición, que tienes unos bonitos ojos.

Por todos los cielos, ¿qué pasaba con Brodick? Si no lo hubiera conocido tan bien habría pensado que estaba nervioso. Eso era ridículo, por supuesto. Brodick era uno de los hombres más seguros de sí mismos que había conocido nunca. Aguardó unos segundos para que le dijera lo que tenía en mente, y luego trató de ayudarlo.

—¿Querías decirme algo acerca de esta noche?

La frente de Brodick estaba perlada de sudor.

—Sí —dijo—. Es algo relacionado con esta noche. —La tomó de los brazos, y agregó—: No quiero que te sientas mal. Lo hecho, hecho está, y tendrás que aceptarlo.

—¿Aceptar qué? —preguntó Gillian, totalmente desconcertada.

Brodick dejó escapar un largo suspiro.

—Demonios —murmuró—. No puedo creer que me cueste tanto encontrar las palabras.

—Brodick, ¿qué va a ocurrir esta noche?

Brisbane y Otis estaban pendientes de cada una de sus palabras, pero Ramsey los distrajo acompañándolos a la salida. La repentina intimidad no le facilitó la tarea a Brodick, que decidió esperar un poco más. Lo haría durante la cena, resolvió. Sí, la llevaría aparte y se lo diría.

—Te he hecho una pregunta —le recordó Gillian—. ¿Qué pasa esta noche?

—Que vas a hacerme muy feliz.

No fue lo que dijo, sino cómo lo dijo, con un susurro ronco y sensual, lo que le provocó escalofríos por todo el cuerpo. Todo lo que él tenía que hacer era mirarla con sus hermosos ojos grises, y ella se derretía. Su mirada ardiente tenía el poder de impedirle pensar. Ni siquiera podía recordar lo que él le había dicho, pero como parecía esperar una respuesta, suspiró:

—Eso es maravilloso.

23

Durante las dos horas siguientes, Gillian permaneció de pie en la escalinata, con Ramsey a su lado, recibiendo a cada uno de los hombres que se acercaban a saludarla. Brodick se quedó detrás de ella, y cuando Gillian comenzó a mostrar señales de cansancio, pasando su peso de un pie al otro, insistió en que se reclinara contra él.

Muchos miembros del clan habían llevado consigo a sus esposas, y Gillian pudo ver que todas las mujeres miraban a Ramsey con ojos deslumbrados, y a Brodick con temerosa cautela.

¿Qué iba a hacer, en nombre del cielo, para encontrar al traidor entre tanta gente? Era imposible, pensó, tan imposible como encontrar a alguien de las Highlands que sintiera afecto por el rey Juan.

Cuando el sol del crepúsculo coloreó el cielo sobre el patio de armas, Gillian tuvo la sensación de haber mirado un millar de rostros. La luz desaparecía con rapidez, y a una orden de Ramsey, los soldados encendieron grandes antorchas alrededor del perímetro del patio y a los lados del sendero que corría por detrás.

—¿Qué razón les diste para que se congregaran aquí? —preguntó Gillian a Ramsey en un susurro.

—No les di ninguna razón —replicó él—. Están aquí porque he requerido su presencia.

Su arrogancia la obligó a sonreír. Al verla, Brodick,

gruñón como siempre, le sugirió que prestara atención a lo que estaba haciendo.

Pasó todavía una hora más saludando a cada hombre y cada mujer que se acercaban. Su estómago comenzó a emitir sonidos de protesta, y sintió que la fría brisa la hacía estremecer, de modo que se apretó contra el cuerpo de Brodick para recibir algo de su calor.

En medio de la tediosa ceremonia, se produjo un momento de diversión. Los dos jóvenes que habían tratado de besar a Bridgid y a ella se acercaron juntos. Con los ojos fuera de las órbitas, se quedaron mirando fijamente a Brodick, con rostros de los que parecía haber desaparecido toda la sangre.

—Buenos días, Donal —saludó Gillian.

Al soldado se le doblaron las rodillas, y cayó al suelo. Su amigo lo tomó del brazo y lo ayudó a volver a ponerse de pie, pero lo hizo sin mirarlo. No, su mirada seguía clavada en Brodick.

—¿Conoces a este hombre? —preguntó Ramsey.

Donal contuvo la respiración, mientras aguardaba la respuesta, Gillian oyó la risa de Bridgid.

—Sí, lo conozco. Me lo presentaron hoy temprano.

—¿Y el otro? —preguntó Brodick.

Stewart pareció a punto de echarse a llorar.

—También lo conocí a él.

—¿Dónde los conociste? —insistió Brodick, con un tono decididamente cortante—. ¿Por casualidad estaban en la colina?

Gillian le dio una respuesta indirecta.

—Donal y Stewart son amigos de Bridgid. Ella me los presentó.

—Gillian…

Ella puso la mano sobre la de él.

—Déjalo así —le pidió en voz baja.

Brodick decidió acceder. El último de los grupos en acercarse estaba encabezado por un hombre joven de aspecto colérico y porte tan jactancioso como el del mismo Brodick. Cuando se adelantó para saludar a su laird con un brusco gesto de su cabeza, en lugar de la inclinación de rigor, sus largos cabellos castaños le taparon la cara. De inmediato, giró para marcharse.

Ramsey lo obligó a detenerse.

—Proster, vuelve aquí.

El soldado se puso rígido, pero hizo lo que le habían ordenado. Los otros jóvenes que lo habían acompañado, se hicieron a un lado para dejarlo pasar.

—¿Sí, laird?

—Tus amigos y tú os ejercitaréis mañana conmigo.

La actitud de Proster cambió como por encanto. Parecía haber recibido el maná del cielo.

—¿Todos mis amigos? Somos ocho.

—Todos vosotros —confirmó Ramsey.

—¿Y tendremos la oportunidad de luchar con vos, laird?

—La tendréis.

—Pero ocho contra uno… No parece justo.

—¿Para vosotros, o para mí?

—El número juega a nuestro favor, no al vuestro —señaló el soldado.

Ramsey miró a Brodick.

—¿Estás interesado?

—Definitivamente, sí —respondió Brodick.

Ramsey volvió a dirigirse al soldado.

—Laird Buchanan luchará conmigo. No te preocupes. No te mataré, ni a ti ni a tus amigos.

El joven soldado se mofó abiertamente de la sola idea.

—Espero ansiosamente el momento de enfrentarme

con vosotros dos en el campo de batalla. ¿Deseáis pelear con armas, o sin ellas?

—Podéis usar vuestras armas, si así lo preferís. Laird Buchanan y yo sólo usaremos las manos desnudas.

—Pero, laird, cuando yo… quiero decir, si voy a pelear con vos, quiero que sea en una lidia justa.

Ramsey le sonrió.

—Te aseguro que será justo —le aseguró—. Preséntate en el campo al amanecer.

Proster se inclinó, y se marchó deprisa junto a sus camaradas, sin duda para planificar su estrategia para la mañana siguiente.

Bridgid había visto y oído la conversación desde la escalinata. No pudo evitar intervenir.

—¿Laird?

—¿Sí, Bridgid?

—Proster y sus amigos usarán sus espadas. ¿Cómo haréis para defenderos?

Gillian también tuvo algo que decir. Se dio media vuelta para ver a Brodick.

—No te atrevas a lastimar a esos muchachos —le advirtió.

—¿No te preocupa que utilicen armas?

—Ambos sabemos que Ramsey y tú les quitaréis las espadas antes de que hayan tenido tiempo de desenvainar. Lo digo en serio, Brodick: no quiero que haya heridos. Prométemelo —insistió.

Brodick puso los ojos en blanco.

—Cuando Ramsey y yo hayamos terminado con ellos, su arrogancia y su insolencia se habrán esfumado. Eso sí te lo prometo.

Ramsey estuvo en completo acuerdo.

—Cuando abandonen mi campo de batalla, habrán aprendido un poco de humildad.

La conversación llegó a su fin cuando un último grupo de rezagados se apresuró a inclinarse ante su laird. Ramsey observó a Gillian para vislumbrar cualquier señal de reconocimiento, pero ella negó con la cabeza.

Se sintió como si de alguna manera hubiera fracasado.

—Lo siento. No lo veo —murmuró.

—Estaba seguro de que señalarías a uno de los amigos de Proster —reconoció Ramsey.

—¿No crees que te sean leales?

—Se han opuesto a la unión de ambos clanes —explicó—. Sin embargo, me alegra que no sea ninguno de ellos. Son muy jóvenes, y detesto…

Se interrumpió, sin dar más explicaciones, y Gillian no lo presionó.

Brodick expresó lo que ella estaba pensando.

—¿Tan seguro estabas de que se trataba de un MacPherson?

—Sí, lo estaba —reconoció Ramsey—. Ya no lo estoy tanto. Diablos, los Hamilton o los Boswell podrían estar ocultando al canalla. Ambos clanes tienen buenas razones para desear el fracaso de la unión con los MacPherson.

Los hombres continuaron discutiendo la cuestión mientras entraban para asistir al banquete que los sirvientes habían preparado. Gillian quería que Bridgid se sentara con ellos, pero cuando la buscó vio que había desaparecido y no volvió a verla hasta el final de la comida.

Más tarde su amiga le hizo señas desde el pasillo posterior.

—Gillian, ¿puedo hablar a solas contigo? —preguntó Bridgid—. Yo estaba escuchando cuando Brisbane te dijo que tu hermana se negaba a hablar contigo, y quiero que sepas cuánto lo lamento. Sé que debes sentirte muy decepcionada.

—Estaba decepcionada —replicó ella—. Pero todavía tengo la esperanza de que cambie de opinión.

—Ramsey le ordenará que se presente. Le oí decirlo.

—Sí, pero pasado mañana, como muy pronto. Quiere darle la oportunidad de que tome la decisión correcta por sí misma, supongo. A pesar de eso, detesto tener que esperar.

—Si supieras dónde vive, ¿qué harías?

Gillian no tuvo que pensar la respuesta.

—Iría a verla inmediatamente. No cuento con un tiempo ilimitado para esperar que cambie de idea.

—Yo podría ayudarte —susurró Bridgid—. Anthony también oyó lo que decía Brisbane, y se ha ofrecido a seguirlo cuando mañana vuelva a casa de tu hermana a rogarle que cambie de idea.

—¿Y no se meterá en problemas por hacerme este favor?

—Cree que el favor me lo hace a mí —explicó Bridgid—. Además, Anthony es el segundo oficial, después de Gideon, y puede hacer prácticamente lo que quiera. Si alguien va a meterse en problemas, ésa seré yo, pero no me preocupa, porque nadie va a enterarse. Anthony me dirá dónde vive ella, y yo te lo diré a ti. Si mi laird se somete a la presión de Brisbane y decide postergar tu encuentro con Christen, entonces puedes tomar cartas en el asunto.

—¿Por qué cedería a la presión?

—Brisbane es uno de los ancianos del clan Mac-Pherson, y mi laird lo respeta. Tampoco quiere darle órdenes a Christen, si puede evitarlo. Su familia se ha tomado mucho trabajo para lograr que su verdadera identidad fuera mantenida en secreto.

—Su familia soy yo.

—Lo sé —murmuró Bridgid. Palmeó a Gillian en la

mano—. Brisbane podría volver mañana con Christen.

—Pero no crees que lo haga, ¿verdad?

—Ha permanecido oculta durante muchos años. No, no creo que venga por su propia voluntad.

—¿Me llevarás hasta ella?

—Sí.

—Quiero ir mañana por la tarde.

—Te han ordenado que esperaras.

—Ordenado, no —la corrigió Gillian—. Brodick me sugirió que fuera paciente.

—Muy bien, entonces. Iremos mañana por la tarde.

Gillian miró a Brodick.

—Voy a tener que inventar la manera de librarme de los hombres de Brodick. Me siguen como si fueran mi sombra —susurró.

—No te siguieron al lago.

—No, desde luego que no. Sabían que iba a bañarme.

Bridgid sonrió.

—¿Entonces? Diles que vas al lago.

—Odio tener que mentirles. Me he encariñado mucho con los guardias de Brodick.

—Pero si vamos primero al lago, no tendrás que mentirles, ¿no te parece?

Gillian se echó a reír.

—Tienes la mente de un criminal.

—¿Qué estáis cuchicheando? —preguntó Ramsey desde la mesa.

—Tonterías —respondió Bridgid—. Laird, Fionna se ha ofrecido para coserle algunos vestidos a Gillian, para que no tenga que pedirlos prestados, pero necesita tomarles las medidas. ¿Podemos ocuparnos de eso ahora? No tardaremos mucho.

En cuanto las dos jóvenes estuvieron lejos y no pudieron oírlos, Ramsey preguntó a Brodick.

—¿Cuándo vas a conseguir que Gillian te diga los nombres de los ingleses? Ian se está poniendo impaciente. Quiere ponerse en marcha, y yo también.

—Esta noche —prometió Brodick.

—Las mujeres han preparado una de las cabañas para Gillian y para ti, a menos que prefieras usar alguna de las habitaciones de arriba.

—La cabaña nos ofrecerá mayor intimidad —dijo Brodick—. Pero preferiría quedarme a la intemperie.

—Tu esposa merece una cama en su noche de bodas —dijo Ramsey, y Brodick asintió con un gesto.

La fiesta comenzó con la llegada del padre Laggan, expresando sus felicitaciones y pidiendo la cena. Mientras los sirvientes se ocupaban de atender sus necesidades, Brodick comenzó a pasearse por el salón, esperando a Gillian.

En poco tiempo, el salón se llenó de Sinclairs. Los soldados de Brodick no se mezclaron con los demás hasta que llegaron varios barriles de cerveza y un Sinclair pendenciero se jactó de ser capaz de vencer a cualquiera de los Buchanan en un pulso sin derramar una gota de sudor. Robert el Moreno se propuso demostrarle su error, y comenzó el juego.

Cuando Gillian bajó, por un fugaz instante pensó que estaba de vuelta en casa de los Maitland. El bullicio era igual de ensordecedor. Observó el mar de caras que había en el salón y divisó al padre Laggan en un rincón, comiendo y bebiendo. Al verla, el sacerdote se puso de pie, empujó el banco hacia atrás, y con señas le indicó que se acercara. Gillian tomó a Bridgid de la mano y se abrió camino hasta donde las aguardaba el cura.

Ramsey observó a Gillian inclinándose ante el padre Laggan, y con un codazo le indicó a Brodick que se volviera para poder verlos.

—Laggan está con Gillian —le avisó.

—¡Ay, demonios!

—Realmente, deberías hablar con ella antes de que al cura se le escape algo.

A codazos, Brodick se abrió paso entre la multitud para llegar hasta Gillian. Uno de los soldados MacPherson estaba sosteniendo una acalorada discusión con un Sinclair, y cuando Brodick llegaba a su altura, comenzaron a golpes de puño.

Ramsey se movió con increíble rapidez.

—¡Esto es una celebración, no una riña! —dijo en voz baja, disgustado, mientras con una mano aferraba de la nuca al soldado Sinclair, y con la otra mano hacía lo propio con el soldado MacPherson. Girando las muñecas, hizo que se golpearan las cabezas, y luego los soltó de un empujón, viendo cómo se estrellaban contra el suelo. El golpe dejó a ambos inconscientes.

Con un gruñido de aprobación, Brodick siguió avanzando. Ramsey ordenó que sacaran a los caídos del salón, y fue tras su amigo. Nada iba a impedirle presenciar la reacción de Gillian cuando Brodick finalmente hallara el coraje necesario para decirle la verdad.

El sacerdote estaba ocupado, regañando a Bridgid porque seguía soltera.

—Tu obligación es casarte y tener hijos —dijo—. Es la voluntad de Dios.

—Yo quiero casarme, padre —replicó ella, ruborizándose ligeramente—. Tan pronto me lo pida el hombre indicado.

—Está enamorada, padre —intervino Gillian—. Y tiene la esperanza que el hombre al que ha dado su corazón se case con ella.

—¿Sabe este hombre que tú te casarías con él? —preguntó el cura. Bebió un largo sorbo, mientras aguardaba la respuesta de Bridgid.

—No, padre, no lo sabe.

Era evidente por la forma en que Bridgid se movía, incómoda, que no quería seguir hablando de matrimonio, de modo que Gillian tomó la palabra.

—Padre, hoy cometí un estúpido error.

El sacerdote frunció el entrecejo.

—Es un poco tarde para arrepentimientos, muchacha.

—¿Perdón, cómo dice?

—Ya me oíste. Te pregunté si sabías en qué te estabas metiendo, y dijiste… No, creo que fue Brodick el que dijo que sí lo sabías. Me dijiste, con tus propias palabras, que lo amabas.

El padre Laggan se estaba poniendo muy nervioso.

—Fue un malentendido —dijo ella—. Pero cuando se lo pregunté a Dylan, me lo aclaró todo.

El sacerdote inclinó la cabeza a un lado.

—¿De qué malentendido estás hablando?

—Es tonto, en verdad, y vergonzoso. Verá usted, cuando nos bendijo a Brodick y a mí, supuse que estábamos prometidos. Le dije a Bridgid que lo estábamos, pero no me creyó, así que le pedí a Dylan que se lo confirmara. Ése fue el malentendido —agregó, con voz desfalleciente, porque se daba cuenta de lo desconcertado que parecía el padre Laggan.

El pobre hombre se atragantó con su vino. Acababa de beber un sorbo cuando ella pronunció la palabra «prometidos».

Tenía los ojos fuera de las órbitas y el rostro encarnado.

—¿Estás diciéndome… —tartamudeó—, estás diciendo que creías que estabas comprometida con el Buchanan?

Gillian deseó que no hubiera gritado la pregunta, porque había atraído la atención de todos los presentes.

La guardia de Brodick ya avanzaba hacia ella. Se apresuró a sonreírle a Dylan, para tranquilizarlo, y se volvió hacia el sacerdote.

—Eso era lo que pensaba, pero Dylan me aclaró todo —le dijo en voz baja.

El padre Laggan le tendió su copa a Bridgid y juntó las manos como si estuviera rezando.

—¿Y cómo te aclaró el asunto el comandante? —preguntó con mirada penetrante.

Gillian quedó completamente confundida por la actitud del sacerdote. Se comportaba como si ella le hubiera confesado un obsceno pecado.

—Me dijo que no estaba comprometida.

—No lo está, ¿verdad? —dijo Bridgid.

—No, no lo está —barbotó el cura. Luego, en voz más baja, dijo—: Buen Dios Todopoderoso…

—¿Perdón?

—No estás comprometida, muchacha… —El cura tomó una de las manos de Gillian con sus dos manos y le dirigió una mirada de simpatía—. Estás casada.

—Perdón, ¿cómo dijo?

—¡Dije que estás casada! —exclamó gritando. Estaba tan nervioso que a duras penas podía controlarse—. Por eso te bendije. Tú expresaste tus votos.

—¿Lo hice?

—Sí, lo hiciste, muchacha. Te pregunté si habías sido forzada, y me aseguraste que no… y había testigos.

—¿Testigos? —repitió ella tontamente.

—Sí —afirmó él—. ¿No lo recuerdas? Tú junto a los demás acababais de trepar hasta la cima de la colina que domina la heredad… en ese momento me reuní con vosotros, y el Buchanan te tomó de la mano…

—No —murmuró ella.

—Era correcto y selló el compromiso.

Gillian sacudió la cabeza, frenética.

—No puedo estar casada. Lo sabría si lo estuviera…
¿o no?

—Fue un puro truco —afirmó el sacerdote—. ¡Buen
Dios Todopoderoso! El Buchanan me engañó, a mí, un
hombre de fe!

La explicación del cura estaba, finalmente, entrán-
dole en la cabeza, y con la comprensión le sobrevino un
enceguecedor ataque de furia que estuvo a punto de derribarla.

—¡No! —gritó.

Acertó a pasar por allí un sirviente que llevaba una
bandeja llena de copas de vino. Bridgid tomó una y la puso en la mano de Gillian.

Antes de que pudiera beber, el cura se la quitó de la
mano y la apuró hasta el final sin respirar. Gillian buscó
otra copa. Y en ese preciso instante Brodick, con Ramsey pisándole los talones, apareció a su lado.

—Gillian…

Ella dio media vuelta para enfrentarse a él.

—¿Hoy nos hemos casado?

—Sí —respondió él con toda calma, mientras le quitaba la copa de la mano y se la entregaba a Ramsey.

—¿Sobre un caballo? ¿Me casé sobre un caballo?

Ramsey le pasó la copa a Bridgid antes de volverse
hacia Gillian.

—Debemos celebrar tan jubilosa ocasión —sugirió
con expresión impasible. Gillian parecía querer matar al
novio; Brodick había adoptado una expresión estoica, y
el cura estaba al borde de la histeria.

—Esto se puede deshacer —amenazó el padre Laggan.

—¡Al demonio con eso! —exclamó Brodick.

El cura lo miró con los ojos que echaban chispas.

—¿Este matrimonio, ha sido consumado?

Ramsey alzó una ceja.

—¿Me lo está preguntando?

Gillian sintió que el rostro se le ponía escarlata. Bridgid, compadeciéndose de ella, le entregó una nueva copa de vino.

Cuando ya se la llevaba a los labios, Brodick se la quitó de la mano y se la entregó a Ramsey.

—No te excedas con la bebida —dijo—. Esta noche te quiero bien lúcida.

Gillian estaba tan enfadada, que las lágrimas le nublaban la vista.

—¿Cómo pudiste? —susurró—. ¿Cómo pudiste? —esta vez gritó.

—Estás enfadada… —Brodick se detuvo para darle a Ramsey un fuerte empujón—. Esto no es gracioso, maldición.

—«¿Estás enfadada?» ¿Eso es lo mejor que se te ocurre para calmar a tu mujer? —le preguntó Ramsey.

—¡Yo no soy su mujer! —chilló Gillian.

—Vamos, cariño —volvió a intentar Brodick sin tener la menor idea de lo que iba a decir a continuación para tranquilizarla—. Tendrás que acostumbrarte.

—No, de ninguna manera —declaró ella con vehemencia.

Era evidente que no se hallaba del humor adecuado para escuchar nada de lo que pudiera decirle. Cuando trató de tomarla en sus brazos, ella dio un paso atrás, pisando al padre Laggan.

—He hecho una pregunta y exijo una respuesta —señaló el sacerdote—. ¿Este matrimonio, ha sido consumado?

Como estaba mirando a Bridgid, ésta pensó que esperaba que ella le respondiera.

—Honestamente, no lo sé, padre. No creo que yo debiera saberlo… ¿debería saberlo?

El padre Laggan le quitó la copa que Ramsey tenía en la mano, y la bebió de un solo trago. Rápidamente, Ramsey tomó otra copa de la bandeja y volvió a colocársela en la mano.

Laggan, fuera de sí por el engaño de Buchanan, no estaba prestando atención a lo que hacían.

—En toda mi vida, nunca… El responsable es el Buchanan…. —Dejó de divagar, y se puso a secarse la frente con la manga de su hábito—. Buen Dios Todopoderoso. ¿Qué se puede hacer?

—Sobre un caballo, Brodick.

—Gillian parece tener problemas para asimilar el asunto —señaló secamente Ramsey.

—Podrías haberte bajado del caballo —le dijo Brodick, tratando de mostrarse razonable—. Si querías casarte con los pies en la tierra, deberías haber dicho algo.

Gillian sintió deseos de estrangularlo.

—Pero no sabía que me estaba casando, ¿no lo ves?

—Gillian, no es necesario que grites. Estoy justo frente a ti.

Ella se pasó los dedos por el cabello, frustrada, tratando de recuperar el dominio de sí.

—Nosotros lo sabíamos —dijo Ramsey.

De pronto cayó en la cuenta de que había un montón de espectadores observando y pendientes de cada palabra. Estaba rodeada por la guardia de Brodick, y al contemplar detenidamente cada uno de los rostros, se prometió que, si alguno osaba reír, se pondría a gritar.

—¿Todos vosotros lo sabíais? —preguntó.

Hasta el último de los hombres hizo un gesto afirmativo. Los ojos de Gillian parecieron arder de furia

—¡Yo no lo sabía! —exclamó—. ¡Me embaucaste!

—No, no lo hice —replicó él—. Te dije que iba a casarme contigo, ¿verdad?

—Sí, pero yo...

Él no la dejó terminar.

—Y tú me dijiste que me amabas. ¿No es también verdad?

—He cambiado de opinión.

Brodick se acercó a ella y le dirigió una mirada colérica, para demostrarle que su respuesta no le satisfacía. Bajo su penetrante mirada, Gillian no pudo seguir mintiendo.

—Oh, bueno, muy bien —concedió—. Sí, te amo. ¿Estás contento ahora? Te amo, pero sólo Dios sabe por qué, porque yo, ciertamente, no lo sé. Eres el hombre más difícil, testarudo, arrogante y cabeza dura que he conocido.

Brodick no pareció quedar muy impresionado por la parrafada.

—Ahora estamos casados, Gillian —dijo en un tono sereno que a Gillian le provocó deseos de arrancarse los cabellos.

—No por mucho tiempo —amenazó ella.

A él no le gustó oír eso. Parecía a punto de tomarla del brazo, de modo que ella rápidamente retrocedió, en un pobre intento por evitarlo.

—¡Quédate donde estás! —ordenó—. Sabes que cuando me tocas no puedo pensar, y necesito tener la mente despejada para poder decidir qué hacer.

Ramsey le dio al sacerdote una nueva copa de vino.

Al padre Laggan ya comenzaba a nublársele la cabeza, abrumado por el engaño de Buchanan y por el vino. Convencido de que su deber consistía en velar por la pobre muchacha, se secó el sudor de la frente con la capucha de su hábito, y se adelantó para hacerse cargo de la situación.

—¿Ha sido consumado este matrimonio? —preguntó, sin advertir que estaba gritando.

Gillian se sintió mortificada.

—¿Tiene que hacerme una pregunta tan personal frente a semejante multitud?

—Tengo que saberlo —insistió el sacerdote—. Señor, vaya si hace calor aquí —agregó con voz pastosa. Esta vez fue el cuello lo que se secó con su capucha, mientras repetía la pregunta—: ¿Fue consumado, o no?

—No —respondió Gillian en un susurro.

—Entonces tal vez pueda deshacer este malhadado enredo.

—¡No hará nada por el estilo! —ordenó Brodick.

El cura miró bizqueando al laird Buchanan, y trató de enfocar al gigante.

—¡Buen Dios Todopoderoso, hay dos! —Sacudiendo la cabeza en un esfuerzo por aclarar su visión, agregó—: Laird, usasteis el engaño para atrapar a esta dulce jovencita.

Brodick no negó la acusación, sino que se limitó a encogerse de hombros. El padre Laggan se volvió hacia Gillian, en un intento por ofrecerle consuelo en este difícil momento.

—Tendrás que mantenerte alejada de él, muchacha, hasta que pueda decidir cómo arreglar esto. ¿Entiendes lo que te estoy diciendo? No debes dejar que te toque, si realmente quieres deshacer esta unión. Debes mantenerte lejos de él. Ningún énfasis en ese punto será suficiente —agregó, palmeándole la mano—. Una vez que él… y tú hayas sido… bueno, entiendes, ¿verdad?, no podré deshacerlo. ¿Entiendes lo que te estoy diciendo?

—Sí, padre, lo entiendo.

—Muy bien, entonces. Ahora dejemos el asunto hasta mañana, y entonces juntos decidiremos qué vamos a hacer. Jamás me he encontrado ante una situación como ésta, y me altera, vaya si lo hace, pero no debería alterarme porque se trata de los Buchanan, y su laird es el peor de todos. Son todos unos paganos —agregó, enfatizando sus palabras con un gesto—. ¡Engañar a un hombre de fe! Esperad a que mis superiores se enteren de esto. Vaya, estoy seguro de que hallarán la manera de suspender la bendición de esta unión. Incluso puedo solicitarle al Papa que los excomulgue a todos.

—Oh, padre, por favor no haga eso. No quiero que los Buchanan entren en conflicto con la Iglesia.

Brodick había oído cada palabra de la conversación, y se sentía francamente divertido por el fervoroso discurso del cura.

—¿Dónde está? —preguntó, inclinándose hacia Ramsey.

Su amigo comprendió lo que deseaba saber, y le respondió en un tenue susurro.

La furia de Gillian apuntó a Dylan. Le clavó el dedo en el pecho.

—¿Por qué no me lo dijiste? —preguntó.

—No me lo preguntasteis, lady Buchanan.

—¡No soy lady Buchanan! —chilló Gillian, tan exasperada que sus palabras se confundieron en un indignado tartamudeo.

—¿No deseáis pertenecer a nuestro clan, milady? —preguntó Robert.

—No deseo pertenecer a nadie.

—¿Y entonces por qué os casasteis con nuestro laird? —preguntó Liam.

—No sabía que me estaba casando con él.

—Nosotros sí —anunció alegremente Aaron.

—Queremos que os quedéis, milady —intervino Stephen—. Amáis a nuestro laird. Todos os oímos decirlo.

—Sí, os oímos —coincidió Robert—. Y vos pertene‑
céis a nuestro clan.

Quizá fuera porque todos estaban presionándola, con
aspecto tan serio y preocupado, que no pudo seguir enfa‑
dada. Amaba a Brodick, y quería estar casada con él. Aho‑
ra, y toda la vida. Santo Dios, esa gente la volvía loca.

El padre Laggan se derrumbó sobre un banco y apo‑
yó las manos sobre las rodillas.

—Esta noche será mejor que eches el cerrojo a tu
puerta —sugirió—. ¿Entiendes lo que te estoy diciendo?
Debes mantenerte alejada de él.

—¿Gillian?

—¿Sí, Brodick?

—Quiero hablar a solas contigo. Ahora.

Gillian no tuvo tiempo de pensarlo. Tomándola de
la mano, Brodick salió del salón arrastrándola tras él.

Apenas se cerraron las puertas tras ellos, en el inte‑
rior resonaron fuertes vítores. Bridgid quedó totalmente
perpleja. Por todos los cielos. ¿Qué había para vitorear?

El padre Laggan también había observado la partida
de la pareja y sacudió la cabeza.

—¿Pero —exclamó— esta niña no ha escuchado ni
una palabra de lo que dije? ¡Buen Dios Todopoderoso!

Ramsey sugirió un brindis. Bridgid pensó que esta‑
ba loco. ¿No había oído la conversación?

—Laird, me parece que deberíais esperar que regre‑
sen Gillian y laird Brodick antes de brindar. Y en todo
caso, ¿por qué hay que brindar? ¿No oísteis lo que dijo
el padre Laggan? Mañana va a… ¿Por qué sonreís?

—Ah, Bridgid, olvidé lo inocente e ingenua que eres
—dijo Ramsey.

—No soy tan ingenua.

—¿Esperas que Gillian regrese? —Al verla asentir,
Ramsey se echó a reír—. ¿Y no eres ingenua?

—No, no lo soy —insistió ella.

—¿Entiendes, entonces?

—¿Si entiendo qué?

Ramsey volvió a reír.

—No van a regresar.

El sacerdote siguió sacudiendo la cabeza.

—¡Buen Dios Todopoderoso! La ha atrapado.

24

Brodick la alzó en vilo, y se internó con ella en la oscuridad de la noche. Gillian le rodeó el cuello con sus brazos, y aguardó pacientemente que le dijera adónde la estaba llevando. A decir verdad, ya había empezado a aceptar la idea de resignarse ante lo inevitable. Amaba a ese hombre con todo su corazón, y por el momento, eso era lo único que importaba.

Dejó correr el dedo índice a lo largo del rostro de Brodick para atraer su atención.

—Brodick.

—No discutas conmigo —le ordenó él—. Vas a dormir conmigo, esta noche y todas las noches del resto de nuestras vidas, ¿me entiendes?

Gillian no gritó ni protestó, lo que le causó cierta sorpresa.

Transcurrió un instante en silencio.

—Tengo sólo una pregunta para hacerte —dijo ella luego.

Él la miró con expresión cautelosa.

—¿Cuál es?

—¿Qué les diré a nuestros hijos?

Él se detuvo bruscamente.

—¿Qué?

—Ya me oíste. ¿Qué les voy a decir a nuestros hijos? Me niego a decirles que me casé con su padre montada sobre un caballo, pero seguramente también esperarás que dé a luz sobre un caballo, ¿no es así?

Brodick la miró con ojos llenos de ternura, y contestó a su extravagante pregunta.

—Creo que deberíamos concentrarnos en hacer a mi hijo, antes de preocuparnos por lo que vamos a decirle.

Ella le besó el cuello.

—Pues entonces tengo un problema.

—¿Por qué?

—Porque no puedo concentrarme cuando estoy contigo, pero haré todo lo que pueda.

Brodick se echó a reír.

—Eso es todo lo que cualquier hombre podría esperar.

—No siempre vas a salirte con la tuya.

—Y tanto que sí.

—El matrimonio es un tira y afloja.

—No, no lo es.

Gillian le mordisqueó el lóbulo de la oreja.

—Aquí no ha cambiado nada, sabes. Todavía pienso ir a Inglaterra a terminar lo que ya he comenzado.

—Todo ha cambiado, querida mía...

Siguiendo las instrucciones de Ramsey, Brodick se apartó del sendero principal y descendió por la pendiente de la colina. Al pie de la misma, se erguía una cabaña de piedra gris, estaba aislada de las demás y rodeada por una densa pared de altos pinos. Brodick abrió la puerta de par en par, y entró a su flamante esposa. Cerró la puerta de un puntapié, y apoyándose contra ella, dejó escapar un suspiro de masculina satisfacción.

La cabaña era cálida y acogedora, y olía levemente a madera recién cortada. Un alegre fuego crepitaba en el hogar y bañaba la habitación con un resplandor ambarino. Sobre la repisa de la chimenea había varias velas, y después de dejar a Gillian en el suelo, Brodick se acercó a encenderlas. Gillian permaneció junto a la puerta, observándolo, sintiéndose súbitamente nerviosa y tímida, con la atención puesta sobre la cama adyacente a la chimenea cubierta con un tartán. La cabaña le había parecido espaciosa hasta que Brodick comenzó a moverse. Su cuerpo parecía ocupar mucho espacio, y la cama parecía ocupar el resto.

En un rincón de la habitación, junto a una pequeña mesa, Gillian vio su bolsa. Pensó que tal vez debería sacar de ella su camisón, pero en ese momento la acometió una súbita preocupación: ¿cómo iba a cambiarse de ropa con Brodick a pocos metros y sin ningún tabique que los separara?

No podía hacerlo. Las paredes parecieron cerrarse sobre ella. Retrocedió hasta quedar con la espalda apoyada contra la puerta. A ciegas, buscó con las manos el picaporte. Calma, se dijo, mientras comenzaba a respirar rápidamente. De pronto parecía tener dificultades para inhalar suficiente aire, y no conseguía entender por qué. Cuanto más rápidamente inspiraba, menos aire parecía entrar en su cuerpo.

Brodick la miró, y se dio cuenta de que estaba dominada por el pánico. Se reprochó haberle dado tiempo para pensar, lo que había sido un error. Fue hacia ella, la obligó a levantar la cabeza hacia él, y con suavidad le quitó la mano del picaporte. El jadeo de Gillian empeoró, hasta que su respiración sonó como un trompeteo.

—Parece que tienes problemas, ¿verdad?

Su tono divertido logró irritarla.

—No puedo respirar —dijo entre sofocos—. Podrías mostrar algo de compasión.

Él se rió en su cara. Atónita ante su actitud indiferente, Gillian dejó de sentir pánico.

—¿Te divierte mi temor, Brodick?

—Sí, pero me amas igual, ¿no es así?

Sus manos fueron hasta la cintura de Gillian, y la acercó hacia sí, mientras su boca poseía la de ella. Gillian permaneció tensa contra él, casi rígida, pero él no tenía prisa, y después de explorar lentamente toda su boca durante minutos, sin mostrar urgencia ni exigencias, la sintió relajarse en sus brazos.

Deseaba poder cautivarla con dulces y amorosas palabras que le dijeran lo mucho que significaba para él, pero no sabía qué decir, porque no había sido entrenado para la seducción. Era un guerrero, un salvaje y un pagano, tal como había dicho el padre Laggan, y por primera vez en su vida, lamentó no tener la facilidad para el discurso poético que mostraba Ramsey.

Estaba haciendo un sacrificio por ella. Se había propuesto proceder con prudencia y lentitud, que eran doblemente necesarias porque ella era virgen, y sabía que debía estar muy asustada.

La estaba volviendo loca con sus suaves caricias y sus dulces besos. Apartando su boca de la de él, Gillian le rogó que dejara de juguetear. Lo tomó del cabello, y volvió a buscar su boca. Fue ampliamente recompensada por su impaciencia. Con un audible gruñido, mezclado con risas, Brodick le dio lo que ella quería. La besó voraz y profundamente, mientras su lengua la acariciaba y la enloquecía, y Gillian sintió que todo su cuerpo comenzaba a estremecerse. El corazón le latía, desbocado, el estómago parecía darle saltos, y de pronto se encontró aferrándose a sus hombros para no caer.

¡Brodick sí que sabía besar! Ella se apoyó, inquieta, contra él, lo que fue todo el estímulo que Brodick necesitaba. Siguió besándola, devorándola, mientras la desvestía a toda prisa. Guillian estaba tan abrasada por la pasión que él le despertaba, que no advirtió lo que Brodick hacía hasta que sintió que le bajaba la camisa de los hombros.

Trató de apartar sus manos y de pedirle que esperara hasta que estuviera bajo las sábanas, pero él siguió besándola y tirando de sus ropas, y antes de que pudiera siquiera respirar o pedirle que aguardara, ya era tarde, y se encontró totalmente desnuda.

Él también se había quitado la ropa. Gillian se dio cuenta cuando él la abrazó con fuerza y la apretó contra su pecho. Al sentir el contacto de sus suaves senos contra el pecho, Brodick dejó escapar un ronco gruñido, al tiempo que Gillian suspiraba por el calor que emanaba de su cuerpo.

De pronto, las manos de Brodick parecieron estar en todos los rincones de su cuerpo. Le acarició los hombros, la curva de la espalda, los muslos.

Sus besos se volvieron salvajes, voraces, y cuando se separaron, ambos jadeaban, deseando más. Brodick la tomó de los hombros.

—Me haces arder —dijo.

Gillian no supo si eso era bueno o malo, y tampoco le importó. Le rodeó la cintura con sus brazos, y lo besó con todo el deseo y la pasión que él había encendido en ella.

Brodick se sintió conmovido hasta la médula de sus huesos, ya que nunca había tenido una mujer que reaccionara como su dulce esposa. Hundió el rostro en el cuello de Gillian, aspiró su femenino aroma, y sintió que eso era lo más próximo al paraíso que jamás conocería.

—Maldición —volvió a susurrar—. Tenemos que ir más despacio.

—¿Por qué?

Brodick tuvo que apelar a toda su capacidad de concentración para poder contestarle.

—Porque quiero que para ti esto sea perfecto.

Gillian le acarició la nuca, abrumada por la fuerza que brotaba de él. Pudo sentir sus músculos, tensos bajo su piel, y, oh, Señor, el calor de su cuerpo apretado íntimamente contra el suyo la abrasaba con tal intensidad que deseó cerrar los ojos y dejar que esa sensación se hiciera cargo de todas las reacciones de su cuerpo.

—Ya es perfecto —murmuró—. Llévame a la cama.

Sus bellos ojos verdes estaban nublados por la pasión. Orgullosamente complacido de ver que lograba enloquecerla tanto como ella lo enloquecía a él, la levantó en sus brazos y la llevó hasta el lecho.

Gillian tomó el rostro de Brodick entre sus manos temblorosas, y buscó nuevamente su boca para darle otro profundo beso. Él no dejó de besarla mientras apartaba las mantas y cayó sobre la cama con Gillian en sus brazos. Delicadamente, la acomodó de espaldas, y cubrió su cuerpo con el de él. El contacto con su tersa piel fue casi más de lo que pudo soportar, y se sacudió de deseo. Gillian estaba inmóvil bajo su cuerpo, de modo que apoyó ambas manos a los costados de su cuerpo y se irguió, para no aplastarla con su peso. El glorioso cabello de la joven estaba esparcido sobre el tartán, y cuando levantó la cabeza para mirarla, vio que estaba sonriendo.

—Ahora te tengo justo donde quiero tenerte, Brodick —le susurró ella.

—No, cariño mío, soy yo quien te tiene a ti.

Comenzó a besarle el cuello, y una vez más trató de pensar en las palabras poéticas que ella merecía escuchar.

—Me gustas, Gillian.

Ella inclinó la cabeza para facilitarle el acceso a su cuello, estremeciéndose cuando él le besó la sensible zona debajo de la oreja.

—Dime lo que te gusta —le pidió con voz ronca.

—Tú. Me gustas tú —respondió ella, con un suspiro de deseo.

Siguió adelante con el tierno acoso a todos sus sentidos, acariciándola y besándola hasta que Gillian se sintió al borde de sus fuerzas. Con los dedos del pie le frotó audazmente las piernas, y luego comenzó a acariciarle la espalda, disfrutando de su fuerte cuerpo bajo sus dedos. ¿Cómo era posible que alguien tan fuerte fuera tan asombrosamente tierno?

Las caricias de Brodick se volvieron más exigentes, y mucho más íntimas, sacudiéndola de la dulce lasitud que la invadía. Le acarició los muslos, y luego subió para acariciar su ardor. Gillian estuvo a punto de saltar de la cama. Trató de apartarle la mano, pero él silenció su protesta con otro beso. Y continuó con su erótico juego hasta que Gillian tembló convulsivamente de deseo.

Lo aferró de los hombros, besándolo con frenesí, y deseando desesperadamente darle tanto placer como él le estaba dando a ella, pero no sabía qué tenía que hacer, y no era capaz de encontrar fuerzas para preguntarlo.

Brodick la estaba volviendo loca, y pudo sentir que su control se esfumaba a toda velocidad. Estaba asustada por la intensidad de las violentas sensaciones que parecían brotar de su interior.

—Brodick, ¿está bien que hagamos esto? —gritó.

Él comenzó a descender lentamente por su cuerpo, pegando la boca a su suave piel mientras llenaba de húmedos besos su cuello y sus hombros.

—Sshh, amor mío, está bien. Podemos hacer todo lo que deseemos —dijo con voz áspera. Trató de no ir de prisa, pero resultó ser lo más difícil a lo que se había enfrentado en toda su vida. El corazón le latía furiosamente, y su hombría estaba rígida y ardiente. Se sentía palpitar por el deseo de encontrarse dentro de Gillian.

Amarla iba a significar su muerte, pero, demonios, moriría contento.

—Quiero darte placer —susurró—. Dímelo —le pidió, mientras dejaba deslizar la mano en medio del fragante valle entre sus senos—. ¿Esto te hace feliz?

Menos de un segundo después de hacer esta pregunta, cubrió con su boca uno de los pechos de Gillian. Ella reaccionó como si acabara de ser fulminada por un ardiente rayo blanco. Sin aliento, soltó un gruñido desde lo más hondo de su garganta, y le clavó las uñas en los hombros.

Gillian cerró los ojos.

—¡Oh, sí, me hace feliz! —le respondió entre jadeos.

Brodick le mordisqueó la piel por encima del ombligo, lo que le provocó la contracción de los músculos. Sus sofocados jadeos le indicaron que también le había gustado, de modo que lo hizo de nuevo.

—Entonces esto te hará delirar —dijo, usando la frase que ella le había repetido varias veces. Siguió bajando con lentitud, acariciándola y besándola en lo más íntimo de su cuerpo hasta que la sintió retorcerse bajo él.

Ni en sus más locas fantasías Gillian se hubiera imaginado haciendo el amor así. Jamás habría creído tampoco que perdería el control de esa manera, pero eso fue exactamente lo que ocurrió. Él no permitió que se echara atrás, y al hacerle el amor con su boca, Gillian arqueó el cuerpo contra el suyo, gritando su nombre y arañándole frenéticamente los hombros.

Su reacción estimuló la de Brodick. No pudo esperar más para hacerla suya. Sintió que le temblaban las manos, y sus movimientos no tuvieron nada de delicados cuando le separó las piernas y se acomodó entre sus muslos. Con su boca sobre la de ella y las manos sujetándole las caderas, trató de penetrarla lentamente, pensando que tal vez así le resultaría menos doloroso, pero Gillian se movió ligeramente, y eso lo perdió. Embistiendo con fuerza, la penetró completamente y ahogó su grito con otro hambriento beso. Con su lengua, hurgó en su boca para forzar una respuesta y hacerle olvidar el dolor que le causaba.

Brodick permaneció absolutamente inmóvil, con su disciplina pendiente de un hilo, hundió la cabeza en el cuello de Gillian y aspiró con jadeos entrecortados para obligarse a ir más despacio. Ella necesitaba tiempo para adaptarse a su invasión, pero no moverse lo estaba matando. ¡Ella estaba tan ardiente, tan húmeda, tan ajustada, tan perfecta! Sabía que le había hecho daño, y por Dios que esperaba que el dolor se olvidara pronto. Diablos, qué bien se sentía con ella.

El dolor le había quitado a Gillian la respiración, pero se calmó rápidamente. La sensación de tenerlo dentro de su cuerpo la emocionó y también la asustó. Hizo que palpitara de deseo, anhelando más y más, pero Brodick no se movía, y parecía tener problemas para respirar. Comenzó a preocuparla la posibilidad de no haberlo complacido en absoluto.

—¿Brodick? —susurró, permitiendo que él advirtiera el temor en su voz.

—Todo está bien, mi amor. Sólo que no te muevas… déjame… ¡ay, demonios, te moviste…!

Ella había cambiado levemente de posición, jadeando ante el inesperado e increíble placer que le había causado ese movimiento. Un estallido de puro placer le recorrió el cuerpo con tanta intensidad que no pudo evitar gritar. Trató de quedarse inmóvil, pero no pudo controlar el fuego que ardía en su interior. Volvió a moverse, y el placer se intensificó.

Brodick reaccionó soltando un gruñido. Estaba instalado profundamente dentro de ella, pero siguió tratando de controlar las voraces demandas de su cuerpo. Entonces ella volvió a moverse, y se perdió definitivamente la batalla. Su disciplina se esfumó. Se apartó ligeramente, y luego volvió a hundirse profundamente en ella.

Gillian sintió que era lo más maravilloso que le había ocurrido en su vida. Se volvió indómita, ya que sus sensaciones eróticas controlaban totalmente todos sus movimientos. Instintivamente, levantó las piernas para permitir que Brodick la penetrara aún más profundamente. Cuanto más agresivo era él, más desinhibida se volvía ella, hasta que lo único que le importó fue hallar alivio a sus ardientes sensaciones. Murmurando su nombre entre sollozos una y otra vez, se aferró a él cuando los primeros espasmos la recorrieron, apresándolo con fuerza en el interior de su cuerpo.

Aterrada ante la magnitud de su orgasmo, Gillian intentó detenerlo, pero él no le dejó parar. Con cada embestida, Brodick realimentaba los fuegos de la pasión. Gillian aulló su nombre mientras la cubrían oleadas de puro éxtasis, y sólo cuando Brodick estuvo seguro de que ella había alcanzado su total satisfacción, dio rienda suelta a la suya. Con un violento estremecimiento, entró profundamente en ella, y derramó su simiente en su cuerpo.

Durante varios minutos, no se movió. El único sonido era el de sus jadeos mientras intentaban recuperar el ritmo normal de su respiración. Gillian estaba rendida por lo ocurrido. Siguió abrazada a él, mientras trataba de calmar su acelerado corazón.

Brodick quiso besarla y hablarle de todo el placer que le había proporcionado, pero no pudo reunir la energía necesaria para moverse. La oyó susurrar: «Buen Dios Todopoderoso», y se echó a reír, pero siguió sin poder moverse, de modo que le besó el lóbulo de la oreja y permaneció donde estaba.

—Sabía que serías buena, pero, demonios, Gillian, no sabía que ibas a matarme.

—¿Entonces, te hice feliz?

Él volvió a reír, y finalmente levantó la cabeza y la miró. Los ojos de Gillian todavía estaban nublados por la pasión y parecía extenuada, pero Brodick de pronto pensó que no sería mala idea volver a hacerle el amor.

—Sí, me hiciste muy feliz.

—No sabía… cuando tú… y luego, yo… no sabía que nosotros podíamos hacer… lo que hicimos… No sabía.

Brodick le tomó el rostro entre las manos, y la besó lentamente. Al cambiar ligeramente de posición, el vello de su pecho cosquilleó los senos de Gillian, lo que le arrancó un suspiro. Volvió a besarla, se puso a su lado y la tomó en sus brazos.

Lo acometió una abrumadora sensación de posesión. No supo cómo se las había ingeniado para cautivarla, o por qué ella lo amaba, pero lo cierto es que ahora ella lo amaba. Era su esposa, y él la protegería y cuidaría hasta el fin de sus días.

Gillian le acarició el pecho mientras se acurrucaba contra él y cerraba los ojos. Estaba quedándose dormida, cuando un súbito pensamiento la arrancó del sueño.

—Brodick, ¿qué voy a decirle mañana al padre Laggan?

Con detalles muy gráficos, utilizando todas las palabras lascivas que conocía, Brodick le describió lo que acababan de hacer, y luego sencillamente le sugirió que las repitiera ante el sacerdote.

Gillian respondió que no pensaba hacer tal cosa, y tras rumiar el asunto durante varios minutos, decidió que no le iba a decir nada.

—No quiero que el padre nos retire la bendición —dijo, preocupada, en voz baja.

Bostezando, Brodick respondió:

—No lo hará.

—Díselo.

—Muy bien —accedió—. Ahora, dime tú.

—¿Qué te diga qué? —susurró ella.

—Que me amas. Quiero volver a escuchar esas palabras.

—Te amo.

Gillian se quedó dormida esperando que él le dijera que también la amaba.

25

Amar a Brodick era agotador. Esa noche, Gillian no durmió demasiado, ante la falta de costumbre de compartir el lecho con un hombre, y además un hombre tan grande, que ocupaba casi todo el espacio. Cada vez que trataba de darse vuelta, se daba contra él. Finalmente, se quedó dormida aplastada bajo uno de sus pesados muslos.

Brodick no estaba acostumbrado a dormir en una cama, de manera que también le costó. Era demasiado blanda, y prefería mucho más dormir al aire libre, con la estimulante brisa refrescando su cuerpo y todo el firmamento estrellado para contemplar hasta caer dormido, pero no pensaba abandonar a su esposa en su noche de bodas, de modo que permaneció donde estaba y dormitó intermitentemente toda la noche. De madrugada, volvió a hacerle el amor. Trató de actuar con delicadeza porque sabía que estaría dolorida después de la primera vez, y Gillian estaba demasiado soñolienta para resistirse, pero luego se dejó atrapar por la magia de su contacto y de sus caricias hasta el punto de no preocuparse de si le dolía o no.

Ella estaba profundamente dormida de cansancio cuando Brodick abandonó el lecho. Llegaba tarde a su encuentro con Ramsey en el campo de ejercicios puesto que ya hacía rato que había amanecido, y después de besar a Gillian en la frente, la tapó con el tartán, y abandonó la cabaña sin hacer ruido.

La sesión de entrenamiento fue bien, a pesar de que estaba de muy buen humor. Realmente, no quería hacer daño a nadie. Los mayores estragos corrieron por cuenta de Ramsey, que no tardó en impresionar debidamente a los MacPherson. Accidentalmente, Brodick le rompió la nariz a uno de los soldados con el codo, pero se la volvió a poner en su lugar antes de que éste pudiera levantarse del suelo, diciéndole que le quedaría como nueva apenas le dejara de sangrar. No era exactamente una disculpa, pero se acercaba peligrosamente, y Brodick comenzó a preocuparse de que el matrimonio le hubiera ablandado.

Naturalmente, Ramsey se dio cuenta de su buen humor. Se divirtió mucho tomándole el pelo por haber aparecido tarde y por bostezar todo el rato, mientras Brodick consideraba seriamente la posibilidad de romperle algunos huesos.

Al comenzar la sesión de entrenamiento, Proster, el líder del otro grupo, se negó a utilizar armas contra su laird. Quería ser honorable, pero era una tontería porque aunque era muy superior a los restantes soldados MacPherson en habilidad y en técnica, bajo ningún concepto podía equipararse a Ramsey. Después de que el laird lo hubo hecho caer de rodillas un par de veces, la arrogancia de Proster comenzó a desmoronarse. Todos los demás soldados tomaron sus espadas, pensando que les otorgarían cierta ventaja, pero Proster siguió negándose tercamente.

Realmente no tenía importancia. Brodick y Ramsey los desarmaron rápidamente, y luego se lanzaron a la tarea de enseñarles cómo salir vivos del campo de batalla. Era una lección de humildad, y cuando ambos lairds se alejaron del campo, el suelo que dejaban atrás estaba cubierto de cuerpos doloridos.

Los dos amigos se dirigieron hasta el lago para lavarse la sangre que los había salpicado. Al regresar, se cruzaron con Bridgid. La joven saludó a Ramsey con un seco movimiento de cabeza, sonrió a Brodick y le deseó buenos días, y siguió camino con la cabeza alta.

—¿Qué pasa aquí? —preguntó Brodick—. Parece irritada contigo.

Ramsey rió.

—Es un malentendido. Está furiosa conmigo, pero como soy su laird, debe mostrarme buenos modales. Supongo que esto la debe estar matando. ¿Viste el fuego que ardía en sus ojos? Esa mujer es diferente a la mayoría, ¿verdad? Esa sonrisa suya puede hacer a un hombre…

—¿Qué? —lo urgió Brodick.

—No tiene importancia.

—La deseas, ¿no es verdad?

Ramsey no tenía necesidad de vigilar sus palabras frente a su amigo, de modo que fue totalmente sincero.

—Claro que la deseo. Diablos, es una mujer muy hermosa, y la mayoría de los hombres de aquí quiere acostarse con ella. Que Dios ayude al hombre con el que termine casándose, sin embargo, ya que te aseguro que es todo un carácter.

—¿Vas a contarme lo que pasó?

Suspirando, Ramsey le relató lo sucedido.

—Puse a Bridgid en aprietos. La viuda Marion quería venir a calentar mi lecho —explicó—. Bridgid debe haberla visto ir hacia mi alcoba, y fue tras ella. Por Dios, Brodick, nunca he visto semejante carácter en ninguna mujer. Bridgid puede competir contigo en eso —añadió—. La pobre Marion quería ser discreta, y se había tomado mucho trabajo para asegurarse de que nadie supiera que iba a compartir mi cama. Y entonces Bridgid irrumpió en mi cuarto, y armó un gran jaleo, montó una gran bronca. Marion ya se había desvestido y estaba aguardándome en la cama, lo que escandalizó a Bridgid hasta lo indecible, y la puso furiosa. Supuso que yo había sido… embaucado. ¿Puedes dejar de reírte para que pueda terminar de contarte esto?

—Lo siento —dijo Brodick, aunque no sonó muy contrito—. ¿Y después qué pasó?

—Bridgid arrastró a Marion fuera de la cama, eso es lo que pasó. Cuando yo llegué arriba, Marion bajaba corriendo la escalera, gritando a todo pulmón, y prácticamente desnuda. Por suerte, el salón estaba desierto, y el padre Laggan ya se había quedado dormido.

—¿Y entonces?

—Dormí solo.

Brodick volvió a reír.

—No me sorprende que hoy estés de tan mal humor.

—Efectivamente —coincidió Ramsey—. Bridgid parecía creer que yo debería haberle dado las gracias por haberme salvado de Marion.

—Pero no lo hiciste.

—Diablos, no, no lo hice.

—¿Le explicaste que habías invitado a Marion a compartir tu cama?

—Sí, pero fue un error. Jamás voy a entender a las mujeres —dijo, en tono sombrío—. Te aseguro que Bridgid pareció… herida. Yo le había hecho daño, y…

—¿Qué?

Ramsey sacudió la cabeza.

—Bridgid es inocente e ingenua.

—Pero así y todo la quieres en tu lecho, ¿verdad?

—Yo no llevo vírgenes a mi lecho. Jamás deshonraría de esa manera a Bridgid.

—Entonces cásate con ella.

—No es tan sencillo, Brodick.

—¿Todavía te presionan para que te cases con una MacPherson?

—Meggan MacPherson —puntualizó Ramsey—. Y aún lo estoy considerando. Resolvería un montón de problemas, y tengo que cumplir con mi deber como laird. Quiero las tierras y los bienes de ellos, y también quiero paz. Parece que la única manera de lograrlo es uniendo los clanes por medio de una boda.

—¿Cómo es esa mujer?

—Admirable —respondió Ramsey—. Desea lo mejor para su clan. Es fuerte y perseverante —agregó—. Pero no tiene lo que tiene Bridgid.

—¿Qué?

—Su fuego.

—¿Cuándo tomarás la decisión?

—Pronto —contestó—. Basta de hablar de mí —añadió, cambiando la conversación hacia temas que le parecían más importantes—. ¿Gillian te dijo los nombres de los ingleses?

—No.

—¿Y por qué demonios no lo hizo?

—Olvidé preguntárselo —reconoció Brodick avergonzado.

Ramsey se quedó mirándolo con incredulidad, y luego barbotó:

—¿Cómo pudiste olvidarlo? —exclamó.

—Estuve ocupado.

—¿Haciendo qué? —preguntó Ramsey antes de advertir lo tonto de la pregunta. En ese momento pareció tan ingenuo como Bridgid.

Brodick lo miró.

—¿Qué diablos crees que hacía?

—Lo que no hacía yo —replicó Ramsey cómicamente apesadumbrado.

Siguieron caminando en silencio, cada uno sumido en sus propios pensamientos. Brodick siempre había sido capaz de decirle a su amigo todo lo que le pasaba por la cabeza, pero en ese momento sintió que dudaba al solicitar su consejo.

—El matrimonio cambia al hombre, ¿verdad?

—Esa pregunta deberías formulársela a Ian, no a mí. Nunca he estado casado.

—Pero en estas cuestiones eres más astuto que yo, y Ian no está aquí.

—¿Cuestiones del corazón?

—Sí.

—Has estado casado apenas un día —señaló Ramsey—. ¿Qué es lo que te preocupa?

—No estoy preocupado.

—Sí, lo estás. Cuéntame.

—Acabo de darme cuenta...

—¿De qué? —lo urgió Ramsey, exasperado.

—Estoy... alegre, maldición.

Ramsey se echó a reír. Brodick no apreció la reacción de su amigo.

—Mira, olvida lo que dije. No estoy acostumbrado a hablar de estas...

—Jamás hablas de lo que sientes o piensas. No debería haberme reído. Ahora, cuéntame.

—Lo acabo de hacer —gruñó Brodick—. Lo digo en serio, me siento alegre, que Dios se apiade de mí.

—Eso no es habitual —reconoció Ramsey.

—A eso me refiero. Llevo casado apenas un día, y el matrimonio ya me ha cambiado. Gillian me confunde. Sabía que la quería, pero lo que no sabía era que me iba a sentir tan posesivo.

—Actuabas posesivamente con ella desde antes de casarte.

—Sí, bien, pero ahora es peor.

—Es tu esposa. Probablemente se trate de una inclinación natural.

—No, es más que eso. Quiero llevarla a casa y…

Ramsey lo interrumpió.

—No puedes hacerlo, todavía no. Ella tiene que ayudarme a encontrar al canalla que trató de matar a mi hermano.

—Sé que es preciso que permanezca aquí, pero igualmente quiero llevarla a casa, y te juro que si pudiera, la guardaría bajo siete llaves —reconoció, sacudiendo la cabeza ante sus tontas ideas.

—De ese modo estaría a salvo.

—Sí, y también porque no me gusta que otros hombres…

—¿La miren? Es una hermosa mujer.

—No soy celoso.

—¡Claro que lo eres!

—Ella me ha trastornado.

—Pareces un hombre enamorado de su esposa.

—Los hombres enamorados son hombres débiles.

—Sólo si ya lo eran antes de enamorarse —afirmó Ramsey—. Ian ama a su esposa. ¿Lo consideras débil?

—No, desde luego que no.

—Pues eso confirma que el amor no hace que un hombre sea menos de lo que ya es.

—Lo hace vulnerable.

—Tal vez sea así —concedió Ramsey.

—Y si tiene la mente constantemente ocupada en su esposa, se vuelve débil. ¿No es así, acaso?

Ramsey le sonrió.

—Yo te diré lo que es. La amas, Brodick, y eso te asusta como el demonio.

—Debería haberte roto la nariz.

—Primero consigue esos nombres; luego puedes intentarlo. ¿Estás seguro de que Gillian te lo dirá?

—Por supuesto que lo hará. Es mi esposa, y hará cualquier cosa que le diga que haga.

—Yo no usaría esas precisas palabras al hablar con ella. A las esposas no les agrada que sus esposos les digan qué deben hacer.

—Conozco a Gillian —afirmó Brodick—. No se negará a hacerlo. Al atardecer tendré los nombres de esos ingleses.

26

Nadie resultó más sorprendido que el propio Brodick cuando su dulce y sumisa mujercita se negó a decirle los nombres de los ingleses.

Estupefacto ante su negativa, no tuvo la menor idea de qué debía hacer a continuación. Gillian permanecía sentada a la mesa con las manos cruzadas sobre la falda, tan tranquila como se puede estar cuando uno se halla en el centro de una tormenta.

—¿Qué quieres decir con «no»?

—Olvidaste besarme al entrar. Creo que deberías hacerlo.

—¿Qué?

—Olvidaste besarme.

—¡Por el amor de…!

Brodick la alzó en vilo, depositó un rotundo beso sobre su boca, y volvió a sentarla donde estaba.

—Vas a decirme quiénes son esos canallas ingleses.

—Sí —accedió ella, para luego puntualizar su respuesta—. Al final.

—¿Y eso qué significa?

Ella se negó a responder. Tomó su cepillo, y comenzó a pasárselo por el cabello. Demonios, estaba preciosa esa noche, pensó Brodick. Llevaba un camisón celeste que parecía flotar a su alrededor y marcaba suavemente sus curvas. Esa mujer era prácticamente irresistible. Él echó una mirada a la cama y luego la miró a ella, antes de advertir adónde se dirigían sus pensamientos.

Era tarde, ya había pasado el crepúsculo, y todavía no había conseguido que Gillian le diera los nombres, aunque a decir verdad, no la había vuelto a ver desde el alba, y había estado demasiado ocupado hasta ese instante como para pensar en ello. En ese momento, no obstante, estaba decidido a obtener lo que buscaba antes de que se fueran a la cama.

—Una esposa debe hacer todo lo que su esposo le ordene —le dijo.

La exigencia no pareció gustarle mucho a Gillian.

—Esta esposa, no.

—Maldición, Gillian, no te pongas terca conmigo.

—Un esposo no debe maldecir en presencia de su esposa.

—Este esposo, sí —le espetó él.

A ella tampoco le gustó eso. Arrojando el cepillo sobre la mesa, se puso de pie y dio todo un rodeo para evitarlo al dirigirse a la cama. Al llegar a ella, se quitó las pantuflas y se sentó.

Como siempre, Ramsey había estado en lo cierto. A algunas esposas no les gustaba recibir órdenes de sus esposos, y evidentemente Gillian pertenecía a esa categoría. Pudo ver las lágrimas que brillaban en sus ojos, y supo que había herido sus sentimientos. El matrimonio era más difícil de lo que había supuesto.

—No hagas eso.

—¿Qué no haga qué?

—Llorar.

—Ni se me ocurriría —se apresuró a replicar ella. Se puso de pie, retiró las mantas, y se acostó.

Brodick apagó las velas, e iba a extinguir el fuego de la chimenea, cuando ella le pidió que agregara otro leño.

—Hace calor aquí —protestó él.

—Yo tengo frío.

—Yo te mantendré abrigada.

Cuando Brodick se sentó en la cama para quitarse las botas, Gillian se dio vuelta de cara a la pared.

—¿Lamentas haberte casado conmigo? —le preguntó en un susurro.

La pregunta lo pilló desprevenido. Era evidente que Gillian se sentía algo insegura, y Brodick sabía que el responsable era él, porque se había comportado como un oso desde el mismo momento en que se habían reunido.

—Es muy pronto para decirlo —le respondió con expresión indescifrable.

Gillian no apreció su sentido del humor.

—¿Estás arrepentido? —insistió.

Él le puso la mano sobre la cadera, y la obligó a volverse hacia él.

—Lamento que seas tan obstinada, pero me alegro de haberme casado contigo.

—No pareces alegre.

—Tú me desafiaste.

—Y tú no estás acostumbrado a que nadie te desafíe, ¿verdad?

Brodick se encogió de hombros.

—La verdad, no.

—Brodick, cuando estemos con otras personas, jamás discutiré contigo, pero cuando nos encontremos a solas, te diré exactamente lo que me pase por la cabeza.

Él reflexionó sobre lo que le decía durante un instante, y luego asintió.

—¿Ha pasado algo esta noche que te ha molestado? Esta mañana, cuando me marché, parecías feliz.

—Cuando te marchaste, estaba durmiendo.

—De acuerdo, pero tenías una sonrisa de felicidad

en el rostro —bromeó él—. Sin duda, estabas soñando conmigo.

—A decir verdad, he tenido un mal día.

—Cuéntamelo todo —la alentó él.

—¿De verdad quieres escuchar mis quejas? —preguntó ella, sorprendida.

Su gesto de asentimiento fue todo el incentivo que necesitaba. Gillian se sentó en la cama, y se dispuso a relatarle su día.

—Primero, Ramsey me obligó a sentarme toda la mañana en el salón para mirar rostro tras rostro a todos los miembros de su clan que fueron entrando. Entonces, cuando vio que seguía sin identificar al hombre que lo ha traicionado, me arrastró por toda la comarca para ver más rostros. Estaba demasiado ocupado para hablarle a Christen en mi nombre —agregó—. Y Brisbane había regresado para informar que mi hermana no había cambiado de opinión. No voy a seguir teniendo paciencia, Brodick. Voy a darle a Ramsey tiempo hasta mañana al mediodía para que dé la orden de que Christen se presente, y si no lo hace, tomaré el asunto en mis manos.

Aspiró con fuerza.

—Finalmente —continuó diciendo—, me encontré con Bridgid en el lago, pero para entonces ya era casi hora de cenar, y cuando nos encontramos, las noticias que me traía eran desalentadoras.

—¿Cuáles eran esas noticias?

—Ella le pidió a un amigo que siguiera a Brisbane, para descubrir dónde vivía Christen, pero ese amigo ha vuelto aquí. Bridgid cree que se olvidó.

Brodick se puso de pie, y se desperezó. Gillian observó cómo se tensaban los músculos de sus hombros, y quedó sorprendida ante la ostensible fuerza de su cuerpo. Entonces, Brodick se quitó el cinturón y el resto de la ropa, y Gillian perdió inmediatamente el hilo de sus pensamientos. ¡Su esposo era tan increíblemente hermoso!

—¿De modo que pensaste que si te enterabas de dónde vivía Christen, sencillamente irías a verla?

Brodick aguardó todo un minuto que le respondiera, y le repitió la pregunta.

—Sí —tartamudeó ella, nerviosa—. Eso es lo que pensé.

—Christen es una MacPherson, y ahora es parte del clan Sinclair.

—Me doy cuenta.

—Ramsey es su laird, y no deberías interferir. Deja que él se ocupe de esto. Te prometió que pronto la obligaría a verte.

Se desplomó boca abajo en la cama, y el peso de su cuerpo estuvo a punto de derribarla al suelo.

Aunque no le gustara reconocerlo, estaba extenuado.

—Ramsey me prometió que hoy hablaría con ella, pero no lo hizo.

Brodick soltó un audible bostezo.

—Es un hombre ocupado, Gillian —dijo.

—Sé que lo es. Siempre hay gente acosándolo con sus problemas, y las mujeres de aquí no lo dejan en paz. Inventan toda clase de quejas tontas sólo para poder hablar con él. Debe distraerlo mucho. Sin embargo, me lo prometió, Brodick, y tiene hasta mañana al mediodía para hablar con Christen.

Brodick no quería que dejara de hablar, porque le encantaba el sonido de su voz.

—¿Y qué más ha sucedido hoy?

—Me escondí del padre Laggan —confesó Gillian. Brodick se echó a reír, y ella se vio obligada a esperar hasta que se callara—. ¿Tuviste oportunidad de hablar con él?

—Sí —respondió él—. Tenía una resaca de mil demonios.

—Ramsey lo emborrachó a propósito, ¿verdad?

—Laggan iba camino de la borrachera, pero Ramsey colaboró.

—Eso es pecado —decidió Gillian—. ¿Por qué lo hizo?

—Porque es mi amigo, y sabía que de una forma u otra, yo iba a llevarte a mi cama.

Gillian le puso las manos sobre los hombros, sintió lo tenso que estaba, y comenzó a hacerle masaje. Él gruñó de placer, de modo que Gillian se recogió la falda, se sentó a horcajadas sobre la cama y usó ambas manos para relajarle la tensión de los hombros.

—Demonios, qué bueno es esto.

Ella también comenzaba a sentirse relajada, y comprendió que se debía a que había compartido con Brodick los sucesos del día.

—¿Y tú qué hiciste hoy?

—Fui a casa.

—Pero me dijiste que tus tierras están muy lejos de aquí.

—Cabalgué a todo galope —dijo él—. Pero llegué después del anochecer.

—¿Y qué hiciste en tu casa?

—Arreglé algunos líos.

Gillian recordó algo más que quería compartir con Brodick.

—¿Sabes qué me dijo hoy Bridgid?

—¿Qué te dijo?

—Que una mujer había intentado deslizarse dentro de la alcoba de Ramsey... o al menos, eso es lo que pensó Bridgid. De manera que la siguió, y la pecadora se había quitado las ropas y ya estaba por... ya sabes.

—No, dímelo tú —le dijo él, sonriendo.

—Seducir a Ramsey, desde luego. Bridgid la echó de allí, y le hizo toda una escena. Ahora está furiosa con su laird porque él le confesó francamente que quien había invitado a la mujer a compartir su lecho era él. Si va a tener un desfile de mujeres todas las noches en su alcoba, Bridgid ha decidido marcharse.

—¿Y adónde irá?

—Hablamos del asunto mientras nos dirigíamos a la capilla. Queríamos encender una vela por el padre de Gideon, y otra por el alma de Ramsey. Bridgid está convencida que va camino al purgatorio.

El calor de los muslos de Gillian apoyados contra los suyos estaba interfiriendo con su capacidad para concentrarse.

—¿Por qué tenías que encender una vela por el padre de Gideon? No lo conoces.

—Porque el pobre hombre ha empeorado. Bridgid oyó a Faudron contándoselo a Ramsey cuando le explicaba por qué Gideon tardaba. Faudron y Anthony compartirán las obligaciones del comandante mientras dure su ausencia.

—Tienes un buen corazón, muchacha.

—¿Tú no encenderías una vela por mí si me estuviera muriendo?

—No digas esas cosas. Yo no permitiría que te murieras —afirmó él con vehemencia.

Gillian se reclinó y le dio un beso en el hombro.

—Le dije a Bridgid que podría venir a vivir con los Buchanan. Trató de disimular su reacción ante mi propuesta, pero fue evidente que estaba horrorizada. ¿No es extraño?

—Para ella significaría una adaptación muy difícil. Ramsey trata a los miembros de su clan como a niños. Yo no.

—Mi adaptación no será difícil.

—Sí, lo será.

—No, porque tú estarás allí. No me importa dónde viva o cómo viva mientras tú estés a mi lado.

Brodick se emocionó ante su fe y su amor.

—Ahora que estoy casado, haré algunos cambios —señaló.

—¿Tales como?

—Probablemente desees tener un hogar.

—¿Acaso no tienes ya un hogar?

—No.

—¿Dónde duermes? —preguntó ella, tratando de no sonar escandalizada.

—Al aire libre. Lo prefiero a una cama blanda.

—Pero, ¿qué haces cuando llueve?

Gillian formuló la pregunta con voz tensa, y Brodick advirtió que le resultaba difícil mantenerse serena. Ya sus manos no le masajeaban los hombros, se los acariciaban.

—Me mojo.

Gillian empezó a rogar al cielo que no estuviera hablando en serio.

—¿Y los restantes miembros del clan? ¿También duermen a la intemperie?

—Algunos sí, pero los hombres casados viven con sus esposas en cabañas como ésta.

—¿Y por qué su laird no lo hace?

—Porque no lo necesito.

—Ahora sí. Yo no quiero dormir a la intemperie.

—Dormirás conmigo.

—Sí, pero quiero una casa.

—¿Cómo la de Ramsey?

—No —respondió ella—. No tiene por qué ser tan grande. Una cabaña como ésta estaría muy bien.

Gillian dejó de frotarle los hombros, y con la punta

del dedo siguió el trayecto de una cicatriz con forma de media luna que tenía debajo del hombro derecho.

—¿Cómo te hiciste esto?

—No me acuerdo. Fue hace mucho tiempo.

—Debe haberte dolido —comentó ella. Besó la dentada línea gris, advirtió que sus músculos se tensaban, y lo volvió a besar. Después se acostó estirada sobre él, y apoyó la cabeza sobre su hombro.

Brodick soltó un gruñido.

—Gillian, me estás matando.

—¿Soy demasiado pesada para ti?

—No me refiero a eso. Si no dejas de menearte, voy a hacerte el amor, y sé que estás dolorida.

El calor que irradiaba su cuerpo logró inflamarla.

—No tan dolorida —susurró—. Y anoche no te preocupó tanto que estuviera dolorida.

—¿Entonces lo recuerdas? Creí que estabas dormida.

Gillian supo que estaba bromeando.

—Sí, dormí todo el tiempo. Debe haber sido un sueño lo que me hizo gritar.

—Sí, gritaste —asintió él, sonriendo al recordarlo—. Te puse al rojo vivo, ¿verdad?

—¿Cómo podría saberlo? Estaba dormida.

Comenzó a acariciarle los brazos, cautivada por la sensación que le producía su cuerpo.

—Eres tan firme —murmuró.

Tenía mucha más razón de lo que suponía. Brodick estaba listo para recibirla, tenso de deseo, pero se sintió halagado por su audacia y su curiosidad.

—¿Brodick?

—¿Sí?

—¿Podríamos… si no estás muy cansado y no te tienes que mover… podría…?

—¿Si podrías qué? —preguntó él.

Finalmente Gillian reunió el coraje necesario para pronunciar las palabras necesarias.

—¿Podría hacerte el amor?

—¿Pero no tendré que moverme?

—No —insistió ella.

Brodick se echó a reír.

—Cariño, moverse es absolutamente necesario.

Las manos de Gillian se deslizaron por los fuertes músculos de su espalda mientras él cambiaba lentamente de posición. Quería besarlo por todas partes.

—Gillian… —comenzó a decir Brodick roncamente.

—Sshh —susurró ella—. En este momento te estoy haciendo el amor. Dijiste que podía hacerlo.

—¿Puedo hacer una sugerencia?

—Sí, ¿qué?

—Saldrá mejor si me permites darme la vuelta.

Se puso de espaldas, la abrazó y la besó ávidamente mientras la ayudaba a desatarse el lazo de su camisón, y veía cómo se ruborizaba cuando se lo pasó por encima de los hombros y lo arrojó a un lado.

—¡Eres tan hermosa! —le dijo en voz baja, y volvió a besarla.

Toda broma cesó al encenderse la pasión. Temblando en sus brazos, Gillian se volvió más exigente. Él la penetró rápida y profundamente, y el placer fue tan intenso, que Brodick cerró los ojos.

—¡Señor, qué bueno es sentirte! —gimió.

Y entonces comenzó a moverse dentro de ella, lenta, premeditadamente, hasta que Gillian se retorció, ya fuera de control. Las estremecedoras sensaciones lo impulsaron a seguir adelante, y cuando la sintió tensarse alrededor de su virilidad y la oyó gritar su nombre, alcanzó su culminación profundamente metido en ella.

Agotado, se desplomó y se quedó quieto varios minutos, hasta que el corazón dejó de martillear desaforadamente dentro de su pecho y pudo volver a respirar normalmente.

—Me has dejado extenuado —susurró roncamente mientras rodaba a un lado y la abrazaba contra él. Gillian apoyó la espalda contra su pecho, y el dulce trasero contra su ingle. La fragancia del sexo impregnaba sus cuerpos, y el único sonido en la habitación era el del ocasional crepitar de algún leño y algún suspiro de Gillian.

—No tenía idea de que esto iba a gustarme tanto.

—Yo sí —dijo él—. Lo supe desde la primera vez que te besé. Pude sentir la pasión que bullía en ti. Sabía que ibas a ser ardiente, y tenía razón.

—Porque te amo —dijo ella—. No creo que pudiera ser tan… libre… con otro hombre.

—Y no vas a averiguarlo —le dijo Brodick—. Ningún otro hombre va a tocarte.

Antes de que se enfadara, Gillian procuró calmarlo.

—No me interesa ningún otro hombre. Sólo te quiero a ti. Te amo, ahora y para siempre.

Sus vehementes palabras lograron satisfacerlo. Tomándole la mano, le besó la muñeca.

—¿Esto todavía sigue molestándote? —le preguntó al ver las cicatrices que le arrugaban la piel.

—No —respondió ella, y trató de apartar la mano—. Pero es horrible.

Él la besó en la oreja.

—Nada de ti es horrible.

Y entonces procedió a besar cada una de las marcas de su brazo, y cuando llegó al codo, Gillian ya se estremecía.

En el preciso instante en que ella comenzaba a quedarse felizmente dormida, él le hizo una pregunta.

—¿Confías en mí?

—Sabes que sí.

—Entonces dime los nombres de los ingleses.

Instantáneamente, Gillian se despejó totalmente. Volviéndose en sus brazos, lo miró a los ojos.

—Primero quiero que me prometas algo.

—¿Qué?

Gillian se sentó, se envolvió con las mantas, y se apoyó contra la pared.

—Sabes que debo regresar a Inglaterra. Lo sabías antes de casarte conmigo, ¿no es así?

Brodick se dio cuenta hacia donde se dirigía, y frunció el entrecejo.

—Así es —asintió—. Sabía que querías regresar a Inglaterra.

—Te diré los nombres después de que me prometas que Ian, Ramsey y tú no os vengareis hasta que yo no haya logrado mi objetivo y mi tío Morgan esté a salvo. Eres un hombre de palabra, Brodick. Prométemelo.

—Gillian, no puedo permitir que regreses. Podrías estar metiéndote en una trampa mortal, y yo no puedo…

—No puedes impedirlo.

—Sí que puedo —Su voz se oyó enérgica e irritada. Se sentó en la cama, y la tomó bruscamente en sus brazos.

—Tengo que ir.

—No.

—Brodick, Morgan es ahora también tío tuyo, y tienes la obligación de velar por él. ¿No es así?

—Yo lo encontraré para ti, Gillian, y me ocuparé de que no sufra ningún daño.

Ella sacudió la cabeza.

—No sabrías dónde buscar. Tengo que volver, y terminar con esto.

Brodick trató de razonar con ella.

—Me dijiste que el canalla exigía tu regreso con la

caja del rey y tu hermana. Vas a volver con las manos vacías. ¿Cómo esperas rescatar a tu tío?

—El barón está mucho más interesado en conseguir la caja que en ninguna otra cosa. Voy a intentar convencerlo de que mi hermana ha muerto.

—Pero no tienes la caja, ¿no es así? Y no sabes dónde demonios está, ¿verdad?

—Ruego para que mi hermana lo recuerde —dijo ella en voz baja.

—¿Y si no es así?

—¡No lo sé! —gritó, exasperada—. Tengo que regresar. La vida de mi tío está en peligro. ¿Por qué te empeñas en no comprender?

—No puedo permitir que te expongas a semejante peligro. Si te ocurriera algo… —Se le quebró la voz y no pudo continuar, ni siquiera podía pensar en que Gillian fuera lastimada sin estremecerse—. No me gustaría —atinó a musitar.

—Prométemelo, Brodick.

—No.

—Sé razonable —pidió ella.

—Estoy siéndolo. Tú, no.

—Lo sabías… antes de casarte conmigo… sabías lo que tenía que hacer.

—Gillian, han cambiado las cosas.

Ella probó otra estrategia.

—Tú podrías protegerme. Podrías asegurarte de que estuviera a salvo, ¿no lo crees? —Él no le respondió—. Si Ramsey, Ian y tú vinierais conmigo, yo estaría bien protegida y segura. Después de que lograra descubrir dónde está mi tío, podríais tomar represalias… pero no antes.

—¿De modo que tu plan era meterte en la guarida del diablo sola? Estás loca si crees…

—Tú podrías hacer que fuera seguro.

Ella no iba a ceder, y él necesitaba los nombres.

—Muy bien —concedió finalmente, pero antes de que ella se entusiasmara con su promesa, hizo algunas precisiones—. Si tu hermana tiene la caja, o sabe dónde está, y de ese modo te encuentras con algo con que negociar, y haces exactamente lo que yo te diga cuando lleguemos allí, entonces te dejaré ir con nosotros.

—¿Y esperaréis hasta que mi tío esté a salvo antes de tomar represalias?

—Sí. Te di mi palabra.

Gillian se sintió tan complacida que lo besó.

—Gracias.

—Por Dios te juro, Gillian, que si algo te ocurriera, no podría seguir viviendo.

—Tú me protegerás.

Ya comenzaba a lamentar su promesa. ¿Cómo iba a poder, por todos los santos, permitir que ella se acercara siquiera a los canallas?

Ella apoyó la cabeza en su hombro.

—Son tres —comenzó a decir en voz muy baja, y sintió que él se ponía tenso—. Todos son barones y amigos íntimos del rey Juan. Cuando eran niños, sus travesuras lo divertían. El barón Alford de Lockmiere es el más poderoso de los tres. Es consejero del rey. Mi tío Morgan me contó que fue uno de los que le presentaron a Arianna al rey, y por esa sola razón, Juan siempre lo va a proteger. Tendrás que ser muy astuto y cuidadoso, Brodick. Al rey no le importarán en absoluto tus razones si le causas algún daño a Alford.

—¿Este Alford es el que mató a tu padre y luego reclamó tus propiedades?

—Sí —respondió ella—. Lo llaman Alford el Rojo por el color de su pelo, y por su carácter. Es el que cerró trato con el traidor de las Highlands, pero recibió ayuda de los otros dos. Hugh de Barlowe y Edwin el Calvo siempre están al servicio de Alford.

—¿Dónde se encuentra ahora Alford?

—Esperándome en Dunhanshire.

—¿Crees que tu tío también está allí?

—No lo sé.

—Vas a tener que considerar seriamente la posibilidad de que Alford ya haya matado a tu tío.

—No —negó ella—. Oh, sé que Alford lo haría si pudiera, sin sufrir ni un segundo de remordimientos, y lo he oído jactarse con orgullo de no haber mantenido nunca su palabra, pero tiene que conservar vivo a mi tío si espera mi colaboración. Alford sabe que no conseguirá la caja a menos que pueda devolverme a mi tío vivo… y sano… primero.

—Y después va a mataros a los dos.

—Tú no dejarás que eso suceda.

—No, no lo permitiré —afirmó él—. Es un juego peligroso éste que estás jugando, Gillian, y te prometí que podrías ir con nosotros si tenías algo con qué negociar.

—Me llevarás contigo —dijo ella—. Con o sin la caja.

Brodick no convino ni discrepó. Durante la hora siguiente la obligó a describirle en detalle tanto las propiedades del tío Morgan como la de Dunhanshire, y una vez que quedó satisfecho, la interrogó acerca del número de soldados a las órdenes de Alford.

Ya era más de medianoche cuando finalmente la dejó descansar. Gillian se quedó dormida apoyada sobre él, segura y protegida entre sus brazos.

Brodick permaneció despierto otra hora más mientras organizaba sus planes, y cuando por fin se quedó dormido, soñó con matar al hombre que había osado tocarla.

Sí, soñó con venganza.

27

Gillian estaba cansada y aburrida de esperar que su hermana entrara en razón. También estaba enojada con Ramsey, porque hasta el momento no había cumplido con su promesa de hablar con Christen en su nombre, y aunque lo había amenazado con que le daría tiempo solamente hasta el mediodía antes de tomar la cuestión en sus manos, el mediodía había llegado y pasado, y Ramsey había seguido sin hacer nada. Uno de los criados le dijo que había abandonado la casa esa mañana temprano, junto a Brodick y un pequeño grupo de soldados. El criado no sabía adónde habían ido, ni cuándo iban a regresar.

Finalmente, Gillian decidió ir en busca de Brisbane y solicitar su ayuda. Con ese propósito, se levantaba de la mesa en el preciso instante en que Bridgid entraba corriendo en el salón, llevando dos juegos de arcos y flechas. Se detuvo para sonreír a uno de los soldados de Ramsey, que montaba guardia cerca de la entrada, y siguió camino hasta llegar donde se encontraba Gillian.

—¿Vamos a nadar al lago? —propuso en voz alta.

—No quiero…

—Sí, quieres —le murmuró Bridgid—. Sígueme la corriente —agregó prácticamente en un susurro, haciendo un gesto casi imperceptible en dirección al guardia.

—¡Me encantaría ir a nadar! —respondió Gillian casi gritando.

Los ojos de Bridgid relampaguearon de pura malicia.

—He traído arcos y flechas para ambas —dijo—. Si somos listas y rápidas, esta noche tendremos estofado de conejo para la cena.

Gillian se colocó el carcaj con las flechas por encima del hombro, y cargó con el arco, mientras seguía a Bridgid rumbo a la despensa por la puerta trasera. En cuestión de minutos se encontraban afuera, y se dispusieron a atravesar el claro.

En cuanto llegaron a la protección de los árboles, Bridgid, en su excitación, la tomó de la mano.

—Sé dónde vive Christen. Anthony no se había olvidado, después de todo. Ayer por la mañana siguió a Brisbane, tal como había prometido hacerlo, pero imprevistamente le ordenaron que relevara a uno de los guardias de la frontera, y no regresó aquí hasta la noche. Para entonces ya era tarde, por supuesto. Me pidió disculpas —agregó—. Es un hombre muy gentil.

—Sí, lo es —coincidió Gillian—. ¿Ahora me llevarás a casa de Christen?

—Desde luego que sí, pero espera un poco, Gillian. Si corres, puedes llamar la atención. Anthony ha escondido dos caballos cerca del lago para nosotras, y si tenemos suerte, pronto estaremos en camino. No podemos decirle a nadie adónde vamos. Anthony me hizo prometérselo, y no podemos dejar que nadie sepa que nos ha ayudado.

—Yo no diré nada —le aseguró su amiga—. No me gustaría que se metiera en líos por realizar tan buena acción.

—Dudo que nadie repare especialmente en nosotras. Es la oportunidad perfecta. Brodick y Ramsey se han ido a solucionar algunos asuntos en la frontera occidental.

—¿Te parece que Ramsey se molestará porque no esperé que él hablara con Christen?

—Es probable —reconoció Bridgid—. Pero si lo hace, se lo dirá a Brodick, no a ti. Jamás dejaría que lo vieras enfadado.

—Estoy preocupada por ti —dijo Gillian—. No quiero que tengas problemas por mi culpa.

—Pues entonces démonos prisa para regresar antes de que nadie advierta que nos fuimos —dijo Bridgid—. Además, yo en tu lugar me preocuparía más por el mal humor de tu esposo. Brodick es conocido por su mal carácter.

—Él no se enfadará conmigo. Le dije que iba a tomar el asunto en mis manos si Ramsey no cumplía con su promesa. Y no lo hizo —insistió con vehemencia.

—Seguramente lo iba a hacer —dijo Bridgid, saliendo en defensa de su laird—. Ramsey es un hombre de palabra.

—No sé qué haría sin tu ayuda. He pensado incluso en llamar a todas las puertas hasta que alguien me dijera dónde estaba Christen.

Bridgid levantó una rama para que Gillian pudiera pasar.

—Jamás la habrías encontrado —dijo—. Es raro, realmente. Tu hermana vive en una zona muy alejada. Nunca he llegado tan al norte, pero Anthony asegura que forma parte del territorio MacPherson.

—¿Te dijo cuánto tiempo nos llevará llegar hasta allí?

—Sí. Deberíamos llegar allí a media tarde.

Finalmente encontraron los caballos que Anthony había escondido para ellas.

—El gris es para ti —decidió Bridgid, mientras tomaba la yegua castaña y la montaba.

Gillian echó una mirada a los hermosos caballos y las enjaezadas sillas de montar, y sacudió la cabeza con incredulidad.

—¿Los tomó de la caballeriza de Ramsey?

—Ramsey no los va a echar de menos.

—¡Pero son unos caballos magníficos! Si algo…

—¿Quieres dejar de preocuparte?

Gillian estaba demasiado cerca de reunirse finalmente con su hermana como para cambiar de idea precisamente en ese momento.

—Sólo piensa en esto: en muy poco rato más, estarás reunida con tu querida hermana.

De pronto, Gillian se sintió inundada por la excitación. Deslizando el arco por encima del hombro, saltó sobre la silla y trató de ponerse cómoda. No fue tarea fácil. Consistente en una fina capa de madera cubierta con anchas y gruesas bandas de cuero, la silla era rígida e inflexible, aunque suave contra su piel. Como estaba hecha para sostener a un hombre, ella y Bridgid montaron al estilo amazona. Después de acomodarse las faldas sobre las rodillas, tomó las riendas y siguió a su amiga a lo largo de la suave pendiente, rumbo al valle.

Ambas divisaron a Proster en la cima cuando atravesaban el prado, y Gillian pensó que las observaba marcharse, pero Bridgid le aseguró que no las había visto.

Era un hermoso día para cabalgar. El cielo estaba despejado, el sol, brillante y cálido, y por todas partes se olía el aroma del verano. Atravesaron un claro cubierto de flores doradas, y en pocos minutos, treparon por una colina. Al llegar a la cima, Gillian se volvió para mirar hacia atrás. La vista era tan increíblemente bella que pensó que esa tierra parecía el paraíso.

Continuaron adelante a todo galope, y descendieron por una estrecha cañada, siguiendo su serpenteante recorrido hasta que llegaron a una densa arboleda. Cuanto más se internaban en la espesura, más nerviosa se ponía Bridgid. No dejó de mirar hacia atrás, para asegurarse de que nadie las seguía.

También Gillian empezó a preocuparse. Se preguntó por qué razón Christen y su esposo habían elegido vivir tan aislados del resto de los MacPherson. Ella no encontraba lógica de esa decisión, todo el mundo sabía que era más seguro estar juntos para protegerse contra posibles agresiones de clanes hostiles o merodeadores. No, no tenía nada de lógico.

Bridgid pensaba lo mismo.

—Esto no me gusta —susurró, como si temiera que pudieran oírla. Tirando de las riendas, detuvo a su caballo y esperó que Gillian le alcanzara—. Esto no me gusta nada —repitió.

—Debemos de haber equivocado el camino —sugirió Gillian.

—No lo creo —dijo su amiga—. Memoricé las instrucciones de Anthony, y estoy segura de que éste es el camino que me indicó. Fue muy concreto, pero yo no debo...

—Algo anda mal —afirmó Gillian—. Éste no puede ser el camino. Bridgid, ¿te has dado cuenta de lo silencioso que está todo? Parece como si incluso los pájaros hubieran abandonado el bosque.

—Está demasiado silencioso. Esto me da mala espina. Me parece que será mejor que regresemos.

—Yo pienso lo mismo —se apresuró a convenir Gillian—. Hemos cabalgado la mayor parte de la tarde, y ya deberíamos haber encontrado la cabaña de Christen.

—Si nos damos prisa, podremos estar en casa al atardecer. ¿Estás decepcionada? Sé lo mucho que anhelabas ver a tu hermana.

—Está bien. Lo único que quiero es salir de aquí. Siento como si la arboleda se cerrara sobre nosotras.

Sus instintos las impulsaban a darse prisa, y ambas estuvieron de acuerdo en que habían actuado precipitadamente al internarse en la espesura apenas armadas y sin escolta.

Como el sendero era muy angosto y escarpado, se vieron obligadas a hacer retroceder sus caballos hasta un lugar más amplio para que pudieran dar la vuelta. Después, Gillian tomó la delantera. Acababan de salir de lo más denso del bosque y se disponían a cruzar un arroyuelo, cuando oyeron un grito. Gillian se volvió hacia donde provenía el sonido, y vio a un soldado que bajaba la pendiente al galope, yendo directamente hacia ellas. Haciendo visera con la mano, reconoció el tartán MacPherson, pero no vio el rostro del hombre.

Bridgid acercó su caballo al de ella y también hizo visera con la mano.

—¡Es Proster! Debe habernos seguido —gritó.

—Por todos los cielos, ¿qué está haciendo? —preguntó Gillian, mientras miraba al soldado MacPherson levantar el arco y buscar una flecha, con la mirada clavada en los árboles que tenían a sus espaldas.

La emboscada las tomó completamente desprevenidas. Gillian oyó un sonido sibilante detrás de ella y se volvió, en el exacto instante en que una flecha atravesaba el aire frente a su rostro.

Entonces más flechas sonaron a su alrededor. El caballo de Gillian se lanzó al galope, manteniéndose a la altura de la yegua de Bridgid, mientras ascendían por la elevada orilla del arroyuelo. Con la sensación de que ambas juntas ofrecían un blanco fácil, Gillian apartó a su caballo para alejarse de su amiga, al tiempo que le gritaba que se acercara a Proster.

Durante un fugaz instante, pensó que iba a lograr llegar hasta la protección de la arboleda. Se agachó sobre el lomo del caballo, levantó las rodillas y bajó la cabeza hasta aplastarla contra las crines para no ofrecer un blanco tan amplio. Y fue entonces que la flecha la alcanzó.

La fuerza y la velocidad que llevaba el arma era tan impresionante, que le atravesó la piel, los músculos y se clavó en la montura. El dolor fue instantáneo. Dejó escapar un grito ahogado, e instintivamente trató de arrancarse esa ardiente agonía, pero en cuanto tocó la flecha, su pierna se vio recorrida por un ramalazo de dolor, y entonces advirtió que había quedado ensartada en la montura.

De pronto la invadió la ira, y ya se volvía para ver a sus atacantes, cuando el alarido de Bridgid perforó el aire. Gillian se dio vuelta, y vio cómo se tambaleaba y caía el caballo de Bridgid, arrojándola al suelo. Y tan repentinamente como había comenzado, cesó el alarido, y Bridgid quedó absolutamente inmóvil.

—¡No! —gritó Gillian, mientras espoleaba a su caballo para correr junto a su amiga.

Las flechas de Bridgid yacían desparramadas en el suelo, y sólo entonces Gillian recordó que no se encontraba totalmente indefensa. Tomó una de sus flechas y levantó el arco. Desde el interior de la arboleda irrumpió un hombre, que corrió a interceptarla, pero Proster galopó hacia ella desde la dirección opuesta, indicándole a los gritos que se apartara mientras sacaba una flecha de su carcaj y apuntaba. Al segundo siguiente, se oyó un grito desgarrador, y el hombre cayó al suelo, con una flecha clavada en el vientre. Siguió gimiendo, retorciéndose como una víbora sobre la tierra. Finalmente, dejó de retorcerse y los gritos se transformaron en un agónico estertor.

El otro atacante se dirigió entonces hacia Gillian. Proster preparó una nueva flecha. Por una milésima de segundo pareció titubear, como si reconociera al hombre, pero igualmente disparó la flecha. Su enemigo se agachó, aplastándose contra su caballo, y la flecha de Proster erró por milímetros. Frenético, Proster buscó otra flecha, mientras los atronadores cascos del otro caballo se acercaban a él. Tiró el arco al suelo, y forcejeó para desenvainar la espada.

Mientras el atacante acortaba distancias, tenía la atención puesta en Proster, y Gillian aprovechó la oportunidad. Levantó el arco, rogó por tener buena puntería y disparó la flecha. Su puntería resultó certera. La flecha alcanzó al hombre en el medio de la frente, y lo arrojó hacia atrás de su caballo. Murió en el acto.

Gillian ya jadeaba de terror, y luego comenzó a ahogarse. Arrojó el arco al suelo y rompió en sollozos. Que Dios se apiadara de su alma, acababa de matar a un hombre, e incluso había suplicado Su ayuda. Sabía que no había tenido alternativa. Era su vida o la de él, pero la verdad no logró aliviar su sufrimiento.

Aspiró profundamente y se obligó a calmarse. No era momento para derrumbarse, se dijo mientras se secaba las lágrimas del rostro. Bridgid estaba herida y la necesitaba.

Proster llegó primero al lado de su amiga. Tomó a Bridgid en sus brazos, pero la cabeza cayó flácida, y ella siguió sin moverse. De su frente manaba la sangre.

—¿Respira? —exclamó Gillian, a pesar de oír el gemido de Bridgid.

—Sí —respondió Proster—. Se golpeó la cabeza contra una piedra y perdió el conocimiento.

Bridgid volvió a gemir, y lentamente abrió los ojos. Gillian sintió un alivio tal que se echó a llorar.

—¡Gracias a Dios! —susurró—. ¿Estás bien, Bridgid? ¿No te rompiste nada?

Aturdida, Bridgid tardó unos instantes en darse cuenta de lo que Gillian le preguntaba.

—Me parece que estoy bien —susurró, mientras se tocaba la frente con la mano. Haciendo una mueca de dolor, dejó caer la mano sobre el regazo y entonces pudo ver que estaba cubierta de sangre. Se dio la vuelta en los brazos del soldado y lo miró.

—Proster, acabas de salvarnos, ¿verdad? —dijo.

Él le sonrió

—Así parece.

—Nos seguiste.

—Sí —reconoció—. Os vi atravesar el prado, y me pregunté adónde iríais. Entonces disteis la vuelta hacia el norte, lo que me confundió aún más. Me quedé esperando que regresarais, y al ver que no lo hacíais, decidí ir tras vosotras.

—Gracias a Dios que lo hiciste —dijo Gillian—. ¿Quiénes eran esos hombres? ¿Reconociste a los que nos atacaron?

—Sí —respondió Proster en tono sombrío—. Uno era Durston, y el otro era Faudron. Ambos eran Sinclair.

—¿Faudron? —exclamó Bridgid—. ¡Pero si es uno de los comandantes de nuestro laird!

—Pues ya no lo es —dijo él frontalmente—. Lady Gillian acaba de matarlo.

—¿Eran más que esos dos? —preguntó Bridgid, y antes de que él pudiera responderle, agregó—: Podrían regresar...

—Eran sólo esos dos.

—¿Estás seguro? —insistió Bridgid—. Si hay más...

—No hay más —afirmó Proster. Mirando a Gillian, añadió—: Era una emboscada, y vos erais su objetivo, lady Buchanan.

—¿Cómo lo sabes? —preguntó Bridgid.

—Todas las flechas fueron dirigidas a ella —les explicó Proster pacientemente—. Su objetivo era mataros, milady. Y si Bridgid les hubiera visto el rostro, la habrían matado también a ella. Estoy seguro de que no pensaron que fueran a necesitar más de dos hombres para matar a una sola mujer. También contaban con el factor sorpresa.

—¿Pero por qué querrían matarla? —preguntó Bridgid.

—¿Sabéis por qué, milady? —le preguntó a su vez Proster.

Gillian no vaciló en responder.

—Sí, pero no puedo hablar sin la autorización de Ramsey y de Brodick.

—Es culpa mía —dijo entonces Bridgid—. Y así se lo diré a mi laird. No debería haber...

Gillian la interrumpió.

—No, la culpa es mía por tratar de ocuparme sola de todo este asunto. Bridgid, Proster y tú podríais haber muerto. —Se le quebró la voz, y aspiró profundamente para calmarse. Quería llorar, ya que el dolor en el muslo era lacerante, y comenzaba a sentir náuseas.

Proster ayudó a Bridgid a ponerse de pie, volvió a montar en su caballo y se disponía a ir en busca de la yegua de Bridgid.

—Necesito ayuda —susurró Gillian.

—Ya pasó el peligro —le dijo Bridgid—. No tengas miedo.

Gillian sacudió la cabeza. En ese instante, Proster vio la flecha que sobresalía de la silla de montar, y sin pensarlo dos veces, se agachó para sacarla de un tirón.

Gillian soltó un grito.

—¡No la toques!

Entonces Bridgid y él notaron la sangre que le corría por la pierna.

Bridgid quedó horrorizada.

—¡Dios mío, te debe de doler mucho!

—No es tan terrible si no me muevo, pero necesito ayuda para quitármela.

Proster saltó del caballo y corrió a su lado. Le retiró delicadamente la falda.

—No alcanzo a ver la punta —dijo—. Está clavada muy profundamente. Atravesó limpiamente el cuero y la madera. Milady, esto os va a doler —agregó, mientras trataba de tomar la flecha deslizando los dedos entre la montura y el muslo de Gillian.

Sus manos se volvieron resbaladizas por la sangre que en seguida las cubrió, y en dos ocasiones la flecha se le escapó de entre los dedos. A la tercera oportunidad, Gillian gritó, y Proster abandonó el intento. No podía seguir haciéndola padecer semejante tortura.

—No puedo sacarla sin ayuda.

—Yo puedo ayudar —se ofreció Bridgid. Se acercó y tomó a Gillian de la mano para proporcionarle consuelo y ánimos.

Proster hizo un gesto negativo.

—Esto requiere de más fuerza de la que tú tienes. No sé muy bien qué hay que hacer.

—No es tan malo como podría ser —dijo Bridgid, en un intento por alegrar a Gillian—. La flecha no tocó el hueso. Parece que te atravesó la piel.

—Pero está firmemente incrustada —señaló Proster.

—Tal vez si quitáramos la silla…. —sugirió Bridgid.

—¡Santo Dios, no! —exclamó Gillian.

—Quitar la silla sólo logrará incrustar aun más la flecha —afirmó Proster.

—Yo me quedo aquí —anunció Gillian—. Bridgid y tú iréis a pedir ayuda. Buscad a Brodick. Él sabrá qué hacer.

—No pienso dejaros sola aquí.

—Por favor, Proster.

—Yo tampoco te dejaré sola —dijo Bridgid.

—Entonces, quédate conmigo, y Proster podrá ir a buscar ayuda.

—Yo no os dejaré. —La voz de Proster era firme, y Gillian se dio cuenta de que era inútil discutir con él. Evidentemente, el soldado sentía que quedarse con ella era una cuestión de honor.

—¿Y qué vamos a hacer? —preguntó Bridgid.

—Si vamos despacio y tranquilos, y si mantengo la pierna quieta, podríamos tratar de regresar.

—Veremos cómo os sentís —decidió Proster—. Voy a buscar tu yegua, Bridgid. ¿Crees que podrás cabalgar? Te diste un buen golpe.

—Estoy bien —afirmó ella.

Ambas observaron cómo Proster bajaba a caballo la colina. Bridgid aguardó a que estuviera lejos antes de hablar.

—Le mentí —susurró—. Me palpita la cabeza. Y se me va a poner peor cuando mi laird se entere de lo que he hecho.

—Tú no has hecho nada de malo —afirmó Gillian—. El que nos envió por aquí fue Anthony. Si a alguien hay que culpar, es a él.

—No puedes pensar que él tenga algo que ver con esto. Es una de las personas en las que Ramsey más confía… el segundo en rango después de Gideon…

—¿Y Faudron era el tercero, verdad?

—Sí, pero…

—Traicionó a Ramsey —sostuvo Gillian—. Y ahora está muerto.

—Sí, pero Anthony…

—¿Cómo puedes pensar que no tiene nada que ver?

Bridgid, fue una emboscada. Estaban esperándonos, y Anthony fue el que preparó la trampa.

—Pero, ¿por qué? —chilló Bridgid. Sorprendida, su mente se rebelaba contra la verdad—. Dios mío, esto es demasiado para mí. La cabeza me está dando vueltas.

Inmediatamente Gillian lamentó haber perdido los estribos.

—¿Por qué no vas hasta el arroyo, y te mojas la cabeza con agua fría? Te sentirás mejor.

Bridgid asintió y comenzó a descender la colina. De improviso, se detuvo y giró sobre sus talones.

—Confías en Proster, ¿verdad? —preguntó.

—Sí, confío, pero me parece que sólo deberías contarle a Ramsey lo sucedido, y a nadie más.

—Jamás he matado a nadie hasta ahora, pero te juro que cuando vuelva a ver a Anthony, lo voy a matar.

Mientras su amiga seguía camino al arroyo, Gillian sostuvo la pierna inmóvil contra la montura, y lentamente maniobró con su caballo por la pendiente para poder ver más de cerca a los hombres caídos. Había visto antes a Faudron, pero no recordaba haber conocido a nadie llamado Durston. Ante la vista de la sangre, tuvo un escalofrío, y tras un rápido y necesario vistazo, supo que Durston no era el hombre que había visto en Dunhanshire.

Cuando Bridgid la llamó, se volvió y regresó a la cima de la colina. Descubrió que si apretaba el muslo con fuerza y tiraba hacia abajo, evitaba que la herida siguiera desgarrándose con el paso del caballo, y el dolor era más tolerable.

Proster había recogido el arco y las flechas de Bridgid, y estaba ayudándola a montar en su yegua.

—¿Estás segura de poder cabalgar, Bridgid? —preguntó el soldado.

—Sí.

Proster trepó a su propio caballo y alzó los ojos hacia el sol para calcular el ángulo de descenso.

—Espero que no tengamos que ir demasiado lejos hasta que nos encuentren —dijo.

—¿Crees que ya nos están buscando? —preguntó Bridgid.

—Espero que sí.

Los tres se pusieron en marcha a paso de tortuga. Gillian necesitaba detenerse continuamente por causa del dolor. Finalmente, consiguió reunir el coraje necesario para mirarse la herida, y se sintió aliviada al comprobar que no era tan terrible como había supuesto. La flecha le había atravesado la cara externa del muslo y había pasado a través de la carne, tal como había dicho Bridgid. Al confirmar que la herida no era tan seria, el dolor ya no le parecía tan intenso. Hasta que intentó quitarse la flecha. Estuvo a punto de desmayarse por el rayo de dolor que la recorrió.

—¿Crees que nos estarán buscando? —preguntó Bridgid.

—Hace ya mucho rato que nos fuimos —dijo Gillian—. Seguramente alguien estará buscándonos.

—Ker y Alan me vieron partir —dijo Proster—. Les dije que iba a seguiros.

Bridgid dio un respingo en su montura, y se volvió hacia Gillian.

—¡Se lo van a decir a su comandante! —susurró—. Se lo dirán a Anthony, y éste enviará más hombres…

Gillian trató de no caer en el pánico.

—No —afirmó—. No sabe que sus hombres han fallado.

Al ver que Gillian y Bridgid no iban tras él, Proster dio la vuelta. Imaginó que Gillian necesitaba descansar algunos minutos.

Desde el bosque comenzaba a levantarse la bruma. Los densos remolinos de niebla tal vez fueran inofensivos al tacto, pero eran letales para cabalgar a través de ellos, porque les impedirían verse los unos a los otros.

—Tenemos que llegar a la planicie antes de que anochezca —dijo Proster.

—Nadie nos va a encontrar en medio de esta niebla —dijo Gillian, sintiéndose desdichada y desmoralizada.

—Anthony tampoco podrá encontrarnos —señaló Bridgid.

Ignorante de que Anthony las había enviado directamente a una emboscada, Proster entendió mal el comentario de Bridgid.

—Ker y Alan podrían decirle a Anthony que salí tras de vosotras, pero no creo que lo hagan.

—¿Por qué no? —preguntó Bridgid—. En ausencia de Gideon, él es su comandante.

—No importa —dijo Proster—. No lo respetan, ni tampoco confían en él. Ha dejado bien claro que no valora a ninguno de los soldados MacPherson, y ha humillado a Ker y a Alan, como al resto de nosotros, en incontables oportunidades. No, no se lo dirán.

—Pero cuando se den cuenta de que no estamos, Anthony tendrá que enviar partidas en nuestra búsqueda, ¿no es así?

—Sí, pero dudo mucho que las envíe tan al norte. Enviará soldados a buscar en zonas más pobladas. ¿Por qué tomasteis esta ruta? ¿Os perdisteis?

—No —respondió Gillian.

—Sí —dijo Bridgid al mismo tiempo.

—Salimos a cabalgar y perdimos la noción del tiempo —mintió Gillian—. Y nosotras… no, no es verdad, Proster. Pensamos que mi hermana vivía en esta zona, pero estábamos equivocadas.

Proster vio las lágrimas en los ojos de Gillian, y corrió a su lado.

—No perdáis las esperanzas. Ker y Alan se lo dirán a Ramsey, y estoy segura de que Brodick ya os está buscando, lady Buchanan.

—Pero si él...

Proster le sonrió.

—Milady, sois la esposa de Buchanan. Estoy seguro de que Brodick y sus guardias están rastrillando todas las colinas buscándoos. No os desesperéis. Vuestro esposo vendrá por vos.

Gideon fue quien les dio la mala noticia. Ramsey y Brodick acababan de regresar a la casa cuando el comandante Sinclair atravesó corriendo el patio de armas para interceptarlos.

Una sola mirada a su torva expresión bastó para indicar a los dos lairds que el problema era serio.

—¿Qué pasa? —preguntó Brodick.

Gideon le explicó, entre jadeos:

—Lady Buchanan y Bridgid KirkConnell han desaparecido. Las hemos buscado por todas partes, y no las hemos encontrado.

—¿A qué demonios te refieres con «han desaparecido»? —rugió Brodick.

—¿Cuánto hace que las echáis en falta? —preguntó Ramsey.

Gideon sacudió la cabeza.

—No estoy seguro. Cuando regresé de casa de mi padre, Anthony ya había salido con una partida de soldados en su busca. Estaba a punto de reunirme con ellos.

—No pueden haber ido muy lejos —le dijo Ramsey a Brodick—. Ya casi anochece. Tendremos que darnos prisa si queremos encontrarlas antes de que oscurezca. ¿Qué camino tomó Anthony?

—Hacia el sur —respondió Gideon—. Laird, asumo

total responsabilidad por esto. Si hubiera estado aquí, en lugar de...

—Te necesitaban en tu casa —lo cortó Ramsey—. ¿Nadie las vio partir? —preguntó a continuación. Sacudió la cabeza con incredulidad—. ¿Cómo es posible que hayan podido irse sin que nadie las viera?

Gideon no tenía ninguna respuesta que ofrecerle. Brodick montó sobre su caballo.

—Estamos perdiendo tiempo —murmuró—. Yo buscaré por el oeste. Gideon, reúne algunos soldados y vé al este, y Ramsey, tú busca en el norte.

—No hay ninguna razón para buscar por el norte —dijo Ramsey—. Si salieron solas, no pudieron haberse internado en esa espesura. Bridgid lo sabe bien.

Dos jóvenes y asustados soldados MacPherson aguardaban, montados en sus caballos, cerca del fondo del valle. Observaron a Gideon conducir a un grupo de soldados colina abajo, y después dirigirse hacia el este.

—Díselo a laird Buchanan —susurró Alan.

Ker negó con la cabeza.

—Díselo tú. No quiero que me vuelva a romper la nariz. Yo se lo diré a Ramsey.

Brodick y Robert el Moreno encabezaban el grupo, seguidos por Dylan, Liam y Aaron. Acababan de cruzar la planicie cubierta de hierba, cuando oyeron un grito. Dylan se volvió cuando vio a uno de los soldados MacPherson que iba tras ellos, pero los demás siguieron adelante.

El pecoso rostro de Alan estaba rojo, más por el miedo que por el esfuerzo, cuando barbotó las importantes novedades.

—Proster... siguió a las damas, y fueron hacia el norte.

Dylan lanzó un silbido, y en cuestión de segundos Brodick y los demás rodearon al muchacho.

—¿Proster siguió a mi esposa?

La penetrante mirada del laird aterró de tal manera al muchacho, que apenas pudo balbucear las palabras de respuesta.

—Vio que vuestra esposa y Bridgid KirkConnell cabalgaban hacia el norte.

—¿Iban soldados con ellas? —preguntó Aaron.

—No, iban solas, y por eso las siguió Proster. Dijo que las iba a traer de regreso… que no era seguro…

—¿Y entonces por qué demonios no las trajo de regreso? —preguntó Liam.

—No lo sé —tartamudeó Alan—. Algo debe haberlos retrasado. Ker y yo íbamos a buscarlos, pero entonces llegó Gideon, y detrás de él Ramsey y vosotros.

—Si no estás diciéndome la verdad, te juro que te desollaré vivo —lo amenazó Robert el Moreno.

—Pongo a Dios por testigo que os digo la verdad. Lo juro sobre la tumba de mi madre. Mi amigo… Ker… fue a decirle a Ramsey que fuera hacia el norte.

—Tráelo con nosotros —ordenó Brodick. Espoleando a su caballo hasta obligarlo a galopar, corrió hacia el bosque. No dejó de repetirse que no debía dejarse dominar por el pánico, pero no le sirvió de nada. ¿En qué pensaba ella al salir a cabalgar internándose en la espesura sin protección? ¿Un muchacho para proteger a dos mujeres? Efectivamente, algo debía haber pasado, o Proster ya las habría traído de vuelta.

Por primera vez en su vida, Brodick se puso a rezar. «Santo Dios, que ella se encuentre bien. La necesito.»

29

Gillian había llegado al límite de sus fuerzas. Sencillamente, no podía seguir, y de todas maneras, era muy peligroso. La noche se acercaba rápidamente y la niebla se ponía cada vez más espesa. Se habían detenido al lado de un arroyo, y estaba a punto de decirle a Proster que con su ayuda o sin ella iba a quitarse la flecha, cuando escuchó un fuerte retumbar en la distancia. En pocos segundos, la tierra comenzó a temblar.

Proster desenvainó su espada, mientras Bridgid buscaba frenéticamente su arco y sus flechas. Gillian sacó la daga de su cinturón, y se acercó a Bridgid.

—¡Preparáos! —gritó Proster, haciendo una mueca ante el temblor que oyó en su propia voz.

—Tal vez sean Ker y Alan —aventuró Bridgid.

—Demasiados caballos —dijo Proster, mientras colocaba el caballo delante de las mujeres.

Segundos más tarde, Brodick emergió de la niebla. Al verlos a los tres, tiró de las riendas y frenó. La sola visión de su esposa, aparentemente sana y salva, lo colmó de un alivio tal que al desmontar sintió que se le doblaban las rodillas. Sus soldados fueron tras él. Ellos también desmontaron y fueron directamente hacia Proster. El muchacho temblaba con tal violencia que parecía estar saludándolos con la espada que mantenían agarrada. Pero no retrocedió ni se echó a correr. Aterrado como estaba, se mantuvo firme, dispuesto a arriesgar su vida por las mujeres.

—Baja la espada, muchacho —le ordenó Dylan.

Brodick corrió hacia su esposa.

—Gillian, ¿estás bien?

Esperaba una inmediata afirmación, y entonces le iba a echar un buen sermón. ¿Acaso esa mujer no comprendía lo mucho que significaba para él? ¿Cómo se atrevía a exponerse a un riesgo semejante? Por Dios que le exigiría que suplicara su perdón por haberlo sometido a esa tortura. Y pasaría muchos días antes de que la perdonara.

Gillian se sentía tan llena de júbilo y de alivio porque Brodick la hubiera encontrado que no le importó que estuviera furioso.

—No, no estoy bien, Brodick, ¡pero estoy tan feliz de verte!

Proster, con las manos aún temblando, al cabo de tres intentos logró por fin envainar la espada. Acababa de pasar la pierna sobre el lomo de su caballo, y se disponía a montar, cuando Brodick se acercó a su esposa. El soldado se lanzó hacia el laird.

—¡No la toquéis! —gritó.

Brodick reaccionó con increíble presteza. Los pies de Proster no habían alcanzado a tocar el suelo, cuando fue arrojado hacia atrás con tanta fuerza que aterrizó de espaldas sobre la hierba.

—¿Qué diablos le pasa? —preguntó Brodick mientras se volvía hacia su esposa.

Dylan aferró al enloquecido soldado por el pescuezo y lo alzó en vilo. Luego empezó a sacudirlo.

—¿Te atreves a darle órdenes a mi laird? —bramó.

—¡Está sujeta a la silla! —gritó Proster—. Una flecha...

En cuanto pronunció estas palabras, Dylan lo soltó. Brodick ya había notado la flecha y se había trasladado hasta el flanco derecho del caballo para verla mejor.

Gillian le apoyó la mano sobre la mejilla.

—¡Estoy tan feliz de verte! —le murmuró.

—Y yo estoy feliz de verte a ti —le dijo él—. Ahora déjame ver qué te has hecho —le ordenó con un gruñido.

Gillian se puso rígida.

—¡Yo no me he hecho nada! —gritó—. Salvo tratar de escapar. Si no hubiera sido por Proster, Bridgid y yo estaríamos muertas.

De pronto, los tres comenzaron a hablar al mismo tiempo, mientras cada uno trataba de explicar lo ocurrido.

—Eran Sinclair —anunció Proster.

—No trataban de matarme a mí. —Dijo Bridgid—. Iban por Gillian.

—Te hubieran matado también a ti —afirmó Gillian.

—Proster mató a uno de ellos —le dijo entonces Bridgid a Brodick.

—Eran Durston y Faudron —les informó Proster.

Al oír el nombre de uno de los comandantes que Ramsey más apreciaba, Brodick se quedó parado.

—¿Faudron trató de matarte?

—Sí —respondió Bridgid en lugar de Gillian—. Durston y él estaban esperándonos.

—Fue una emboscada —dijo Gillian.

—Yo maté a Durston —anunció Proster con orgullo.

—¿Y Faudron? ¿Logró escapar?

—No —respondió Proster—. Vuestra esposa lo mató.

Los ojos de Brodick volaron hacia Gillian.

—Tuve que hacerlo —musitó ella.

—Una sola flecha, laird, que le atravesó la frente. Su puntería fue certera.

Brodick estaba intentando meter la mano por debajo del muslo de Gillian para poder aferrar debidamente la flecha, pero al verla dar un respingo, la retiró.

—Proster trató de quitármela, pero no pudo —le dijo ella.

El soldado comenzó a alejarse del comandante, pero Dylan volvió a aferrarlo del cuello.

—¡Dylan, por favor, suéltalo! —exclamó Gillian, exasperada.

Brodick tomó la daga de Gillian, le levantó el tartán y le rasgó las enaguas de arriba abajo. Los soldados se agolparon alrededor de su laird para ver qué hacía, y Gillian, procurando mantener una mínima apariencia de modestia y decoro, se apresuró a cubrirse la pierna con el tartán.

—No es momento para la timidez —le dijo Brodick.

Ella sabía que estaba preocupado.

—No está tan mal como parece.

—No trates de engañarme —le replicó él.

—Tal vez ella preferiría estar dormida para pasar por esto, laird —sugirió Robert.

—¿Vas a esperar hasta que se duerma? —preguntó Bridgid. Se había abierto camino entre los hombres para poder darle la mano a Gillian.

Gillian era más astuta que su amiga. También estaba indignada por la sugerencia de Robert.

—Nadie va a golpearme hasta dejarme sin sentido. ¿He sido clara?

—Pero, milady… —comenzó a decir Robert.

Ella lo detuvo con frialdad.

—No puedo creer que sugieras algo así.

—Un leve golpecito sería suficiente —sostuvo Aaron—. No sentiríais nada.

—No nos gusta veros sufrir, milady —dijo Liam con voz áspera.

—Pues entonces cerrad los ojos —exclamó Gillian.

Brodick finalmente notó la presencia de Bridgid, apretada contra él. Miraba a Gillian con ojos cuajados de lágrimas. Le indicó que retrocediera para que él pudiera hacer lo que era preciso hacer, pero Bridgid no se movió, y Aaron tuvo que alzarla y quitarla de en medio.

—¿Qué vas a hacer? —preguntó Robert a sus espaldas.

Por toda respuesta, Brodick desenvainó la espada.

—Dylan, sostén la flecha derecha. Liam, toma las riendas.

Dylan se acercó, agarró la flecha con ambas manos y apretó contra el muslo de Gillian para evitar que se moviera.

Aaron apartó a Bridgid del paso, mientras Robert iba hacia el otro lado del caballo y le indicaba a Gillian que se apoyara contra él.

—¿Todavía piensas pegarme, Robert? —le preguntó ella con suspicacia.

—No, milady, jamás os pegaría sin vuestro permiso.

Decidió confiar en él, y le apoyó las manos sobre los hombros, mientras lentamente se recostaba contra su cuerpo.

—¿Brodick?

—¿Sí?

—No falles.

Y entonces cerró los ojos y aguardó. Oyó el silbido de la espada al descender por el aire, sintió apenas un ligero tirón cuando la hoja cortó la flecha y todo había terminado. Cuando volvió a abrir los ojos vio que la flecha había sido cortada limpiamente a milímetros por encima de las manos de Dylan.

Sabía lo que venía a continuación y cuánto la asustaba. Brodick deslizó las manos por debajo de sus rodillas.

—Apoya las manos sobre mis hombros —le ordenó.

—Aguarda.

—¿Qué pasa?

—No quiero volver a la casa de Annie Drummond, ¿me oyes? No quiero volver allí nunca más.

Él la aferró con más fuerza.

—Creí que te gustaba la casa de Annie.

Bridgid se retorcía las manos con desesperación. A duras penas podía mirar a su amiga padeciendo tal dolor.

—Te sentirás mejor si gritas —le dijo—. Yo lo haría.

Brodick miró a su esposa a los ojos y vio las lágrimas.

—No emitirá un solo sonido —afirmó.

Consiguió provocar la reacción que buscaba. Instantáneamente Gillian se puso furiosa.

—Se supone que yo soy quien debe decir eso —gritó—. Si me ordenas ser valiente, si lo soy pierde importancia. Yo…

No emitió un solo sonido, salvo su afanosa respiración cuando Brodick la levantó y la flecha se deslizó a través de su pierna. Le arrojó los brazos al cuello y lo abrazó con fuerza, y cuando se le cayeron las lágrimas, hundió la cara en el cuello de su esposo.

Brodick no pudo decidir cuál de los dos temblaba más. Sin decir una sola palabra, la alzó en sus brazos y la llevó al arroyo. Bridgid trató de ir tras ellos, pensando que tal vez podría ayudar con la herida, pero Dylan se lo impidió y le indicó que esperara hasta que regresaran.

—Ya terminó todo —susurró Brodick, y su voz se oyó ronca por el alivio que sentía. La sostuvo apretada contra él, al parecer sin ser capaz de soltarla. Iba a tardar en superar el miedo de perderla. La besó en la frente y le rogó que dejara de llorar.

Gillian se secó las lágrimas con el borde del tartán.

—Te mueres por gritarme, ¿verdad?

—Demonios, sí —reconoció él—. Pero soy un hombre considerado, de modo que esperaré hasta que te hayas recuperado.

Gillian no creyó ni una palabra.

—Es muy amable de tu parte —concedió.

—Por el amor de Dios, ¿en qué estabas pensando, partiendo sin…? Por Dios, Gillian, podrían haberte matado.

Brodick iba recobrando poco a poco la compostura, y siguió regañándola mientras le echaba agua fría sobre la pierna para quitar todo rastro de sangre y suciedad. Paró sólo lo necesario para reconocer, entre gruñidos, que la herida no era ni remotamente tan peligrosa como había supuesto al principio, pero de inmediato volvió a chillarle, mientras rasgaba su falda en tiras con las que le vendó el muslo para que dejara de sangrar. Cuando terminó, a Gillian ya no le dolía tanto, pero lo que siguió doliéndole fue su orgullo herido.

Él no le permitió caminar, y ella no le permitió alzarla en sus brazos ni llevarla a ninguna parte hasta que le hubiera dicho todo lo que tenía en la cabeza. No pensaba permitir que siguiera regañándola delante de sus hombres.

Acunándola en sus brazos, Brodick siguió regañándola.

—Cuando lleguemos a casa, te juro que apostaré dos guardias delante de ti, y otros dos detrás de ti. No vas a tener otra oportunidad de volver a asustarme como lo has hecho esta vez.

Gillian le puso la mano sobre la mejilla, una simple caricia que tuvo la virtud de calmarlo como por encanto. Y entonces arruinó todo al tratar de explicar sus acciones, logrando volver a irritarlo sin proponérselo.

—Yo no pensé que iba a ser atacada cuando salí de la propiedad.

—Pero saliste de la finca, ¿verdad? Y sin un guardia que te protegiera. ¿Cómo pudiste salir de las tierras de Sinclair sin…?

—No sabía que iba a salir del territorio de Ramsey.

Brodick cerró los ojos, y se repitió por centésima vez que Gillian estaba bien. La sola idea de perderla lo asustaba como mil demonios, y al mismo tiempo lo enfurecía. ¿Cómo se había metido en esta situación que lo volvía tan vulnerable?

—Gritarme no va a solucionar nada.

—Seguro que sí —exclamó él—. Me hace sentir condenadamente mejor.

Ella no se atrevió a sonreír, temiendo que él se ofendiera si lo hacía. Quería tranquilizarlo, no avivar su ira.

—¿Podrías mostrarte un poco más razonable, por favor?

—Me estoy mostrando razonable. ¿Todavía no te has dado cuenta? He tardado, pero por Dios que finalmente lo he logrado.

—¿Si me he dado cuenta de qué?

—Los problemas te siguen como una sombra, Gillian. Estás predispuesta a recibir heridas. Te juro que si un árbol decide caer en este instante, encontrará tu cabeza para aterrizar encima.

—Oh, por todos los cielos —murmuró ella—. Debo reconocer que he tenido una racha de mala suerte, pero…

Él no la dejó continuar.

—¿Una racha de mala suerte? Desde que te conozco, has recibido golpes, puñaladas, y ahora, flechazos. Si esto sigue así, en un mes más estarás muerta, y si eso es así, me voy a enfadar como mil demonios.

—Me pegaron, sí, pero eso fue antes de conocerte —argumentó ella, convencida de hablar con gran lógica—. Y Alec no me apuñaló. Me cortó en el brazo, pero sólo porque estaba muy asustado. Fue sólo cuestión de mala suerte que no se curara bien. En cuanto a la flecha —siguió diciendo—, sólo me atravesó la piel. Viste la herida, no estaba tan mala.

—Podría haberte atravesado el corazón.

—Pero no fue así.

Le exigió que la bajara, y cuando así lo hizo, caminó hacia un árbol para que Brodick pudiera ver que estaba tan bien como siempre. Después se apoyó contra el tronco para dejar descansar su peso sobre la pierna sana, ya que la otra le latía ardientemente. Sonrió forzadamente.

—¿Lo ves? Estoy muy bien —le dijo.

Brodick dio media vuelta, y se quedó con la mirada perdida en la noche, cavilando. Permaneció en silencio durante varios minutos.

—Hace mucho tiempo tomé la decisión de que ninguna mujer iba a volver a transtornarme. No dejaré que eso suceda.

—¿Qué me estás diciendo?

Brodick estalló.

—Cuando nos casamos, tú y yo sellamos un acuerdo, y tú vas a cumplir con la parte que te corresponde.

—¿Qué acuerdo? —preguntó Gillian en voz baja.

—Tú te casaste conmigo para conseguir protección.

—Yo me casé contigo porque te amo. Ahora dime, Brodick, ¿por qué te casaste conmigo? ¿Qué obtienes tú de este acuerdo?

Brodick no contestó, pero Gillian no pensaba darse por vencida.

—¿Te casaste conmigo porque me amabas? —insistió Gillian, conteniendo la respiración mientras aguardaba su respuesta.

—El amor debilita al hombre, y yo no soy débil.

Sus duras palabras le destrozaron el corazón. Bajó la cabeza para que él no pudiera ver cuánto la había lastimado.

—Tú dijiste que querías proteger mi reputación. Recuerdo esa conversación, pero incluso entonces sabía que esa no era la verdadera razón de que te casaras conmigo. Yo pensé… esperé, de todos modos… que yo te importaba. Sabía que estabas agradecido porque había ayudado a Alec, ya que tú eres su tutor, pero seguramente no te casaste conmigo por gratitud. Un simple «gracias» habría sido suficiente.

—Tenía una responsabilidad hacia ti, Gillian, y eso es todo lo que hay que decir sobre mis razones.

—Yo te importo, Brodick. Sé que es así.

Él se apartó de ella. Se estaba comportando como un animal acorralado. Nunca antes había soslayado ni evitado ningún tema. No, se había conducido con franqueza y con honestidad, pero en ese instante estaba siendo deliberadamente evasivo. Eso logró preocupar infinitamente a Gillian. La atemorizaba aquello que Brodick estaba ocultándole.

¿Por qué le resultaba tan difícil admitir lo que albergaba su corazón?

—Vuelvo a preguntártelo: ¿por qué te casaste conmigo?

Él se negó a responder.

—Ramsey está aquí —dijo entonces—. Te llevaré de regreso, y entonces comenzarás por el principio, y nos contarás todo lo sucedido hoy.

—Puedo caminar —le aseguró ella—. Adelántate tú. Estaré allí en unos minutos.

—Ven conmigo ahora —le dijo él, y antes de que pudiera discutir, la alzó en sus brazos y la llevó de vuelta al claro.

Uno de los soldados había encendido un fuego en el medio del llano cubierto de hierba, y todos los soldados Buchanan se hallaban sentados en círculo alrededor de las llamas. Proster, Ker y Alan permanecían de pie, juntos, cerca de Ramsey y sus hombres, mientras Proster le brindaba a su laird un informe de los hechos. Bridgid estaba frente a su laird, y tras un rápido vistazo, Gillian supo que su amiga estaba soportando la ira de Ramsey.

Brodick acomodó a Gillian sobre el tartán que Dylan había desplegado sobre el suelo, pero ella no se quedó allí. En cuanto él se dio la vuelta y se alejó de ella, se puso de pie y fue hasta donde estaba Bridgid.

—Ramsey, no culpes a Bridgid por lo sucedido. No es responsable.

—¿Bridgid fue obligada a dejar la finca?

Su voz era engañosamente suave, pero Gillian sabía que por dentro hervía de furia.

—No, desde luego que no fue obligada.

—Sólo yo soy la responsable de mis actos —afirmó Bridgid.

—Si hay alguien responsable de lo que ha sucedido hoy, eres tú, Ramsey. Sí, lo eres —agregó Gillian cuando él la miró con incredulidad—. Si hubieras cumplido la promesa que me hiciste, este incidente podría haber sido evitado.

—¿Qué promesa? —preguntó él.

—Se ve que significaba tan poco para ti que ya la has olvidado.

Ramsey miró a Brodick, obviamente solicitando su ayuda.

—Tu esposa cree que el responsable soy yo.

—Está equivocada.

Cruzando los brazos en actitud desafiante, Gillian se volvió, combativa, hacia Brodick.

—Te advertí que le daría a Ramsey tiempo hasta el mediodía de hoy para hacer lo que me había prometido, y le ordenara a mi hermana que me recibiera, pero no lo hizo, de modo que tomé el asunto en mis manos. Bridgid fue lo suficientemente amable como para ayudarme a lograrlo.

Ramsey bullía de ira.

—No he tenido tiempo de hablar con tu hermana, y tu impaciencia estuvo a punto de matarte.

Bridgid trató de desviar algo de la furia de su laird.

—Todo fue para bien —afirmó, y cuando Ramsey y Brodick clavaron los ojos en ella como si hubiera perdido la chaveta, se apresuró a explicar—: Jamás os habríais enterado de que Faudron y Durston querían matar a Gillian, y tal vez ahora podáis saber por qué.

—Lamento que estés enfadado con nosotras —dijo entonces Gillian—. Y debo reconocer que asumimos un riesgo innecesario, pero en nuestra defensa debo decir que ninguna de las dos sabía que salíamos de tu territorio.

—Laird, ¿puedo hablar libremente? —preguntó Bridgid.

—¿Y qué diablos has estado haciendo hasta ahora? —preguntó él.

—Sois mi laird y os respeto —dijo ella sacudiendo la cabeza—, y por esa razón no voy a perder los estribos. Os agradecería que me tratarais con la misma consideración, ya que soy uno de los miembros más leales de vuestro clan.

—Bridgid, voy a dar por sentado que el golpe en la cabeza te ha aturdido, y por eso te atreves a hablarme de esa manera.

—Por favor, no te enfades con ella —rogó Gillian—. Es todo culpa mía. Es tal como dijiste, Ramsey, fui impaciente.

—Yo fui la que tuvo la idea de seguir a Brisbane —dijo Bridgid.

—No, no fuiste tú —replicó Gillian—. Me dijiste que te lo sugirió Anthony.

El bramido de Ramsey puso fin a la discusión.

—¿Y qué tiene que ver Anthony con todo esto?

Gillian se dio cuenta de que Bridgid no le había contado todo a su laird.

—Anthony le dijo a Bridgid que él seguiría a Brisbane.

—¿Y? —la urgió él al ver que vacilaba.

—Me dijo que lo seguiría —dijo Bridgid—. Me dio instrucciones precisas, y las memoricé para que no nos perdiéramos.

—Nos envió a una trampa.

Ramsey temblaba de furia.

—Voy a matar al hijo de perra con mis propias manos.

—No, no lo harás —afirmó Brodick—. Trató de matar a mi esposa. Yo lo voy a matar. Tengo derecho.

—Demonios que sí —murmuró Ramsey—. Por Dios, que va a sufrir antes de exhalar el último suspiro.

30

Era tarde, pasada la medianoche, y tanto Bridgid como Gillian estaban tan extenuadas después de su largo día y sus padecimientos, que a duras penas lograban mantener los ojos abiertos. Se sentaron, hombro con hombro, apoyadas contra el tronco de un árbol, estirando las piernas frente a sí, tratando de oír todo lo que decían sus respectivos lairds.

Todos los demás se habían ido a dormir, y el suelo estaba cubierto por un laberinto de tartanes utilizados como mantas. Ramsey y Brodick se hallaban sentados frente al fuego, con las cabezas inclinadas, manteniendo una reservada conversación en voz baja. Ramsey atizaba continuamente los rescoldos con un largo palo retorcido, como si buscara algún objeto perdido entre ellos, en tanto Brodick tenía la vista perdida en algún punto situado en las tinieblas y asentía ocasionalmente a lo que Ramsey estaba diciendo.

Gillian movió ligeramente la cabeza y contempló el escultural perfil de Brodick. Pudo ver la tensión de sus hombros, y aunque en ese momento se encontraba inmóvil, tuvo la sensación de que estaba a punto de saltar.

Bridgid le dio un codazo.

—Ramsey piensa que ha cometido una terrible injusticia con los MacPherson al suponer que uno de ellos había sido el responsable de raptar a Alec Maitland. ¿Te parece lógico?

—Sí —respondió Gillian—. Te lo explicaré más tarde. Ahora, escucha.

—Estoy escuchando —le contestó Bridgid en voz baja, y al minuto volvió a dirigirse a Gillian—. Dijo que cuando regresó a su propiedad y reclamó el título de laird, cometió un error de juicio al permitir que la vieja guardia siguiera en funciones. Actuó con bondad, y fue un error.

Gillian siguió escuchando, y tras un momento Bridgid le dio otro codazo.

—Ramsey dice que no va a seguir postergando la decisión. Va a… oh, Dios mío.

—¿Qué?

La expresión del rostro de Bridgid mostraba a las claras lo desolada que se sentía.

—Va a casarse con Meggan MacPherson —terminó por decir, con voz quebrada.

—Oh, Bridgid, es él, ¿verdad? Él es el hombre que amas.

A Bridgid le corrió una lágrima por la mejilla.

—Es verdad. Lo amo, y lo he amado desde hace mucho tiempo.

Gillian le tomó la mano.

—¡Lo siento tanto!

—Los hombres son estúpidos —afirmó Bridgid, mientras se secaba una lágrima.

—Sí, lo son —coincidió Gillian—. ¿Qué dice Brodick?

—Está tratando de convencer a Ramsey que no lo haga. Acaba de aconsejarle que lo piense con calma antes de asumir semejante compromiso.

—No practica lo que predica —susurró Gillian—. Y está muy enfadado conmigo.

—Debe de estarlo —replicó Bridgid—. Le ha dicho

— 506 —

a Ramsey que el matrimonio es un sacrificio —Un instante después, agregó—: Lo que dice ahora no tiene sentido.

—¿Qué es?

—Ramsey dijo que en el caso de Brodick el sacrificio valía la pena porque logró obtener los nombres de los ingleses. ¿Sabes de qué está hablando?

Gillian se sintió súbitamente indignada.

—Sí, lo sé. ¿Acaso Ramsey está sugiriendo que Brodick se casó conmigo sólo para conocer los nombres de los ingleses?

—¿Qué ingleses?

—Te lo explicaré más tarde —prometió Gillian—. Dime, ¿es eso lo que dice?

Advirtiendo lo agitada que estaba su amiga, Bridgid se apresuró a responder.

—Sí, eso es lo que dijo Ramsey, y tu esposo asintió.

Gillian cerró los ojos.

—No quiero seguir escuchando.

—¿Qué pasa? —preguntó Bridgid en un susurro—. Puedes decírmelo. Soy tu mejor amiga, ¿no es así?

—Eres mi única amiga —la corrigió Gillian—. Me niego a creerlo.

—¿Creer qué?

—Que Brodick se casó conmigo sólo para conseguir los nombres de los ingleses. No, no voy a creerlo. Nadie se casaría por esa razón. Es pecado.

Bridgid reflexionó en lo que Gillian acababa de decir.

—¿Estos ingleses ofendieron a alguno de nuestros lairds? —dijo luego.

—¿Ofender? Oh, Bridgid, lo que hicieron fue mucho peor.

—Entonces te diré lo siguiente: no se le mete a un oso un palo en el ojo y se espera salir indemne. Recibirán su merecido. Los hombres de este lugar nunca olvidan una ofensa, y son capaces de llegar a límites insospechados para lograr lo que quieren.

—Sigo rehusándome a aceptar que Brodick se casó conmigo sólo para conocer esos nombres. No, no lo voy a creer. El matrimonio es un sacramento sagrado, y él no haría… no, no haría eso. En este momento habla así porque está enfadado. Eso es todo.

—¿Te preguntó esos nombres antes de que os casarais?

—Sí.

—¿Y no se los dijiste?

—No, no lo hice. —Frustrada, añadió—: E incluso después de casarnos, le hice prometer que no tomaría represalias hasta que yo no hubiera cumplido mi misión. Entonces sí le di los nombres. Me dio su palabra de honor, y confío en que la mantendrá. Sé que yo le importo. Sólo que es demasiado terco como para reconocerlo. Me dijo que se sentía responsable de mí.

—Desde luego que le importas.

—Tal vez lo que Brodick quiera sea convencer a Ramsey de que no se case con Meggan MacPherson.

—No, no lo creo. Ramsey parecía haber tomado una decisión. Está poniendo los intereses del clan por encima de los suyos, y así debe ser, porque es el laird. Hará lo que considere correcto. Sin embargo, no creo que pueda soportar verlo con ella. Yo ya había tomado la decisión de marcharme, y ahora me doy cuenta de que deberé hacerlo pronto.

—¿Y adónde irás?

Bridgid cerró los ojos.

—No lo sé. No puedo quedarme en las habitaciones de la servidumbre. A la nueva ama no le va a gustar.

—Tal vez tu madre te permita volver a casa.

—No. Dejó muy claro que no me quiere cerca. Nadie me quiere —agregó, consciente de que sonaba lastimosa, pero sintiéndose demasiado desdichada para que eso le preocupara. Secándose una lágrima, susurró—: La caída me ha vuelto llorona.

Gillian fingió creer esa tontería. La razón de que Bridgid estuviera destrozada, era Ramsey. Cambió de posición para aliviar su muslo dolorido, y cerró los ojos. Se quedó dormida pensando que Bridgid tenía razón: los hombres eran estúpidos.

31

Los primeros rayos del alba asomaban por el horizonte cuando Brodick sacudió a Gillian para despertarla. Ella había dormido en sus brazos, aunque no recordaba en qué momento de la noche se había trasladado hasta allí, y estaba tan profundamente dormida que no quería colaborar. Se acurrucó bajo la manta.

—Todavía no —gruñó y volvió a dormirse.

También Bridgid se había trasladado hasta un tartán tendido cerca del fuego. Otro tartán la cubría, y cuando Ramsey se puso en cuclillas a su lado, y vio cuán plácidamente dormía, lamentó tener que despertarla. «Es realmente adorable», pensó, tomando nota por primera vez de sus largas pestañas y de su cutis limpio y terso. Tenía los labios rosados y carnosos, y sin pensarlo demasiado, le acarició levemente el labio superior con el pulgar.

Bridgid le apartó la mano como si se tratara de un insecto, y masculló algo entre sueños que Ramsey no pudo descifrar, aunque estaba seguro de haber oído la palabra «estúpido».

—Abre los ojos, Bridgid. Es hora de irnos.

Bridgid no se alegró de despertar.

—Déjame en paz —masculló.

Brodick permaneció de pie al lado de Gillian, preguntándose por qué demonios no le obedecía, y volvió a ordenarle que se levantara.

—Tal vez deberíamos arrojarlas al arroyo —insinuó Ramsey—. Eso las despertará.

Bridgid se tomó en serio la amenaza, y se sentó. Azorada al encontrar a Ramsey tan cerca de ella, se retiró hacia atrás, apoyándose en los codos, para poner algo de distancia entre los dos. Sabía que tenía ante sí toda una visión. Con el cabello caído sobre los ojos, parpadeó un par de veces, contemplándolo y preguntándose cómo era posible que se lo viera tan… perfecto… a tan impía hora de la mañana.

Brodick obligó a Gillian a ponerse de pie, y no la soltó hasta cerciorarse de que estaba en condiciones de caminar. La pierna le ardía a cada movimiento pero aguantó en silencio, consciente de que si profería una sola queja, tendría que oír otra bronca sobre su temerario comportamiento.

—¿Todavía estás enfadado conmigo, Brodick?

—Sí.

—Bien —dijo entonces—, porque yo estoy furiosa contigo.

Con la cabeza muy erguida y actitud altiva, dio un paso en dirección al arroyo, pero su pierna no resistió. Si Brodick no la hubiera sostenido, habría caído de bruces.

—No puedes caminar, ¿no es así?

—Por supuesto que puedo —replicó ella, con voz tan agria como la de él cuando le había hecho la pregunta—. Ahora, si me disculpas, me voy a lavar.

Brodick la observó alejarse cojeando hasta que estuvo seguro de que no tendría que volver a levantarla. Ramsey le había dado a Bridgid un suave empujón para que se pusiera en marcha, y Brodick bajó la guardia cuando vio que estaba allí para ayudar a Gillian.

Las mujeres se tomaron su tiempo. Gillian se cambió el vendaje, haciendo una mueca de desagrado al ver el aspecto que ofrecía su muslo. No obstante, la herida se estaba cicatrizando. La caminata le había quitado la rigidez, y cuando volvieron al campamento, ambas estaban de mucho mejor ánimo, y Gillian ya no cojeaba tanto.

Partieron en seguida hacia la casa de Ramsey. Gillian insistió en montar su propio caballo, y a regañadientes, Brodick accedió. En poco tiempo llegaron a la llanura, y descendieron la pendiente norte. Hacia el oeste, a buena distancia de allí, se hallaban los acantilados que Brodick y ella habían descendido el día en que se casaron, y Gillian recordó la despreocupada y jocosa alegría que había sentido. Parecía haber pasado una eternidad desde entonces.

Su mente siguió divagando mientras atravesaban la pradera y se acercaban a la entrada de la propiedad de Ramsey. Cabalgaban cerca de la muralla, cuando Gillian levantó la mirada. De repente, apareció un soldado en la pasarela situada en la parte superior. Gillian sintió que se quedaba sin aliento, y su corazón comenzó a latir desaforadamente. Tirando de las riendas, detuvo al caballo.

—¡Brodick! — gritó.

El hombre, al verla, retrocedió y desapareció de su vista.

Brodick y Ramsey se dieron la vuelta de inmediato.

—¿Qué ocurre? —preguntó Brodick.

—¿Por qué te detuviste? —dijo al mismo tiempo Ramsey.

—¿Has visto al hombre que estaba allá arriba, en la pasarela? ¿Lo has visto, Ramsey?

El que respondió fue Brodick.

—Sí. Era Gideon. Probablemente esté yendo hacia la entrada para recibir a Ramsey. Lo conociste el día en que llegamos, ¿no lo recuerdas?

Gillian negó enérgicamente con la cabeza.

—No, Brodick, no lo conocí.

—Sí, lo hiciste —insistió Ramsey.

—¡No, no lo hice! —gritó—. Pero lo he visto con anterioridad. Es el hombre que te traicionó.

32

El grito de batalla de Ramsey perforó el aire, alertando a los centinelas de la entrada para que llamaran a los hombres a tomar las armas. En cuestión de minutos, toda posible vía de escape quedó sellada como una tumba. Los soldados corrieron a las pasarelas, con las flechas colocadas en los arcos, mientras más de los hombres de Ramsey montaban de un salto sobre sus caballos y galopaban hacia el valle para rodear el perímetro de la propiedad. Nadie podría entrar, ni tampoco nadie podría salir.

Todos los hombres en condiciones de pelear llegaron corriendo para apoyar a su laird, y por primera vez desde que los MacPherson se unieran a los Sinclair, no hubo prejuicios ni rivalidades. Unidos, se alinearon de cinco en fondo, en un amplio círculo alrededor del patio de armas, aguardando y observando, con un único objetivo: proteger a Ramsey.

Gideon también aguardaba en el centro del patio de armas junto a otros once traidores, todos Sinclair, y todos leales al hombre que creían que debía haber sido su laird. Gideon estaba ansioso y confiado. Finalmente había llegado el momento que tanto había esperado, y pronto se convertiría en laird de los Sinclair, por lo que lo dominaba la urgencia por matar a Ramsey. Creía que una vez que Ramsey hubiese muerto, el clan le juraría a él su lealtad.

Brodick ordenó a Liam y a Aaron que llevaran a las mujeres a la cabaña, pero Gillian contradijo esa orden de su laird dándole una orden propia.

—Te quedarás aquí y protegerás a tu laird.

Brodick la oyó, y con un gesto señaló su conformidad. Gillian le indicó a Bridgid que la siguiera, y se dirigió hacia la cabaña. Quería decirle a Brodick que tuviera cuidado y no se expusiera a riesgos tontos. Pero él tenía la mente puesta en la batalla que se aproximaba, y no quiso distraerlo. En lugar de eso, le rogó a Dios que protegiera a Brodick y a Ramsey. Cuando se volvió hacia Bridgid, la vio hacer la señal de la cruz, y supo que había hecho lo mismo que ella.

Ramsey y Brodick desmontaron de un salto antes de que sus caballos se detuvieran, y desenfundando sus espadas, acortaron las distancias.

Proster trató de seguir a su laird, pero Dylan lo hizo a un lado.

—No te has ganado el derecho de protegerle las espaldas a tu laird.

—¿Y entonces quién lo hará? —preguntó el soldado.

—Los Buchanan, naturalmente. Observa y aprende, muchacho.

Liam le apoyó la mano en el hombro.

—Protegiste muy bien a nuestra ama —le dijo—. Y te estamos agradecidos por ello, pero hasta que no estés debidamente entrenado, para nuestro laird serás un estorbo, al obligarlo a protegerte a ti. Paciencia, muchacho. Haz lo que te ordena mi comandante. Observa, y aprende.

Gideon, con gran audacia, dio un paso al frente para enfrentarse a Ramsey.

—¡Te desafío, Ramsey, por el derecho a dirigir a los Sinclair! —gritó.

Ramsey se echó a reír, con un áspero sonido que retumbó en el súbito silencio.

—Ya me desafiaste antes una vez, hijo de perra. Podría haberte matado entonces.

—Osaste venir aquí para robarme lo que me pertenecía. ¡A mí! —chilló—. Yo debería haber sido el laird, no tú. Yo lo merezco.

—¿Lo mereces? —rugió Ramsey—. ¿Crees que lo mereces? ¿Secuestras mujeres y niños para lograr lo que quieres, y crees que eso te hace digno del cargo de laird? Solamente un cobarde podría hacer un pacto con los demonios ingleses para raptar a mi hermano y matarlo. Cuando por error atrapasteis a Alec Maitland, creíste que podrías corregir la equivocación regresando a Inglaterra, y ordenado la muerte de un niño de cinco años. No, no mereces el cargo. Eres un cobarde y un traidor, canalla.

—Hice lo que era preciso hacer para conseguir la lealtad de todos los Sinclair. Michael y tú moriréis ambos. Soy fuerte, Ramsey, no débil como tú. Permitiste que Bridgid KirkConnell me rechazara —gritó—. Y prestaste oídos a los lloriqueos de dos viejos, permitiendo que ensuciaran nuestras tierras con la escoria de los MacPherson. ¿Cómo osas suponer que son iguales a nosotros? Cuando yo sea laird, voy a limpiar mis tierras de esa plaga.

Haciéndole señas con el dedo, Ramsey incitó a Gideon a atacar.

—¡Ven y mátame! —se burló—. ¡Demuéstrame tu fuerza!

Aullando, Gideon alzó la espada y se lanzó a la carga. Sus secuaces avanzaron al mismo tiempo, planeando sobrepasar al laird con su número, pero Brodick y Dylan se adelantaron con sus veloces espadas, que derribaron a dos de los enemigos antes de que pudieran alzar las suyas. Un curtido soldado Sinclair, flanqueado por dos MacPherson, se unió entonces a la lucha, con la intención de igualar las probabilidades.

Brodick no le quitó en ningún momento los ojos de encima a Anthony, y se trasladó con letal intención hacia su presa. Al ver la expresión de sus ojos, Anthony trató de echarse a correr, pero Dylan le cortó la retirada. Brodick no tardó en atrapar al soldado y matarlo con una rápida estocada en la garganta. Anthony murió de pie, para luego derrumbarse sobre el suelo. Como muestra final de desprecio, Brodick escupió sobre su cadáver, antes de volverse para observar a Ramsey.

Un agudo chillido brotó de la garganta de Gideon cuando la espada de Ramsey lo atravesó desde el hombro hasta la cintura, prácticamente cortándolo en dos. El comandante cayó sobre sus rodillas, con una atónita expresión de incredulidad pintada en el rostro. Mientras exhalaba su último aliento, Ramsey lo pateó en la espalda, y levantó la espada con ambas manos.

—Perdiste —murmuró.

Y con todas sus fuerzas, clavó la espada en el negro corazón de Gideon.

Ramsey permaneció de pie junto a su enemigo caído mientras luchaba para controlar su ira. El campo de batalla quedó en silencio, el único sonido que podía oírse era el de su afanosa respiración. El olor de la sangre impregnó el aire y le inundó las fosas nasales. Lo acometió un único temblor, como un perro que se sacude para quitarse el agua que lo empapa, y después se enderezó y arrancó su espada del cuerpo de Gideon.

—¿Alguien más desea desafiarme? —bramó.

—¡No! —respondió un hombre desde lo profundo de la multitud—. Nuestra lealtad es para vos, laird.

De entre la soldadesca surgió una oleada de vítores,

pero Ramsey les prestó poca atención. A su alrededor, el suelo estaba cubierto con cadáveres, y la tierra y la hierba ennegrecidas por la sangre derramada. Se volvió hacia los tres soldados que se habían acercado para luchar junto a él.

—Arrastrad sus cadáveres fuera de las murallas, y dejadlos que se pudran —les ordenó.

Advirtió entonces que él, al igual que Brodick, tenía los brazos y las piernas cubiertos de sangre.

—Quiero lavarme y quitarme su hedor del cuerpo.

Sin mirar hacia atrás, Brodick fue tras su amigo hacia el lago.

Cuando estuvieron lejos de los demás, Ramsey se volvió hacia él.

—Nos vamos a Inglaterra mañana —anunció.

Brodick asintió.

—A primera hora.

33

Proster les relató a Gillian y a Bridgid lo ocurrido. En su entusiasmo, se explayó en detalles morbosos y horribles mientras les describía la lucha, golpe a golpe, con todos sus sangrientos pormenores, y les contó mucho más de lo que ninguna de ellas deseaba o necesitaba saber. Cuando terminó, el rostro de Bridgid estaba de color gris, y Gillian se sentía descompuesta.

—¿Estás seguro de que Ramsey y Brodick están ilesos? —preguntó Gillian.

—Ninguno de los dos sufrió ni siquiera un rasguño —contestó Proster—. Ambos quedaron cubiertos de sangre, pero no suya, y fueron al lago a lavársela. Ramsey va a dejar que los cadáveres de los traidores se pudran.

—No quiero oír una sola palabra más —declaró Bridgid. Despidió al soldado, abriéndole la puerta para que saliera—. Gillian, voy a buscar algún ungüento para que te pongas en la pierna y acelere la curación.

—Tal vez sea mejor que esperéis —le aconsejó Proster—. O que toméis por el camino de atrás. En el patio de armas el suelo está cubierto de sangre derramada, y no creo que aún hayan retirado los cadáveres.

—Entonces iré a la casa de mi madre a buscar ungüento. Proster, hoy han muerto varios hombres, y no deberías estar sonriendo.

—Pero no eran hombres buenos —protestó él—. Merecían morir.

Siguieron discutiendo, mientras Proster cerraba la puerta tras ellos.

Gillian se sentó a esperar a Brodick. Suponía que en cualquier momento abriría la puerta. Una hora más tarde, seguía esperando. A la media tarde, lo mandó a buscar, y uno de los MacPherson le dijo que su esposo se había marchado con Ramsey. Se rumoreaba que ambos lairds habían ido a ver a Ian Maitland para contarle las novedades.

Trató de esperar despierta a su esposo, pero como la noche anterior había dormido poco y mal, no pudo mantener los ojos abiertos. Terminó por quedarse profundamente dormida.

Brodick la despertó en mitad de la noche, cuando la tomó en sus brazos y le hizo el amor. Sus manos eran exigentes e impulsivas. Y Gillian sintió en él desesperación, una violencia apenas contenida, pero no trató de oponerse ni de rechazarlo. No, lo acarició y trató de apaciguar a la bestia que acechaba en su interior. Su unión fue salvaje y frenética, y cuando él se derramó dentro de ella, sintió que se deshacía en sus brazos.

Le dijo que lo amaba, y Brodick valoró sus palabras, porque bien sabía que ese amor iba a ser sometido a una dura prueba en los días venideros. A la noche siguiente, Gillian podía llegar a odiarlo.

Brisbane y Otis llamaron a su puerta por la mañana temprano. Gillian ya estaba vestida, y acababa de terminar su desayuno.

—Se nos ha ordenado que os lleváramos a casa de vuestra hermana —anunció Brisbane.

—¿Finalmente accedió a verme? —preguntó ella mientras salían de la cabaña.

Otis sacudió la cabeza.

—Se le ha ordenado que os vea.

Gillian trató de ocultar la decepción que la embargó al enterarse de que nuevamente su hermana se había negado a verla. Fueron hasta las caballerizas, donde los aguardaban sus caballos listos y ensillados. Brisbane tomó la delantera, y Gillian y Otis no pronunciaron palabra hasta llegar a un caserío cercano a la frontera que antes separara a los MacPherson de los Sinclair.

Gillian se sintió súbitamente nerviosa y asustada. Christen ya la había rechazado, y por más doloroso y humillante que le hubiera resultado su acción, Gillian la había aceptado, pero si su hermana no sabía dónde estaba el tesoro del rey, o no recordaba nada de todo lo ocurrido, entonces todo estaba perdido, y el tío Morgan, condenado.

—Por favor, Señor, hazla recordar —suplicó con un hilo de voz mientras desmontaba y caminaba hacia la cabaña indicada por Brisbane.

—Os aguardaremos aquí —dijo Brisbane.

—No es preciso que esperéis. Conozco el camino de regreso.

Entonces se abrió la puerta, y salió a la luz del sol una mujer que Gillian jamás habría reconocido como su hermana. Su esposo, un hombre alto y macilento, salió tras ella. Se irguió, protector, sobre su esposa, en una actitud a todas luces hostil.

Christen le pasaba a Gillian más de una cabeza. Su cabello también era mucho más oscuro. Liese le había dicho que Christen tenía rizos dorados, pero no lo recordaba. No se produjo el menor indicio de reconocimiento, y aunque Gillian sabía que esa mujer era su hermana, para ella era una extraña.

Mostraba un avanzado embarazo. Nadie se había molestado en mencionárselo a Gillian.

Si Christen no se hubiera mostrado tan hosca, Gillian la habría abrazado, diciéndole lo feliz que se sentía por volver a verla. Se miraron durante un largo rato antes de que Gillian rompiera el incómodo silencio.

—¿Eres Christen?

—Sí —respondió la mujer—. Mejor dicho, lo era. Mis padres me cambiaron el nombre. Ahora me llamo Kate.

Un inesperado ataque de furia tomó a Gillian por sorpresa, y habló antes de poder pensarlo dos veces.

—Tus padres están muertos y enterrados en Inglaterra.

—No los recuerdo.

Gillian ladeó la cabeza y miró a su hermana a los ojos.

—Yo creo que sí recuerdas a nuestro padre.

—¿Qué quieres de mí? —preguntó la mujer, en un tono desafiante.

Gillian sintió deseos de echarse a llorar.

—Eres mi hermana. Quería volver a verte.

—Pero quieres algo más que eso, ¿verdad?

Quien formuló la pregunta fue su esposo. Christen, recordando sus buenos modales, se lo presentó. Se llamaba Manus.

Gillian mintió al decirle que sentía gusto en conocerlo. Entonces respondió a su pregunta.

—Sí, quiero algo más.

Christen se puso rígida.

—No puedo regresar a Inglaterra, y no lo haré. Mi vida está aquí, Gillian.

—¿Es eso lo que temes? ¿Qué te obligue a regresar a casa conmigo? ¡Oh, Christen, jamás te pediría eso!

La sinceridad de su voz debió de atravesar la dura coraza de Christen. Haciendo un gesto a su esposo, le susurró algo al oído. Manus accedió a regañadientes, y tras saludar con una inclinación, volvió a entrar y sacó de la cabaña dos sillas. Christen se sentó en una de ellas, y con un gesto le indicó a Gillian que hiciera lo propio en la otra. Manus regresó adentro, y de pronto se encontraron solas, dos hermanas que eran dos extrañas.

—¿Eres feliz? —le preguntó Gillian, tratando de hacer sentir cómoda a Christen, instándola a hablar sobre su vida con los MacPherson.

—Sí, soy muy feliz —respondió ésta—. Manus y yo nos casamos hace cinco años, y pronto tendremos nuestro primer hijo.

Gillian decidió ir al grano antes de que su hermana diera por finalizada la reunión. En dos ocasiones ya había mirado hacia la puerta.

—Sólo quiero hablar contigo —explicó Gillian.

—¿Cómo me encontraste?

—Uno de los Sinclair descubrió quién eras y se lo dijo al barón Alford. ¿Lo recuerdas?

Christen asintió.

—En el pasado envió hombres a buscarme y llevarme a la fuerza a Inglaterra. Lo mismo hizo el rey. ¿Cómo me encontró este soldado?

—No lo sé —reconoció Gillian.

—Me suena extraño hablar de esto. Mis padres me impulsaban a olvidar.

—Yo necesito que recuerdes.

—¿Por qué?

—La vida de nuestro tío Morgan está en peligro. ¿Lo recuerdas?

—No.

—Christen, te juro que cuando regrese a Inglaterra, voy a convencer al barón y al rey de que estás muerta. Te doy mi palabra. Ya no te seguirán buscando.

Christen abrió muy grandes los ojos.

—¿Y cómo harás para que te crean?

—Ya encontraré la manera —le aseguró Gillian—. Pero ahora necesito que trates de recordar la noche en que murió nuestro padre.

—¿Qué te hace pensar que podría recordar lo sucedido? Era muy pequeña.

—Tenías tres años más que yo —señaló Gillian—. Y yo recuerdo el terror que sentí.

—No quiero hablar de esa noche. He pasado años tratando de olvidarla.

Gillian intentó todos los recursos que se le ocurrieron para convencer a su hermana de que la ayudara. Rogó y suplicó, pero en vano, Christen siguió negándose. Cuando Manus salió de la cabaña, y anunció que su esposa necesitaba descansar y que ya era hora de que Gillian se marchara, Christen pareció aliviada, como si hubiera conseguido un aplazamiento de una ejecución, lo que destrozó el corazón de Gillian.

Abrumada por la decepción, se puso de pie y caminó lentamente hacia el sendero. Las lágrimas le surcaban el rostro, mientras pensaba en su tío. ¡Qué tonta había sido al pensar que podía salvarlo!

Súbitamente enfurecida con la actitud de su hermana, dio media vuelta.

—Christen —gritó—, ¿cuándo te volviste tan cobarde? Cubrirías de vergüenza a nuestro padre, y gracias a Dios que no está vivo para ver en qué te has convertido.

El desdén de Gillian atravesó a Christen como un cuchillo y rompió a llorar.

—¡Espera! ¡No te vayas! —gritó, y soltándose de la mano de su marido, corrió hacia Gillian—. Por favor, perdóname —dijo entre sollozos.

Y de pronto allí estuvo su hermana y no una desconocida, y se abrazaron, llorando por todo lo que habían perdido.

—Jamás te olvidé —susurró Christen—. Jamás olvidé a mi pequeña hermana. ¿Me perdonas? —preguntó Christen mientras se enjugaba los ojos con el dorso de la mano—. Durante todos estos años he vivido con la culpa, y sabía que no había sido culpa mía, pero no podía…

—No tienes por qué sentirte culpable —afirmó Gillian—. Nada de lo ocurrido fue responsabilidad tuya.

—Pero yo escapé, y a ti te atraparon.

—Oh, Christen, no puedes culparte por eso. Eras apenas una niña. No podías haber cambiado nada de lo ocurrido.

—Recuerdo esa noche como si hubiera sido ayer. Dios sabe que traté de olvidar. Recuerdo a nuestro padre dándome un beso de despedida. Olía a cuero y a jabón. Sus manos eran ásperas y callosas, pero recuerdo cuánto me gustaba que me acariciara con ellas.

—Yo no tengo muchos recuerdos de nuestro padre.

—Es gracioso. No recuerdo el color de sus ojos, o el de su cabello, pero sí recuerdo su aroma y su contacto.

—Recuerdas a Liese, ¿verdad?

—Sí, claro —murmuró Christen, sonriendo.

—Ella mantuvo vivo tu recuerdo. Me contó que los soldados te llamaban la niña dorada.

Christen se echó a reír.

—En efecto. Entonces mi cabello era dorado. Se ha oscurecido a lo largo de los años.

—Christen, dime qué sucedió esa noche.

—Los soldados iban a sacarnos de allí porque no era seguro. Uno de los enemigos de nuestro padre había atacado el castillo.

—El barón Alford y sus tropas —precisó Gillian.

—No recuerdo haber sentido miedo. Papá me dio un regalo, y tú te molestaste porque no te dio uno a ti.

—La caja cubierta de piedras preciosas —susurró

Gillian—. Te dio el tesoro del rey. Los soldados le contaron a Liese que ellos debían mantenerte a salvo hasta que terminara la batalla, y papá pudiera ir a buscarte. ¿La tienes escondida, Christen?

—No —respondió su hermana—. Y no sé qué fue de ella.

La desilusión de Gillian fue abrumadora.

—Yo... había... esperado...

Un repentino soplo de viento barrió las hojas secas a sus pies. Era un día cálido y soleado, pero Christen comenzó a frotarse los brazos como si así pudiera entibiar el helado escalofrío que le producían los recuerdos.

—Lo siento —murmuró—. No sé dónde está el tesoro.

Gillian no dijo nada durante un largo rato, porque luchaba por no ser presa del pánico y la desesperación. ¿Y ahora qué iba a hacer para salvar a su tío? Sin la caja, o su hermana, estaba perdida.

—Esa noche murió papá, ¿no es así?

—Sí —dijo Gillian en voz baja.

—¿Estabas allí?

Gillian tuvo que obligarse a concentrarse en lo que le preguntaba su hermana.

—Sí, estaba allí, pero mis recuerdos de esa noche son muy confusos.

—Papá envolvió la caja en un manto.

—¿Quién estaba en la alcoba con nosotras?

—Cuatro soldados, y nuestro padre —respondió Christen—. Tom y Lawrence tenían que ir conmigo, pero no recuerdo los nombres de los que iban contigo.

—Liese me dijo sus nombres. Eran William y Spencer, y murieron tratando de protegerme. Rezo por sus almas todas las noches.

—No sé qué les sucedió a Lawrence o a Tom. Me pusieron al cuidado de unos parientes de Tom, y me dijeron que papá iría a buscarme. Tanto él como Lawrence me dejaron allí, y sólo puedo suponer que regresaron a donde estaba nuestro padre. Jamás los volví a ver.

—¿Tenías la caja en tu poder entonces?

—No, no la tenía.

—¿Y entonces qué fue de ella? —se preguntó Gillian, retorciéndose las manos con frustración. Aspiró profundamente, y se obligó a calmarse.

—Dime exactamente qué pasó después de que papá te dio el tesoro —dijo.

—Lo dejé caer —respondió Christen—. Tenía mucho miedo de haberlo roto y de que me regañaran por ello, pero el marido de Liese la recogió. Papá la envolvió, y me la entregó. Después, se fue.

—¿Hector estaba allí?

—Sí, así se llamaba. Estaba allí, pero sólo un par de minutos. Debió morir esa noche en la batalla.

Gillian negó con la cabeza.

—No, no murió, pero se volvió loco. Me asustaba —siguió diciendo—. A lo largo de los años escuché muchas historias sobre él. Vivía como un animal en un rincón de las viejas caballerizas, y siempre llevaba un viejo saco lleno de basura. Liese me contó que lo que le hizo perder la razón fue la cobardía, y no derramó una sola lágrima cuando se enteró de que había muerto.

—¿Y Liese? ¿Qué fue de ella?

—Vivió conmigo y con el tío Morgan, y creo que fue feliz. Murió mientras dormía —añadió—, sin haber estado enferma mucho tiempo. No sufrió. Conocía el pasadizo secreto entre nuestras dos alcobas, pero jamás dijo nada al respecto.

—Pero no atravesamos el pasadizo la noche del ataque. Estábamos en la habitación de nuestro padre, ¿no es así?

—Sí, y los soldados encendieron antorchas para sacarnos de allí. Caímos por los escalones, que eran muy empinados. Tuve pesadillas durante años, y hasta ahora mismo no puedo mirar desde una gran altura porque siento vértigo.

—Pero no nos caímos solas por los escalones: nos empujaron. Lo recuerdo claramente —dijo Christen, con la voz temblorosa por la emoción—. Tú estabas detrás de mí, tratando de quitarme la caja. Me di la vuelta para pedirte que te quedaras quieta, y entonces lo vi. Salió de entre las sombras, y se arrojó sobre nosotras. Creo que entonces debe haberse apoderado de la caja. Los soldados perdieron el equilibrio, y cayeron por la escalinata. Se oyeron unos terribles alaridos, y me golpeé la cabeza contra las piedras. Cuando volví en mí, me encontraba en los brazos de Lawrence, montados en su caballo, y muy lejos de nuestra propiedad.

Las pesadillas de Gillian regresaron a ella con una nueva claridad y comprensión.

—En mis sueños siempre había monstruos que salían del muro y nos perseguían. Yo también debo haberlo visto.

—Nunca vi su rostro —dijo Christen—. Pero quienquiera fuese, se llevó el tesoro.

—Entonces aún debe estar allí… en alguna parte… a menos que quien lo tomó haya podido escapar antes de que el barón sellara el castillo. ¡Oh, Dios, no sé qué hacer!

—Quédate aquí —le sugirió Christen—. No regreses a Inglaterra. Estás casada con un laird, tu vida está aquí.

—Christen, ¿le darías la espalda a la familia que has aprendido a amar?

—No, desde luego que no.

—El tío Morgan depende de mí.

—Él querría que fueses feliz.

—¡Él me crió! —exclamó Gillian—. Y fue cariñoso, bueno y generoso conmigo. Moriría por él. Debo regresar.

—Ojalá pudiera ayudarte, pero no sé cómo. Quizá si me esfuerzo pensando en ello, pueda aparecer algo de esa noche que creí olvidada. Lo intentaré —prometió Christen.

Siguieron sentadas, charlando y recordando el pasado, hasta que Gillian advirtió lo cansada que estaba su hermana. La besó en la mejilla, y le prometió volver a visitarla.

—Si puedo regresar de Inglaterra, me gustaría que nos conociéramos mejor. No te voy a pedir nada más, Christen. Te lo prometo, porque ahora que te he encontrado, no quiero volver a perderte.

Christen se puso lentamente de pie. No pudo mirar a los ojos de Gillian al decirle lo que sentía por haber vuelto a reunirse.

—Te recuerdo de niña, pero ahora siento que somos dos extrañas con poco en común. No quiero herir tus sentimientos, pero debo ser completamente honesta contigo. Desenterrar el pasado sólo acarrea recuerdos dolorosos, y cuando te miro, vuelvo a un tiempo que he tratado desesperadamente de olvidar. Tal vez algún día cambie de idea. Por ahora, no obstante, creo que lo mejor será seguir caminos separados. Te prometo, sin embargo, que si recuerdo algo que pueda serte de ayuda en tu búsqueda, te lo haré saber.

Gillian quedó desolada, e inclinó la cabeza para que Christen no pudiera ver cuán herida se sentía.

—Como quieras —murmuró.

Sin una palabra más, dio media vuelta, y desanduvo lentamente el sendero. No miró hacia atrás.

34

Gillian necesitaba desesperadamente que Brodick la rodeara con sus brazos y la sostuviera contra su pecho. El matrimonio la había cambiado, pensó, porque antes de conocer a Brodick y enamorarse de él, siempre había sentido que tenía que resolver sola sus problemas. Ahora que tenía marido, quería compartir con él todas sus preocupaciones y todas las penas de su corazón. Hasta ese momento no le había preocupado saber por qué no le había dicho aún que la amaba. Dentro de lo más profundo de su corazón sabía que era así, y ciertamente no creía que hubiera asumido un compromiso para toda la vida por ninguna otra razón. Ningún hombre llegaría a tales extremos sólo para vengarse de su enemigo, y Brodick no se habría casado con ella sólo por conseguir los nombres de los ingleses. Simplemente, Ramsey había sacado una conclusión errónea, y Brodick, reacio a expresar sus verdaderos sentimientos, no se había molestado en corregirlo.

Brodick era terco hasta lo indecible, y tan plagado de defectos que le habría costado aún más de una hora hacer la lista de todos ellos. Aun así, lo amaba, y en ese momento necesitaba desesperadamente su consuelo y sus anchos hombros para llorar sobre ellos, mientras le confiaba lo que le pesaba en el corazón. ¿Cómo podía ser su hermana tan fría e insensible? Le había dejado bien en claro que no deseaba ver a Gillian nunca más. Había soñado con esa reunión durante toda su vida, y ni una sola vez se le había ocurrido que Christen pudiera rechazarla.

Gillian se sintió avergonzada e inferior, y no pudo comprender por qué. Sabía que no había hecho nada malo, pero no pudo evitar sentirse como si lo hubiera hecho.

Conmovida por su encuentro, con el único pensamiento de reunirse con su esposo y contarle lo que había pasado, acomodó al caballo en el establo, y a pesar de la molestia que sentía en la pierna, corrió todo el camino hasta el castillo de Ramsey, con la esperanza de encontrar allí a Brodick.

Proster fue quien salió a su encuentro, y le dio las novedades.

—Vuestro esposo se ha ido, milady —le explicó—. Todos se han ido.

—¿Todos? ¿Quiénes?

—Los lairds —respondió él—. Ian Maitland, y mi laird, Ramsey, y laird Buchanan.

—¿Ian estaba aquí?

—Sí, llegó esta mañana, poco después del amanecer.

—¿Adónde fue mi esposo?

—Se fue con Ian y Ramsey.

—Sí —asintió ella, tratando de controlar su exasperación—. ¿Pero exactamente adónde fueron?

Proster pareció sorprenderse de que no lo supiera.

—Hasta la cumbre, a reunirse con sus soldados. Seguramente sabéis que hace varios días que se llamó a las armas.

—No, no lo sabía —reconoció ella.

—Los lairds han convocado a sus guerreros, y en estos momentos deben estar todos reunidos.

—En la cumbre.

—Así es —asintió él con un gesto.

—¿Y dónde está esa cumbre?

—Al sur, a una buena distancia a caballo.

—Entonces no regresarán hasta muy tarde, ¿verdad?

—¿Tarde? Milady, no regresarán hasta dentro de bastante tiempo.

Gillian seguía sin entender. Proster, al ver su desconcierto, se apresuró a explicarle.

—Se van a Inglaterra, y seguramente vos conocéis su propósito.

—Sé que planean ir a Inglaterra, pero estás equivocado si crees que se van ahora. Si me disculpas, regresaré a la cabaña a esperar el regreso de mi esposo.

—Tendréis que esperar mucho tiempo, entonces —dijo Proster—. No va a regresar, y mañana vos también deberéis partir.

—¿Partir? ¿Adónde?

—A casa —respondió Proster—. Escuché que vuestro esposo daba órdenes de que así lo hicierais. Varios soldados Buchanan se presentarán por la mañana para escoltaros hasta vuestro nuevo hogar. Graeme y Lochlan estarán a cargo de vuestra seguridad hasta entonces.

Gillian sintió que la cabeza le daba vueltas, y que tenía el estómago hecho un nudo.

—¿Y quiénes son Graeme y Lochlan?

—Graeme es un MacPherson —dijo el joven soldado orgullosamente—. Y Lochlan es un Sinclair. Tienen las mismas obligaciones y jerarquía. Ahora son iguales, como lo ha declarado nuestro laird, y también dijo que podemos conservar el nombre de nuestro clan y vivir todos en armonía como uno solo.

—Entiendo —musitó Gillian.

—¿Os sentís mal, milady? Os habéis puesto pálida.

Gillian ignoró la pregunta.

—No es posible que hayas oído bien, Proster —le dijo—. Cuando vayan a Inglaterra, me llevarán con ellos. Me prometió... no faltaría a su palabra conmigo. Sabes... Todos ellos saben que si los ingleses los ven, mi tío morirá. No, tienes que estar equivocado. Brodick va a venir a buscarme.

Su agitación alarmó al soldado, que no supo qué hacer. Pensó en mentirle y decirle que, efectivamente, se había equivocado, pero sabía que Gillian tendría que aceptar la verdad, de modo que se preparó para su reacción y rogó para que no se desmayara delante de él

—Pongo a Dios por testigo que oí perfectamente bien. Todos lo saben... menos vos... —tartamudeó—. Se van a Inglaterra, y a vos os llevarán a las tierras de Buchanan. Vuestro esposo estaba preocupado por vuestra herida, y quería que tuvierais un día de descanso antes de cabalgar tanta distancia. Fue muy considerado de su parte, ¿no creéis?

Gillian no le respondió. Volviéndose, comenzó a alejarse, pero se detuvo bruscamente.

—Gracias, Proster, por explicármelo.

—Milady, si todavía no me creéis, hablad con Graeme y con Lochlan. Os confirmarán lo que os acabo de decir.

—No es preciso que hable con ellos. Te creo. Ahora, si me disculpas, me gustaría volver a la cabaña.

—Con vuestro permiso, iré con vos —se ofreció él—. No tenéis buen aspecto —añadió—. ¿Os duele la pierna?

—No, no es eso —respondió Gillian con voz inexpresiva.

No dijo una sola palabra más hasta que llegaron a la cabaña. Proster acababa de despedirse con una inclinación, y se giraba para marcharse, cuando lo llamó.

—¿Sabes dónde viven Annie y Kevin Drummond?

—Todos conocemos a los Drummond. Cuando alguien se hace daño, va a su casa en busca de ayuda. Si no muere en el camino, Annie lo cura. Por lo menos, la mayoría de las veces. ¿Por qué me lo preguntáis?

—Sólo curiosidad —mintió ella—. Dentro de un rato, me gustaría volver a la casa de mi hermana. ¿Podrías acompañarme, por favor?

Orgulloso de que la mujer de Buchanan lo eligiera a él para que la escoltara, Proster cuadró los hombros.

—Me complacería mucho cabalgar junto a vos, pero, ¿no acabáis de regresar de casa de vuestra hermana?

—Sí, pero olvidé darle los obsequios que traje de Inglaterra, y ella está ansiosa por verlos. Cuando esté lista para partir, enviaré a por ti.

—Como gustéis —dijo él.

Gillian cerró suavemente la puerta, fue hasta la cama, se sentó y hundiendo la cara entre las manos, se echó a llorar.

35

Se movió con una prisa surgida de la desesperación.
Arrancándose el tartán Buchanan del cuerpo, lo arrojó
sobre la cama, y buscó sus ropas inglesas. Ya había preparado una pequeña bolsa con los elementos indispensa-
bles que necesitaría durante el viaje.

Bridgid la interrumpió. Gillian la oyó llamándola,
abrió la puerta tan sólo una rendija, y le dijo a su amiga
que no se encontraba bien. Trató entonces de volver a cerrar la puerta, pero Bridgid se lo impidió. La abrió de un
empujón, y entró en la cabaña.

—Si estás enferma, te ayudaré. ¿Por qué estás vestida con esas ropas? A tu esposo no le va a gustar. Deberías usar los colores Buchanan.

Dando la espalda a su amiga, Gillian arrojó su cepillo dentro de la bolsa y luego la cerró. Al volverse, Bridgid vio su rostro y supo que algo andaba terriblemente
mal.

—¿Qué pasa? Dímelo y te ayudaré en todo lo que
pueda.

—Me voy.

—Sí, ya me he enterado, pero mañana. Hasta entonces no llegarán aquí los soldados de tu esposo. ¿Eso es lo
que te molesta? ¿No quieres ir a tu nuevo hogar? —preguntó, tratando de entender.

—Me voy a mi casa, a Inglaterra.

—¿Qué? No puedes hablar en serio...

—¡Y jamás volveré a usar el tartán Buchanan! ¡Jamás! —exclamó—. Brodick me ha traicionado, y nunca, nunca lo perdonaré. —La verdad de la situación la abrumó, y se sentó en la cama antes de que sus piernas se aflojaran—. Me dio su palabra de que Ian, Ramsey y él esperarían...

Bridgid se sentó a su lado.

—Se han ido todos a Inglaterra.

—Sí. Proster me dijo esta mañana que habían partido. Brodick me había prometido que me llevaría con él. Le hice darme su palabra antes de decirle los nombres de los barones que ayudaron a Gideon a raptar a Alec Maitland.

—¿Por qué razón secuestraron al hijo del laird?

—No tenían intenciones de raptarlo a él. Creían haber raptado al hermano de Ramsey.

La cabeza de Bridgid bullía de interrogantes.

—Comienza por el principio y dime lo ocurrido. Tal vez entonces se me ocurra cómo ayudarte.

—No puedes ayudarme —dijo Gillian en voz baja—. ¡Oh, Dios, no sé qué haré ahora para proteger a mi tío! Estoy tan asustada, y yo... —Su voz se quebró en un sollozo.

Bridgid le palmeó el brazo, y le rogó que se explicara.

Y de esa manera Gillian le contó todo, empezando por la noche en que su padre fuera asesinado. Cuando terminó, se dio cuenta de lo desesperada que era su situación.

—Si no vuelves a Inglaterra con la caja o con tu hermana, ¿cómo piensas salvar a tu tío?

—Ahora no importa. En cuanto los lairds ataquen, Alford ordenará que lo maten.

—¿Qué te hace suponer que tu tío aún está vivo? Me dijiste que el barón Alford nunca mantiene su palabra.

—Alford sabe que no le daré el tesoro hasta que vea a mi tío sano y salvo.

En su agitación, Bridgid comenzó a pasearse por la cabaña.

—Pero no tienes la caja.

—Ya sé que no la tengo —se lamentó Gillian—. Tenía la esperanza de que mi hermana supiera dónde estaba…

—Pero no lo sabe —dijo Bridgid—. Vuelve a decirme quiénes estaban en la habitación con tu padre la noche en que le dio a Christen el tesoro.

—Ya te dije que había otros cuatro soldados con mi padre —explicó Gillian una vez más—. Y Hector, el administrador, pero estuvo allí sólo un instante. Christen me dijo que le dio un mensaje a mi padre, y después se fue.

Bridgid rumió el rompecabezas en silencio y sacudió la cabeza.

—¿Los soldados que te protegían fueron asesinados? —preguntó.

—Sí.

—¿Estás absolutamente segura? ¿Los viste morir?

—Si los vi, no lo recuerdo. Era muy pequeña —le recordó a su amiga—. Pero Liese me dijo que murieron protegiéndome. Ella estaba segura.

—Pero tu hermana no está tan segura de lo que sucedió con los soldados que la llevaron al norte. Sólo supone que regresaron a las tierras de tu padre. ¿Es verdad?

—Sí, pero…

Bridgid la interrumpió antes de que pudiera terminar.

—¿Y entonces, alguno de ellos no pudo haber tomado el tesoro?

—No —respondió Gillian—. Eran hombres leales y honorables, y mi padre confiaba en ellos sin reservas.

—Tal vez no merecían su confianza —insinuó Bridgid—. Tiene que haber sido uno de ellos, o el administrador, pero me dijiste que había estado en la habitación sólo un instante.

—Oh, no pudo haber sido Hector. Estaba chiflado.

—¿Estaba loco?

—Sí —respondió con impaciencia. Se puso de pie, y fue hacia la puerta.

—¿Adónde vas?

—Le pedí a Proster que me acompañara a la casa de mi hermana, y voy a buscarlo.

—Pero me acabas de decir que Christen no desea volverte a ver.

—Sí, es verdad, pero…

—¿Y entonces para qué regresas?

Con un suspiro, Gillian contestó.

—No voy en realidad a casa de mi hermana. Proster sabe dónde viven los Drummond, y una vez que nos hayamos puesto en camino, voy a insistir en que me lleve a casa de Annie.

—Pero, ¿por qué?

—Porque Kevin y Annie conocen el camino hasta las tierras de Len, y desde allí conozco el camino de regreso a casa.

Bridgid quedó atónita.

—¡Dios mío, realmente vuelves a Inglaterra! Me lo has dicho, pero no te creí.

—Sí, vuelvo. —Cuando Bridgid corrió hacia ella, la abrazó como despedida—. Quiero que sepas lo mucho que ha significado tu amistad para mí. Voy a extrañarte.

—Pero volveré a verte, ¿verdad?

—No. No pienso regresar.

—¿Y Brodick? Tú lo amas.

—Pero él no me ama a mí. Me usó, Bridgid, para conseguir lo que buscaba. Significo tan poco para él que no pudo…

Era demasiado doloroso hablar del tema. Se apartó de su amiga.

—Debo ponerme en camino —dijo.

—Aguarda —le pidió Bridgid cuando Gillian tomó el picaporte—. Yo iré a buscar a Proster, mientras tú te cambias de ropa.

—No voy a volver a ponerme los colores Buchanan nunca más.

—Sé razonable. Todos se darán cuenta de que estás tramando algo si sales con esas ropas. Tienes que cambiarte.

Gillian advirtió que su amiga tenía razón: se darían cuenta.

—No pensé… estaba tan enfadada, y yo… Sí, me cambiaré de ropa mientras tú buscas a Proster.

—Puedo tardar un rato en encontrarlo, pero espérame aquí. Prométeme que esperarás dentro.

—Esperaré. Recuerda —le advirtió—. Proster cree que voy a ver a Christen.

—Lo sé —dijo Bridgid al abrir la puerta. Se detuvo en el pórtico, y se volvió para cerrar la puerta. Todavía pensando en la desaparición del tesoro, se le ocurrían miles de posibilidades—. ¿Puedo hacerte una pregunta más?

—¿De qué se trata?

—Me dijiste que Hector estaba loco. ¿Estabas exagerando porque era un poco raro, o lo decías en serio? ¿Estaba realmente loco?

—Oh, sí —respondió Gillian—. Ahora, por favor, date prisa, Bridgid. Debo partir lo antes posible.

—Sólo me preguntaba…

—¿Y ahora qué pasa?

—¿Por qué razón tu padre pondría a un loco a cargo de la recaudación de las rentas? Eso no tiene ningún sentido.

—Hector no estaba loco entonces. Liese me contó que lo que le hizo perder la razón fue la cobardía. Después del sitio al castillo, nunca volvió a ser el mismo. Sé que Hector era malhumorado, cruel y terriblemente codicioso. Ahora, por favor, vé y busca a Proster.

Bridgid por fin cerró la puerta. Gillian se quitó el traje y se disponía a colocarse el tartán cuando, de improviso, se quedó inmóvil y dejó escapar un grito sofocado.

—¡Dios mío, pero por supuesto!

Bridgid estuvo ausente mucho rato, y cuando por fin regresó a la cabaña, Gillian estaba frenética de preocupación.

—¿Por qué has tardado tanto? —le preguntó en cuanto entró.

—Primero tuve que hacer algunas cosas —contestó Bridgid—. Proster está aquí, y no está solo. Ker y Alan irán con él. Se comportan como si fueran a escoltar a una princesa. Los deberías haber oído. Se sienten honrados de que hayas elegido a un MacPherson.

—Son demasiado jóvenes, eso es lo que son —protestó Gillian.

—He estado pensando en tus proyectos —dijo entonces Bridgid—. No creo que debas ir hasta casa de los Drummond, porque eso te aparta de tu camino. Toma una ruta directa hasta las tierras de Len. Estoy segura de que Proster conoce el camino.

—¿Cómo puedes estar segura?

—Todos los soldados conocen las fronteras del territorio, y por dónde pueden pasar, y por dónde no. Sus vidas dependen de ese conocimiento.

—Pero no sé cómo voy a hacer para convencerlos de que me lleven hasta allí. Pensaba decirles que necesitaba que me curara la pierna.

—Pues entonces haz precisamente eso —le aconsejó Bridgid—. Pero cuando estemos en camino hacia allí, le diremos a Proster que debemos ir hasta las tierras de Len.

—¿Diremos? ¿Debemos? Bridgid, no puedes insinuar…

—Voy a Inglaterra contigo. Ya he preparado mis cosas, y las he envuelto en un tartán, para que los soldados no sospechen. Está atado detrás de la silla de mi yegua. Eso fue lo que me hizo tardar.

La voz de Bridgid era serena, pero tenía los puños apretados y un brillo decidido en los ojos. Cuando Gillian comenzó a sacudir la cabeza, Bridgid se apresuró a convencerla de que la decisión ya estaba tomada, y nada que su amiga pudiera decir lograría cambiarla.

—Aquí no hay nada para mí, y no voy a quedarme para ver cómo Ramsey se casa con Meggan. Me dolería mucho. No, no me puedo quedar. No lo haré. Por el amor de Dios, ni mi propia madre quiere tenerme cerca, y ésa es la pura verdad. No sé a qué otro lugar podría ir. Por favor, Gillian, déjame ir contigo. Siempre he sentido curiosidad por Inglaterra, y me contaste que tu tío Morgan tiene sangre de las Highlands en las venas. Estoy segura de que me aceptará junto a él, durante un tiempo… hasta que decida qué hacer.

—No puedo llevarte conmigo. Podrían hacerte daño, y yo no podría protegerte.

—¿El barón?

—Sí —respondió—. No sabes cómo es él. Es un monstruo.

—¿Y cómo piensas protegerte tú? Te ordenaron que regresaras con el tesoro o con tu hermana, pero vuelves sin ninguna de las dos cosas. Si alguien debe tener miedo, ésa eres tú.

—No tengo alternativa —dijo Gillian—. Tengo que volver a casa, y tú tienes que quedarte acá.

—Te lo ruego, Gillian. Acepto el peligro, y asumo toda la responsabilidad por cualquier cosa que pudiera ocurrirme. Por favor, piénsalo. Tengo un plan.

—No podría con mi conciencia si resultaras herida.

—Entonces déjame ir contigo hasta las tierras de Len. Puedo ayudarte a persuadir a Proster. Sé que puedo.

—¿Y luego regresarás con ellos?

—Sí —prometió Bridgid, e inmediatamente la recorrió una oleada de culpa por mentirle a su querida amiga. Tenía un plan fiable y estaba decidida, y con o sin el permiso o la aprobación de Gillian, iba a ayudarla.

—Nosotras… es decir, tú… podrías encontrarte con Brodick y los otros.

—No, no creo que suceda. Lo más probable es que vayan primero a la casa de mi tío Morgan, que queda en el noroeste de Inglaterra, en una zona ciertamente lejana, y yo me dirijo al este, a Dunhanshire.

—¿Dónde queda la propiedad del barón Alford?

—Al sur de la casa de mi tío. Si Dios quiere, cuando ellos lleguen a Dunhanshire, el rescate habrá sido pagado, y todo habrá terminado.

—¿Qué es lo que habrá terminado?

Gillian sacudió la cabeza. No pensaba explicarse. Bridgid sintió que un escalofrío la recorría hasta la médula.

—¿Entonces, nos vamos?

Cuadrando los hombros, Gillian asintió, mientras salía por la puerta de la cabaña, murmurando.

—Que Dios nos acompañe.

36

Era una desesperada carrera contra el tiempo. Gillian sabía que debía llegar a Dunhanshire bastante tiempo antes del festival de otoño, pero su temor consistía en que Brodick, Ian y Ramsey llegaran antes que ella. Por enfadada que siguiera con su esposo por haberla defraudado, y por decidida que estuviera a no regresar nunca más a las Highlands, seguía aterrada por su seguridad. Brodick le había destrozado el corazón, pero no podía dejar de amarlo. Si él y sus amigos trataban de tomar la fortaleza de Alford, estallaría una guerra, y todos ellos morirían.

Estaba segura de que el barón Alford habría dividido sus tropas y tendría soldados apostados en sus tierras y en las de su tío Morgan. Siempre se había jactado de que tenía más de ochocientos hombres a su servicio, y aunque Gillian dudaba de que ninguno de ellos fuera realmente leal al barón o se sintiera obligado hacia él, sabía que todos le tenían miedo. Alford controlaba sus tropas con actitud despótica, utilizando la tortura como método ejemplar para los hombres que osaban desafiarlo.

A Gillian se le congelaba la sangre al recordar los sádicos castigos de Alford, y en lo único que podía pensar era en hallar la manera de proteger al hombre que amaba.

Se encontraba a un día de viaje de Dunhanshire cuando se vio obligada a detenerse. La fatiga se había cobrado su precio, y Gillian se sentía mareada por la falta de sueño y alimento.

Proster, Ker, Alan y Bridgid seguían a su lado. Gillian había tratado en repetidas oportunidades de conseguir que regresaran a casa, pero ninguno de ellos le hizo caso. Bridgid no dejó de repetir que ella tenía un plan, pero se negó a decirle a Gillian en qué consistía, y aunque Gillian insistiera y le suplicara que regresara, Bridgid se resistió tercamente. Los jóvenes soldados eran igualmente enloquecedores. Proster le explicó una y otra vez que como ella no pensaba regresar a las tierras de Sinclair con él, sus amigos y él estaban decididos a permanecer a su lado y hacer todo lo que pudieran para protegerla.

Oscurecía cuando Bridgid sugirió que se detuvieran a pasar la noche. Gillian divisó un techo de paja en la distancia, e insistió en obtener el permiso de los propietarios para atravesar las tierras de la granja antes de descansar. Ignorando las vehementes protestas de Proster, desmontó al llegar a la puerta de la cabaña.

En la pequeña casa vivía una familia de cinco personas. El padre, un anciano con la piel tan curtida por la intemperie que su rostro parecía el lecho seco de un río, al principio no se fiaba de ellos, porque había visto que los hombres de las Highlands llevaban las manos a la espada, pero en cuanto Gillian se presentó y pidió formalmente permiso para pasar la noche en sus tierras, relajó su actitud.

El viejo saludó a Gillian con una profunda reverencia.

—Me llamo Randall, y la mujer que se esconde atrás de mí es Sarah. La tierra no es mía, pero eso ya lo sabéis, ¿no es así? Y sin embargo solicitáis mi permiso. Trabajo la tierra para mi señor, el barón Hardington, y sé que a él no le importará que descanséis sobre su hierba. Conocí a vuestro padre, milady. Era un gran hombre, y me siento honrado de poder seros de utilidad. Vos y vuestros amigos sois bienvenidos a compartir nuestra cena. Entrad, y calentáos al lado del fuego, mientras mis muchachos se ocupan de vuestros caballos.

Aunque era poco lo que tenían para compartir, los granjeros insistieron en que Gillian, Bridgid y los soldados cenaran con ellos. Durante la comida, Bridgid se mostró desacostumbradamente callada. Se sentó al lado de Gillian, ambas apretujadas entre dos de los fornidos hijos de Randall.

Cuando ya se marchaban, Sarah les dio mantas de su propio lecho.

—Refresca mucho por la noche —les explicó—. Cuando os marchéis, mañana por la mañana, dejadlas en el campo, y Randall irá a recogerlas.

—¿Podemos hacer algo más por vos? —preguntó Randall.

Gillian llevó aparte al hombre, y le habló en voz baja.

—Necesitaría algo que me ayudaría inmensamente, pero debo asegurarme de que si me das tu palabra, la mantendrás, pase lo que pase. Hay vidas en juego, Randall, de modo que si crees que no podrás cumplir con esta misión, debes ser honesto y decírmelo ahora. No tengo intención de ofenderte, pero la importancia…

—Si puedo hacerlo, lo haré —prometió Randall—. Decidme lo que necesitáis, y podré decidir.

—Deberás transmitir un mensaje en mi nombre —susurró—. Dirás estas exactas palabras: «Lady Gillian ha encontrado el tesoro de Arianna».

Randall repitió dos veces el mensaje, y luego asintió.

—Ahora decidme a quién debo dar el mensaje, milady.

Acercándose aún más, Gillian le susurró el nombre al oído. A Randall se le aflojaron las rodillas.

—¿Estáis… segura?

—Sí, estoy segura.

El viejo se persignó.

—Pero son paganos, milady… todos ellos.

—Lo que te estoy pidiendo requiere coraje. ¿Llevarás mi mensaje?

Randall asintió lentamente.

—Partiré al amanecer.

37

Dunhanshire estaba lleno de soldados. Era una oscura noche sin luna, pero el castillo estaba iluminado como el palacio del rey, con montones de antorchas que lanzaban su resplandor rojizo desde los parapetos y las pasarelas. En la distancia sus llamas parecían ojos de demonios, observándolos fijamente.

Los cinco se apiñaron uno junto al otro, bien ocultos en la densa espesura situada detrás de la pradera, en absoluto silencio, mientras escuchaban el metálico chirrido del puente levadizo al bajar para permitir el ingreso de un nuevo grupo de soldados montados en sus corceles.

—Se están metiendo en las entrañas del infierno —susurró Ker—. Puedo sentir la presencia del demonio.

—¿Por qué hay tantos soldados? —preguntó Proster—. El barón debe estar preparándose para la guerra. Juro haber contado cien hombres desde que estamos observando.

—Debe haberse enterado de que venían nuestros soldados —insinuó Alan.

Gillian negó con la cabeza.

—No. Alford siempre se rodea de una legión de soldados que lo protegen. Quiere estar totalmente seguro de que nadie podrá deslizarse furtivamente y atacarlo por sorpresa.

—Le teme a la muerte, ¿verdad? —comentó Bridgid—. Sabe que arderá en el infierno por sus pecados. ¿Es un hombre viejo?

—No —respondió Gillian—. Cuando yo era pequeña, pensaba que lo era, pero era un hombre muy joven. Como consecuencia de su amistad con el rey Juan, Alford ha conseguido mucho poder, y el principal objetivo de su vida ha sido conseguir más. Dunhanshire era un lugar alegre —añadió—. Pero Alford y su codicia han cambiado todo. Mató a mi padre, y destrozó mi familia.

—Si Dios quiere, nuestros soldados bajarán mañana de la colina, y atacarán —dijo Proster.

—Y yo ruego a Dios que se mantengan alejados hasta que esto haya terminado —replicó Gillian.

—¿Crees que tu tío está en Dunhanshire? —preguntó Bridgid.

—No lo sé —respondió ella—. Pero mañana lo averiguaré. Esta noche descansaremos aquí. —Desató la correa que sujetaba su manta al lomo del caballo, y la desplegó debajo de un enorme roble. Bridgid fue tras ella, y se sentó a su lado.

—Hasta aquí llegamos juntas —anunció Gillian—. El resto lo tengo que hacer sola.

—Sabes que Proster no va a dejar que entres sola a Dunhanshire.

—Tienes que ayudarme a hacérselo comprender —susurró Gillian—. Estaré a salvo siempre que Alford crea que tengo lo que él quiere, pero si Proster viene conmigo, te aseguro que lo utilizará en mi contra. Debe quedarse aquí, contigo, con Ker y con Alan.

Proster hincó una rodilla en tierra frente a Gillian.

—Hemos estado hablando —anunció, señalando con un gesto a sus amigos—. Y hemos decidido que deberíais esperar aquí hasta que llegue vuestro esposo. Entonces sí podréis entrar.

—Ya lo hemos decidido, milady —intervino Ker.

—Esperaré hasta el mediodía —concedió Gillian—. El barón no se despierta hasta entonces, pero no esperaré más que eso.

—O esperáis a vuestro esposo, o iré con vos —sostuvo Proster.

—Dejaremos esta discusión para mañana. Ahora debemos descansar. —Cerró los ojos para desalentar a Proster a seguir discutiendo.

Bridgid se quedó dormida casi de inmediato, pero Gillian dormitó intermitentemente durante toda la noche. Los soldados durmieron a sus pies, aferrando sus espadas.

Ninguno de todos ellos la oyó marcharse.

En cuanto comenzó a atravesar la pradera, se vio rodeada por los soldados de Alford, que la escoltaron al castillo. Luego fue llevada hasta el gran salón, y le ordenaron esperar hasta que llegara el primer comandante de Alford.

Una joven criada que, evidentemente, no sabía que al barón no le hubiera gustado que se ocupara de Gillian, le trajo una bandeja con comida y la dejó sobre la mesa. Dos soldados montaron guardia en la puerta, controlando cada uno de los movimientos de Gillian. Durante largo rato, se paseó frente al fuego, y cuando comenzó a sentirse cansada, se sentó a la mesa, obligándose a tragar algunos bocados de la carne fría y del pan que había en la bandeja. Gillian no tenía mucho apetito, pero sabía que debía alimentarse y fortalecerse para la confrontación que la aguardaba.

Finalmente, apareció el comandante. Era un enorme hombre de aspecto bestial, con una amplia y abultada frente, y pequeños ojos oscuros tan opacos e inexpresivos como piedras.

—Al barón Alford no le gusta ser molestado mientras duerme. Sus compañeros, el barón Edwin y el barón Hugh, y él estuvieron levantados hasta altas horas de la noche.

—No tengo nada que decirle a Alford hasta que vea a mi tío Morgan. ¿Está aquí?

—No —le respondió él agriamente—. Pero tenéis suerte. La semana pasada el barón ordenó a sus soldados que lo trajeran de sus tierras.

—¿Entonces a mi tío se le permitió quedarse en su propia casa? —preguntó Gillian.

—Desde que vos os fuisteis, vuestro tío fue trasladado dos veces.

—¿Por qué tardan tanto los soldados en traerlo aquí? Si partieron la semana pasada...

—También fueron enviados a la casa del barón Alford, a buscar su capa favorita. Llegarán en cualquier momento.

Gillian fue llevada arriba, y encerrada en la misma habitación de la que había escapado con Alec semanas atrás. Con una risita burlona, el soldado le informó que el pasaje había sido bloqueado.

La espera se prolongó hasta las últimas horas de la tarde. Gillian pasó la mayor parte del tiempo rezando, preocupada por la suerte de Brodick y los otros. Por favor, Señor, suplicó, cuídalos y manténlos alejados de este lugar hasta que haya terminado y Alford ya no pueda dañarlos.

El bruto quitó el cerrojo, y le dijo que el barón esperaba para verla.

—Ya ha llegado el resto de vuestra familia —le anunció.

Quiso preguntarle si su tío se encontraba bien, pero sabía que no le diría nada más, de modo que bajó corriendo la escalera para verlo con sus propios ojos.

Edwin estaba esperando. Gillian no lo miró dos veces cuando pasó frente a él, rumbo al salón. Alford y Hugh estaban sentados a la mesa, uno junto al otro. Evidentemente, la noche anterior habían bebido en exceso, ya que Hugh tenía la piel grisácea y le temblaban las manos al tomar su copa. El líquido se derramó sobre el borde de la mesa cuando bebió el vino ávidamente, como alguien que muere de sed.

Alford se frotó la cabeza, para calmar su punzante jaqueca.

—¿Dónde está mi tío? —preguntó Gillian.

—Pronto estará aquí —le respondió él—. Dime, Gillian: ¿fracasaste o tuviste éxito en tu búsqueda?

—No te diré nada hasta ver a mi tío Morgan.

—Entonces tu hermana tal vez me lo diga. Hazla entrar, Edwin —ordenó, tras hacer una mueca de dolor y volver a llevarse la mano a la cabeza.

Como Alford la miraba tan fijamente, Gillian trató de disimular su sorpresa y su confusión. ¿Hacer entrar a su hermana? En nombre de Dios, ¿de qué estaba hablando?

—Ah, ahí está —canturreó Alford.

Gillian se dio media vuelta, y por poco se cae de espaldas al ver a Bridgid en el salón. Santo Dios, ¿qué estaba haciendo? Los soldados debían haberla encontrado en su escondite, supuso Gillian, y si eso era así, ¿qué había pasado con Proster, Ker y Alan?

Aspiró profundamente, al borde del pánico. Bridgid le sonrió, y luego le preguntó, en voz lo suficientemente alta como para ser oída.

—¿Cuál de estos cerdos es Alford?

Alford se inclinó hacia ella, apoyando las manos sobre la mesa para sostenerse.

—¡Cuida tu lengua —le gritó—, o haré que te la corten!

Bridgid no pareció impresionarse por la amenaza.

—Morirás en el intento —le replicó.

Gillian le aferró la mano para indicarle que se callara. Azuzar a la bestia en su propia madriguera era peligroso y estúpido.

—¿Dónde está mi tío, Alford?

Con un gesto de la mano, él desestimó la pregunta. Hugh atrapó su atención con un comentario.

—No me ha defraudado el cambio de Christen. Todavía tiene el cabello rubio.

Edwin se reunió con su amigo en la mesa, y chasqueó los dedos para avisar a los sirvientes que le trajeran vino y comida.

—No parecen hermanas —comentó.

Alford contempló a las dos mujeres.

—Tampoco parecían hermanas cuando eran pequeñas. Christen fue siempre la más bonita, y Gillian era un ratoncillo.

—Ya no es ningún ratoncillo —dijo Hugh, riendo entre dientes. Poniendo la mano debajo de la mesa, comenzó a frotarse, y declaró—: La quiero para mí, Alford.

Alford ignoró la petición.

—¿Con qué clan viviste? —le preguntó.

—Con los MacPherson —respondió Bridgid.

—¿Y qué nombre te pusieron esos salvajes, o acaso conservaste el nombre de Christen?

A Gillian comenzó a latirle con fuerza el corazón, porque no pudo recordar si le había dicho a Bridgid el nombre que los MacPherson le habían puesto a Christen.

—Me llaman Kate —respondió Bridgid—. Lo prefiero a Christen.

—Tiene el mismo carácter que Gillian —comentó Hugh—. Son hermanas, sin duda.

—Sí —concedió Alford con voz cansada, pero su mirada furtiva indicó que no estaba completamente convencido. Impaciente, se puso en pie y rodeó la mesa—. ¿Tienes contigo mi tesoro, Christen? —Sus pequeños ojos fueron y vinieron entre las dos mujeres, mientras esperaba la respuesta.

Era tan vil que le ponía los pelos de punta. Bridgid lo enfrentó con audacia y asumió su mirada más desafiante.

—Creí que el tesoro pertenecía a tu rey.

—¿A mi rey?

Bridgid corrigió rápidamente su error, forzando un gesto de indiferencia.

—Ahora soy una MacPherson, he vivido muchos años en las Highlands, y he jurado lealtad al rey de Escocia. No considero que Inglaterra sea mi patria.

—¿Y tu tío Morgan? ¿Te consideras leal a él?

—No lo recuerdo —dijo Bridgid—. Sólo estoy ayudando a mi hermana.

Alford la observó con ojos penetrantes.

—Quiero lograr que el rey recupere su caja —declaró—. ¿La tienes contigo?

Edwin se acercó para reunirse con su amigo, rascándose la triple papada.

—Seguramente la registraron antes de traerla aquí —señaló.

—Pues regístrala otra vez —dijo Hugh con una risilla—. Llévala a una de las habitaciones y hazle una revisión exhaustiva, Edwin. Comienza por el cuello, y sigue hacia abajo.

Gillian decidió intervenir antes de que la situación se escapara totalmente de control.

—Mi hermana no tiene la caja, y no sabe dónde está.

Alford le golpeó a Edwin en la mano que ya estiraba hacia Bridgid.

—Puedes tenerla más tarde —le prometió. Acercándose furtivamente hacia Gillian, le preguntó—: ¿Tienes tú el tesoro?

—No.

—Puedes llevar a Christen arriba, Edwin. Haz con ella lo que quieras. Hugh, ¿te gustaría ir con ellos?

Soltando una risotada, Hugh apuró el contenido de su copa y al ponerse de pie empujó el banco sobre el que estaba sentado.

—Creo que iré con ellos —anunció.

Alford estaba observando atentamente a Gillian mientras hacía esa sugerencia. La joven no mostró ninguna reacción, pero cuando Edwin quiso tomar a Bridgid, se movió con una impresionante velocidad y lo empujó.

Irritado por su intervención, Edwin la abofeteó en pleno rostro. La fuerza del golpe bastó para hacerla caer contra Bridgid, quien la sostuvo para que no se fuera de narices al suelo.

—¡Si vuelves a tocarla, te mataré! —gritó Bridgid.

Alford levantó la mano para indicarle a Edwin que debía esperar.

—Por favor, vé y siéntate —le ordenó Gillian a Bridgid.

Quería evitar que le hicieran daño, y Bridgid no debía demostrar más su temeridad. Se apartó de Edwin y fue hasta una silla apoyada contra la pared más lejana. Le latía el corazón con fuerza por el miedo y la vergüenza, porque se daba cuenta de que en ese momento era para Gillian un estorbo más que una ayuda. Demasiado tarde comprendió a qué se había referido su amiga cuando le había dicho a Proster que, si iba con ella, el barón lo usaría para obtener lo que quería.

—Esto es entre tú y yo, Alford —dijo Gillian—. Comenzó en este mismo salón, y aquí terminará. Sé dónde está escondido el tesoro, y te lo mostraré en cuanto mi tío Morgan y mi hermana puedan salir sanos y salvos de aquí. Te sugiero que traigas a mi tío lo antes posible, ya que no te diré nada más hasta que vea con mis propios ojos que está bien. ¿Nos entendemos?

—¿Te has dado cuenta, Edwin, de que no pide un salvoconducto para ella?

Su amigo asintió, y aceptando que no iba a poder llevarse a Bridgid arriba en ese momento, volvió a reunirse con Hugh en la mesa.

—¿Y por qué no lo hace? —preguntó, tomando la jarra de vino.

—Porque sabe que jamás la dejaré ir. —Se acercó aun más a Gillian, y dijo—: Tú y yo llevamos años jugando nuestro juego, y alguno de los dos debe perder. Te juro que ha de llegar el día en que doblegue ese espíritu tuyo y aprendas a temblar de miedo en mi presencia.

Un fuerte grito interrumpió su amenazante perorata, y el bruto entró corriendo en el salón, con otro soldado pisándole los talones.

—No deberías interrumpirnos, Horace —le gruñó el barón al bruto.

—Tenemos una buena razón —exclamó éste—. Querréis enteraros de esto, milord. —Volviéndose hacia el soldado, le ordenó—: Díselo, Arthur.

El soldado, que tenía el rostro picado de viruela, tragó de manera audible.

—Acabábamos de regresar… —barbotó—. Fuimos hasta las tierras del barón Morgan Chapman para traerlo hasta aquí, milord, como lo ordenasteis, pero cuando…

Alford lo interrumpió.

—Os dije que antes fuerais a mi casa.

—Sí, milord, pero nos pareció que ganaríamos tiempo si...

—¿Me trajisteis mi capa favorita?

La pregunta pareció ser muy difícil de responder. Horace dio un empujón al soldado.

—Responde a tu barón —le ordenó.

Arthur sacudió nerviosamente la cabeza.

—No... no, no se nos ocurrió ir a buscar vuestra capa.

—¿Dónde está Morgan? —preguntó entonces Alford—. Hazlo entrar.

—No puedo, milord. No puedo. No entendéis lo que sucedió. Fuimos hasta su propiedad, y estaba... vacía. No había nadie. Todos se habían ido.

—¿Qué estás farfullando? ¿Quién se fue?

—Los soldados —gimió Arthur, aterrorizado porque sabía que cuando el barón recibía malas noticias, solía matar al mensajero. Retrocediendo para poner algo de distancia entre ambos, siguió diciendo—: La casa de Morgan estaba vacía, y vuestros soldados habían desaparecido.

—¿Qué quieres decir con «desaparecido»?

Al escuchar la letal furia que embargaba al barón, Arthur pareció encogerse.

—Os digo la verdad. Los hombres habían desaparecido. La propiedad estaba completamente vacía, milord, y no había signos de ataque o de lucha. Ninguna silla volcada, ningún taburete roto, y tampoco pudimos encontrar flechas ni sangre por ninguna parte. Parecía como si hubieran decidido irse, y lo hubieran hecho sin más.

—¿Dónde está mi tío Morgan? —preguntó Gillian.

—¡Silencio! —gritó Alford—. ¿Qué te contaron los sirvientes? —le preguntó a Arthur.

—No había ningún sirviente, milord. El lugar estaba desierto, os lo aseguro. Supusimos entonces que los soldados debían haberse ido a vuestra propiedad, llevándose consigo a la servidumbre, y que vos les habíais ordenado hacerlo.

—Nunca di semejante orden —murmuró Alford, con furia apenas controlada—. Y pagarán con sus vidas el haber abandonado sus puestos, hasta el último de ellos.

Horace carraspeó.

—Aun hay más novedades, milord —dijo.

Alford bizqueó, tratando de enfocar a Arthur.

—¿Y bien? —lo urgió al ver que el soldado se estremecía de pies a cabeza.

—Cabalgamos a todo galope hasta vuestro castillo, milord, pero cuando llegamos allí, el puente levadizo estaba bajado... y todo estaba igual. Allí no había ningún soldado.

—¿Qué dices? —chilló Alford.

—Vuestra casa estaba desierta.

—¿Y los sirvientes?

—También habían desaparecido.

Alford se puso rígido.

—¿Mis propios hombres se atreven a desertar? ¿Adónde pueden haber ido? ¿Adónde? —bramó—. Voy a averiguar quién es el responsable de esto... —Se detuvo bruscamente, y dejó de vociferar. Giró la cabeza, y miró fijamente a Gillian—. ¿Qué sabes tú de todo esto?

—Sólo sé lo que acabo de escuchar.

Alford no le creyó. Buscó la daga en su cintura, no la encontró, vió que estaba sobre la mesa, y fue a buscarla. Después, muy lenta y deliberadamente, volvió al lado de Gillian y sostuvo la afilada hoja frente a su rostro.

—Voy a cortarte la garganta, perra, si no me dices la verdad. ¿Dónde están mis soldados?

Presionó con la punta del cuchillo contra su cuello,

con una perversa expresión de placer en los ojos mientras punzaba su piel. Se acercó aún más y luego se quedó inmóvil, bajando lentamente la mirada hacia el cuchillo que Gillian había apoyado contra su vientre.

—¿Quieres averiguar qué cuchillo es más veloz? Susurró ella.

Alford retrocedió de un salto.

—¡Atrápala! —le gritó a Horace.

Bridgid corrió hacia Gillian, pero Horace la vio venir y la hizo a un lado de un empujón. Tomó a Gillian de un brazo, y trató de quitarle el arma. Ella logró cortarle dos veces en la palma de la mano antes de que él pudiera recuperar el cuchillo.

—Yo sé qué les ocurrió a tus soldados —gritó Bridgid.

—Apártate, Horace —le ordenó Alford.

Tembloroso, Alford se sirvió un trago, luego se dio la vuelta y se apoyó contra el borde de la mesa.

—Dime entonces lo que ocurrió.

—Están muertos —respondió Bridgid—. Todos. ¿Acaso creíste que podías secuestrar al hijo de un poderoso laird, sin sufrir las consecuencias? —Juntando las manos, rió—. Tú eres el próximo. Tú, y tus amigos.

Edwin hizo un gesto de burla.

—No llegarán hasta el corazón de Inglaterra. No se atreverían.

—Sí —coincidió Hugh—. Si fueron los hombres de las Highlands, ya deben estar de regreso en sus casas. Ciertamente, han terminado…

—Oh, pero si acaban de empezar —exclamó Gillian—. A ellos no les interesa el oro, ni los tesoros. Os quieren a vosotros tres, y no se detendrán hasta veros muertos.

—¡Miente! —gritó Horace—. Los hombres de las

Highlands son salvajes, y nuestros soldados son infinitamente superiores.

Gillian se echó a reír.

—Te ruego que entonces me digas dónde están.

—¿Cuántos soldados has apostado a lo largo del perímetro? —preguntó Hugh.

—Sea cual fuere el número, tal vez deberías doblar la guardia. Ninguna precaución es excesiva —intervino Edwin.

Alford se encogió de hombros ante sus preocupaciones.

—Si eso os complace, voy a doblar el número de guardias. Ocúpate, Horace —le ordenó—. Nadie puede entrar en este castillo. Lo he hecho inexpugnable. Tengo aquí cerca de doscientos hombres, todos seleccionados y todos leales. Sumad ese número a los soldados que os escoltaron hasta aquí, y somos una fuerza invencible.

—Conmigo venían cuarenta soldados —dijo Hugh.

—Y conmigo, veintidós —informó Edwin.

—¿Lo veis? No tenemos nada que temer.

El comandante acababa de abandonar el salón, cuando regresó corriendo.

—Milord... se acerca una compañía.

—¿De quién se trata?

—¡Dios mío, son los salvajes! —gritó Edwin.

—No, barón, no son los salvajes. Es el mismísimo rey, con todo un contingente de soldados. El centinela identificó su estandarte, milord, y fue bajado el puente levadizo.

Alford estaba anonadado.

—¿Juan está aquí? ¿El rey de Inglaterra, a las puertas de mi casa?

—Así es, barón.

—¿Cuántos soldados calculas que vienen con él?

—El centinela informó de sesenta o setenta hombres.

Alford soltó un bufido.

—Entonces mis tropas superan a las suyas —comentó.

Hugh se echó a reír.

—Tú siempre tratando de superarlo, ¿verdad?

—Siempre que puedo —admitió Alford—. Es el rey, sin embargo, y eso me coloca en desventaja. Pero hago lo que puedo.

—Ciertamente, podemos bajar la guardia —dijo Edwin.

Alford dio un par de palmadas y ordenó a los sirvientes que prepararan un banquete para honrar a su huésped. Hugh y Edwin corrieron arriba a cambiarse las túnicas, y Alford aguardó a que abandonaran el salón para tomar a Gillian del brazo.

—Ahora, escúchame —le dijo en un susurro—. Guardarás silencio acerca del tesoro, ¿me oyes? No le dirás al rey que sabes dónde está escondida la caja de Arianna. Te juro que si me desafías en esto, mataré a tu tío.

—Te he entendido.

La apartó de un empujón.

—Vé, y siéntate en un rincón. Espero que el rey no te preste ninguna atención.

Bridgid la siguió, y se sentó a su lado.

—He complicado todo, ¿verdad?

—No —le respondió Gillian—. No te preocupes. Pronto terminará todo esto.

—¿Tienes miedo?

—Sí.

Las mujeres se callaron cuando Hugh y Edwin entraron corriendo en el salón. Hugh se estiraba la túnica sobre el vientre mientras se reunía con Alford, y Edwin trataba de quitarse una mancha que había visto en su manga.

Los sirvientes se afanaban por el salón, preparándolo para tan noble huésped. Se agregaron leños al fuego, la mesa fue despejada, y después de cubrirla con un fino mantel de hilo, colocaron velas en candelabros de plata.

Hugh y Edwin permanecieron de pie junto a Alford, discutiendo las razones que podían haber llevado al rey hasta Dunhanshire.

—Quizá se enteró de que tus soldados abandonaron sus puestos en tu propiedad y en la del barón Morgan —especuló Edwin.

—No abandonaron sus puestos —replicó Hugh—. Huyeron ante la batalla, y deberían morir por su cobardía.

—El rey no puede haberse enterado aún de esas noticias —señaló Alford.

—Si no sabe las noticias, ¿por qué está aquí? —se preguntó Edwin.

—Creo que sé lo que quiere —dijo Alford—. Se habla de una nueva incursión a Francia, y probablemente va a presionarme para que vaya con él.

Bridgid dio un codazo a Gillian.

—¿Viste la reacción de Alford cuando se enteró de que sus soldados habían desaparecido? Creí que le iba a explotar la vena de la frente.

—Bridgid, cuando entre el rey, no le mientas. Si te pregunta tu nombre, dile la verdad.

—Pero entonces Alford sabrá que no soy tu hermana.

—No puedes mentirle al rey de Inglaterra.

Bridgid dejó de discutir y accedió a hacer lo que Gillian le pedía.

—Juan eligió un mal momento para visitar a su amigo. ¿Por qué crees que el rey está aquí?

—Yo sé por qué —respondió Gillian—. Le mandé llamar.

38

Finalmente había llegado el momento de ajustar las cuentas. Juan, monarca del reino, no entró caminando en el salón: entró pavoneándose. Al menos veinte soldados, todos ataviados con nuevas y brillantes vestiduras, marcharon tras él en fila de a dos, para después desplegarse en círculo, formando una especie de capullo con él en el centro. Rápidamente se apostaron a lo largo de los muros soldados fuertemente armados, que tenían un único propósito: asegurarse de que su rey estuviera a salvo.

Gillian y Bridgid saludaron con una formal reverencia apoyando una rodilla en tierra e inclinando las cabezas, sin volver a levantarse hasta que el rey les otorgó su permiso para hacerlo.

Bridgid lo espió por el rabillo del ojo. Curiosa, quiso echar una buena mirada al hombre que le habían enseñado a identificar con el demonio, y se sorprendió al comprobar que no tenía cuernos en la cabeza. Juan tenía un aspecto francamente vulgar, con sus oscuros y rizados cabellos que necesitaban un buen corte, y una espesa y ensortijada barba castaña salpicada de mechones grises. También su tamaño era ordinario, e imaginó que no les llegaría siquiera a los hombros a Ramsey, Brodick o Ian.

Los tres barones realizaron una genuflexión ante su rey, y después de que Juan les diera permiso para levantarse, Alford habló en un tono que parecía un gorjeo.

—¡Qué maravillosa sorpresa, majestad! —dijo.

—Sí, en efecto —replicó Juan—. ¿En qué líos te has metido ahora, Alford? —dijo, arrastrando las palabras, en las que no obstante podía detectarse una cierta burla.

—Ningún lío —le aseguró Alford—. ¿A qué debo el placer de vuestra compañía, majestad?

—No he venido a verte a ti —dijo Juan, impaciente, mientras le daba la espalda a Alford y atravesaba el salón a grandes zancadas.

Gillian y Bridgid se encontraron de pronto contemplando un par de brillantes botas.

—Poneos en pie —ordenó Juan.

Las damas hicieron lo que se les ordenaba. Bridgid miró al rey directamente a los ojos, pero entonces advirtió que Gillian mantenía la cabeza gacha, y se apresuró a imitarla.

—¿Cuál de vosotras, bellas damas, es Gillian?

—Yo soy lady Gillian, majestad —respondió la aludida.

Alford se acercó corriendo.

—¿Puedo preguntaros, majestad, qué asuntos tenéis que tratar con mi pupila?

—¿Tu pupila, Alford? ¿Es que acaso te otorgué su guarda?

Gillian levantó lentamente la mirada, y el rey quedó tan deslumbrado por la intensidad de sus ojos verdes y sus exquisitas facciones, que dejó escapar un suspiro ahogado.

—Es magnífica. ¿Por qué nadie la ha llevado a mi corte? —dijo, pensando en voz alta.

—No creí que quisierais tener a la hija de un asesino en vuestra corte —dijo Alford—. Como bien sabéis, creo firmemente que el padre de Gillian estaba envuelto en el complot para matar a Arianna y robar el tesoro, y tuve la sensación de que cada vez que vierais a Gillian recordaríais la tragedia. Por esa razón no la llevé a la corte, majestad. No creí que quisierais soportar tanto dolor.

Juan entrecerró los ojos.

—Sí, desde luego. Has sido un amigo muy considerado, Alford.

El barón inclinó la cabeza.

—Gillian —señaló— ha vivido en el norte de Inglaterra con su tío Morgan… con el barón Chapman. Y acaba de regresar a Dunhanshire. La enviaré arriba para que no tengáis que seguir viéndola.

—No harás nada por el estilo. Vé, y siéntate con Hugh y Edwin, mientras converso en privado con estas dos damas.

Alford no discutió. Le dirigió a Gillian una mirada amenazante antes de ir a reunirse con sus amigos. Demasiado agitado para permanecer sentado, se quedó de pie junto a Hugh y a Edwin, tratando de escuchar la conversación del rey.

Juan ignoró a los barones, y volvió a dirigirse a Gillian.

—¿Dónde está? —preguntó con impaciencia, y antes de que pudiera responderle, agregó—: ¿Tienes contigo el tesoro de Arianna?

—No, majestad, pero creo saber dónde está escondido.

—¿Lo crees? —repitió él, casi gritando—. ¿No estás segura? Si he hecho este viaje por un capricho, puedo asegurarte que me enfadaré mucho.

Su rostro iba poniéndose cada vez más rojo, y Gillian se apresuró a explicarse, antes de que el rey perdiera completamente los estribos y estallara en uno de sus famosos ataques de ira.

—No he tenido oportunidad de constatarlo con mis

propios ojos, pero estoy segura de que está aquí… en Dunhanshire. A poca distancia de aquí.

Su explicación logró tranquilizarlo.

—Si ese tesoro puede recuperarse, ¿te das cuenta de que será una prueba incontestable de que tu padre estuvo involucrado en el asesinato de Arianna?

Gillian sabía que no debía discutir con el rey, pero no pudo evitar el defender a su padre.

—Me dijeron… y yo lo creo… que mi padre era un hombre honorable, y un hombre honorable no mata mujeres inocentes.

—Yo también creía que tu padre era un súbdito leal y un buen hombre —dijo Juan—, hasta que me traicionó.

—No puedo creer que os haya traicionado —murmuró Gillian—. Mi madre acababa de morir, y mi padre guardaba luto por ella en casa… aquí, majestad, en Dunhanshire.

—Sé que no estaba en la corte cuando murió Arianna, pero Alford está convencido de que estaba confabulado con otro. Sí, el hombre que mató a Arianna le pasó el tesoro a tu padre. Si está aquí, eso prueba que la teoría de Alford es correcta.

—No sé qué decir para convenceros de que mi padre era inocente.

—Muy pronto podremos demostrar que era un traidor. Si hubieras guardado silencio acerca del paradero de la caja, nunca habría sabido con absoluta certeza que tu padre me había traicionado. ¿Por qué, entonces, enviaste por mí?

—Alford encerró a mi tío Morgan y me dijo que lo mataría si yo no iba a las Highlands y encontraba a mi hermana. Alford creía que ella tenía la caja, y me ordenó traerla de regreso a Inglaterra, junto con la caja.

Juan echó una mirada de soslayo a Bridgid, pero siguió sin dirigirse a ella mientras defendía las acciones de su barón.

—El empeño de Alford por ayudarme en la búsqueda del tesoro de Arianna no ha disminuido con los años, y no puedo culparlo por haber llegado a tales extremos. Además, al parecer el fin puede justificar los medios. —Sonriendo como un padre que estuviera explicando las travesuras de su hijo, añadió—: Pero tiene sus defectos, y uno de ellos es la codicia. Estoy seguro de que quería que le trajeras el tesoro para poder dármelo y así cobrar la recompensa. Yo haría lo mismo, y aparentemente, tú también.

—Majestad, no quiero ninguna recompensa, de veras que no.

—¿Y entonces qué quieres?

—Mi tío Morgan es uno de vuestros más leales barones, y os pido vuestra protección para él.

—¿Eso es todo lo que quieres?

—Sí, majestad.

La actitud del rey cambió con la velocidad del rayo. Y de pronto se convirtió en encantador y solícito. Aunque Gillian había oído hablar de sus súbitos cambios de humor, fue sorprendida con la guardia baja.

—Acabo de hablar largamente con Morgan —dijo el rey.

La voz de Gillian tembló.

—¿Está bien, majestad? —preguntó.

—Está viejo y cansado, y lanza acusaciones ultrajantes, pero está bien. Pronto lo verás.

Las lágrimas le nublaron la visión.

—Gracias, majestad —susurró—. Sé que estáis ansioso por ver si el tesoro está aquí, pero si me permitís, os pediría…

—¿Sí, mi querida niña?

—Si estoy equivocada en suponer que la caja se encuentra aquí, por favor no descarguéis vuestro desagrado sobre mi tío Morgan. Él no tiene nada que ver con esto. Yo soy la única responsable.

—Y por lo tanto debería volcar mi ira sobre ti.

—Sí, majestad.

Juan soltó un suspiro.

—He esperado cerca de quince años para recuperar el tesoro, y siento que esta expectativa aumenta mi alegría y mi tristeza. No quiero darme prisa —explicó—. La posible desilusión me resultará muy dolorosa. En cuanto a Morgan —siguió diciendo—, te aseguro que aunque el tesoro no esté aquí, tu tío tendrá toda mi protección, tal como tú también la tendrás. ¿Crees que soy un ogro? No voy a hacerte responsable por los crímenes de tu padre.

Aunque Gillian sabía que en ese momento era sincero, sabía también con qué rapidez cambiaba de idea. No se atrevió a tener fe en su promesa.

—Sois muy bondadoso, majestad —dijo.

—En ciertas circunstancias, puedo serlo —convino él con arrogancia—. Ahora, respóndeme una pregunta.

—¿Sí, majestad?

—¿Estás casada con el gigante bárbaro de largos cabellos rubios llamado laird Buchanan?

Gillian sintió que tambaleaba.

—Soy su esposa, majestad —balbuceó—. ¿Está aquí... lo habéis visto?

—Sí, lo he visto —respondió el rey—. Y por cierto que está aquí, junto a otros dos lairds y todo un ejército. Los hombres de las Highlands están rodeando Dunhanshire.

El jadeo ahogado de Bridgid atrajo la atención del rey.

—Te he ignorado demasiado tiempo, querida mía. Disculpa mis malos modales, y dime, ¿quién eres tú?

—Es mi amiga más querida —dijo Gillian—. Su nombre es Bridgid KirkConnell.

Bridgid sonrió al monarca, y al instante él correspondió a su sonrisa.

—Ah, eres la dama que ha venido a buscar el laird Sinclair.

—Pertenezco a su clan, majestad —dijo ella en voz baja, nerviosa al recibir toda la atención del rey—. Y soy una de sus seguidores más leales, pero él no haría todo este viaje sólo por mí.

El rey se echó a reír.

—A juzgar por la forma en que me rugió, creo que estás equivocada. Debo admitir que los hombres de las Highlands son impresionantes, e intimidantes. Cuando los vi, pensé en regresar a Londres para buscar más tropas, y por cierto que mi guardia me insistió en que lo hiciera. Pero entonces los tres lairds se separaron de sus hombres, y cabalgaron a todo galope para alcanzarme. Parece que acababan de enterarse de que vosotras dos estabais aquí, y estaban... sumamente agitados. Les ordené que aguardaran fuera de las murallas, y debo deciros que me molestó mucho que laird Maitland osara discutir mis órdenes. Cuando le dije que tú habías enviado por mí, y que no permitiría que sufrieras ningún daño, todos accedieron a regañadientes. ¿Por qué hiciste este largo viaje, Bridgid?

La aludida miró a Gillian, esperando que ella ofreciera una explicación.

—El barón Alford cree que Bridgid es mi hermana.

—Pero no lo es —dijo el rey.

—No, majestad, no lo es.

—Le mentimos al barón Alford —confesó Bridgid—. Pero Gillian me dijo que no debía mentiros a vos, majestad.

El rey pareció encontrar graciosa la honestidad de Bridgid.

—Y tenía razón —dijo antes de volverse otra vez más hacia Gillian—. ¿Y qué pasó con tu hermana?

Gillian agachó la cabeza.

—La hemos perdido para siempre, majestad.

Juan asintió, aceptando sus palabras como un hecho. Alford interrumpió la conversación al ofrecerle refrescos al rey.

—Cenaré con vosotros cuando regrese.

—¿Regresar, majestad?

—Sí —respondió Juan—. Lady Gillian va a mostrarme el lugar donde cree que está escondido el tesoro de Arianna. No sabremos a ciencia cierta si está allí hasta que no lo veamos con nuestros propios ojos.

Alford dio un paso hacia su comandante, y con un gesto le indicó que se acercara.

Juan sonrió a Gillian.

—¿Vamos, entonces? —dijo, mientras le ofrecía graciosamente su brazo.

A Gillian le tembló la mano cuando la apoyó sobre el brazo del rey. Advirtiendo su incomodidad, Juan le cubrió la mano con la suya, le dio una palmada afectuosa, y le ordenó que dejara de sentir miedo de él.

—Eres una súbdita leal, ¿no es así?

—Sí, majestad, lo soy.

—Entonces, tal como dije antes, no tienes nada que temer de mí. ¿Sabes, Gillian, que me recuerdas a ella?

—¿A vuestra Arianna, majestad?

El rostro del rey se ensombreció, al invadirlo la melancolía.

—Sí, era mi Arianna, y aunque tus ojos no son del

mismo color que los de ella, son igualmente bellos. Yo la amaba, como jamás he amado a ninguna otra mujer. Ella era… la perfección. A menudo me pregunto cómo habría sido de mi vida si ella hubiera vivido. Ella logró sacar todo lo bueno que había en mí, y cuando estaba con ella, quería ser… diferente. —Parecía un joven envuelto en las vicisitudes de su primer amor.

De pronto, el rey se apartó de ella y se giró hacia Alford, porque acababa de darse cuenta de que su amigo se hallaba enfrascado en una discusión con uno de sus soldados. Juan se enfureció, reprendiendo al barón por su grosería y recordándole que cuando él se encontraba en una habitación, según la ley inglesa, él, y sólo él, debía ser el centro de atención.

Humillado por la reprimenda, Alford agachó la cabeza mientras le ofrecía a Juan sus disculpas.

—¿Qué discutías con tu soldado? —preguntó Juan—. Debe tratarse de algo muy importante para que seas tan impertinente.

—Horace es uno de vuestros más leales soldados, y le estaba diciendo que os pediría que le concedierais, a él y a otros tres dignos hombres, el honor de escoltaros a vos y a lady Gillian.

Con un encogimiento de hombros casi imperceptible, Juan les otorgó su permiso.

—No nos ausentaremos por mucho tiempo —dijo, y luego ordenó a sus soldados—: Vosotros, quedáos aquí. Que nadie abandone este salón hasta que yo regrese. Bridgid, querida mía, ¿podrías por favor aguardar aquí?

—Sí, majestad —respondió ella.

Alford volvió a reclamar la atención del rey.

—¿Puedo acompañaros a vos y a lady Gillian?

—Siéntate —le ordenó Juan.

Alford, sin prestar atención a la amenaza implícita en el tono del rey, se atrevió a solicitarlo por segunda vez.

Irritado con su barón, Juan decidió hacerlo sufrir.

—No, no puedes venir con nosotros —repitió otra vez más—. Y Mientras Gillian y yo estemos dando nuestro paseo, te sugiero que tanto tú como Hugh y Edwin os mantengáis alejados de las ventanas abiertas.

Alford pareció confundido ante esa sugerencia y Juan se la explicó, riendo entre dientes.

—¿Acaso olvidé mencionar que Dunhanshire está rodeado por los soldados de las Highlands? Ah, por tu expresión puedo ver que, efectivamente, lo olvidé. ¡Qué descuido de mi parte!

—¿Los salvajes están aquí? —A Alford se le salieron los ojos de las órbitas, mientras tragaba con dificultad, tratando de superar la sorpresa.

—Acabo de decir que sí —replicó Juan—. Tú sabes por qué han venido, ¿verdad?

Alford fingió ignorancia.

—No, majestad. No sé por qué han venido. ¿Cómo podría saberlo?

Juan sonrió levemente, disfrutando de la desazón de su amigo. Estaba molesto con Alford por haber sido tan descarado en su presencia, y también por su malévola actitud hacia el barón Morgan. El rey contaba en ese momento con pocos lores leales, y aunque Morgan no era uno de los barones favoritos, estaba bien visto entre todos los demás, y su opinión a favor de las políticas de Juan podría ayudarle en el futuro. El empeño de Alford por encontrar el tesoro de Arianna había colocado a Juan en el centro de una controversia, y pensaba hacer sufrir un poco más a su amigo antes de perdonarlo.

En rigor de verdad, siempre le perdonaría, por la sencilla razón de que había sido Alford quien trajera a

Arianna a su vida. Independientemente de la gravedad de sus anteriores faltas, Juan nunca olvidaría ese maravilloso regalo.

Pensando en asustarlo un poco, se ofreció a explicarle la presencia de los soldados de las Highlands.

—¿Te gustaría que te dijera por qué han recorrido toda esta distancia?

—Sí lo deseáis… —contestó Alford en voz baja.

—Quieren matarte. Déjame recordar sus palabras exactas; ah, sí, ya recuerdo. El más alto… su nombre es Maitland. Me dijo que te va a arrancar el corazón con sus propias manos, y luego te lo meterá en la boca. ¿No es gracioso? Es lo suficientemente grande como para poder hacerlo —agregó, riendo por lo bajo.

El rey no esperaba respuesta, de modo que siguió hablando.

—Los tres lairds estaban discutiendo delante de mí, imagínate, acerca de cuál de los tres tenía el derecho de matarte.

Alford forzó una sonrisa.

—Sí, es gracioso.

—También formularon amenazas contra ti, Edwin y contra ti, Hugh. Al laird Buchanan se le ha metido en la cabeza que uno de vosotros le pegó a lady Gillian. Cree tener el derecho de cortarle las manos al culpable. Oh, también mencionó que iba a cortarte los pies, Alford, ¿o ya mencioné esa amenaza?

Alford sacudió la cabeza.

—¡Deberíais haberlos matado por amenazar a vuestros amigos! —chilló—. ¿No somos leales a vos? Vos y yo hemos pasado juntos por muchas cosas, y siempre he permanecido a vuestro lado contra vuestros enemigos, incluyendo al Papa. ¡Matadlos! —exigió con un grito.

—¡No! —gritó Gillian.

Juan le palmeó el brazo.

—¿Ves cómo has puesto a nuestra querida dama? Vamos, Gillian. Esta discusión puede esperar hasta que regresemos, pero puedo asegurarte que no tengo intención de matar a los lairds. Bien sé que después tendría a todos los hombres de las Highlands acosándome en mi misma puerta, y ya tengo bastante caos en mi reino por el momento. No necesito más.

Las puertas se abrieron de par en par, y salieron al exterior. Gillian bajó los ojos para ver dónde pisaba, y cuando volvió a levantarlos, se detuvo bruscamente, soltando un suspiro sofocado.

Allí, de pie en el centro del patio de armas, se encontraban Ian, Ramsey y Brodick. Iban armados, con las espadas envainadas.

Los ojos de Brodick parecían arder de furia, y la miraba, al parecer incapaz de aguardar el momento de ponerle las manos encima. Ella no pudo apartar los ojos de los suyos. Juan les había ordenado esperar fuera de los muros, y por lo tanto, no supo qué hacer ante la aparición de los lairds. ¿Cómo habían entrado? Con más curiosidad que enfado, miró a Gillian.

—¿Te comprometiste con este laird por tu propia voluntad? —le preguntó.

—Por mi propia voluntad me casé con él, majestad —respondió ella—. Y lo amo mucho.

—Entonces es verdad lo que dicen. El amor es ciego.

Sin saber si el rey bromeaba, y esperaba que le riera el chiste, o si hablaba en serio y esperaba su asentimiento, optó por permanecer en silencio.

Al acercarse a Brodick, éste cambió de posición, separando las piernas, lo que hizo que ocupara el doble de espacio. De inmediato, Ian y Ramsey hicieron lo mismo.

El mensaje era claro: no iban a permitir que Gillian

pasara, y ella sabía que si el rey y ella trataban de rodearlos, les cortarían el paso.

El resto de los soldados del rey permanecían expectantes en la retaguardia, con las manos apoyadas sobre las empuñaduras de sus espadas, observando y esperando la orden de Juan.

Los lairds parecían insensibles a la amenaza de los soldados, y Gillian se sintió desesperada por su seguridad.

—Retiráos —ordenó Juan.

—Majestad, ¿puede mi esposo acompañarnos en nuestro paseo? —preguntó Gillian en voz baja—. No lo he visto desde hace mucho tiempo, y me haría muy feliz contar con su compañía.

—¿Ah, sí? —dijo Juan, una vez más sonriente—. Él no parece tan feliz de volver a verte, Gillian. Ninguno de ellos lo parece —añadió—. En realidad, la expresión de tu laird es la de un marido al que le gustaría dar unos azotes a su esposa.

—¡Oh, no, él jamás haría tal cosa! —Le aseguró ella—. Por muy enfadado que pueda estar, no se le ocurriría hacerme daño. Son hombres de honor, todos ellos.

Juan se detuvo directamente frente a Brodick y echó la cabeza hacia atrás para poder mirar al gigante a los ojos.

—Tu esposa quiere que nos acompañes en nuestro paseo —dijo.

Brodick no respondió ni una palabra, pero dio un paso atrás para que Gillian y Juan pudieran pasar. La mano de Gillian rozó la suya, una caricia intencionada que ella no pudo resistir.

Gillian sabía que, en ese momento, Brodick se hallaba directamente detrás de ella, y se sintió presa de emociones en conflicto. Quería arrojarse a sus brazos y decirle cuánto lamentaba haberlo colocado en semejante peligro, pero a la vez deseaba gritarle por haberle mentido y poner la venganza por encima de su propia seguridad.

Ansiosa por protegerlo, elevó a Dios una plegaria. El rey le soltó el brazo, y atravesaron juntos el desolado patio de armas. Gillian vio que Horace seleccionaba tres hombres, y su desasosiego aumentó. Deseó que Juan no hubiera accedido a la solicitud de Alford.

Los soldados de Alford marcharon detrás del rey. Brodick permaneció detrás de ella, ofreciendo su espalda vulnerable a cualquier ataque, y el pánico que la dominó se hizo casi intolerable.

Por el rabillo del ojo vio que otro grupo de los hombres de Alford subía la escalinata y entraba en el castillo. Juan la distrajo.

—¿Adónde me llevas? —le preguntó

—Vamos a las viejas caballerizas, majestad. Están directamente detrás del nuevo edificio que hizo construir Alford después de tomar el control de Dunhanshire.

—¿Por qué sus hombres no se limitaron a tirar abajo el viejo edificio cuando levantaron el nuevo?

—Por superstición.

—Explícame a qué te refieres, y mientras lo haces, dime cómo descubriste dónde estaba escondido el tesoro.

Gillian empezó por la noche en que su padre fue asesinado, y terminó su relato cuando llegaban al destartalado establo.

A una orden del rey, uno de los soldados corrió a buscar una antorcha. Mientras lo esperaban, Juan siguió hablando con Gillian.

—Todavía no me has explicado a qué te referías cuando hablabas de superstición —le dijo.

—Después de que Hector perdiera la razón, los soldados comenzaron a temerle, y mi criada me contó que, cada vez que él pasaba frente a ellos, se ponían de rodillas y hacían la señal de la cruz. Ella los vio hacerlo innumerables veces —añadió—. Los soldados temían que Hector tuviera el poder de volverlos tan locos como él. Liese también me contó que creían que Hector estaba poseído por el diablo en persona, y por ese motivo no querían tocarlo, ni tocar nada que le perteneciera. Hector deambulaba por la propiedad durante el día, y dormía en un rincón del establo por las noches.

—Pintas a mis soldados como idiotas supersticiosos, pero si estás en lo cierto, su temor conservó a buen resguardo el tesoro de Arianna durante todos estos años.

El soldado volvió con la antorcha encendida, y Juan le indicó por señas que pasara delante. Gillian se sintió de pronto tan llena de aprensión que no pudo obligar a sus piernas a moverse. «Santo Dios, haz que el tesoro esté aquí.»

Sintió la mano de Brodick sobre su hombro, y se apoyó contra él. Así permaneció apenas un par de segundos, pero era toda la ayuda que necesitaba, y cuadrando los hombros, siguió al rey al interior del establo.

Pudo ver las motas de polvo bailoteando en los rayos de sol que se filtraban por los agujeros del techo. Esa luz no habría resultado suficiente sin el auxilio de la antorcha. La atmósfera era rancia como la misma muerte, y olía a moho y a cerrado. A cada paso que daban, se hacía más densa e intolerable.

El rey se detuvo al llegar a la mitad del pasillo, y le indicó que avanzara delante de él.

—Está en el rincón —dijo Gillian, mientras pasaba frente a él. Mantuvo la atención fija en el suelo, que estaba cubierto de astillas de madera podrida y de basura.

Cuando dejó atrás la última caballeriza, se volvió lentamente para mirar la pared del rincón, y lanzó un grito. Allí estaba el zurrón de Hector, todavía colgado de un gancho en la pared.

—¿Miramos a ver si la caja está dentro? —murmuró Juan.

Se adelantó, con Gillian a su lado, y retiró el mugriento saco del gancho, y haciendo a un lado los desechos con la punta de la bota, se arrodilló sobre el suelo.

—¿Está allí el tesoro, majestad? —preguntó Horace.

El rey no respondió.

—¿Ves cómo me tiemblan las manos? —preguntó en un susurro, mientras daba vuelta al zurrón, dejando caer el contenido sobre el suelo. Una vieja bisagra oxidada fue lo primero que cayó, y después lo hicieron varias piedras de diferentes tamaños. Luego se dispersó una gran cantidad de basura, y un cazo de madera se partió en dos al golpear contra el suelo. El rey soltó un grito. Un sucio trozo de lana, envuelto como una pelota, cayó ante él. Al desenvolver el trapo, vio que se trataba de una túnica de hombre, y cuando la última envoltura quedó deshecha, las piedras preciosas que cubrían la magnífica caja destellaron ante sus ojos.

Las lágrimas inundaron los ojos de Juan, y se vio colmado de recuerdos de su dulce Arianna. Por un instante inmerso en el pasado, con la cabeza gacha, volvió a llorar una vez más a su amada.

—Majestad, ¿está ahí el tesoro? —volvió a gritar Horace.

El rey estaba demasiado abrumado por la emoción para notar el tono impertinente e insolente del soldado.

Brodick sí lo había advertido, y estaba dándose la vuelta para darles la espalda a su esposa y al rey, cuando Horace hizo una señal con la mano a los soldados. Sus tres secuaces se apresuraron a formar un círculo frente a Brodick. Lo único que se interponía entre ellos y el rey era el laird de las Highlands, y tontos como eran, creían realmente que la ventaja estaba de su lado.

Brodick comprendió exactamente en qué consistía su plan.

—Vuestro rey está desarmado —les dijo, en voz muy baja, teñida por el odio.

Juan, aún de rodillas, levantó la vista mientras los soldados desenfundaban sus espadas. Abrió los ojos con incredulidad, y por un breve instante creyó que el que lo amenazaba era Brodick. Entonces vio que las manos de Brodick todavía colgaban a sus costados, y su espada seguía en su vaina. ¿Dónde, pues, estaba la amenaza que obligaba a los soldados a desenfundar sus armas?

Olvidando por el momento el tesoro, Juan se puso de pie.

—¿Cuál es el peligro? —preguntó.

Los soldados permanecieron en silencio.

—Gillian, dile a tu rey que sus soldados tienen intención de matarlo —dijo Brodick.

El líder de los soldados sonrió.

—Y seremos honrados por nuestra acción. Sí, vamos a mataros, Juan, y también mataremos al laird y a su esposa. —Haciendo un gesto hacia Brodick, añadió—. Te culparemos a tí, naturalmente.

Juan echó mano a su espada, y entonces recordó que estaba desarmado.

—Un grito de mi parte, y mis soldados vendrán corriendo.

Horace rió burlonamente.

—Estaréis muerto antes de que lleguen aquí.

Brodick sacudió la cabeza.

—No puedo permitir que matéis a vuestro rey, porque eso afligiría a mi esposa, y maldito si os dejaré acercaros a ella. ¿He dejado bien claras cuáles son mis intenciones?

Se arrojaron sobre él todos a una, y su error de juicio proporcionó a Brodick una ventaja adicional. En su prisa por atraparlo, tropezaron unos contra otros.

Desplazándose con la velocidad de un animal salvaje, los hombres que querían matarlo sólo pudieron ver el plateado brillo de su espada, y oír su sonido sibilante cuando el guerrero la hizo descender sobre ellos. Su estocada atravesó a dos de los soldados, mientras que con un puntapié quebraba el brazo de otro, arrojándolo al suelo. Luego, girando hacia atrás, eludió el ataque del último, al que dio un codazo que le fracturó la mandíbula.

Gillian tomó al rey del brazo y trató de apartarlo de la zona peligrosa, pero Juan, en un arranque de gallardía, no quiso retroceder. La empujó detrás de él, y la protegió con su propio cuerpo.

Antes de que Gillian encontrara fuerzas para soltar un buen alarido dos de los soldados yacían muertos a los pies de Brodick, y los dos restantes se retorcían de dolor. Brodick ni siquiera jadeaba. Limpió el filo de su espada sobre uno de los muertos, para quitarle la sangre inglesa, volvió a insertarla en su funda, y se dio la vuelta. No pudo ocultar su sorpresa al ver al rey protegiendo a su esposa.

Juan estaba estupefacto. Contempló a los traidores, y luego a Brodick.

—Cuatro contra uno —murmuró roncamente—. Muy impresionante, laird.

Brodick se encogió de hombros.

—Todavía no habéis visto nada realmente impresionante.

Se oyó el crujido de una chispa, proveniente de una antorcha caída, cuando el rey se arrodilló para tomar delicadamente la caja entre sus manos. Con gran cautela, presionó los resortes ocultos, y la caja se abrió. Durante un largo rato, se quedó en silencio, contemplando lo que había en su interior.

Y entonces un sonido gutural brotó desde lo más profundo de su garganta, un sonido que fue creciendo hasta convertirse en un monstruoso y torturado alarido que resonó en las viejas paredes que los rodeaban.

Y el grito de angustia por lo que se había perdido se convirtió en una aullante furia.

El sonido paralizó a Gillian, y de pronto todo fue demasiado para ella, el dolor del alma, la traición, el engaño, el miedo. No pudo bloquear ni los aullidos ni los recuerdos. Y mentalmente se encontró de pronto en lo alto de esos resbalosos escalones del lóbrego pasadizo. El dragón comenzaba a salir de la pared, moviendo su larga cola, mientras Christen y ella eran arrojadas al negro abismo. Volvía a ser una aterrada niña, abandonada y completamente sola. Pudo oír los angustiosos gritos resonando a su alrededor, y volvió a ver a su padre levantando los ojos hacia ella, unos ojos llenos de pena y de congoja. No podía salvarla. Se acercó más…

Y súbitamente, allí estaba Brodick, frente a ella, llamándola.

—Gillian, mírame.

La ternura de su voz y la caricia de su mano contra su mejilla lograron matar el terror, y con un sollozo, cayó en sus brazos.

—Quiero ir a casa —lloró Gillian.

—Pronto —prometió él—. Ahora, colócate detrás de mí, y quédate ahí.

La áspera orden la sacudió, y se apresuró a hacer lo que le ordenara, ya que podía oír el estrépito de los soldados que se aproximaban. El humo del fuego incipiente debió alertarlos. A sus espaldas comenzaron a crecer las llamas, y supo que en cuanto los hombres del rey entraran y vieran a los soldados muertos, atacarían a Brodick.

Volviéndose hacia el rey, Gillian lo vio secarse las lágrimas del rostro, mientras cerraba la caja. Envolvió el tesoro con la túnica, volvió a meterlo en la mochila, y se puso de pie, tambaleante.

También él debió oír la llegada de los soldados, porque se colocó al lado de Brodick. Cuando los hombres entraron en el establo, levantó la mano.

—¿Estos hombres son vuestros, o de Alford? —preguntó Brodick.

—Míos —respondió el rey.

Su voz se oía mortalmente calma.

—Ven conmigo —ordenó a Brodick, y salió del establo.

Brodick arrastró a Gillian tras él, pero cuando llegaron al patio de armas, se detuvo y lanzó un agudo silbido. Dylan y Robert cabalgaron hasta ellos.

—Sácala de aquí —le ordenó a Dylan—. Robert, espera a Bridgid, y llévala contigo.

Gillian no tuvo tiempo de discutir. Dylan se agachó, la alzó del suelo y lanzó a su caballo al galope.

—¡Dejad entrar a los hombres de las Highlands! —les gritó Juan a sus soldados, y después, con un gesto, indicó a Ian y a Ramsey que entraran detrás de él y de Brodick.

Alford no había permanecido ocioso durante la espera. Había usado el tiempo para reunir más soldados, y podían verse una docena como mínimo apostados cerca de la alacena. Brodick e Ian permanecieron detrás del rey, pero Ramsey vió de inmediato a Bridgid, sentada en un rincón, y corrió hacia ella. Tomándola de la mano, la obligó a ponerse de pie, y sin decir ni una sola palabra, la llevó consigo.

Bridgid tenía miedo de hablar con él. Jamás había

visto a Ramsey tan furioso, y eso le daba tanto miedo como el que le habían dado los barones ingleses. Ramsey tampoco le dijo nada a Robert, sino que por gestos le indicó que se llevara a Bridgid afuera, y luego, agachando la cabeza, volvió a entrar en el castillo.

El rey estaba hablándole en alta voz a Ian Maitland cuando Ramsey se reunió con ellos. No sabía de qué hablaba Juan, hasta que lo oyó preguntarle a Ian si habían raptado a su hijo. Ian asintió con un brusco movimiento de la cabeza, y entonces el rey, extendiendo la mano, le pidió su espada.

—¿Me la podéis prestar?

A regañadientes, Ian le dio su espada. Juan se volvió, y llevando la espada en una mano, se colgó el zurrón de la otra, mientras se aproximaba lentamente a la mesa donde aguardaba Alford.

El barón comenzó a ponerse en pie, pero Juan le ordenó sentarse.

—Éste ha sido un día lleno de decepciones —señaló, con voz tan fría como una noche invernal.

—¿Así que no encontrasteis el tesoro? —preguntó Alford, con una sonrisa bailoteando en sus ojos. Al ver que Juan no le respondía, supuso que estaba en lo cierto—. ¿Tienen que estar aquí adentro los hombres de las Highlands, majestad?

Juan se dio cuenta de lo asustados que estaban Hugh y Edwin. Continuaron echando miradas furtivas a los lairds, mostrando a las claras la aprensión que los dominaba. El rey miraba a Ian Maitland, pero el laird no lo estaba mirando. No, sus ojos parecían resplandecer de odio, y su mirada, al igual que la de laird Buchanan, estaba clavada en su presa.

—¿Te asustan, Alford? —preguntó Juan, señalando con un movimiento de cabeza a los lairds.

Lograban, sí, ponerlo nervioso, pero se sentía a salvo, pensando que no podían hacerle ningún daño. Si alguno de ellos intentaba tomar la espada, sus hombres y la guardia del rey los derribarían.

—No, no me asustan, pero son… bárbaros.

—No te muestres tan poco hospitalario —lo reprendió Juan.

Tomando el zurrón con una mano, y la espada de Ian con la otra, Juan comenzó a rodear lentamente la mesa.

—El día de hoy ha hecho renacer todo el dolor —dijo, y volviéndose hacia los lairds, les ofreció una explicación—. Sólo he amado a una única mujer en mi vida, y su nombre era Arianna. Mi querido amigo, Alford, la trajo hasta mí, y me enamoré inmediatamente de ella. Creo que ella también me amaba —agregó—. Y yo podría haber encontrado la forma de casarme con ella.

Dejó de pasearse, y dejó caer el zurrón sobre la mesa, frente a Alford.

—Ábrela —le ordenó.

Alford le dio la vuelta y observó su contenido desparramado sobre la mesa. La caja rodó fuera de la túnica que la envolvía.

Juan le contó lo que había adentro.

—Mi daga está en el fondo. Se la envié a Arianna, con un escudero, para que con ella cortara un mechón de su dorado cabello. ¿Lo recuerdas, Alford?

Antes de que el barón pudiera responderle, Juan continuó.

—Encima de la daga, hay un mechón de su cabello. Dime, Alford, ¿qué hay encima del mechón?

—No… no lo sé —balbuceó Alford.

Juan comenzó a pasearse lentamente alrededor de la mesa.

—¿No? ¡Encima está tu cuchillo!

—Alguien… robó mi daga… el padre de Gillian debió de haber…

La voz de Juan restalló como un latigazo.

—Su padre no estaba en la corte, pero tú sí, Alford. Tú la mataste.

—No, yo no…

Juan dio un puñetazo sobre la mesa.

—Si quieres vivir, dime la verdad.

—Si quiero vivir…

—No te mataré, siempre y cuando me digas la verdad —prometió Juan—. Quiero saber exactamente qué sucedió, pero antes deberás confesarlo ante mí. La mataste, ¿verdad?

—Ella iba a traicionarte —tartamudeó Alford—. No quiso escuchar mi… consejo… y estaba decidida a interferir entre vos y vuestros consejeros. Sólo traté de proteger a mi rey. El poder se le había subido a la cabeza, porque sabía… sí, sabía, que podía controlaros.

—Quiero saber exactamente qué sucedió —exigió el rey, con voz temblorosa por la furia.

—Fui hasta su alcoba a tratar de razonar con ella, y se burló de mí, majestad. Sí, lo hizo. Vuestro escudero trajo la caja, y la puso sobre la mesa. Estaba abierta, y vuestra daga estaba en su interior. El escudero no me vio, y después que hubo partido, Arianna tomó vuestra daga y se cortó un mechón de su cabello. Puso el mechón y la daga nuevamente dentro de la caja…

—¿Y seguiste tratando de razonar con ella?

—Sí, pero no quiso escucharme. Me juró que nada se interpondría en su camino. Me atacó, y tuve que defenderme.

—Y por eso le cortaste la garganta.

—Fue un accidente. Debo admitir que sentí pánico. Vuestro escudero golpeaba la puerta, y sin pensar, arrojé mi daga en la caja, y la cerré. Iba a decíroslo. Sí, sí, lo iba a hacer —chilló Alford.

—Y como tenías llave de la alcoba, no te resultó difícil escapar, ¿no es así? Cerraste la puerta, y te llevaste la caja a tu alcoba. ¿Es así, Alford?

—Sí.

—Y después me consolaste cuando encontré su cadáver… tan buen amigo como eres.

—Iba a confesároslo, pero estabais tan apenado que decidí esperar.

—No, lo que decidiste fue culpar al barón de Dunhanshire.

—Sí —reconoció Alford, tratando de sonar contrito—. El padre de Gillian había venido a mi castillo para hablar sobre unos territorios que compartíamos. Vio la caja cuando entró en el salón sin ser anunciado. Pero fingió no haberla visto, y apenas le di la espalda, la robó. Iba a quedársela él —terminó diciendo.

—Ni tú crees eso —murmuró Juan—. Sabías que me la devolvería, ¿no es así, Alford? De modo que sitiaste Dunhanshire, y lo mataste para silenciarlo.

—Tuve que matar a Arianna —repitió Alford—. Os habría destruido.

—¿A mí? —gritó el rey. No pudo seguir con el juego por más tiempo. Se irguió detrás de Alford, y levantó la espada de Ian—. ¡Que el diablo te lleve! —aulló, mientras le clavaba la espada en la espalda. El barón se arqueó, luego se puso rígido y cayó lentamente al suelo. Juan dio un paso atrás, con el pecho agitado por la ira. La habitación quedó sumida en un silencio sepulcral, Juan tomó la caja, y fue hacia la puerta.

—Vuestro hijo ha sido vengado —declaró a Ian Maitland mientras indicaba a sus soldados que lo siguieran.

Hugh se había ocultado, muerto de miedo, detrás de los soldados.

—¡Mi rey —llamó—, Edwin y yo no tuvimos nada que ver con la traición de Alford!

Juan decidió ignorarlo. Se dirigió hacia la puerta y pasó frente a los tres lairds.

—Son todos vuestros —les dijo.

La puerta se cerró, cuando Ian, Ramsey y Brodick comenzaban lentamente a avanzar.

39

Ramsey y Brodick no eran hombres de dejarse aver-
gonzar o intimidar fácilmente, pero cuando el barón
Morgan Chapman terminó de decirles lo que pensaba de
ellos y de propinarles una buena azotaina verbal, los
lairds quedaron claramente mortificados.

Y fueron lo suficientemente hombres como para reconocerlo. Aunque ambos desearan discutir con el áspero anciano, no se atrevieron a hacerlo porque se les había enseñado a respetar a sus mayores, pero Morgan se
lo estaba poniendo difícil al llenarlos de salvajes acusaciones.

Pareció que tardaba una eternidad en llegar hasta el
núcleo del problema. Permaneció de pie frente a los
lairds, con los brazos cruzados, comportándose como un
padre castigando a sus muchachos. Era condenadamente humillante, pero Ramsey y Brodick lo soportaron a pie
firme.

—He vivido una vida pacífica, pero en los últimos
dos días he tenido que escuchar los suficientes lloriqueos y quejas de dos muy enfadadas y jóvenes damas como para que me duren para el resto de mi vida. Habéis
tenido el descaro de arrojármelas en los brazos y luego
enviarlas a casa conmigo, y os aseguro que cuando llegamos las orejas me ardían. ¿Pero acaso terminó allí?

Ramsey cometió el error de aventurar que no, y sacudió la cabeza, ganándose con ello una reprimenda y una blasfemia de parte del malhumorado barón.

—¡No! —vociferó—. Las dulces muchachas apenas habían empezado. Pensé en irme a la cama, pero sabía que me seguirían hasta allí —Haciendo a Brodick un gesto de asentimiento, declaró—: Has destrozado el corazón de Gillian, y no quiere volver a verte nunca más.

—Pues entonces que mantenga los ojos cerrados, porque os aseguro que volverá a casa conmigo.

—Os casasteis precipitadamente.

—Sabía lo que quería, y lo tomé.

—¿Lo tomaste? Estamos hablando de mi sobrina, ¿o no?

—Sí, señor, de ella hablamos.

—Ella sostiene que tú le diste tu palabra de honor, y luego la rompiste.

—Así es.

—Cree que la usaste.

—Lo hice.

—Diablos, hombre, al menos podrías explicar por qué.

—Sabéis por qué —replicó Brodick—. No podía permitir que se enfrentara a semejante peligro. Si alguien debe estar enfadado, ése soy yo, ya que me siguió imprudentemente.

Morgan se pasó los dedos por los blancos cabellos.

—No cree que la ames, e insiste en volver a vivir aquí, conmigo.

Antes de que Brodick pudiera responderle, el barón dirigió su malhumor hacia Ramsey.

—Bridgid también ha decidido que quiere quedarse conmigo. Insiste en que le gustan los ingleses, que Dios se apiade de mí.

—Va a volver a casa conmigo —anunció Ramsey.

—¿Por qué?

Ramsey quedó sorprendido por la pregunta.

—Porque es una Sinclair.

—Ésa no es razón suficiente. Dice que no dejas de intentar casarla para librarte de ella. También dice que su madre la echó de casa. ¿Es verdad?

Ramsey soltó un suspiro.

—Sí, es verdad.

—¿Y acaso tú no estás haciendo lo mismo?

—No, no es así —insistió Ramsey—. Bridgid me dijo que está enamorada, pero se niega a decirme de quién.

Completamente exasperado, Morgan sacudió la cabeza.

—¿Te dijo que era un hombre estúpido?

—A decir verdad, sí lo hizo.

El barón dejó caer la cabeza, y contempló a Ramsey a través de sus tupidas cejas durante largo rato. Luego, suspiró.

—¿Acaso naciste ayer, hijo? ¿De quién te crees que está enamorada, por el nombre de Dios? Piensa un poco, y estoy seguro de que lo descubrirás.

No fue tanto lo que dijo el barón, sino la manera en que lo dijo lo que finalmente le hizo comprender. La mente de Ramsey se iluminó, y con la comprensión llegó una lenta, feliz sonrisa.

Morgan hizo un gesto de alivio.

—De modo que finalmente te has dado cuenta, ¿verdad? Y ya era hora, si me lo preguntas —murmuró—. Si me veo obligado a soportar otra detallada descripción de tus encantos, te juro que no podré seguir reteniendo la comida en el estómago. ¿Vas a olvidarte de esa tontería de casarte con una muchacha llamada Meggan para mantener la paz entre los dos clanes?

—¿Os habló de Meggan? —preguntó Ramsey, sin dejar de sonreír.

—Hijo, no creo que haya nada que no me haya contado sobre ti. ¿Has dejado, entonces, de ser estúpido y has recuperado el sentido?

Ramsey no se dio por ofendido.

—Parece que sí —asintió.

—Es una verdadera lata —le advirtió Morgan.

—Sí, señor, lo es.

El barón se enderezó.

—Ahora, veamos. Quiero que los dos me escuchéis atentamente, porque os diré mis condiciones.

—¿Vuestras condiciones, señor? —preguntó Brodick. Dio un codazo a Ramsey para que dejara de sonreír como un idiota y prestara atención—. Podrías ayudar un poco —le dijo en voz baja.

—Sí, mis condiciones —repitió Morgan—. ¿Creéis que quiero que me carguen con dos mujeres enfermas de amor?

—Entonces dejadnos llevárnoslas —razonó Brodick.

La sugerencia le valió otra mirada furibunda.

—Por la mirada de tus ojos, puedo ver que amas a Gillian. Tal vez convenga que se lo digas, hijo mío, porque se le ha metido en la cabeza que ella no te importa.

—Es mi esposa. Desde luego que me importa.

El barón soltó un bufido.

—Tiene mucho carácter.

—Lo tiene.

—Y es obstinada. No sé de quién heredó ese defecto, pero lo es.

—Sí, señor.

—No podrás doblegar su voluntad.

—No quiero hacerlo, señor.

—Bien, porque si alguien va a doblegar algo, ésa será ella. No necesito decirte que la trates bien, porque conociendo a mi Gillian, ella se asegurará de que así sea. Es una mujer fuerte, pero tiene tiernos sentimientos.

—Señor, mencionasteis condiciones —le recordó Ramsey.

—Sí, en efecto —asintió el anciano—. Amo a mi sobrina —declaró—. Y me he encariñado también con Bridgid. No quiero que piense que yo también la echo de mi casa. En realidad, sí —agregó apresuradamente—, pero no quiero que lo piense. En mi punto de vista…

—¿Sí? —preguntó Ramsey al verlo titubear.

—Tenéis que… animarlas… a partir. No quiero que las amenacéis —añadió—. Les habéis destrozado el corazón a ambas; ahora, reparadlos.

Después de darles esa dura orden, Morgan abandonó el salón para ir personalmente en busca de las damas. Ramsey y Brodick se pasearon por el salón, esperando.

—El barón me recuerda a alguien, pero no consigo recordar a quién —comentó Ramsey.

—Te juro que ni mi propio padre me habló nunca como acaba de hacerlo el tío de Gillian.

—Tu padre murió antes de que tuvieras edad suficiente como para conocerlo.

—Ha sido muy humillante, maldito sea. Por cierto que no es lo que yo esperaba. Por la forma en que Gillian hablaba de él, yo imaginaba encontrarme con un caballero delicado y de buenos modales. Ella cree que él es… bondadoso. ¿Es que está ciega? En nombre de Dios, ¿cómo puede amar a un viejo caprichoso…?

Ramsey levantó la cabeza, y de pronto estalló en carcajadas, haciéndole perder el hilo de sus pensamientos.

—¡Eres tú!

—¿Qué?

—Morgan… me recuerda a ti. Dios mío, Gillian se casó con un hombre idéntico a su tío. Observa al barón, y podrás verte a ti mismo dentro de veinte años.

—¿Estás sugiriendo que voy a convertirme en un viejo beligerante y malhumorado?

—Diablos, ya eres beligerante y malhumorado. No es sorprendente que se enamorara de ti —afirmó.

—No estoy de humor para peleas.

Ramsey se desplomó sobre una silla, riendo, pero enseguida volvió a ponerse serio.

—No puedo creer que Gillian piense que va a quedarse aquí.

—Esperaba que mi esposa me recibiera con los brazos abiertos, y ni siquiera ha bajado. Si tengo que arrastrarla hasta casa, lo haré —dijo Brodick.

—¿Deseabais verme, laird?

Ante el sonido de la voz de Bridgid, Ramsey y Brodick se dieron la vuelta a la vez.

—¿Dónde está mi esposa? —preguntó Brodick.

—Arriba —respondió Bridgid—. Bajará en unos instantes.

—¿Nos dejarías un momento a solas? —le pidió Ramsey a Brodick—. Se lo pedía a Brodick, no a ti, Bridgid. Vuelve aquí.

Con un suspiro, Bridgid se volvió y se dirigió hacia Ramsey, mientras Brodick abandonaba la habitación. Ramsey se apoyó contra la mesa, cruzó los brazos sobre el pecho y le sonrió. Ella no le devolvió la sonrisa. Inclinó la cabeza, para no distraerse con los adorables hoyuelos de Ramsey.

Bridgid se conducía con timidez, y Ramsey se preguntó a qué estaría jugando, ya que sabía que Bridgid no tenía un solo hueso tímido en todo su hermoso cuerpo.

—El barón Morgan me dijo que deseabais verme.

—Así es —respondió él—. Tengo algo importante que decirte, pero antes, quiero que me digas cómo te las arreglaste.

—¿Cómo me las arreglé para qué, laird?

—Bridgid, mírame.

—¿Sí, laird? —dijo, a la defensiva. Levantó los ojos, y sintió que su corazón se aceleraba, y comenzó a notar el familiar estremecimiento en el estómago. Si alguna vez llegaba a besarla, probablemente se desmayaría, pensó, y esa ridícula imagen logró serenarla por un momento.

—¿He dicho algo gracioso? —preguntó Ramsey.

—Sí… quiero decir, no, desde luego que no.

—¿Y entonces por qué sonríes?

Ella alzó los hombros.

—¿Querríais que dejara de hacerlo?

—Por el amor de Dios, Bridgid, presta atención.

—Estoy prestando atención.

—Quiero saber cómo te las arreglaste para recorrer todo el camino hasta Inglaterra sin que te detuvieran ni te mataran.

Bridgid reflexionó un rato sobre la pregunta antes de responder.

—Utilicé trucos y engaños.

—Quiero una buena explicación.

—Muy bien —accedió ella—. Engañé a Proster para que creyera que Gillian necesitaba ver a Annie Drummond, y cuando ya habíamos emprendido la marcha, le dije la verdad. Espero que no lo culpéis, ni tampoco a Ker o a Alan. Gillian y yo nos negamos a regresar.

—Y como son tan jóvenes, no sabían que podían arrastraros de vuelta a casa, por mucho que discutierais con ellos.

—No deberían ser castigados.

—No tengo intención de castigarlos. Se quedaron con vosotras, e hicieron todo lo que pudieron para protegeros, y por eso serán recompensados. Vosotras no les hicisteis fácil su tarea.

—Espero que tampoco culpéis a Gillian —le imploró Bridgid—. No dejó de intentar que regresáramos a casa, pero no le hicimos caso.

—¿Por qué te escabulliste de los soldados y la seguiste hasta el interior de Dunhanshire?

—Pensé que podría ayudarla simulando ser su hermana, pero tal como fue todo, me convertí en un estorbo. Laird, ¿puedo preguntaros algo?

—¿De qué se trata?

—¿Qué ocurrió con todos los soldados y los sirvientes de Alford? Los sirvientes del tío Morgan regresaron aquí, pero, ¿y los otros?

—Imagino que a estas horas estarán de regreso, esperando servir al nuevo barón. Nosotros no matamos inocentes.

—¿Y los soldados?

—Ellos no eran inocentes.

Ramsey no dio más detalles, y Bridgid consideró que no necesitaba conocer más pormenores.

—¿Os iréis pronto a casa? —preguntó entonces.

—Sí.

Bridgid asintió.

—Buen viaje, entonces. —Y con esas palabras, se dispuso a marcharse.

—Todavía no hemos terminado.

—¿Qué más queréis de mí?

—¿Más? Todavía no te he pedido nada... ¿o sí?

Ella negó con la cabeza.

—Acércate, Bridgid.

—Estoy bien aquí.

—Acércate —le ordenó él, y en su voz había cierta dureza.

Bridgid no iba a echar de menos su autoritarismo, decidió mientras avanzaba. Se detuvo directamente frente a él.

—¿Os resulta satisfactorio?

—Más cerca —ordenó Ramsey.

Bridgid se colocó entre sus piernas estiradas.

—¿Así os parece suficientemente cerca?

—Por el momento, sí.

Era evidente que Ramsey estaba disfrutando de su incomodidad, y ella estaba completamente confundida. Ramsey parecía estar jugando con ella, y eso carecía de sentido. No era posible que supiera de la agonía que padecía ella al estar tan cerca de él y no poder tocarlo. Era desesperante. Señor, cómo deseaba no amarlo con esa intensidad. La sola idea de verlo partir le daba ganas de echarse a llorar, pero se juró que moriría antes de permitir que él viera una sola lágrima suya.

—El tío Morgan me dijo que queríais decirme algo. ¿De qué se trata?

—¿El tío Morgan? ¿Y desde cuando sois parientes?

Bridgid alzó la barbilla, desafiante.

—Me he encariñado mucho con él.

Ramsey puso los ojos en blanco.

—No vas a quedarte aquí. Eso es lo que quería decirte.

—Ya he decidido quedarme.

—Pues entonces, cambia tu decisión. Vas a volver a casa conmigo.

De pronto Bridgid sintió que se ponía tan furiosa con él por ser tan estúpido y obstinado, que explotó.

—No, no voy a regresar. Me quedo aquí. El tío Morgan dijo que podía hacerlo. Me gusta Inglaterra. Sí, en serio. Vos y vuestros soldados me habéis mentido descaradamente. Hicisteis que la sola idea de Inglaterra sonara como el purgatorio, pero descubrí la verdad. El país es tan bello como el nuestro, y la gente es igual a nosotros. Debo reconocer que me resulta un poco difícil entenderlos, por la forma en que hablan, pero ya me estoy acostumbrando. ¿Sabéis cuántos ingleses nos ayudaron a Gillian y a mí a lo largo de nuestro viaje? Cientos —exageró—. Familias que no tenían prácticamente nada para compartir insistieron en que aceptáramos sus escasos alimentos y mantas. Incluso nos ofrecieron sus propias camas. Nos atendieron, y éramos para ellos unas perfectas desconocidas. Todas esas historias eran patrañas. Me gusta este país, y me gusta el tío de Gillian. Es dulce y bondadoso.

La última parte de su discurso hizo reír a Ramsey.

—¿Morgan te parece dulce y bondadoso?

—Sí —insistió—. Y yo le gusto también a él.

—Pero eres una Sinclair.

—Allí no hay nada para mí.

—¿Y el hombre que me dijiste que amabas?

Ella retrocedió un paso, pero Ramsey la tomó del brazo y volvió a acercarla a él. Bridgid trató de mirar a cualquier otra parte y no a él, para poder concentrarse.

—Ya no lo amo —declaró.

—¿A qué demonios te refieres con eso de que ya no lo amas? ¿Son tan superficiales tus sentimientos, Bridgid?

—No —replicó ella—. Lo amé durante mucho tiempo, desde que era niña, pero ahora me doy cuenta de que es totalmente inadecuado.

A Ramsey no le gustó eso.

—¿Qué es, exactamente, «inadecuado» para ti?

—Todo —exclamó ella—. Es obstinado y arrogante, y muy estúpido. Sí, lo es. También es un mujeriego, y el hombre con el que me case deberá serme fiel. No voy a seguir perdiendo el tiempo con él. Además, él puede conseguir cualquier mujer que se le antoje. Se arrojan a sus pies —agregó, afirmando—: Y me ignora por completo.

—Ah, Bridgid, él te tiene muy en cuenta.

—A ese hombre ni siquiera le interesa si existo.

Ramsey sonrió.

—Por supuesto que le interesa.

Ella trató de apartarle las manos, pero Ramsey le aferró la muñeca y comenzó a atraerla lentamente hacia él.

—¿Qué estáis haciendo?

—Lo que he querido hacer desde hace mucho tiempo.

Bridgid no pudo moverse, ni pensar. Se hallaba perdida dentro de los oscuros ojos de Ramsey, cuando él comenzó a bajar la cabeza hasta la de ella.

—Vais a ahogarme, ¿verdad? —susurró.

Ramsey reía cuando la besó. Dios, Bridgid tenía los labios más suaves y dulces del mundo, y Ramsey sintió increíble regocijo y paz al tenerla en sus brazos. Su boca se abrió sobre la de ella, con gesto absolutamente posesivo.

Su lengua se deslizó perezosamente hasta encontrar la de ella, y se tomó el tiempo que quiso para disfrutar de su sabor, creyendo que estaba absolutamente controlado, hasta que ella comenzó a responder a sus besos.

Logró sacudirlo hasta lo más profundo de sí. Ramsey jamás había experimentado algo semejante. Su arrogancia y su control se esfumaron como por encanto, y se encontró temblando de deseo. Todo fue tan vertiginoso que tuvo dificultades para conservar el aliento. Su boca cubrió la de ella una y otra vez, inflamándolo de pasión. Quería tenerla cada vez más de él, pero nada era suficiente.

Ella tenía las mismas dificultades para recobrar el dominio de sí. Se tambaleó al apartarse de él.

—¿Por qué me besaste?

—Quería hacerlo —respondió él, en un tono suave como el terciopelo.

—¿Estabas… era… un beso de despedida? ¿Estabas diciéndome adiós?

Él rió.

—No —respondió—. Vuelves a casa conmigo.

—Me voy a quedar aquí. Me voy a casar con un inglés.

—¡Maldito si lo harás! —rugió él, que se quedó más sorprendido que ella ante ese súbito estallido de furia. Ninguna mujer había sido capaz de provocar en él una reacción semejante, pero la sola idea de su Bridgid con cualquier otro hombre lo sacó de quicio.

—Eres una Sinclair, y perteneces a nuestro clan.

—¿Por qué quieres que regrese?

Por primera vez en su vida, Ramsey se sintió totalmente vulnerable. Era un sentimiento endemoniadamente penoso.

—¿Quieres la verdad, Bridgid?

—Sí.

Ambos se miraron fijamente a los ojos, mientras Ramsey reunía el coraje suficiente para expresarle lo que sentía su corazón.

—Tú convertiste la tierra de Sinclair en un lugar alegre. No puedo imaginar la vida sin ti.

Bridgid sacudió la cabeza.

—No, sólo querías casarme con alguien…

Ramsey se irguió y dio un paso hacia ella.

—Hay un nuevo pretendiente a tu mano.

—¿Por eso me besaste? ¿Para poder llevarme a casa y casarme con un hombre que no amo? ¿Quién es? —preguntó, emocionalmente agotada, indiferente ya a las lágrimas que corrían libremente por su rostro.

Él se acercó aún más.

—¡No te atrevas a besarme otra vez! —exclamó ella—. No puedo pensar cuando tú… No lo hagas —balbuceó—. Y en cuanto al ofrecimiento, no lo acepto.

—No puedes rehusar hasta saber de quién se trata.

—Muy bien. Dime su nombre, y luego rehusaré. Primero, sin embargo, lo elogiarás, ¿verdad? Es lo que siempre haces para lograr que yo acceda —terminó diciendo, e incluso ella pudo advertir el dolor presente en su voz.

—No, no voy a elogiarlo. Está cargado de defectos.

Bridgid cesó sus intentos por escapar.

—¿Es…?

Ramsey asintió lentamente.

—Tengo entendido por fuente autorizada que es estúpido, arrogante y obstinado, o al menos lo era hasta que se dio cuenta de lo tonto que había sido.

—Pero eso es lo que dije de… ti.

—Te amo, Bridgid. ¿Quieres casarte conmigo?

Brodick no sabía qué diablos iba a hacer. Se sentía como si tuviera las manos atadas a la espalda, porque Morgan era mayor y por lo tanto no podía provocarlo ordenándole a Gillian que regresara con él porque era su marido, ni tampoco podía por cierto destrozarle la casa buscándola. En el fondo de su frustración acechaba la sombría posibilidad de que Gillian jamás le perdonara por haber faltado a su palabra, pero la vida sin ella a su lado sería intolerable.

Ramsey podría haberlo ayudado a convencer al barón; después de todo, el diplomático era él; pero estaba demasiado ocupado cortejando a Bridgid para pensar en otra cosa. Le había llevado más de una hora convencerla de que era sincero y estaba decidido a casarse con ella, y después de que ella finalmente aceptara su proposición, habían partido hacia las tierras de Sinclair. Ian tampoco estaba a mano para ayudarlo, porque estaba ansioso por regresar junto a su esposa.

Y eso dejaba a Brodick solo para vérselas con el malhumorado barón.

Morgan se divirtió mucho al ver que Brodick ni siquiera probaba su cena. Cuando finalmente había decidido ayudar al pobre hombre enfermo de amor, Morgan divisó a Gillian bajando las escaleras.

Brodick daba la espalda a la puerta, y Morgan sabía que no había visto a su esposa.

—Hijo, tenías que haber sabido lo terca que era Gillian antes de casarte con ella. Cualquiera que pase más de cinco minutos con esa mujer puede imaginarlo.

—Sabía que era terca —asintió Brodick—. Pero no lo consideré un defecto.

—Creo que deberías dejarla aquí, y marcharte a tu casa. Estarás mejor.

Brodick se quedó asombrado por la imprevista sugerencia.

—Sin ella no tengo ningún hogar a donde regresar —murmuró—. ¿Cómo se os ocurre que pueda irme sin ella?

—Yo lo haría —replicó Morgan alegremente—. Dime, ¿por qué quebrantaste la palabra que le habías dado?

—Ya os lo he explicado —exclamó Brodick.

—Pues explícamelo otra vez —replicó Morgan.

—Porque la sola idea de que estuviera en peligro me resultaba inaceptable. No puedo perderla.

—Entonces no vuelvas a mentirme.

El sonido de la voz de Gillian logró que su corazón pareciera estallar de alegría. Suspiró, sereno, ya que su mundo de pronto volvía a adquirir sentido. Y entonces se dio la vuelta.

—No vuelvas a someterme nunca más a este tormento.

—Tú me heriste.

—Lo sé.

—¿Eso es todo lo que tienes que decir? ¿Que sabes que me hiciste daño? Entonces me quedo aquí. Vete a casa, Brodick.

—Bien —respondió él. Saludando con una inclinación al barón Morgan, salió del salón. Ella aguardó hasta que las puertas se cerraron tras él, y estalló en sollozos.

—¡Me deja! —gritó, corriendo hacia su tío.

—Tú le dijiste que se fuera —le recordó él.

—¡Se va a casa sin mí!

—¡Pero si tú le dijiste que se fuera! —señaló Morgan—. Te escuché con toda claridad.

—Pero él nunca hace lo que le digo. Tío, ¿cómo voy a vivir sin él?

Morgan le palmeó torpemente la espalda, tratando de consolarla.

—Estarás bien.

—¡Lo amo tanto!

—Pero él te mintió, ¿lo recuerdas?

—Sólo trataba de ser noble. Quería protegerme.

—¿Y entonces por qué no lo perdonas?

—Iba a perdonarlo —sollozó ella—. No quiero vivir sin él. ¿Cómo ha podido dejarme?

—Me estás causando una fuerte jaqueca, muchacha. Siéntate y tranquilízate —sugirió mientras acercaba una silla y la obligaba a sentarse—. Deja que mire por la ventana para ver si ya se ha marchado.

—No puedo creer que se vaya sin mí —susurró ella.

Morgan puso los ojos en blanco, y rogó pidiendo paciencia. ¿Es que su sobrina era ciega? ¿No podía ver lo mucho que la amaba su esposo? Él era demasiado viejo y quisquilloso para vérselas con una mujer casi histérica, y pensó que las cuestiones del corazón debían quedar para los jóvenes. Eran más resistentes.

Observó a Brodick quitarle a su caballo la silla, y arrojársela a uno de sus hombres. Todos sus soldados habían desmontado y se disponían a pasar la noche en el patio de armas. Cuando Brodick volvió a dirigirse hacia el castillo, Morgan decidió ir arriba. Ya había tenido suficiente agitación por ese día, y Gillian y su esposo necesitaban espacio.

—Regresaré enseguida —mintió—. Quédate aquí y espérame —se apresuró a agregar, para que a ella no se le ocurriera seguirlo como solía hacerlo y volverlo loco con sus lamentos hasta que lograba hacerlo ceder a todo lo que le pedía. Sonrió al advertir que Gillian era más testaruda y voluntariosa que él mismo.

Se detuvo en la entrada.

—Sabes que te quiero, niña, ¿verdad?

—Sí, lo sé. Yo también te quiero, tío Morgan,

Se dispuso a subir la escalera, pero se detuvo cuando oyó que la puerta se abría a sus espaldas. No tuvo que darse vuelta para saber quién estaba allí.

—Trátala bien. —No era una petición, sino una orden.

—Sí, señor, lo haré.

—No la mereces.

—Sé que no la merezco, pero de todas maneras me quedaré con ella.

—Sabes, hijo, me recuerdas a alguien, pero no recuerdo a quién. —Sacudió la cabeza, perplejo, y luego sugirió—: Mejor será que entres antes de que Gillian me inunde el salón con sus lágrimas. Si alguien puede hacerlo, es ella.

Ante el sonido de la risa de su tío, Gillian levantó la mirada, y vio a Brodick de pie en la entrada, contemplándola. Se puso de pie y se dirigió hacia él.

—Has vuelto.

—Nunca me fui.

Como atraídos por un imán, se acercaron uno al otro.

—Estabas enfadado conmigo. Pude verlo en tus ojos.

—Sí, lo estaba. No sabía si podía mantenerte a salvo, y eso me asustaba como el demonio.

Estaba lo suficientemente cerca de ella como para tomarla en sus brazos, pero no se animó a tocarla porque sabía que una vez que comenzara a besarla, no podría detenerse, y necesitaba reparar el daño que le había hecho. En ese momento le parecía fácil decirle todo lo que sentía su corazón, y no lograba comprender por qué había sido tan tonto. El amor no debilitaba al hombre; lo fortalecía, lo hacía invencible cuando tenía a su lado una mujer como Gillian.

—Creí que te ibas a casa.

—¿Cómo puedo irme a casa sin ti? Te he buscado la vida entera. Jamás podría dejarte. Mi casa está donde estés tú —le tembló la mano al acariciarle suavemente la mejilla—. ¿No lo entiendes? Te amo, y quiero despertar a tu lado todas las mañanas del resto de mi vida. Si eso implica que tengo que vivir en Inglaterra para poder estar contigo, pues eso es lo que haré.

Lágrimas de felicidad desbordaron los ojos de Gillian. Estaba abrumada por los profundos sentimientos de Brodick hacia ella, y por la tierna y romántica manera en que se los había expresado.

Sabía que para él era difícil. Bajo su gruñona apariencia, escondía sus verdaderos sentimientos. Se dio cuenta entonces de que lo conocía mejor que él mismo. Ya no importaba que se hubiera cubierto de frío sudor, o que en ese momento se lo viera descompuesto: le había dado lo que ella necesitaba. Sí, había pronunciado las palabras, y ya no podía retractarse.

—Dilo otra vez —susurró ella.

Rechinando los dientes, Brodick hizo lo que le pedía.

—Viviré en Inglaterra.

—¿Qué? —preguntó Gillian pestañeando.

—Ah, amor mío, no me obligues a volver a decirlo. Si te hace feliz, viviremos aquí.

Ella sabía que lo decía en serio, y quedó conmovida por el sacrificio que este querido y adorable hombre estaba dispuesto a hacer por ella. Señor, necesitaba besarlo, pero decidió que antes acabaría con su sufrimiento.

—¿Te hará feliz vivir en Inglaterra?

Su pobre, aturdido esposo se estaba poniendo cada vez más gris.

—Si estoy contigo, seré feliz.

Gillian comenzó a reír.

—Entonces estoy a punto de hacerte delirar de felicidad. No quiero vivir en Inglaterra. Quiero vivir con los Buchanan. Llévame a casa.